량좡 마을 속의 중국

당대 작가의 고향 이야기

량훙 지음   박경철 옮김

사람과 책의 만남을 위하여

일러두기: 각주는 일부를 제외하고는 모두 역자의 것이다. 인명, 지명 등의 외래어는 국립국어원 외래어표기법을 따랐으나, 일부는 관례에 따라 그대로 두었다.

차례

한국어판 서문

이 책은 14년 전인 2010년 10월 중국에서 출간됐습니다.

당시에는 고향인 '량좡'에 대한 귀향 기록만을 바탕으로 했을 뿐이었지만 마지막 책에서는 사회학적 '현장조사', 인류학적 '구술사' 등의 관점이 담겨 있어 중국 현대문학의 지평을 열었습니다. '논픽션 문학' 트렌드[1]에 맞춰 이 책은 중국의 많은 대학에서 사회학, 인류학 전공자들의 필수 필독서가 됐습니다. 이 책을 쓰기 전, 2010년과 2011년에 중국의 주요 신문과 언론이 인터뷰와 보도를 했고, 이로 인해 "농촌은 어디로 가야 하는가", "고향의 몰락", "대국이지만 작은 국민"과 같은 문제에 대한 토론이 이어지기도 했습니다. 이는 내가 그 배후의 원인에 대해 더 진지하게 생각하는 계기를 만들어 주었습니다.

---

1 중국에서 출판되었을 때 이 책의 제목은 『량좡 마을 속의 중국』(장쑤문예출판사, 2010년 10월 판)이었습니다. 논픽션 문학의 관례에 따라 '량좡'은 가상의 마을 이름으로, 그 안의 인물과 이들 간의 관계를 기본적으로 다루었습니다.
논픽션 문학: 〈인민문학〉 잡지는 2009년에 '논픽션'이라는 챕터를 별도로 만들었습니다. 2010년 9호와 10호에는 '량좡', 『중국, 약이 없다』, 『남방사전』 등의 작품을 게재했습니다. 이후 문단과 언론계, 1인 미디어에 수많은 '논픽션 문학' 텍스트가 등장하며 점차 문학적 현상이자 문학적 트렌드로 자리 잡았습니다.

나는 아마도 이 책이 그동안 무시되어 왔던 근본적인 문제를 무심코 건드리고 있다는 것을 깨달았습니다. 즉, 빠르게 발전하고 점점 도시화되고 있는 중국에서 농촌 지역은 어떤 상황을 겪고 있는가? 이 '농촌'은 거의 모든 중국인 고향이기도 합니다. 이것이 모든 사람의 마음 깊은 곳에 자리잡고 있는 곤혹스러움이기도 합니다. 사회가 너무 빨리 발전하고 있어서, 사람들이 1년 동안 고향 마을에 돌아가지 않으면 마을의 익숙한 길과 나무가 사라지기도 하고, 2, 3년 동안 돌아가지 않으면 마을 뒤의 강도 사라질 수도 있고 마을은 점점 더 황폐화될 것입니다. 결국 많은 사람들의 마을은 거의 폐허가 될 것입니다. 이러한 변화는 심리적인 '노숙인 감정'과 서서히 커지는 슬픔을 가져옵니다. 『량쫭 마을 속의 중국』은 이러한 변화와 모든 사람의 슬픔에 관해 쓴 것입니다. 동시에 모든 사람에게 질문이 제기됩니다. 내 집에 무슨 일이 일어난 걸까? 중국 농촌에는 무슨 일이 일어나고 있는 걸까?

또 하나 매우 중요한 요소는 『량쫭 마을 속의 중국』이 '현장감'이 강한 방식으로 쓰였다는 점입니다. 글을 시작할 때 나는 독자들과 함께 '량쫭'의 들판과 마을, 마을의 한 주민의 집에 가서 거기 앉아 그들의 눈을 들여다보고, 그들과 대화를 나누고, 그들의 이야기를 들어보기를 바랐습니다. 누구나 한 번쯤은 고향에 돌아가서 자기 마을 사람들을 만나고 작은 강을 만나는 것처럼 말입니다. 이것은 내재적 보편성을 갖고 있습니다. 그 후 나는 여러 지방을 다니며 연구를 하게 되었는데 이 책에 대해 이야기할 때면 다들 '량쫭'이 겪은 일보다는 자신의 고향과 고향에서 겪은 일들을 이야기했습니다. 이것은 매우 중요한 포인트입니다.

실제로 도시에서 태어난 많은 사람들도 『량좡 마을 속의 중국』을 읽고 깊은 울림을 느꼈고, 자신의 감정을 다양한 방식으로 공개적으로 표현하기도 했습니다. 나는 농업문명에서 성장한 '향토 경험'이 모든 중국인의 영혼의 깊은 곳에 자리 잡고 있다고 생각합니다. 그것은 일종의 심오한 집단 무의식이자 모든 현대 중국인의 경험의 원천입니다.

그러나 독자들이 이 책을 어떻게 이해하든, 학자들이 이 책을 어떤 각도에서 해석하든, 다른 학문이 아무리 얽혀 있든, 나는 그것이 궁극적으로 '인간'의 존재를 기술하고 있기 때문에 문학이라고 늘 주장합니다. 나는 이 책에서 현대 중국 사회의 복잡한 얽힘과 각 삶의 이야기를 이성적인 언어를 사용하여 모종의 사회 법칙과 민족적 특성을 찾아 요약하는 것이 아니라 감성적으로 묘사했습니다.

*

이 책이 한국에서 출판될 수 있어서 매우 기쁩니다. 동아시아 농촌 지역의 발전은 공통적인 특징을 가지고 있습니다. 즉, 최근 수십 년 간 농업사회가 급속히 쇠퇴하고, 산업문명이 농업문명을 대체하는 것은 피할 수 없는 발전 추세가 되어 대부분의 농촌 청년들이

고향을 떠나 도시로 향하고, 농촌 마을은 사라지고 전통적인 생활
방식과 문화적 패턴도 사라지고 있습니다.

　이러한 사회 변화와 '소멸' 과정에서 가장 주목해야 할 것은 개
별 사람들에게 일어난 일들입니다. 그들은 추상적인 '농민', '노동
자', '마을'이 아닙니다. 그들은 우리의 가족, 즉 아버지, 어머니,
삼촌, 조카일 수 있습니다. 그들은 아직도 마을에서 어떻게 살고
있는지, 마을의 집과 나무, 연못은 어떻게 됐는지, 그들이 가족을
떠나 도시로 왔다면 그들은 도시에서 어떤 일을 하고, 어디서 사는
지, 그리고 그들은 자신들이 살고 있는 도시와 머나먼 고향에 대
해 어떻게 생각하고 있는지 나는 궁금했습니다. 나는 이러한 점을
더 명확히 알고 싶어서 2011년부터 중국의 여러 도시에서 일하는
량좡 사람들의 발자취를 따라가며 량좡 사람들이 그 도시에서 어
떻게 먹고, 살고, 일하고, 이주하는지 조사해 2013년에 『출량좡
기: 出梁庄記』를 출간했습니다. 이 책은 중국에서 상당한 반향을
불러 일으켜, '2013년 중국의 좋은 책', '제11회 중국문학 미디어
대상', '제1회 논픽션 문예대상 문학상' 등을 수상했습니다. 내가
2021년에 『량좡 마을 10년』을 출간하게 된 것은 미시적인 시각으
로 량좡 내부에 들어가 개인과 그들의 표정, 언어, 몸짓, 목소리에
대해 좀 더 자세히 쓰고 싶었기 때문입니다. 가능하다면 죽을 때
까지 『량좡 마을 20년』과 『량좡 마을 30년』을 쓸 생각입니다. 『마
을 연대기』와 같은 연속적인 글을 써서 독자들이 나와 함께 량좡
의 변화, 량좡 사람들의 노령화, 새로운 삶과 미래의 동향을 목격

할 수 있게 하고 싶습니다.

또 한 가지 분명히 말씀드리고 싶은 점은 저에게 '량좡'은 다른 어느 마을이 아니라 제 고향이라는 것입니다. 나는 그곳의 모든 삶의 미소를 잘 알고 있고, 그 표정의 모든 비밀을 알고 있으며, 그 안에 담긴 사랑과 증오, 역사와 현재를 이해합니다. 나는 그들 한 사람 한 사람을 사랑하며, 비난과 불만, 심지어 원망도 있을 수 있지만, 우리가 부모와 자녀를 사랑하는 것처럼 그들을 사랑합니다. 이것이 내가 량좡에 관해 글을 쓴 가장 큰 이유입니다. 또한 내가 계속해서 량좡에 관심을 갖고 글을 쓰는 이유이기도 합니다. 그것은 내 평생의 책임이 될 것입니다.

그러니 사랑하는 독자 여러분, 이 책을 읽으면서 자신의 감정과 마음을 열 수 있기를 바랍니다. 저와 함께 기차를 타고 량좡으로 돌아가는 여행을 시작하겠습니다. 중국의 광활한 대지 깊은 곳에 그런 마을이 있고, 그런 사람들이 있고, 그런 강이 당신을 기다리고 있고, 당신이 오기를 기다리고 있습니다.

독자 여러분과 함께 해서 진심으로 감사드립니다. 이제 곧 다가오는, 만감이 교차하는 이 여정을 함께 시작하길 바랍니다.

2024년 11월, 베이징에서

서문

오랫동안 나는 내 직업에 대한 의구심으로 가득 차 있었다. 이 허구의 삶이 현실과 대지, 그리고 마음과 아무 관련이 없다고 의심했다. 매일 가르치고, 장황하게 얘기하고, 밤마다 단어의 의미에 대해 글을 쓰면서 모든 것이 무의미해 보인다는 부끄러움까지 느꼈다. 내 마음 깊은 곳에서는 항상 이런 삶은 진짜가 아니며, 인간의 본질적인 의미를 구현할 수 있는 삶이 아니라고 끊임없이 상기시키는 목소리가 들려왔다. 이 삶은 내 마음과 고향, 이 땅, 그리고 가장 넓은 현실로부터 점점 더 멀어지고 있었다.

그 땅, 즉 내 고향 량현(穰縣) 량좡(梁庄), 나는 여기서 20년을 살았다. 떠나 있던 10년 동안 나는 항상 고향에 애착을 가지고 있었다. 그것은 내 인생에서 가장 깊고 고통스러운 감정이었다. 특히 량좡과 수백만의 량좡이 중국의 질병과 슬픔의 중심지로 점점 더 많이 떠오르면서 그들을 외면하기는 정말 어려웠다.

언제부터 농촌이 국가의 짐이 되었고 개혁, 발전, 현대화를 추구하는 데 부정적인 요소가 되었을까? 언제부터 농촌이 밑바닥, 변두리, 병든 자의 대명사가 되었을까? 그리고 언제부터 점점 더 황량하고 적막한 농촌, 도시의 어둠의 끝자락에서 바쁘게 움직이며 기차역에서 힘겹게 버티는 수많은 농민공들을 보며 울고 싶어졌을까? 이 모든 일이 언제, 어떻게 일어났을까? 여기에는 얼마나 많은 역사적 모순과 실수가 포함되어 있을까? 얼마나 많은 삶의 고통과 외침이 포함되어 있을까? 아마도 이것은 중국의 농촌을 아끼는 모든 지식인이 직면해야 할 질문일 것이다.

그래서 나는 정말 농촌으로, 내 고향으로 돌아가 중국의 역사적, 문화적 변화 속에서 현대 농촌이 차지하는 위치를 온전한 시각으로 조사, 분석, 검토하고, 농촌의 본질적인 삶의 모습을 폭넓게 보여주고 싶은 충동을 느꼈다. 내 눈을 통해 농촌의 과거와 현재, 변화와 불변의 모습, 농촌이 겪은 기쁨과 고통, 견뎌낸 슬픔이 역사의 지반 위에 서서히 드러나기를 바랐다. 따라서 현대 사회의 변화 속에서 마을의 정서적 심리, 문화적 조건 및 물리적 형태라는 렌즈를 통해 다음의 질문들에 대한 해답을 찾고 싶었다. 중국의 현대 정치 및 경제 개혁, 근대성 추구와 중국 농촌 사이에는 어떤 관계가 존재할까? 농촌은 어떻게 쇠퇴하고, 재생되고, 흩어지고, 재편되는가? 이러한 변화 속에서 미래, 현대성과 연결된 것은 무엇이며, 한 번 파괴되면 다시는 없을 것이지만 우리 민족에게 중요한 것은 무엇일까?

2008년과 2009년 여름과 겨울 방학 동안 나는 중부 평원에 있는 작고 외지며 가난한 마을 량좡으로 돌아와 거의 5개월 동안 그곳에서 살았다. 매일 마을 어르신, 중장년층, 청소년들과 함께 밥을 먹고, 얘기를 나누며 마을의 성씨 구성, 씨족 관계, 가족 구성원, 주거 현황, 개인 행선지, 결혼과 출산 등에 대한 사회학적, 인류학적 조사를 진행했고, 발과 눈으로 마을의 땅과 나무, 연못, 강을 측량하고 옛 친구들과 선배들, 그리고 이미 떠난 친척들을 찾아다녔다. 특히 마을에 실제로 들어갔을 때, 평범한 귀향인의 거리에서 관찰하는 것이 아니라 사랑하는 사람의 감정으로 마을에 들어갔을 때, 오랫동안 마을을 떠나온 사람으로서 마을을 정말 모른다는 것을 깨달았다. 그 존재의 복잡성, 그것이 직면한 오래된 문제와 새로운 문제, 그것이 감정적으로 겪는 충격, 거기에 담긴 새로운 희망을 명확히 이해하기는 어려웠다. 그들의 고통과 행복이 어디에 있는지 알기 위해서는 일반화된 집단이 아닌 한 개인으로서 그들의 말을 마음으로 들어야 한다. 그들의 감정, 언어, 지혜는 너무나 풍부하고 깊어서 여러분처럼 글과 생각으로 살아가는 사람조차도 그것들이 대지와 대지에 뿌리내린 삶에서 왔다는 사실을 알게 되면 충격을 받을 것이다.

 헤이든 화이트는 역사가들이 말하는 '사실'에 대해 말할 때, 그들은 반드시 '사실'의 '허구성'을 인식하고, 소위 '사실'은 이론가의 선험적인 의식형태와 문화적 관념에 의해 결정된다고 여겼다. 그렇다면 나의 '선험적 의식형태'는 무엇일까? 고통받는 농촌? 몰락한 농촌? 개조가 필요한 농촌? 근대성의 틈바구니에서 자기 정체성과 삶의 공간을 잃어버린 농촌? 나는 이러한 나의 선험적 관념을 버리고 (나중의 조사에 따르면 대화의 방향은 항상 자신의 관념을 보여주고 대담자가 자신의 방향으로 생각하도록 유도하기 때문에 이것이 매우 어려운 일이라는 것을 알았다) 회의론자의 태도로, 좌나 우의 개념을 경계하고, 고향의 코드에 다시 들어가는 정서적 인간으로 농촌에 들어가 거기에 존재하는 내적 논리를 찾고 싶었다. 물론 이 작업은 단지 노력에 불과했다. 왜냐면 나는 언어를 '인코딩'해야 하고, 아무 관련이 없는, 어떤 생기도 없는 재료를 하나의 얘기로 만들어야 하고, 은유를 통해 다른 사람들에게 보여줘야 했기 때문이다. 이 '은유' 과정이 나의 서사가 완전히 '진실'이라기보다는 문학적이거나 문학에 가까운 얘기일 수밖에 없다는 것을 말해준다.

　누군가 나에게 "어떤 종류의 작업을 하려고 하나요?", "당신의 관점은 무엇인가요?"라고 묻는다면 나는 당황스럽고 약간 겁이 났을 것이다. 내 관점은 무엇인가? 오늘날 농촌은 어떤 존재일까? 마음속으로 열심히 찾아봤다. 농촌은 어떤 종류의 사회 및 발전 문제를 반영하는가? 나는 농촌이 완전히 파괴되었다는 많은 논평가들의 견해를 인정하지는 않지만 분명 만신창이라는 데는 동의한다. 또한 농민의 상황이 가장 어려운 지점에 도달했다고 생각하지 않지만 사회 전체의 큰 문제는 실제로 농민과 농촌에 집중되어 있다고 생각한다. 그런데 농민공과 농촌에 대한 정부의 정책과 노력은 아무 소용이 없는 것 같고, 농촌은 빠른 속도로 쇠퇴하면서 마치 거대한 거짓처럼 도시 패러다임을 향해 돌진하고 있다. 나는 그런

성향이 분명한 담론, 그렇게 격렬하지 않으면 지식인의 양심을 반영할 수 없는 것처럼 분개하는 담론에 반대하지만, 마찬가지로 비교적 차분하고 객관적인 입장으로 농촌의 모습을 제시하려는 나의 방식이 일종의 온건한 입장이며, 그것은 한 사상가의 조기 쇠퇴와 모종의 동화(同化)를 보여준다는 것을 잘 알고 있다. 학계와 학계 스타일의 사고는 이미 우리 시대에 지배적 이데올로기와 서로 타협한 존재로 대체되었다. 어쨌든 나는 특정 경향이나 진영에 휩쓸리지 않고, 제한된 눈과 지식으로 무언가를 직접 경험하는 회의론자가 되고 싶었다. 내 판단이 어떤 편견을 내포하고 있고, 그 편견이 자꾸 진리의 모습으로 나타날까 봐 두려웠다. 따라서 나는 ―이것은 현지조사라기보다는, 더욱이 깨달은 사람의 시각이 아니라―삶의 시작으로 돌아가 땅을 다시 느끼고 그 땅에 있는 가까운 사람들의 정신과 마음을 느끼기 위해 고향에 진입한 귀향인이다. 그것은 판단이나 결론이 아니라 일종의 전시다. 혼란, 망설임, 기쁨, 슬픔이 얽혀 있는데, 이것은 중국의 근대화 이후 향토 중국의 문화, 정서, 생활 방식, 심리 구조의 변화가 단순히 옳고 그름으로 측정하기 어려운 거대한 모순이 존재한다는 것을 알기 때문이다.

어쩌면 내가 한 일은 한 문학인의 다큐멘터리, '내 고향'과 '내 고향 사람들'을 위한 작은 전기일 뿐일지도 모른다. 왜냐하면 내게 익숙한 모든 것들이 곧 사라지기 때문이다. 동시에 고향은 어른이나 시대에 대해서만 말할 뿐 자라나는 아이들에게는 내가 말하는 '현재', 내가 말하는 '상실'이 그들의 고향인 것이다.

중국에서 량좡은 수많은 비슷한 마을 중 하나이기 때문에 사람들이 잘 모르며 특별한 것도 없다. 하지만 량좡에서 중국의 모습을 명확하게 볼 수 있다.

제1장

내 고향은 량쫭

랑현(穰縣)은 허난성 남서부 난샹(南襄) 분지의 서쪽 중앙에 위치하고 있다. 지리적 좌표는 북위 32°22'-32°59'와 동경 111°37'-111°20'이며, 허난성 남서부의 난샹 분지 중앙에 위치하고 있다.

남북 길이 96킬로미터, 동서 폭 67킬로미터, 총 면적 2294.4제곱킬로미터이다. 우진(吳鎭) 량좡촌(梁庄村)은 랑현의 북서쪽에 위치하고 있으며, 도시 지역에서 40킬로미터 떨어져 있다… 랑현의 지형적 특징은 "산이 적고 언덕이 많으며 평야가 많다"는 것이다. 지형은 북서쪽이 높고 남동쪽이 낮으며 지면의 평균 경사는 1/800-1/1200 사이다. 랑현에는 크기가 다른 29개의 강이 있다. 큰 강은 각각 북쪽과 서쪽에서 현으로 들어와 남동쪽에서 합류하여 바이허(白河)로 유입되어 한수이(漢水)로 흘러가는 퇀수이(湍水), 댜오허(刁河), 자오허(趙河), 옌링허(嚴陵河)이다. 강 사이는 자연스럽게 부채꼴 충적 평야로 나뉘어 북쪽, 중앙 및 동쪽에 넓은 비옥한 땅을 형성한다. 토양층은 깊고 토질은 물과 유기물 보유력이 강한 갯벌 토양, 황색 고토, 흑색 고토로 이루어져 있다. 아열대 몬순 기후대에 속하며, 몬순 기후 변화의 영향을 받아 추위에서 더위로 사계절의 변화가 뚜렷하고 온난하고 습하다.

『랑현 현지(縣志)·개요』

랑현으로 돌아가다

어젯밤에 거의 잠을 자지 못했다. 기차가 흔들거려 아직 3년 2개월밖에 안 된 아이는 조금이라도 불편하면 팔을 앞뒤로 휘두르며 뒤척였다. 나는 아들이 떨어질까 두려워 아이의 발치 위에 누워 두 다리로 감쌌지만 녀석의 잠결에 나도 밀려나곤 했다. 나는 하는 수 없이 일어나서 침대 옆 전등을 킨 채 『먼 집들』을 읽었다. 이 책은 미국의 자연문학 작가 헨리 비스턴이 1920년 인적이 드문 케이프 코드 해변에서 살다가 1년 후에 쓴 에세이 모음집이다. 저자는 케이프 코드의 웅장한 바다, 다양한 바닷새, 예측할 수 없는 날씨, 곳곳에 널려 있는 난파선들과 친밀한 시간을 보냈는데 그의 시선이 닿는 곳마다 풍요로움과 섬세함, 깊은 애정을 느낄 수 있었다. 여기서 자연과 인간은 하나이며, "인간 존재에 대한 개인적인 태도가 무엇이든 간에, 자신을 확립하는 유일한 방법은 자연에 대한 친밀한 태도를 갖는 것임을 이해해야 한다. 종종 무대의 스펙터클과 비교되는 인간의 삶은 단순한 의식이 아니다. 존엄성, 아름다움, 시와 같은 인간의 삶을 뒷받침하는 오래된 가치는 자연에서 영감을 받는다. 이러한 가치들은 자연계의 신비와 아름다움에서 비롯된다. 대지를 모욕하는 것은 인간의 정신을 모욕하는 것이다. 불꽃을 바라보듯 경건한 마음으로 대지를 향해 손을 들어보라. 자연을 사랑하는 모든 사람, 자연에게 마음을 여는 모든 사람에게 대지는 원시적 생명의 활력으로 그들을 지탱해 주는 힘을 준다." 그렇다, 자연과 하나가 될 때 비로소 삶의 의미, 즉 인간 존재의 본질적인 모습이 드러난다. 저기 당신은 작고 위대하며 변함이 없다. 인간은 그것의 일부이기 때문이다.

커튼을 걷어 올리자 황야는 흐릿한 밤과 기차의 속도에 빠르게 지나갔다 다시 나타났다. 나무에 가려진 집들은 고요하고 밤의 숨소리가 희미하게 들렸다. 이제 곧 펼쳐질 고향 여행이 기대되지 않을 수 없었다. 고향 마을, 친척들, 개울가, 그리고 어린 시절의 흔적이 남아 있는 개울가의 큰 나무. 그 역시도 그렇게 장엄한 사색을 불러일으킬 수 있는 웅장하고 아름다운 풍경이었다.

이른 아침, 기차가 천천히 읍내에 접근하고 있었고 다리를 보자마자 여행의 첫 번째 정거장인 랑현이 다가오고 있다는 것을 알았다. 나는 이 다리에서 세상에서 가장 아름다운 달을 본 적이 있다. 하늘이 막 어두워지던 해질녘, 달은 이미 하늘로 떠올랐고, 화선지 같은 이상한 노란빛을 띠며 가운데에 옅은 구름이 있고, 젊음의 슬픔처럼 우아하고 둥글며 형언할 수 없는 섬세함을 지니고 있었다. 내가 열세 살이었던 그해에 처음으로 읍내와 기차를 보았고 읍내는 첫인상을 남겼다. 그러나 읍내에 들어가 교차로에서 큰언니 집을 찾을 때 나는 당황하고 두려워서 감히 길을 물을 수가 없었고 그렇게 한가로운 사람들의 몸에 낯선 무언가가 있어 감히 앞으로 나갈 수가 없었다. 나는 어느 한 건물 앞에서 한참을 헤매다가 들어가서 길을 물어보고 싶었다. 막연하게 여기가 언니네 집 근처일 것이라고 생각을 했지만 섣불리 물어볼 수 없었다. 지금 생각해 보면 도시는 작은 읍내에 불과할지라도 시골 아이에게 보이는 이미지는 분명한 계급과 거리였다.

한때 '사슴을 타고 달리는 중앙 평원'의 가장 중요한 전장이었던 랑현은 수많은 잔인한 전쟁과 심각한 자연재해로 고통을 받았고, 랑현 사람들은 몇 번이고 거의 멸종할 뻔했다. 그러나 지리, 기후, 교통의 이점으로 인해 랑현의 인구에 공백이 생길 때마다 이민자들이 빠르게 유입되어 이를 대체했다. 역사 기록에 따르면 진나라 소양(昭襄)왕 26년(기원전 281년)에 '무질서한 백성'을 양으로 이주시켰다고 한다. 당 현종 10년(서기 722년)에는 하곡(河曲)의 6개 도시에서 5만 명 이상의 사람들이 허(許), 여(汝), 당(唐), 양(穰)으로 이주했다. 그중에서도 가장 크고 널리 퍼진 이주는 명나라 홍무(洪武) 2년(서기 1369년)으로 이때 산시성, 장시성, 푸젠성의 인구가 양으로 이주했다. 랑현(穰縣) 사람들은 자신들의 조상이 이주의 기원이 된 산시성 홍둥현(洪東縣) 출신이라고 말한다. 랑현은 농업 지역으로 주로 밀, 면화, 담배, 작은 고추, 땅콩 등을 생산해 이전부터 '곡창'으로 불린다. 이곳은 국가 곡물, 소, 담배 수출 생산 기지이자 면화, 참깨 생산의 핵심 지역이다. 그러나 큰 기업이 거의 없고 지주 산업이 없어 개혁개방의 물결에서 항상 불리한 위치에 있었다. 경제적으로 낙후되고 풍토가 보수적이며 생각이 후진적이라는 것이 랑현에 대한 정부 당국의 개괄적 평가이다. 드디어 기차가 멈췄다. 차창 밖에는 가족들이 큰 무리를 지어 서 있었다. 아버지, 큰언니, 둘째 언니, 셋째 언니, 여동생 가족 등 모두 십여 명이었다. 차 문이 열리자 문 앞에 서 있던 아들이 갑자기 바닥을 가리키며 "더러워, 너무 더러워"라고 울부짖으면서 내리지 않으려 했다. 모두가 웃었다. 어젯밤 랑현에는 비가 내렸고 역의 바닥은 진흙탕인 데다 비에 젖은 과일 껍질, 종이조각, 쓰레기가 뒹굴고 있어서 파리가 바쁘게 움직이고 있었다. 아들은 분명히 약간 겁을 먹은 것처럼 보였다.

정오가 되자 가족은 점심을 먹으러 식당에 갔다. 아버지와 어머니, 남매 6명으로 구성된 8명의 가족은 이제 20명이 넘는 대가족으로 늘어났다. 한 테이블에는 앉을 자리가 없었고, 다른 테이블에는 크고 작은 아이들이 목소리와 웃음소리로 가득 차 시끄러웠다. 외부인의 관점에서 보면 이 가족은 행복한 가족으로 보인다. 마침내 오랜 가난을 견뎌내고 제대로 된 식당에 가서 온 가족이 식사를 하게 된 것이다. 그런 소란스런 장면을 본 아들은 약간 놀라고 무서워하며 나에게 달라붙었다. 도시에 사는 현대의 아이들은 대가족의 시끌벅적한 장면을 거의 경험하지 못했다.

저녁이 되자 가족들은 평소처럼 여동생 집에 모였다. 아버지와 언니, 제부들은 거의 7~8년 동안 가장 좋아하는 오락거리였고, 북쪽의 작은 마을 사람들에게는 흔한 오락거리였던 떠우띠주(鬪地主: '집주인과의 싸움'이라는 뜻)에 평소처럼 가지 않았다. 그들은 마을에 대한 얘기를 나누기 위해 모였다. 문제는 언니들이 어릴 때 결혼하고 도시로 이주했기 때문에 시골집은 이미 '고향'이 되었다. 따라서 마을 얘기에 관한 한 그들의 호기심과 흥분은 나 못지않았다.

모두가 흥분하는 또 다른 이유가 있는데, 그것은 바로 내가 드디어 한동안 집에서 살 수 있다는 것이다. 스무 살에 학교로 떠났을 때부터 집에 돌아올 때마다 짧은 기간 동안만 머물렀는데, 이번에는 드디어 오랜 기간을 함께 살 수 있게 되었다.

미실(迷失)

도시를 빠져나가는 도로는 강을 따라 건설되었으며, 한 구간은 강 수위보다 10미터 이상 높은 곳에 건설되었다. 차에 앉아 있으면 모래 준설선이 포효하고 모래 더미가 우뚝 솟아 있고 대형 운송 트럭이 앞뒤로 달리는, 번영하는 건설 장면을 볼 수 있었다. 그러나 10여 년 전만 해도 세차게 흘렀던 강물, 넓은 강은 사라지고 강 위를 돌던 물새는 어디에서도 볼 수 없었다.

개혁개방 30년 동안 전체 마을 네트워크에서 가장 큰 변화를 가져온 것은 도로였다. 도로가 넓어지고 그 수가 늘어나면서 사방으로 연결되고 마을과 마을 사이의 거리가 짧아졌다. 어린 시절과 청소년 시절에는 버스를 타고 마을에 가려면 버스를 기다리는 시간을 제외하고도 최소 2시간이 걸렸고, 승차감이 너무 울퉁불퉁해서 버스 지붕에 사람이 부딪혀 머리가 아픈 적도 있었다. 당시 2위안이면 6인 가족의 한 달 생활비에 맞먹는 돈이었기 때문에 사람들은 거의 차를 타지 않았다. 내가 현립 사범대학에 다닐 때는 반 친구들 대부분이 자전거를 빌려서 집에 갔고, 그중 두 명은 서로를 태우고 6시간이나 걸리는 집을 오가곤 했다. 그때마다 엉덩이는 아팠지만 이제 막 사춘기에 접어든 청소년은 그런 것에 신경 쓰지 않았다. 강을 따라 물새들이 하늘을 맴돌았고, 때로는 길가에 긴 도랑이 있었고 그 도랑에는 푸른 풀과 여러 가지 색의 작은 야생화로 뒤덮였다. 높고 낮은 도랑들이 푸른 하늘로 깊숙이 뻗어 상쾌하고 부드러웠다. 마을은 길가의 나무에 숨겨져 있어 영원할 것처럼 조용하고 소박했다.

하지만 이것은 내 기억일 뿐이다. 영원한 마을이 현실로 돌아오자 이 넓은 고속도로처럼 구멍이 숭숭 뚫렸다. 마치 현대화가 시골 문턱까지 왔음을 세상에 알리려는 듯 황야를 가로질렀다. 하지만 마을의 경우 현대화는 오히려 더욱 요원했다. 2년 전, 성성(省城)[1]에서 집에 갈 때, 아마 고속도로가 막 개통되었을 때 마을 사람들은 충분한 교육을 받지 못해 고속도로에는 자전거, 보행, 작은 삼륜차, 역주행, 무단횡단 등이 뒤섞여 있었다. 황야의 상공에는 귀를 찢는 경적과 브레이크 소리가 수시로 울려 퍼졌다. 고향 사람들은 태연하게 고속도로를 걸었고, 도로 옆에는 철조망이 쳐져 있었다. 지금은 더 이상 도로에 보행자가 없으니 충분한 교육과 교훈을 받은 것 같다.

그들은 정해진 궤도와 지정된 장소로 돌아가야 한다. 과속하는 자동차는 마을 사람들과는 아무런 관련이 없으며, 오히려 현대 사회에서 '타자'로서의 정체성을 강화한다. 점령된 땅은 말할 것도

---

1 성(省)정부 소재지. 보통 성회(省會)라고 부른다.

없고, 저녁 식사를 하러 갈 수 있을 정도로 가까웠던 두 마을은 이제 몇 리를 돌아가야 닿을 수 있다. 마을의 생태 파괴와 내부 유기체에 대한 피해는 건설 과정에서 의사 결정권자들이 고려하지 않은 부분이다. 표준 데이터에 따라 일부 통과 가능한 작은 터널이 있더라도 마을의 감정을 고려하는 사람은 아무도 없었다. 거대한 흉터와 같은 고속도로는 원시 햇빛 아래에서 타르와 금속성의 강한 냄새를 풍긴다.

우진(吳鎭)이 점점 더 가까이 다가오고 있었다.

우리 일행은 이곳에서 사업을 하고 있는 오빠의 집에 들렀다. 현 소재지에서 북서쪽으로 40킬로미터 떨어진 곳에 위치한 우진은 랑현의 '4대 유명 진(鎭)' 중 하나로 시장이 매우 번성했던 곳이다. 읍내의 중심은 사방으로 뻗어 있는 십자가 모양의 메인 도로를 중심으로 형성되어 있었다. 내가 어렸을 때 장이 열릴 때마다, 특히 3월 18일 묘회(廟會)[2]가 열릴 때마다 사람들로 인산인해를 이뤘다. 읍내 북쪽 끝에서 남쪽 끝의 학교까지 걸어가다 보면 발이 땅에 닿지 않고도 밀려서 갈 정도였다. 오고가는 차량도 앞으로 나가질 못해 경적을 울려댔지만 아무도 거기에 신경 쓰지 않고 시장의 열기 속으로 빠져들었다. 읍내 북쪽 끝에는 후이족(回族)이 모여 사는 곳이 있었는데, 학교 다닐 때 매일 그들의 집 한가운데를 지나가면서 염소 잡는 모습, 장례식, 경전을 외우는 모습을 보며 그들의 삶

---

2 갯날이나 정해진 날에 사찰 근처에서 임시로 서는 장이다. 특히 춘절 등 명절 때 사람들이 많이 모인다.

의 방식에 항상 낯섦과 경외감을 느꼈다. 공장도, 사업체도 없었고, 꼭 필요한 공무원과 상인을 제외하고는 읍내 주민 대부분이 농사를 지으며 생계를 꾸려나갔고, 가끔 소규모 상인으로 활동하며 직접 재배한 식량, 달걀, 과일을 팔거나 물물교환을 하기도 했다.

이제 새로운 고속도로를 따라 우진은 새로운 시장 중심지이자 무역 중심지가 되었고, 도로 양쪽으로 뾰족하게 솟은 유럽식 건물이, 현대적이지만 어딘가 어색해 보이는 새 집들이 줄지어 서 있었다. 이 지역의 원래 메인 도로는 새로 생겨난 거리와 그 주변에 새로 지어진 집들에 둘러싸여 낡고 황량해졌다. 원래 있던 집과 가게는 그대로 있었고, 심지어 가게 주인도 변하지 않았지만, 전체적으로 방향이 바뀌고 집들이 낡은 상태라 묘한 낯섦과 이질감을 주었다. 나는 이질감에 적응하지 못하고 길을 걸을 때마다 타향에 와 있다는 느낌을 강하게 받았다.

오빠와 새언니는 읍내에서 작은 병원을 운영하고 있었다. 오빠도 시류에 따라 다른 사업을 하려고 땅을 계약하고 게임장을 열었고, 최근에는 동창들과 '부동산'을 하려고 했지만 실패로 끝난 것 같았다. 이번에 돌아와 보니 오빠의 집에는 모래와 자갈, 철근이 쌓여 있었고 콘크리트 혼합기가 덜컹거리고 있었다. 원래 샀던 집 전체를 둘로 쪼개서 일부를 팔아 집을 살 때 진 빚을 갚는다고 했다.

오빠 집에 잠시 들른 후 폭죽과 소지(燒紙)³를 사서 마을 가장자리에 있는 친할아버지와 셋째 할아버지의 산소를 찾아뵈었다. 이것은 우리가 집에 돌아올 때마다 가장 먼저 한 일이었다. 20년 동안의 확장 끝에 량좡과 읍내는 거의 연결되었고, 오빠의 집은 읍내에서 불과 500미터 남짓 떨어져 있었다. 어린 시절, 읍내 학교에서 야간자율학습을 마치고 집으로 돌아가는 길은 나에게 가장 무서운 경험이었다. 텅 빈 적막한 길에는 어둡고 키가 큰 포플러 나무가 양쪽으로 늘어서 있었고, 바람이 불면 나뭇잎이 흐느적거리며 소리를 냈다. 나는 모골이 송연할 정도로 두려움에 떨었다. 읍내 학교에서 마을까지 가는 길은 세상에서 가장 먼 길이었다. 물론 좋은 시절도 있었다. 치옹야오(瓊瑤)⁴와 진융(金庸)⁵이 인기를 끌던 사춘기 시절, 나는 그들의 책을 닥치는 대로 미친 듯이 읽곤 했다. 그래서 밤길의 두려움과 공포 속에서도 잘생기고 수줍은 흰옷의 소년이 멀리서 표연히 다가와 다정하게 내 손을 잡고 나를 집으로 보내주는 상상을 자주 했다.

지금처럼 가족, 오래된 집, 가족과 친척의 산소가 아니었다면 이곳이 내가 20년 넘게 살았던 마을이라고 믿기 어려웠다. 길을 걸을 때면 귀속감도 기억도 없이 매번 '상실감'을 느꼈다.

돌아가신 친할아버지와 셋째 할아버지는 옛날 집의 뒤뜰에 묻

---

3 제사 지낼 때 태우는 종이
4 타이완의 여류 소설가로 연애소설의 대가이다.
5 중화권의 대표적인 무협소설가이며 국제적인 언론인이었다.

혀 있었다. 뒤뜰이라고는 하지만 마당 담벼락이 무너지고 그 안에
는 사람 키 절반 높이의 풀들이 자라고 있었다. 산뜻한 폭죽 소리
가 마을 위로 터져 나오며 적막을 일깨우고 그곳의 영혼들과 연결
되는 듯했다. 우리는 절을 하고 종이를 태웠다. 아버지는 눈을 비
비며 이렇게 말씀하셨다. "너희 할아버지는 1960년에 양로원에
보내졌어. 갈 때는 좋았어. 말도 잘했고, 노래도 잘했어. 요강을
들기도 했지. 그런데 들어간 지 나흘 후 할아버지는 누워서 돌아
왔어. 돌아가신 거지. 굶어서 죽은 거야." 성묘를 갈 때마다 아버
지는 이렇게 말씀하셨다. 할아버지를 뵙지는 못했지만 오랜 세월
아버지의 말씀을 들어보면 내 마음 속의 할아버지는 과피모(瓜皮
帽)[6]를 쓰고 두부 장사를 하느라 두부 지게를 지고 다녀 허리가 반
쯤 굽은 노인이었다. 할아버지는 한 손에는 모포를, 다른 한 손에
는 요강을 들고 마을에서 5리쯤 떨어진 양로원을 향해 비틀거리
며 걸어가셨다.

폭죽 소리를 듣고 마을 사람들이 나와서 공손하게 나를 쳐다보
며 아버지에게 물었다. "광정(光正), 몇째 딸인가? 넷째 딸 맞지?
살이 쪘네?" 낯익은 얼굴과 낯선 얼굴, 그들의 얼굴에서 세월의 흔
적을 분명히 느꼈고 나도 끔찍한 변화를 겪었다는 것을 깨달았다.

뒤뜰 오른쪽에는 새로 지은 2층짜리 집이 있었는데, 아버지는
그 집이 장 씨네 다오콴(道寬)의 집이라고 하셨다. 다오콴, 그의 형

---

6 중국 고유 모자의 일종. 수박의 반쪽 모양으로 모자의 챙이 없고 정수리에 둥근 손잡이가 있다.

제자매들은 모두 대학에 가면서 마을을 떠났고, 오직 그만이 여기에 남았다. 다오콴은 말이 어눌하고 일도 서툴렀다. 그는 미모의 쓰촨 여자와 결혼을 했는데 그 여자는 성격이 불과 같아 몇 차례 집을 나갔다 잡혀 돌아오곤 했으나 결국 다시 나가버렸다. 다오콴은 많은 고통을 겪었고 온 마을의 조롱거리가 되었다.

무릎 높이까지 자란 잡초와 덤불을 걷어내고 20년 동안 살았던 낡은 집을 찾았다. 마당도 잡초로 가득했고, 마을 사람들이 임시 화장실로 사용하던 반쯤 무너진 부엌에는 가축들이 살았던 흔적도 보였다. 본채의 앞뒤 지붕은 모두 큰 구멍이 나 있었다. 기둥은 이미 기울어져 있었다. 몇 년 전에 오빠가 한 번 손을 보기는 했지만 아무도 살지 않아서 다시 곧 허물어지기 시작했다. 외벽에는 동생이 글을 배우던 시절에 썼던 시가 아직도 틀린 단어로 적혀 있었다. 매년 우리가 돌아올 때마다 우리는 그 시를 다시 읽어야 했고, 자매는 미친 듯이 웃었다. 아버지는 열쇠를 잊어버려서 본채에 들어가지 못했다. 아버지와 딸들은 집 앞에 서서 사진을 찍었다. 다오콴 가족의 새 집은 우리집과는 너무나 대조적이었다.

마을 공동묘지에 있는 어머니의 무덤은 마을 뒤편 강 언덕에 있다. 멀리서 보면 옅은 안개가 자욱하고 탁 트이고 조용하며 영원한 생명과 자연의 느낌이 들었다. 이곳에 올 때마다 내 마음은 슬픔이 아니라 평화와 따뜻함, 집으로 돌아가는 느낌이 들었다. 생명의 근원으로 돌아가면 거기에는 어머니도 있고 나의 마지막 귀착점도 있을 것이다. 종이를 태우고, 절하고, 폭죽을 터뜨렸다. 나는 아들에게 바닥에 무릎을 꿇고 나를 따라 세 번 절을 하라고 말했다. 그리고 이분이 할머니라고 말했고, 아들이 할머니가 누구냐고 물었을 때 나는 엄마의 엄마, 즉 엄마의 가장 가까운 사람이라고 말했다. 우리는 여느 때처럼 다시 무덤 옆에 앉아 가족 문제에 대해 한참 동안 얘기를 나눴다.

이곳을 방문할 때마다 언니는 항상 "엄마가 여기 계셨으면 정말 좋을 텐데"라고 말하곤 했다. 그래, "엄마가 여기 계셨더라면", 수없이 상상했던 이러한 장면은 온 가족의 영원한 꿈이자 아픔이었다. 무덤 위의 풀과 폭죽 부스러기를 보며 어머니의 삶과 우리 가족의 힘들었던 시절이 떠올랐고 가족이라는 개념과 가족애의 의미가 순식간에 떠올랐다. 만약에 우리의 고향이 없다면, 우리가 잃어버린 세월과 지나간 흔적을 간직한 고향이 없다면, 우리의 삶과 분투, 성공과 실패는 무슨 의미가 있을까?

지난 일들

계획대로 오늘은 아버지와 '인터뷰'를 진행하기로 한 날이었다. 아버지는 항상 곁에 계셨고 우리 모두 아버지의 성격과 행동에 대해 잘 알고 있기 때문에 '인터뷰'라는 표현이 조금은 이상했다. 어렸을 때 아버지가 얼마나 똑똑했는지, 외할머니께서 아버지를 얼마나 좋아했는지, 어떻게 청혼했고 어떻게 몰래 어머니를 만나러 갔는지, 문화대혁명 기간에 어떤 비난을 받았는지, 어떻게 계속 가출을 했는지 등 아버지의 얘기에 대해 대략은 알고 있었다.

하지만 거기까지였다. 아버지를 생각하면 아버지에 관한 모든 것이 여전히 조각난 것처럼 느껴졌다. 아득한 세월과 그에 얽힌 역사가 아버지의 죽음과 함께 사라질 것만 같았다. 무너져가는 그의 몸을 보면 늘 늦었다는 느낌이 들었다.

아버지를 '인터뷰'하는 또 다른 이유는 마을의 살아 있는 사전이기 때문이었다. 올해 만 70세가 되시는 아버지는 마을의 역사, 3세대 전 사람들의 구조, 그들의 행방, 성격, 결혼, 감정, 내력 등에 대해 손금을 보듯 훤히 꿰뚫고 있었다. 신중국 건국 이후 마을의 권력 다툼과 변화에 대해서는 아버지가 더욱 잘 알고 있었지만, 차이점은 아버지가 '파괴범'이면서 비난받는 자로 등장한다는 점이다. 매우 위엄이 있는 외모로 '공무원스럽다'는 평을 들었지만 '가시', '스판얼(事煩兒)'[7]이라는 평도 들었던 아버지는 평생 단 하루도 공무원이 되어 본 적이 없었다. 오히려 아버지는 늘 공무원들과 싸웠다. 그 때문에 가족들이 많은 고통을 겪었다.

량광정(梁光正), 일흔 살, 깡마른 체격, 광대뼈가 높고 뺨이 움푹 패이고 두 눈이 흐릿하고, 원형 의자에 구부려 앉으면 윤곽선조차 다소 희미했다. 그는 조용히 앉아서 자기 몸에서 죽음의 큰 그림자가 다가오는 것을 느꼈다. 그러나 이 노쇠한 몸에서 드러나는 일종의 끈질긴 기질도 있는데, 이는 쓰라린 운명으로 형성된 낙관과 활달함에서 기인된 것으로 보였다. 그것은 우리 앞에 있는 이 사람이

---

[7] 여러 가지 일에 참견을 하는 사람들을 뜻한다. 특히 농촌에서 한가로이 다른 사람의 일에 참견하는 것을 좋아하는 사람을 뜻한다.

죽음 앞에서도 쉽게 굴복하지 않을 것임을 말해줬다.

　너희 할아버지(66세)는 60년 봄 2월 14일에 돌아가셨고, 셋째 할아버지는 정월 초 7일에 돌아가셨다. 너희 할아버지는 양로원에서 굶어 죽었다. 그 당시에 노인들은 가족이 있든 없든 상관없이 모두 양로원에 보내져 부양되었다. 할아버지가 그곳에 갔을 때는 정신이 멀쩡했다. 손에는 요강을 들고 등에는 이불을 짊어지고 갔다. 거기에서는 가장 건강한 사람이었다. 그런데 할아버지가 그곳에 간 지 나흘 만에 굶어 죽었다.

　당시 나는 헤이포저우잉(黑坡周營)에서 댐 공사를 하고 있었다. 말이 공사지 어디든 폭파했다. 당시 사람들은 모두 배가 고파 미칠 지경이었지만 누구도 신경을 쓰지 않았다. 돌아와서 보니 네 큰아버지는 온몸이 부종으로 반질거렸고 다리에도 큰 상처가 있었는데 배가 고파 울지도 못했다. 이런 상황을 보니 내 맘도 쓰렸지만 먼저 먹을 것을 찾아야 했다. "60년에는 모두가 도둑이었다. 누구라도 훔치지 않으면 굶어 죽었으니 말이다." 모든 것을 생산대(生産隊)[8]에서 분배를 했는데 분배가 없으면 나무 이파리도 모두 먹어치웠다. 사실, 그 당시 이파리가 있는 나무라면 5년, 8년 된 나무도 다 먹어치웠다. 시골에는 나무 하나도 남아나지 않았다. 태울 수 있는 것들은 모두 제련소

---

8 인민공사 시기 지역의 관리 단위. 이전의 마을을 뜻한다.

로 가져가 태웠다. 사람들은 배가 고파 모두 귀신과 같았고 도처에 태우는 것뿐이었다.

1960년 이전에 량좡에는 200명이 넘는 량씨 가문의 사람들이 있었지만 1960년에 60~70명이 굶어 죽었다. 거의 집집마다 굶어 죽은 사람이 있었다. 당시 마을 관리인이었던 량광밍(梁光明)의 가족이 가장 많은 아사자를 냈는데, 부모와 형수가 모두 굶어 죽었다. 그의 둘째 형수가 한밤중에 밀을 훔치러 갔다가 구타를 당해 다리가 부러졌지만 결국 굶어 죽었고 그녀의 딸도 아무도 신경을 쓰지 않아 굶어 죽었다. 그는 무자비한 사람이었고 사람들을 가장 심하게 때렸다.

1960년 2월에 사람들이 가장 많이 죽었다. 원래 1인당 하루 배급량은 '4량(兩)'[9]이었는데 나중에 '2량 반'으로 바뀌었다. 간에 기별도 안 갔다. 나중에 류샤오치는 '7대량(大兩, 10량의 무게)'을 배급하도록 지시했다. 그래서 사람들이 훨씬 덜 죽게 되었다. 그 당시 곡물은 각 대대(大隊)[10]의 곡물 창고에 넣어 통제되었는데 곡물이 모두 상해도 먹지 못하게 해 량광밍도 죽을 지경이었다. 밀 수확 후, 또 많은 노인들이 죽었다. 굶주린 시간이 길다 보니 창자가 다 쪼그라들어 많이 먹으면 배불러 죽었다. 그 목이 비틀어진 왕가네 아카시아 나무를 너도 기억하지? 매번 밭일을 하러 갈 때 지났던 그 휘어진 어귀에서 대규모 제련

---

9 10량이 1斤(500g)이므로 4량은 대략 200g정도이다.
10 인민공사 시설 생산대대를 말하며 보통 300~500호로 조직된다.

할 때 큰 구덩이를 팠는데 나중에 그곳에 사람들을 묻었다. 쌓인 게 전부 죽은 사람들이었다. 사람들이 종이를 태울 때 어떤 사람은 아버지 때문에 울었고, 어떤 사람은 어머니 때문에 울었고, 어떤 사람은 자식 때문에 울었다. 그래서 사람들은 왕가네 그쪽을 가기 꺼려했다.

62년[11]에 '사청(四清)'[12]이 있었다. 부패한 농촌 간부를 싹 쓸어버리기 위한 것이었다. 그런데 아무도 처벌받지 않았다. 집에는 먹을 것도 마실 것도 없었기 때문에 담뱃잎 부스러기를 모아 짊어지고 산에 올라가 식량으로 바꾸고 땔감으로 바꿨다. 산사람들은 담배 피는 것을 아주 좋아했기 때문이다. 그런데 뜻밖에도 다른 현에 갔을 때 내가 교환한 수레와 식량을 '관공서(大辦室)'에서 몰수해 가버렸다. 그 당시에는 땔감을 운반하는 것은 허용되었으나 식량을 교환하는 것은 허용되지 않았다. 나는 빈손이 되어 내내 울었다. 밤늦게야 돌아왔는데 네 엄마는 나를 타박하지는 않았다.

성과를 부풀리는 풍토는 몇 년간 지속되었다. 당시 수확량이 많은 것은 빽빽하게 심어서라고 했다. 토끼가 밀밭으로 들어가지 못했다고 했다. 얼핏 들어도 그건 거짓말이었다.

나는 어려서부터 본래 거짓말을 싫어했고 종이 울리면 일을

---

11 사청운동은 1964년 가을부터 시작되었다고 전한다. 량광정이 시기를 다소 헷갈린 듯하다.
12 1964년 가을부터 중국 공산당이 농촌 지역에서 벌인 사회주의 교육 운동. 부패하거나 독직하는 당 간부와 지주의 자제를 비판하고 숙청하자는 운동이다.

나갔기 때문에 게으름피우는 것을 싫어했다. 그 당시 우리는 수로를 깊이 파자고 했다. 서쪽 경사지에 '행복 수로'를 파서 행복을 찾자고 했다. 그런데 실제로는 마른 수로를 팠다. 한 번 명령이 내려지면 모두가 행동에 옮겼던 기억이 난다. 모두에게 이상주의가 있었다. 솥, 그릇, 국자 등 부엌세간도 모두 태웠다. 철은 광석에 먹혀 흔적도 없이 사라졌다.

아버지는 무슨 얘기를 하시든 "옛날 얘기"를 할라치면 할아버지께서 양로원에 들어간 일부터 시작했다. 아버지는 쉬엄쉬엄 말씀을 하셨고, 이미 칠순에 접어들었지만 기억력이 놀라울 정도로 좋아서 40~50년 전에 주장했던 정치 구호와 정책 지향을 또렷하게 기억하고 계셨다. 어느새 점심이 되어 새언니가 몇 차례 식사하시라고 재촉했지만 아버지는 기억에 잠겨 몇 번이고 얘기를 하고 계셨다.

점심으로 고향의 후투면(糊涂面)[13]을 만들어 먹었는데, 아버지는 우리의 반대에도 불구하고 한 숟가락의 고춧가루를 넣어야 한다고 고집하셨다. 우리는 아버지의 위 점막이 이런 자극을 견디지 못한다는 것을 알고 말렸지만, 아버지는 "고추를 안 먹으면 사는 게 무슨 소용이냐, 차라리 죽는 게 낫다."고 말씀하셨다.

내가 어렸을 때 우리집은 채소와 기름이 부족해 반찬이라고 해

---

13 뤄양(洛陽)지방 특색의 간식

봐야 고추밖에 없었다. 겨울이 되면 고추가 떨어졌고 아무리 아껴도 모래 속에 저장해 둔 무도 떨어졌다. 아버지는 고추 줄기를 가루로 만들어 그릇에 뿌려서 다 먹어치우곤 하셨다. 마을의 많은 집들이 그렇게 했다. 때때로 관습은 가난과 관련이 있다.

점심 식사 후 아버지는 나에게 시작하라고 재촉하셨다. 나는 그에게 연대기 역사를 건너뛰고 마을의 성씨 구조와 일반적인 가족사에 대해 얘기해 달라고 부탁했다.

량좡은 오랜 역사를 가지고 있다. 우리나라의 민족 이동은 오래되었고 전쟁, 홍수, 이민이 끊이지 않았다. 량좡에는 량(梁), 한(韓), 왕(王)의 세 가지 주요 성씨가 있다. 한(韓)씨는 가경(嘉慶)[14] 시대에 형성된 성씨인데 궈한완(郭漢灣)에서 이주해왔다. 량(梁)씨는 명나라 때 산시(山西)에서 이주해왔다. 사람들은 그들이 산시 훙둥현(洪洞縣)의 큰 아카시아 나무 아래서 왔다고 한다. 사실 허난성의 많은 지역의 사람들이 그때 이주를 왔다. 중원에서는 전쟁이 많아 대부분의 사람들이 죽었기 때문에 이 지역에는 전부 이주민이 차지했다.

한씨 사람들은 교양 있고 지적 취향이 비교적 높았는데 한 씨네 몇 가족은 매우 유능했다. 한리거(韓立閣)는 카이펑(開封) 대학을 졸업했고, 한리팅(韓立挺)은 천주교 신자였다. 토지개혁

---

14 청대 인종(仁宗)의 연호(1796~1820)

시기에 지주, 악질 토호, 부농은 모두 한 씨네 집안에서 나왔다.

한리거는 대학 졸업 후 국민당 현의 병무과장이 되었고 1941년이나 1942년쯤 팡챠오(龐橋) 2구(區)의 구청장이 되어 7~8년 동안 일했다. 그가 우리 가족을 방문하러 왔을 때가 기억난다. 그는 어두운 외모에 네모진 머리, 살기, 위엄이 있었고 다른 사람을 매우 공손하게 대했다. 그는 집에서 10리 떨어진 곳에 이르렀을 때부터 말에서 내려 걸어서 집으로 갔고, 사람들을 만나면 머리를 숙여 인사했다. 마을로 돌아온 후 그는 한씨, 량씨, 왕씨 집안 집집마다 방문해 인사를 드렸다. 국민당이 몰락한 후 그는 베이징으로 도망쳤다가 1950년 '자유의 몸(放匪)'이 되었다. 정부는 관대하게 처리한다고 선전했다. 한리거는 고향으로 돌아와 새로운 삶의 기회를 찾고자 노력했다. 게다가 모친은 집에서 늘 구타를 당했다. 그는 1950년 가을에 돌아와 집에서 생산 활동에 종사하다 그해 말 체포되었다. 이듬해 초 공개 재판이 열려 총살을 언도받았다. 마을 사람들은 어떻게든 그를 살리기 위해 눈물을 흘려가며 그가 결코 나쁜 사람이 아니라고 탄원을 했지만 결국 그는 총살을 당했다.

지주에게 숨겨둔 돈을 강제로 내놓으라고 하는 '숨은 재산 들춰내기(挖底財)'도 있어 지주들은 친척들에게 돈을 빌리러 백방으로 뛰어다녔다. 한리거의 아버지도 그때 본보기로 죽임을 당했다. 그의 어머니와 형수는 차도가 없다는 것을 알고 목을 매어 자살했다. 그들은 단정한 옷도 없었고 먹은 것도 기름빵

(油旋膜)이었다. 그들을 동정하는 사람들이 몇몇 있었지만 죽기 전에 여전히 기름빵을 먹는 것을 보고 욕을 했다. 그의 작은 아버지는 일찌감치 감옥살이를 갔고 작은아버지의 아들은 창고 책임자였는데 총살을 당했다. 말하는 게 듣기 거북했고 여자관계가 있었고, 곡식을 수매할 때 크고 작은 싸움을 벌여 사람들의 분노를 샀다. 그 당시 총살은 모두 읍내 제2중학 운동장에서 벌어져 지금도 그곳을 지나가면 등골이 오싹해진다.

한리거의 남동생 한덴쥔도 카이펑대학을 졸업했는데 그가 자리도 잡기 전에 국민당은 무너졌다. 그는 57년에 고향으로 돌아왔지만 역시 공개 재판을 받았고 간쑤성으로 도망치다 붙잡혔다. 한리거의 아내는 재산이 몰수(逼財)[15]될 때 다리가 부러져 곧 사망했다. 한리거의 아들 한싱광(韓興光)은 장가도 못 가고 몇 년 전에 죽었다. 이 가족은 이렇게 끝장나고 말았다.

한리팅은 복음주의 교회에서 독학으로 의학을 공부했는데 그는 어머니를 따라 하느님과 기독교를 믿게 되었다. 나중에는 교주와 장로가 되었다. 예전에는 기독교 신자가 많았다. 80년대에는 기독교가 또 한 차례 유행을 하여 신자들이 한동안 크게 늘어나자 한덴쥔이 신자용으로 소책자를 만들어 판매했다. 한리팅이 병에 걸려 마비되었을 때 돌볼 사람이 없기 때문에 교회 신자들이 번갈아 가며 그를 돌보았다. 장례식에서 아들이

---

15 당시 농촌에서 지주를 청산할 때 쓰던 화법이다.

찬송가를 낭송하자 마을 사람들이 모두 들고 일어나 아들을 꾸짖으며 "아버지가 아픈데도 보살피지도 않는다면 그게 무슨 하느님을 믿는 가정이냐?"라며 나무랐다.

또 다른 대가족인 한젠원(韓建文)은 가족 모두가 기독교 신자였고 모두 병원 의사였다. 한씨 가문은 기품이 있는 가문이라고 할 수 있다. 내가 기억하는 한, 량좡의 춘절 대련은 모두 한씨 가문이 쓴 것이다.

한씨 가문은 인맥이 좋고 각 집안에는 잘난 아들들도 있었으나 단합하지는 않았다. 여러 아들들이 작은 이익을 위해 치고받고 싸우고 법정에 가고 어른들을 부양하지 않았다. 그래서 그들은 존경을 받지 못했다.

량씨 가문은 초창기에는 두 형제를 시작으로 총 일곱 아들이 각각 가문을 시작했기 때문에 총 일곱 가문이 있었는데, 다섯 번째와 일곱 번째 형제는 자식이 없어 오래전에 대가 끊겼다. 현재 수십 곳의 량씨 가문은 나머지 다섯 가문의 후손이다.

우리 량씨 가문은 다른 가문에 비하면 그다지 많이 배우지 못했다. 홀아비도 있었고 수전노도 있었다. 그러나 량씨 가문은 정치투쟁도 하고 내부 투쟁도 일으키기도 했다. 그래서 토지개혁 이후 량씨 가문은 더 번성했다. 량씨 가문은 3대에 걸쳐 권력을 장악해왔고 현의 당서기도 배출했다. 전임 촌서기 량싱룽(梁興隆)은 말이 필요 없을 정도로 나쁜 사람이었다. 생산대대 촌서기로 몇십 년 동안 일했는데 량씨 가문 전체가 괴롭힘을 당했다. 그해 량칭리(梁淸立)는 칼을 들고 마을 곳곳을 뒤쫓아 그를 찌르기도 했다. 불안한 그는 그렇게 도망을 다니곤 했다. 불안한 개가 담장을 넘는 꼴이었다.

관리인 량광밍(梁光明)도 나쁜 놈이었다. 그에게는 세 형제가 있었다. 량광푸(梁光富)는 결혼을 안 했고, 량광화이(梁光懷)는 굶어 죽었고 그의 형수는 맞아 죽었다. 그 후 모든 토지는 량광밍이 차지했다. 두(杜)씨네 딸 링쯔(玲子)를 너도 알지? 너랑도 어렸을 때 아주 친했잖아. 걔네 부모가 죽자 걔네 이모가 걔를 량광밍의 아들에게 줄 거라고 얘기했는데 나중에 링쯔가 거절하자 걔네 집은 광밍의 가족이 차지해 버렸다. 링쯔가 얼마간의 지참금을 그에게 빚졌기 때문이란다.

량씨 집안에서 제일 잘난 인물은 량광쯔(梁光之)이다. 그는 현정부 무장부(武裝部) 부장을 지냈다. 퇴직 후 인사 당안(檔案)[16]을 분실해 기본연금도 받지 못했다. 하지만 량씨 집안사람들 아무도 그를 동정하지 않았다. 왜냐고? 아픈 아버지를 부양하지 않았기 때문이다. 그의 형은 한밤중에 아버지를 읍네 광쯔네 집 마당으로 부려놓고 갔다. 이른 아침에 광쯔는 마당에 놓여 있는 뭔가를 발견했는데 처음에는 곡식포대인 줄 알았다. 그런데 알고 보니 아버지였다. 이걸 어떻게 하지? 그는 바로 친척을 찾아갔는데 친척들은 비꼬듯이 "그걸 어떻게 할건대? 우

---

16 개인의 공식적인 인사기록 파일

체국에 가서 사람을 우편으로 부칠 수 있는지 한번 물어보지 그래?" 결국 그는 차에서 내리지도 못하고 그날 다시 아버지를 마을의 남채원(南菜園) 쪽으로 보냈다. 그러면서 그는 마을 사람들 보고 "아버지는 남채원에 계시니 잘 부탁한다"라는 말을 형에게 전해 달라고 말했다.

왕씨 가문은 말할 가치도 없다. 모두 목이 비틀어진 나무와 같이 쓸모없는 존재들이었다. 량좡 사람들도 그쪽 사람들을 대수롭지 않게 생각했다.

너도 알듯이 우리 마을에는 소수 성씨로 첸(錢)씨, 저우(周)씨, 장(張)씨, 위안(袁)씨, 류(劉)씨가 있다. 첸 노인은 살아생전 말을 거의 하지 않았고 그의 생김새도 기억하는 사람이 없었다. 그의 아내 화얼(花兒)은 외모도 많이 떨어지고 병약했다. 집에 자식이 넷이나 있어 먹고 살기 힘들었던 화얼은 장씨네와 저우씨네 몇몇 총각과 놀아나며 가족을 부양했다. 마을 사람들은 모두 이 사실을 알고 있다.

저우 씨네 몇 가족도 매우 특이했다. 저우리허(周利和)는 회계를 담당했고 저우리중(周利忠)은 아첨꾼이었다. 부자 셋은 '첫째 적극', '둘째 적극', '셋째 적극'이라는 별명이 있었다. 저우리허는 사생아로 엄청 부지런했다. 그는 농사를 지었는데 풀 한 포기도 없었다. 부지런하다는 게 꼭 좋은 일만은 아니다. 맥문동을 심었는데 비료를 너무 빨리 주어 묘만 자라고 씨앗을 맺지 못했다. 나중에 위암에 걸려 안양(安陽)에 수술하러 갔는데 가기 전에 밀을 다 말려놓고 갔다. 수술 후 그는 병원을 나오지 못하고 죽었다. 마을에서는 "갈 때는 펄펄 날더니 돌아올 때는 폭죽 소리뿐이네. 갈 때는 빵을 먹더니 올 때는 유골함이네."라는 순커류(順口溜)[17]를 만들어 불렀다.

저우리중의 딸 춘룽(春榮)은 한밤중에 담을 넘어 도망쳐 시집을 갔다. 량씨네 절름발이 창(常)은 글자를 몰랐지만 타령을 제일 잘 만들었다. 그는 마을에서 "이월 초이틀 용이 머리를 들고 저우 씨네 딸이 담장머리를 넘네. 저우리중이 머리를 들어 침대 위에 사람머리가 있나 보니 아오쯔(襖子)[18]가 이불머리 위에 놓여 있고 안쪽머리에는 베갯머리가 있었네. 링산(靈山)머리까지 쫓아가 다리머리에서 만나 결혼증명서를 보고는 머리를 푹 숙이고 길머리를 되돌아왔네."[19]라며 노래를 불렀다.

1980년대 어느 해 나와 절름발이 창 등 몇 사람은 담배 모종을 구하러 다녔다. 우리는 어떤 언덕에서 쉬며 함께 수다를 떨었는데 절름발이 창이 "둘째 형, 형은 나보다 못해. 빚도 지고 형수도 아프고 애들도 예닐곱 명이고. 형은 언제 나를 능가할 수 있어?"라고 말했다. 물론 힘들어하는 나를 놀리기 위한 말이었다. 옆에서 그 말을 들은 한 명이 "그런 말 마쇼. 용이 한 번 오르면 거북이는 10년을 움직여야 해."라고 말했다. 절름발이

---

17 민간에서 즉흥적인 문구에 가락을 넣어 부르는 노래의 일종
18 안을 댄 중국식 상의
19 이 타령에서는 머리(頭)가 단어 끝에 붙어 반복적으로 나온다.

창은 애도 몇 명 있는데 하나도 성하지가 않았다. 큰애는 데릴 사위로 갔고, 둘째는 일하러 나갔다가 돌아오지 않았다. 절름발이 창이 마흔여덟 살 때 애 둘을 더 낳았는데 하나는 물에 빠져 죽었고 나머지 하나는 매일 인터넷 게임만 한다.

간단히 말하면, 우리 량좡의 상황은 "한씨네 사람들이 제일 잘 낫고, 왕씨네 사람들은 제일 멍청하고, 량씨네 사람들은 얼훠산(二貨山)[20]이네."라는 우스갯소리와 같다.

아버지에게 마을 전체는 생생하고 얽히고설킨 가족 얘기이자 살아있는 존재였다. 오랜 시간 이곳에 정착한 사람들만이 느낄 수 있는 감정으로 모든 마을은 역사의 한 조각이고 모든 가족은 독특한 삶의 형태였다. 아버지가 첸씨 집안의 여인 화얼에 대해 말씀하실 때 문득 왕씨 집안을 대했던 것처럼, 첸씨 집안이 우리집에서 멀지 않은 저수지 건너편에 살았고 그 집 딸이 우리 자매와 비슷한 나이였음에도 불구하고 10대 시절에 그들의 존재를 알지 못했던 것이 떠올랐다. 우리는 그 집에 놀러 간 적이 없었고, 그들이 우리를 집에 초대해 놀지도 않았다.

마을은 살아 있는 유기체이자 네트워크로, 각 가족의 움직임이 서로 무관해 보이지만 긴장과 배치로 가득 차 있다. 페이샤오퉁(費孝通)[21]에 따르면 마을의 사회 구조는 일종의 '차서격국(差序格

---

20 강직하고 완고하며 세상 물정을 알지 못한다는 뜻이다.
21 중국 사회학·인류학 연구의 비조이며 중국의 향토적 특성에 대해 많은 연구와 업적을 남겼

局)', 즉 '자신'을 중심으로 다른 사람과 관계를 맺으며 모든 사람이 물결처럼 원을 그리며 점점 더 멀리, 점점 더 얇게 퍼지는 구조라고 했다. 따라서 한 마을에서 대가족은 항상 다양한 수준의 친족 관계를 통해 더 큰 권력의 공간을 펼쳐나간다. 작은 성씨 또는 단독 성씨를 가진 사람들은 결혼을 통해 큰 성씨의 친척 범주에 들어갈 기회가 거의 없기 때문에 마을의 내부로 들어가 인정을 받기도 어렵다. 페이샤오퉁이 말했듯이, 그들은 향토사회라는 친밀한 사회에서 마을의 '이방인'이며, '내력을 알 수 없고 흔적이 모호한' 존재이다. 량좡의 첸씨 가족이 바로 그런 전형적인 모습이었다.

량좡의 두 주요 성씨인 한(韓)과 량(梁)은 량좡의 주인임이 분명했다. 하지만 양쪽이 해야 할 역할도 있었다. 량씨와 한 씨는 200여 년 동안 공개적이고 은밀한 투쟁을 해왔는데 문화적으로 량씨는 항상 뒤떨어져 있었다. 한씨는 기독교에 입신한 집안이 여럿이었고, 경제적 여유가 있어서 공부하러 나가는 사람도 많았다. 그들은 기질과 수양, 심지어 외모도 비범해 보였다.

량씨는 가족이 하느님을 믿는 것을 배척했는데 그 이유는 한씨 사람들을 따라하는 것이 자존심이 상하기 때문이었다. 정치적으로는 량씨 가문이 항상 우위를 점해왔다. 최근 10여 년을 제외하면 200여 년 동안 씨족의 우두머리, 서기 등 마을의 사무를 책임진 사람은 량씨 가문에서 나왔다. 그러나 량씨 가문은 정치적으로

다. 대표작으로는 『鄕土中國』이 있다.

는 싸울 수 있었지만 경제적으로는 그렇게 할 수 없었다. 그래서 개혁개방 시대에 순리대로 자리에서 밀려났다.

이미 밤 11시가 되었는데 아버지는 저녁도 먹지 않고 거의 7~8시간 동안 얘기를 하고 계셨다. 오빠, 여동생, 그리고 새언니, 오후에 읍내에서 돌아온 둘째 언니, 셋째 언니, 형부도 한쪽에 앉아 조용히 듣고 있었다. 내가 들을 수 있는 것은 열심히 노트북 좌판을 두드리는 소리뿐이었다.

온 가족이 이 일을 사뭇 진지하게 생각하고 있어서 나도 정말 놀랐다. 그들에게는 일상이 그저 무의식적으로 먹고, 마시고, 노는 것일 뿐 별다른 추구가 없는 것처럼 보이지만 어떤 기회가 생기면 기꺼이 그 중요성을 이해하고 꽤나 노력했다.

그들의 일상에서 이러한 기회는 거의 없었다.

생존의 정경

오빠가 마을의 몇몇 사람들과 내일 집으로 와서 전반적인 경제 상황에 대해 얘기하기로 약속을 잡았다. 아침을 먹고 나니 벌써 10시가 되었다. 오빠가 와 달라고 부탁했던 량씨 성을 가진 사람들이 몇 명 도착했다. 한 명은 50대의 마을 촌장이었는데, 앞서 언급했던 전 관리인의 아들이었다. 그 아버지와 마찬가지로 단정한 외모에 영리한 그는 나를 면밀히 살피고 있었다. 마을의 회계 일을 하는 당숙은 신중하기로 유명했다. 또 한 사람은 내가 오빠라고 부르는 분인데, 젊었을 때 객지에 나가 일하다가 마흔 즈음에 마을로 돌아왔다. 그는 다른 사람과 어울리지 않아 약간 신비롭기도 했다. 타인의 집에는 가지 않았지만 다른 사람이 자기 집에 오는 것은 막지 않는 것 같았다. 어느 해인가 머리카락이 갑자기 모두 빠져버렸기 때문에 항상 검은색 털모자를 쓰고 다녔다. 마을 뒤편에 살면서 마을에서 유능한 사람으로 알려진 또 다른 중년 남자가 있었다.

수백 년 전, 량씨 가문의 두 형제가 일곱 아들을 데리고 이곳에 와서 정착하여 번영을 누렸다. 일곱 집안 중 다섯 집안은 번영을 누렸고 나머지 두 집안은 서서히 사라졌다. 지금까지 대가족으로 보면, 량씨 가문에는 54가구가 있으며 소가족의 수는 모호한 상태였다. 형제가 여러 명이고 결혼 후 모두 도시로 일하러 나가고 부모님이 집에서 아이들을 돌보고 있다. 따라서 분가라고 해도 상관없지만 경제 주체 측면에서는 이미 개별 소가족으로 간주되는 게 맞다. 이러한 관점에서 계산하면 량씨 집안은 약 150가구, 총 640여 명이 되었다. 35세 전후의 젊은 부부는 최소 두 명의 자녀를 두고 있으며, 세 자녀를 둔 부부도 있었다. 가족 거주 현황을 보면, 두 가정은 마을을 완전히 떠나 직장이 있는 도시로 (마을 내 택지를 팔고) 이사했고, 한 가정은 소재가 불분명하며 마을 사람들과 연락이 닿지 않는다. 일곱 가정은 도시로 나가 일하고 있고 자녀들도 그곳에서 학교를 다녔다. 집은 문을 닫아 몇 년 동안 소식이 없는데 돌아올 것 같지 않았다. 한 가정은 읍내에 살고 있지만 마을에 택지가 있고 곧 집을 지을 거라 했다. 또 세 가정이 있는데 모두 외지에서 일을 했다. 그들은 일을 하다가 1~2년에 한 번씩 돌아오는데, 나중에 돌아올 때를 대비해서인지 집을 아주 잘 지어 놓았다. 나머지 수십 가구는 여전히 마을에 살았고 젊은 사람들은 일 년 내내 타지에서 일하고 노인, 여성, 어린아이들은 집에 남아 있었다. 가족 구성원들이 한 번도 외지에 나가지 않고 농사로 생계를 유지하는 집도 8~9가구쯤 되었다. 이 부류의 사람들은 마을에서 가장 순진하고 종종 무시되기 때문에 마을 사람들은 그들을 소홀히 대하는 경우가 많았다.

80년대 말과 90년대 초에 량좡 사람들은 우르르 도시로 일하러 나갔고, 초기에는 베이징과 시안(西安)에 집중되어 있었다. 베이징에 사는 사람들은 보통은 공장 노동자, 경비원, 건설 현장의 막노동꾼으로 일했고, 한동안 베이징 기차역에 모여 암표를 팔았다. 시안에 사는 사람들은 주로 기차역에서 삼륜차를 끌었다. 그들 대부분은 가족 중심이었고 서로에게 물려주었다. 나중에는 칭다오와 광저우로 일하러 가는 사람들도 있었다. 그들 중 극소수만이 외부에서 오일펌프를 고치거나 도시 변두리에서 채소를 파는 등의 일을 했다.

도시로 일하러 떠난 량씨는 320여 명이었다. 가장 나이가 많은 사람은 예순 살이고 신장(新疆)에서 건설노동자로 일하고 있었다. 가장 나이 어린 사람은 열다섯 살이고 삼촌을 따라 칭다오의 액세서리 공장에서 일하고 있었다. 이 마을에는 중학교와 고등학교에서 공부하는 30명 이상의 청소년이 있으며, 기본적으로 학교 기숙사에서 생활을 하고 토요일과 일요일에는 집으로 돌아갔다. 30

여 명의 아이들이 마을의 초등학교에서 공부하고 있으며, 조부모가 매일 아이들을 돌보고 등하교를 시켜주고 있었다. 마을에는 기본적으로 50세가 넘은 백 명 이상의 노인들이 집에서 농사를 짓고 손자를 키우는데 체력이 남아 있는 사람들은 읍내에서 잡일이나 지역건설회사에서 막노동을 했다. 그중에는 마을의 벽돌공장에서 일하는 사람들도 있었다

여기에는 숨겨진 '회귀' 현상이 있었다. 1980년대 중후반에 가장 먼저 도시로 일하러 나갔던 사람들은 이제 40~50대의 중년이 되었고, 그들 중 몇몇은 시골로 돌아와 농사를 지으며 부업으로 읍내 안팎에서 단기 일자리를 구했다. 또 다른 사람들은 여전히 도시에서 일을 했지만 몇 년 이상을 버티지 못했다. 어떤 이들은 돌아오고 싶지만 그럴 수도 없어서 도시에서 그냥 버티고 있었다. 예를 들어, 큰당숙의 아들은 군대에서 제대하고 결혼해 애를 낳고 도시로 일하러 나갔다. 그는 처음에 베이징에서 경비원으로 일하다가 시안으로 가서 삼륜차를 끌었고 매년 춘절에만 돌아왔다. 몇 년 전, 마을에서 그를 만났는데 도시 사람들과 흡사한 말투와 옷차림을 하고 있었고 우월감을 드러내기를 좋아했다. 그래서일까. 멀리 떠나본 적이 없는 아내를 얕잡아 보았다. 그는 베이징에서 삼륜차를 끌었지만 이미 도시 생활에 익숙해져 있었다. 하지만 결국 돌아올 것임은 분명했다.

일부 중년 여성들은 바쁜 농사철에 '작업팀'을 구성해 마을 사람들의 파종, 제초, 수확을 돕고 하루에 30위안을 벌었다. 젊은 부

부는 철새 생활을 했다. 부부가 모두 도시로 나가 일을 하고 그렇게 번 돈은 집을 짓는 데 사용했다. 자녀들은 조부모가 키우고 집에서 학교를 다녔다. 일하러 나간 부모는 춘절이나 봄철 농번기에 돌아왔다. 촌장은 지난 2년 동안 춘절에 돌아오는 사람들이 점차 줄어들었고 여름방학, 겨울방학 때 부모가 자녀를 직장이 있는 쪽으로 데려갔다 방학이 끝나면 자녀가 다시 돌아와 학교에 다닌다고 말했다. 물론 부부가 한 지역에서 일하거나 함께 살 여건이 되는 경우이다.

능력 있는 청년은 외지에 나가 돈을 많이 번 후 고향으로 돌아와 모래를 팔거나 도매업을 하는 등 사업을 했다. 하지만 드문 사례였다. 량칭바오(梁清保)도 그중 한 명이었는데 재작년에 고향으로 돌아온 후 읍내에서 태양광 사업을 하려고 했다. 최근 몇 년 동안 농촌에서 집을 새로 짓는 사람들은 모두 태양광을 설치하려고 해서 시장은 좋은 편이었다. 하지만 가게를 연 지 1년이 되었지만 그동안 도시에서 일하며 번 돈마저 모두 까먹고 말았다. 칭바오는 올해 다시 도시로 일하러 간다고 했다.

"사람은 떠나고 건물은 비고"는 농촌의 일상적인 생활의 한 장면이었다. 도시에서 일하는 농민들 중 상당수는 시골에 새 집이 있었다. 또한 집을 새롭게 짓거나 자녀의 학비를 벌기 위해 서둘러 도시로 나갔다. 그들은 도시에서 뿌리를 내리고 여생을 보낼 수 있다고 생각하지 않았다(혹은 그럴 가능성도 전혀 없다고 생각했다). 그들의 가장 큰 희망은 도시에 나가 돈을 많이 벌어 고향으로 돌아와 괜찮은 집을 하나 지은 다음 동네에서 적당한 일을 하는 것이었다.

부부가 떨어지면 부모와 자식 간에도 멀어지게 된다. 이것이 가족에게 가장 정상적인 생존 양태이다. 부부가 같은 도시에서 일하더라도 함께 살 수 있는 경우는 거의 없었다. 그들은 서로 다른 공장이나 건설 현장에서 일했다. 공장에서 숙식을 하기 때문에 서로 얼굴 볼 기회도 거의 없었다.

'불한당'이라는 별명을 가진 촌장의 동생처럼 마을 밖에서 잘 사는 사람들도 몇 명 있었다. 그는 유명한 말썽꾼이었고 감옥에도 갈 뻔했는데 내몽고에서 오일펌프 수리를 일찍 시작해서 많은 돈을 벌어 그곳에 집도 샀다. 촌장의 두 애들도 연달아 그쪽으로 나갔는데 4~5년이 되어도 돌아오지 않았다. 촌장은 동생에 대해 얘기하려다 입술을 오므렸다. 나중에 오빠에게 자초지종을 물어보니 촌장은 두 아들을 내몽고로 보냈는데 동생이 월급도 제대로 주지 않았다고 한다. 결국 촌장의 두 아들도 같은 도시의 다른 지역에 오일펌프 수리점을 열었다.

한씨와 량씨의 가구수와 인구는 비슷했지만 한씨가 량씨보다 대학에 진학하고 사업을 하는 사람이 더 많았고 생활 수준도 높았다. 마을의 다른 작은 성씨들은 모두 합쳐도 서른 내지 마흔 가구였고 마을 안팎으로 약 100여 명에 불과했다. 이들은 모두 량씨와 한씨만큼 잘 살지는 못했다.

량좡은 1950년대와 1960년대에는 1인당 1.5무, 현재는 1인당

8무의 토지를 소유할 정도로 항상 인구는 많고 땅은 적은 곳이었다. 농작물은 일 년에 두 번, 한 계절에는 밀을 심고 다음 계절에는 녹두, 옥수수, 참깨, 담배 및 기타 환금 작물을 심었다. 토지가 부족하여 이러한 작물의 수확량은 생계를 유지하기에도 충분하지 않았다. 따라서 1980년대 이전에는 량짱의 대부분 가정이 살아남기 위해 고군분투했고 봄에는 식량이 끊어져 소위 '보릿고개'가 발생했다. 개혁개방 이후 도시에서 일하면 가족들이 돈을 벌 수 있는 새로운 길이 열렸고, 도시에서 무슨 일을 하든 매년 약간이나마 돈을 집으로 가져갈 수 있었다. 밀 수확이 한창인 가을에 토지에 대한 세금을 내고 돌아와야 했기 때문에 많은 가족들은 임차인이 세금을 대신 내주고 매년 밀 200근을 더 준다는 조건으로 마을 사람들에게 땅을 빌려주었다. 이것은 또한 마을에 남은 가족들에게 추가적인 생계 방법을 제공했다. 즉 농지를 임차해 봄철에 밀 수확으로 세금과 임차료를 갚고 나면 가을은 수익으로 간주되었다. 1990년대에 이르러 마을에서 의식주 문제는 드물어졌지만 새 집을 짓고 더 풍요로운 삶을 살 수 있었던 사람들은 마을 간부, 마을 지도자, 몇몇 사업하는 사람이거나 외식을 하는 사람들이었다. 촌장에 따르면 지난 2년 동안 국가의 세금 면제 정책으로 많은 사람들이 노는 땅으로 돌아가 밀, 옥수수 등을 심고 있다고 했다. 고향을 떠나 있는 사람들은 친척들에게 부탁해 작물을 심거나 수확하도록 하고 노임을 지불한다고 말했다. 그러나 수년 동안 농사를 지은 땅을 돌려주지 않으려는 사람들도 있어 분쟁이 발생하고 있다고 한다. 하지만 이는 토지가 농민의 뿌리라는 페이샤오퉁의 주장 때문이 아니었다. 농민과 토지 사이의 정서적 연결은 점점 더 희미해지고 있으며, 남은 것은 이해관계뿐이었다.

마을에는 점점 더 많은 새 집이 있었고 자물쇠는 예외 없이 녹슬고 있었으며 동시에 사람은 점점 줄어들고 연약한 노인 몇 명만이 길가에서, 들판에서, 집 처마 아래에서 흔들리고 있었다. 마을 전체가 집 앞뒤로 풀과 폐허로 뒤덮여 내면의 황폐함과 쇠락함, 그리고 고달픔을 보여줬다. 내부 구조에 관한 한 마을은 더 이상 유기적인 생명체가 아니었다. 혹 생명이 있더라도 노년기에 이르러 점차 생명력과 활력을 잃고 있었다.

제2장

번성하는 '폐허' 마을

1990년부터 랑현은 '농촌 인프라 건설 강화'에 중점을 두고 마을 건설을 전개하고 점(点)에서 시작해 면(面)으로 확대하는 방식으로 전면 추진해 마을 건설 발전이 빠르게 진행되었다. 도로 건설의 경우, 사람들은 "부자가 되려면 먼저 도로를 건설해야 한다"는 생각에 따라 많은 인력과 물적 자원을 투자하여 1997년에 모든 마을의 주요 및 보조 도로가 개통되었다. 2000년에는 전체 현의 1,008개 자연 마을에 3,094개의 주요 및 보조 도로가 27만 미터 길이로 개통되어 모든 마을에 자동차가 연결되었다. 주거 환경 개선에 대한 농민의 수요가 증가함에 따라 1995년부터 건설국 촌진(村鎭)판공실은 2008년 초부터 모든 향진에서 12가지 유형 3,200동의 농촌 주택 일반 도면이 추진되었고 촌진계획의 시행으로 연립주택이 건설되고 마을 내 도로가 포장되었다. 사람들의 주택 구조는 이전 흙과 나무 구조에서 벽돌과 혼합 구조로 바뀌었고 많은 농민들이 건물을 지었고 일부는 상업용 거리상점을 지었다. 2006년까지 랑현은 1,493.36킬로미터의 농촌 시멘트(아스팔트) 도로를 건설했고, 578개의 행정촌이 '마을마다 연결'되었다.

『랑현 현지·촌진(村鎭) 건설』

폐허

오래된 집의 열쇠를 찾은 아버지와 나는 다시 '보물찾기'를 할 준비가 되었다. 일 년에 몇 번 있을까 말까 한 고택을 열면 이상하게도 그때마다 오래된 사진, 초등학교 시절의 공책, 존재조차 잊고 있던 중학교 1학년 때 쓴 작은 일기장, 초등학교 시절 아버지가 외지에 나갔다 돌아오실 때 가져다 주셨지만 우리가 너무 집착하는 바람에 집 지붕에 던져버린 낡은 만화책 등 소중한 것을 발견하곤 했다.

　나는 량좡에서 우진(吳鎭)에 있는 학교까지 5년 동안 걸어다녔다. 저수지 도로를 따라 마을을 나와 도로에 들어서면 도로 입구에 량광솬(梁光栓)네 가족이 지은 작은 둑집이 있었다. 집이 아주 작았고 인기척이 없었지만 량좡 마을의 대표적인 상징이었다. 우진 북쪽에 있는 후이(回)족 주거지를 가면 도로를 따라 찻집, 양고기 가게, 작은 잡화점이 있었다. 길을 돌아 읍내 쉬(許)씨네 그 작은 길 안쪽으로 들어가 톺아보면 화장실이 보였다. 작은 교차로 중 하나에는 매년 여름에 분홍색과 흰색으로 피는 사람 키의 절반 높이의 큰 해당화가 있었는데, 향기가 강렬하지만 아름다웠다. 그 다음에는 우진의 중심가, 신화서점, 공소사(供銷社)[1], 철물점, 향정부, 그리고 바로 뒤에 향(鄕)의 중심 초등학교와 중학교가 있었다. 총 2킬로미터가 넘는 거리를 하루에 여섯 번이나 오가야 했다.

---

1 공급수매합작사로 계획경제 시기 국영상점으로 불렸다.

아버지와 함께 우진에서 길을 따라 걸으니 동서남북 구별이 되지 않았다. 아버지는 저쪽이 읍내의 남쪽 끝이고, 이쪽이 읍내의 북쪽 끝이고, 저쪽이 길옆 쉬(許)가네라고 말했다. 나는 발이 공중에 매달려 있는 것과 같이 혼란스럽고 어지러웠다.

구 도로에서 신작로에 이르는 교차로에서 아버지는 "여기가 우리 마을이고, 새 도로를 따라 늘어선 집들은 모두 량쾅 사람들이 지은 집들이라고 했다. 줄지은 새 집들은 작은 이층집도 있었고 단층집도 있었다. 집 앞에는 시멘트로 만든 넓은 마당, 높은 대문, 셔터가 무척 기세등등했다. 집들 사이에는 오래된 집들도 있었다. 아버지는 나에게 이 집은 꽝팅(光亭)네 집, 저 집은 량꽝둥(梁光東)네 집, '불한당'네 집, '정자(亭子)'네 집이라며 하나씩 소개했다. 아버지는 이것들은 새롭게 지어진 주택들이며 이곳으로 이사온 사람들은 마을의 옛집들을 싼값에 다른 사람에게 팔거나 아예 소유권을 포기해 버렸다고 했다.

옛집으로 가는 길은 잡초로 거의 막혀 있었고, 우리는 몇 번이나 풀뿌리에 걸려 넘어지기도 했다. 먼지가 부스럭거리는 고택의 문을 열고 들어섰다. 복도 한가운데 서서 익숙하면서도 낯선 물건들을 바라보니 만감이 교차했다. 뒷벽에는 먼지투성이의 가늘고 긴 탁자가 있었고 그 위에 많은 물건이 놓여 있었다. 그 가운데에는 마오 주석의 동상이 있었고 그 양쪽에는 벽에 대련(對聯)[2]이 걸려

---

2 한 쌍의 대구(對句)의 글귀로 보통 종이나 천에 써서 대문이나 기둥에 붙여놓는다.

있었고 그 양쪽에는 가족사진이 담긴 액자가 있었다. 탁자 아래에는 각종 물건을 넣을 수 있는 작은 서랍들이 있었다. 긴 탁자 앞에는 큰 정사각형 탁자가 있었는데, 설날에 제물을 놓았고 평소에는 잡다한 물건을 놓으며 숙제를 하는 장소이기도 했다. 대부분의 북쪽 지역 시골 가정에는 이 두 가지가 있었다. 탁자 위에는 아버지가 대들보에서 먼지가 떨어지는 것을 막기 위해 대나무와 골판지로 만든 천장이 있었는데, 그 위에 아직도 우리 마음을 아프게 하는 만화책이 올려져 있었다.

나는 긴 탁자와 정사각형 탁자를 조심스럽게 뒤적거려보고 탁자 밑에 있는 서랍도 만져보았지만 아무것도 찾지 못했다. 옛날 집에서 추억의 흔적을 전혀 찾을 수 없는 것은 아니겠지? 나는 만족하지 않고 막대기를 들고 천장을 두드렸지만 만화책은 떨어지지 않고 대신 수많은 쥐똥과 먼지 더미가 떨어졌다. 동쪽과 서쪽 집 지붕에는 두 개의 큰 구멍이 뚫려 있었고, 바닥에는 일 년 내내 물이 떨어져서 생긴 두 개의 큰 구덩이가 있었다. 동쪽 방의 뒷벽 구석에는 여전히 큰 침대가 있었는데, 나무가 검게 변하고 먼지로 덮여 있었다. 진흙과 먼지, 낡은 탈지면 모서리가 밑으로 살짝 드러나 있는데 이 침대는 아버지와 어머니가 결혼할 때 사용하던 침대였다. 침대 머리맡에는 어머니의 지참품이자 당시 가족들이 유일하게 잠그고 다녔던 나무 상자가 있었다. 이 상자 안에는 삶은 달걀을 비롯해 집안에서 가장 귀한 물건들이 들어 있었다. 나는 이 상자에서 달걀을 만져보고는 몰래 깨서 한 조각을 먹고 마당을 둘러

보곤 했었다. 그 당시 가족 모두는 어머니와 함께 햇볕이 잘 드는 마당에 앉아 있었다. 몇 년 후 언니는 내가 안방에서 나오자마자 모두가 내 입에 묻은 달걀흰자를 보았고, 다시 방으로 들어갔을 때 모두 내가 무엇을 하러 갔는지 알고 있었다고 말했다. 내가 이렇게 집을 드나들자 모두들 웃음을 억누르고 있었다. 서쪽 방은 곡식을 보관하는 곳이기도 했고, 우리 자매가 어렸을 때 살던 방이기도 했다. 나중에 오빠가 결혼을 하면서 우리는 다시 동쪽 방으로 돌아갔고 서쪽 방은 오빠의 신혼방이 되었는데, 밤에 들리는 그 '삐걱거리는' 소리는 지금 생각해도 가슴이 조금 뛰는 것 같았다. 북쪽 지역 시골의 집들은 대부분 방음이 되지 않았다. 우리의 세 집 사이도 밀폐되지 않아 소리가 새어나왔고 높은 칸막이벽에 온갖 농기구가 매달려 있었다.

오래된 집 역사의 끝을 상징하는 것은 이제 집이 아니라 마당에 있는 오래된 대추나무였다. 대추나무는 우리의 추억과 고향의 시간, 공간, 계절, 그리고 집 안의 모든 사람과 모든 장면과 함께 존재했다. 해마다 대추가 시장에 나오면 어디에 있든 대추를 사먹으러 갔고, 대추를 팔거나 사는 사람들에게 우리집 마당에도 이런 열매를 맺는 오래된 대추나무가 있다고 말하곤 했다. 해마다 여름방학이 되면 대추꽃이 만개했고 풋대추가 첫 열매를 맺을 때면 우리는 대추나무 아래서 자고, 먹고, 놀았고, 어머니도 대추나무 아래서 누워 계셨다. 8월 중순과 말에는 초록색과 붉은색이 반반씩 섞인 대추나무에 수많은 장난꾸러기 애들이 몰려들었다. 때때로 마당에 기와와 흙덩어리가 떨어지기도 했고, 사람 그림자가 슬슬 나타나면 애들은 대추 몇 개를 집어 들고는 재빨리 뒤로 달아났다. 그 당시 나와 여동생은 항상 애들과 싸웠다. 9월 중순에서 하순에 정오 하루를 선택해 마을 사람들이 낮잠을 잘 때 오빠와 그의 친한 친구들이 작대기를 들고 나무 위로 올라가 가지를 때리거나 가장 높은 가지로 올라가 필사적으로 흔들었다. 그러면 대추가 땅에 떨어지면서 "후두둑" 튀는 소리, 그 붉고 통통한 대추들이 한가득 담긴 바구니는 무한한 기쁨과 만족, 그리고 행복을 느끼게 해줬다.

언제부터인지 모르겠지만 늙은 대추나무는 서서히 노화되어 마침내 열매를 맺지 못했다. 여름철의 늙은 대추나무의 몸통은 대부분 말라버렸고, 아주 드문드문 누런 잎사귀만이 아직 살아 있음을 증명하고 있었다. 우리가 모두 떠나버린 후 무성한 대추나무, 그 새하얗던 꽃, 푸른빛의 작은 대추, 그 매력적인 광택, 둥글고 통통한 붉은 대추를 누가 구경하고 누가 먹었을까?

마당 앞에 산산이 무너진 커다란 담벼락을 보며, 이 집은 누구의 집일까 생각했다. 처음으로 작심하고 마을을 바라보았을 때, 우리 집을 출발점으로 하여 앞을 내다보면 넓은 범위의 폐허가 연속되어 있다는 사실에 놀랐다. 어린 시절에는 여기가 마을의 중심지였다. 광팅 아저씨 집 앞의 큰 나무 아래에는 큰 평상이 있었는데, 이곳은 여름이면 점심때마다 사람들로 붐볐고, 남녀노소 할 것 없이 바다같이 넓은 양푼에 국수를 담아 먹으면서 웃고 떠들었다. 저녁에는 쉬면서 더위를 식히는 중심지였고, 자정 무렵이면 언제나 말

없이 돗자리를 흔들며 수다를 떠는 사람들이 있었다. 지금은 잡초와 덤불이 모든 것을 덮고 있었다. 곳곳에 거대한 무너진 벽과 부서진 기와와 벽돌 잔해가 있었고, 무너진 벽 모퉁이에는 반쯤 무너진 부뚜막, 솥뚜껑, 삽 등이 먼지로 뒤덮여 있어 한때 사람이 살았고 음식을 해 먹었다는 것을 알려줬다. 어떤 집은 지붕도 없고 벽 몇 개만 남아 골조를 지탱하고 있었다.

이 모든 것이 누구의 집일까? 나무와 잡초가 폐허를 뒤덮고 있었고, 마치 거대한 무덤처럼 황량하고 퇴락했다. 우리집 바로 앞에는 절름발이 창(常)의 집이 있었다. 먹기 좋아하고 게으른 사람인 절름발이 창에 대해 아버지는 놀라운 얘기를 들려주었다. 절름발이 창은 국수를 식구들이 먹을 때, 매번 냄비에 젓가락을 넣고 저어 국수는 모두 자신의 그릇에 담고, 아내와 아이들은 국물만 먹는다고 말했다. 그 집은 진흙벽이라서 비가 많이 오면 누런 진흙탕물이 우리집 마당까지 흘러 들어왔다. 이제 그 집에 남은 것은 무너진 누런 벽과 담벼락뿐이었다. 더 앞에는 절름발이 창의 동생네 집이 있었는데 가족이 패가망신했다. 아주머니는 일찌감치 집을 나갔고 아저씨는 나무를 훔친 죄로 감옥에 갇힐까 봐 두려워한 나머지 자살했다. 두 아이의 소재는 묘연했고 집은 오래전에 무너졌다.

더 앞에는 45도 각도로 기울어진 집이 있었고 집 앞에는 부서진 우물이 있었다. 대문에는 아직도 대련이 붙어있었다. 이 집의 부엌은 반으로 무너졌고 안쪽의 부뚜막은 여전히 거기에 있었지만 부뚜막 위에는 수년 동안 쌓인 흙먼지가 덮여 있었고 큰 솥과 작은 솥의 원래 위치에는 블랙홀 같은 두 개의 눈동자만 남아 있었다. 부엌 뒤에는 거대한 빨간색과 녹색 쓰레기 더미가 있었다. 여긴 누구 집이에요? 기억이 안 나요? 아버지는 이 집이 광팅의 옛집이고, 그 당시 그는 이 집에서 아내와 결혼하여 첫아이를 낳았다고 말했다. 광팅과 아내가 싸울 때면 우리 식구들은 그 집으로 달려가 구경하곤 했다. 그 집은 어둡고 아주 깔끔한 농가의 집이었다.

다시 앞으로 가자 아버지도 조금 주저하는 것 같았다. 아버지는 누구 집인지 말하기 전에 주위를 둘러보고 방향을 잡았다. 이 구간에서 무너진 집과 마당을 세어보니 무너진 우리집을 제외하고도 열다섯 채나 되었다. 다시 말해, 원래 살던 곳을 떠나 다른 삶을 시작한 가족이 적어도 열다섯 가구가 있었다는 뜻이다. 아버지와 함께 마을을 돌아다니다 보니 이렇게 넓은 폐허 지역이 적어도 네 곳, 총 60가구로 추정되었다.

이 폐허와 도로를 따라 늘어선 높고 현대적인 건물들이 농촌 마을일까? 눈부신 태양 아래서 끊임없이 울려 퍼지는 소음 속에서 나는 혼란스러워했다. 내가 기억하는 마을의 지리적 위치와 현실의 마을은 변하지 않았지만, 그 존재의 정신적 기반은 변했다. 그런 폐허 속에서 활력 넘치는 중국의 새로운 시대는 새로운 신체와 새로운 형상을 구축하고 있었다.

마을의 내부 구조가 무너진 것은 의심할 여지가 없었다. 그것은 한 가문을 중심으로 한 집성촌이었다. 이 폐허들은 모두 초기 량씨 성을 가진 여러 집안이 모여 살았던 곳으로, 기본적으로 원형 중심을 따르다가 가족 수가 증가함에 따라 점차 확장되었다. 택지의 분할도 가족의 근접성과 인구 규모에 따라 분배되었다. 량씨 성은 종족과 혈통의 영역인 동시에 생활과 문화의 영역이기도 했다. 음력 정월 초하루에는 각 가족들이 냄비에 음식을 만들어 연장자순으로 서로 주고받았는데, 나중에 가면 각 가족의 냄비에는 전체 성씨의 음식이 들어 있었다. 그런 다음 새해 첫날 아침 식사가 시작되었다. 이런 풍습이 언제부터 시작되었는지, 왜 이렇게 했는지 어르신들도 잘 몰랐다. 그러나 이러한 행위가 대가족이 분열하지 않고 일심동체로 단결하자는 취지에서 보면 긍정적인 의미를 가지고 있었다. 식구들끼리 다투고 말하지 않는 이들이 많이 있었는데 만약 그들이 기꺼이 화해할 의향이 있다면 이러한 방식은 가장 훌륭하면서도 어색하지 않는 화해의 시간이었다.

이제 이러한 마을 문화가 바뀌었다. 성씨 중심의 마을은 경제 중심의 집결지가 되었다. 여유가 있는 사람들은 성씨와 상관없이 도로를 따라 살면서 새로운 생활 터전을 마련했다. 이 사람들은 의심할 여지없이 재력, 권력, 그리고 체면을 중시하는 마을의 새로운 귀족이었다. 왜냐면 이곳 땅은 사고 싶다고 살 수 있는 땅이 아니기 때문이다. 서민들은 낡은 집을 수리해서 살거나 이사한 마을 사람들이 살았던 고만고만한 집을 구입해 살았다. 이 모든 것이 기존의 가족 기반의 생활 패턴을 무너뜨렸다. 우리 집 왼쪽에 있는 장씨네 다오콴(道寬)의 집는 원래 우리 당숙네 집터였다. 장씨처럼 단일 성씨는 어느 마을에서나 볼 수 있었는데, 이 마을로 이주해온

장씨 가문은 뿌리를 잘 내리지 못했다. 그들이 배정받은 집터는 마을에서도 비교적 열악한 경우가 많았다. 장씨 가족처럼, 그들의 옛집은 오래된 연못 옆에 위치해 매우 불안정하고 습기가 많아 마을에서도 최악의 위치였다. 하지만 이제는 이사간 사람들의 집을 사서 집을 짓기만 하면 되었다.

마을 구조의 변화 뒤에는 중국 전통문화 구조의 변화가 있었다. 농경문화는 점차 사라지고 그 자리에 일종의 혼합 상태, 즉 농업문명과 산업문명이 중국 농촌에서 경쟁을 하고 있었고 그들 간 힘의 차이는 명확했다. 마을은 더 이상 문화적 응집력이 없는 흩어진 모래에 불과해 사람들이 가끔은 모였다가 곧장 흩어졌다.

나는 옛일을 그리워하고 싶지는 않지만 한 마을 사람들이 한 가족과 같이 지내는 것은 그리워한다. 비록 다툼, 고통, 인간사의 여러 고민이 있을지라도 그렇다. 나는 현재와 같은 존재 양식에 동의하고 싶지는 않지만 새로운 집결지는 새로운 세대의 아이들이 자랄 곳이 아닌가? 장래에는 그곳이 그들의 고향이 아닐까? 어쩌면 그들의 문화, 그들 세계의 시작점이 될지도 모른다. 하지만 아이들이 어떤 '고향'에서 자라고 있을까? 외로움, 황량함, 모순, 무생명력, 무감정, 이것이 바로 아이들 '고향'의 기본적인 형태였다.

1세대 농민공[3]들은 고향에 집을 짓기를 원했다. 그 집이 자기의 집이기 때문이었다. 마을에서 재산은 자신의 가치를 보여주는 상

---

3 농민 호적이면서 도시에 나가 임시로 일하는 노동자

징이었다. 그렇다면 2세대 농민공들은 어떠할까? 마을의 젊은 세대는 마을에 대한 애정이 거의 없었다. 그들은 고향에 머무는 시간이 매우 짧았다. 중학교를 졸업하거나 졸업하지 않고 외지로 일하러 나가는 경우가 많았다. 미래에 대한 갈망은 더 개방적이었고 이로 인해 그들의 운명과 상황은 훨씬 더 곤란해졌다. 그들은 어디에 뿌리를 내릴까? 그들은 10대에 고향을 떠나 도시에서 일하지만 도시에 호적도 없고 사회보장도 없다. 도시는 고향이 아니며 시골도 그들에게는 멀고 정감이 없고 귀속감도 없었다. 이러한 신세대 농민공들의 이중적인 정신적 상실로 인한 사회 문제는 이미 분명했다. 이를 어떻게 보완하고 변화시켜야 하는지는 앞으로 큰 사회적 과제가 될 것이다.

평지에서 석 장(丈) 파기

만일 당신이 북쪽 지역 마을을 지나다 평원 여기저기에 흩어져 있는 마을을 자세히 살펴보면 많은 마을이 버려진 벽돌가마를 가지고 있다는 것을 발견할 것이다. 벽돌가마 주변에는 깊고 얕은 많은 구덩이가 있다. 그것들은 마을 주변이나 들판 주변에 있다. 말할 필요도 없이, 이것은 1970년대 중후반에 건설을 시작한 벽돌공장이다. 벽돌공장은 개혁개방, 중국 경제 재부활의 상징 중의 하나였다.

  량쫭의 벽돌공장은 마을 뒤편 강변에 있었다. 1980년대 초, 마을의 많은 사람들이 아침부터 밤 8시 또는 9시까지 이 벽돌공장에서 일하며 가족의 생활비와 자녀들의 학비를 벌었다.

　어릴 적 우리들은 지름길로 강에 가서 미역을 감기 위해 벽돌공장 중간에 있는 큰 벽돌가마를 지나다 숨겨진 흙더미와 풀숲의 깊은 구덩이에 빠지곤 했다. 벽돌공장은 신비로운 곳이어서 우리가 무서워했던 곳이었다. 나는 이전에 악몽을 꾼 적이 있는데 지금도 어렴풋이 기억난다. 벽돌공장은 문이 닫혀 있고 현수교가 매달려 있는 성이었다. 그곳에 들어가려면 반드시 무수한 장치와 함정을 통과해야 했다.

　량좡의 벽돌공장이 도대체 얼마나 많은 흙을 파고 얼마나 깊이 팠는지를 알려면 벽돌공장 주변의 전봇대를 보면 알 수 있다. 그 전봇대의 바닥은 첫 번째 흙의 바닥에서 노출된 부분까지 석 장(丈) 깊이였고 사면의 흙이 모두 파헤쳐져 전봇대는 외로운 깃대가 되었다. 전봇대의 위치에서 앞쪽을 내다보면 수평선에서 석 장 깊이의 깔끔한 함몰이 있었다. 눈으로 보면 매우 평탄해 수백 무는 족히 달했다. 함몰지 맞은편 끝에는 버려진 모터펌프 우물이 있었고 원형 우물의 한쪽도 깊숙이 노출되어 있었으며 멀리 전신주와 마주했다. 아버지는 벽돌공장이 있었던 여기에 총 2~3백 무(畝)[4]의 땅이 있었는데, 이 땅은 오래된 검은 흙으로 매우 비옥했다고 말했다. 5월과 6월에 밀싹이 노래지면 정말 아름다웠다고 했다. 이제 이 땅은 영양분이 없기 때문에 작물을 심을 수 없었다.

---

4 전답을 세는 단위로 1무는 약 667㎡의 크기이다. 우리의 한 마지기와 비슷한 크기이다.

벽돌공장을 둘러싸고 있는 것은 수많은 울퉁불퉁한 큰 구덩이였다. 이것들은 수풀 옆이나 집 뒤에 혹은 강의 경사면에 밀집해 있었다. 구덩이를 가깝게 파서인지 어떤 나무들은 비뚤어져 있었고 구불구불한 뿌리가 드러나 있었다. 그리고 한때 벽처럼 밀려오는 거센 물을 막아주던 높은 강의 경사면은 거의 지평선만큼 낮게 깎여 있었다.

우리가 모터펌프 우물을 구경하고 있는데 구이(貴) 당숙이 멀리서 우리를 보고 이쪽으로 오셨다. 구이 당숙은 나와 아버지를 보고 웃으며 "누가 또 조사하러 온 줄 알았다"라고 말했다. 구이 당숙의 다리는 수년 동안 앓아온 류머티즘으로 약간 절뚝거렸고 가죽신발의 뒤꿈치는 거의 벗겨져 진흙으로 얼룩져 있었다. 또한 여전히 때가 절어 반질반질한 얇은 재킷을 입고 있었다. 그는 아버지와 마찬가지로 량좡의 유명한 '가시'로 성질이 급하고 다혈질이어서 부정한 것에는 참지 않았다. 공무원을 봐도 욕을 했고 마을에 어떤 부도덕한 일이 있으면 달려가 꾸짖었다. 나이 많은 그를 누구도 건드리지 못했다. 그는 사람들과 어울리지 않았기 때문에 벽돌공장을 임차할 때 아무도 도와주지 않았다. 나는 당숙에게 벽돌공장에 대해 말해달라고 부탁했다. 우물 옆에 서 있던 그는 한 손에 담배를 들고 한 발은 우물 콘크리트 바닥을 딛고 얘기를 시작했다.

이 벽돌공장이 뭐냐면, 백성에게는 고통을 주고 공무원들에게는 이익만 주는 전형적인 시설이야.

1975년 여름부터 가마를 지었다. 땅은 마을 것이고 향(鄉)에서 지었는데 202무의 농지를 점유했다. 이윤은 전부 향으로 보냈다. 계약서에는 매년 농지 1무당 40위안과 공량(公糧) 200근을 면제한다고 적혀 있었는데 그 약속은 한 번도 지켜지지 않았다. 마을이 먼저 요구했는지는 모르겠지만 어쨌든 사람들은 그것을 본 적이 없었다. 해마다 이것 때문에 싸우는 사람이 있었다. 1985년 저우구이톈(周貴天)이 가마를 위탁받아 운영했다. 향정부가 투자를 했고 그는 이윤을 납부했다. 그렇게 3년을 운영했다. 우리 량좡 사람들은 공사(公社, 향정부)가 과거에 약속한 것들을 줄곧 지키지 않았기에 저우의 가마 운영을 못하게 했다. 우리 마을은 그때 9천여 근의 곡물을 납부하지 않았다. 왜냐면 벽돌공장과의 계약서가 그때 지켜지지 않았기 때문이었다. 나는 그 기회를 틈타 촌장인 량수딩(梁書定)을 쫓아내 버렸다.

마을은 너희 다섯째 할아버지(구이 당숙의 아버지이자 전직 마을 간부)에게 임금을 체불했다. 너희 다섯째 할아버지가 일을 그만두기까지 아무것도 지불받지 않았다.

밀 타작을 할 당시 나는 수딩을 만나 "너희 아버지는 돈을 안 줬지만 너는 일할 때 돈을 줬어야지. 몇 대까지 빚을 지려고 하는 거냐?"라고 말했다. 나는 그를 꾸짖으며 "제기랄, 너는 갚을 수 있잖아. 너는 백성들의 피를 빨아먹고 있는 거다. 기다려 봐. 너를 고발할 거다."라고 말했다. 그리고서 바로 고발했다. 특별

조사단이 벽돌공장의 일을 조사했는데 그는 조사단에게 량쫭에는 골치 아픈 일들이 많아 가고 싶지 않다고 말했다. 조사단은 그 말을 듣고 마을로 달려왔다. 그 결과 수딩은 자리에서 내려왔다. 이 일로 그는 나를 죽도록 미워했다.

나는 1988년, 1989년, 1990년에 벽돌공장을 맡아 일했다. 1989년에는 일을 다 하지 못했다. 나는 마을 간부들과 함께 어울릴 수 없었다. 항상 나를 확인하러 왔고 내 선물을 기다리는 것 같았다. 나는 선물을 끝까지 보내지 않았다. 첫해 계약금은 4만 위안이었다. 나중에 친형과 친동생도 와서 나를 괴롭혔다. 나는 완전히 사면초가가 되어 막다른 골목으로 몰렸다. 형과 동생이 나도 모르게 벽돌을 공무원들에게 팔았다. 내가 나갔다 돌아오면 벽돌이 줄어들었다. 넷째 동생에게 물어보니 ×××가 가져갔는데 나중에 돈을 준다고 말했다. 나는 그놈이 다시는 발을 붙이지 못하도록 했다. 하루는 내가 장부를 들고 ×××를 찾아가 그 앞에서 계산을 하고 돈을 갚으라고 하니 그는 돼지처럼 씩씩거리며 화를 냈다. 어떤 사람도 감히 이렇게 한 적이 없는 것 같았다. 하급 공무원도 자기가 지체 높다고 생각하는데 그 사람은 자기가 어떤 사람이라 생각하겠냐!

나중에 왕시팅(王西挺)은 3년 임차해 운영을 했지만 역시 손해를 봤다. 돈을 잃었어. 그도 운이 좋지 않지. 몇 년 동안 비도 많이 와서 벽돌이 햇볕에 잘 마르지 않았다. 또한 이웃 마을의 어떤 사람이 가마를 임차했는데 결국 생각대로 되지 않아 그 사람은 결국 우물에 뛰어들어 죽고 말았다. 그 후 송청신(宋承信)이 1995년까지 이 일을 이어받아 운영했는데 부자가 되었다. 그때는 확실히 상황이 좋았다. 집 짓는 사람들이 많았다. 좋은 시절이었지. 도로에서는 벽돌을 실어 날랐고 마을 남쪽에서는 석탄을 캐서 날랐다. 사람들이 엄청 많았다. 우리 마을 칭(慶) 씨네도 식당을 차리고 여관을 내서 돈을 많이 벌었다.

나중에 땅이 더 깊어졌고 보시다시피 우물 바닥이 땅이 되었다(구이 당숙은 모터펌프 우물을 손가락으로 가리켰다). 원래는 우물이 보이지 않았고 덮개가 땅보다 훨씬 낮았다. 저기 전봇대가 보이지? 전봇대 아래 바닥에 쌓인 흙이 원래의 높인데 몇 장(丈)[5]을 더 파낸 것이다.

가마는 2년 동안 문을 닫았다. 가마가 문을 닫은 후 공사(公社)는 가마 주변 땅을 경작지로 돌려놓는 조건으로 마을에 3만여 위안을 주었다. 하지만 그 돈이 어디로 갔는지는 몰라. 경작이라고? 어떻게 경작할 수 있나? 땅은 이미 지하까지 파서 영양분도 없고 더군다나 어디서 흙을 가져와 여길 평평하게 메운단 말이냐? 지금 건설도 정말 빠르고 도처에서 흙을 사고판다. 나중에 한씨네 허(河)가 2년을 더 일했는데 주로 흙을 팔아 돈을 벌었다. 지금 이 구덩이가 이렇게 깊어진 것은 그동안 열심히 흙을 파낸 결과이다.

---

5 1척의 10배로 3.33미터

2002년 마을 사람들은 한허(韓河)를 찾기 시작했다. 나는 끝까지 나서서 사실을 알렸다. 나는 먼저 공사의 서기를 찾아갔는데 그는 처음이라 부드럽게 "먼저 돌아가시면 내가 사람을 보내 조사하겠습니다"라고 말했다. 두 번째 찾아갔을 때 나는 아직 해결되지 않았다고 말하니 그는 다시 한 번 물어보겠다고 했다. 세 번째 찾아갔을 때는 내게 꺼지라고 말했다. 당신은 서기인데 백성한테 꺼지라고? 나는 공사 건물 앞에서 큰 소리로 꾸짖으며 "× 서기, 당신 나와 봐, 아까 사무실에서 한 말을 다시 한 번 해봐, 다시 한 번 말해보라고!"라고 말했다. 그는 결국 나오지 않았다. 그래서 나는 다시 현의 토지국에 찾아갔는데 국장은 즉시 조사하겠다고 말했다.

오고 또 오고, 제기랄, 한번 와서 말하고 또 와서 말하고, 그렇게 몇 번을 왔는데 매번 먹고 마시고, 한 번 보고 물어본다 하고 모두 쓸데없는 말만 하고 엉덩이를 털고 나가버려 아무런 결과가 없었다. 벽돌공장은 멈추지 않았다. 내가 토지국장을 찾아가니 그는 "당신들 여기 오지 마세요. 왔으면 밥이나 드시고 가세요. 우리 동네 밥이 맛이 있는지 한번 보세요."라고 말했다. 그는 짐짓 모르는 척 "당신들 그 벽돌공장은 우리가 이미 영업정지 시켰는데 아직도 돌아가나요?"라고 말했다. 나는 "× 국장님, 제가 함부로 날뛰면 저를 가둬도 좋습니다."라고 말했다. 내가 고발을 할 때 그는 토지법에 대해 공부를 해서 경작지를 점유해 흙을 파내는 것은 잘못이라는 것을 알고 있었다. 나는 그곳에 갈 때 토지법 내용을 주머니에 넣고 다녔다. 나는 "×국장님, 여기 토지법이 있습니다. 제가 꺼내서 읽어볼 테니 어느 것이 옳은지 보시죠."라고 말했다. 그는 "그러지 마시죠. 저도 다 압니다."라고 말했다.

2004년에 벽돌공장은 완전히 중단되었다. 그것은 상부의 조사가 엄격해서도 아니고 한허가 선심을 써서도 아니다. 사실상 이제 파낼 흙이 없었기 때문이었다. 백여 무의 땅은 완전히 훼손되었다. 이제 사람들은 흙벽돌을 쓰지 않고 석회벽돌을 사용한다. 이것은 강에서 판 모래와 돌을 사용해 응고한 벽돌이다. 이제 마을의 땅은 파지 않고 강을 팠다. 너도 보이지, 강이 어떻게 됐는지.

그때의 고소건에 대해 말하자 아버지와 구이(貴) 당숙은 득의만만했고 무척 흥분했다. 당시 그 둘은 이곳저곳 뛰어다니며 고소를 계획했다. 이 두 사람은 얼마나 많은 사람들이 진저리를 치는지 몰랐다. 그들은 마을에서 전형적인 '별종'이었다. 한 마디로 자기들은 잘 하는 것도 없으면서 할 일 없이 남의 일에 간섭하는 사람들이었다.

아버지는 나의 경멸하는 표정을 보고 "나를 과소평가하지 마라. 우리는 자식과 손자들에게 좋은 일을 했다. 이 큰 구덩이를 봐라. 200무가 함몰된 땅, 숨겨진 위험이 엄청나다. 량좡에 몇 년간 홍수가 없었지만 홍수가 나면 큰일 날 것이다. 어렸을 때 강이 범람

하면 마을이 범람하고 밀짚더미가 떠오를 때를 기억하냐?"라고 말
하며 꾸짖었다.

　그래, 그래. 나는 당연히 기억했다. 집중호우가 왔을 때 마을이
침수되어 모든 집이 수로를 준설하고 있었지만 여전히 물이 사방
에 넘쳐서 많은 사람들이 모래주머니로 집앞 출입구를 막고 있었
던 것을 기억한다. 어느 여름에는 부엌의 뒤쪽 절반이 무너져서 비
가 오는 동안 부엌의 다른 절반에서 물을 끓이고 밥을 했다. 그런
데 땔감은 어디에 있었더라? 마을 어귀 밀밭에 쌓아둔 짚더미는
물에 떠서 접근하기 어려웠고, 구덩이에 들어갔다가 우연히 발견
한다 해도 반은 마르고 반은 젖은 짚만 얻을 수 있었다. 그래서 한
동안은 거의 모든 집이 연기로 가득했다.

　아버지는 벽돌공장이 재앙의 화근이 되기 시작했고 이제 또 홍
수를 일으킬 수 있다고 말했다. 그러면 정말 큰일이다. 원래의 강
비탈이 파헤쳐지고 움푹 들어간 곳을 따라 물이 마을 전체로 침투
해 들어오면 물러날 곳도 없었다. 누가 이런 일에 관심이 있을까?
아시다시피 지금 공무원들은 마을에 조사하러 온다고 해놓고 모
두 그냥 지나쳤다. 그래서 사람들은 그들에게 기대가 없어 누가 오
든 등을 돌렸다.

　구이 당숙은 땅에 세게 침을 뱉으며 얘기했다. "그해 마을은 송
청신이 가마를 파는 것을 허락하지 않았다. 또한 마을총회에서 송
청신은 자신이 마을에 얼마나 많은 행복을 가져다 주었는지를 강
조했어. 그래서 나는 혼자 생각했지. '제기랄, 당신은 우리 땅을 파

헤치고 순진한 아이들 몇 명을 당신을 위해 일하게 하고 우리에게 행복을 가져다준다고? 우릴 속이고 있잖아! 그들은 잘 모르고 있지만 나는 알고 있으니 당신을 고발할거야!'라고 말이지."

검은 진흙탕

컹탕(坑塘), 이것은 마을 안팎에 흩어져 있는 연못으로 북부지역 농촌에서는 구어로 "구덩이(坑)"이라고 부르며 문어로 "컹탕(坑塘)"이라 불린다.

　량쫭에는 크고 작은 연못이 여섯 개 있었다. 초등학교 앞에는 좁고 구부러진 길로 갈라진 큰 연못이 있었는데, 어린 시절 초등학교에 가기 위해서는 반드시 지나가야 했던 길이었다. 여름에 비바람이 몰아치면 이 길은 악마의 길이 되어 연못의 물이 길 위로 솟구쳐 올라 간간이 수면의 흔적만 남기곤 했다. 친구 몇 명이 손을 잡고 맨발로 걷다 보면 "퐁퐁퐁퐁"하는 물 떨어지는 소리를 들을 수 있었다. 다행히도 연못의 경사가 매우 완만하고 물이 깊지 않아 순조롭게 올라갈 수 있었다. 비가 오는 날씨가 계속되면 마을은 아수라장이 되었다. 마을 도처가 진흙투성이었고 돼지똥과 닭똥이 흠뻑 젖어 여기저기 흘러나왔고 깨진 돌멩이와 벽돌 등이 어디인지 모르는 곳에서 나와 발을 다치게 했다. 집에서 학교까지 300미터를 걸어가는 동안 얼마나 많은 분뇨를 밟아야 했는지 모를 정도였고, 발가락 틈새로 새까맣거나 누런 분뇨가 흘러나와 퀴퀴한 냄새를 풍기는 것을 보면 온몸에 털이 곤두서는 듯했다.

그럼에도 불구하고 초등학교 앞에 있는 연못에 대해 나는 좋은 기억을 가지고 있었다. 연못에는 연근으로 가득했다. 여름이 되면 초록색 연잎이 연못 전체로 퍼졌고 간혹 분홍색 꽃이 높이 솟아나와 바람에 흔들렸다. 그런 후 서서히 연방이 생기고 그 속에 있는 연꽃 씨앗이 둥글게 부풀어 올랐다. 연꽃 씨앗이 익기 전, 어른들이 알아채지 못할 때 우리 친구들 중 몇몇은 손을 잡고 일렬로 물 속으로 들어가 가장 가까운 연꽃 씨앗을 따 그것을 한 입 베어 물면 입안 가득 상큼한 향기가 났다.

또한 청석교가 있는 연못도 있었다. 청석교는 큰 연못을 둘로 나눠 왼쪽은 우리집이 있는 마을로 들어가고 오른쪽은 도로 주변까지 뻗어 있었다. 연못 주변에는 비교적 넓은 흙길이 있는데 이 길은 마을에서 도로로 나가는 길로 이어졌다. 흙길 위쪽으로 가면 량씨 가족의 자류지(自留地)[6]가 있는데 각 가족은 얼마 안 되는 땅에 고추, 가지, 무 등 채소를 심어 자급했다. 흙길과 자류지 사이에는 큰 뽕나무가 한 그루 있었다. 매년 늦봄에서 초여름에는 자홍색의 오디가 나무에 가득했다. 우리 여자애들은 흙덩이, 막대기로 오디를 땄는데 우리가 딴 오디는 땅에 떨어져 으스러지고 흙먼지가 묻어 거의 먹을 수 없었다. 그러나 남자애들은 원숭이처럼 나무에 잘도 올라가 주머니 한 가득 오디를 딴 후 순식간에 달아났다.

왼쪽의 연못은 마을에서 가장 큰 것으로, 초등학교 앞 연못과 거

---

6 개인이 자유롭게 사용할 수 있는 땅(텃밭)이다. 중국은 사회주의 실현을 위해 농촌의 모든 토지를 집체(마을)가 소유하도록 했으나 일부 토지는 개인에게 분배해 자유로운 경작을 보장했다.

의 붙어 있고 중간에 마을의 메인 도로인 큰 도로가 나 있었다. 원래 하나였던 연못은 마을이 생기고, 도로가 생기면서 갈라지게 됐다. 연못 앞뒤에는 두 개의 큰 밀밭이 있었다. 마을 안쪽에 있는 밀타작 마당은 밀을 타작하기도 하고 밀을 말리기도 하는 장소였는데 평시에는 마을 사람들이 모여 노는 장소였다. 결혼식, 장례식, 영화 상영, 공연 등을 이곳 밀타작 마당에서 치렀다. 특히 영화는 대개 장례식 때문에 만들어졌지만 영화를 상영할 때는 마을 전체가 축제와 같았다. 그 순간 죽음과 새 생명, 눈물과 기쁨은 모두 진실했다. 장례식장에서 주체할 수 없는 눈물을 흘리며 죽음을 두려워했던 우리는 영화 상영장에 가면 미지의 신비로운 세계가 모든 슬픔과 두려움을 단숨에 빨아들이곤 했다. 우리 아이들은 오후 한두 시쯤이면 작은 의자를 옮겨 자리를 차지하고 서로 바꿔가며 저녁을 먹으러 집에 가곤 했다. 밤이 되자 하얀 스크린이 펼쳐졌고 신비, 존엄, 광채가 곧 타작마당 전체를 덮었다. 영화가 시작되고 모두가 조용해지면 영사기가 돌아가면서 내는 "샤샤"소리와 스크린 위의 기이한 세계가 펼쳐져 모든 사람들은 신기하게 쳐다봤다.

여름이 오면 우리는 밭에 가서 밀을 베고 수확했다. 저녁이 되면 어른과 아이, 남자와 여자로 나뉜 몇몇 친구들이 연못에서 수영을 하곤 했다. 연못에서 수영하는 것을 '헤엄'[7]이라고 불렀지만 강에 가면 '목욕' 또는 '수영'이라고 불렀다. 동쪽은 남자가, 서쪽

---

7 원문에서 '푸수이(洑水)'로 표현하고 있는데 오리헤엄을 뜻한다.

은 여자가 수영하는 것이 관례였고, 가끔 못된 남자애들은 물속으로 여자애들 구역으로 넘어와 여자애들에게 몰매를 맞고 도망가기도 했다.

그 당시에는 오리가 헤엄치고 물고기가 헤엄치고 사람들이 빨래를 하고 뱀장어가 진흙 속에 파묻혀 있었지만 물은 더럽지 않았다. 얕은 곳에서는 돌의 색깔과 그 밑의 노란 진흙까지 볼 수 있었다. 어른들 말씀에 따르면 이 연못 밑에 샘구멍이 있어서 자정작용을 한다고 했다. 비가 와서 물이 불어나면 연못에서 '소라껍질'을 만졌는데, 그것은 일종의 조개처럼 생긴 커다란 수중생물로, 그것을 열면 가운데에 커다란 고기 조각이 있어서 볶아서 먹으면 정말 맛있었다.

또 하나의 연못은 한씨와 량씨가 연접한 곳에 있었다. 이 연못 역시 가운데에 도로가 있어 양쪽으로 나뉘었다. 길의 지평면은 수면과 거의 같아 비가 올 때면 연못은 하나가 되었다. 연못은 마을 내부에 있어 우리집에서 오른쪽으로 가서 다시 세 집, 즉 량광성(梁光升)네 집, 량완후(梁萬虎)네 집, 자오(趙) 아주머니네 집을 지나면 연못이 나왔다. 자오 아주머니네 집 문 앞의 큰 평지는 마을의 식사 장소이기도 했다. 식사 시간이 되면 모두 그릇을 들고 여기 모여 얘기를 나누며 시시덕거렸다. 어렴풋한 기억으로는 한링(漢玲) 아주머니와 칭쥔(淸軍)의 어머니가 나눈 대화였다. 무슨 말인지 잘 알아듣지는 못했지만 입을 가리면서 웃고 얼굴을 붉히는 모습에서 그렇고 그런 류의 얘기를 하고 있다는 것을 어렴풋이 알았기 때문에 나도 어린 소녀의 본능대로 항상 빨리 도망쳤다. 수년 동안 나는 일종의 충격을 받았다. 칭쥔의 어머니는 말이 거의 없고 성실한 사람으로 집에 있어도 말을 잘 하지 않았고 외출해서는 더욱 더 위축되고 무서워하는 농촌여성이었다. 하지만 부부간의 농담을 할 때면 그들은 들뜨고, 수줍어하고, 애매모호한 표정을 지었다. 거기에는 일종의 여성미와 말로 표현할 수 없는 흥미로움이 담겨져 있었다. 그러나 누가 그녀의 흥미로움을 보고 또 이해했겠는가? 그때 모종의 충격을 받은 여자아이조차도 오랜 세월이 지난 후에야 갑자기 이해했으니 말이다.

기억이 더해지고 세월과 시간이 모여 내 기억이 형성될 때 나는 '과분한 칭찬'에 대한 혐의가 있었다. 그러나 오늘 우리 마을의 연못을 본다면 이 '과분한 칭찬'이 오늘날의 '죽음' 때문이라는 것을 알았다. 그것은 완전히 '사망'했고 그것을 구할 가능성은 없었다.

량좡 초등학교 앞 연못은 이제 고인 물로 변했고, 검은 녹조류 위에 파리가 날아다니며, 예전의 깊이, 진흙 속의 연근(아마도 그 당시의 깨끗함이 이것의 작용이었을 게다), 그 연꽃, 연방은 모두 사라지고 모두 택지와 집들로 변했다. 밀타작 마당과 그 위에 있었던 연못은 모두 보이지 않았다. 우리는 그 타작마당에서 공중제비를 돌고, 영화를 보고, 밀짚더미 속에 숨어 소설을 읽으며 부모님의 고함에도 모른 체하곤 했다.

새 집들이 연못 안쪽까지 뻗어 있었다. 얼마나 많은 흙이 채워졌는지 모르겠다. 그리고 그 옛날 넓은 물에서 헤엄쳤던 넓은 수면은 가난한 작은 삼각형의 수역으로 축소되었다.

그 옆에는 키 큰 뽕나무가 자랐던 연못이 있었는데, 만약 당신이 이 마을에서 자라서 아름다운 추억을 안고 어린 시절의 흔적을 찾으러 여기 왔다면 이 연못을 보고 눈물을 흘렸을 것이다. 그 연못은 시커먼 흙탕물로 움직이지 않았고 죽은 듯 부패해 어떤 생명의 기운도 없었다. 죽은 나무 한 그루가 물 위에 쓰러져 있었고, 그 줄기는 시커멓고, 그 물 위에 언제 떨어졌는지 모를 나뭇잎들이 연못 전체에 퍼져 있었고, 역시 시커멓게 서로 달라붙어 물 위에 고정되어 흐르지 않고 있었다. 플라스틱 병과 캔, 아동복, 온갖 종류의 가정 쓰레기가 그 위에 버려져 있었다. 연못에서 나는 악취가 눈을 못 뜰 정도로 심해 거기에 가까이 갈 수도 없었다.

검은색의 흙탕물, 검은색의 죽음, 검은색의 냄새는 설명할 수 없는 두려움이었다. 그런데 연못 주변, 앞쪽, 왼쪽, 뒤쪽에는 새 집들이 있었다. 우리 가족들이 여기에서 물을 기르고, 숨을 쉬고, 먹고 삶의 희로애락을 경험했다. 한때 오리가 물 위를 날아다니며 어린 소녀의 마음에 첫 아름다움의 흔적을 남겼던 한씨네 집과 연결된 그 연못은 이제 오물 웅덩이와 파리, 곤충, 개미가 번식하는 얕고 습한 연못으로만 남았다. 그때 깊었던 곳이 기초가 되어 그 위에 집을 지었다. 그 전설 속의 연못 샘눈은 어떻게 됐을까? 저절로 사라진 것일까? 아니면 지상의 집들로 단단히 봉인된 것일까? 이것이 내 마을이었다. 내 고향 사람들은 그런 환경에서 살면서 돈도 조금 벌고 건물도 짓고 행복한 삶을 살고 있는데, 저렇게 검은색

진흙탕 위에 소위 말하는 행복한 생활이 있을 수 있을까? 하지만 누구를 탓할 수 있을까? 환경을 파괴하고, 생태계의 균형에 주의를 기울이지 않으며, 자신들 삶의 질과 방향성에 주의를 기울이지 않는 "내 고향 사람들"을 비난할 수 있을까? 약간 그럴싸하게 보였다. 그들이 보는 것은 남편과 아내, 아버지와 아들, 어머니와 딸이 어쩔 수 없이 떨어져 지내야 하지만 집은 점점 더 좋아지고 있고, 더 이상 굶주림에 시달릴 필요가 없게 되었기 때문이었다. 그들은 춘절이 되면 마을로 돌아와 새 집에 앉아 친구와 친척들을 접대할 수 있고, 이 며칠 동안만이라도 그해의 이별과 고난, 눈물을 잊을 수 있으니 이들에게 춘절은 행복의 원천이었다. 그들은 다른 방법이 없을까 고민했고, 역사가 그들의 생존의 길을 닦아 놓았으니 그것만이 전부라고 생각했다. 그들은 인내하며 그 안에서 행복을 찾으려고 노력했다.

내가 뭐라고 말할 수 있을까? 우리 문중의 친절하고 상냥한 미소를 마주할 때, 그들의 고단한 삶과 슬픔과 기쁨을 들을 때, 어떻게 이 작고 더러운 연못도 당신들 삶의 일부가 되어야 한다고 말할 수 있겠는가?

강변

새벽에 조용한 마을을 걷고, 길을 걷고, 숲속을 걷고, 긴 강둑을 걸으면 다양한 새들이 한데 모여 조잘조잘 지저귀는데 그 소리가 마치 미묘한 떨림과 즐거움을 주는 듯했다. 강비탈의 상단에 서면 아침 안개가 짙게 깔리고 따뜻한 붉은 태양이 천천히 떠올랐다. 노을빛의 찬란함은 없지만 강변에는 안개와 이슬이 증발하면서 모든 것이 따뜻하고 넓고 부드러웠다. 강비탈에는 흰 양과 검고 육중한 소가 차츰 나타났다. 어른들은 제방에 쪼그리고 앉았고 아이들은 때때로 맑은 웃음을 지으며 뛰어다녔다. 거의 벌거벗은 낚시꾼들은 석고상처럼 움직이지 않았다. 강은 깊고 잔잔하게 굽이쳐 흐르고 있었다. 평원에는 높고 낮은 농작물들이 빽빽하게 늘어서 있었고 다소 연한 녹색을 띠고 있었다. 맑은 하늘 아래 멀리 보이는 녹색 황야는 옅은 안개로 덮여 있었다. 모든 것이 충만한 즐거움을 주는 생명력이었고 광활한 대자연의 아름다움에서 비롯된 기쁨이었다.

숲의 길에서, 강둑의 모래 위에서, 풀로 덮인 강가의 비탈면에서 방금 시작된 하루, 사라질 하루, 점차 영성을 잃어가는 아침, 정오, 저녁에 조용히 귀를 기울이는 사람이 있을까? 인간의 목소리는 멀어지고 새들은 멀리 떨어져 있으며 자연의 영혼은 우리와 멀리 떨어져 있었다. 한때 떠오르는 태양과 다가오는 새벽을 기쁨으로 맞이하던 영혼들은 서로의 존재를 증명하는 소리처럼 슬프거나, 외롭고, 겁에 질린 채 가끔씩만 대답하며 침묵하고 있었다.

어릴 적 여름에는 저녁을 먹은 후에 마을 사람들이 하나둘씩 집을 나섰다. 해질 무렵이면 강은 이미 사람들로 가득 찼다. 사람들은 강물에 몸을 담그고 강변 나무 그늘 아래서 잡담도 하고 사랑도 속삭였고 고운 백사장에 등을 대고 누워 밤하늘과 대지를 향유했다.

　마을 뒤쪽의 긴 강비탈 아래에는 크고 울창한 숲이 있었다. 숲속에는 사슴농장과 야생 오리 한 쌍이 있는 작은 호수 웅덩이가 있었다. 비가 오면 강비탈 전체가 푸르고 짙은 녹색이었다. 내가 어렸을 때 이 강은 외롭고 슬픈 첫사랑을 함께했다. 나는 학교를 빼먹고 혼자 강에서 방황하며 숲에서 자색 꽃잎을 한 조각씩 땄다. 비 오는 날, 나는 우산도 없이 강비탈의 잔디 위를 맨발로 걸으며 작은 웅덩이의 푸른 풀들을 밟았다. 깨끗하게 스며드는 물, 가늘고 부드러운 풀은 사람의 마음을 아프게 했다. 가을에 황금빛으로 변하는 개미풀 위에 누우면 넓고 편안했다. 나는 풀밭에서 뒹굴고 숨을 쉬고 침묵하며 서쪽 하늘의 불타는 붉은 구름을 바라보며 저 구름이 나를 먼 곳으로 데려다주는 말이라고 상상했다.

　그 봄날 거위색 버드나무, 수정처럼 맑은 강물, 깊은 숲속의 귀여운 사슴, 한 쌍의 야생 오리, 새하얗고 부드러운 모래사장 등 모든 것이 말로 표현할 수 없는 오묘하고 충만한 아름다움이었다. 나의 아름다움에 대한 감각, 자연에 대한 동경, 푸른 하늘과 흰 구름에 대한 갈망과 열망은 이 강에서 형성되었다.

　어느 날 이 모든 것이 갑자기 사라졌다. 하룻밤 사이에 강변의 울창한 나무들이 사라졌다. 어리고 혼란스러웠던 내 눈에는 녹색 강변이 텅 빈 황무지가 될 때까지 나무들이 끊임없이 베어지고 있다는 사실을 알아채지 못했다. 새끼 사슴, 호수와 웅덩이, 야생 오리, 그 숲의 갈대밭이 어느새 모두 사라졌다. 강은 점점 물이 줄어들었고 많은 곳에서 마른 바닥만 남았다. 강은 기름처럼 검고 반짝이는데, 마치 일 년 내내 닦았지만 한 번도 빨지 않은 걸레의 색깔 같았고, 제방이 넓고 강이 깊고 고요한 곳에서는 멀리서 보면 이 검은 흐름이 오히려 엄숙하고 차분해 보였습니다. 강 전체에서 끔찍한 악취가 났다. 여름에 화학공장 옆에서 흘러나오는 폐수, 고온 증발로 나온 코를 찌르는 공장 냄새, 모종의 나쁜 발효물질, 달콤하면서도 피비린내 나는 악취. 이 냄새를 맡은 모든 사람들은 어지러움, 질식, 구토를 하지 않을 수 없었다. 온갖 종류의 흰색, 검은색, 혼합색 거품이 강에 떠 있었다. 소용돌이가 돌아가는 곳에서 라이터로 거품에 부드럽게 불을 붙이자 "후"하는 소리와 함께 불이 거품의 둑을 따라 퍼져 나가며 100미터 이상 계속될 수 있었는데, 이는 매우 장관이었다. 갑자기 피어오르는 냄새는 사람을 질식시키기에 충분했다.

1980년대부터 지금까지 중국 땅에서 오염되지 않은 강을 몇 개나 찾을 수 있을까? 푸른 하늘을 반사할 수 있는 맑은 물은 무인지역에 가야만 찾을 수 있으며, 일단 발견되면 그 물은 '죽음'의 날로부터 멀지 않게 된다.

내 고향의 강은 수많은 오염된 큰 강 중 하나에 불과하며, "톤수이(滍水)"라고 불렀다. 이 강은 수백 킬로미터에 걸쳐 뻗어 있으며 랑현의 대부분의 마을과 마을을 관통했다. 려도원(酈道元)의 『수경주: 水經注』에 "톤수이(滍水, 단수)"를 이렇게 설명했다.

단수 남쪽으로 국수(菊水)가 유입되고 물은 서북쪽 석간산(石澗山) 방국계(芳菊溪)에서 나온다기도 하고 석곡(析谷)에서도 나온다고 하는데 이들 모두는 계간(溪澗)을 말한다. 수원(水源) 주변에 국화가 잘 자라고 연못의 물은 매우 달콤하다. 이 계곡의 물과 흙은 오랜 세월 동안 사용되었다고 하며, 사공(司空) 왕창(王暢), 태부(太傅) 원외(袁隗), 태위(太尉) 호광(胡廣)[8]이 이 물을 마셔 자양분을 공급받았다고 한다. 그러므로 군자는 주의를 기울여 기꺼이 맛보아야 한다. 국수는 동남쪽에서 단수로 흘러들어간다. 단수는 현의 동남쪽을 지나고, 관군(冠軍)현의 서쪽을 지나, 북쪽의 초알(楚堨)로 흐른다. 물은 위아래로 8층이 되고 둘레가 십 리이며 방탕(方塘)에 물을 저장하고 끊임없이 수분을 공급한다. 단수는 또한 관군현의 동쪽, 본랑현의 로양향(盧陽鄉)을 지나 서서히 모인다… 단수는 또한 양현을 지나 육문피(六門陂)에 이른다. 한나라 효원(孝元)시대, 남양(南陽) 태수(太守) 소신신(邵信臣)이 건소(建昭) 5년에 단수를 끊고 양현 서쪽에 돌기둥을 세웠다.

청나라 학자 양수경(楊守敬)은 그의 저서 『수경주소: 水經注疏』에서 이를 다시 언급했다.

---

8 3명 모두 후한시대 고관인 3공(公)의 인물

『속한지: 續漢志』려현(酈縣) 주(注)에『형주기: 荊州記』를 인용한다. 현 북쪽 8리에 국수(菊水)가 있고 그 수원 근처에는 국화 향기가 가득하고 물은 매우 달콤하다. 그 가운데에 더 이상 우물을 파지 않고 물을 마신 30가구가 있는데 장수는 백이십이고, 중수(中壽)는 백이 넘으며, 일흔이나 여든은 요절하는 것으로 여겼다. 하나라 사공 왕창, 태부 원외가 남양 태수로 있을 때 현에 한 달에 30여 석(石)을 보내도록 명령했다. 먹고, 마시고, 씻는데 이 물을 사용했다. 태위 호광은 오랫동안 풍토병을 앓다가 남쪽으로 돌아와서 이 물을 계속 마시고 병이 나았다. 이곳 국화는 줄기가 짧고 꽃이 크며 맛이 달아 다른 국화와는 다르다.

나는 수백 년 전 나의 고향에 흐르는 톤수이(湍水)를 상상했다. 강둑 양쪽에는 특이하게 생긴 국화가 자라고 있었는데, 그 국화는 매우 맛이 좋고 강물에 영양을 공급했다. 이로 인해 강물이 달고, 땅이 비옥해지며, 사람이 오래 살고, 건강하며, 군자가 될 수 있었다. 도원(桃源)⁹의 세계와 도원의 삶은 어떤 모습이어야 할까?

강의 종말
현(縣) 소재지 북쪽에 있는 고무댐을 지나니 많은 사람들이 모여

---

9 무릉도원의 준말. 별천지, 이상향을 뜻한다.

있었다. 지역 주민들이 개발한 오락 프로그램이 진행되는 줄 알았는데, 곧바로 한 청년이 익사했다는 소식을 들었다. 가장 더울 때인 정오에 세 명의 젊은이가 수영하러 왔는데 그중 한 명은 들어가자마자 사라졌다. 내가 그곳에 갔을 때 소방대는 6, 7시간 동안 물속에서 작업을 했고 강둑 양쪽에서 사람들이 간헐적으로 울고 있었다.

사람들은 몇 년 동안 매년 이곳에서 4~5명, 대부분 젊은이들이 익사했다고 얘기했다. 작년에는 외지에서 대학입시 시험을 마치고 친척을 방문하기 위해 이곳에 온 두 명의 고등학생이 익사했는데 겨우 열일곱 살이었다. 몇 년 전, 이 강 구간에는 많은 수의 모래 준설 공장이 모였고, 이 구간 강바닥에는 깊은 모래 웅덩이가 많이 남았다. 이제 이곳은 모래 준설 공장에서 황토층까지 파헤쳐 더 이상 모래가 없기 때문에 버려졌다.

50대와 60대 두 노인이 얘기하고 있을 때 나는 준설 공장에 책임을 물어야 한다고 생각하는 사람이 있는지 혹은 하천관리부서에 찾아가 물어볼 사람이 있는지 물었다. 은퇴한 간부로 보이는 두 노인은 "그래, 하지만 그들은 모두 여기에 있지 않아, 게다가 강바닥에 대해 누가 분명하게 말할 수 있겠어."라고 말했다. 아무도 준설 공장의 책임에 대해 추궁하지 않았다. 많은 사람들은 "무슨 방법이 없을까? 누구를 찾아가야 하나? 누가 책임을 지나?"라고 말하는 경우가 많았다. 가슴 아파 울고 하늘이 어두워도 사건을 추궁할 생각조차 하지 못했다. 그리고 구경꾼들은 보통 "이 녀석들은 철이 없어 소용돌이가 있는 줄 알면서도 물에 뛰어든다."고 말했다.

비바람이 잦아들고 어두워질 무렵, 강가의 울음소리가 갑자기 커지고 어두운 하늘을 가르고 찢는 듯한 여성의 목소리가 들려왔다. 물에 빠진 사람을 찾은 것 같았다. 나는 사람들을 따라 진흙탕을 밟고 강을 향해 달려가 처음으로 구경꾼처럼 행동했다.

눈앞에서 익사한 사람이 건져져 올라왔다. 가족 중 한 여성이 그 청년이 게워내는 하얀 거품을 손으로 닦으며 울었다. 청년은 길고 마른 체격에 눈을 지그시 감고 있었고 얼굴과 몸이 이미 파랗게 변해 있었다. 눈썹을 보니 꽤 잘생긴 청년이었다. 사람들의 만류에도 불구하고 그의 친척들은 필사적으로 인공호흡을 했다. 그들은 가망이 없다는 것을 알게 된 후 한동안 울다가 내면의 상처를 스스로 위로하는 것처럼 다시 인공호흡을 했다. 강 선너편에 모인 가족들은 또다시 가슴 아픈 흐느낌을 터트렸고, 일부 무력한 구경꾼들은 조용히 붉어진 눈을 닦았다.

왜인지는 모르겠지만 어릴 때부터 '오줌눈'이라 불리며 울음소리만 들으면 눈물을 참지 못했던 나는 눈물이 나오지 않았다. 마을로 돌아가는 가는 길은 안개가 낀 것처럼 약간의 저림과 고통, 말할 수 없는 괴로움이 있었다.

오빠 집에 가서 오빠의 친구 몇 명과 고무댐 익사 사고에 대해 얘기했을 때, 그들은 많은 사례에 대해 말하기 시작했다. 매년 고향의 강에서 수십 명의 익사자가 발생하고 있었다. 부모들은 아이들에게 강에서 목욕하지 말라고 수없이 당부했지만, 강이 있고 더운 여름날에 물의 유혹에 빠진 아이들을 어떻게 막을 수 있었을까? 열한 살에서 열두 살 사이의 청소년 네 명이 조부모가 낮잠을 자는 사이 몰래 강에 들어가 목욕을 했는데 네 명의 아이들 중 두 명이 사라졌다. 다른 두 아이는 하루가 지나서야 돌아와서 감히 부모에게 말하지 못했고, 한 아이는 시신조차 찾지 못했다. 왕씨 가족의 어른 한 명도 작년에 익사했다. 아이들을 데리고 강에 가 목욕을 했는데 어른들은 옷을 벗고 강물에 뛰어들더니 "으악"하고 사라졌다. 물가에서 아이가 울면 누군가가 물에 빠졌다는 사실을 모두가 알았다.

우리는 강을 따라 천천히 걸었고 모래 준설과 강에 대해 알고 싶었다. 어쨌든 강가에는 웅덩이가 가득 차 있었지만 항상 아름다웠다. 강비탈에 새로 심은 미루나무는 그릇 두께의 무성한 신록으로 자랐다. 이것은 현에 새로 온 당서기가 추진한 미루나무 경제로, 돈을 벌 수 있는지 여부는 아직 모르지만 어쨌건 생태를 개선했다. 하얀 길은 강과 가까운 숲속으로 구불구불 이어져 있었으며, 모래를 팠다가 남긴 커다란 갈대덩굴과 크고 불규칙한 모래둥지들이 있었고 대부분이 물로 채워져 있었다. 강변 양쪽에 흰 자갈과 모래사장이 서로 마주보며 길을 따라 쭉 뻗어 있어 예상치 못한 매력을 주었다. 물론 이곳의 모래와 물은 주인이 있고, 모래공장 주인이 나누어 통제하고 있었다. 여름이 오고 수위가 높아지면 이 모래 구덩이는 셀 수 없이 많은 큰 소용돌이 혹은 표면을 잔잔하게 만드는 깊은 해류를 형성했다. 사람들이 물에 들어가면 대개 깊은 물에 빠져 죽거나 소용돌이에 휩쓸려갔다.

모래 준설선이 물 건너편에 누워 있었고, 크레인이 공중에 매달려 있었는데 멀리서 봐도 좋은 풍경이었다. 기계 옆에는 거대한 모래더미가 쌓여 있었고, 모래를 실은 트럭이 앞뒤로 요동치며 분주한 풍경을 자아냈다. 넓은 강물은 작고 지저분한 여러 지류로 파여져 있었고, 강물은 자유롭게 흘렀다. 어떤 곳은 물이 없고 맑고 얕으며, 어떤 곳은 조류가 매우 빨랐다. 약 5리(里)의 거리를 대략적으로 계산해 보면 모래 굴착기가 1리당 평균 4개로 거의 20개에 달했으며 일부 장소는 더 집중되어 있었다.

아들과 그의 사촌 형은 더 이상 참지 못하고 강으로 달려갔으나 사람들에 의해 제지당했다. 나는 재빨리 달려가서 두 사람을 물 밖으로 끌고 나가 멀리서 지켜보라고 명령했다. 빠른 대응이 다행이라는 생각도 들었지만, 한편으로는 더 안타까운 마음도 들었다. 잔잔한 강은 위험을 숨기고 언제든지 사람들의 생명을 삼킬 수 있었다. 하늘은 맑고, 새들은 날아다니고, 물의 흐름은 느렸지만 목욕도, 강가에서 노는 것도 불가능해졌다.

대규모 모래 채굴이 강에 얼마나 영향을 미칠까? 이러한 이유로 나는 현정부 수리국의 부국장을 찾아갔고 그는 나에게 의미 있는 말을 했다.

모래 채굴은 지역 건설 산업에 기여하고 있으며, 현재 정부도 건설 사업에 적극적으로 참여하고 있습니다. 민간용이든 공공용이든 어떤 건설 사업에 모래와 콘크리트가 필요치 않겠어요? 벽돌도 필요하고 흙도 필요합니다. 정부가 파지 말라고 하면 석회벽돌밖에 없어 모래도 파고 돌도 파야 합니다. 이것들이 어디에서 오냐고요? 강에서만 생산되는 것입니다. 모래 채굴은 강의 생태에 영향을 미치지만 그다지 많지는 않습니다. 모래 채굴업자들은 매년 면허를 갱신하고 모래 채굴의 범위, 폭, 깊이, 방법 등을 모두 승인받기 때문에 강의 흐름에 영향을 그다지 주지 않습니다. 그리고 무엇보다 모래 채굴장도 아무 때나 파낼 수 없습니다. 예를 들어, 수리법은 홍수기에 모래 채굴을 할 수 없도록 규정하고 있습니다. 모래 채굴선은 홍수기에는 강기슭으로 이동해야 해서 모래를 채굴할 수 없습니다. 그럼에도 불구하고 이 일은 반복적으로 일어나고 있습니다. 정부는 단호한 조치를 취해야 합니다. 강기슭으로 옮겨가지 않으면 기계공을 데려와 채굴선을 잘라버리면 겁을 먹고 그렇게 하지 않을 것입니다.

모래 채굴은 수중 작업이라 파악하기 어렵고, 1미터 반에서 2미터까지만 채굴할 수 있는데 대부분 더 깊은 곳까지 채굴하는데 현장을 가지 않고서는 정확히 알 수 없습니다. 또한 물이 계속해서 흐르고 그 자체로도 계속 변화하고 강 자체가 고르지 않아 모든 모래 준설 공장이 일을 시작하기 전에 높이를 측정하는 것은 불가능합니다.

더욱이 객관적으로 말하면 하천의 깊이가 모래 채굴로 인한 것인지 판단하기 어렵고, 수중에서는 계수를 조작하는 게 어려워 통제하기가 불가능합니다. 모래 채굴은 확실히 영향을 미칠 것이기 때문에 규모의 문제일 뿐입니다. 더 깊이 파면 웅덩이가 생길 수도 있는데, 강바닥은 울퉁불퉁해서 사람이 걸으면 갑자기 웅덩이나 큰 소용돌이를 만나는데 아래로 내려가면 보이지 않습니다.

반대로, 모래를 파지 않고 그냥 놔두면 강물도 변화하고, 수력의 침식으로 인해 수중 상황도 달라집니다. 강의 동쪽으로 30년, 강의 서쪽으로 30년이라는 말이 있습니다. 단순히 과잉 채굴 탓으로 돌리는 것은 무리일 것입니다. 게다가 모래 채굴이 많이 이루어지기 전에도 사람들이 강에 빠져 익사하는 경우가 많았지 않았나요?

강물의 수질이 조금 더 좋아지고 훨씬 맑아진 것 같지만 상류의 제지 공장이 다시 가동될 예정입니다. 이 제지 공장은 현의 기둥 산업으로, 공장이 멈추면 현은 많은 세수를 잃게 됩니다. 그래서 공장을 열었다 닫았다 했습니다. 이것은 전형적인 지역 보호주의입니다. 모든 현이 그러니 어쩔 수 없습니다. 사실 오염 제어 장비도 들여왔지만 거의 사용하지 않습니다. 장비 운행비용이 너무 비싸기 때문입니다. 상부에서 조사를 나오면 며칠 동안 기준에 맞춰 오염수를 방류합니다. 그들이 가면 다시 멈춥니다. 조사단의 마음속은 밝은 거울과 같아 꿰뚫어 보지만 말하지는 않습니다.

사실, 지난 몇 년 동안 환경 보호 노력이 강화되었습니다. 우리 현의 비료 공장이 폐쇄되지 않았습니까? 하수 문제 때문이기도 합니다. 환경 보호에 대한 상부의 요구는 점점 더 높아지고 있습니다. 수질 오염 방지 및 통제법의 주체는 환경 보호국과 수리국입니다. 하수 배출구 설치는 수리부서에서 결정해야 하며, 하수량에 따라 수원지도 보호해야 합니다. 요즘 제도개편은 기능관리를 바탕으로 큰 부서와 위원회가 통합되고 있어 전반적으로 양호하고 훨씬 편리해졌으며 기능의 중복을 줄여주었습니다.

하천수 오염이 지하수 오염을 의미하는 것은 아니며 지표수와 지하수가 반드시 직접적으로 연결되어 있는 것은 아닙니다. 농촌 지하수 오염 문제는 심각하지 않습니다. 그러나 우리는 불소 함량이 높은 지역에 있으며, 원래 지하수 형성 과정에서 불소 함량이 높아 치아 뿌리가 검게 변하기 쉽고 골다공증이 있습니다. 지하수에 비소, 더 많은 불소 또는 높은 염분이 포함된 다른 여러 곳이 있습니다. 재작년 우리 현 인구 조사에 따르면 150만 명 중 53만 명이 불소화 치아를 가지고 있습니다.

지난 몇 년 동안 현에서는 농촌 식수 안전 프로젝트를 수행해 왔습니다. 작년에는 35,000명의 농촌 식수 안전 문제를 해결했습니다. 지하 200미터 이상 깊숙이 우물을 뚫고 마을에 상수도를 설치하여 집집마다 파이프라인을 연결했습니다. 사실, 최대 200미터까지는 염소를 처리할 필요가 없습니다.

저는 물을 관리하지만 저도 아이들은 강변에 세워둡니다. 우리 부서의 한 동료의 아이가 16세였는데 몇 년 전에 익사했습니다. 현재 농촌의 부모들은 아이들이 강에서 목욕하는 것을 허락하지 않습니다. 옛날처럼 매일 저녁 목욕하는 것은 즐거움이었습니다. 도시에 있는 이 강 구간은 인구 밀도가 높고 철교까지 수심이 깊습니다. 그래서 구간마다 경고 표지판을 세웠습니다. 하지만 소용이 없었습니다. 아이들은 말을 듣지 않고 여름이면 강으로 뛰어들었습니다.

얘기를 하다보니 내가 큰 문제를 일으키고 있는 것 같았고 마치 모든 문제가 부드럽게 해소된 것처럼 보였다. 우리 모두에게 이것은 문제가 아니거나 오히려 개발 과정에서 존재할 수밖에 없는 문제였다. 이 때문에 소란을 피울 가치가 없는 것 같았다. 테이블에서 식사를 한 수리국 간부도 일을 할 때 매우 헌신적이었을 것이다. 모래 준설과 생태, 그리고 그것들과 우리의 삶의 질과 생명 자체 사이의 관계에 관해서는 그들의 사고 범위에 속하지 않았다.

하천은 한 나라의 생태적 명맥이고 한 민족의 미래를 담보하는데, 지난 10여 년 동안 우리는 너무 성급하게 끝내버렸다. 우리는 건조하고 냄새나고 이상한 기운으로 충만한 강둑 양쪽에 살고 있으며 일종의 절망감, 암담함, 그리고 말할 수 없는 공포심을 안고 있다. 이 모든 것이 변하지 않으면 큰 재앙이 닥칠 것이다. 혹은 사실 이미 재앙이 와 있는지도 모른다.

제3장

아이들 구하기

최근 몇 년 동안 농촌 지역 유수(留守) 청소년들이 저지르는 범죄와 이들이 저지르는 범죄 건수가 모두 증가하고 있다. 2007년 재판에 회부된 청소년 범죄 사건은 모두 54건 81명에 달하며, 그중 농촌 유수 청소년 범죄 사건은 15건 18명에 달한다. 2008년 재판에 회부된 청소년 범죄 사건은 모두 59건 83명에 달하며, 그중 농촌 유수 청소년 범죄 사건은 27건 35명에 달한다. 2009년 재판에 회부된 청소년 범죄 사건은 모두 69건 133명에 달하며, 그중 농촌 유수 청소년 범죄 사건은 38건 53명에 달한다.

『랑현 인민법원 소년 재판정 신문자료』

왕씨 소년

2006년 1월 23일, 현 공안국은 읍내 고등학교에서 수업 중이던 왕씨 소년을 연행했다. 이 소년은 마을의 82세 류씨 노인을 살해하고 강간한 범인이었다. 노인이 살해된 지 거의 2년이 지났고, 공안국이 사건을 조사하기 위해 마을에 온 지 9개월이 지났을 때였다. 9개월 동안 마을의 분위기는 긴장감과 공포에 휩싸였고, 주요 수사 대상이었던 마을의 노총각 언청이 첸(錢)씨와 량꽝이(梁光義)는 반복되는 심문에 겁에 질려 미쳐버릴 지경이었다.

매일 아침 집에서 학교로 등교하고 밤에 잠자리에 드는 왕씨 소년에게서 특이한 행동은 발견되지 않았다. 체포 당시 왕씨 소년은 매우 침착했고, 저항하지 않았으며, 마치 이날을 오랫동안 기다렸다는 듯이 책상 위의 문구류와 책들을 깔끔하게 정리해 놓았다고 했다.

량쫭 사람들은 이 소식을 듣고 충격을 받아 귀를 의심했다. 어떻게 이 작은 애가 그럴 수 있지? 희고 깨끗한 소년, 말이 많지 않고, 잘생겼으며, 마을의 다른 아이들이 인터넷 게임을 하기 위해 학교를 건너뛰는 것과는 달리 그의 학업 성적은 좋았으므로, 사람들은 왕씨 소년이 틀림없이 대학생이 될 것이라고 생각하고 있었다.

왕씨는 량쫭에서 처음으로 관심의 대상이 되었다. 그리고 이 사건의 지루한 재판 과정과 이후 다른 사람들의 관여는 량쫭을 더욱 소란스럽게 만들었다.

2004년 4월 2일, 아침 6시에 일어나 평소처럼 요리를 하던 량젠쿤(梁建昆) 아주머니는 두 손자와 함께 식사를 한 후 남은 밥을 화로에 올려놓고 세발자전거에 손자를 태워 읍내 초등학교에 데려다주었다. 그리고 읍내로 시집간 딸네 집에 잠시 갔다가 마을로 돌아와 노모를 불러 식사를 하려했다. 젠쿤 아주머니는 다른 현에서 시집을 왔다. 그녀는 모친인 류씨 노인의 외동딸이었다. 어머니가 생활보호대상자가 되자 딸은 모친을 데려와 마을에서 살았다. 류씨 노인은 딸의 집에서 살기를 원하지 않았다. 외손자의 며느리가 싫어하고 딸이 중간에서 난처할 것 같아서였다. 류씨 노인은 길가의 오두막집에서 혼자 살았는데 그 집은 젠쿤 아주머니가 채소밭을 지킬 때 지은 집이었다.

　젠쿤 아주머니는 화로 위에 있는 밥이 탈까 봐 서둘러 세발자전거를 타고 길목까지 와서 "엄마, 엄마, 식사하세요!"라고 외쳤는데 아무런 대답이 없었다. 젠쿤 아주머니는 류씨 노인이 먼저 집에 갔나 싶어 세발자전거를 타고 자기 집으로 갔으나 집에 없었다. 그녀는 다시 오두막집에 갔으나 문은 역시 잠겨 있었다. 그러나 느낌이 좋지 않았다. 닭들이 집에서 놀고 있었는데 만약 사람이 밖에 나가면 닭을 확실히 풀어줬을 것이기 때문이다. 젠쿤 아주머니는 서둘러 문을 열었다. 노인의 몸은 침대에 쓰러져 있었는데 발은 땅에 처져 있고 하반신은 알몸이었다. 그리고 문쪽으로, 지상에, 침대 위에, 몸에 온통 피가 낭자했다. 머리 옆에 벽돌이 있었고 다시 보니 머리에 큰 구멍이 나 있었다. 닭들은 여전히 먹이를 찾아 쪼아대고 있었다.

공안국이 와서 조사한 결과 이 사건은 살인과 강간으로 판명됐고 노인의 몸에서 정액이 채취됐다. 방의 다른 곳에서도 피 묻은 호미, 부러진 뼈 등이 발견됐다. 량쫭 마을은 마치 폭발하는 솥과 같았다. 2004년 량쫭 마을의 사람들은 분노에 가득 차 있었고 모두가 잔인무도한 강간범을 잡기를 원했다.

공안국이 이 사건이 우발적인 사건이며 지나가던 행인의 소행이라고 발표하는 데는 그리 오랜 시간이 걸리지 않았다. 하지만 시골에서 밤에 마을을 지나가는 행인을 어떻게 알아낼 수 있을까? 결국 사건은 미제로 남았다. 젠쿤 아주머니는 읍내 경찰서와 현 공안국에도 고소장을 제출했지만 증거 부족으로 해결이 어렵다고 했다. 2005년 성(省) 공안국이 "살인 사건은 반드시 해결한다"라고 발표하자 젠쿤 아주머니는 다시 고소장을 제출했다. 곧 현 공안국에서는 여러 사람을 보내 촌장 집에 머무르며 마을을 집중적으로 조사했다.

량쫭 마을의 남자들은 공황 상태에 빠졌다. 처음에는 조사의 초점이 마을의 몇몇 노총각들에게 맞춰졌다. 이들은 젊었을 때 길가에 서서 지나가는 여성들에게 추파를 던지고, 성기를 노출하는 등 잘못된 행동을 일삼았다. 그들은 계속해서 불려 다녔고, 곧 언청이 첸씨와 량광이는 긴장한 나머지 한 명은 알몸으로 마을과 읍내를 돌아다녔고, 다른 한 명은 집안에 틀어박혀 사람들만 보면 두려움에 떨었다.

나중에 범위를 넓혀 16세 이상의 모든 남성을 대상으로 수색을 시작했고, 각 남성은 혈액 샘플을 채취해 류씨 노인의 몸에서 채취한 정액과 일치하는지 확인하기 위해 DNA 검사를 받았다. 공안국이 왕씨 일가에 관심을 기울인 것은 DNA가 매칭이 되었기 때문이다. 사실 마을 사람들을 조사할 때 왕씨 일가를 용의자 명단에 포함시킨 사람이 거의 없었다. 마을에서 그들은 너무 미미한 존재였기 때문이었다.

왕씨 소년이 체포되었고 자백은 순식간에 마을에 퍼졌다. 그날 밤, 학교에서 야간 공부를 마치고 돌아온 소년은 TV와 DVD 플레이어를 켜고 형의 서랍에서 음란 시디를 꺼내 시청했다. 형이 결혼 후 영화 시디를 많이 샀다는 것을 알고 있었고 그중 일부가 음란물이라는 것을 알고 있었다. 잠자리에 들었던 소년은 새벽 1시에 일어나 소변을 본 후 류씨 노인의 오두막집으로 가서 벽돌이나 호미로 노인을 죽인 다음에 강간했다.

내가 마을로 돌아왔을 때 사건은 수 차례 재판을 거쳤고, 왕 씨 소년은 여전히 구치소에 수감되어 있었다. 법원은 이미 1심에서 왕 씨 소년에게 사형을 선고했고, 왕씨의 형제와 부모는 왕 씨가 범행 당시 18세 미만이었기 때문에 사형은 안 된다고 주장하며 항소했다. 그들은 첸씨 집안, 저우씨 집안, 장씨 집안의 산파에게 증언을 요청했다. 그 후 사건을 재심하고 마을에서 증거를 다시 조사하여 왕씨 소년에게 사형 집행 유예를 선고했다. 젠쿤 아주머니는 왕씨 형이 증인들의 위증을 사주했다고 생각하여 다시 항소했다.

반면에 왕씨 소년 자신은 잊혀진 것 같았다. 왕씨 소년은 내 머릿속에서 큰 미스터리가 되었다. 무엇이 소년을 그렇게 잔인하게 만들었을까? 그렇게 조용하고 온순한 것이 정말 그의 본성일까?

그런 기분으로 나는 상황을 이해하기 위해 왕씨 소년의 본가 작은어머니를 찾아갔다. 도로를 사이에 두고 량씨 집안과 떨어져 있는 왕씨 집안은 우리가 밭에서 일하기 위해 반드시 거쳐야 하는 길이기도 했다. 하지만 그 길은 매우 낯설었다. 어렸을 때도 그 집안 아이들과 함께 놀아본 적이 거의 없었다.

왕씨 소년의 작은어머니는 내가 조카에 대해 물어보러 왔다는 소식을 듣고 경계했다. 우리는 앉아서 얘기를 나누며 왕씨 집안의 생활 형편에 대해 물었고, 20여 년의 변화 끝에 왕씨 집안은 현재 십여 가구밖에 남지 않았다는 것을 알게 되었다. 이 사건이 발생하자 왕씨 집안의 나이 많은 남자들은 모두 외지로 일하러 나갔고, 마을에서 벽돌을 나르러 나가도 무시당할까 봐 동네에 머물기를 꺼렸다.

오랫동안 앉아 있다가 마침내 왕씨 소년의 작은어머니는 이 아이가 아주 일찍부터 문제가 있었고 말이 없었다고 했다. 1993년, 왕씨 소년이 4, 5살이 되었을 때, 부모는 신장으로 가서 농사를 지었고, 형제들은 할머니와 함께 살았다. 1995년 할머니가 돌아가시면서 소년은 작은어머니에게 맡겨졌다. 형은 중학교를 자퇴한 이후 방황하다가 폭력 조직에 가입했다고 한다. 그는 체포를 피해 여러 차례 마을로 돌아왔다. 나중에 다른 곳에서 PC방 사업을 시작했는데 장사가 꽤 잘 됐다고 했다.

왕씨 소년은 내성적이어서 또래 친구들과 어울려 놀지 않았다. 하지만 공부를 잘해서 우진(吳鎭)의 제1중학교에 입학했다. 중학교에 입학한 후 소년은 혼자 살면서 학교 식당에서 밥을 먹고 밤에는 형의 집에 와서 지냈다. 2000년에 형은 결혼하기 위해 돌아와 가구와 가전제품을 두루 갖춘 새 집을 지었다. 체포되었을 때 그는 이미 고등학교 3학년이었고 조용하고 침착한 우등생이었다.

왕씨 집에서 나온 후 나는 설명할 수 없는 마음의 아픔을 느꼈다. 소년의 작은어머니의 말과 고등학교 선생님과의 대화를 보면 그 어떤 범죄의 조짐도 볼 수 없었다. 반대로 소년은 내성적이고 온화하며 예의발랐다. 사실 나는 이 사건을 처음 들었을 때 소년이 질풍노도의 사춘기 시절 어떤 충동적인 상황에서 그런 일을 하지 않았을까하고 본능적인 연민을 느꼈다. 그러나 잔인한 방법으로 노인을 죽인 사람은 바로 그였다. 마을을 돌아다니는데 새로 지은 집과 거대한 폐허, 더러운 연못, 물속의 오리, 떠다니는 쓰레기, 그것들이 조합된 이상한 풍경은 사람들에게 이루 말할 수 없는 고통을 느끼게 했다.

젠쥔 아주머니를 찾았을 때 해는 이미 어두워졌다. 초등학교 방향으로 가던 아주머니는 우리를 보더니 돌아와서 자기 집에 가자고 했다. 그녀는 "춘절이 지나면 너를 만나러 베이징에 갈 참이었다. 베이징에 가서 소송을 제기할 거다. 난 이길 수 없을 것이라 믿지 않는다."라고 말했다.

　피부색이 약간 까무잡잡한 젠쿤 아주머니에게는 아들 셋과 딸하나가 있었다. 어렸을 때부터 아주머니는 나를 볼 때마다 감격스러운 표정으로 딸이 살았다면 내 또래가 되었을 거라고 한숨을 쉬곤 했다. 그래서일까. 나는 아주머니에게 설명할 수 없는 애정을 갖고 있었다. 어렸을 때 아주머니와 어머니는 매우 가까웠다. 어머니가 나를 낳은 지 한 달 만에 아주머니도 딸을 낳았는데 그 아이는 다섯 살 때 설사로 사망했다. 젠쿤 아주머니는 현재 장남 완중(萬中) 집에서 살면서 두 손자를 학교에 데려다주고 있었다. 완중가족은 선전(深圳)에서 일하고 있었다. 완중 가족의 웅장한 새 집은 밀밭 위에 지어졌다. 큰 철제 문, 2층 건물. 그러나 집 안은 오히려 다른 광경이었다. 벽에 칠해진 석회는 큰 상처처럼 큰 덩어리로 벗겨지고 있었다. 집 안은 텅 비어 있었고, 걸레 몇 개가 놓인 의자와 바닥에 놓인 선풍기에는 한 번도 작동한 적이 없는 것처럼 먼지가 쌓여 있었다. 왼쪽 안방에는 이불 몇 개가 있는 큰 침대가 있었는데, 이곳은 젠쿤 아주머니가 보통 잠을 자던 곳이었다. 오른쪽에는 1층으로 이어지는 계단이 있었다. 집에 앉아 있으면 설명할 수 없는 황량함과 추위가 있었다. 젠쿤 아주머니는 차를 따르고 주름진 오렌지 몇 개를 꺼내 우리에게 먹으라고 간절히 부탁했다. 그런다음 그녀는 앉아서 그녀에 대해 얘기했다.

　나는 이 문제 해결 없이는 죽을 수도 없다. 나는 검사장에게

"당신이 부당하게 처리하면 이 건물에서 뛰어내릴 겁니다. 내가 벌써 예순 다섯 살인데 어디 가서 살겠소. 나는 충분히 오래 살았소. 내가 여기서 죽으면 당신 검찰들도 편안하게 살 수는 없을 것이오."라고 말했다.

할머니가 얼마나 비극적으로 죽었는지 알지? 할머니를 본 사람들은 모두 울면서 어떻게 그렇게 잔인할 수 있는지 욕을 했다. 사건은 1년 넘게 계속되었지만 무슨 일이 있었는지 알 수 없었다. 나중에 DNA 검색을 통해 알아냈다.

길거리에서 누군가가 범인이 왕씨 아이라고 말했다. 나는 이 작은 아이가 어떻게 그런 범행을 저질렀는지를 듣고 심장이 떨어지는 줄 알았다. 사람을 해치지 않는가? 너무 잔인했다. 몇 달 동안 량쫭 마을 사람들은 모두 겁에 질려 두려워했다. 그런데 이 작은 자라 같은 아이는 아무 일도 없다는 듯 매일 학교에 다녔다.

소년의 어머니는 마을에서 당시 조산사를 찾아 그 작은 자라 같은 아기가 당시 18세 미만이었다는 것을 증명했다. 또한 저우가네 궈셩(國勝)을 찾아가 거짓 증언을 요청했다. 재판이 끝난 후 나는 궈셩을 구석에 몰아넣고 꾸짖었다. "저우궈셩, 이 개자식아, 너는 양심도 없냐? 네 손자와 며느리도 차에 치여 죽었지 않느냐, 그렇게 양심을 저버리면 너도 좋게 죽기는 틀렸다. 네가 무엇을 얻어 먹었길래 그렇게 양심을 저버리고 거짓 증언을 한 거냐?" 나중에 소년의 어머니가 그들에게 담배 두 보루와 바지 한 벌을 주었다는 얘기를 들었다.

한 번은 길에서 궈성의 아내를 만났는데, 그녀를 멈춰 세우고 "당신들이 거짓 증언을 하려고 하는데, 니네가 차를 몰고 가면 차가 뒤집어지고 당신들 아이가 차에 치여 죽을 거야."라고 꾸짖었다. 나는 그녀에게 한 시간 이상 욕을 퍼부었다. 마을사람들도 그들 뒤에서 몇 년 전 손자와 며느리가 교통사고 당한 것도 싸다고 욕을 했다. 사람의 마음이 이상하면 그런 결과를 낳게 되는 것이다.

나는 왕쐉톈의 아내와 다시 한 번 싸웠다. 그들도 거짓 증언을 했기 때문이다. 왕씨의 서열로 보면 그 자라 같은 아이가 내 엄마를 죽인 날 이미 18세가 넘었음을 알 수 있다. 나는 "당신들 딸이 베이징에서 이유 없이 죽고 시신조차 찾을 수 없어도 거짓 증언을 합니까? 당신은 왕씨 집안사람입니다. 당신은 그 자라 같은 소년이 몇 번째인지 몇 살이지 모릅니까? 눈을 똑바로 뜨고 거짓말을 하면 벼락 맞는다고 했어!"라고 말했다.

2007년 11월 27일에 선고가 났다. 그런데 12월에도 결과를 통보받지 못했다. 나는 지역 검찰청에 가서 검사장에게 전화를 걸었지만 통화를 못했고, 휴대폰으로 전화를 걸었지만 역시 받지 않았다. 11시 넘어서까지 검찰청 앞에서 기다리다가 다시 전화를 하니 그가 전화를 받으며 나한테 들어오라고 했다. 검사장은 약간 화난 모습이었다. 나는 판결문에 도장을 찍고 다시 지문을 찍었는데 문맹인 나를 위해 읽어달라고 부탁했다.

시 중급인민법원의 한 판사가 나에게 개인적으로 전화를 걸어 이렇게 말했다. "당신도 한번 보세요. 그 애는 아직 어립니다. 우리 어머니는 부처님을 믿습니다. 저도 어머니의 영향을 받았어요. 용서하고 또 용서하라고 했습니다. 그 애가 죽어야 한다면 얼마나 안타까운 일입니까?" 나는 말했어요. "당신은 너무 연약해 이 자리를 앉아있을 수 없습니다. 그 애는 젊으니까 살아야 하고 우리 엄마는 여든 살이 넘으니 죽어야 합니까?"

이 사람들이 왕씨 일가로부터 돈을 받고 그런다는 것을 알고 있었다. 사건 발생 전 왕씨 가족의 장남은 외지에서 PC방을 열어 많은 돈을 벌었다. 그가 시골집에 있을 때에도 다른 사람 집의 물건을 훔쳐서 그해 10개월의 형을 살았다. 그가 형을 마치고 나오자마자 외지로 일하러 나갔다. 외지에서도 경찰서에 몇 번 드나들었다. 일가족이 모두 정상이 아니었다. 5차 공판이 열렸을 때 그 왕씨 소년은 나를 보자마자 무릎을 꿇고 동정심을 얻으려는 것 같았다. 나는 그를 쳐다보지도 않았다.

도리가 없다고 생각하지는 않았다. 악이 선을 이기지 못하며, 형이 내려지지 않으면 나는 그들이 보는 앞에서 법원 건물에서 뛰어내리겠다고 말했다.

건물에서 뛰어내린다는 말까지 했을 때 젠쿤 아주머니는 무척 냉정했으며 떨리던 목소리도 확고해졌다. 그녀는 다시 방으로 들어가 나에게 판결문을 가져다주었다. 내가 판결문을 대략 훑어보니 그 안에 왕씨 소년의 진술이 들어가 있었다.

올해 봄 어느 날 밤, 저는 학교에서 야간 자습을 하고 밤늦게 집
에 돌아와 잠을 자려고 했고 잠자리에 들기 전에 음란물을 시
청했습니다. 몇 시에 잤는지 모르겠으나 저는 중간에 일어나
류씨 노인의 집으로 달려갔습니다. 동쪽 문을 열고 방으로 들
어가니 호미가 있었습니다. 노인의 숨소리가 들려오자 호미로
여러 차례 내리찍었고 노인이 죽지 않을까 걱정되어 밖에 있는
닭장에서 돌을 들고 집으로 들어와 노인의 머리 쪽을 네다섯
차례 내리쳤습니다. 그런 다음 노인이 입고 있는 옷을 다 벗기
고 손으로 노인의 목을 졸랐습니다. 저는 바지를 넓적다리까지
벗고 노인 위에 올라타 노인의 질에 내 성기를 삽입한 뒤 1~2
분 정도 움직인 후 사정했습니다. 그리고서 문 뒤쪽에 있는 자
물쇠를 더듬어 다시 문을 잠갔습니다.

너무 차갑고 정말 잔인했다. 이것이 법원의 인용인지 왕씨 소년의
진술인지는 모르겠지만, 이 차가운 묘사는 살인을 저지른 왕씨 소
년의 두려움, 나약함, 당황 등과 같은 감정적인 요소를 제거했다.
본질적으로 이것은 비인간적인 살인 사건이었다. 나는 할 말이 없
었다. 나 스스로도 혼란스러웠다. 내가 무슨 목적으로 이 사건을
조사하는지 나도 몰랐다.
　요즘 마을에서는 왕씨 소년이 류씨 노인을 죽였다는 얘기가 나

올 때마다 모두가 흥분했고, 왕씨네가 수를 써서 소년의 공식적인 나이를 바꾼 것에 대해 화가 나 있었다. 이 사건에 대해 묻자 오쩨 할머니는 땅에 가래침을 "퉤"하고 뱉으며 "내가 그 사람 엄마라면 그냥 공안국에 가서 총으로 쏴달라고 부탁했을 텐데, 그 애를 어떻게 했으면 좋겠느냐? 너무 못됐고 정말 잔인해."라고 말했다. 분노가 느껴지는 그녀의 말은 아버지와 당서기의 말투와 똑같았다. 이것은 나의 예상을 뛰어넘었다. 누군가는 이 열여덟 살 소년에게 공감할 거라 생각했다. 비록 방법이 잔인했지만, 이제 막 성인이 된 그를 사람들이 안타깝게 생각할 것 같았다. 나는 그가 매우 불쌍하다고 아주 작게 언급했다. 소년은 집에 혼자 있었고 돌봐주는 사람도 없었다. 그러나 내가 말을 시작하자마자 오쩨 할머니와 아버지는 말을 막았다. "어린애들이 이런 나쁜 짓을 해도 아무 조치를 안 하면 되겠어? 이렇게 나쁜 사람을 총살시키지 않으면 사회가 어떻게 되겠니? 나는 그제야 그 소년에 대한 사람들의 생각을 알 수 있었다. 사람들은 근본적으로 도덕적인 태도를 가지고 있었다. 도덕적으로 나쁘고 수단이 악랄하다면 사람들이 용서하지 않는다는 것을 깨달았다. 농촌에는 도덕의식이 깊이 잠재해 있는데, 왕씨 소년에 대한 그들의 극단적인 태도는 원시의 순박한 도덕에 대한 향촌사회의 존중을 보여줬다. 이런 일은 그들의 선량한 본성과 서로 부합하지 않고, 향촌의 기본적 운행방식과도 맞지 않기 때문이다. 그래서 나는 중국에는 사형이 너무 많고 자의적인 것 같다고 말했고, 해외에서는 사형 제도가 없는 곳도 있다고 말하니 그들은 깜짝 놀랐다. 그들이 생각하기에는 그런 잔인한 행위에 대한 처벌의 목적을 달성할 수 있는 것은 오직 사형뿐이었다.

부모의 부재, 사랑의 결핍, 고립된 생활이 왕씨 소년에게 미칠 수 있는 잠재적 영향에 대해 아무도 언급하지 않았다. 이러한 상태에 처해 있는 소년이 또 얼마나 될까? 누가 그들의 마음의 건강을 보장할 수 있을까?

대화 도중에 젠쿤 아주머니는 관점을 쉽게 도덕성으로 바꾸었다. 사람을 죽이면 목숨으로 보상하는 것이 법이지만, 곰곰이 생각해 보면 이런 판단은 여전히 도덕적인 관점에서 나왔다. 예를 들어, 거짓 증언을 한 사람들에 대해 얘기할 때, 젠쿤 아주머니는 자연스럽게 이들 가족의 다른 경험을 얘기하여 도덕적 타락이 초래한 결과를 증명했다. 이것은 일종의 인과응보였다. 한편으론 이들의 잘못을 뒷받침하는 명분으로 삼기도 했다. 이 말을 들었을 때 나는 마치 시골 땅에 여전히 가장 오래된 것, 즉 원시적 정의가 존재하는 것 같았다. 사람들은 이를 바탕으로 기본적인 판단을 내린다. 선한 일에는 선한 일로 갚고 악한 일에는 악한 일로 갚는다. 갚지 못한 것이 아니라 아직 때가 이르지 않는 것이다.

나는 나 자신을 의심하지 않을 수 없었다. 아마도 왕씨 소년이 여든두 살의 노인을 죽였기 때문일지도 몰랐다. 어차피 노인은 죽었는데 젊은 생명을 바친다는 것은 온당하지 않다는 것에 공감했다. 만약 그 소년이 십 대 소녀를 죽였다면 내 마음은 달라졌을지도 모른다. 나 또한 근본적으로 생명을 경시하는 사람 같았다.

여러 인맥을 통해 마침내 왕씨 소년을 만날 기회를 얻었다. 나는 엄청 긴장했고 그에게 물어볼 질문이 많았다. 철문이 열리더니 한 청년이 문밖으로 나왔다. 그는 수갑을 차고 있었으며 야위고 수척한 모습이었다. 나를 한 번 쳐다보았는데 그의 눈에는 아무런 감정도 없는 것 같았다. 그는 맞은편 의자에 앉아 다시 나를 쳐다보더니 재빨리 고개를 숙였다. 저건 어떤 표정일까? 수줍음? 외로움? 절망? 명확하게 설명할 수는 없지만, 확실한 것은 내 앞에 서 있는 소년은-혹은 이미 청년이지만 아직 소년의 얼굴을 하고 있었고, 콧수염 하나도 없는-아직 어린아이였다. 단순하고 착하고 내성적인 아이. 심지어 약간의 교양도 있었다.

나는 갑자기 입을 열 수가 없었고 눈물이 앞을 가렸다. 오랫동안 마을에 돌아와서 슬픈 얘기를 많이 들었지만 울지 않았다. 하지만 살인자 앞에서 나는 한순간에 무너졌다. 그를 보면 원인이었던 모든 것이 원인이 아니었고 원인이 아닌 모든 요인이 궁극적인 비극으로 이어졌다. 나는 그가 호미와 벽돌을 휘둘러 사람을 죽였다는 사실이 믿기지 않았다. 그런 잔인함은 내 눈앞에 있는 이 소년과 전혀 어울리지 않았다.

내가 무엇을 물어볼 수 있을까? 모든 질문은 헛된 것이었다. 그 외로운 밤 동안 소년의 마음속에 어떤 종류의 어둠이 엉키어 있었는지 누가 알 수 있을까? 사랑이 없는 날들이 어떤 비명을 지르는지 누가 알겠는가? 십 대의 초기 성적 충동에 누가 주의를 기울였겠는가? 나는 그 사람을 어떤 감정으로 대해야 할까? 나는 분명하

지가 앉았고 정말이지 혼란스러웠다. 연민? 분노? 애달픔? 그런 범
죄자 앞에서 이런 말은 너무 단순한 말이었다.

2009년 4월 최종 판결이 내려졌다. 왕씨 소년은 살인죄로 사형
을 선고받았다.

쯔(芝) 숙모

마을에서 회계 일을 하는 당숙께서 며칠 전에 아버지와 약속을 잡
아 오늘 당숙 집에 가서 밥을 먹었다. 나는 당숙에게 흥미가 많았
다. 지난번에 함께 식사를 할 때 당숙이 속이 깊고 요점만 말하는
것 같았다. 특히 마을의 경제 상황에 대해 얘기를 할 때는 항상 주
제를 딴 데로 바꾸면서 의견을 말하지 않았다. 아버지가 압박해도
그는 모호한 태도로 일관했다.

우리가 당숙 집에 도착했을 때 칭다오(淸道) 오빠도 이미 앉아 있
었다. 내가 모르는 사람이 한 명 더 있었는데, 당숙은 그 사람을 소
개하지도 않았다. 테이블 위에는 냉채요리가 있었고, 반대편에는
마작 테이블이 설치되어 있었다. 보아하니 아직 말을 하지 않고 있
었다. 아니나 다를까, 아버지가 문에 들어오자마자 칭다오 오빠는
"둘째 당숙, 왜 이렇게 늦으셨나요? 몇 걸음 거리도 안 되는데 몇
번이나 불러야 오십니까. 어서 오셔서 빨리 드시죠."라고 소리쳤
다. 읍내에서 어떤 사람이 차로 뜨끈뜨끈한 요리를 여기까지 배달
해왔다(당연하게도 외상거래였다). 당숙은 내게 평상시에 식당에
가서 식사를 하지 않기에 가끔씩 이렇게 한다고 말했다. 아버지와

칭다오 오빠는 그렇지 않다는 표정이었다. 칭다오 오빠는 술을 마시지 않았다. 그는 어제저녁에 술을 진탕 마셨다고 말했다. 아버지와 당숙은 모두 술을 많이 마신 후 해장술을 해야 좋아진다고 말했다. 두 분이 강권하니 칭다오 오빠는 마시지 않을 수 없었다. 술을 마시니 그의 얼굴이 발개졌다.

내가 마을의 '통통촌(通通村)'¹ 도로 상황에 대해 물었을 때 아버지는 '통통촌' 도로의 중심 도로(강으로 이어지는 유일한 대로)는 이미 강에서 모래를 파는 사람에게 팔렸다고 말했다. 17만 위안에 팔렸는데 그 돈은 이미 마을의 새로운 서기에 의해 탕진됐다고 한다. 구체적 상황에 대해 마을 회계가 가장 잘 알 것이다. 하지만 당숙은 이런저런 얘기는 했지만 정확한 이유는 말하지 않았다. 그는 "다 그런 거다. 할 말이 없다. 돈 쓸 데가 너무 많고 쓰다보면 우리도 잊어버린다." 등등의 말을 했다. 결국 당숙은 대충 얼버무렸다.

저녁 식사 후 마작 게임이 시작되었다. 나는 당숙의 아내인 쯔(芝) 씨 성의 숙모와 얘기하기 위해 마당으로 나갔다. 그녀의 막내 손자는 내 아들과 거의 같은 나이였고 두 아이는 문 앞 모래 더미에서 오랫동안 함께 놀았다.

당숙의 집은 지은 지 2년이 채 안 되는데 촌서기 집보다 훨씬 더

---

1 통통촌(通通村) 사업은 정부가 각 마을의 시멘트 도로 건설에 자금을 지원하는 사업으로, 현이 자금의 일부를 제공하고, 마을 주민들이 자금의 일부를 모으고, 성에서 자금을 일부 지원하는 사업이다. 접근성 90% 달성을 목표로 추진했다. 이것은 북부 지역 농촌에서는 큰 사업이었다. 북부 지역 마을 내부 도로는 대부분 비포장도로로 좁고 구불구불하며 비가 오면 곳곳이 진흙으로 뒤덮여 사람과 차량, 가축이 다닐 수 없었다.

호화로웠다. 서기 집과 마찬가지로 당숙네 집은 연못을 메워 그 위에 지은 집이었다. 길에서 보면 단층집인데, 바닥기초 때문에 집이 높게만 보이지만 집 안쪽으로 들어가면 또 다른 세상이 펼쳐졌다. 뒤쪽이 주 출입구이기도 하고, 앞에서 보이는 높은 기초는 실제로는 건물의 1층이지만 도로가 전체적으로 측면보다 높기 때문에 여전히 수평선 위에 있었다. 마당은 콘크리트로 포장되어 있었고 매우 깨끗했다.

당숙 집의 인테리어가 눈에 띄었다. 방 세 칸짜리 집은 마을에서 실내 장식을 전문으로 하는 사람들이 디자인했다. 아시다시피, '인테리어'라는 용어는 몇 년 전만 해도 농촌에는 존재하지 않았는데, 최근 2년 사이에 생겨났다. 샹들리에, 수직 벽, TV캐비닛, 책장 등이 모두 같은 색상으로 되어 있어 상당히 유럽 스타일이었다. 그러나 자세히 살펴보면 싸구려 재료에 제작 기술이 조악했다. 더 중요한 사실은 이 현대식 집에는 여전히 등받이 없는 작은 의자, 부러진 대나무 의자, 19인치짜리 TV, 그리고 여전히 1970년대와 1980년대 옷을 입고 있는 전형적인 늙은 농부가 산다는 것이다. 모든 것이 이도 저도 아닌 것처럼 보였다. 이는 지나치게 세련된 방의 디자인과 함께 우스꽝스럽고 전도된 모습을 만들어냈다.

계단 아래에는 수세식 화장실이 있었지만 흰색 타일과 검게 변한 변기가 있는 더러운 곳이었다. 구석에는 휴지 바구니가 있었는데 휴지를 오랫동안 버리지 않아 바닥에 넘쳐흘렀다. 세면대도 검은 먼지로 덮여 있었고 그 위 거울 자리에는 작은 비누와 함께 수건이 있었는데 수건의 색은 더 이상 알아볼 수 없었다. 화장실의 모양은 도시적이었지만 사용 방식은 여전히 시골 방식이었다. 북쪽 지역 농촌은 생활의 중요한 장치인 화장실에 소홀한 것이 사실이었다.

숙모는 이 집의 집값은 십여 만 위안에 달하는데 노부부와는 아무 관련이 없고 모두 아들이 외지에 나가 오일펌프를 수리해 번 돈이라고 말했다. 집의 디자인과 스타일에 대해 묻는 질문에 숙모는 약간 경멸적인 미소를 지으며 "아들과 며느리가 주도한 거라 나는 뭐가 좋은지 모르겠다. 돈만 썼지 전혀 실속이 없어. 2층의 방 세 개는 모두 연결된 큰 방인데 앞으로 아들과 며느리가 어떤 일을 할 수 있는지 알아보러 올 거야. 평생 외지에 나가 살 수만은 없으니까." 마지막 이 문장은 시골에서 가장 흔히 들을 수 있는 말 중 하나였다.

쯔 숙모는 시골에서 보기 드물게 매끄러운 얼굴과 고운 피부를 가져서 그런지 부유한 여성으로 보였다. 그녀는 대문에 기대어 손자를 바라보며 잠시 혼을 내더니 나와 수다를 떨었다. 몇 차례의 말이 오간 후 숙모는 경계심을 풀고 기꺼이 나와 더 많은 얘기를 나누려고 했다. 나는 손자가 언제부터 숙모에게 맡겨졌는지 아들은 어디에서 일을 하는지 물었다.

손자가 언제 집에 왔냐고? 손자가 태어난 지 10개월도 채 안 됐을 때 아들이 있는 신장(新疆)의 오일펌프 수리점에서 사람이 필요하다고 해서 며느리가 갔어. 나와 할아버지가 그때부터 손자를 봤는데 지금까지 이렇게 하고 있어. 아들 부부는 일 년이라고 해봐야 춘절 때 십여 일 올 뿐이야. 어느 해 여름 우리한테 오라고 해서 가봤지. 아이고야. 무슨 놈의 땅이 그래. 더워도 들어갈 곳도 없고. 방 하나짜리 집인데 너무 좁아서 살 수가 없었어. 애도 견디지 못해 한 달도 못 살고 돌아왔어. 올해는 또 손녀를 낳았어. 며느리 생각은 좋았지. 큰놈은 데려가고 작은놈은 다시 나한테 맡겨 키우게 하고. 난 이제 못한다고 했지. 큰놈이 이제 네 살이 되었어. 지금은 정들어서 며느리가 데려가려고 해도 안 돼. 게다가 나도 이제 늙어 요즘 허리도 아프고 똑바로 서려고 해도 서지지 않아 읍내에 가서 안마도 받곤해. 10개월 된 아이를 돌보는 것은 결코 쉬운 일이 아니야. 춘절 끝나고 집을 나설 때 며느리도 화를 내며 갔어. 내가 상관할 바는 아니지. 나중에 이 애가 엄마를 찾더라고. 내가 손자한테 신장으로 보내겠다고 말하니 절대 안 가겠다고 하더라고. 손자는 화를 내며 "할머니가 또 그런 말을 하면 연못에 빠져버릴 거야"라고 말했어. 아들이 이 말을 전화로 듣고 상심해서 나한테 애를 데리고 신장으로 오라고 했어, 하지만 나는 가고 싶지 않았어. 가면 뭐해. 집도 좁고 날씨는 엄청 덥고 더욱이 내가 온 가족의 시중을 들어야 해. 난 절대 그럴 수 없어.

　할아버지는 늘상 내가 아이를 너무 잘해준다고 말해. 손자가 어디에 있든 내가 다 받아 줄 거라 말했지. 애지중지하는 것이

해롭다는 것을 알지만 어쩔 수 없어. 손자는 더 이상 부모에 대해 말하지 않았고 아빠의 전화를 받으려고 하지 않았어. 나는 애가 슬퍼한다는 것을 알고 있어. 그런데 무슨 소용이 있겠어. 농촌은 모두 이렇지 않겠어.

우리 마을의 대부분은 다들 이렇게 살고 있어. 모두 남겨진 아이들과 남겨진 노인들이고, 50대, 60대, 70대가 손자를 키우고 있지. 할아버지와 할머니가 손자를 데리고 먹고 마시고 자고, 아들과 며느리가 돈을 보내지 않아 밭에 나가 농사를 짓는 부모도 있지. 어떤 집은 친손자, 친손녀, 외손자, 외손녀 등 모두 5~6명을 키우는 집도 있지. 생활이 말이 아니지. 또다른 집은 3명의 자녀가 6명의 손주를 맡기기도 하지. 아이를 맡기지 않으면 손해를 보게 되니까. 어떤 집은 아들이 자기가 돈을 줄 테니 얼마 되지 않는 7~8무 농지를 그냥 농사짓지 말고 5~6명 아이를 돌봐달라고 한다. 부모가 충분히 돌볼 수 있다면서. 자기들은 외지에서 돈을 잘 버니 부모들이 2무밖에 안 되는 농사를 짓지 말라고 한다. 하지만 돈을 줄 때는 모두 덜 주려고 하지. 부모 둘 다 집에 없는 것은 조부모에게도 부담일 뿐만 아니라 아이들의 학습에도 큰 영향을 미치지.

그날 아침, 일어나자마자 할머니 한 분이 오셨는데, 모습이 무척 깔끔했지. 할머니는 자전거 타이어가 펑크 났다고 공기 펌프를 빌리고 싶다고 했어. 왜 그렇게 아침부터 서두르느냐고 물으니 할머니는 딸에게 농작물 수확하는 일을 도와달라고 하려고 길을 나섰다고 말하더라고. 자식들이 모두 외지로 일하러 나가면서 할머니 집에 5명의 아이들이 방치되어 있었지. 나는 그 할머니에게 "집에 손주들도 많고 당신도 나이 많은데 농사일까지 하나요?"라고 물었어. 그녀는 "일 안하면 안 돼요. 자식들이 돈을 부치지 않아요."라고 말했어. 나는 "돈도 부쳐주지 않는데 뭐 하러 돌봐줍니까. 아이들을 자식들한테 보내버리고 당신 일 하면서 사세요."라고 말했지. 그런데 누가 그렇게 할 수 있겠어. 당신이 자식의 아이를 돌봐주지 않는다면 당신이 늙었을 때 누가 당신을 돌봐주겠어요.

어떤 한 노부부는 손주 4명을 돌보며 무더운 날 강에 목욕을 하러 갔다가 네 아이 모두 익사했어. 노부부는 결국 독약을 먹고 죽었어. 이 사회가 도대체 어떻게 되어가고 있는지 모르겠어.

요즘 아이들은 공부는 안 해도 똑똑하지. 커쯔(科子)네 아이는 게임하고 인터넷 보고, 토요일과 일요일이 되면 읍내에 가서 만화책을 빌려와 집에서 밥도 먹지 않고 하루종일 그것만 봐. 할머니가 말을 해도 듣지도 않지. 그래서 아이의 부모에게 말하니 아이의 부모는 전화를 해서 아이를 나무랐어. 그 애가 얼마나 나쁘냐면, 며칠 후 부모랑 통화 할 때 아이는 할머니가 자신을 잘 돌봐주지 않아 밖에 나가 "랜드게임[2]"을 했고 그에

---

2 중국 트럼프카드 게임의 일종으로 게임의 중국명은 '더우띠주(鬪地主)'이다.

게 밥도 해주지 않으며 돈도 주지 않는다고 말했어. 아이가 도리어 할머니를 일러바쳤지. 할머니는 화가 나서 마을 사람들에게 저 어린놈을 다시는 돌보지 않겠다면서 욕을 했어. 돌보지 않는 것이 아니라 전혀 통제할 수 없었지. 60, 70살 먹은 노인 둘이 부모이자, 교사이자, 교장이 되는 것은 불가능하지 않겠어? 마을에 있는 초등학교, 중학교의 아이들 중 공부를 잘 하는 아이는 거의 없어. 학교에서도 공부를 하지 않고 집에 가도 돌봐주는 사람이 없어. 방학 때면 부모가 일하고 있는 곳에 가서 잠시 살기도 하는데 거기서도 공부는 하지 않고 맨날 TV만 봐. 이걸 아는 부모도 많지 않지.

요즘 외지에 나가 부자가 되는 경우는 있지만 아이들 교육은 큰 문제야. 농촌의 교육 수준이 너무 낮아. 부모들은 모두 밖으로 나돌아다니며 자기 자식을 돌보지 않아. 그래서 할아버지와 할머니가 먹히고 입히고 여기에 더해 숙제도 도와줘야 한다니까. 그런데 애들 수학 문제를 조부모가 어떻게 알겠어. 아무리 좋은 사회라도 병폐가 있어. 이것이 바로 병폐지.

쯔 숙모의 다섯 살 손자가 "연못에 빠져버릴 거야"라고 말했다는 얘기에 나는 무척 충격을 받았다. 다섯 살짜리밖에 안된 아이가 자살이라는 방식으로 영혼의 상처가 드러나는 것을 거부했다는 것, 여기에 얼마나 많은 고통이 담겨 있을까? 이런 모순과 상처와 결핍 속에서 자라나는 아이들이 어떻게 건강하고 즐겁고 행복할 수 있겠는가?

쯔 숙모가 '유수아동(留守兒童)'이라는 용어를 언급했는데, '유수아동'이라는 용어가 농촌 지역에서 일반화되어 노인들도 사용하는 단어가 되었다는 것을 깨달았다. 이것이 역사적 존재와 상황이었다. 숙모는 약간의 비꼬는 말에도 불구하고 항상 침착해 보였다. 슬픈 기분이냐고 물었더니 "왜 슬프지 않겠니? 그런데 그게 무슨 소용이겠니. 다들 그러는데."라고 말했다. 나는 거듭해서 부모와 자식의 분리, 가족의 해체, 아버지와 아들의 이별, 가족의 분리, 정서적 상처로 인한 아이들의 그러한 고통과 비극에 대해 깨우쳤다(이러한 깨우침은 조금 비열하기까지 하다). 숙모는 "그게 무슨 소용이겠니. 다들 저러는데."라는 말을 반복해서 말했다. 숙모는 분명히 이런 느낌을 받지 못했을 것이다. 왜냐하면 이런 상황이 너무나 흔하고 너무나 정상적인 일이기 때문이다. 이것은 자연스럽고 일상적인 상태이어서 비극이라고는 느끼지 않았다. 소위 비극과 고통은 단지 우리와 같은 '참관자'와 '방문자'의 느낌이었다. 이러한 상황에 직면하여 그들은 무엇을 해야 하는가? 매일 울고 슬퍼해야 하는가? 그러면 생활은 또 어떻게 하겠는가?

그러나 숙모가 손자를 바라보는 눈빛, 그 애틋한 눈빛을 본다면 그녀가 의식이 없는 것이 아니라 통증과 상처를 깊이 간직하고 있다는 것을 분명히 알 수 있었다. 시골 생활에서는 연약함에 맞서 단단해야 하기 때문에 손자를 끌어안고 하루종일 울거나 우는 아이에게 지나친 위로는 보이지 않았다.

오째[3] 할머니

길을 따라가는 것은 거의 모든 마을의 특징이었다. 어떤 마을 사람들이 시원한 날씨를 즐기기 위해 문 앞에 앉아 있었는데, 아버지를 보면 모두 따뜻하게 인사했고, 나를 보면 여전히 낯설고 조심스러운 표정을 지었다. 사실 이것도 일종의 농촌의 경계심이었다. 그들에게 나는 이미 다른 세계의 사람이었다.

들판 끝에 쪼그리고 앉아 있는 광우(光武) 당숙의 아들은 나보다 열 살도 더 많은데, 겉모습은 변함없으나 몸과 표정이 많이 쪼그라들어 가장 전형적인 농부가 됐다. 집 문 앞에서 포커놀이를 하다 아버지를 보고 일어나 인사를 한 사람은 이형(義衡) 오빠와 같은 집의 여러 오빠, 숙모, 아주머니였다. 세월이 그들의 영혼에 서서히 흔적을 새기는 것 같았고, 그들의 얼굴에는 노화의 흔적이 보이기 시작했다. 마당에서 나오자 우리를 보고 급히 들어간 사람은 뽀얗고 둥근 저우(周)씨 며느리였다. 그녀의 남편은 수년 동안 감옥에 갇혀 있다가 출소한 지 얼마 되지 않아 병으로 세상을 떠났다. 아버지는 그녀가 작년에 남편을 맞았는데 여전히 길옆의 주택지를 점유하고 있다고 말했다.[4] 마을 사람들도 그녀가 오랫동안 과부로 지내서 아무런 말을 하지 않았다.

활짝 웃고, 뚱뚱하고, 친절하고, '대지의 어머니' 같은 오째 할머

---

3 오째는 다섯째를 뜻한다. 주로 시골에서 많이 쓰이는 말이다.
4 일반적으로 주택지는 마을 소유이기 때문에 여성이 재가를 할 경우 주택지는 마을에 반납해야 한다. 주택지에 관한 제도는 여성에게 불리해 비판을 받기도 한다.

니를 나는 수년간 본 적이 없었다. 몇 년 전, 그녀는 강변의 초가
집에서 살고 있었다. 한번 찾아봤는데 강가에는 쓸쓸한 초가집도
많았고 외로운 노인네들도 있었지만 오쩨 할머니는 없었다. 오쩨
할머니는 작은아들인 광량(光亮)의 집에 살고 있었는데 광량의 아
들은 강에 빠져 죽었다고 아버지가 말했다. 당시 광량과 그의 아
내는 외지에서 일하고 있었고 오쩨 할머니는 집에서 아이를 돌보
고 있었다.

　광밍 당숙의 새 집은 길가에 지어졌다. 마당에 들어서기도 전에
오쩨 할머니의 웃음소리가 들렸다. 오쩨 할머니는 나를 보고 놀라
며 "이게 누구냐? 칭(淸, 나의 아명) 아니냐? 어떻게 이렇게 변했
냐?"라고 말하셨다. 나도 오쩨 할머니를 보고 놀랐다. 나는 원래
백발의 늙고 슬픈 모습의 할머니를 생각했는데 의외로 키는 많이
왜소해졌지만 쾌활한 표정으로 활력이 넘치셨다.

　마당 전체가 정사각형이고 앞마당에 방 3개의 단층집이 새로 들
어섰으며 가운데가 대문으로 마당과 안채로 통했다. 마당은 석회
와 콘크리트 바닥으로 되어 있으며 왼쪽에는 주방이 있고 오른쪽
에는 돼지우리와 닭장이 있었다. 뒤쪽의 안채는 아직도 오래된 집
이었다. 오쩨 할머니는 원래 뒤 본채도 다시 지으려고 했는데 광량
당숙이 돈이 별로 없어서 못 지었다고 했다. 앞의 집을 짓는 데만
7~8만 위안이 들었고, 그중 3~4만 위안은 빌렸다고 했다. 오쩨 할
머니는 부엌에서 큰 그릇 두 개를 가져와 거기에 차를 붓고 차를 마
실지 물으셨고, 나는 아니라고 말했고, 아버지는 마시겠다고 말했

다. 오째 할머니는 작은 상자를 찾아 가루를 부었다. 20년 전까지도 그런 습관이 있었다. 그 당시 마을 사람들은 작은 가게에 가서 찻잎의 무게를 달았다. 값이 싸기 때문에 가루로만 무게를 달았다.

*

오째 할머니, 67세. 머리카락은 모두 희었고, 머리는 매우 꼼꼼하게 빗질을 했고, 얼굴 피부는 자흑색이지만 매우 매끄럽고, 무척 젊어보였다. 그녀는 목소리가 크고 웃는 것을 좋아하고 농담을 좋아하며 유머가 있었다. 특히 자기 비하를 잘했으며 유능하고 현명한 노인이었다. 우리가 얘기하는 동안 그녀의 일곱 혹은 여덟 살짜리 손녀가 옆에 앉아 잠시도 쉬지 않고 무언가를 말하고 있었다. 마치 사람들이 자신에게 관심을 갖도록 하려는 것처럼 보였는데 그 모습이 좀 심란했다. 오째 할머니는 아이를 몇 번 제지했지만 아무 소용이 없어 그냥 내버려 두었다.

너희 큰당숙 가족은 모두 베이징에서 일했어. 큰당숙과 시커먼 아들이 같은 건설 현장에서 일했지. 너희 큰숙모는 거기에서 일하지 않고 쉬었어. 그 시커먼 아들은 큰당숙의 큰아들이고 딸은 광저우에서 일을 했어. 좋을 때도 있고 그렇지 않을 때도 있었지만 그럭저럭 먹고 살 만했어. 너희 큰숙모는 혈압이 높아 일을 못한다고 했어. 아직 40대인데 일을 안 하니 호강하는 거지. 하루종일 앉아 있으면 혈압이 높지 않은데 열심히 일을 하면 높아진다고 해.

시골에 집을 짓는 게 좋다고 해서 지었어. 나갈 때 왼쪽에 있는 2층집이 너희 큰 당숙이 지은 집인데 1년에 한 번도 돌아오지 않아. 올림픽 기간 동안 일을 할 수 없다고 하더군. 다시 돌아오고 싶은데 돌아오면 뭐 하겠니? 세 사람의 왕복 요금이 거의 천 위안 정도 되는데, 그 돈을 벌려면 얼마나 일해야겠어?

너희 둘째 당숙 광팅(光亭)은 외지에 나가지 않고 우리 마을 강 동쪽에서 벽돌 가마를 돌리기도 하고 남의 집 일을 해줘 약간의 수입을 얻지. 둘째 숙모도 한가롭게 마을에서 작은 장사를 하고 있어. 한가하니 복 받은 거지. 그들의 딸은 스무 살인데 며칠 전에 칭다오에서 돌아왔어

광량 당숙은 칭다오에서 한국인이 운영하는 액세서리 공장에서 일해. 주로 금은도금 일을 하는데 모두 가짜지. 여기서 도금을 한 후 한국으로 가져가서 팔기도 하고 중국에서 팔기도 하는데 가격은 두 배나 돼. 전부 사람을 속이는 거지. 통제가 너무 심해서 집에 가거나 휴가를 내면 월급을 깎아버려. 광량 당숙은 작년에 집을 짓기 위해 두 달 동안 휴가를 냈는데 그해 상여금은 없어졌지. 사람들이 거기서 일하는데 아무 일도 일어나지 않았어. 먼지와 금속 중독이 있다고 하는데 누가 증명할 수 있겠어? 샤오주(小柱)가 죽을 때까지 원인이 무엇인지 밝혀지지 않았어. 너희 광량 숙모도 샤오주가 소개해서 갔어. 그 공장에

서 8년째 일하고 있어. 처음 갔을 땐 월급이 적었지만 근무 일수와 연차가 늘면서 한 달에 이천씩 받아.

너희 광량 당숙의 큰아이는 익사했지. 아이가 죽은 지 2년이 지나도 너희 리(麗) 숙모가 임신이 되지 않아 다른 집에서 이 계집애를 데리고 왔어(오째 할머니는 옆에 있는 어린 소녀를 가리켰다). 귀찮은 일도 엄청 많았지. 몇 년을 기다린 끝에 재작년에 다시 쌍둥이를 낳았어. 기쁜 일이긴 한데 어떻게 키울지가 문제였어. 그들 둘은 모두 일을 나가니 아이들을 돌볼 수가 없지. 쌍둥이 중 남자아이는 내가 혼자 키우고 있어. 리 이모는 현재 그곳에서 한가로이 작은 아이를 돌보고 있고. 그 작은 딸아이는 리 숙모의 이모가 먼저 돌봤는데 조만간 그럴 수도 없을 것 같아. 그 이모도 곧 손자를 돌봐야 해. 내가 돌보는 저 여자아이의 호적은 리 숙모의 둘째 작은아버지 쪽으로 되어 있어. 그리고 쌍둥이를 호적으로 올릴 때 출생허가증(準生證)⁵을 처리하는데 이천 위안이 들었어.

이 계집아이는 칭다오에서 태어났어(옆에서 어린 아이가 말하지 말라고 소리쳤다). 모두 죄업이지. 어릴 때부터 내가 모두 키웠지. 아이고, 힘들어 죽는 줄 알았어. 똥오줌을 받아내는 고통은 말할 것도 없고 학교 보내는 것은 더 힘들지. 우리 마을의 초등학교는 없어진 지 오래되었지. 그래서 읍내에 있는 학교에

---

5 중국에서는 출산 전 정부기관에 출산계획을 신고해야 한다. 출산 후 출산허가증이 없으면 벌금을 낼 수 있다.

보냈는데 내가 데려다주고 데려오고 했지. 원래 너희 구이핑(桂 平) 고모가 읍내에 살고 있어 이 아이가 거기에서 밥을 먹었어. 너희 고모가 지금 외지로 일하러 나가버려 노인 두 사람만 남았어. 그 노인들은 하루에 두 끼만 먹는데 우리가 어떻게 거기에 가서 밥을 먹을 수 있겠어. 이번 9월에 학교가 개학하는데 낮에도 내가 아이를 학교에 보내주고 데려와야 해. 거리에 차가 많이 다녀 불안해. 예전과 같지 않아. 그래서 혼자 서둘러 오곤 해. 아침, 점심, 저녁 모두를 데려다 주고 데려오니 하루에 모두 여섯 번을 움직이게 돼. 한 번 가는 길이 2리나 돼. 정말 힘들어 죽을 지경이야. 아이를 데려다주고 오면 밥을 해야 하고, 밥해 먹이면 다시 학교에 보내고. 돌아와서는 쉬지도 못하고 다시 데리러 가야 하고.

지금은 학비를 내지 않아도 학교에 다닐 수 있을 것 같지만, 실제로는 할 일이 너무 많아. 등록금을 내지 않아도 된다고 하는데 학교에서는 돈을 요구하려고 가능한 한 모든 일을 한단다.

네가 부양비를 얘기하지만 아무도 부양비를 말하지 않아. 아들이 셋 있는 사람은 부양비를 줄 거야. 작년에 너희 광량 숙모가 집을 지으면서 누군가에게 3~4만의 빚을 졌어. 올해까지 한 푼도 나한테 안 주고 딸을 키우고 있어. 내가 누구랑 얘기하겠어? 너희 다른 당숙 몇 명이 조금 주고 있어. 지난 춘절에 너희 고모가 돈 좀 주었어. 너희 둘째 당숙은 좀 많이 줬어. 아이가 한 명밖에 없어 부담이 덜 하거든.

　일 년 동안 얼마 쓰지 않는다고 하지만 지난 봄에 우리 둘이 병이 나서 이백여 위안을 썼어. 몸은 크게 문제는 없었지만 병은 병이었어. 내 다리는 늘상 저리고 차가워. 예순일곱 살이 되니 몸에 탈이 많아(어린 소녀가 주변에서 이리저리 뛰어다니자 오째 할머니는 참지 못하고 몇 마디 쏘아붙였다).

　너희 오째 할아버지는 이번 10월이면 돌아가신 지 8년이 된다. 60세에 떠나셨지. 술을 많이 마셔 위가 손상되었고, 위내시경을 해보니 위가 썩어 있었지. 아무리 얘기를 해도 듣지 않고 술을 마셨지. 그때 우리는 채소밭을 일구었는데 채소를 팔러 갔을 때 마시고, 야채가 팔린 후에 마시고, 채소밭을 다른 사람에게 내어줄 때도 마셨어. 왜 그렇게 빨리 죽었냐고? 채소를 다 팔면 정오가 되기도 전에 찻집에 가서 차를 마셨지. 차를 너무 진하게 탔는데 찻잎이 거의 그릇의 절반이었어. 그 찻집을 나와 길거리를 가면서 술을 마셨는데 주로 길가의 상점에서 술을 마셨어. 그 어린놈이 어디에서 가지고 왔는지 모르겠지만 잔술을 내왔어. 그렇게 술을 마셔서 위가 다 망가졌어. 그렇게 빨리 죽지는 않았다고? 위암이 발견된 지 2~3개월 만에 떠났어.

　그때 너희 광량 당숙의 그 아기가 죽었어. 그가 죽었을 때 그는 열한 살이었지. 살아 있었다면 지금 스무 살이 되었을 거야. 아이고, 그 애는 참 손이 많이 갔어. 엄청 장난을 잘 쳤거든. 잡아둘 수 없었어. 그 아이가 죽은 후 너희 리 숙모가 돌아왔지만 일은 하지 않았어. 그쪽 사람들도 숙모에게 말을 했지. 숙모도 그 아이가 손이 많이 가는 아이라는 것을 알아. 집에서 화가 나면 삼각대로 때리기도 했어. 때리면 엄청 울다가도 때리지 않으면 웃었지. 그날 학교가 끝나고 아이들이 모두 돌아왔는데 그는 돌아오지 않았어. 어디에 있을까? 장씨 집에서 연못을 따라 오면서 미꾸라지와 개구리를 잡으며 연못 주변에서 놀았어.

　저녁 식사 전에 그는 칭리(清立)의 아이와 함께 강에 갔고 나는 집에서 저녁을 준비했어. 얼마 지나지 않아 그 아이가 와서 "형이 강에 빠져 보이지 않아요"라고 말했어. 너희 둘째 숙모가 황급히 달려와 "아이 근처에서 모래를 파는 사람을 봤어요. 광량과 량 씨 사람들이 모두 그쪽으로 갔어요."라고 말했어. 나는 벽돌공장을 따라 울면서 갔어. 너희 리 숙모에게 뭐라 말할 수 있겠어. 지름길을 택했는데 사방이 온통 경사면과 구덩이였어. 다리 밑에 우거진 잡초 사이를 뚫고 지났는데 몸에 가시가 찔려도 통증을 느낄 수가 없었고 온몸에 힘이 없어 몇 번을 넘어졌어. 나는 강으로 달려가서 한 무리의 사람들이 물속을 뒤지는 것을 보았어. 나중에 광슈(光秀)가 발로 더듬어 아이의 시체를 찾아 그를 힘껏 들어 올렸더니 아이의 뱃속에는 물이 없고 얼굴에는 약간의 누런 진흙만 있었어. 그가 소용돌이에서 갑자기 빠져죽은 것 같았어. 나는 강물 속에서 찾아냈을 때의 그의 얼굴을 아직도 기억해. 그는 창백하고 파랗고 눈을 감고 있었지만 물 속에서 몸부림치지 않은 듯 조용했어. 나는 모래 위에 주저앉아서 일어날 수가 없었어. 아가야, 사라졌다고 하더니 진짜 사라졌구나. 아이를 끌어안고 나는 울었어. 어떻게 하면 좋아? 하느님, 제 목숨을 아이한테 주세요. 저 같이 늙은 사람이 죽지 않고 살아서 뭐하겠어요?

그 이후로 나는 강가에 있는 초가집에서 살았는데 너무 힘들고 괴로웠어. 마음 한구석이 텅 빈 것 같아서 숨이 턱턱 막혔지. 좀 더 일찍 밥을 했더라면 학교에서 돌아와서 밥을 먹었을 것이고 강에 가지 않았을 거라는 생각이 하루종일 들었어. 나를 원망했어. 밭에서 늦게까지 일하지 말았어야 했는데 결과적으로 아이랑 밥 먹는 게 늦어졌어. 그 아이는 나에게 화를 냈었어. 그 아이가 살아 있을 때는 신경이 많이 쓰였어. 아침부터 저녁까지 하루에도 그를 몇 번 때렸는지 몰라. 몇 번을 말해도 아이는 말을 듣지 않았어. 이제 진짜 없어졌어. 아이를 생각해도 이제 쓸데없는 일이야. 그 당시 너희 리 숙모가 돌아와서 나와 다툴까 봐 걱정하는 것은 아니었어. 중요한 것은 그녀에게 전달할 손자가 없다는 것이지. 이제 아이도 없어졌는데 누굴 키우겠어. 너희 광량 당숙이 평시에 그 아이를 엄청 때렸다고 생각하지 마라. 그는 매우 보기 드문 사람이다.

모래를 파서 생긴 일이라고 하지. 또한 사람들이 모두 고운 모래를 팠는데, 모래 바닥까지 매우 깊게 파서 곳곳에 소용돌이가 있었어. 최근 몇 년 동안 많은 사람들이 죽었어. 이렇게 말은 하는데 누구한테 가서 따져야 할까? 말은 하지만 아무도 신경 쓰지 않았어. 그 사람들이 판 소용돌이에 아이가 빠져 죽었다고 누가 증명할 수 있겠어?

광량은 딸애를 데려와 나한테 돌봐달라고 할 생각이었어. 나는 돌볼 수 없다고 했어. 겨우 두 살이었어. 이런 애들 돌보는 일은 너무 힘들어 몸 전체가 고달파. 절대 안 된다고 했어.

가족 하나하나가 쉽지 않아. 며칠 전 그 검게 생긴 애가 갑자기 집으로 돌아왔어. 병원에 가서 진찰받기 위해서래. 외지에서 일하다 보니 병이 생기면 고향에 와서 진찰을 받아. 베이징에서 누가 진찰을 받을 수 있겠어? 밤에 땀을 많이 흘리고 소변을 자주 본대. 읍내 중의원에서는 상태가 심각하다고 했어. 임질이라 수술을 받아야 한다고. 아이는 그 얘기를 듣고 겁이 났어. 나도 그 애가 어디서 무슨 일을 하는지 잘 몰라. 나중에 너희 오빠 병원에 가서 진찰을 받고 괜찮아졌어. 수액을 몇 병 맞았지. 역시 친척이라 사람을 속이지 않으니 그런 것 같아.

오째 할머니 집에는 사람들이 계속해서 드나들어 대화가 줄곧 끊어지기도 했다. 손자의 죽음을 얘기할 때 오째 할머니의 표정은 흔들렸고 어조가 낮아지기 시작했다. 그녀는 잠시 멈추며 당시의 장면을 생각하는 듯했다. 나는 오째 할머니가 미친 듯이 강으로 달려가는 모습을 상상했다. 그녀의 다리에는 힘이 없고 온몸에 땀이 나고 손과 다리는 온통 상처 자국이었다. 달리고 달려도 영원히 도달하지 못할 것 같았다. 그녀가 얼마나 두렵고 무서워했는지 누가 알겠는가? 오랜 세월 동안 손자를 키웠는데 아들보다 더 정성껏 키웠다. 그래서 말이 험한 며느리도 그녀를 책망할 수 없었다. 오째 할머니가 가장 아끼는 작은아들은 또 얼마나 상심했을까? 오랜 세월이 흐른 뒤에도 이 상처는 여전히 아물지 않았고, 오직 이 점에 있어서 오째 할머니는 자기 비하를 통해서도 벗어나지 못하고 있었다. 바로 이때 옆집 숙모가 다가와서는 리 숙모의 이모한테 전화가 왔다고 했다. 내용인 즉, "광량의 작은딸을 보내려고 한다. 광량네가 곧 손자를 낳을 예정인데 며느리가 걱정된다."라는 것이었다. 그러자 오째 할머니는 한숨을 쉬며 "어디로 도망갈 수도 없고, 안 봐준다고 하면 광량도 힘들 것 같고. 너라면 가만히 있을 수 있겠어. 좋든 싫든 내가 또 움직여 봐야지."

벽돌공장의 길을 따라 나는 천천히 강을 향해 걸어갔는데, 이 길은 오째 할머니가 강을 향해 달려가던 길이기도 했다. 그녀는 이 길을 결코 끝낼 수 없었고, 그때의 밥도 결코 다 짓지 못했다. 열한 살의 말썽쟁이인 손자는 더 이상 말썽을 일으킬 수 없기 때문이었다. 문득 어린 시절의 노래가 생각났다. 우리가 학교에서 집으로 걸어가면서 불렀던 노래였다.

작은 의자는 넘어져있고,
나는 밭에서 보리를 베지요.
바람이 불어요,
너무 시원해요,

비가 오네요,

뛰어 돌아가자,

할머니, 할머니, 문 열어요.

밖에 귀염둥이가 있어요.

량촹 초등학교

옛집 문에서 학교 다니던 옛길을 따라 다시 량촹 초등학교 방향으로 걸어갔다. 초등학교는 담장으로 둘러싸인 넓은 정사각형 마당으로 앞에는 운동장이 있었고 가운데에는 깃대가 있었다. 내가 초등학교에 다닐 때, 우리는 매일 아침저녁으로 마당에 서서 깃발을 올리고 내리곤 했다. 마당 뒤편에 늘어선 2층의 붉은 벽돌 건물은 학교의 교사(校舍)로 각층에 5개의 교실이 있었다. 나는 어린 시절을 여기서 보냈다. 아침 6시, 량촹 마을 상공에서 아침 수업을 위한 학교 종소리가 울렸다. 나는 대부분의 마을 사람들도 이 종소리를 바탕으로 시간을 짐작하고 하루 생활을 정리한다고 믿었다.

량촹 초등학교는 거의 10년 동안 문을 닫았다. 마당의 열린 공간은 오래전부터 무성한 채소밭으로 가꾸어져 왔다. 중앙의 깃대 부분은 시멘트 기초만 남아 있었고 그 뒤에 있는 건물도 그대로 남아 있었다. 어쩌면 우리가 말하는 소리를 들었는지 대문을 바라보고 있던 싱(興) 오빠가 대문 왼쪽의 작은 마당에서 나와 우리를 보고 매우 기뻐했다. 그는 안쪽에서 자물쇠를 열고 중얼거렸다. "문을 열지 마. 짐승들이 종종 들어와서 채소밭을 파헤치고 문도 부숴."

가까이 가서 교사(校舍)를 보니 실제로는 낡은 건물이라는 것을 깨달았다. 교실 문은 거의 썩어 있었고, 문을 밀었더니 먼지가 쏟아졌다. 깨진 유리 사이로 교실 안은 더욱 우울한 '풍경'이 보였다. 아래층 방에는 침대, 소파, 나무 의자, 작은 의자, 곳곳에 흩어져 있는 냄비와 프라이팬, 연대를 알 수 없는 숙제 노트 등 허름한 세간이 대부분 가득 차 있었다. 여기가 선생님 기숙사였을 텐데, 아마 다시 돌아올까 생각했을 텐데, 짐들은 거의 정리가 안 되어 있었다. 방 안에는 부서진 학생용 책상과 의자 몇 개가 바닥에 비스듬히 누워 있었다. 교실 중 하나에는 침대와 석탄 난로가 있었는데, 최근까지 살았던 것 같았다. 싱 오빠는 "여기서 량씨네 숙모가 살고 있었다. 며느리와 다투고 갈 곳이 없어 이곳에서 반년 동안 살았다"고 말했다.

난간이 없어진 계단을 따라 2층으로 올라갔는데, 방마다 토끼, 닭 등 작은 가축들이 있었고, 바닥에는 갉아먹었던 호박, 더러운 물통, 건초 등이 널려 있었다. 이것은 싱 오빠가 기르던 것들이었다. 2층 난간 옆에 서서 마을을 들여다보니 학교가 마을 전체에서 가장 높은 곳이라는 것을 깨달았다. 여기 서 있으면 마을 곳곳에 흩어진 집들이 보였고, 황혼녘에 저녁을 준비할 때 피어오르는 연기도 보였다. 부지를 선정할 당시에는 마을을 통솔하려는 의도가 있었을 것이라고 생각했다. 이 학교는 어떤 번영과 흥성을 경험했으며 어떻게 역사에서 버려졌을까? 나는 초등학교에서 교사로 일했던 완밍(萬明) 오빠와 얘기를 나누기로 했다. 그는 학교의 원로였고 량쫭 초등학교의 모든 역사를 알고 있었다.

량완밍은 50대의 다소 마른 체격의 남자로 노인 모자를 쓰고 있었다. 그의 옷은 여전히 1980년대 스타일의 회색과 파란색으로 마치 오랫동안 세탁하지 않은 듯했다. 날은 이미 어두워졌고 완밍 오빠의 아내가 불을 켰는데 창백한 하얀 빛이 큰 거실을 차갑고 유령처럼 느끼게 만들었다. 두 살쯤 된 손자는 문 안팎을 뛰어다니고 있었는데, 얼굴이 검붉게 변해 시골 겨울 추위에 부어올라 있는 것 같았다. 딸은 비교적 세련된 옷을 입고 있는데, 오랫동안 밖에서 일했다는 것을 한눈에 알 수 있었다. 그녀는 잠시 부엌에 나갔다가 다시 자리에 앉아 이따금 조용하고 조금 수줍은 표정으로 나를 바라보았다. 알고 보니 그녀는 10년 넘게 교사로 일해 왔다. 완밍 오빠는 매우 천천히 말했고 그만의 생각을 가지고 있었으며 이따금씩 깜짝 놀랄 만한 얘기를 했다.

그 당시에는 우리 마을의 학교가 발전하기가 쉽지 않았어. 1967년에 처음으로 민가를 빌려 문화교육국에서 파견한 교사들과 함께 예비시험반을 열었지. 량쫭에 학교가 있음을 보여준 거야. 2년차가 되자 마을에서 공동으로 두 칸짜리 흙벽돌집을 지었고, 나중에 저우주타이(周祖太)가 수업을 하러 돌아왔을 때 교실을 하나 더 추가했고 주타이의 어머니가 밥을 해주었어. 그런 다음 우리는 서쪽에서 세 칸을 더 지었어. 한 줄의 건물과 량쫭 초등학교의 원형이 완성되었지. 문화대혁명 때

네 아버지가 비판을 받은 곳이 바로 이 건물 앞이었지. 여기에서 지도자들이 훈화하고 매일 최고의 지시를 내렸고 군중집회가 열렸지.

　나는 올해 쉰다섯 살이야. 1978년에 중학교를 졸업하고 2년 동안 농업대학을 다닌 후 학교에서 와서 교편을 잡았어. 내가 학교에 갔을 때 이미 세 동의 긴 교사가 있었고 가장 큰 규모는 1990년대 이전에 지은 것이었어. 학교에는 1학년에서 7학년까지 있었고, 6~7명의 공립 교사와 200명의 학생이 있었어. 1981년에 아내가 여기에 왔는데, 당시 국가에서 농촌 교육관(학교 건물) 건립에 보조금을 지급하기 시작했어. 지금의 건물도 그해에 지은 것이다. 국가는 돈을 할당하고, 마을은 돈을 모으고, 마을 사람들은 돈과 노동을 기부했어. 우리의 량쫭 초등학교는 향 전체에 처음으로 건립되었으며, 당시 교육부서에서는 "梁庄村全體幹群興學紀念碑"라는 문구가 적힌 기념비도 증정했지. 이 모든 것을 선명하게 기억한다. 그 당시 마을 전체가 학교 설립에 정말로 단결했어. 아무도 부정행위와 사리사욕을 챙기지 않았지. 문화를 배우기 위해 학교에 가는 것에 대해 모두가 주저하지 않았어. 봄부터 공사가 시작되어 모두들 분주하게 일하고 있었지. 아직 날씨는 춥지만 모두들 수다 떨고 웃으며 열심히 일하며 행복해 했어. 너희들이 학교에 다닐 때 량쫭 마을이 가장 번영했어. 당시 학령기 아동의 취학률은 100%였으며, 당시 시험평가에서 우전 중앙 초등학교가 1위, 량쫭 초등학교가 2위였지. 광다오(光道), 한핑잔(韓平戰), 한리거(韓立閣) 등 선생님도 열 내지 스무 분 계셨지. 그들 모두는 이곳에서 유명했지.

량쫭의 학풍은 매우 강했어. 1980년대 중반에는 바보라도 걸을 수만 있다면 학교에 부름을 받았어. 우리 량씨 아이들이 학교에 가지 않으면 선생님들이 집까지 찾아왔어. 당시 우리 현은 전국 1위 현이었고, 대학 입시에서도 전국 1위를 차지했어. 정말 대단했지. 지금은 어떤지 봐라.

나는 1992년에 교직을 그만두었어. 해고되었지. 당시 계획 내 민영학교와 계획 외 민영학교로 나누어져 있었는데 학교에서는 나한테 계획 내 신분으로 바꿔준다고 했어. 교무실 주임이 선물 여부에 범위를 결정할 줄 누가 알았겠어. 나는 그 범위에 들지 못했어. 1992년에 국가는 민영학교 교사[6]를 더 이상 채용하지 않고 축소했지. 그래서 나는 기회를 잃어버려 그만둘 수밖에 없었어.

량쫭 초등학교에 학생이 없는 지 10년이 넘었어. 학교는 자연스레 문을 닫았지. 일부 학생은 학부모가 데려갔고 일부 학생은 학교에 나오지 않았지. 당시 1~3학년을 남기고 기타 학년을 읍내로 보내자는 얘기도 있었지. 이후 향 교육청에서는 더

---

6 농촌학교 중에 국가의 정식편제에 들지 않고 학교 소재지의 단체에서 급여를 주는 교사를 말한다. 보통 마을 내 민영학교는 마을에서 월급을 주기 때문에 주민들에게 부담을 주기도 해 반발을 사는 일이 많았다.

이상 교사를 파견하지 않아 학교는 해산됐어. 몇 년 전 교장 선생님이 국기 게양대를 전부 다 팔았어. 국기 게양대가 스테인리스여서 100위안 이상은 받은 것 같아. 나중에 교장은 더 이상 오지 않아 싱 오빠가 그곳에 살면서 문을 지키고 있지.

일반적으로 인구 이동과 가족계획이 복합적으로 작용하여 발생하지. 솔직히 말해서 이를 무너뜨린 것은 촌장, 당서기 등이었어. 상급기관에서 4명의 교사를 보냈는데, 교사가 오면 보조금을 지급해야 했어. 교사의 월급이 적어 마을에서는 보조금을 제공해야 하고 밥할 사람도 찾아야 했지. 이전에 량쫭이 아무리 가난해도 교사에 대한 보조금은 결코 적지 않았지. 이제는 그런 지출이 없다고 촌서기가 주지 않겠다고 했어. 선생님들은 1년 반 동안 일하다가 떠나셨지. 마을이 적극적으로 향정부와 교섭을 하거나, 진정부에 가서 얘기를 하거나, 교육국에 가서 선생님을 구하면 가능할지도 모르는 일이었지. 선생님들이 아무 데나 가서 가르치지 않지만 우리 량쫭은 향에서 가장 외진 곳도 아니었어. 또한, 학부모에게 학생들을 학교로 돌려보내달라고 하면 돼. 어떤 학부모가 아이를 먼 곳으로 보내고 싶겠어. 하지만 마을 촌장은 전혀 신경을 쓰지 않았어. 학교가 없으면 좋은 점도 있기 때문이지. 아직도 마을에는 매년 교육 총괄비가 있는데 학교가 없으니 그 돈은 그대로 남게 되지. 그 돈은 결국 마을 촌장의 주머니로 들어간단다.

요즘 사람들은 생각이 소극적이고 각자 자기 것만 생각하기 때문에 마을 청년들은 모두 외지로 일하러 가서 어느 누구도 이런 일에 관심을 두지 않지. 학교가 발전할 때는 우리 마을에 대학생도 많았지. 그 당시 량좡은 정말 대단했어. 대학생이 엄청 많이 배출됐으니. 1980년대 량좡 마을의 부모들은 모두 자식들을 대학에 보내기를 원했지. 량좡에서 대학에 진학한 인구 비중은 적지 않았어.

요즘 아이들은 학교에 가도 희망이 별로 없어. 지난 10년 동안 아이들은 공부에 대한 자신감이 분명히 부족해졌어. 이는 국가가 대학생 제도 개혁으로 인해 대학에 입학하면 등록금만 받고 지원은 해주지 않기 때문이야. 졸업을 해도 갈 곳이 없어. 예전에는 아이들이 학교에 가지 않으면 부모들이 마을을 돌아다니며 매로 아이들을 때렸는데, 요즘은 달라. 몇 년 동안 대학을 다니려면 최소한 4~5만 위안 정도의 비용이 들기 때문에 외지에 나가 일하는 것이 더 낫다고 생각하지. 대학에 입학해 졸업한 후에도 취직을 위해서는 10만 위안이 필요한데 그걸 가지고 있는 사람이 누가 있겠어?

그러나 결국 부모들은 자녀가 학교에 갈 의지만 있다면 집과 피를 팔아서도 보낼 생각을 하지. 자식이 교육을 잘 받고 지식을 많이 쌓는 편이 낫다고 생각해. 부모의 첫 번째 소원은 자식이 많이 배우는 것이야. 지금의 중퇴율이 1980년대보다 훨씬 높다고는 생각할 수 없을 거야. 근대화는 근대화인데 교육 수준이 낮아졌어. 중학교 졸업 후 중퇴율이 매우 높아. 학생은 백이면 백 모두 학교에 가고 싶어 하지 않아. 학교에 들어가도 그만두기 일쑤지. 진학의 가장 큰 장애물은 온라인 게임이야. 부모가 외지에서 일할 때 그들을 돌보는 사람은 모두 할아버지와 할머니야. 어떻게 그들을 통제할 수 있겠어.

아참, 초등학교를 지나가보니 기분이 어때? 마음이 모두 편치 않지. 자녀가 없는 사람도 학교를 보면 마음이 편치 않아. 이제 학교는 복원이 불가능해. 책상, 의자 등도 모두 사라져버려 학교가 학교 같지 않아 학부모들이 더 이상 자녀를 보내고 싶어 하지 않아. 지금은 마을 어른들이 매일 학생들을 읍내까지 등하교를 시켜야 해서 죽을 맛이야. 농민들에게 출퇴근이라는 것이 없는데 밭일을 하다가도 때가 되면 괭이를 버리고 아이를 데리러 가야 해. 량쫭에 아이들이 있는 집은 몇십 가구가 될 거야. 여섯 시에 일어나 밥을 하고 일곱 시가 지나면 삼륜차를 타거나 자전거를 타고 아이를 학교에 보내지. 낮에 다시 아이를 데리고 왔다 데려다 주고, 오후에 다시 또 그래야 해. 그러다 보면 아무것도 할 수가 없어. 돈 있는 사람들은 기숙사가 딸린 학교에 보내. 기숙학교가 어떤 학교냐고? 내가 물어보니 교육의 질은 형편없고 성적을 조작한다고 해. 시험이 되면 선생님이 칠판에 문제를 한 번 풀어줘도 학생들은 풀지 못해.

유수아동의 문제는 부모 세대가 아닌 조부모 세대가 교육하고 너무 애지중지한다는 데 있어. 생활이 좀 여유로워지자 부모들은 아이들에게 용돈을 주는데 그런 용돈이 어린 학생의 습관을 해치게 돼. 너희 이형 오빠가 며칠 전에 아들을 돌보기 위해 돌아왔어. 아들이 고등학교에 올라갔는데도 날마다 학교를 빼먹고 집에서 인터넷 보고, 게임하고 안 그러면 DVD를 보고 그래. 할아버지와 할머니는 화가 나서 몸을 떠는데 그는 오히려 할아버지와 할머니를 욕해. 집집마다 DVD가 100~200장씩은 있어. 어른들이 집에 없으면 아이들은 하루종일 DVD만 보게 돼.

현직에서 물러난 지 오래된 민영 초등학교 교사로서 그가 가장 우려하는 것은 초등학교 자체의 소멸이 아니라 마을의 문화적 분위기가 사라지는 것, 상향 이동 정신이 사라지는 것임을 느낄 수 있었다. 그가 명확하게 표현하지는 않았지만, 어쩌면 마을의 진정한 황폐화는 학교 내부의 폐허가 아니라 학교의 낡고 황량한 모습에서 마을의 진정한 쇠락과 해체가 임박했다는 것이었다.

인구 감소, 비용 증가, 육아 문제 등 여러 가지 현실적인 이유가 있기 때문에 학교가 사라지는 것은 쉽고 당연한 일이었다. 하지만 한 나라의 정신적 결속력과 문화유산이라는 관점에서 보면 단순히 초등학교가 남느냐, 없어지느냐의 문제가 아니었다. 량좡 마을의 경우 초등학교가 낡아지면서 사람들의 마음속에도 일종의 퇴폐, 상실감, 느슨함이 서서히 퍼져나갔다. 많은 경우, 그것은 무형적이지만 궁극적으로 우리에게 강력한 파괴력을 보여주는 유형적인 것들이었다.

완밍 오빠가 말했듯이 량좡 초등학교가 가장 번영했을 때 마을 전체가 기백이 넘쳤고, 들판에서 일할 때도 활기가 넘쳤다. 학교 종이 울리면 마을 사람들은 감탄과 존경심을 느꼈다. 하지만 지금은 다들 각자의 길을 가고 돈벌이에 혈안이 된 시대가 되었다. 시골의 문화적 분위기는 점점 약해지고 있으며 더 이상 과거의 문화적 고향의 느낌이 없었다. 부모는 여전히 자녀가 학교에 가기를 원하고, 직장에 나가도 시골집에 더 괜찮은 집을 짓고 싶은 생각뿐이었고, 더 중요하게는 자녀가 더 나은 교육을 받기를 원했다. 그러나 경제 관념과 금전의식의 영향으로 부모가 부재한 상황에서 아이들은 기본적으로 학교에 가기를 꺼렸고 외지로 일하러 나가기 위해 학교를 일찍 그만두려 하고 있다. 어떻게 일을 하는지, 어떤 일을 할 수 있는지는 자신들이 생각하는 것과는 다른 것 같았다. 게다가, 지금 대학에 간다고 해서 미래의 직업이 보장되는 것도 아니었다.

광셩(光生) 숙부의 아이인 슈칭(秀淸)은 지역의 삼류 대학에 입학하여 4년 동안 행정학을 공부했다. 연간 등록금과 생활비는 약 만 위안 정도였다. 광셩 당숙과 그의 아내, 그리고 슈칭의 여동생, 온 가족이 그의 교육을 지원하기 위해 일하러 나갔다. 그러나 졸업 후 슈칭은 일자리를 찾지 못했다. 그는 여러 차례 공무원 시험에 응시했지만 실패했다. 마르고 안경을 끼고 우울해 보이는 슈칭은 몇 년 동안 도시에서 집을 임차해 살았는데 마을로 돌아가고 싶어 하지는 않았다. 그러다 올해 드디어 마을의 다른 청년들과 함께 일하러 나갔다. 마을 사람들은 이 일에 대해 모두 고개를 저으며 한숨을 쉬었다. 광셩 숙부의 가족은 여전히 마을에서 가장 허름한 집에 살고 있었다. 딸은 이미 스물다섯 살인데 아직 결혼에 대해 언급하지 않았다. 마을에는 대학을 졸업한 자녀도 여럿 있는데, 전공을 바탕으로 취업한 사람은 한 명뿐이고, 나머지는 회사의 하급 직원들이었다. 그들의 정체는 무엇일까? 농민? 농민공? 조금 부적절한 것 같았다. 도시의 노동자? 화이트칼라? 역시 완전히 틀렸다. 그들은 그런 모호한 지대에 있었다. 시골로 돌아가고 싶어 하지 않지만, 도시는 그들에게 충분한 돈을 주는 직업이 없기 때문에 실제로 그들을 수용하지 않았다. 그들은 도시의 변두리에서만 발버둥치고 있었다.

량좡의 중학생 중 부모를 따라 외지의 학교에 가는 학생은 거의 없었다. 부모가 학비를 대서 학교에서 숙식을 해결했고, 일부 학생들은 선생님이 운영하는 학습반에서 생활했다. 진(鎭)을 포함한 현(縣)에는 그러한 학습반이 많이 있었다. 부모는 학교에서 수업하는 것 외에도 한 학기 분량의 돈(천 위안 이상)을 지불하면 아이들은 교사의 집이나 임대 주택에서 먹고 살며 교사는 학생들의 일상생활을 책임지는 동시에 학생들의 학습을 지도했다. 하지만 그런 수업의 효과는 좋지 않았다. 내 조카도 그런 학습반에 다녔는데, 교과서를 들고 질문을 하면 "모르겠어요"라고 대답했다. 자녀 중 누가 공부를 잘하고 있는지 물었을 때 노인은 긴 한숨을 쉬며, 여학생은 여전히 좀 낫고, 남학생은 모두 인터넷을 하고, 게임을 하고, 학교를 빼먹고 있으며, 성적은 한 번도 부모에게 가져오지 않아 알 수가 없다고 했다. 일반적으로 중학교 2학년과 3학년, 여름 방학에 도시에서 일하는 부모 집에 가서 놀다 돌아오지 않았다.

읍내의 초등학교에는 30명이 넘는 초등학생이 공부하고 있으며 기숙사나 구내식당도 없어 정오 2시간 동안 부모들이 아이들을 마을로 데려가 밥을 먹여야 했다. 오전 6시, 정오 12시, 오후 4~5시쯤 량챵 마을을 지나가면 아주 이상한 풍경을 발견하게 된다. 한 무리의 노인들이 세발자전거를 끌고 바쁘게, 그러면서도 조심히 읍내 초등학교에 갔다. 아이들을 학교에 데려다주고 데려오기 위해서다.

더욱 걱정스러운 것은 '공부의 무용론'이 점점 더 많이 받아들여지고 있다는 것이었다. 내가 어렸을 때는 가난 때문에 학교에 가지 못하는 경우가 많았고 자녀가 학교에 가기를 원하지 않는 부모는 없었다. 하지만 요즘 부모는 자식이 학교에 가더라도 희망이 보이지 않아 잠시 고민한 후에 자녀에 대해 자유방임적인 태도를 취하는 것이 일반적이었다. 이러한 상황에서 교사들도 가르칠 동기를 잃게 되었다. 중학교 선생인 내 사촌의 아내는 읍내에서 뛰어난 실력으로 유명했고, 학부모들은 자녀를 그 반에 보내기 위해 모든 수단을 동원했다. 이제 그녀는 마작을 하며 하루를 보내고 있었다. 아이들 가운데 학교에 가고 싶어 하는 아이는 거의 없고 무단결석이 일상적이다. 교사들은 가르칠 마음이 없었다. 많은 부모들도 학교를 일시적인 위탁기관으로 여겼다. 아이들은 학교에서 문제만 일으키지 않고 지나다 좀 크면 바로 일하러 외지로 나갔다.

이러한 현상은 농민들의 실리, 아이들의 무지, 교사들의 윤리 의식의 쇠퇴 때문만은 아니었다. 학교 교육에 대한 실망과 지루함의 분위기가 사회 전체에 퍼져 있으며 자연스럽게 그 안에 사는 모든 사람에게 영향을 미쳤다.

나는 량좡 초등학교가 지어졌을 때 건물의 웅장함은 말할 것도 없고 그런 기념비가 있다는 사실도 몰랐다. 학교로 돌아와서 싱 오빠에게 기념비가 어디에 있는지 물어봤다. 싱 오빠는 즉시 알고 있다고 대답했다. 돼지구유 밑에 직사각형의 돌이 있었는데 그것이 바로 기념비라는 것이었다. 우리가 한참 동안 솔로 돼지구유의 윗부분을 쓸고 나니, 그 위에 글자가 나타났다. "량좡 마을 전체 간부와 군중 흥학 기념비", 그 아래 낙관에는 "교무실, 량좡 마을 전체 촌민, 1981 가을"이 세로로 새겨져 있었다. 마을 전체가 함께 집을 짓는 장면, 사람들이 어떤 말을 하고 있고, 어떤 마음, 어떤 자긍심을 간직하고, 미래에 대한 어떤 희망, 아이들에 대한 어떤 기대감으로 벽돌과 기와를 쌓는 장면을 상상했다. 오늘날에도 그러한 집단적 동기 부여, 만장일치의 정신이 여전히 존재할까?

이웃 마을 사람이 량좡 초등학교 부지를 빌려 양돈장을 만들자는 아이디어를 냈을 때, 촌서기가 동의할 것이라고는 예상하지 못했다. 서기의 생각으로는 학교를 놀리기보다는 수입을 창출하는 것이 낫지 않겠느냐는 것이었다. 그래서 학교 운동장에 돼지우리 막사를 몇 동 짓고 빈 교실의 처음 두 층도 돼지우리로 만들었다. 매일 돼지를 끌고, 돼지를 풀어놓고, 사람들이 오가는 소음, 돼지가 꿀꿀거리는 소리, 돼지를 잡는 울부짖음 소리, 돼지를 쫓는 호통소리가 있었다. 한동안 량좡 초등학교는 매우 활기찼다. 하지만 이제 교문에 새겨진 표어 "량좡 초등학교, 사람을 가르치고 사람을 기른다"에서 '초등학교'는 지워지고 '양돈장'으로 바뀌었다. 그래서 량좡 초등학교 교문에 새겨진 표어는 "량좡 양돈장, 사람을 가르치고 사람을 기른다"로 변했다.

황혼의 량좡은 너무 조용했다. 땅거미가 드리워진 학교를 돌아보며, 여덟 개의 빨간 글자를 바라보며 나는 생각에 잠겨 멍해졌다. 언제부터 '초등학교'가 '양돈장'으로 변질되고 "사람을 기른다"가 "돼지를 기른다"가 되었을까? 초등학교의 소멸이 일종의 필연이라면, 흐트러진 마을의 정서를 다시 하나로 묶을 수 있는 방법은 무엇일까? 사람들의 가슴을 설레게 했던 교육과 문화에 대한 고상한 감정과 지식에 대한 자신감을 되찾으려면 어떻게 해야 할까?

제4장

고향을 떠난 청년들

1991년 9월 랑현은 인력송출개발회사를 설립했다. 1993년에는 시정부가 인력 시장을 설립하고, 29개 향, 진, 동에 모두 인력센터를 설립했다. 1996년 12월, 시정부 인력송출개발회사는 제2직업소개소로 명칭을 변경했다. 2000년까지 총 1만 8천 명의 예비 직업 및 전직 훈련을 실시하였고, 도시농촌산업 청년과 잉여노동력 219만 6천 명을 송출하여 11억 4,400만 위안의 경제적 이익을 창출하였다.

『랑현 현지·大事記』

이쯔(毅志)

이쯔는 나의 오빠이다. 약간 통통하고 피부색이 검은 그는 목에 작은 불상을 걸고 있으며, 새언니와 다투고 사랑을 찾기 위해 산사에 갔다고 한다. 오빠는 고등학교를 졸업하고 한때 문학청년이었다. 고등학교 시절 절친한 친구들은 모두 낭만적이고 순수한 문학 애호가였으며, 그들 모두는 우여곡절과 아름다운 사랑 얘기를 가지고 있었다. 여름방학이 오면 친구들끼리 서로 집에 놀러가는 경우가 많았고, 서로 여자친구를 찾기 위해 떼를 지어 움직이기도 했다. 오빠는 평소 일기를 쓰는 습관과 연애편지를 쓰는 취미도 있었고, 외지로 일하러 갈 때마다 지금의 새언니와도 수십 통의 편지를 주고받았다. 새언니는 비록 초등학교 5학년 정도밖에 교육을 받지 못했지만 오빠가 마침내 감정을 표현할 대상은 그녀였다. 내가 집에 오던 날 새언니는 폐지를 많이 모으고 있었고 이게 뭐냐고 물으니 오빠가 붓글씨 연습을 하고 싶다며 100위안을 써서 이런 폐신문지를 많이 샀다고 했다. 그런데 이 많은 걸 사놓고 반년이 넘었는데도 한 글자도 쓰지 않았다고 한다. 새언니는 큰 봉지 두 개로 포장해 폐품으로 팔 준비를 했다. 이 일에 대해 새언니는 "아직도 위층에 서재가 있어요. 아가씨가 보면 놀릴까 봐 오빠가 말하지 말라고 했어요."라고 말하며 또 웃었다. 내가 위층으로 올라가서 보니 과연 큰 서재가 있었고 거기에는 특별히 맞춤 제작된 책장, 책상, 의자가 있었다.

오빠는 서재 구석에서 큰 가방을 꺼내더니 그 안에는 오래된 일기장과 편지가 가득 들어 있다고 말했다. 나는 오빠와 얘기를 하다가 일기장을 들여다보며 웃었다. "그때는 참 시적이고 그림 같았는데, 지금 오빠의 글도 나쁘지 않아."라며 그의 연애사, 외지근무 경험에 대해 얘기해 달라고 부탁했다.

쥐안쯔(鵑子)[1] 말이지. 그녀는 적어도 초등학교 5학년 때 자기가 매우 아름답다고 생각하면서 걱정하기 시작했다고 하더라. 사실대로 한 번 말해 볼게. 내가 다니던 초등학교는 항상 향 전체에서 1등이었어. 나는 중학교 때도 꽤 괜찮았지. 그런데 고등학교 때 공부를 잘못했어. 다 이 사건 때문이야. 하루종일 이 생각, 저 생각을 했지. 초등학교 5학년 때 그녀의 가족은 『인민해방군 문학예술』을 구독했어. 아버지는 고등학교 교사였지. 그녀의 집에 갔는데 그녀가 없어서 거기서 『인민해방군 문학예술』을 읽고 있었는데, 날씨가 조금 추웠고 그래서 읽던 게 또렷이 기억나. 나는 거기서 한참을 봐서 눈이 좀 흐릿했지. 그러는 사이 쥐안쯔가 와서는 "이쯔"라고 불렀어. 그래서 그녀를 올려봤는데 그녀는 정말 선녀 같았어. 나는 "쥐안쯔"라고 하며 화답했지. 그 당시에는 정말 아름다운 느낌이었지. 고등학교 2학년 때, 짝사랑할 때 쥐안쯔를 보기 위해 2층으로 갔다가 굴러내려 얼굴이 부들부들 떨리기도 했어. 나중에 나는 단지 그녀

---

1 뻐꾸기라는 뜻으로 이전에 이쯔가 좋아했던 여자의 별칭

와 더 가까워지기 위해 불순한 목적으로 그녀의 남동생과 친하게 지냈어. 고등학교 2학년 말에 나는 아마도 20페이지가 넘는 긴 연애편지를 써서 그녀에게 몰래 주었는데 결과적으로 쥐안쯔는 거기에 "늦었어"라는 세 글자를 표시했어. 나는 너무 상심해서 다음날 머리를 밀었어. 다시 공부를 시작했지만 잘 안 된다는 것을 의미하지. 나중에 쥐안쯔의 가족은 농민 호구에서 도시민 호구로 전환하겠다는 아버지의 결정에 따르게 됐어. 나는 나의 짝사랑이 불가능하다는 것을 알고 더는 생각하지 않기로 했어.

이듬해 집안 문제로 나는 더 이상 공부를 할 수 없어서 학교에 가지 않을까도 생각했어. 가을에는 수확한 옥수수를 100위안 남짓에 팔았어. 도시로 가려는데 큰누나가 가지 말라고 해서 몰래 도망쳤어. 차를 타고 시안에 갔다가 거기서 다시 신장으로 가서 큰아버지를 찾아갔어. 먼 곳으로 가서 거기서 가족과 함께 하고 싶었어. 그런데 그곳에 가자마자 후회했어. 그곳의 혹독한 추위를 견딜 수 없었어. 그곳에서 열흘 내지 스무날을 머물렀는데 큰아버지 또한 애정도 없고 무척 무뚝뚝해서 큰누나에게 200위안을 보내달라고 부탁해 다시 돌아왔어. 그때 큰누나를 무척 화나게 만들었어. 내가 좀 더 잘 되지 못한 게 한스러웠어.

1989년 10월 15일에 돌아와서 학교에 갈까 생각해 담임선생님께 말씀드렸더니, 선생님은 "다시는 말도 꺼내지 마라. 너는 공부를 못하니 그냥 취직이나 해라."고 말했어. 개자식, 우리는 어질지 못한 성격이라 취직하라고 하면 곧이곧대로 취직했지. 처음에는 도시에 있는 사촌형의 건설회사에서 일했어. 하루에 5위안을 벌었는데 낮에 10시간 일했지. 큰누나 집에서 식사를 했고 저녁이 되면 영화도 보러가고 일기도 썼어. 건설회사에서 4~5개월간 벽돌 나르는 일을 했어. 근무 첫날에 아래쪽으로 석회통을 던졌는데 사부의 머리에 맞아 머리에서 피가 났지. 그 당시에는 식사량이 엄청 낮어. 1위안에 작은 찐빵 6개였는데 한 끼에 다 먹어치워 돈을 한 푼도 모을 수 없었어. 그때 어릴 때부터 절친한 친구였던 여자 동창생이 대학에 입학해 나에게 연애편지를 보냈는데, 나는 부적절하다고 느껴 답장을 하지 않았어. 우리는 농민 호적이라서 다른 사람에게 피해를 주고 싶지 않았기 때문이야. 게다가 나는 그녀에 대한 애정의 감정이 전혀 없었어.

셋째 누나는 "너는 공예를 배워야 한다"고 말했어. 그 당시 우리는 농한기에 간쑤성과 산시성으로 나가 소파와 의자를 만들었어. 그래서 나는 셋째 매형을 따라 소파를 만들 가죽과 스프링을 들고 옌안 이촨(宜川)현으로 갔지. 처음 갔던 곳은 아마 거러우(閣樓)향인 것 같아. 그곳 사람들은 하루 두 끼를 먹었고, 힘을 쓰는 사람들만 세 끼를 먹었어. 우리는 세 끼 먹었지. 먼저 여관에 묵은 뒤 일자리를 찾았어. 일자리를 구하면 주인집에서 먹고 살게 되지. 그때도 계속 일기를 쓰고 있었는데 나중에 어디다 버렸는지 모르겠어. 나는 처음에 거러우현 동쪽의 한 집에서 일을 시작했는데 그 분의 어머니도 너무 친절해서 좋았어. 일이 시작되자마자 사방으로 퍼져나가 친척들과 이웃들이 모두 일을 해달라고 부탁했어. 사업은 나쁘지 않았지. 그때는 상대적으로 행복했고 우리는 꽤 낭만적이었어. 거기에는 산이 있었지만 그다지 크지 않았어. 나는 매우 빨리 산을 올라갈 수 있었어. 일을 마치고 할 일이 없으면 풍경을 보고 내 감정을 표현하기 위해 산에 갔어. 한 달 넘게 일한 뒤 셋째 매형이 말했어. "이쯔야, 너는 몇 달이 지났는데도 나무 쪼가리 하나 제대로 자르지 못하고. 아직도 고등학교 졸업생이냐, 네가 뭘 더 할 수 있겠어." 이 말을 듣고 나는 정말 마음이 아팠어. 일이 잘 안 되려고 그랬는지 나중에 누군가와 씨름하다가 손가락이 부러지고 팔이 부러지는 바람에 아무것도 먹지 못한 채 20일 넘게 여관에서 머물렀어. 손에 고름이 생기면 면도날을 가지고 마취 없이 두 사람이 누른 상태에서 절개를 했는데 그때 정말 고통스러웠어. 붕대를 바꿀 때면 고통이 이루 말할 수 없었어. 의사의 여동생이 예뻐서 매형은 "붕대 갈러 갈 때 그 아가씨와 얘기해봐. 예쁘다고 말하면 혹시 넘어올지 몰라."라고 농담했어.

왜 다시 돌아왔냐고? 지역 경찰서에서는 우리가 사적인 일을 하고 있다고 해서 여기저기 쫓아다녔고, 우리는 그 집에 머물다가 한밤중에 일어나 도망쳐 나왔어. 날씨가 무척 추워 산기슭에서 장작을 태워 몸을 녹이기도 했어. 돌아갈 생각을 해서 그런지 재료들도 거의 소진됐어. 나는 그 향의 여관 비용을 갚지 않았고 그 읍내에서의 식비도 갚지 않았어. 그 금액이 200 위안이 넘었는데 누구에게도 갚지 않았지. 지금 생각해보면 마음이 무척 좋지 않아.

나중에 나는 아버지와 도외지에서 야채와 량피(凉皮)를 팔았어. 아버지는 빨리 결혼하라고 했지만 나는 느긋했어. 큰누나도 내가 빨리 결혼하길 원했어. 나 같은 남자를 좋아하는 슈위(秀玉)라는 여자가 있었어. 나는 별 느낌이 없었는데 다른 사람들이 괜찮다고 했어. 처음 만난 후 열흘쯤 지나니 사람들이 결혼을 하라고 재촉했어. 나중에 슈위와 함께 시내에 나가 길에서 농담을 했는데 슈위가 "너도 이러한데 누굴 더 찾고 싶어"라고 말해 너무 화가 나서 혼자 차를 몰고 와버렸어. 줄곧 나를 무시하는 것 같아 그만 두었어.

그 후에는 춘쯔(春子)가 있었어. 너도 알거야. 누나네 집에 와서 집짓는 일을 도와주었지. 그때 춘쯔도 천진난만한 모습이었어. 책읽기도 좋아하고 일하는 것도 야무지고 얼굴도 무척 예뻤지. 우리 둘은 말이 통했지.

나중에 베이징에 일하러 갔어. 왜 갔냐고? 집에서 결혼해야 한다는 압박감이 많았지만 둘 다 결혼하고 싶지 않았어. 집이 너무 가난했어. 춘쯔에게 "나 먼저 갈게. 그래. 다시 널 데리러 올게."라고 말했어. 1991년에 나는 처음으로 베이징 차오양구(朝陽區)로 갔어. 허핑리(和平里) 거리에 있는 잉화위안(櫻花園)

원취안(溫泉) 양묘장에서 일했고 나중에 작업반을 이끌었어. 전성기에는 9명을 데리고 있었어. 막 시작할 때 월급은 260위 안 밖에 되지 않았지만 나중에 320위안까지 올랐어. 내가 직접 밥해 먹었는데 가스는 무료였어. 나는 춘쯔에게 베이징으로 와서 하이뎬구(海澱區)에서 일하라고 요청했어. 내 집에서 그녀의 집까지 편도로 2시간 이상 걸렸어. 처음에는 우리의 관계가 매우 좋았으나 나중에 그녀가 일하는 곳의 한 남자와 사랑에 빠졌고 그들 둘은 매우 열정적이었어. 나는 그녀에게 "춘쯔야, 나는 너를 데리고 다시 돌아가야 해"라고 말했어. 그 당시 나는 여전히 환상을 품고 가족들을 설득하면 될 거라 생각했어. 어느 날 나는 그녀를 그녀의 시골집에 데려다 주고 거기서 술을 조금 마셨는데 참지 못하고 그만 술주정을 부렸어. 춘쯔의 어머니는 "네가 결혼하기 전인데도 이 모양인데 결혼하면 어쩌려고 그러느냐?"라고 말했어.

이후 다시 베이징에 온 후 한 달 동안 술을 마시고 손목을 자르고 자해를 했어. 당시 춘쯔와 사귀던 그 친구와 나는 다시 친구가 되었는데 그 친구는 정말 괜찮은 사람이었어. 나는 그에게 "내가 떠날 때 그녀에게 겁을 줬어. 이제 네가 하고 싶은 대로 해도 돼."라고 말했더니 상대방은 "너희들이 사귄 지 3~4년이 됐는데도 이렇구나. 앞으로 나한테 어떤 모습일지 모르겠다."라고 말했어. 그 친구는 잘 생겼고 키도 크고 튼실해서 춘쯔가 좋아하는 타입이었지. 지금 생각해보면 춘쯔는 세상물정을 몰라서 갑자기 대도시에 오니 정신이 팔려 상황을 파악하지 못했어. 솔직히 말해 춘쯔가 나에게 상처를 많이 줬어. 이렇게 빨리 변할 줄은 몰랐어. 어쨌든 3~4년 동안 함께했어. 지금 그녀를 보면 나는 아직도 조금 화가 나.

1994년 음력 1월 2일에 버스를 타고 다음 날에 집에 돌아왔어. 그 때 나는 기분이 별로 좋지 않았어. 돈도 벌지 못했고 그해 집에 보낸 돈은 2,000위안 밖에 되지 않았어. 돌아와서 다시 선을 보기 시작했어. 외삼촌과 친척들이 나에게 많은 사람들을 소개해 줬어. 큰누나는 나를 데리고 다니면서 계속 나무랐어. 음력 1월 12일 아침에 외삼촌과 친척집에 갔는데 도착하자마자 아버지께서 달려와서 둥와 아주머니집에 괜찮은 아가씨가 있으니 가서 한번 만나보라고 했어.

둥와 아주머니집에 가서 잠깐 봤는데 그 여자는 정말 청순하고 예뻤어. 이것저것 보니 그 여자는 정말 괜찮았지. 나는 차를 따르며 "차 마실 줄 아세요?"라고 물으니 너희 새언니는 "아직 차 마실 줄 몰라요"라며 밀당을 했어. 대화의 느낌이 좋았어. 너희 새언니와 나는 1994년 음력 1월 12일에 만났는데(새언니는 옆에서 웃는 얼굴로 끼어들며 말했다. "처음 오빠를 만났을 때 별로 맘에 안 들었어. 얼굴은 시커멓고, 눈은 작고, 말은 잘 했는데 좀 과묵했어.") 첫눈에 반했다고 할 수 있지. 나의 연애사는 너희 새언니로 끝난 셈이야.

1994년 3월에 나는 다시 베이징으로 갔어. 베이징은 한가한 시기가 아니었지. 베이징에는 암표꾼이 많았기 때문에 우리도 다른 사람을 따라 표를 두 번 되팔았어. 일반적인 암표는 모두 억지로 하는 새치기였어. 사람을 크게 한번 밀치고 욕을 하면서 상대를 기세 좋게 쓰러뜨리고 그 사람 앞에 끼어들고 그런후 표를 사고 나와 표를 사려는 사람에게 30에서 50위안을 덧붙여 팔았지. 한번은 청두시 공안국 사람 앞에 끼어들었는데도 두렵지 않았어. 청두시 공안국 직원이라고 해도 그가 여기서 법을 집행할 수 있을 것 같아? 나 역시 사람을 때린 적이 있었고, 춘쯔와 헤어진 후에는 나 자신을 포기하고 화를 표출하고 싶은 생각도 들었지. 나중에 어떻게 발전했냐 하면, 표를 사려는 사람이 10명 정도 있다고 하면 그들에게 표 구입을 돕겠다고 말하고 그들이 돈을 주면 그 돈을 가지고 도망쳤어. 베이징 기차역은 매일 매우 붐비고 줄이 길어 상대방은 전혀 볼 수 없어 몇 개의 줄을 비집고 들어간 후 돈을 가지고 도망쳤지. 하지만 이런 일을 해본 적이 없어. 나는 사람들과 잘 협의해 정직하게 줄을 섰지. 나중에 나는 사복경찰에게 붙잡혔어. 사복경찰은 내 신분증을 보더니 랑현 출신인 것을 알고 "당신도 좋은 사람은 아니군"이라고 하며 나를 잡아가 가두었어. 당시 우리 현의 젊은 사람들은 베이징역에서 암표를 파는 일로 유명했어. 그래, 악명이 높았지. 먼저 경찰서로 이송됐는데, 들어가자마자 한 애가 계단에서 수갑을 차고 발끝이 땅에 거의 닿지 않은 채 불편해하는 모습을 보았어. 그 당시 우리는 역 앞 경찰서가 사람들을 매우 가혹하게 구타하고 있는 것을 우리 눈으로 보았어. 그들은 거기에서 쪼그려 앉아 있다가 다른 사람들을 체포하러 갔는데, 누군가 화장실에 가고 싶어 하면 경찰은 고무봉으로 한 사람씩 "탁" 쳤어. 내가 들어갔을 때도 같은 일이 일어났어. 그들은 처음에 고무봉으로 나를 몇 번 때렸어. 나는 정말로 암표를 하지 않았다고 말했어. 알고 보니 랑현 출신이라 끌려온 것 같았어. 나중에 나는 작은 방에 갇혔어. 10평방미터 남짓한 작은 방에 사오십 명이 있었는데 앉을 자리가 없어 모두 밀집해 서 있었어. 방에 들어가자마자 어떤 사람이 내가 자기를 밟았다고 말했어. 나도 정말 화가 났어. 그런데 방에 있던 우두머리가 와서는 나를 때렸어. 어떤 사람이 나를 비웃어 나는 "개자식, 죽여버리겠어"라고 욕을 내질렀어. 오후에 나는 베이징 외곽에 있는 창핑(昌平) 보호소로 보내졌어. 보호소에 들어가자마자 오랫동안 수용소에 갇혀 있었던 어린 불량배한테 구타를 당했어.

나는 창핑에서 2박2일 동안 구금되었고, 3일째 되는 날 호출되어 안양(安陽)으로 이송되었어. 무장경찰은 한가로이 사람들을 놀리며 "이리로 와봐, 이리로 와봐."라고 말한 뒤 사람의 양쪽 뺨을 때렸어. 나는 나지막하게 "개자식, 무슨 잘못이 있다고."라며 욕을 했어. 이 말이 들렸는지 무장경찰은 누가 말했냐고 물었어. 나는 용감하게 "나야!"라고 말했어. 무장경찰은 "이리로 와봐!"라고 말하며 내 머리를 벨트로 7~8대 때리고 나를 세게 걷어찼어. 그러더니 나더러 군인 자세로 서라고 했어. 가슴을 펴고 서면 뺨을 때리고 고개를 들면 다시 뺨을 때리고 다시 고개를 들고. 그렇게 두 시간을 서 있었어. 얼마나 맞았는지 내 얼굴은 피로 범벅됐지. 안양수용소에 들어가자마자 나는 구타를 당했어. 감방에 있는 사람들도 서로를 때렸어. 이송 길에 고향사람 몇몇은 우리가 수용소에 들어가면 먼저 싸우자고 합의했어. 그렇지 않으면 우리는 변기통 옆에서 자야 할 것 같았어. 경찰은 이미 베이징역에서 우리의 돈을 모두 압수해갔어. 안양수용소에 도착한 후 우리 4명은 안에 있는 사람들을 구타하고 몸을 수색해 소지품을 빼앗았어. 그들을 변기통 쪽으로 밀어 넣고 우리는 문 옆에 있었지.

다음 날 안양보호소는 우리가 돈을 내면 대속(代贖)을 시켜주지만 돈이 없으면 벽돌공장에서 일을 시키겠다고 밝혔어. 우리는 안양시 동쪽에 있는 벽돌공장에 끌려가서 일하게 되었는데, 실제로 안양수용소에서 우리를 1인당 100위안 받고 벽돌공장에 팔아버렸다는 것을 알았어. 나는 그것을 보고 "맙소사, 여기에 결코 오래 머물 수 없어. 누군가는 죽어 나갈 거야."라는 생각을 했어. 회색빛이 심했어. 벽돌공장 위의 하늘은 온통 회색이었어. 곤봉을 들고 일하는 사람들을 감시하는 사람들이 여러 명 있었어. 천천히 걷는 사람은 누구나 구타를 당했어. 우리가 사는 곳은 석면 슬레이트 지붕의 집 몇 채에 불과해 일하다 탈진해 죽지 않으면 얼어 죽을 것 같았어. 우리 중에 몇 사람은 도망치기로 마음을 먹었어. 우리는 아침에 식사를 하고 오후에 깊은 구덩이에서 흙을 파는 작업을 시작했는데 한쪽은 높았고 다른 한쪽에서는 누군가 지켜보고 있었어. 중간에 차를 마시라고 해서 나도 목이 타는 척 가장을 하고 가서 차를 받았어. 그리고 "됐어, 함께 달리자."라고 말하고 두 사람이 먼저 도망쳤어. 경비병들은 남은 우리 두 명을 삽과 몽둥이로 심하게 구타했어. 우리에게는 더욱 엄격해졌어. 잠을 어떻게 잤냐고? 잠을 잘 때 팬티만 남기고 다 벗었어. 그러면 경비원이 우리의 옷을 끌어안고 한쪽에서 잤지. 우리는 한밤중에 작은 창문의 쇠창살을 벌리려고 했지만 벌려지지 않았어. 다음 날 아침 일찍 일어났을 때 하늘은 막 훤해지기 시작했고 우리를 지켰던 경비원은 우리의 옷을 던져주며 입으라고 했어. 나는 한밤중에 누구 것인지는 모르겠지만 이미 옷을 훔쳤어. 그 옷을 입고 이불 밑에 누웠지. 경비원이 문을 열고 다시 다른 문을 열 때 나는 그 문을 따라 도망쳤어. 식당에 있던 어떤 사람이 "누가 도망친다. 누가 도망쳐!"하고 소리쳤어. 나는 쇠몽둥이를 들고 있었어. 누가 나를 쫓아오면 때려죽이려고.

길에서 현지 사람들이 막아서서 나는 "형님들, 제가 여기서 일한 지 반 년이 넘었는데 더 이상 참을 수가 없어요. 도망치지 않으면 죽을 것 같아요"라고 말하며 간청했어. 그 사람들은 일찍이 이 벽돌공장의 사악함을 알고 있었기 때문에 나에게 어서 "어서 어서 도망가세요!"라고 말했어. 나를 쫓아오는 사람이 나를 더 이상 쫓아오지 못하는 거리에 왔을 때 내 신발을 보니 신발이 다 닳았더라고. 혹시라도 내가 잡히면 정말 큰일 날 뻔했지 뭐야. 무작정 도망치다보니 버스가 한 대 있었어. 그런데 돈이 한 푼도 없었어. 기차역까지 가려면 1위안이 필요한데 그런 돈이 없었지. 벽돌공장에서 막 도망을 나왔으니 무슨 돈이 있겠어. 사람들은 내가 벽돌공장에서 나왔다고 하니 모두 동정을 하고 돈을 받지 않았어. 나중에 그 벽돌공장에서 구타로 인한 사망 사건이 폭로된 이후 안양수용소는 거의 폐쇄될 뻔했어. 그 사람들은 정말 나쁜 사람들이야. 양심이라고는 조금도 없었어.

역에 도착해서 다시 암표로 기차를 탔어. 그때 나는 암표에는 일가견이 있었지. 베이징에 나오자마자 친구들을 만났어. 지우셴챠오(酒仙橋)에 있는 궈(郭) 아주머니 집에 가서 음식을 아주 맛있게 먹고 바로 곯아 떨어졌지. 음식을 너무 많이 먹어서인지 다음 날 설사가 났어. 나중에는 재미있다고 생각했는데 당시에는 정말 무서웠어. 잡히면 아무도 모르게 맞아 죽었을지도 몰랐으니까.

나는 1994년 초에 너희 새언니를 만났고 다시 그해 10월까지 베이징에서 일했어. 그리고 다시 고향으로 돌아왔어. 한편으로는 일을 할 만큼 했고, 한편으로는 결혼도 하고 싶었어. 그해 이미 스물네 살이었지. 나는 일은 많이 했지만 돈은 벌지를 못했어, 돌아올 때 돈이 없어 남들한테 여비로 200위안을 빌려서 왔어. 돌아와서 나는 결혼할 계획이었지. 그 후 보건학교에 들어가 의학 공부를 시작했어. 다시는 집을 떠나지 않았지. 더 이상 일기도 쓰지 않았어. 이 일기 모두 가서 어떤 게 쓸 만한 지 한번 봐도 좋아. 이것 또한 농촌문학청년의 운명이야. 오빠 의 글쓰기를 비웃지는 말아줘.

[부록] 이쯔의 일기

1994년 3월 10일(음력 1월 29일), 흐림

세월이 흐른다.

홍안은 사라지고 내 이마에는 노화를 상징하는 주름이 점점 더 많이 생겨나고 있다. 아무 일 없듯 내 스물네 번째 생일이 지나가 고 있다. 생명의 연륜은 벌써 두 바퀴를 돌았다.

1994년.

내가 태어난 띠의 해!

흐릿한 눈, 피곤한 마음, 아무 성취도 없는 사람. 리셴쟈(李仙家) 는 인생은 꿈과 같다고 말했다. 무지에서 배움으로, 초등학교에서 중학교로, 중학교에서 고등학교로, 사회에 이르기까지 모든 것이 어제처럼 느껴지고, 어제의 많은 일들이 연기처럼 느껴진다.

운명이란 무엇일까?

운명은 무력함, 운명은 기회, 운명은 인연, 똑똑한 사람들이 혼 란스러울 때 운명은 최고의 핑계이며, 자기변명이다.

인생은 무(無)이다.

1994년 3월 15일, 춥고 맑음

결혼 문제

머리말. 1994년 음력 1월 12일, 바람은 포근하고 날씨는 맑았다. 이쯔와 칭둥은 이웃 현인 장좡(張庄)으로 가서 더우더우(豆豆)를 만났다. 음력 정월 24일에 이쯔는 평생을 두고 기쁜 마음으로 자신을 기록하는 글을 쓰기로 했다.

인생은 꿈과 같다.

설날 첫 날 밤에 기차표를 사서 둘째 날 오후 2시에 기차를 타고 셋째 날 오후 4시에 집에 도착했다. 일신의 풍진과 초췌한 얼굴!

한 명의 방랑자가 집으로 돌아왔다.

몸과 마음의 피곤함만은 아니었다. 그는 갑자기 늙음을 느꼈고, 처량함을 느꼈고, 무력함을 느꼈고, 시간의 무정함을 느꼈고, 그리고 스물네 살을 느꼈다.

그의 젊음과 활력이 하룻밤 사이에 사라진 것 같았다.

6일 아침, 아버지는 일찍 일어나서 큰누나와 내 일을 상의하기 위해 시내로 나갔다. 8일, 9일, 10일부터 12일까지 선, 선, 선. 나는 선을 보면서 얼굴이 창백해지고 자신감을 잃었으며 점점 더 자신의 나약함을 발견했다.

12일 아침, 나는 아직 일어나지도 않았는데 출발하려고 준비해 아버지한테 혼났다. 마음속으로 무척 실의를 느꼈다.

예상외로 12일은 날씨가 놀라울 정도로 좋았다. 모든 일이 놀라울 정도로 순조롭게 진행되었다. 그리고 내가 본 바이(白)씨 성의 아가씨는 놀라울 정도로 아름다웠다. 외로움과 초조함 속에 여러 밤을 잠 못 이루고 17일에 다시 장짱으로 갔는데 모든 일이 잘 풀렸다.

20일에는 바이씨 어른이 오셨고, 24일에는 더우더우와 그녀의 이모가 와서 약혼했다. 인생은 본래 정해진 수가 없다. 인연이 그런가 보다.

1994년 4월 11일 흐림
베이징에 오신 것을 환영합니다?
새해의 종소리가 귓가에 맴돌고 섣달 그믐날의 열기가 아직 식지 않고 있을 때 전국 각지의 청년들이 짐을 싸지고 친구들을 데리고 몰려들었다. 북쪽으로 가는 사람, 남쪽으로 가는 사람, 모든 주요 기차역은 사람들로 붐비고 기차는 만원이었다. 매일 밤 기차역에서 기차를 기다리며 발이 묶인 사람들의 수는 모래를 씻듯이 결코 줄어들지 않았다.

봄바람을 맞으며 나는 다시 한 번 아름다운 환상을 안고 북쪽으로 향하는 기차에 발을 내딛였다. "베이징에 오신 것을 환영합니다!"라는 거대한 슬로건이 길 양쪽 어디에서나 볼 수 있으며 상쾌한 봄바람이 불어와 우리의 오래된 도시가 얼마나 따뜻하고, 얼마나 친절하고, 얼마나 우리를 환영하는 느낄 수 있었다.

2월 13일 베이징에 도착해 14일에 친구들과 한 식당에서 술을 마셨는데, 꽤 혼란스러웠다. 뜻밖에도 오전에 잠시 과실이 있어 경찰서 사람들이 우리를 경찰서로 오라고 하더니 오후에 우리를 창평수용소로 보냈다.

창평수용소는 베이징에서 약 40~50리 떨어져 있었다. 면적은 약 1만 평방미터 정도였고 사방은 높은 벽으로 둘러싸여 있었으며, 높은 벽 위로는 전기선이 설치되어 있어 위엄을 더했다. 수용소 중앙, 남녀 감방 사이에 높은 망루가 있어 일종의 위압감이 마음에서 무의식적으로 솟아올라 분노를 표출할 때 조금이라도 조심스러울 정도였다.

경찰의 압송은 매우 살벌했다. 내가 수용소의 두 번째 문에 들어서자마자 한 어린놈이 내 가슴을 세게 걷어찼다. 무방비 상태에서 맞아서 그런지 나는 너무나 고통스러워 숨도 제대로 쉴 수 없었다. 나는 아무 생각 없이 화가 나서 "이 씨발 새끼, 너 죽고 싶어!"라고 욕을 했다. 그 어린놈이 또 나를 때리려고 했다. 나를 보는 생김새가 완전 흉악범과 같았다.

그 어린놈이 나를 향해 한 차례 욕을 하더니 내 몸을 수색했다. 수색이 끝난 후 그 어린놈은 마치 오리를 쫓듯이 나를 시설 안으로 몰아넣었다.

수용소는 2개 층으로 구성되어 있으며, 위층에는 억울함을 호소하기 위해 베이징으로 온 사람들이나 흉악한 사람들이 있었다. 아래층은 부랑인이나 암표상이었는데 부랑인이 많았다. 또한 노약자, 병자, 장애인을 위해 특별히 마련한 숙소가 동쪽과 서쪽에 두 군데 있었다. 식사할 때 병자들은 우대를 받아 흰 찐빵이나 가는 국수를 먹었고, 대부분의 부랑인들은 줄을 서서 식사를 했다. 식사가 진행되는 동안 몇몇 부랑인은 곤봉을 들고 질서를 잡고 있었다. 사람들은 식사를 할 때 구멍이 여기저기 뚫린 작은 알루미늄 양푼으로 먹었는데 한 사람이 식사를 다 하면 몇몇의 어린 부랑인이 양푼을 전문으로 수거한 다음 대충 씻은 후 다음 사람이 식사를 하도록 건네주었다.

알루미늄 양푼을 받은 사람들은 양푼에 남은 음식찌꺼기를 털어내기 위해 힘껏 흔든 다음 가서 배식을 받았다. 이렇게 300~400명의 사람들이 모두 식사를 마치면 반찬과 작은 워터우(窩頭)²를 배식했던 벙어리가 뒤뚱뒤뚱거리며 밥차를 끌고 갔다. 그래서 이것도 식사라면 식사라고 할 수 있다.

오전 10시가 넘어서 아침 겸 점심을 먹고 오후 4시가 넘어 다시 한 끼를 먹으면 하루가 끝난다.

하늘이 점점 어두워졌다. 근무 중이던 몇몇 부랑인들이 곤봉을 들고 한 무리의 사람들을 감방 안으로 몰고 들어갔다. 그들은 다닥다닥 붙어 차가운 시멘트 바닥에 옆으로 누워 있었다. 이불도, 심지어 지푸라기조차 없었다. 감방은 사람들로 가득 찼다. 부랑인들은 여러 생각을 품은 채 누워 있었다. 얼마 지나지 않아 코고는 소리가 들렸다. 추운 날씨에도 불구하고, 다른 사람의 발을 물고 있음에도 불구하고.

---

2 옥수수가루나 수수가루 등의 잡곡 가루를 원추형으로 빚어서 만든 음식. 보통 가난한 사람의 주식이었다.

1994년 4월 14일 목요일, 맑음

 이틀 동안 잠을 자고 나서야 도망의 공포로부터 해방됐다. 정오에 샤오장 집에 갔다. 집 뒤에 있는 투청(土城)공원에서 영화를 촬영한다는 샤오장의 말을 듣고 그와 함께 그곳에 갔다. 공원 서쪽에서 한 무리의 남녀가 바쁘게 움직이고 있었고 카메라 기사가 렌즈를 높이 올리고 있었다. 가까이 다가가보니 베이징 출신 개그맨 량톈(梁天)이었다. 작은 키, 작은 코, 작은 눈, 네모난 작은 얼굴을 가진 그는 천천히 부드럽게 말하며, 지극히 평범한 표정으로 사람들 속에 서 있었다. 그러나 촬영할 때가 되자 량톈은 범상치 않는 모습을 보였다. 그의 일거수일투족을 주의 깊게 관찰하면서 나는 마음속에 생각이 하나 떠올랐다. 책을 들고 가서 사인을 받고 잠시 영화광처럼 보이고 싶었다. 그런데 내 옷차림을 보니 정말 용기가 나지 않았다. 마음 속에 묻어 둘 수밖에 없었다.

1994년 4월 15일, 금요일, 맑음

 어제 어우양산(歐陽山)의 『세 가족의 골목: 三家巷』을 봤다. 오늘은 장시엔량(張賢亮)의 『남자의 반은 여자』을 봤다. 어우양의 『세 가족의 골목』은 분명히 『강철은 어떻게 단련되는가』의 그림자가 있었다. 특히 저우빙(周炳)과 천원팅(陳文婷), 그리고 저우진(周金)의 이미지가 있으며 저우빙의 묘사에는 분명한 유미주의적 경향이 있었다. 우연히 하오란(浩然)의 『찬란한 빛의 길: 金光大道』을 보았는데 매우 낙관적이었다. 그러나 지금은 어떠한가? 찬란한 빛의 길은 무엇인가? 길은 점점 좁아지고, 집에서는 굶고 가난하고, 집 밖에서는 다른 사람에게 멸시당하고, 우리 같은 농촌 청년들은 막다른 골목에 들어섰다. 장시엔량의 『남자의 반은 여자』는 지금 보니 완전히 병적인 심리의 지배를 받아 쓴 작품으로 병적 사회를 묘사하는 작품처럼 보였다. 이 책은 성(性)을 묘사했다는 이유로 비판을 받았다. 쟈핑아오(賈平凹)의 『폐도: 廢都』와 비교하면 작은 무당 중의 작은 무당일 뿐이다.

1994년 4월 17일, 일요일, 맑음

뭔가 생각이 떠오르지만 아무런 계획이 없다. 마치 진공 백에 갇혀 세상과 단절된 것 같았다. 길을 오가는 사람들은 모두 자신에게 낯선 사람들이었다. 이 도시에서 나는 개미 같아서 누구도 나에게 관심을 주지 않았고 마음대로 짓밟고 멸시했다. 아무도 나의 존재를 알지 못했고, 그 누구도 나에게도 가족과 친척이 있다는 것을 몰랐다. 아무도 나에게도 사랑, 생각이 있고 슬픔과 기쁨, 이별과 만남이 있는 사람이라는 것을 몰랐다!

이것이 나의 심정이었다. 가족과 고향을 떠난 외지 노동자의 심정이었다. 분명히 가족과 친척이 있고, 친구가 있고, 사랑하는 사람이 있는데, 분명히 하루 낮과 밤의 거리인데 느낌은 천 리 떨어진 것처럼 느껴졌다. 단지 거리가 먼 것만이 아니었다. 올해는 베이징에서 1년 더 일할 예정인데, 무슨 일이 있어도 다시는 이 괴상한 곳에 오지 않고 이렇게 '비인간'적인 삶을 살지 않을 것이다.

쥐슈(菊秀)

내가 베이징에서 돌아왔다는 소식을 듣고 샹판(襄樊)에 사는 쥐슈는 흥분해서 비명을 질렀고 그날 오후에 아들과 함께 돌아왔다. 쥐슈는 어린 시절의 가까운 친구 중 한 명이었다. 또 다른 친구는 샤쯔(霞子)였는데, 우리 둘은 함께 사범학교에 합격해 다녔고 그녀는 지금 읍내에 있는 초등학교 교사였다. 우리는 어른 셋, 아이 셋으로 샤쯔의 집에 틀어박혀 바닥에 큰 침대를 놓고 지냈다.

　쥐슈 가족은 1980년대 후반에 량좡을 떠났다. 그의 오빠가 중학교를 졸업한 후 후베이성 샹판의 허난 판자촌으로 가서 생활을 했고, 그곳에서 천천히 뿌리를 내려 쥐슈의 부모와 동생들을 불러들였다. 하지만 쥐슈만이 고향을 떠나기를 거부했다. 당시 우리는 중학생이었다. 쥐슈는 장사도, 일도, 시험도, 이상적인 삶도 살고 싶지 않았기 때문에 집에서 혼자 살았다. 그 결과 쥐슈의 집이 우리 모임 장소가 되었다. 우리는 그 집에서 숙제를 하고, 수다를 떨고, 일기를 쓰고, 말다툼을 하고, 온갖 엉뚱한 얘기를 나눴다. 여름 저녁이면 우리는 마당에 앉아 달을 바라보며 글을 써서 서로 읽어주었고, 목욕을 하고 강을 걸으며 소녀의 부드러운 마음을 품고 모래사장, 강물, 풀을 감상했다. 중학교 3학년 겨울, 우리 중 몇몇은 교장 선생님께서 학교의 낡은 창고를 우리를 위해 비워주실 것을 기대하며 다시 교장 선생님을 찾아갔다. 정말 효과가 있었다. 쥐슈는 그 당시 교장이 동의하지 않는 한 떠나기를 거부하겠다고 고집을 부렸다. 우리 셋은 좁았지만 한 침대를 사용했고, 그녀와 샤쯔는 내 작은 난로 때문에 싸움을 벌이기도 했다. 그 당시 나는 그들이 가장 좋아하는 사람이었다.

샤쯔와 나는 모두 사범학교에 입학한 후 쥐슈는 다시 중학교 3학년을 두 번 더 다녔다. 하지만 시험에는 합격을 하지 못했다. 이 기간 동안 쥐슈의 부모는 일손이 필요하다며 그녀에게 샹판으로 오라고 독촉했다. 그때 쥐슈의 공부는 어떤 학교에도 들어갈 희망이 없어 보였다.

너처럼 살고 싶었는데, 그럴 수가 없었어. 나는 종종 나 자신을 반성하고 있어. 실패가 내 성격과 어느 정도 관련이 있는 것 같아. 내가 어리석고 순진하지 않았다면 지금처럼 살지는 않았을 거야.

너희 둘은 사범학교에 입학했고, 나는 중학교 3학년을 두 번이나 다녔지만 결국 떨어졌어. 그 몇 년간은 무척 힘들었어. 우리 엄마는 작은 점포를 차려주려고 했지만 내키지 않았어. 나는 학교에 가고 싶었지만 결국 가지 못했어. 너도 알다시피 우리 가족이 나를 얼마나 원망했는지 몰라. 학교를 포기한 후에는 부모님이 계시는 곳으로 갔어. 처음에는 부모님과 노점상을 했는데 정말 적응이 되지 않았어. 나는 좀 이상적이어야 한다고 생각했어. 다른 것은 별로 배울 게 없어서 재봉 일을 시작했어. 나는 나중에 디자이너가 되어 큰 옷가게를 차리고 싶었어. 좀 우아한 직업이라 생각했지.

나는 어머니에게 1년 동안 재봉을 공부하고, 그래도 안 되면 돌아와서 노점상을 차리겠다고 말했어. 내가 견습생으로 일하던 양복점은 멀리 떨어져 있어서 매일 십 리 이상을 왕복해야 했어. 양복점 주인은 계속해서 일거리를 줘서 우리는 일을 많이 해야 했어. 바지만 해도 매일 20벌을 만들어야 했어. 견습생이 둘이 있었는데 우리는 서로 경쟁했어. 내가 가장 일찍 집에 돌아와도 밤 12시였고 보통은 새벽 1시였어. 혼자 자전거를 타고 매일 그 가파른 비탈길을 오르는 게 가장 힘든 일이었어. 자전거가 나가지 않아서 자전거를 밀고 밀다가 잠이 드는 경우가 여러 번 있었어. 그러다 깨보니 아직도 집에 도착을 하지 않은 거야. 얼마나 졸렸는지 너도 한 번 생각해봐. 매일 비가 오나 눈이 오나 똑 같았어. 어느 날 오르막길에서 자전거를 타지 못하고 걸어가는데 깡패가 다가와 입을 막길래 나는 필사적으로 그놈을 발로 걷어찼어. 아마 그놈의 '그 부분'을 찬 것 같아. 그래서인지 손을 풀고 도망쳤어. 그때부터 나는 매일 나를 데리러 오고 데려다주는 남자가 있다면 꼭 그와 결혼할 거라고 생각했어. 그것이 당시 내 가장 진실한 생각이었어.

일 년을 있었는데 사부님은 항상 조금씩은 가르쳐주지 않아 나는 몰래 배웠어. 또 다른 견습생은 1년 반 동안 배웠는데도 잘 배우지는 못했어. 나는 사부님이 하는 것을 몰래 보다가 집에 와서 바지 두 벌을 잘라 만들었는데 꽤 괜찮아서 다 배웠다고 생각했어. 사실 그 당시 오빠는 다른 사람들과 식당을 운영하고 있었고 도축장 일도 해서 돈을 많이 벌어서 나한테도 이 일을 해보라고 했어. 하지만 나는 아무 일도 하지 않을 거라 말했지. 그런 일은 너무 천박하고 나의 이상과도 맞지 않았어.

나중에 오빠가 600위안을 줬어. 600위안을 들고 마음이 무거웠지. 그 돈으로 재봉틀과 재봉틀 테두리기계를 샀어. 나는 바로 가서 천을 사서 가공도 하고 물건을 들여왔어. 그리고서 친척들한테 먼저 옷을 만들어줬는데 중간에 옷을 잘못 만들어서 손님들이 항의하는 경우도 있었어. 그때 나는 참을성 있게 잘 설명해주었어. 1990년에 일을 배워서 1992년부터 직접 옷을 만들기 시작했어. 1992년과 1993년은 가장 어려운 해였어. 우리 가족은 돈을 벌지도, 지원하지도 않았어. 자금이 없어서 대출을 받으러 갔는데, 거기서 대출을 도와주겠다는 아주머니를 만났어. 그런데 나중에는 거절했어. 나는 정말 괴로워 혼자서 술을 한 병이나 마셨어. 정말 견디기 힘들었어. 언제나 좋아질지 생각했어. 내가 살면서 그때 딱 한 번 취해봤어. 정말 무력감과 무기력함만을 느꼈어. 어떤 사람이 나에게 남자친구를 소개했는데 나는 내키지 않았어. 그 당시 5천 위안만 있으면 다른 세상을 살 수 있었지만 돈이 없었어.

나중에 라오싼(老三, 남자친구)을 만났어. 우리집 그 사람 말이야. 실수 중의 실수였어. 우리 둘은 낭만을 좋아했어. 그 사람은 젊고 해맑았고 피리불기, 책읽기 등을 좋아했어. 문과 기질이 있어 나도 무척 좋아해 그와 사귀게 되었어. 그 당시 나는 계속 옷을 만들었는데 매일 바빠서 자정까지 일했지. 하지만 정말 즐거웠어. 매일 아침 운동을 하고 제방에 올라가서 노래를 불렀어. 이 때문에 우리 엄마는 날마다 나를 꾸짖었어. 양복점은 한 번도 확장을 못했어. 아무리 열심히 일해도 돈을 많이 벌 수 없었지.

샹판은 귤이 많아 나중에 몇몇 고향사람들을 따라 현지와 연락한 후 귤을 사들여 전국 각지로 팔러 다녔어. 주로 카이펑, 허베이 등지로 다녔지. 그때도 정말 힘들었어. 귤을 살 때는 현지인들이 나쁜 것들을 집어넣고, 팔 때는 좋은 물건만 팔아야 했어. 가격을 올리지도 못했어. 이 과정도 너무 힘들었어. 길에서의 고생에 더해 어떤 때는 하루에 한 끼밖에 먹지 못해 위가 다 망가졌지. 그럼에도 돈은 얼마 벌지 못했어. 어떤 때는 한 차에 2~3만 위안 손해를 봤어. 2~3년 귤을 팔았지만 돈은 못 벌었어.

그때부터 나는 라오싼에게 불만이 생기기 시작했어. 그는 도전의식이 없고, 고생하는 것을 싫어했다. 무슨 일이 있어도 앞으로 나서서 소리를 지르지도 못하고, 앞서지도 못했어. 오빠와 다른 사람이 그를 위해 일을 주었는데도 잘 하지 못했어. 우리는 늘 말다툼을 했어. 오빠는 나한테 "네가 처음에 선택한 사람이다"라고 말했어. 노래도 잘 하고 잔꾀도 부릴 줄은 알지만 일은 잘 못했어. 사실 라오싼은 남들과 경쟁할 줄 모르고 얼굴을 붉히려 하지도 않는다는 것을 나도 알고 있었어. 나도 마찬가지야. 그래서 돈을 벌지 못했어. 하지만 어떻게든 살아야했어.

2000년경에 오빠와 함께 허베이성으로 가서 벽돌공장에서 일하면서 일꾼 구하는 일을 도왔어. 역에 있는 사람들에게 나만의 방식으로 감동을 주어 따르게 했어. 심리를 어느 정도 이해하고 상대방을 설득해야 했어. 몇 분 안에 상대방을 움직이게 한다는 것은 정말 쉬운 일이 아니었어. 스자좡(石家庄, 허베이성의 성도)에서 작은 집을 빌려 매일 나가야만 했어. 어떤 때에는 강한 바람이 불어도 나가서 기차역 대기실이나 출구에서 기다리기도 했어.

나는 그저 이분들을 돕고 싶을 뿐이었어. 우리가 소개한 곳은 모두 임금을 받을 수 있는 좋은 공장이었지. 하지만 공장이 나쁜 짓을 하는 것은 막을 수 없었어. 그 중간에서 너무 어려웠어. 매일 아침 5시경에 일어나 이주노동자들을 만나 설득했어. 윈난성, 구이저우성, 쓰촨성에서 온 사람들이 많았지. 모든 비용은 이러한 중개 수수료에서 나오는 것이므로 중개 수수료를 받지 않을 수 없었어. 공안국에서도 우리를 잡으려 해서 이곳저곳으로 도망을 다녔어. 그러면서도 다른 중개소와 경쟁을 해야 해서 피 튀기며 싸우기도 했어. 어떻게 하다 여기까지 왔는지 정말 알 수 없었어. 가끔 기차역에 혼자 앉아 울고 싶을 때도 있었어. 최선을 다해 착하게 살려고 노력했는데 어쩌다가 이렇게 되었나? 농민공들이 벽돌공장에서 일한 대가를 받지 못하고, 강제로 죽임을 당했다는 기사를 보고 정말 힘들었어. 그 사람들을 내가 보낸 것 같았어. 내가 그들을 불구덩이로 보낸 것 같았어. 길을 걸을 때 부끄러워서 얼굴을 들 수가 없었어.

3, 4년 동안 이 일을 하고 나니 이런 삶은 장기적인 해결책이 아니라는 생각이 항상 들었어. 한 여성을 만나 다시 의류 사업을 시작했어. 2005년에 시작했는데 운이 없게도 의류업이 내리막길을 걷기 시작했어. 스자좡에서 번 돈을 다시 투자했지만 손님이 별로 없어 그다지 성공적이지 못했어. 그래서 다시 그만 두었지.

다시 샹판으로 돌아왔어. 오빠의 사업이 시작되어 사람이 필요했어. 라오싼에게는 오빠를 따라다니며 운전을 하라고 했지. 결국 우리 오빠에게 의지하게 됐어.

현재 우리집 상황은 4~5만 위안 상당의 귤 과수원이 아직 남아 있어. 남들에게 3~4만 위안의 빚을 지고 있어 남는 건 얼마 안 돼. 난 찻집을 하나 냈는데 사실 마작장이야. 매일 차를 끓이는 것은 말할 것도 없고 사람이 부족하면 나도 같이 놀아주기도 하고 돈도 대주기도 해. 지금은 나도 베테랑이 되었어. 하루라도 마작을 하지 않으면 손이 간지러워. 돈 벌기는 쉽지 않아. 마작하는 사람들은 모두 지인이나 친척들이야. 그들은 그때 돈이 없으면 나중에 벌어서 주기도 했어. 나중에 떼먹고 안 갚은 사람도 있지.

지금 생각해보면 세상에서 가장 나쁜 것이 이상이야. 이 이상을 유지하고 싶지는 않았는데 어떻게 내가 이렇게 못 사는지 모르겠어. 내가 라오싼과 같은 저 팔푼이에게 시집을 가도 될까 생각했어. 나도 오빠와 같은 사람과 결혼하면 참 좋을 것 같았어. 지금 내가 가장 존경하는 사람은 내 오빠야. 처음에는 오빠가 너무 거칠고 무식하다고 생각했지만, 이제 보니 그 사람은 열심히 일했어. 더러운 일이든 힘든 일이든 뭐든 감당해냈어. 라오싼은 거칠지도 못하고 일도 제대로 못했어. 그런데 솔직히 말하면 라오싼도 괜찮았어. 비교적 평범하고 보수적이어서 일하러 가서는 위험을 감수하는 유형은 아니었어. 우리 둘 간의 갈등은 바로 생각이 맞지 않는 것이었어. 원래 연애할 때는 마음과 이상을 많이 얘기하지만 지금은 무슨 말을 해도 세 마디를 넘기지 못하고 말다툼을 시작해. 그도 소통이 안 되고 나도 그와 얘기할 때는 쇠귀에 경 읽는 느낌이었어.

양복점을 열었을 때에도 여전히 이상을 갖고 있었어. 아무리 힘들어도 인내하고 만족스러운 삶을 살 수 있으며 항상 행복할 수 있다고 느꼈어. 지금의 삶은 아무리 풍요로워도 행복하지 않아. 나에게도 약간의 열등감이 있어. 너희들은 꿈을 실현했잖아. 나는 뭐지? 가진 것도 없고 잘 지내지도 못하고.

밤에 꿈을 꾸는데, 학창 시절 꿈을 자주 꿔. 시험을 치는데 문제를 못 풀어 긴장해 죽을 지경이었어. 그래도 다시 학교로 돌아가니 너무 행복했어. 잠에서 깨고 나면 정말 슬펐어. 우리 셋이 그 시골의 오솔길을 걷기도 하고 석양 아래, 강가에 멍하니 앉아 있기도 했어. 나는 이 꿈을 수없이 꿨는데, 그것이 향수병인지 아니면 어떤 다른 일인지 잘 몰랐어. 이번 이틀 동안 너희들과 함께 놀면서 마치 소녀 시절로 돌아간 것 같은 느낌이 들었어. 매우 즐거웠고, 매우 순수했고 많은 감정을 느꼈어. 특히 우리들 학교로 돌아오면 학교에 대한 애정이 강해져. 만약 내가 학교에 들어가면 적어도 정신적으로는 비교적 풍요로워질 거야.

지금 나의 진짜 생각은 내 아이를 인재로 키우는 것인데, 그것은 내 꿈을 부분적으로 실현하는 일이라고 볼 수도 있지. 하지만 내 아이들도 글러먹은 것 같아. 그 애의 성격도 아버지를 닮아 다소 억압적이야. 애아버지가 애를 때리기도 했어. 또 하나는, 우리의 환경도 좋지 않아. 집이 찻집이고 마작하는 곳이라 영향을 많이 받아. 나는 집을 하나 살 계획이야. 집은 반드시 있어야 해. 아이에게는 자기가 있을 공간이 필요해. 전에는 이런 문제에 대해 한 번도 생각해 본 적이 없었어. 집을 사면 내년에 우리집에 놀러와.

아아, 때로는 내 미래가 불분명하고 목표도 없지만 목표를 반드시 찾아야 한다는 생각이 들어. 나의 이상적인 삶은 물질적인 삶과 영적인 삶이 결합된 삶이야. 너희들과 같은 생활이지. 사람들이 비교적 만족하는 삶이야.

쥐슈는 벽돌공장을 도와 인력 모집을 하던 생활을 얘기할 때 얼굴이 붉어지고 눈물을 터뜨릴 것 같았다.

어떤 면에서 보면 그녀에게 해를 끼친 것은 분명히 '이상'이었다. 그녀가 초등학교만 다녔다거나 우스꽝스러운 이상과 품위를 유지하지 못했다면, 또는 자기 오빠와 언니처럼 악착같이 살았다면, 세상 물정을 잘 아는 남자친구를 만났더라면 오늘 그녀의 삶은 그다지 어렵지 않았을 것이다. 그러나 그러한 감정을 유지하는 것이 잘못된 것일까? 쥐슈가 잘못된 삶을 살고 있는 것처럼 보이는 이유는 무엇일까? 어머니의 멸시와 오빠의 조롱도 결코 이유가 없지는 않았다. 그녀는 너무 실속을 차리지 못했다. 특히 타지에서 그랬다. 이러한 허황된 감정은 그녀의 모든 선택을 비현실적으로 보이게 만들었다.

인생은 그녀에게 이상을 실현할 기회를 주지 않았다. 이상과 낭만은 그녀가 더 나은 삶을 사는 데 방해가 되는 단점이자 걸림돌이 되었다. 쥐슈의 열등감, 과민성, 변명적인 태도는 말과 행동에서 분명하게 느껴졌다. 그녀의 눈이 나를 바라보는 순간, 치욕의 삶을 살아온 쥐슈의 고통을 보았다. 나는 아무것도 할 수 없었다. 쥐슈에 비하면 내 삶은 너무 순조롭고 심지어 조금 창백해 무기력했다. 나는 공부하고 또 공부해서 마침내 안정된 삶을 살고 있다. 나는 내 이상을 실현했다. 글을 쓰고, 생각하면서 깊이 있는 삶을 살아가고 있다. 이것이 바로 쥐슈가 갈망하는 삶이었다. 그녀는 어렸을 때 이상을 확립했다. 그러나 인생은 그녀를 다른 길로 내던졌을 때 그녀에게는 전혀 기회가 없었다.

나는 쥐슈가 다른 더 복잡하고 어두운 경험을 숨겼다는 것을 알고 있지만 우리 셋에 관한 한 쥐슈는 여전히 일종의 순수한 성격을 유지하고 있었다. 그녀는 사람과 관계에 대한 것을 잘 이해하지 못하는 것 같았다. 요컨대 순진무구함이 있었다. 그녀의 얘기를 듣는 과정에서 나와 샤쯔는 때때로 예리하면서도 동정하는 표정으로 눈빛을 교환했고, 우리는 같은 느낌을 받았다. 쥐슈, 그녀의 마음은 아직도 열여덟 살에 머물러 있었고, 매우 이상적이지만 순진하고 항상 일을 망치는 소녀였다.

우리는 샤쯔의 집에서 사흘 동안 머물렀다. 그 며칠은 밤에 비가 내렸고 낮에는 맑았다. 아침에 일어났을 때 공기는 시원하고 상쾌했다. 우리는 아이들을 데리고 강변을 산책했는데, 마치 어린 시절로 돌아간 듯한 느낌이 들었다. 강 건너 길을 따라 마을 뒤쪽으로 가서 묘지 쪽으로 올라갔다. 어머니의 무덤을 보고 손을 흔들며 "엄마, 나 간다. 안녕."이라고 말했더니, 마음속에 묘한 온기와 감동이 가슴에 차올라 넘칠 것 같았다. 어머니께서 아직 살아계셔서 내가 평상시 집을 나설 때 어머니께 작별 인사하는 것과 같았다.

우리는 당시 묵묵히 석양을 바라보며 걸었던 들길을 다시 걸으며 마을로 돌아와 옛날의 흔적을 찾았다. 쥐슈는 여전히 천진난만한 그 쥐슈였다. 그녀는 좋아서 새처럼 깡충깡충 뛰었다. 그러나 열두 살 된 아들과 얘기를 나누는 순간 그녀는 부들부들 떨고 짜증을 내고 슬퍼했다. 쥐슈는 자신이 이루지 못한 이상을 아들에게 의탁을 했으나 아들은 배움에 관심이 없다는 것을 알 수 있었다. 한

씨네 가족을 만났을 때 샤쯔가 한 명씩 우리에게 소개해 줬는데, 다들 낯익은 것 같았다. 다시 학교로 가는 옛길을 따라 걸었지만 별로 실감이 나지 않는 것 같았다. 결국 모두들 서둘러 식당을 찾아 에어컨을 켰다. 식당에 자리를 잡고 앉아 얘기꽃을 피우며 웃고 떠들다 보니 어느새 그 길은 잊혀져 있었다. 그것은 쥐슈처럼 피할 수 없는 운명이었다.

춘메이(春梅)

2008년 여름은 유난히 더웠던 것 같다. 정오가 되었을 무렵, 나는 오빠와 잠시 얘기를 나눈 뒤 지난 며칠간 녹음된 내용을 정리하기 위해 위층 방으로 올라갔다. 이는 매우 힘든 작업이었고 시간이 오래 걸렸는데 결과도 좋지 않았다. 때로는 많은 사람들이 참석해 그들의 목소리가 너무 커서 핵심 인터뷰이의 목소리가 들리지 않을 때도 있었다. 게다가 미리 계획된 주제대로 진행된 것도 하나도 없었다. 그러나 그것 또한 흥미로웠다. 항상 새롭고 예상치 못한 것들이 발견되었다.

새언니가 갑자기 달려와서 "어서 내려와 봐. 춘메이가 독약을 먹었어."라고 말하고 회오리바람처럼 달려갔다. 이어폰을 벗으니 오빠집 앞마당에서 시끄러운 소리가 들렸다. 울음소리가 들리더니 누군가 큰 소리로 "춘메이, 춘메이! 일어나, 일어나!"라고 소리쳤다. 내려가 보니 오빠가 도구를 가져다가 들것에 누워있는 여자의 입에 무엇인가를 붓고 있었다. 관장을 하려는 것 같았다.

춘메이는 이미 혼수상태에 있었고, 그녀의 표정은 매우 고통스러웠으며, 마치 모든 사람에게 응답하는 것처럼 때리는 소리에 가끔씩 눈꺼풀을 깜박였다. 응급처치 후 춘메이는 잠에서 조금 깨어난 듯 눈을 뜨고 주위를 둘러보더니 갑자기 시어머니의 손을 꼭 잡고 쉰 목소리로 "전 죽고 싶지 않아요. 절 살려주세요. 전 좋아질 거예요."라고 말했다. 그녀는 이따금씩 말을 하다가 다시 기절했다. 그사이 그녀는 시어머니의 손을 꼭 붙잡고 놓지 않았다. 마치 마지막 생명의 지푸라기라도 잡고 있는 것 같았다. 잠시 정신이 돌아온 순간에도 그녀는 희미한 목소리로 "이번에 좋아지면 신발 한 켤레 만들어 드릴게요"라며 온힘을 다해 말했다.

한 시간 후, 춘메이의 다리와 발이 몇 차례 경련을 일으키더니 더 이상 움직이지 않게 되었다. 오빠는 맥박을 짚어보더니 안 되겠다며 고개를 저었다.

나는 조용히 물러났다. 다음 날, 조용했던 량좡 마을은 갑자기 활기가 넘치고 시끄러워졌다. 마을의 동쪽 끝 춘메이 집은 처음으로 마을의 중심이 되었고, 사람들은 문 주위에 모여들거나 연못가에 서서 논쟁을 벌였다. 량씨 집안 어르신 몇 명이 당숙네 집에 모여 오랫동안 상의를 하다가 마침내 덕망 있는 중년 남자를 춘메이의 친가에 보내 부고 소식을 알리고 장례 문제를 의논하도록 했다. 춘메이의 남편은 외지에 나가 일을 하고 있었기 때문에 돌아오려면 2~3일은 걸렸다. 여름에는 기온이 높아 시체를 그냥 둘 수는 없었다. 춘메이 친정 식구들 20여 명이 와서 울면서 욕하고, 뭉둥이와 괭이, 삽자루를 들고 춘메이 집과 시어머니 집에 있는 솥과 항아리를 모두 깨부수었다. 그들은 다시 올라가서 당숙과 당숙모를 쥐어뜯었다. 그들은 장례식을 거부하고 춘메이의 남편이 돌아와 설명을 해줄 때까지 기다리겠다고 했다. 그래서 다시 당숙네 오빠를 데리러 사람을 보냈다. 당숙네 오빠의 어릴 적 이름은 꺼얼(根兒)이었다. 중학교를 졸업했고 마을에서는 몇 안 되는 광부였다. 그는 휴대폰도 없었고 탄광 지역의 전화번호도 남기지 않았다. 매년 농번기나 춘절에 혼자 돌아왔다. 이번 일이 발생하고 나서야 그와 연락할 수 있는 방법이 없다는 것을 알았다. 그래서 다시 서둘러 그의 친구를 기차를 태워 보내 그를 찾아오도록 했다. 춘메이 친가 오빠의 '호위' 아래 당숙은 가장 좋은 관을 샀고 다시 많은 양의 얼음 조각을 사서 관 주위에 넣어 점점 강해지는 냄새를 억제했다.

춘메이는 키가 크고 마을에서 비교적 예쁜 며느리 중 한 명으로, 동그란 얼굴에 큰 눈이 늘 호기심과 경계심을 드러냈다. 그녀는 주변머리가 없어 마을의 많은 여성들과 갈등을 겪었고, 길거리에서 만나면 서로를 째려보는 경우가 많았다. 춘메이의 죽음이 그들을 가장 충격에 빠뜨렸고, 여러 사람들이 모여서 뭔가에 대해 얘기를 나눴다. 이상한 점은 내가 다가가서 한두 마디 덧붙이려고 하면 바로 말을 멈추고 나를 조심스럽게 쳐다보더니 재빠르게 화제를 바꾸었다는 것이다. 그 애매모호한 표정은 내가 모르는 다른 무언가가 있다는 뜻인 것 같았다. 내가 잘 알지 못하는 이들은 내가 여기를 떠날 때 아직 이 마을에 오지 않았었다. 나중에 오빠로부터 춘메이가 당숙네 언니와 비교적 가까웠고 그 언니가 마을의 유일한 친구였다는 사실을 들었다. 오빠의 소개로 나는 어느 정도 자기 견해와 현대적 감각을 지닌 그 언니를 만나 대화를 나누면서 춘메이가 자살한 이유를 대략 짐작할 수 있었다.

너에게만 말하는 거니 다른 사람에게는 절대 말하지 마. 며칠 동안 기분이 너무 안 좋고 힘들었어. 말하자면 춘메이의 죽음에 내 잘못도 있고 나와 관련이 있어.

춘메이와 꺼얼은 결혼한 지 한 달도 채 안 되어 꺼얼이 외지로 일하러 나갔어. 춘메이도 따라가려고 했대. 하지만 걔는 차멀미를 했어. 차를 타고 현청만 가도 구토하고 난리여서 어디에도 나가려고 하지 않았어. 감히 기차도 타지 못했지. 나중에 딸 하나를 낳은 후에도 집밖으로 나가지 않았어. 춘메이는 성격이 괴팍해서 사람들과 자주 다투었지만 꺼얼과의 관계는 좋았고 그들이 다투는 것을 한 번도 본 적이 없었어. 꺼얼이 집에 돌아오면 종종 딸을 앞에 태우고 춘메이를 뒤에 태우고 자전거를 타며 읍내 시장에도 가고 춘메이의 부모님과 친척집을 방문했어. 때로는 딸을 시어머니에게 맡기고 둘이 시내에 놀러 가기도 하고, 자전거를 탈 때에도 번갈아 가며 서로 태워주기도 했지. 둘은 사이가 좋았어.

춘메이는 아는 게 적고 좀 맹한 면도 있지만 사람은 정말 부지런하고 깔끔했지. 하루종일 두 손이 쉬지를 않아 집안이 매우 깨끗하게 유지되었어. 침대나 테이블에 먼지 한 톨도 없었지. 밭일도 온 힘을 다해 했고 집에서는 닭, 오리, 돼지를 키웠는데 어떤 때는 토끼도 있었어. 정말 바쁘게 살았지. 춘메이의 가장 큰 소원은 환(煥)이 언니처럼 큰 집을 지어서 시어머니와 같은 집에서 갇혀 살지 않는 것이었어.

올봄에 일어난 일이야. 춘절이 되어도 꺼얼이 돌아오지 않았어. 그쪽에서 촌서기에게 전화해서 광산을 지킬 사람이 필요하고 하루에 두 배의 임금을 받을 것이므로 그가 가지 않겠다고 말했어. 춘메이는 전화를 받지도 않았고 마음속으로 늘 화가 나 있었어. 넌 모를 거야. 꺼얼이 마지막으로 돌아온 게 작년 춘절이었는데, 밀 추수 때도 오지 않았어. 만약 올여름 밀 수확 때도 오지 않으면 1년 반 동안 돌아오지 않는 거야. 춘메이는 기분이 좋지 않아 집에서 딸을 때려서 다른 사람들에게 좋게 보이지 않았어. 때로는 문이 닫혀 있었고 하루종일 나오지 않을 때도 있었어. 어느 시골에서 대낮에 문을 닫아 두겠어? 시어머니는 참지 못하고 "남자 없이는 살 수 없냐?"라고 말했어. 춘메이도 화가 나서 시어머니에게 "남자를 싫어하시면서 그렇게 밤마다 나가세요?"라고 말했어. 그 말에 시어머니는 너무 화가 나서 졸도할 지경이었어. 사실 시어머니는 기독교 신자라 집에 잘 붙어있지 않았어. 설날이면 다른 사람들은 모두 모이고 젊은 부부는 함께 친척집에 가는데, 자기만 남게 되어 불쌍하기도 했지.

설날이 지나고 춘메이가 우리집에 놀러 왔는데 그 얘기를 할 때 처음에는 수줍어하다가 그 얘기를 하기 시작하면서 계속 욕을 했어. 내가 들어보니 걔는 꺼얼을 많이 보고 싶어하는 것 같았어. 그래서 나는 춘메이에게 몇 가지 제안을 했어. 꺼얼에게 편지를 써서 네가 아프니 빨리 오라는 부탁을 하라고 했어. 춘메이는 처음에는 계면쩍어 하면서 "편지는 무슨 편지, 우리는 편지를 한 번도 써본 적이 없어."라고 말했어. 꺼얼은 중학교 3학년 때 신문을 읽고 글을 쓸 수 있었는데, 춘메이는 거의 문맹이라 어떻게 글을 쓸 수 있겠어. 나는 "네가 글을 쓸 수 없으니 내가 대신 써줄게"라고 말했어. 우리는 좋든 싫든 고등학생이었고 무척 낭만적이었잖아. 내 남편이 남쪽에서 선원이었을 때 우리는 종종 서로 편지를 쓰고 사진을 보냈어. 기분이 무척 좋았지. 편지를 받을 때는 아무리 피곤해도 좋았어. 춘메이는 우리가 자주 편지를 주고받는다는 사실을 알고 오랫동안 부러워했어. 마침내 그녀는 동의했어. 나는 춘메이의 이름으로 꺼얼에게 편지를 쓰고 서정적인 말을 덧붙였어. 다 쓴 뒤 읽어줬더니 춘메이는 누가 그를 보고 싶다고 했냐며 나를 타박했어. 하지만 다시 바꾸라고 하지 않아 나는 다 쓴 편지를 봉인하고 주소를 적었어. 춘메이가 그걸 가지고 읍내 우체국에 가져가서 보냈어.

춘메이는 편지를 보낸 다음 날부터 매일 편지를 기다리기 시작했어. 마을 입구에서 기다리기도 하고 때로는 우체국에 가기도 했어. 우체부가 오는 것을 보면 따라가곤 했어. 다른 사람들이 눈치를 챌까 봐 나를 끌어당겼어. 나는 춘메이에게 편지가 오가려면 20일도 넘는다고 말했어. 걔는 말을 듣지 않았어. 한 달여를 기다렸지만 편지는 오지 않았어. 나는 편지가 잘못된 주소로 발송되었나 하는 생각이 들었어. 그럴 가능성은 없었어. 꺼얼이 돈을 보내온 주소로 편지를 보냈기 때문이야. 춘메이는 일이 있을 때마다 나에게 달려와서 "어떻게 됐어, 어떻게 됐어."라며 물었어. 나는 지난번 편지가 잘못됐을 수도 있으니 아예 다시 편지를 쓰자고 말했어. 그래서 다시 편지를 썼어. 나는 춘메이에게 꺼얼이 편지를 보고 돌아올 수 있도록 사진을 한 장 편지에 넣자고 제안했어. 지금 생각해 보면 내가 좀 너무 조급했던 것 같아. 그때 춘메이를 먼저 설득했어야 했는데, 불에 기름을 부은 듯 춘메이를 막다른 골목으로 몰아넣고 말았어.

20일이 넘도록 기다려왔는데, 다른 사람은 말할 것도 없고 꺼얼로부터의 회신은 없었어. 춘메이는 더 이상 나에게 와서 묻지 않았지. 내가 만나러 갔을 때 걔는 본체만체하면서 하루 종일 문을 닫은 채 집에 앉아 있었어. 고추도 따지 않았고, 밭일도 하지 않았지. 시어머니는 춘메이에게 몇 마디 말했지만 걔는 신경도 쓰지 않았어. 나는 걱정이 되어 몰래 꺼얼에게 다시 편지를 쓰기 위해 촌서기를 찾아가 꺼얼이 전화한 기록을 찾아달라고 했으나 서기의 전화에는 발신자 표시가 없었어. 나는 인터넷으로 검색을 해봤는데 꺼얼이 일하는 그 광산을 전혀 찾을 수 없었어. 어떻게 하면 좋을까?

춘메이와 나는 읍내 시장에 같이 가곤 했는데 원래 시장에 갈 때마다 춘메이는 옷을 파는 곳은 물론 신발이나 사과를 파는 곳에서도 다른 사람들과 싸우곤 했어. 무척이나 시끄러웠는데 지금은 오히려 좋아졌어. 한 마디 말도 없이 눈은 꼿꼿하고 보는 것은 뭐든지 샀어. 무척 온순했지. 내가 보니 춘메이의 얼굴은 빨갛게 일그러져 있었고 그녀의 손을 만지면 뜨거웠어. 한동안 그녀는 갑자기 조울증에 빠져 사람들과 시끄럽게 싸웠고 시아버지, 시어머니, 딸에게도 소리를 질러 그들은 문에 손도 대지 못했어. 다들 그녀가 왜 그런지 몰랐지.

시어머니는 그녀가 '색정광'이라서 남자를 미친 듯이 원한다고 말했어. 두 사람이 말다툼을 하게 되자 시어머니는 마을 사람들 앞에서 춘메이를 이런 식으로 욕을 했고, 춘메이는 얼굴을 들 수 없어 아예 집에 숨어서 나오지도 않았어. 마지막 두 달간 춘메이는 일도 못 하고 정신이 혼미해져서 밭에 일하러 갔다가 여러 번 딸을 놓고 돌아와서 불도 켜지 않고 밥을 했어. 그녀는 마을에서 남자를 보면 누가 자신을 잡으려고 한다고 느꼈는지 재빨리 도망쳤어. 그 모습은 결코 정상이 아니었어. 마을 사람들도 춘메이를 눈여겨보기 시작했고 뒤에서 말들을 많이 했어. 나도 화가 나서 견딜 수가 없었어. 누가 물으면 나도 숨이 막혔어. 하지만 그 사람에게 연락할 방법이 전혀 없었으니 무슨 도리가 있겠어. 나쁜 생각은 하지 않았고 연락이 안 되는 것 또한 정상이라 생각했어. 평상시 집에 별일 없는데 누가 연락하겠어? 시간이 되면 스스로 돌아올 거라고 생각했지.

밀을 수확할 때가 되면 꺼얼이 돌아올 거라 생각했어. 그런데 아무리 기다려도 그가 돌아오지 않을 거라고는 생각지도 못했어. 사실 전에도 그는 밀 수확 때 돌아오지 않았어. 지금은 모두 기계화가 되어 기계가 직접 포대에 담아 집까지 가져다주니 많은 인력을 필요하지 않아. 그러나 지금 상황은 달라. 춘메이의 눈빛은 가망이 없었고 거의 죽어가는 듯했어. 병이 들어 힘이 하나도 없었지. 그래도 그건 뭐 별거 아니야. 듣기 거북할지 모르겠지만 봄에 고양이가 발정해 우는 것과 비슷해. 사람도 정상이라면 조금 참고 견디면 다 지나가게 되어 있어. 그런데 몇 달 전 우리 이웃 마을인 왕잉(王營)에서 일어난 일 때문에 춘메이가 다시 고민에 빠졌어. 왕잉의 한 젊은 며느리가 목을 매어 자살했어. 왜 그랬을까? 그녀의 남편이 돌아오자 두 사람은 사이가 아주 좋아 열흘 넘게 함께 돌아다녔어. 그렇게 한 달이 지났는데 며느리는 몸 '아래'를 계속 가려워했어. 그녀는 창피해서 병원에도 못가고 참았는데 몸에서 열이 나기 시작해 결국 병원에 갔지. 검진 후 그녀는 성병에 걸렸다는 말을 들었어. 의사는 남편에게 누구와 접촉했는지도 물었어. 에이즈 검사를 위해 혈액을 채취했어. 마을 사람들은 모두 그 사실을 알았지. 며느리는 너무 부끄럽기도 하고 화가 나서 목을 매어 자살했어. 이게 춘메이와 무슨 관련이 있는 걸까? 춘메이는 그 소식을 듣고 미친 듯이 찾아와서는 꺼얼이 외지에서 잘못되어서 돌아오지 못하는지 물었어.

　나는 "이걸 어떻게 아냐"고 말했어. 게다가 "광산의 석탄 채굴자들은 모두 남자이고 여자는 전혀 없다."고 말했지. 춘메이는 "아니야, TV를 본 적이 있는데 광산 주변에 그런 일을 전문으로 하는 여자들이 있었기 때문에 그들도 모두 병이 있는 게 틀림없다."고 말했어. 나는 아무리 설명해도 명확히 설명이 안 되어 "그럼 네가 딸을 데리고 꺼얼을 찾으러 가봐. 지금 큰 광산에는 모두 가족주거단지가 있지 않겠어? 집을 빌려서 살아도 되잖아."라고 말했다. 내가 이렇게 말하자 춘메이는 다시 낙담했어. 그녀는 한 번도 외지에 나가 본 적이 없고, 차멀미를 하고, 겁도 많았어. 게다가 그녀가 계속해서 꺼얼을 찾으러 간다면 마을 사람들은 틀림없이 그녀를 비웃을 거야. 집에 있는 땅을 남에게 주는 것을 꺼려던 그녀는 어렵사리 고추와 녹두를 심었고 비료를 뿌려 무와 배추도 심으려고 했어. 꺼얼이 이제까지 번 돈으로는 집을 짓기에 턱없이 모자라는데 그녀가 어떻게 땅을 포기할 수 있겠어.

　나중에 춘메이도 꺼얼을 찾는 일은 더 이상 언급하지 않고 일이 있을 때나 없을 때나 왕잉에 가서 그 남자가 어디서 일하는지, 여자는 어떻게 생겼는지, 어떻게 병에 걸렸는지 물었어. 춘메이는 돌아와서 남자가 다른 여자와 함께 있으면 병에 걸리느냐고 나에게 물었지. 이 질문을 받았을 때 나는 놀라면서도 마음이 많이 힘들었어. 내 남편도 선원으로 바깥에 있었잖아. 정박하지 않는 곳이 없었을 것이고 그런 곳이 없는 곳도 없지 않았겠어? 나는 한 번도 그런 일을 생각해 본 적이 없었어. 돈 벌기가 쉽지 않기에 누가 무슨 돈이 있어 그런 일을 하겠어? 하지만 그렇게 많은 사람들이 참지 못하고 간다고 해.

그저께 무슨 일인지는 모르겠지만 시어머니와 큰 말다툼이 있었어. 그 말다툼이 끝난 후 춘메이는 밭에 가서 비료를 뿌렸는데 돌아오면서 생각하니 자신이 비료를 잘못 뿌린 것 같았어. 다른 사람의 밭에 비료 두 포대를 뿌렸어. 그녀는 다시 밭으로 뛰어가서 밭을 몇 바퀴를 돌았는데 딱 보기에도 이상해 보여 계속해서 그녀를 따라갔지. 돌아와서 눈 깜짝할 사이에 디클로보스[3]를 마셨어. 미쳤지 않니? 마을에서도 몇 사람이 외지에 있지 않겠어. 모두 춘메이와 같다면 그들은 어떻게 살 수 있겠어?

사흘 뒤에 꺼얼을 찾으러 보낸 사람들이 꺼얼 오빠와 함께 돌아오니 춘메이 친가 사람들은 다시 와서 소란을 피웠고 춘메이의 친정 오빠가 꺼얼 오빠를 여러 차례 때렸다. 그는 반항도 하지 않았고 눈물을 닦지도 않았으며 마비된 듯 눈물도 흘리지 않았다. 아니면 그는 시종 놀라며, 시어머니와 춘메이의 생활이 점점 좋아지고 있는데 어떻게 자살할 수 있는지 이해하지 못하는 것 같았다. 나는

---

3 디디브이피(DDVP)로도 불리며 고독성 살충제의 일종

그에게 춘메이의 편지를 받았는지 물어보고 싶었지만 그러지 않았다. 편지를 받았다면 왜 돌아오지 않았지? 요즘은 통신이 발달했는데 왜 휴대폰이 없는지? 설마 춘메이를 생각하지 않은 것은 아닌지? 아직 젊고 통통한 그녀의 몸매를 보고 싶지 않은 것은 아닌지?

이 모든 것은 무엇을 의미할까? 시골 사람들이 설도 명절도 아니고, 봄, 가을 농번기가 아닐 때 집에 한 번 다녀오는 것은 불가능한 일이었다. 그것은 정말 돈 낭비였다. 감정의 소통과 표현은 더욱 표현하기 어려운 일이기에, 그들은 자신을 '억제'하는 기술을 훈련해 왔다. 성적인 문제와 신체적 문제는 무시할 수 있는 것이었다. 중국에는 이런 유동인구가 수억 명이 있는데, 이런 '사소한' 문제를 고려하는 것은 너무 번거로운 일이 아니었을까?

개혁개방 이후, '노동력 송출'이라는 말이 지역경제를 결정하는 중요한 지표가 됐다. 일하러 나가는 농민만이 돈을 벌고 지역경제를 활성화할 수 있기 때문이다. 그러나 그 이면에는 많은 기쁨과 슬픔이 있고, 얼마나 많은 생명을 낭비했는지는 고려되지 않았다. 남자는 고향을 떠나 1년에 한두 번 정도 고향에 돌아오는데, 그 기간은 모두 한 달을 넘지 않았다. 그들은 모두 청년기나 장년기라서 신체적으로 매우 왕성한 시기이지만, 오랫동안 극도로 억눌린 상태에 처해 있었다. 부부가 같은 도시에서 일하더라도—건설현장이나 제조업자들이 숙소를 제공할 의무가 없기 때문에—함께 살 수 있는 경우가 거의 없었다. 그들이 주말에는 어떻게 만나 성관계를 하는지는 상상할 수 없을 정도로 어두운 문제였다. 그럼에도 같은 도시에서 자주 만날 수 있다면 정말 행운이었다. 성적 억압으로 인해 농촌 지역에서는 많은 문제가 발생했다. 농촌의 도덕이 붕괴될 위기에 처해 있으며, 농민공들은 자위나 매춘을 통해 육체적 욕구를 충족시켰다. 일부는 직장에서 임시로 소규모 가족을 이루기도 했는데 이로 인해 성병, 중혼, 사생아 등 다양한 사회 문제가 발생했다. 시골에 거주하는 여성들은 대부분 자기 억압적이며 치정, 불륜, 근친상간, 동성애 등의 현상이 수시로 발생했다. 일부 지역 건달들은 이런 기회를 이용하여 여성을 마구 괴롭혀 종종 성공하기도 했으며, 일부 마을 간부들은 '삼처사첩(三妻四妾)'을 두었는데 이 여성들이 서로 싸우고 질투해 많은 형사사건이 발생하기도 했다.

'성' 문제를 무시하는 것은 농민에 대한 사회의 뿌리 깊은 차별을 보여준다. 정부, 언론, 지식인들이 농민공 문제를 논할 때, 그들은 그들의 처우에 대해 더 많이 얘기하지만 그들의 '성적인' 문제에는 거의 관여하지 않았다. 그들이 더 많은 돈을 벌게 되면 모든 문제가 해결되는 것으로 알았다. 더 나은 대우를 받으면 성적 문제는 그들 스스로 무시할 것으로 여겼다. 그런데 왜? 수천수만 명의 중국 농민들에게는 돈을 벌고 부부가 함께 살 권리가 없는가?

춘메이는 마침내 비료를 뿌리지 않은 땅에 묻혔고, 마침내 자신의 몸으로 땅을 기름지게 했다. 처음 칠일 동안 꺼얼 오빠는 춘메이의 무덤에 가서 폭죽을 터뜨리고 종이를 태운 뒤 다시 일하러 나갔다.

이(義) 오빠

이 오빠의 성은 위안(袁)이며 약 40세로 량좡에서 유일한 성씨였다. 열일곱 살에 학교를 자퇴한 후 가족은 마을을 떠나 남쪽 부두로 가서 생계를 꾸렸다. 지역 주민들과 다투며 필사적으로 노력해 마침내 부두에 자리를 잡고 수산물 도매업을 시작했다. 회사를 운영하며 온갖 풍파를 겪었던 그는 어느 순간 그 지역에서 성공한 인물이 되었다.

아마도 친오빠 쪽에서 내가 집에서 이런 일을 하고 있으니 이(義) 오빠가 나한테 와서 자기 얘기를 들려줘야 한다고 들은 것 같았다. 그날 폭스바겐 한 대가 굉음과 함께 오빠집 앞에 멈춰 서자 그 뒤로 먼지가 길게 퍼져나갔다. 이어 이 오빠는 어머니와 아들과 함께 차에서 내렸다. 이 오빠는 광채가 나는 얼굴에 반짝이는 두꺼운 금목걸이, 흰색 조끼를 입고 있었으며 조끼에서 근육이 튀어나왔다. 키가 작고 약간 통통한 그는 매우 패기가 있어 보였다. 그의 목소리는 매우 시원시원했으나 옛날 일을 얘기하자 금세 감정이 북받쳐 몇 번이나 눈물을 흘렸다. 그의 모친은 20년 전 이 마을에 왔을 때보다 젊어 보였고, 피부가 희고 불그스름했으며 딱 봐도 호강하며 사는 노인이었다. 아들이 여덟, 아홉 살밖에 안 됐는데, 그가 데려가서 교육을 시키겠다고 했다. "이 아이들은 고생이 무엇인지, 아버지가 어떤 고생을 했는지, 아버지가 어떤 고생을 해서 지금에 이르렀는지 모른다." 이 오빠는 다른 현에서 왔는데 그는 거기에서 대규모 알루미늄 광석 개발 사업을 협의하고 있었다.

3시간 동안 얘기를 나눈 뒤 그는 아들과 어머니와 함께 서둘러 돌아갔다. 그를 만나 얘기를 나누고자 하는 친구들이 기다리고 있었다. 그는 스스로 돈 버는 능력에 대해 자신감이 넘쳤으며 앞으로의 공영사업에 대해서도 더욱 자신감을 갖고 있었다.

내 인생은 정말 힘들었어요. 나는 며칠을 새서라도 고생한 얘기를 할 수 있고 책도 한 권 쓸 정도예요. 우리가 마을에 있을 때는 정말 끼니조차 때울 여유가 없었어요. 부모님은 집을 지으면서 많은 빚을 지고 계셨어요. 양을 치고 신발 깔창을 팔면 돈을 벌 수 있다고 해서 밖에 나가 그것을 팔고 싶었는데 그때 마을에서 허락하지 않았어요. 그래서 어머니가 촌장에게 무릎을 꿇고 사정을 했지만 소용이 없었어요. 나중에 양을 키웠는데 도둑이 벽에 구멍을 뚫고 양을 훔쳐갔어요. 운이 정말 나빴지요.

그때 얼마나 가난했는지를 보여주는 것이 하나 있는데, 부모님이 신발 깔창을 팔러 나가면서 집에 말린 국수 스물두 봉지를 남겨 두었어요. 지금 마트에서 한 근짜리 포장으로 파는 것 말고 시골에서 자기가 자른, 그 짧고 기껏해야 반 근 정도밖에 안 되는 국수 말이에요. 옥수수가루는 하나도 없었어요. 우리 형제자매는 한 달이면 이십일 동안 그렇게 살았어요. 네 형제자매는 하교하면 분담하여 땔감을 모으는 사람은 땔감을 모으고, 불을 피우는 사람은 불을 피우며 매일 야채, 고구마잎 등을 넣고 묽은 국수를 끓였어요. 이렇게 하다 결국에는 아낄 것이 없었어요. 나는 먹을 것을 빌리러 마을 곳곳을 돌아다녔어요. 그 당시 우리는 모두 가난했는데, 우리처럼 부모도 없는 아이들에게 누가 감히 빌려주겠어요. 부모님이 돌아왔을 때 형제자매들은 거의 굶어 죽어가고 있었어요.

나는 마을에서 하나뿐인 성(姓)이기 때문에 지위가 상대적으로 낮고 당신 량씨 집안 쪽에서 살기 때문에 항상 량씨 집안으로부터 무시를 당했어요. 마을 내 택지를 두고 싸우기도 했고 완밍(萬明) 사람들이 트집을 잡아 집 문 앞까지 와서 소란을 피웠지요. 나는 한 손에는 부엌칼을 한 손에는 곡괭이를 들고 필사적으로 놈들을 쓰러뜨렸지요. 그 당시 나는 십 대에 불과했어요. 량완밍(梁萬明)은 내 선생님이었는데, "어이 이, 왜 나를 때렸어?"라고 말했어요. 나는 "당신들은 다른 사람을 너무 심하게 괴롭히고 우리 가족도 괴롭히니까요."라고 말했어요.

나중에 부모님이 후난에서 돌아오셨는데 얼마 지나지 않아 실수로 집을 불태워버렸어요. 옥수수도 타버렸고 집 안에 있는 침구 등도 모두 타버렸어요. 우리 식구 모두는 바닥에 주저앉아 울었어요. 하지만 울어도 방법이 없었어요. 결국 우리 가족은 마을 내 구들방 한 칸을 빌려 살았어요.

내가 열일곱 살 때 가족이 양현(陽縣)으로 갔어요. 어머니는 외할머니 집에서 100여 위안을 빌려 양현에서 연삭기를 사서 두부를 만드셨어요. 부모님이 집에서 두부를 만들면 나는 양현

주거단지를 돌며 팔았어요. 어느 겨울, 남쪽에는 눈이 거의 없는데 그때 눈이 많이 내렸어요. 두부를 팔러 나갔는데 오르막길이 너무 미끄러워서 자전거가 넘어져 두부가 다 부서졌어요. 나는 살 의욕을 잃고서 주저앉아 울어버렸어요. 나중에 사업을 확장하고 싶었는데 양현은 사과의 고향이라 사과를 팔면 더 큰 돈을 벌거라고 생각했어요. 그래서 판매상에게 연락을 했는데, 그는 내가 배로 사과를 운반해 몇 천 위안을 벌면 내 몫으로 몇 백 위안을 주기로 했어요. 정말이지 기뻤어요. 진짜 처음으로 상당한 수익을 올렸어요. 그런데 누군가 나를 술에 취하게 하고 그 돈을 빼앗아갔어요. 나는 눈물을 펑펑 쏟고 말았어요. 알고 보니 그들이 나를 속이려고 설치한 함정이었어요. 나중에는 배에서 생선을 팔았는데 많은 괴롭힘을 당했어요. 누가 나를 때리면서 무릎을 꿇으라고 해도 나는 무릎을 꿇지 않았어요. 맞아 죽어도 무릎을 꿇지 않았지요. 그때부터 나도 단단해져서 밖에 나오면 강해지려고 노력했어요. 한번 약한 모습을 보이면 현지 사람들이 쫓아내버리니까요. 나중에 나는 양현의 여러 형님들을 알게 되었어요. 사람들은 우리가 깡다구가 있다고 생각해서 업신여기지 않았어요. 사람들은 모두 허난성 사람들이 어쩌고저쩌고 하지만, 사실 저는 어쩔 수 없이 일어나 나만의 세상을 만들었다고 생각해요. 나는 그곳에서 점차 사람들을 알아가게 되었고, 이해와 소통을 통해 같은 부류의 사람들, 의리있는 사람들을 만나 하나의 동맹을 맺었어요.

나중에는 부두에서 싱싱한 생선과 해산물을 팔기도 했고, 대규모 도매업도 하게 되었어요. 이 사업은 돈도 많이 버는데 깡다구가 없으면 절대 성공할 수 없는 일이에요. 이때 생명을 위협하는 싸움이 많이 있었어요. 정(鄭)씨라는 사람이 있었는데, 우리는 동업 관계를 유지했지요. 어떤 사람이 정씨네 집에 생선을 보내주어 내가 가져갔어요. 이 사람은 내가 더 비싸게 사준다며 나에게 팔았지요. 하지만 정씨는 그것을 원하지 않아 칼을 들고 그 사람을 찔렀어요. 나도 칼을 들고 가서 정씨를 찔렀어요. 그 때 동생과 형은 모두 피를 봤어요. 그들은 나를 붙잡고 끌고 가려 해서 나는 그들의 등을 찔렀어요. 그때 매제가 각목으로 그 사람들을 때려 뇌진탕을 만들어버렸어요. 마침내 그들은 나와 내 동생을 보면 죽여버리겠다는 말을 했거든요. 당시 내 동생은 겨우 열여덟이나 아홉 살이었는데 내가 예닐곱 살에 양현에 올 때의 그 모습이었어요. 결국 우리는 칼을 들고 열심히 싸웠고, 결과적으로 우리는 모두 같은 대가를 치렀어요. 공무원들에게 돈을 주고서야 이 일은 무마되었어요. 하지만 당시에는 법률 의식이 전혀 없었기 때문에 경찰서 사람들이 나를 설득했어요. 나는 그들이 사람들을 너무 괴롭히고 있다고 말했어요. 나중에야 그것이 과잉방어라는 것을 알았어요.

양현 출신으로 나와 함께 업계에서 일한 사람이 있었어요. 그 사람은 읍내에서 건달이었어요. 아주 대단했는데 그 동네에서는 말 한 마디로 무엇이든 할 수 있는 사람이었어요. 그와 정씨는 우리 가족이 양현에서 나갔으면 한다고 말했어요. 나중에 내 친구 리라오얼(李老二)을 찾아가 중재를 해달라고 부탁했어요. 나는 리라오얼을 '작은 벙어리'라고 부르는데 그 또한 유명한 사람이었어요. 그 친구는 양측이 서로 머리를 숙여 인사할 것을 요구했으나 그들은 들어주지 않았어요. 내 친구도 체면이 깎였지요. 그 당시에는 정말 배수진을 친 싸움이었어요. 나는 짐을 정리해 허난으로 돌아가거나 양현에 뿌리를 내리거나 둘 중 하나였어요. 우리는 리라오얼 집에 지휘센터를 마련했는데 우리 셋이 지휘관이 되었고 내 동생이 첫 번째 장군이 되었으며 모두 수십 명이 있었어요. 그해 26일, 내 동생은 정씨와 그 무리들을 3층에서 1층까지 모두 8명을 찔러 넘어뜨렸어요. 동생은 그 일로 감옥에 갔어요.

몇 차례의 전쟁을 치른 후 결국 돈으로 가볍게 처리했어요. 법에 대한 지식이 없었기 때문에 매제는 많은 대가를 치렀어요. 8개월간 투옥됐어요. 나는 수만 위안을 써서 두 달 반 동안 감옥에 있었고 내 동생은 8년 동안 있었어요. 당시 이 사건은 양현에서 큰 반향을 불러일으켰고, 그 지역에서 나의 위상도 확고히 했어요. 나는 지금 양현에 있는데 무슨 일이든 내가 나서면 편의를 도모할 수 있었어요.

나는 줄곧 신선 수산물 도매업을 해왔어요. 사업이 번창하기 시작하면 연간 20만 위안 이상을 벌었는데 그중 내가 7~8만 위안을 갖고 나머지는 친한 친구들에게 나눠줬어요. 먹을 고기가 있다면 함께 먹어야 해요. 사람은 의리가 있어야 다른 사람들도 당신을 위해 헌신하게 되죠. 지난 몇 년 동안 국가 상황이 바뀌었어요. 지정 구매 및 도매로 우리의 해산물 도매 수입은 연간 6~7만 위안에 불과해 내 지출보다 훨씬 못 미쳤어요. 어쩔 수 없이 그만두고 공장을 차렸어요. 3년 동안 고생만 잔뜩 하고 돈은 많이 벌지 못했어요. 이후 양현으로 돌아와 석유정제 일을 했으나 또 친구들에게 속아 돈을 빼앗겼어요. 그 사이 7~8년은 늘 실패만 했어요. 1990년대에는 100만 위안이 넘는 돈을 손에 쥐고 있었지만 나중에는 거의 다 잃었어요.

그 후 저는 다시 양현으로 돌아와 찻집, 잡화점, 지하 노름판에 해당하는 도박장을 열었어요. 세 사람이 동업해 찻집을 열어 수백만 위안을 벌었어요. 찻집을 하는 도중에 현재의 알루미늄 광석 공장이 시작됐어요. 7명이 동업해 각자 수십만 위안을 투자해 전문 공장장을 찾았지요. 그런데 그 공장장이 경영을 잘못하는 바람에 약간 손해를 봤어요. 나중에 일곱 사람은 협력이 잘 안 돼 광산을 차지하기 위해 서로 싸우다 거의 총도 쏠 뻔했어요. 나는 현금을 가져다가 광산을 차지하기 위해 그들에게 주었어요. 이제 광산에서는 제가 법적 대리인이 되었어요. 1,200만 위안이 이미 투자되었고 최종적으로는 2,000만 위안 이상이 필요할 수도 있어요. 하지만 제가 만든 제품의 품질은 국가로부터 승인을 받았고, 제품 제조사에서도 인정받았기 때문에 이제 곧 수익을 낼 거예요.

저도 이제 전문적인 지식을 많이 알게 됐는데, 당신은 그런 용어를 아마 잘 모를 거예요. 사람에게는 상상력이 필요해요. 저는 결국 정부와 기업인은 한 가족이라는 것을 이해했어요. 이제 저는 현장(縣長), 공안국장과도 떳떳하게 대화할 수 있어요. 이전에는 구속도 됐었지만 지금은 진짜 사업가가 됐어요.

생명 이후

량좡 마을 사거리에 늘어선 집들 중 유난히 마당이 넓은 집이 있었다. 그 집은 담장도 없었고 시멘트로 직접 바닥을 포장했으며 도로와 연결되어 있어 유난히 탁 트여 보였고 사뭇 웅장해 보이기도 했다. 이 집은 량광허(梁光河) 가족의 집으로 2007년에 지었다고 한다. 마을 사람들은 이 집이 자기 자식들의 목숨과 바꿨다고 말했다.

이것은 사실이었다. 광허와 그의 아내는 성실한 사람들이며 그의 이상은 그럴듯한 집을 짓는 것이었다. 20년 넘게 저축을 했는데도 집을 지을 돈이 없었지만 돈을 빌릴 생각은 없어 열심히 일했다. 광허와 그의 아내, 아들은 외지로 일하러 나가서 몇 년 동안 한 번도 집에 오지 않았다. 그러나 사고가 일어나기 전까지 집은 여전히 멀리 떨어져 있었다. 이 집은 보상 후 2년차에 지은 것이었다. 광허는 다시는 일하러 나가지 않았고 집을 떠나는 일도 거의 없었다. 마을에서 그의 그림자도 보기 어려웠다. 내가 마을에 돌아온 지도 꽤 됐는데 한 번도 보지 못했다.

저녁을 먹은 후에도 하늘은 아직 완전히 어두워지지 않았으며 황혼 무렵의 시골에는 묘한 평온함이 있었다. 그것은 새롭지도, 유행하지도, 신선하지도 않고 소박하고 낡고 평화로워 사람들에게 설명할 수 없는 오랜 세월의 황량함을 주었습니다. 나는 아버지와 함께 산책을 하다가 광허네 집 문 앞에 이르렀다. 문은 열려 있었고 안은 어두웠다. 아버지는 여러 번 전화를 했지만 아무도 받지 않았다. 우리가 막 떠나려고 할 때 광허가 나왔다. 갑자기 어둠 속에서 나타난 그의 얼굴은 무섭도록 창백했고, 그 안의 핏줄이 거의 보일 정도로 말랐으며, 비정상적으로 뾰족한 코와 늘어진 피부는 마치 무혈의 무서운 귀신의 머리와 같았다. 그는 마치 70대나 80대의 노인처럼 천천히 몸을 구부린 채 몸을 움직였다. 나는 깜짝 놀랐다. 내 생각에 그는 꽤 잘생긴 청년이었고, 보기 드문 윤곽이 깊은 사람 중 하나였다. 이제 이 깊은 윤곽은 그를 더욱 병들어 보이게 만들었다. 그는 우리에게 인사하고 의자 몇 개를 가져오며 문 앞에 앉으라고 했고, 문을 지나가던 아이에게 아버지이자 량좡의 전 당서기인 량싱룽(梁興隆)을 불러달라고 부탁했다. 광허는 이 모든 것을 극도로 느린 상태로 수행했는데 목소리는 희미했고 그의 몸은 거의 얇은 종잇장 같았다. 돌풍이 불어오면 바로 쓰러질 것 같았다.

잠시 후 그의 아버지가 왔고, 우리가 화(花) 숙모라고 불렀던 그의 아내도 서둘러왔다. 두꺼운 눈썹, 큰 눈, 강인한 몸매를 지닌 화 숙모는 여전히 높은 톤으로 말했는데, 그녀에게서는 이 가족에게 어떤 비극적인 일이 일어났는지 알 수 없었다. 시골 여성은 항상 남성보다 회복력이 더 강했다.

나는 이 얘기를 꼭 하고 싶었는데 입이 잘 열리지 않았다. 아버지도 참지 못하고 여러 번 물어보려고 했으나 그렇지 않았다. 광허는 계속 눈썹을 내리깔고 무기력한 표정을 지었다. 반면에 우리의 전 당서기는 여전히 정신이 말짱해 정치에 관심을 갖고 있었으며 현 상황에 대한 독특한 이해력을 가지고 있었다. 나는 그의 목과 손, 노출된 가슴에 흉터가 있다는 것을 주의 깊게 관찰했다. 특히 가슴에는 당시 칭리(淸立)가 남긴 사선의 흉터가 거의 가슴 전체를 관통하고 있었다.

우리가 광허의 집에서 나왔을 때 완전히 어두워졌다. 시골길을 걷다 보면 높고 낮은 농작물들의 숨결이 들리는 듯했고 온 땅이 파동의 숨소리, 넓고 풍성한 생명의 느낌을 갖고 있는 것 같았다. 늦은 밤은 참 아름다운 느낌이었다. 밤하늘은 점점 더 조용해졌고, 높고 낮은 농작물은 마치 당신과 함께 걷는 것처럼 신비롭고 숨결이 가득했다. 한 다발의 새하얀 빛이 번쩍이며 점점 가까워졌다가 가장 가까운 곳에 이르렀을 때 그 빛이 멈추고 우리 얼굴을 비췄는데, "둘째 할아버지, 이렇게 늦은 시간에 뭐 하세요?"라는 음성이 들렸다. 아버지는 "그냥 한 번 둘러보고 있어. 너는 뭐하는데?"라고 대답하며 물었다. "매미 잡아요." 그는 손에 병 하나를 집어 들었다. 그 안에는 탁한 물이 있었는데, 병의 절반이었다. 물을 쏟았더니 매미가 안으로 기어 들어갔다. 내가 물었다. "이걸 왜 잡았나요?" 그는 "읍내 식당에서 개당 1위안, 즉 최소한 6마오(1마오=1위안의 1/100)에 삽니다"라고 대답했다. 그가 지나간 후 아버지는 나에게 "저 사람은 성원(勝文)이다. 저우(周)씨네 큰아들이야. 그가 외지로 일하러 나간 해에 그의 아버지가 손자를 돌봤는데 잘못해서 손자가 우물에 빠져 죽고 말았다. 성원은 돌아와서 자기 아버지와 어머니를 죽인다고 온 동네를 쫓아다녔다. 그의 부모는 놀라서 반달 동안을 숨어 지내야 했다"고 말했다.

우리가 집에 돌아왔을 때 아버지는 광허에게 무슨 일이 일어났는지 자세히 말씀해 주셨다.

사건은 2005년 10월 18일 6시경에 일어났다. 때는 어두웠고 학생들은 막 학교를 마친 참이었다. 량량(梁亮)과 그의 누나 량잉(梁英)은 광허의 장남과 장녀였다. 량량은 오토바이에 량잉을 태우고 량쫭 마을로 돌아올 준비를 했다. 량잉은 임신한 지 4~5개월 정도 되었는데 그녀는 시댁도 돌보고 친정도 돌보는 좋은 여자였다. 량잉과 남편은 읍내에서 가구점을 열었고 사업은 잘 되었다. 처제는 시각 장애인이어서 그녀를 자주 보살펴 주고 좋은 관계를 유지하고 있었다. 이날 량량은 광저우에서 일을 마치고 막 돌아와서 누나를 태우고 부모님 집에 가서 식사를 하려고 했다. 그런데 모퉁이에서 그만 차에 치였다. 차를 들이받은 사람은 팡(龐)씨로 양곡관리소 소장이었다. 팡의 친형은 경찰로 수사국 부국장인가를 하고 있었다. 팡씨는 음주운전을 했으며 과속운전을 하던 중 자신과 같은 방향으로 농용차량이 가고 있어 팡씨가 그 차량을 추월하던 중 량량의 오토바이와 충돌해 사고가 났다. 량잉은 충돌해서 농용차 위로 떨어진 후 약 70~80리 떨어진 다른 현까지 실려 갔다. 사람들이 차에서 짐을 내리던 중 차 안에서 시신을 발견한 것은 밤 10시쯤이었다. 차 주인은 겁에 질려 무슨 일이 벌어지고 있는지 알 수 없었고, 재빨리 경찰에 신고했다. 이쪽 사고 현장에서 차 주인인 팡씨는 한 사람이 죽어 있는 것을 보고 재빨리 전화를 했고, 곧 차가 와서 그를 싣고 갔다. 구경꾼들이 경찰에 신고했고, 량량은 병원으로 옮겨졌으나 곧 숨졌다. 마을 사람들과 량량의 시댁식구들은 계속해서 량잉을 찾았다. 분명히 량잉은 량량과 함께 갔는데 량잉은 어디로 사라진 걸까? 다음 날 아침 공안국에서 이쪽 경찰서를 방문했을 때 그들은 량잉이 차에 치여 다른 현까지 실려 갔다는 사실을 알게 되었다.

광허 부부는 그때 신장에서 일하고 있어서 며칠이 지나서야 돌아왔다. 그의 남동생인 광톈(光天)은 집에서 일을 처리하고 있었다. 량잉은 화장터에 안치되었고, 량량은 병원 영안실에 안치되었다. 그때 팡씨는 마을 치안주임에게 7~8만 위안으로 이 문제를 해결했으면 한다는 의견을 전해달라고 했다. 광톈은 7~8만 위안은 충분하지 않다고 생각했다. 어른 두 명과 뱃속에 있는 아이까지 모두 세 명의 목숨이었다. 나중에 팡씨는 읍내의 몇몇 유력 인사들에게 중재를 요청해 9만 5천 위안이 마지노선이며 더 이상은 안 된다고 말했다. 사흘 후 량광허 부부가 돌아왔다. 슬픔은 이루 말할 수도 없었다. 아들한테 가서 울고, 다시 딸에게 가서 울었다. 얼마나 울었는지 목소리도 나오지 않았다. 마을 사람들은 사람은 죽으면 끝이니 울지 말고 빨리 보상이나 생각하라고 충고했다. 처음에 광허는 돈이 아니라 생명을 원한다고 말하면서 그를 감옥에 보내야 한다고 말했다. 사람들은 그에게 여기서 돈까지 없으면 정말로 사람과 돈을 모두 잃을 것이라고 충고했다. 지하에 영혼이 있다면 딸도 그걸 원하지 않을 것이라고 말했다. 광허도 말하지는 않았다. 그 당시 광허의 집 주변에는 많은 사람들이 모여 방도를 생각해 냈는데, 그러한 이유 중의 하나는 동정이었고 다른 하나는 마음속의 속셈이었다. 만일 보상이 많으면 혹시나 돈을 좀 빌릴 수 있지 않을까 생각했다.

마침내 지역의 공안국 쪽의 아는 사람을 찾아 선물도 주고 정중히 부탁해 보상액으로 최소 20만 위안은 받아야 한다고 말했으나 팡씨는 거절했다. 그러자 지역 공안국 사람들은 량광허가 합의서에 서명하지 않고 시간을 끌면 그는 중대 교통사고의 가해자이기 때문에 보상금 외에 형사재판을 받아야 한다고 생각했다. 나중에 팡씨는 많은 사람을 찾아 량광허와 중재를 시도했으나 양측은 교착 상태에 이르렀다. 결국 팡씨는 비장의 카드를 사용하여 동의하지 않으면 돈을 주지 않고 형을 선고받겠다고 말했다. 이것은 량광허에게 큰 압력으로 다가왔다. 그 사람이 힘이 있기 때문에 설사 감옥에 가더라도 곧 풀려날 수 있을 거라 했다. 팡씨가 감옥에 가면 돈도 주지 않기에 결국 사람과 돈 모두 잃을 수 있어서 사람들은 걱정했다. 이런 이유로 량광허도 주위 사람들에게 조언을 구했지만 다른 방법이 없었다.

팡씨도 알아본 결과, 량씨 가족은 많은 사람들이 량광허, 특히 그의 부친이자 전 촌서기 량싱룽과 오랜 갈등이 있었다는 것을 알게 되었다. 그래서 그도 량광허가 어떤 활동을 하더라도 무대응이 상책이라 생각해 관여하지 않았다.

이 문제는 한동안 방치되었다. 량량과 량잉은 여전히 매장되지 않고 화장터 냉동고에 보관돼 많은 비용이 들었다. 광허와 그의 아내는 매일 울었고, 마지막에는 울어도 눈물이 나오지 않았다. 딸과 아들의 장례를 치를 수도 없고, 소송을 하려고 해도 사람이 없었다. 한 달도 안 되어 광허는 야위어갔다. 결국 광허는 더 이상 버티지 못하고 다시 중재할 사람을 찾아 보상금을 15만 위안이라고 말했다. 그렇게 합의가 됐다. 량잉의 친정도 보상금의 일부를 받았다.

나중에 량씨 집안 중에 량싱룽에게 원한을 가진 한 사람, 그리고 읍내에서 다른 한 사람을 만나 이 일에 대해 얘기를 나눴는데 그 사람은 "이 모두는 량싱룽의 업보예요. 그 자라 같은 량싱룽이 촌서기를 할 때 못된 짓을 많이 했지요. 하나님은 그에게 보복하지 않으시고 손자, 손녀에게 보복했어요. 얘기를 들은 사람들은 속으로 내가 어떻게 모르겠어, 내가 당시 그놈에게 얼마나 괴롭힘을 당했는데. 그가 나쁜 짓을 많이 하더니 오늘 같은 날도 있네."라고 말했다.

량좡 사람들 대부분은 죽은 두 사람에 대해 동정하면서도 한편으로 이번 일은 량싱룽이 당서기 시절에 저지른 나쁜 짓에 대한 업보라고 믿었다.

시골 사람들은 매우 현실적인 생각을 가지고 있었다. 사람이 죽으면 가장 중요한 것은 돈 문제였다. 돈 문제로 다투는 과정에서 고통과 슬픔, 가족애 등은 흥정할 수 있는 것들이 되고 모든 것이 차갑고 무정하고 잔인해 보였다. 이는 농촌에서 유사한 사건을 접하는 일반 사람들이 공통적으로 갖는 비난과 경멸이기도 한데, 그들은 사람보다 돈을 더 중요하게 생각하는 것 같았다. 하지만 누가 마음속의 깊은 흐름을 볼 수 있을까?

내가 고향을 떠나려고 할 때, 광허는 읍내에 가서 진찰을 봤다. 그의 혀는 갑자기 움직일 수 없었고 먹은 것은 다 토해내며 삼키지 못해 열흘 넘게 음식도 먹지 못했다. 최종검사 결과는 모르겠지만, 언니는 신경질환일 수도 있다고 했다. 내 생각에는 이것이 우울증으로 인한 것인지 의심스러웠다. 광허가 지치고 쳐지고 칼 같은 얼굴로 집의 어둠 속에서 걸어 나오는 순간을 생각하니 나는 죽음이 그를 따라오고 있음을 느꼈다. 자녀들의 죽음이 그에게 얼마나 깊은 영향을 미쳤는지 누가 짐작할 수 있겠는가? 노인이 젊은 사람을 먼저 보낸다는 것은 너무나도 고통스럽고 잔인한 일이었다. 자식들이 없는 그로서 삶의 희망과 목표는 또 어디에 있을까? 그리고 새집은 그에게 얼마나 많은 압박감과 형언할 수 없는 죄책감을 불러일으킬까? "자식들의 목숨을 대가로"라는 말은 그의 마음속에 어떤 반응을 불러일으킬까? 시골에서는 갑자기 그렇게 많은 돈이 생기면 질투에 사로잡힌 사람들이 막말을 하게 된다. 나는 많은 사람들이 광허에게 돈을 빌렸다고 믿었다. 그가 돈이 많다는 것을 모두가 알고 있기 때문에 돈을 안 빌릴 이유가 없었다. 그리고 그 돈을 모두 이 집으로 바꾸면 마을 전체가 일정량의 부를 상실한다는 것이나 마찬가지였다. 이는 인정을 저버리는 행태이며 마을 주민들의 불만을 불러일으키는 일이었다. 그것은 또한 광허의 죄책감을 깊게 하는 일이었다.

제5장

성년 룬투(閏土)[1]

농촌 지역의 무의탁 노인, 약자, 병자, 장애자 및 노동력이 약하고 재해로 인해 생활이 어려운 극빈 가구를 위해 현 정부는 임시 구호와 춘절 전 집중 구호를 통해 그들 생활의 어려움을 해결하도록 돕고 있다. 2004년 6월 『랑현 농촌 극빈가구 구제조치』가 공포되어 2006년 7월에 농촌가구 9,388가구 22,500명이 농촌 최저보장 구제 대상에 포함되었으며, 연평균 생활지원금과 의료비로 170만 위안 이상이 지급되었다.

『랑현 현지·민정(民政)』

칭리(清立)

밤에 비가 많이 내렸다. 아침에 일찍 일어나서 마을 사람들이 다 나와서 집 상태를 확인하고, 어딘가에 물이 너무 많아 지반이 잠길까 봐 걱정했다. 농촌의 하수 처리는 늘 큰 문제였다. 통일된 배수관이 없어 모두가 따로따로 흐르고 있었다. 비가 오면 마을의 물줄기는 종횡으로 흘러 배수를 위해 앞뒤 이웃 간에 싸우는 일은 매우 흔했다.

나와 오빠도 낡은 집에 가서 확인해 보았는데 동쪽집과 서쪽집 두 웅덩이에 물이 많이 차 있었지만 앞, 뒤 지반까지는 닿지 않아 낡은 집은 무너질 것 같지는 않았다. 우리가 아침을 먹으러 돌아가는 길에 청석교(靑石橋)로 걸어갈 때 길 건너편에 칭리가 바구니를 안고 나타났다. 그의 상의는 열려 있어 둥근 배가 드러났고, 바지는 짚으로 묶여 있었으며, 한 손에는 길이가 2~30센티미터 정도 되는 정글도를 쥐고 있었다. 그는 오빠를 보고 멀리서 웃으며 인사했다. "삼촌, 오셨네요, 고모는 언제 오셨나요?" 그의 목소리는 낮고 약간 쉬어 있었다. 나는 오빠에게 "좀 이상해 보인다. 왜 그가 미쳤다고 말하는 거야?"라고 낮게 말했다. 오빠는 "몇 마디만 하면 알 수 있을 거야."라고 말했다. 그런 다음에 큰소리로 칭리에게 "칭리, 이렇게 일찍 나와서 뭐하는 거야?"라고 말했다. 칭리는 "강물이 많이 불어났어요. 5시쯤 일어나서 강에 가서 물고기를 잡으러 갔어요. 큰 메기를 잡았어요."라고 말하면서 그는 걸어갔다. 그리고 우리 앞에 바구니를 내밀었다. 작은 바구니 안에는 무게가 4, 5근이나 되는 큰 물고기가 담겨있었는데, 아직도 수염이 살짝 움직이고 있어서 나와 동생은 깜짝 놀랐다. 칭리는 놀라는 소리를 듣고 그 물고기를 오빠에게 주겠다고 고집했다. 그는 칭스챠오 옆에 바구니를 놓고 물고기를 묶을 끈을 여기저기 찾아보았다.

내가 말했다. "칭리야, 내가 사진 한 장 찍어줄게." 그는 믿지 않는 듯 "정말요?"라고 말했다. 나는 말했다. "정말이지. 반듯이 서서 자세를 취해봐. 먼저 손에 있는 칼을 옆으로 치워줄래? 안 좋아 보여서." 그러나 칭리는 대답을 하지 않고 칼을 쥐겠다고 고집했다. 나는 "칼을 그냥 바구니에 먼저 넣고 사진 찍은 후 가져가면 되지 않겠어?"라고 말하고 자연스럽게 그의 칼을 집으러 갔다. 칭리의 얼굴은 갑자기 일그러지며 매우 긴장했다. 그리고 그는 손에 있는 칼을 더 꽉 쥐었고 사나운 눈빛을 내비쳤다. 이 상황을 본 오빠는 재빨리 다가와 나를 말리며 "사진만 찍어."라고 말했다. 칭리는 갑자기 뭔가 생각난 듯 웃옷을 열고 정글도를 허리띠에 꽂은 다음 옷을 내려놓았다. 정글도는 밖에서는 거의 보이지 않았고 얇은 윤곽선만 내비쳤다. 내가 말했다. "자, 찍는다." 칭리는 곧바로 다시 벌떡 뛰면서 "당황하지 마시고요. 아직 포즈를 잡지 못했어요."라고 말했다. 그는 나무쪽으로 달려가 그 나무에 기대어 다리를 꼬았는데 이 포즈가 멋지다고 생각한 것 같았다. 그래서일까 얼굴에 득의만면한 웃음을 띠었다. 사진을 찍은 뒤, 그는 재차 사진을 인화해서 꼭 한 장 보내달라고 부탁했다. 나는 그러겠다고 대답했다.

나는 잠시 동안 그와 얘기를 나누고 그의 정신 상태를 느껴보고 싶었다. 9년 전, 칭리는 갑자기 이성을 잃고 정글도를 들고 촌서기인 량싱룽의 집으로 가서 흉악 범죄를 저질렀다. 량싱룽은 너무 겁에 질려 마을 여기저기로 도망쳐 다녔고 칭리는 온동네를 쫓아다니며 량싱룽의 머리와 손, 다리를 거의 잘라버릴 뻔했고, 가슴도 찔러 갈비뼈가 드러났다. 량싱룽 처의 손과 허리도 베었다. 이 사건은 주위 수십 리에 걸쳐 풍파를 일으켰고 일부 호사가들은 "량좡에서 소식이 전해졌네. 칭리가 싱룽을 베었다네. 팔이 잘리고 칼이 배를 찔렀네."라고 노래를 불렀다.

내가 그에게 어떻게 지내냐고 물었더니 그가 다시 물었다. "베이징에서 돌아오셨는데 그 올림픽은 어땠나요?" 내가 대답하기도 전에 그는 올림픽이 훌륭했다고 말했다. 나는 속으로 깜짝 놀랐고 칭리가 결코 바보가 아니라는 것을 느꼈다. 더 얘기할수록 무슨 얘기를 해야 할지 몰랐다. 칭리는 낮은 목소리로 말했는데 중얼거리는 듯해 잘 들리지 않았다. 그는 두 손을 가슴 앞으로 모으고 눈은 하늘을 바라보며 생각에 잠겨 있었다. 하늘과 땅에 때로는 식량정책, 때로는 치안관리, 때로는 어딘가에서 사람이 죽기도 한다. 생각이 매우 혼란스럽고 뭐라 마땅한 표현은 없지만 이 모두가 국가적 일과 같았다.

떠날 때쯤 칭리는 우리에게 큰 물고기를 가져가라고 재촉했다. 그는 이미 바닥에서 끈을 찾아 물고기를 묶어서 오빠에게 건네줬다. 오빠는 들고 가는 게 불편하다고 말했지만 거부하기도 힘든 상황이었다. 오빠는 이 다섯 근짜리 물고기를 집으로 가져갈 수밖에 없었다. 길에서 오빠가 말했다. "그때 네가 칭리의 칼을 쥐려했잖아. 그것이 얼마나 위험한지 아냐? 그 사건 이후로 그는 마을에서 정글도를 몸에서 내려놓지 않았어. 때로는 걸으면서 정글도를 들고 어지럽게 춤을 추곤 했는데 누구도 막지 못해. 너도 한 번 생각해봐. 사람을 찌르기도 하는데 누가 감히 그에게 다가갈 수 있겠니?" 왜 그는 물고기를 오빠에게 주려고 했을까? 당시 그가 소송을 했을 때 오빠는 그에게 변호사를 소개하기도 하고 정신병원을 찾아가 감정을 받도록 도와줬다. 그는 마음속으로 알고 있었던 것이다.

아침 식사 후 나는 오빠에게 칭리가 사람을 찌른 자세한 과정과 이 사건의 내용을 상세히 말해달라고 부탁했다.

칭리는 올해 44세 정도가 되었어. 원래 그는 소규모 사업을 하고 있었고 매우 똑똑하고 열심히 일했으며 벽돌공으로도 일했지. 그들 가족은 량좡에서 왕따였어. 그의 아버지는 매우 완고했고 정의감도 없었으며 사람들과도 어울리지 못했어. 그는 마을 간부에게 잘 보이려고 했지만 마을 사람들은 그를 무시했지. 또한 '문화대혁명' 때는 며칠이나마 득세를 했지만 그저 싸움꾼일 뿐이었어. 그 당시 우리 아버지는 공개비판을 받았는데 그도 다른 사람들을 따라와서 발로 차기도 하고 때리기도 했지. 마을에는 친구 한 명도 없었기 때문에 집에 찾아오는 사람도 거의 없어 술을 함께 마신 적도 없었지. 칭리는 시골에서 유능한 사람이었지만 그의 아버지와 비슷하게 내성적이어서 친구를 거의 사귀지 못했지. 그래도 자기 아버지보다 사람들에게 인사를 더 잘했어.

칭리는 돈을 많이 벌지는 못했지만 아내를 얻었을 때 매우 강압적이었고 늘 자신이 무능하다고 떠들어댔지. 사실 그 당시 사회 전체적으로 돈이 없었어. 칭리가 별거한 후 마을에서의 생활은 최악은 아니었지만 부인은 함께 살기를 꺼려했고 두 사람은 이 문제로 자주 다투었지. 칭리는 말다툼을 할 수도 없었고 싸울 수도 없었지. 그 당시 그는 성격이 좀 억눌려 있었던 것 같았어.

칭리와 량싱룽의 갈등의 원인은 집 문제에 있었어. 칭리의 집은 싱룽의 집에서 멀리 떨어진 연못 옆에 있었어. 그런데 싱룽의 집 하수구가 막혔어. 사실 큰 문제는 되지 않았지. 하수구는 자기가 모두 직접 팠으니까. 비가 오면 배수가 잘 안 돼 걱정도 했지만 손을 좀 보면 바로 괜찮아졌어. 그런데 싱룽이 몇 년간 촌서기를 맡으면서 오만해져서 직접 칭리를 찾아가 타박했지. 칭리는 반박하면서 싱룽을 땅바닥에 밀어 넘어뜨렸지. 나중에 싱룽의 아들들은 칭리를 다잡아 놓지 않으면 안 되겠다고 생각했어. 칭리를 그냥 놔뒀다가는 이 정신병자가 무슨 일을 저지를지 모른다고 말이지. 싱룽의 세 아들은 칭리의 집으로 몰려가 그를 방에 가두고 때렸지. 폭행은 가볍지 않았어. 마을에서 조사를 했을 때 마을의 치안주임은 싱룽의 둘째 아들의 처가식구였어. 이러니 칭리가 이길 수 있겠어? 결국 칭리의 잘못으로 판명되었어. 그가 량싱룽을 때렸기 때문에 량싱룽의 치료비로 500위안을 배상하도록 결정됐지. 그때부터 칭리는 마음에 병이 들어 완전히 미쳐버렸어.

어느 날 밤, 량싱룽의 아들은 저우(周)가네 집에서 TV를 보고 돌아가려고 문을 열려는데 어떤 사람이 어깨를 툭툭 쳐서 고개를 돌리자 누군가 그를 정글도로 몇 차례 찔렀어. 어떤 사람들은 칭리가 그런 일을 했다고 의심했지. 그들은 칭리에게 그 일에 대해 물었지만 칭리는 아니라고 대답했고 사람들은 믿지 않았지. 그 후 다시 싸움이 한 차례 있었고 이번에는 칭리가 더 많은 고통을 겪었지. 그 사이에 칭리의 아내도 아들과 함께 떠났는데 찾을 수가 없었어. 외지로 일하러 나갔을 거라 생각되는데 칭리에게는 어떠한 메시지도 남기지 않았어.

그 후 몇 달이 지났지. 아마도 1999년 여름이었을 거야. 구체적인 날짜를 잊어버렸어. 칭리는 손에 정글도를 들고 어떤 알 수 없는 이유로 싱룽의 집으로 달려가 싱룽의 아내를 먼저 때리고 손가락을 자르고 머리에 구멍을 내버렸어. 량싱룽은 겁에 질려 마을 이곳저곳으로 도망쳤고. 칭리는 정글도를 들고 마을 곳곳을 쫓아가 싱룽의 목을 한 차례 찌른 후 어깨와 다리도 몇 차례 찔렀지. 칭리는 정글도를 들고 마을 곳곳을 쫓아다녔기 때문에 놀라서 어느 누구도 감히 말리지 못했어. 사람들은 싱룽이 이번에는 확실히 살아남지 못할 것이라고 말했어.

싱룽과 그의 아내는 모두 병원에 입원했고 칭리는 경찰서로 이송되었으며 싱룽의 가족은 1만 6, 7천 위안을 썼어. 형제들은 누가 얼마를 낼 것인지를 두고 대판 싸우기도 했어. 두 사람은 모두 중상을 입었고 부상 정도를 판정 받기도 했어. 법률 규정에 따르면 칭리는 최소 15년의 징역형을 선고받을 수 있었지.

이때 누군가 칭리가 변호사를 고용하고 심리감정을 받아야 한다는 아이디어를 내놓았어. 그의 아버지가 나를 만나러 왔는데 이 일에 관여할 수 없다고 생각했지. 싱룽과 우리 가족은 원한이 있기 때문에 내가 개인적인 원한을 공적으로 복수하는 일은 하지 않는다고 생각했어. 나중에 다시 생각해보니 내가 정의감을 가지고 있었던 것 같아. 칭리가 정말 병이 있을까? 그가 병이 있다면 그렇게 억울함을 당할 수는 없는 일이었지. 그렇게 생각하고 나서 나는 그에게 변호사를 소개해 주고 의사의 감정을 받게 했어. 감정 결과 칭리가 조현병을 앓고 있는 것으로 판명났어.

법정 심리에서 판사는 칭리에게 "량칭리, 당신은 왜 량싱룽을 죽이려 했습니까?"라고 물었어. 칭리는 "개자식, 내가 죽여 버렸어야 했는데, 죽이는 것은 식은 죽 먹기였는데."라고 대답했지. 여러 번을 물은 후 칭리는 이렇게 말했어. 판사는 더 이상 심문을 할 수가 없어 재판이 시작된 지 얼마 지나지 않아 휴정을 선포하고 칭리에게 정신과 감정을 받도록 요청했어. 이후 해당 지역에서 감정을 실시한 결과 그는 실제로 정신질환자였던 것으로 드러났지. 몇 달 후 칭리는 무죄를 받아 석방되었어.

집으로 돌아온 이후 겁이 나서인지 아니면 사람들에게 겁을 주기 위해서인지는 모르겠지만, 어쨌든 어디를 가든 정글도가 그의 몸에서 떠나지 않았어.

나는 우울했다. 옛날의 농촌 얘기가 여전히 이어지고 있었다. 비록 현대의 바람이 지난 수십 년 동안 불었지만 농촌의 생존 구조는 바뀌지 않았다. 물론 칭리는 법의 공정함으로 인해 형벌의 고통에서는 벗어날 수 있었지만 그의 정신적 붕괴에 대한 책임은 누구에게 있을까? 오빠가 나에게 칭리의 집을 한 번 보면 더 많은 것을 알 수 있다고 말했다. 점심을 먹은 후, 오빠와 나는 칭리의 집으로 갔다. 칭리의 집은 마을에 들어오자마자 연못 옆에 있는데 이제껏 관심에 두지 않았었다. 이 집은 1980년대 중반에 지은 벽돌집으로 벽은 반은 벽돌, 반은 진흙으로 되어 있었다. 어떤 이유에서인지 그는 동쪽 방과 서쪽 방의 창문 두 개를 벽돌로 막았다.

칭리는 우리가 오는 것을 보고 매우 반가워했고 우리를 방으로 들여보내주었다. 방의 조명은 매우 어두웠고 부패한 쓰레기장의 냄새가 났다. 안방에 들어가니 약간의 빛이 있었고 집 안의 가구를 볼 수 있었다. 사실 가구는 많지 않았다. 가운데에는 낡고 작은 테이블과 의자 두 개가 있었다. 테이블은 먼지로 뒤덮여 있었다. 오랫동안 이곳에 사람이 없었던 것으로 추정되었다. 뒷벽에는 진흙으로 만든 긴 의자가 있었고 그 위에는 다양한 잡동사니 물건이 놓여 있었다. 물건은 거미줄로 덮여 있어 먼지가 많은 느낌을 주었다. 서쪽 방은 내부가 거의 어두웠고, 침대가 하나 놓여 있었으며, 허름한 매트와 옷 몇 벌이 놓여 있었다. 베개는 없었다. 정글도는 침대 위에 있었는데 어두운 빛 속에서 밝게 빛나고 있어 사람들에게 설명할 수 없는 두려움을 느끼게 했다.

집 안에서 나는 냄새를 참을 수 없어 우리는 서둘러 나왔다. 원래는 사진을 찍고 싶었는데 칭리가 좋아하지 않을 것 같아 요청하지 않았다. 오빠는 나에게 신호를 보내며 마당에 있는 돼지우리를 보라고 했다. 돼지우리도 내부가 어두웠고 돼지는 없었지만 긴 쑥으로 덮여있었다. 그의 집을 나온 후 오빠는 이렇게 말했다. "이제 칭리의 일상은 강에 가서 쑥을 잘라 안에 깔고 다시 자르는 것이다. 그 후 가득 차면 꺼내서 버리고 다시 자르고 다시 까는 것이다." 그에게 뭐하는지 물으니 "칼을 갈고 있어요."라고 말했다. 칭리는 "젠장, 칼을 오랫동안 사용하지 않으면 무뎌져요. 그래도 괜찮지만 칼을 사용해야 한다면 어떻게 해야 될까요?"라고 말했다.

쿤성(昆生)

내가 묘지에서 그 가족을 처음 본 것은 약 10년 전 여름이었다. 큰 비가 내린 뒤, 오빠와 나는 어머니의 묘를 찾아갔다. 오빠는 묘지 반대편 끝에 한 가족이 살고 있다고 했다. 다른 부락 출신인데 왠지 고립되어 이곳에 살고 있다고 했다. 나는 궁금해서 확인해 봤다. 묘지 끝에 있는 땅은 잘 가꾸어져 있었고, 아직 갈지 않은 밀짚이 깔린 평평한 밀밭이 있었고, 바닥에는 발아된 밀의 두꺼운 층이 보였다. 우물과 직접 만든 맷돌 등도 있었다. 중앙의 열린 공간에는 두 남자가 집을 짓고 있었는데, 벽은 이제 막 쌓았고, 그들이 직접 만든 조잡한 흙벽돌은 지붕 들보를 만들 것처럼 보였다. 그 옆에는 작은 초가집이 있었다. 두 사람은 우리를 조심스럽게 바라보며 아무 말도 하지 않았다. 형은 그들에게 담배를 건네자 표정이 약간 부드러워졌다. 나는 몸을 굽혀 초가집에 들어가 그 안의 희미한 빛에 눈이 익숙해진 후 내부 상황을 보고 깜짝 놀랐다.

초가집이 완성되지 않은 상태였고 앞쪽에는 출입구라는 것이 있었지만 뒤쪽은 옥수수대로만 쌓은 담장에 불과해 폭우가 이 허약한 쉼터를 뚫고 들어가 작은 공간을 흠뻑 젖게 했다. 이쪽은 부엌인 것 같았다. 부뚜막 위는 이미 비와 진흙으로 더러웠고 먹을 수 있는 것은 아무것도 보이지 않았다. 전체 공간에서 유일하게 건조한 곳은 부뚜막 앞의 작은 바닥으로 의자 세 개 크기의 공간이었다. 이 작은 공간 안에는 세 사람이 웅크리고 있었다. 그중 한 명은 멍하니 앞을 바라보고 있었는데 엄마인 것 같았다. 두 아이가 있었는데, 한 아이는 밀짚을 방석으로 삼아 바닥에 누워 있었다. 머리카락은 흩날리고 있었으며, 얼굴은 보이지 않았고 꼼짝도 하지 않았다. 다른 한 아이는 나이가 좀 더 많은 어린 소녀였는데 울고 있었다. 대략 열 살 정도 되어 보였다. 오빠가 다가가서 누워 있는 아이를 만져보니 아이가 고열을 앓고 있었다. 오빠는 나이 많은 여자에게 말을 걸었지만 아무 반응이 없었고 밖에 있는 두 남자에게 물어보니 어린 소녀가 어젯밤 비를 맞아 열이 난다고 말했다.

우리는 읍내에 가서 약을 사고, 국수, 과자, 소금, 채소를 사고, 철물점에 가서 몇 미터의 두꺼운 비닐을 잘라 다시 그곳으로 돌아왔다. 이 작은 공간은 우리가 떠났을 때와 여전히 똑같았다. 과자를 언니에게 줬는데 언니는 안 먹고 뒤돌아서 여동생을 불렀다. "여기 과자야, 먹어." 언니는 여동생에게 조용히 말했다. 여동생은 조금도 움직이지 않았다. 오빠는 두 남자에게 그 여자들을 일으켜 밖으로 데리고 나오게 도와달라고 부탁했고 언니에게 몸을 돌려 여동생을 부축해 안아달라고 부탁했다. 그 어린 소녀의 얼굴은 온통 빨갰고 숨을 쉬지 않는 것처럼 눈은 꼭 감겨 있었다. 오빠는 그 아이에게 해열주사를 놓았다.

부뚜막 앞 의자 세 개 정도의 공간이 유일한 마른 땅이라는 생각이 계속 들었다. 밤에는 아픈 아이와 남자 두 명, 반쯤 넋이 나간 여자 등 다섯 명이 거기에 있는 것 같았다. 어젯밤, 길고 춥고 비오는 밤, 그들은 어떻게 보냈을까? 지금도 이 문제를 생각하면 아직도 가슴에 알 수 없는 아픔이 느껴진다. 나에게 그것은 영원한 미스터리였다.

묘지 머리 위의 오두막을 보자마자 그 앞에는 황무지에서 일하는 노인과 청년 두 사람이 보였다. 노인은 호미를 흔들었고 청년은 쪼그려 앉아 뭔가를 집으려고 하고 있었다. 그들은 우리 일행을 보고 멈춰 서서 몸을 일으키더니 우리를 쳐다보았다. 그 노인은 10

년 넘게 못 본 사이에 백발이 성성한 노인이 되어 있었다. 오랫동안 씻지 않은 것 같은 머리카락은 머리에 헝클어져 어깨 위로 늘어져 있었고, 턱수염은 입술을 거의 덮을 만큼 지저분해 보였다. 눈에 백내장이 있는 것 같았고, 눈에 흰자위가 많아 사람을 또렷이 보기가 어려웠다. 옆에 있던 어린 소녀는 더욱 생기발랄해 보였고 미소를 지으며 우리를 바라보았다.

그는 의심스러운 눈초리로 바라만 보았다. 어린 소녀가 먼저 다가와 우리를 수줍고 조심스럽게 바라보았다. 큰언니는 50위안을 꺼내서 어린 소녀에게 주었지만, 그 소녀는 그것을 원하지 않았고 도움을 청하는 듯 들판에 있는 노인을 바라보았다. 노인은 몸을 움직여 혼잣말이라도 하는 듯 중얼거렸고 우리에게 말을 건네려는 듯 우리를 바라보았다. 언니가 그 아이의 손에 돈을 쥐어주었을 때, 몇 번 거절하다가 받았으며 뭔가 알 수 없는 말을 했다. 나는 그 아이에게 무슨 말을 했는지 몇 번을 다시 물은 후 대략의 뜻을 알 수 있었다. 그 아이가 말한 것은 번쩍번쩍한 은화를 받아 쓰는 것은 좋지 않다는 것이었다. 나는 그 아이가 무슨 말을 하고 싶은 것인지 알 수 없었다. 칭리처럼 이 아이도 오랫동안 외로워서 표현하고 소통하는 기본적인 능력을 잃어버린 사람이었다.

나는 특히 옆에 있는 여동생에게 관심이 많았다. 그녀는 불그레한 얼굴을 가지고 있었고, 마르지만 건강하며, 구부러진 눈과 미소를 가지고 있으며, 매우 귀엽고 순박했다. 나는 호기심에 "그때 그 사람이 언니였나요, 아니면 여동생이었나요?"라고 물었다. 나는 그녀에게 가족 중에 또 누가 있느냐고 물었다. 그녀는 여동생이 결혼했고 그녀의 어머니가 이번 봄에 돌아가셨다고 말했다. 그렇다면 그 사람은 그때의 아픈 여동생이었다. 이렇게 컸다니 정말 대단했다. 대화 중에 나는 그녀의 언니가 구이저우(貴州)로 시집 갔다는 알게 되었다. 왜 그렇게 멀리 떨어진 곳에서 결혼했는지 물었지만 모른다고 했다. 그녀는 학교도 다니지 않았고 문맹이었고 광저우로 일하러 나갔다가 이내 돌아왔다. 그녀는 문맹이기 때문에 많은 것을 이해하지 못하고 두려워했다. 이 바쁜 시간이 지나면 읍내 식당에서 일을 할 예정이었다. 그녀는 한 달에 500위안을 받기로 했고 숙식은 식당에서 제공하기로 합의했다고 했다. 식당에서는 이미 여러 차례 재촉해 그녀가 오기를 기다리고 있었다. 그 말을 듣고 나는 매우 기뻤다. 그 어린 소녀도 돈을 벌게 되었으니 말이다. 적어도 그녀의 생활은 더 이상 문제가 되지 않게 되었다. 지금 그들 부녀는 어디에 살고 있느냐고 묻자 마을 간부들이 마련해준 마을의 한 구들방에 살고 있는데 이곳의 집들은 계속 무너지고 있다고 했다. 주위를 둘러보니 그게 무슨 말인지 대략 이해가 되었다. 이곳은 지형이 너무 낮아 여름 장마철에는 물이 쉽게 고인다는 것을 알 수 있었다.

내가 그들에게 사진을 찍어주겠다고 했더니 노인은 무척 기뻐하며 손으로 여러 번 머리를 빗었지만 잘 되지는 않았다. 그는 손에 침을 몇 번 뱉더니 결국 올백머리 모양을 했다. 어린 소녀는 아버지 옆에 서서 두 발을 모은 채 손으로 옷자락을 잡고 입술에 수줍은 미소를 지으며 나를 바라보고 있었다.

내 마음은 잠시 떨렸다. 흥분인지 기쁨인지는 알 수 없었다. 이 어린 생명이 마침내 어려운 세월을 견뎌내고 이렇게 건강하고 명랑하며 소박하고 순수한 모습으로 성장했다. 그녀의 미래의 삶은 더 나아질 것이다. 나는 10년 전에 무슨 일이 있었는지 그녀에게 말하지 않았다. 당시 겨우 5, 6살밖에 안 됐던 어린 소녀는 아마도 그 장면을 기억하지 못할 것이다. 하지만 나는 그녀가 결코 잊지 않기를 바랐다.

우리가 칭다오 오빠네 집을 지나 돌아왔을 때는 거의 정오였다. 칭다오 오빠네 집은 손님들로 가득 찼고, 진(鎭) 정부쪽 친구들이 그의 집에 포커놀이를 하러 왔다. 칭다오 오빠는 포커놀이를 하며 인사를 나누고 있었다. 그는 우리가 지나가는 것을 보고 매우 기뻐서 우리를 불러서 소개했다. 그의 말에는 약간의 과시도 있었다.

칭아오 오빠와 묘지에 있는 그 가족들에 대해 말하면서 나는 그의 이름이 쿤성이라는 것을 알게 되었다. 솔직히 말해서, 그에게 이름이 있어야 한다고 생각한 것은 이번이 처음이었다.

'큰 수염'으로 불리는 쿤성은 젊은 시절 운전병으로 입대해 제대 후에 윈난과 구이저우에서 떠돌아다니며 일했다고 한다. 그는 손재주가 매우 좋았는데, 특히 대나무 돗자리를 잘 만들어 돗자리 중간에 다양한 색깔의 문자와 꽃문양을 넣을 수 있었다. 그는 묘지 주변에 우물과 저장고, 집을 직접 지었다.

칭다오 오빠는 "그 사람은 뇌에 문제가 있는 것 같아. 마을에 그의 주택부지도 있고 형제도 여러 명 있어. 왜 그런지는 모르겠지만 그 사람은 그곳에서 살기를 고집해. 그해에 그는 묘지에 있는 그 작은 집을 지으면서 벽돌을 달라고 했어. 바보는 아니었지. 나는 벽돌이 없다고 했지. 만일 우리집 벽돌을 주어 집이 무너지면 당신이 지어줄 거야?"라고 말했다. 칭다오 오빠가 말할 때 매우 무덤덤했고 무심했으며 약간 경멸적인 어조였다.

　나는 칭다오 오빠에게 정부에서 그들과 같은 가족들을 위해 보조금 같은 특별한 정책이 있는지 물었다. 칭다오 오빠는 아무것도 없다고 말했고, 마을에서도 그를 걱정하고 있다고 말했다. 나는 그가 묘지에 살 때 마을로 돌아가라고 여러 번 요청했지만 그는 말을 듣지 않았다. 나중에는 여름에 비가 많이 내리고, 겨울에 눈이 많이 내려 묘지에 있던 집이 무너져서 돌아가고 싶다고 소리를 쳤다. 그래서 마을에서는 그의 가족을 첫 번째 구호 대상으로 배치해 마을의 오래된 구들방을 수리해 그들이 살도록 했다. 쿤성의 아내가 봄에 죽자 마을 사람들은 그를 도와 장례를 치러줬다. 그는 5바오(保)[1] 대상자로 연간 700~800위안과 이와 별도로 부양비 300~400위안을 받고 있었고, 평시에 밀가루와 이불, 의복을 지급받아 사실 괜찮게 사는 편이었다. 그는 열심히 일하는 마을의 다른 성실한 사람들보다 나았다. 칭다오 오빠가 평소처럼 놀리는 어조로 말하자 주변 사람들도 모두 동조했다.

---

1 다섯 가지 보장, 즉 의, 식, 주, 의료, 장례를 말함. 우리나라의 기초생활보장제도와 유사하다.

이때 포커놀이를 하던 한 청년이 말을 끼어들었다. 칭다오 오빠는 "이 친구는 우리 지역을 담당하고 있고 우리 지역 상황을 가장잘 아는 우리 진(鎭)정부 민정소(民政所) 간부야."라고 말했다. 그청년 간부는 "이 쿤셩은 불쌍해 보이지만 실제로는 매우 나쁜 사람이에요. 한번은 술에 취해 향정부에 가서 아무도 자기를 신경 쓰지 않는다고 불평했어요. 그래서 소장은 정부가 당신을 신선처럼모시는데 뭘 더 바라냐고 말했어요. 여기서 소란을 피우지 말고 얼른 돌아가라고 막무가내였어요. 저는 그가 너무 시끄럽게 해서 경찰서로 데리고 갔어요. 그도 더 이상 소란을 피우지 않았어요. 지금 그는 가난하지도 않아요. 마을에서 그에게 2무의 땅을 줘서 농사를 짓고 있어요. 묘지에 있는 땅은 이제 좋아져서 물을 저장할수 있어요. 그는 연근을 재배하고 저축을 해서 수만 위안을 가지고있어요. 큰딸은 재작년에 5천 위안에 팔려갔어요. 그의 두 딸은 모두 양녀예요. 귀하지 않아요. 그의 옷이 더럽다고 생각하지 마세요. 그는 옷이 많지만 빨지 않아요."라고 말했다.

이러한 얘기를 들어보면 쿤셩은 도덕성이 매우 나쁜 사람인 것같았다. 그는 술을 마시고 소란을 피우고 정부를 협박하고 딸을 팔고 일부러 가난한 척했다. 이것이 정말 쿤셩의 이면이라면, 그것때문에 복지를 줄여야 할까? 그는 도덕적으로 타락했기 때문에,게으르기 때문에, 선과 악을 이해하지 못하면 동정받을 자격이 없을까? 그러나 그들이 말하는 쿤셩과 내가 본 쿤셩은 동일인이 아니었음이 분명했다. 그네들은 쿤셩을 다른 시각으로 바라보았다. 그는 정말 딸을 팔았을까? 나는 쿤셩 딸의 시댁이 쿤셩에게 돈을 좀 주었을지도 모른다고 생각했다. 그런데 쿤셩 같은 사람은 그가 가진 게 아무것도 없어야 동정의 눈빛을 주었다. 정부 보조금을 받는 사람이 술에 취하는 것은 더욱 더 파렴치한 모습이었다.

갑자기 깨닫고 보니 시골에서는 쿤셩 같은 이들이 정상적인 도덕 체계와 생존 체계에서 배제되어 있었다. 이 사람들은 그들의 고립과 어리석음, 기묘함 때문에 마을의 도덕적 오점이 되어 조롱받고 배척당하는 '이방인'이었다. 그는 전혀 관심과 도움을 받지 못했다. 우리 문화에서 '생명'이나 '사람' 그 자체는 가치가 있는 것이 아니며, 문화 체계 안에서 그에 상응하는 가치를 찾아야만 존중과 인정을 받게 된다. 따라서 우리는 집단에서 쫓겨나 점점 더 고립될 때, 문화 체계 밖으로 쫓겨나면 존경과 도움을 받을 가치도 없는 '쓰레기'가 되었다. 사람들은 마음속으로 이런 사람들에게 도움을 줄 필요는 없는데 많은 경우 제도가 잘 갖춰져 이러한 지원이 이뤄진다고 생각했다.

장꺼다(姜疙瘩)[2]

점심 먹으려고 준비하고 있는데 벌써 오후 1시가 넘었다. "시골밥은 두시 반", 아직 이른 시간이었다. 음식이 상 위에 놓이자마자 밖에서 한 마른 노인이 들어왔다. 그의 손과 발은 검고 석탄가루로

---

2 장(姜)은 생강을 뜻하며 꺼다(疙瘩)는 종기를 뜻한다. 장꺼다라는 이름은 이 사람의 머리 뒤통수가 생강처럼 볼록하게 나와 붙여진 별명이다.

얼룩져 있었다. 그는 문에 들어서자마자 큰 소리로 "야, 아직 정오도 안 됐는데... 밥 먹을 시간이야!" 오빠는 별말 없이 가볍게 대답만 했다. 아버지 역시 특이할 정도로 반기는 마음이 없으셨다. 자세히 보니 장꺼다 아닌가? 몇 년 동안 못 봤는데 지금 보니 연세가 너무 많아 보이고, 허리가 굽어지고, 눈이 흐려지고, 뒷머리의 부스럼은 더욱 눈에 띄었다. 오빠는 자리를 양보했지만 식사를 하라고는 하지 않았다. 장꺼다는 한동안 거기에 앉아 이런저런 쓸데없는 말을 하며 두리번거렸지만 나를 알아보지는 못한 것 같았다. 어떤 이유에서인지 그와 얘기를 나누고 싶지 않았다. 잠시 후 장꺼다는 갑자기 오빠에게 "자네, 어젯밤에 마시고 남은 술이 좀 있지 않은가? 이리 가져와보소. 한 잔 먹게."라고 말했다. 오빠는 마치 준비한 것처럼 탁자 밑에서 술 한 병을 꺼냈다. 과연 술병에 술이 좀 남아 있었다. 오빠는 너무 적다고 허세를 부렸다. 장꺼다는 심각하게 말했다. "술 한 병을 딸 수도 없을 테고. 난 한 모금이면 되네." 병에는 대략 한두 잔 이상이 있는 것 같았는데 장꺼다는 단숨에 마셨다. 그는 입을 닦고 몇 번 내리치더니 오빠에게 몇 시냐고 물었다. 오빠는 두 시가 되었다고 말하자 그는 깜짝 놀라며 "아이고, 제기랄. 너무 늦었네. 엄니가 분명히 기다리고 있을 거야."라고 말하며 낡은 자전거를 타고 비틀거리며 갔다.

　나는 장꺼다에게 차갑게 대한 오빠를 나무랐다. 아버지와 오빠는 함께 웃으며 장꺼다에게 이렇게 냉담한 것은 그가 거의 매일 찾아와 지금처럼 술을 달라고 요구하기 때문이라고 말했다. 어느 날 너무 잘 대해주면 정오나 밤에 꼭 찾아오고, 때로는 일을 하는 한 낮에도 찾아와 술 한 잔 달라고 한다고 했다. 그는 먹고 남은 술을 달라고 했다. 그래서 집에는 매일 먹고 남은 술 한 병을 준비해 두었다. 요즘 며칠간 그가 오지 않았는데 그 이유는 장꺼다가 그의 아내(즉 아홉째 할머니)와 싸웠는데 그의 아내가 친정으로 가겠다고 해서 그녀를 만류하고 있었기 때문이라고 했다.

장꺼다는 성이 장은 아니다. 그는 우리와 촌수는 멀지만 우리집 안사람으로 예순 살이 넘었다. 어른들에 따르면 우리가 그를 넷째 할아버지라고 불러야 하는데 그의 이름을 아는 사람은 아무도 없었다. 아버지와 마을 어른들 여러 명에게 물었지만 기억하지 못했다. 왜 그렇게 이상한 이름을 부르는지에 대해 물으면 다들 웃기만 했다. 옆에서 보면 그의 뒤통수는 유난히 불규칙하고 울퉁불퉁해 마치 오래된 생강 모양 같았다. 정면에서 봐도 그의 뒤통수에 돌출한 '산봉우리'를 볼 수 있었다.

내 기억의 장꺼다는 허리가 가늘지만 굽지 않았고 하루종일 노랫가락을 흥얼거렸으며 가끔씩 신천유(信天游)[3] 몇 소절을 목청껏 부르곤 했다. 나는 그의 부모에 대해 들어본 적이 없으며 집에는 낡은 흙집만 있었다. 그는 일 년 내내 바깥을 떠돌다가 어쩌다 마을에 나타났는데 이곳저곳 돌아다니며 밥을 얻어먹었다. 누구 집이 생활이 좀 낫다 싶으면 그 집으로 가서 밥을 얻어먹었다. 그의

---

3 중국 산베이(陝北) 지역 민가(民歌) 곡조의 일종

눈빛은 살아 있고 힘이 있어서 사람들은 그가 공짜로 밥을 먹어도 싫어하지 않았다. 그래서 우리 가족이 빵을 찌고 있을 때마다 장꺼다가 콧노래를 부르면서 국수를 반죽하고 자르는 일을 맡곤 했다. 그는 두 손으로 동시에 밀가루를 반죽하며 손을 이리저리 움직이기도 하고, 높이 치켜올리기도 하고, 도마 위를 마술처럼 재빠르게 움직이기도 했다. 그러면 이내 동그란 빵 두 개가 나오기도 했다. 그가 반죽한 찐빵은 항상 향이 아주 좋았고, 찐빵을 냄비에서 꺼낼 때 순식간에 퍼져 나오는 달콤한 냄새는 정말 군침 돌게 만들었다. 물론 장꺼다가 정오에 우리집에서 식사를 하곤 했는데, 한 입에 서너 개를 먹어서 우리는 너무 괴로웠다. 그 당시 우리들은 너무 가난해서 밀가루를 아껴서 먹었는데 그는 한 끼에 온 가족이 3일 동안 먹을 수 있는 분량의 밀가루를 먹었다.

　장꺼다의 고향 귀환은 당시 마을에 큰 뉴스였고 몇 년이 지난 후에도 모두가 여전히 그때의 장면에 대해 흥미진진하게 얘기했다. 그날도 비가 살짝 내리고 있었다. 마을의 총각들은 여느 때처럼 길가에 모여 지나가는 여성들에게 추파를 던지고 알 수 없는 음담패설을 하며 가끔 알 수 없는 웃음을 터뜨렸다고 한다. 여자가 지나가면 "오오"하며 소리를 질렀다. 황혼이 되자 비는 그쳤다. 갑자기 버스 한 대가 "끼익"하는 소리를 내며 모두의 앞에 멈춰 섰는데 가장 먼저 내린 사람은 장꺼다였다. 양복을 입고 비뚤어진 넥타이를 매고 있는 장꺼다를 보았는데 뒤에 아주 젊은 여성이 걸어 내려왔다. 정확히 말하면 장꺼다는 한 손으로 팔짱을 끼고, 다른 한 손으로는 허리를 잡고 걸어 내려왔다. "이 사람은 내 와이프야." 장꺼다는 득의양양하게 또래들에게 소개를 했다. 말할 필요도 없이 그때 그 어리숙한 친구들은 어안이 벙벙했다. 그 여자는 매우 청순하고 밝은 얼굴, 잘 빗어 길게 땋은 머리를 하고 있었고, 키는 약간 작고 엉덩이는 좀 크고 다리는 짧고 굵었다. 하지만 한눈에 봐도 그 여자는 무척 성실하게 살아온 사람이라는 것을 알 수 있었다. 장꺼다는 호들갑을 떨면서 친구들에게 차에서 물건을 옮기는 것을 도와달라고 말했다. 그날 정오가 되자 장꺼다는 읍내에서 잔치를 벌였고 담배도 피우고 술도 마시면서 떠들썩하게 놀았다. 나중에 이 여자가 시안(西安) 사람이라는 것을 알고 사람들은 장꺼다가 그 여자를 속여 여기로 데려왔다고 생각했다. 그는 나이도 많고 외모도 기이하고 추하기 짝이 없는데 어떻게 그처럼 아름다운 여자를 순순히 따라오게 할 수 있었지?

장꺼다는 벽돌공장의 낡은 집에 임시로 거처했다. 다음날 그는 아내를 데리고 결혼증명서를 신청하고 마을에 찾아가 토지와 양식을 요청한 뒤 가구와 생필품 등을 구하며 생활에 적응해 나가기 시작했다. 2년 후, 장꺼다의 아내는 실제로 포동포동한 아들을 낳아 장꺼다는 너무 기뻐서 어쩔줄을 몰랐다. 50살이 넘은 노총각이 아들을 갖게 될 것이라고는 상상도 하지 못했다. 그때쯤 장꺼다는 돈을 거의 다 써버렸다. 그 여자는 좋은 여자였지만 어떻게 살아야 할지 몰랐고 너무 게을렀다. 아들이 태어난 지 한 달이 되던 날, 장꺼다는 아내에게 아들을 안아달라고 부탁하고 밀가루 포대를 들고 집집마다 돌아다니며 "너 또 할아버지가 생겼다." 또는 "너 또 삼촌이 생겼다."고 말하며 기쁜 소식을 전했다. 그의 아들은 어리지만 항렬이 높아 거의 모든 마을 사람들이 그를 높여 불러야 했다. 그의 손에 들린 밀가루 포대를 보면서 마을 사람들은 그에게 음식과 돈을 주는 것이 불가피하다고 생각했다. 또 그의 아이들이 입는 옷을 찾아주는 것이, 그 여자에게 자녀 양육에 대한 상식을 가르쳐주는 것이 불가피하다고 생각했다. 아들을 낳은 후 장꺼다는 집이 너무 작다고 느끼고서 집을 다시 구하고 잡다한 일을 하기 시작했다. 촌서기의 중재로 오랫동안 외지에서 일하던 마을의 한 가족이 장꺼다가 네 칸 반짜리 그의 집에 사는 데 동의하자, 장꺼다는 말할 수 없이 좋아했다. 그는 아내와 아이를 데리고 함께 그 집에 들어갔다. 그의 집이 생긴 셈이었다.

몇 년 전 춘절 때 나는 집에 와 어머니 산소에 가서 성묘하고 옛집을 들렀는데 문을 열자마자 장꺼다가 어물어물거리며 나타났다. 그 뒤에 젊은 여자와 서너 살 난 남자아이가 따라 나왔다. 나는 그들이 그의 아내와 아이일 거라 생각했다. 그 소년은 또 다른 '작은 장꺼다' 같았다. 과연 장꺼다가 나에게 진지하게 소개했다. "이 사람은 너희 아홉째 할머니이고 이 아이는 작은삼촌이야." 나는 그 여자를 바라보았다. 그녀는 예쁘지는 않지만 얼굴은 꽤 섬세했다. 머리는 소문으로만 듣던 그 길게 땋은 머리였다. 특히 눈썹 사이의 부드러움과 친절함이 사람들에게 이내 호감을 갖게 만들었다. 장꺼다는 방을 한 바퀴 돌아보더니 늙은 티를 내며서 나를 나무랐다. 그리고 그는 탁자와 의자를 한번 만져보더니 나에게 그 위에 수북이 쌓인 먼지를 보라고 했다. 그리고 다시 벽에 걸려 있는 괭이를 떼어내면서 손짓을 하더니 "한번 봐봐, 다 녹슬었잖아. 아까워!"라고 말했다. 나는 이것들을 다 그에게 주었다. 그는 무척 기뻐하며 아내에게 괭이를 매게 하고 자기는 탁자와 의자를 들고 팔에 내가 그에게 보내준 자질구레한 물건들을 들고 갔다. 떠나기 전 그는 나를 자기 집으로 초대하겠다고 했다. 한 가족이 멀리 떠나는 모습을 보며 웃고 싶었지만 뭔가 형언할 수 없는 씁쓸한 마음이 들었다. 나는 루쉰(魯迅)의 『고향』 속 장면이 자꾸 떠올랐다. 한 세기가 지났는데 왜 아직도 그대로일까?

다음 날 나는 장꺼다의 집에 갔다. 그는 문 앞에서 어제 주었던 괭이를 갈고 있었는데 내가 온 것을 보고 깜짝 놀라 잠시 멍해 있었다. 그는 아마도 내가 정말로 올 것이라고는 기대하지 않았을 것이다. 그리고서 정신을 차린 후 매우 기뻐하며 큰 소리로 아내를 불러 나에게 차를 따라주라고 하고 자기는 자리를 옮겨 화롯가 옆에 쪼그려 앉아 담배를 말아 피웠다. 그때 장꺼다의 모습은 차분하게 한 가정의 가장다운 품격을 보여줬다. 평소 외부 사람들에게 보여주던 이미지와는 전혀 달랐다. 그 집을 둘러보니 아주 깨끗했다. 우리집에서 가져온 작은 탁자 위에는 빨간 벨벳 천을 덮은 작은 TV가 놓여 있었다. 그의 아내가 침대 옆에 앉아 스웨터를 뜨개질하고 있었고 여느 집과 마찬가지로 벽에는 고추, 옥수수, 마늘, 농기구 등이 잔뜩 걸려 있어 따뜻하고 풍요롭고 편안했다.

현재 장꺼다는 읍내의 한 연탄가게에서 조개탄을 만드는 일을 하며 1톤당 20위안을 받았다. 컨디션이 좋은 날에는 하루에 30위안 이상을 벌 수 있다고 한다. 60대 초반인 그는 매일 아침 5시에 일어나 읍내로 출근하고, 정오가 되면 허겁지겁 집으로 가서 점심을 먹었다. 그는 길가에 있는 식당에 한 번도 가본 적이 없었다. 그는 술을 좋아했지만 자신은 술을 살 여유가 없기에 지인의 집에서 함께 마셨다.

어느 날 나는 문 앞에 앉아 있는데 멀리서 키가 작고 통통한 사람이 자전거를 밀고 있는 것을 보았다. 저 사람은 장꺼다의 아내가 아닌가? 달려가서 불러보니 과연 그녀였다. 그녀의 길게 땋은 머리는 잘려 있었고 자전거 뒤 좌석에 어린 소녀가 앉아 있었다. 아, 장꺼다에게는 또 어린 딸이 있었구나. 어린 소녀는 나비넥타이와 작은 치마를 입고 있었고 머리는 균형이 잘 잡혀 있었으며 장꺼다와 같은 '돌기'도 없었다. 엄마는 아이를 태양으로부터 보호하기 위해 좌석에 양산을 설치했다. 젊은 그녀는 이전보다 말을 많이 했다. 아들이 말을 잘 듣지 않고 공부를 열심히 하지 않으며 가족계획 때문에 벌금을 물어야 한다고 불평했다. 또 장꺼다가 술을 좋아한다고 원망했다. 듣고 있자니 마음속에 말할 수 없는 감동이 있었다.

장꺼다는 언제까지 버틸 수 있을까? 아마도 이것은 문제가 되지 않을 것이다. 우리 고향 사람들은 대대로 여러 가지 어려움을 겪었지만 사병들이 공격해 오면 장군이 막고 물이 밀려오면 흙으로 막

앉다. 모든 것이 그들에게는 평범한 일이며 결국 지나갈 것이다.

여름날 나의 그 감탄은 예언이 된 것 같았다. 몇 달 후 장꺼다가 사망했다. 장꺼다의 젊은 아내는 다른 사람과 관계를 맺고 있었고, 여름에도 이런 전조가 있었다고 한다. 그 남자는 40대 청년으로 시골의 노총각이었다. 몇 년 동안 외지에서 일을 하며 돈을 좀 벌었다. 어느 순간 둘은 하나로 합쳤다. 시골에서 이처럼 나이 든 남편을 둔 젊은 여성은 대개 다른 총각들의 조롱과 염탐의 대상이었다. 그의 아내는 계속 이혼을 요구했지만 장꺼다는 이를 원하지 않았기 때문에 아내는 그 사람과 함께 도망갔다. 어느 겨울날 밤, 술에 취한 장꺼다는 차에 치여 사망했다. 읍내로 이어지는 길목은 모퉁이가 너무 가팔라 거의 몇 년에 한 번씩 그곳에서 마을 주민이 차에 치여 사망하는 일이 발생하곤 했다. 장꺼다가 죽은 것을 알고 아내가 돌아와서 큰 소리로 울며 장례를 치렀다. 가족들은 사고 낸 사람이 보상금으로 2만 위안을 촌서기에게 맡겼기 때문에 그녀가 그 돈을 쓰려면 가족의 동의를 받아야 한다고 말했다. 후에 그녀는 두 자녀를 데리고 함께 떠났다.

현재 량씨 집안사람들은 "작은 장꺼다"를 다시 데려오는 것에 대해 논의하고 있다. 그는 필경 장꺼다의 자손이지 않는가. 그러나 그를 데리고 오면 누가 돌볼 것인가? 아무도 이런 바보 같은 일을 떠맡으려고 하지 않았다. 그래서 결국 흐지부지됐다.

칭다오(清道) 오빠

아침에 일어나시자마자 아버지께서는 칭다오 오빠에게 전화 한 통을 받으셨다. 장이 끝나 바로 음식을 준비할 테니 우리에게 일찍 오라고 했다. 내가 돌아왔으니 칭다오 오빠는 꼭 감사를 표해야 한다고 말했다.

칭다오 오빠의 집은 50평 정도의 면적에 달하며 길을 따라 지어졌다. 왼쪽에서 멀지 않은 곳에는 1980년대 마을에서 가장 큰 기업인 량좡탄광건설유한회사(약칭 탄광건설)가 있었는데, 한창일 때는 수십 리 떨어진 곳에서 사람들이 석탄을 싣고 왔다. 매일 석탄을 운반하는 대형 트럭이 왔고, 트럭에 석탄을 운반하는 일반 농민들도 줄지어 오갔다. 우리 아이들이 방과 후에 가기 가장 좋은 곳은 바로 회사의 큰 정원이었다. 우뚝 솟은 흑탄산은 또 다른 매력을 가지고 있었다. 그곳에서 석탄을 들어 올리고 파는 거대한 기계를 구경했고, 사람들의 하얀 수건이 검게 변하는 모습을 지켜봤다. 우리는 그곳에서 숨바꼭질을 하며 석탄더미 주변을 뒤지곤 했다. 탄광건설 주변에는 식당, 소규모 건조장, 상점, 목욕탕 등 일련의 영세 업종이 형성됐는데, 가장 잘되는 장사는 단연 식당이었다. 칭다오 오빠의 손맛도 그때 다져놓았다.

어릴 때 이곳에는 집도 없었고 밭도 없었고 큰 연못만 있었는데, 여름과 가을이 바뀌면서 연못에는 검고 달고 통통한 큰 마름[4]

---

4 1년생 수생식물.

이 가득 차 있었다. 이후 이곳은 끊임없는 매립으로 연못 위는 결국 줄줄이 지어진 집들로 덮였다. 현재 이곳의 집들은 칭다오 오빠의 집, 회계 집, 촌장 집 그리고 기타 장사를 하는 사람들의 집이었다. 촌서기의 집은 그시절 마을에서 가장 좋은 위치였다. 그 이면에는 칭다오 오빠가 흙과 모래로 천천히 연못을 메운 노고가 있었다. 현재 탄광건설은 파산한 지 오래고 그 시설들은 종적도 없이 사라져 볼 수 없었다. 칭다오 오빠의 집도 약간 인적이 드문 곳에 있어 황량했는데 출입구의 평탄함과 넉넉함은 과거의 영화를 보여주는 듯했다.

우리가 갔을 때 얼굴이 멀쑥했지만 눈은 흐린 언니가 뒤뜰 부엌에서 차를 끓이고 있었다. 그녀는 작년에 유방암이 발견되어 큰언니 병원에서 양쪽 가슴 절제술을 받았다. 큰언니는 가자마자 남이 있든 없든 옷을 걷어 올리고 그녀에게 병세를 보게 했다. 언니는 아직도 두 가닥의 긴 땋은 머리를 하고 있었으나, 머릿결은 이미 누렇게 말라붙고 가늘어서 아무 광택도 없이 푸석푸석했다. 자꾸 깜빡이고 눈곱이 낀 그녀의 눈은 늙어 보였고 일종의 우스꽝스러운 슬픔을 느끼게 했다. 앞뜰에 있는 집은 그들의 잡화점이었는데, 지금은 선반이 먼지로 뒤덮여 있고 물건도 거의 없었다. 가운데 마당에는 수세미가 심어져 있었고 수세미 모종 줄기가 여기저기 기어 다니고 있었다. 우물 옆에는 자연적으로 생긴 습지가 있었고 그 위에서 닭과 오리들이 먹이를 먹고 있었다. 무더운 여름날 정오, 옅은 악취가 마당 전체를 가득 채웠다. 개 한 마리가 앞뒤로 으르

렁거려 닭과 오리가 겁을 먹고 여기저기 날아다녔고 그 깃털이 온 땅에 펄럭였다. 부엌은 마당 한구석에 열려 있었고 부뚜막은 무척 낮았다. 물통, 야채, 밀가루 및 기타 잡동사니들은 아무렇지 않게 놓여 있어서 닭과 오리가 언제든지 그 위로 뛰어오를 수 있었다.

칭다오 오빠는 준비한 점심을 보여주었다. 생선살, 닭다리, 피망을 넣은 고기 소, 바삭바삭한 돼지고기 등 여덟 가지 고기 요리였다. 이들 모두는 기름에 튀긴 요리로 먹을 때 다시 튀기면 된다. 이것이 우리가 그곳에서 누리는 최고 수준의 환대였다. 또한 약 12가지의 준비된 채소 요리와 냉채가 대기하고 있었다. 나는 그가 단 한 시간 만에 이런 일을 했다는 것을 믿지 않았다. 그는 웃으면서 "이 오빠를 무시하지 마라. 음식테이블 몇 개를 만들고, 30명, 50명의 손님을 대접해도 아무 문제없다"고 말했다. 그제 여기에서 테이블 세 개짜리의 술자리가 열렸다. 마을 내 약혼 잔치였다. 아버지는 옆에서 "이것이 네 칭다오 오빠의 큰 수입원이다. 안 그러면 그 도박 자금이 어디에서 나오겠냐?"고 말했다.

"어디서 오는데요?" 칭다오 오빠는 지지 않고 "저는 양계장이 세 개나 있어요. 아무 때나 계란을 팔아요. 닭을 파는 것은 돈이 아닙니까?"라고 말했다. 아버지는 "양계장이 셋인데 어느 것이 네 것이냐? 능력 좋네. 다 네가 한 것이라고 생각하지 말고, 지금 가서 달걀을 하나 꺼내 보지 그래?"라고 응수했다. 칭다오 오빠는 이내 말을 멈추었고, 잠시 후 토라진 표정으로 "올해도 닭을 많이 키울 거예요."라고 말했다.

그때서야 나는 칭다오 오빠에게는 세 명의 아들에, 지금은 며느리 셋, 손자 셋이 있다는 것을 알았다. 그는 아들들이 결혼했을 때 양계장 3곳을 가족당 하나씩 나누어 주었다. 양계장의 규모와 위치 때문에 세 며느리는 말다툼을 해서 서로가 거의 말을 하지 않았다. 칭다오 오빠는 양계장에 대한 통제권과 경제적 자금원을 잃었기 때문에 발언권도 잃었다. 그는 며느리들에게 종종 무시당해도 말을 하지 않았다.

뒷집은 위층과 아래층에 총 12개의 방이 있는 2층 건물이었다. 칭다오 오빠는 이 모든 것을 직접 설계했다고 자랑스럽게 말하면서 세 명의 아들에게 각각 방이 두 개 딸린 집을 주었기에 누구에게도 불편부당하지 않다고 했다. 그러나 이 여섯 개의 방은 모두 비어 있었다. 한편 갈등으로 며느리들은 그곳에서 살고 싶지 않았고, 다른 한편으로는 양계장을 지킬 사람도 필요해서 아들들의 집은 기본적으로 양계장에 있었다. 칭다오 오빠가 지은 '성루'는 텅텅 빈 것 같았다. 그럼에도 불구하고 칭다오 오빠는 아들들을 위해 이 사업을 시작했다는 사실을 여전히 자랑스럽게 생각했다. 그는 나와 언니에게 저쪽에 있는 큰아들 양계장에 가서 한번 보고 간 김에 제철 야채를 따오라고 했다.

양계장은 강 옆 농경지에 있었는데 가까이 다가가자 바람과 함께 악취가 풍겼다. 길가에는 양계장의 부산물인 거대한 닭똥저장탱크가 있었다. 닭똥저장탱크에는 뚜껑이 있었지만 냄새를 막을 수가 없었다. 칭다오 오빠는 "닭똥이 아주 돈이 되지. 근처 양식장에서 서로 가져가려고 해. 근데 무슨 이유에서인지 요즘에는 찾아오는 사람이 별로 없어 닭똥이 여기에 쌓이기만 하고 나가지 않네."라고 말했다.

솔직히 이곳은 시골의 괜찮은 양계장이었다. 서너 개의 비닐하우스가 양계장이었다. 닭들은 긴 우리 안에 있었다. 닭들이 먹는 사료와 물은 병을 예방하기 위한 약품과 혼합되어 있었다. 시멘트 바닥은 물청소가 되어 있어 깨끗했다. 하지만 바깥 생활환경은 열악했다. 주인집은 양계장 한가운데에 있었고 도난 방지를 위해 큰 개 두 마리가 문에 묶여 있었다. 집주인의 두 아이는 악취 속에서 놀고 있었고 여주인은 문 앞 우물에서 채소를 씻고 빨래를 하고 있었는데 닭똥에 오물을 부어 악취를 악화시켰다. 칭다오 오빠가 말한 제철 채소도 닭똥 위에 심었는데 밟으면 냄새나는 물이 새어나왔다. 나는 재빨리 그곳을 뛰쳐나왔다. 정오에도 이곳에서 '제철 채소'를 먹었는데 다행히 닭똥 냄새가 나지 않았다.

'성루'의 화장실은 마당 밖 모퉁이에 지어져 있었는데 흙벽돌로 만든 아주 낮고 작은 집이어서 몸을 굽히고 들어가야 했다. 문은 짧은 플라스틱 시트로 덮여 있었는데 쪼그려 앉으면 안에 사람들이 보였다. 이건 가족용이라 일반적으로 그런 문제는 크게 신경 쓰지 않았다. 화장실 구덩이 내부는 벽돌로 되어 있었고 발이 놓이는 곳도 벽돌 2개로 채워져 있었다. 당연하게도 이 벽돌 주위에는 구더기가 기어 다니고 있었다. 내가 그곳에 갈 때마다 언니는 항상 화장실이 너무 더럽다고 한탄했다. 그러나 농촌 지역에서 이 정도면 좋은 편이었다. 돌이켜보면 북쪽 지역 농촌마을에서 최악은 화장실인 경우가 많았다. 모든 집의 측벽 옆에는 천연 화장실이 있었는데, 칭다오 오빠네 가족은 구덩이를 팠다. 대부분의 사람들은 측벽의 바닥에 아무 데나 배변을 하고 자연 건조될 때까지 기다렸다. 어린 시절 가장 괴로운 기억은 비가 올 때였다. 측벽의 바닥에는 온통 부풀은 배설물들로 가득해 발 디딜 틈도 없었다. 발끝으로 안으로 들어가면 늘 각종 '폭탄'을 밟게 된다. 이러한 상황은 일반적으로 가족 중 누군가가 결혼하거나 중요한 사건이 발생할 때만 변했다. 마을 길가와 인접한 집의 경우, 낮고 엉성하게 세워진 담장과 집의 측벽 사이의 공간이 화장실이었다. 행인들은 화장실 안에 쪼그려 앉은 사람들의 머리를 자주 볼 수 있었고, 벽 너머로 대화를 나누는 일도 흔했다. 가장 당황스러운 것은 촌수가 다른 사람들이 지나갈 때였다. 일어서서 바지를 올리면 길가에 있는 사람들에게 알몸이 보일 것이기 때문이었다. 이제 막 성장한 어린 소녀에게는 평생 잊을 수 없는 그런 당혹감이었다. 도시 생활에 익숙한 사람이라면 그런 화장실을 마주할 수 없다는 사실을 인정해야 한다. 도시와 농촌의 피할 수 없는 격차, 특히 삶의 세부적인 격차도 이산(離散)의 발생으로 이어질 수 있다.

아침 식사는 정말 풍성했고 어린 시절의 맛이 있었다. 기름기가 많으며 짜고 향이 너무 강하다고 느꼈지만 말이다. 칭다오 오빠는 순커우류(順口溜)[5]를 많이 했는데 한 마디 한 마디가 모두를 웃게 만들었다. 오빠의 창의력은 매우 놀라울 수준이었다. 손님이 있어서 큰며느리와 둘째 며느리도 도와주러 왔다. 그들은 자연스럽게 일을 분담했다. 한 사람은 야채를 씻고 설거지를 하고 부뚜막을 청소했다. 다른 한 사람은 음식을 서빙하고, 접시를 나르고, 술상과 주방 사이를 오가는 일을 담당했다. 그들은 기본적으로 우리에게 말을 걸지 않았다. 눈이 마주쳤을 때도 표정이 거의 없이 매우 빠르게 우리를 스쳐 지나갔다. 농촌 여성들의 감정은 외부인에게 잘 드러나지 않고 촘촘하게 감싸져 있어 일반 손님들이 그들 사이의 모순을 찾아내기는커녕 그들 사이의 내면 관계를 엿보기도 어려웠다. 사실 아무리 친절한 여성이라도 갈등이 생기면 즉시 서로 등을 돌리고 무자비하게 다투게 된다. 하지만 함께 해야 할 경우, 그들도 일시적으로 함께 나와 조화로운 모습을 유지한다.

점심 식사 후에는 차를 끓였다. 칭다오 오빠는 반쯤 취한 상태였다. 원래 자줏빛이었던 얼굴은 더욱 검붉어졌다. 그는 눈을 휘날리며 계속 웃었다. 그의 밝고 쾌활한 성격을 그대로 보여주었다. 나는 칭다오 오빠에게 순커우류 얘기를 들려달라고 부탁했다. 그가 농촌 정치 상황에 대해 얘기하기보다는 그런 전직 농촌 정치인의 삶과 감정, 그리고 생활 상태에 대해 더 알고 싶었다.

---

5 즉흥적인 문구에 압운을 넣어 노래하는 민간예술의 한 가지

네가 내 순커우류를 듣고 싶다고 했는데 여동생은 나를 비웃었어. 이 량좡에서 태어난 량칭다오는 술을 마시면 소란을 피우곤 했지. 역사책에 기록된다면 정말 면목 없는 일이야. 사람들이 나를 돼먹지 못한 놈이라고 부르겠지.

우리가 공량(公糧)[6]을 낸 2년 동안 양곡관리소 소장인 우리 둘째 형과 나는 죽이 잘 맞았어. 내가 양곡관리소에 가보니 아주 활기가 넘쳤지. 정오에 퇴근하면 바로 거기에 가서 밥을 먹었어. 먹고 마신 후 노래를 부르며 추태를 보이기도 했지. 나는 "둘째 형, 형은 요즘 마을에서 인기도 별로 없네. 형은 사람들의 얘기도 잘 안 듣죠?"라고 말했어. 사람들은 모두 "우리 읍내에 소장이 있으니 공량을 납부할 때 뒷문으로 들어갈 생각은 하지 마세요. 공량을 납부하려거든 두난(杜南, 마을명)에 가세요. 거기는 좋든 나쁘든 모두 받아줘요. 혹시 두베이(杜北, 마을명)에 가면 좋든 나쁘든 손해는 보지 않아요. 량좡은 쉽게 통과가 안 돼요. 뭐냐면, 양곡관리소의 본부가 두난에 있어 형이 그쪽 사람들은 다 통과시켜주고 량좡사람들을 모두 불합격시켜요."라고 말해. 형은 그 말을 듣고는 얼굴이 빨개져서 어서 가서 술이나 한 잔 하자고 했어. 형은 가서 자기한테 노래 한 곡 만들어 보라고 해서 난 화가 났지.

공량을 수매할 때 상부에서 검사하러 나온다는 말을 듣고 형

---

6 농민이 정부에 의무적으로 납부하는 식량

은 마음이 급해 위아래로 지시를 내렸지. 나는 "둘째 형, 형은 상사에게 아부도 잘 못한다고 하더니 아침부터 완전 바쁘네요. 앞뒤가 다른데요."라고 말했지. 그는 급하게 "넌 헛소리 그만하고 사람들이 오면 담배 대접이나 해주라?"라고 말했어. 그 말을 하자마자 시장이 관리소에 들어왔어. 둘째 형은 급하게 진뎬(金殿)을 불러 "빨리 가서 '절름발이'에게 잘못될 수 있으니 무게 다는 것을 멈추라"고 말하라 했어. 나는 "지금 양곡을 수매하는데 왜 무게 다는 것을 멈추는 거야? 알겠네. 절름발이가 무게 다는 게 문제가 될 수 있으니 먼저 저울 밑에 있는 진흙을 떼어내라고 했구나."라고 말했어. 형은 이 말을 듣고서는 화가 잔뜩 나서 "저리 꺼져. 이 자식이 형을 완전 무시하네. 저울 밑에 진흙이 있다고? 다음에 오면 냉수 한 그릇도 없을 줄 알아라. 형이 속이고 있다고 희롱을 하네."라며 볼멘소리를 했어. 사실 그건 농담이었고 우리는 잘 지냈어. 나는 형에게 순커우류를 아무렇게나 만들어 들려주며 기분전환을 했지.

　나중에 진뎬이 소장이 됐어. 그 짓궂은 놈들이 새로운 소장에게도 순커우류를 한 곡 만들어 주라고 했지. 그래서 한 곡 만들었어. "추이(崔) 씨가 퇴직하고 진뎬으로 바뀌니 량쫭은 예년보다 많은 양곡을 납부하네. 과거 량쫭에서 양곡 납부할 때 빠진 집도 있었으나 올해에는 한 집도 빠지지 않았네." 새로운 소장은 이 노래를 듣고서는 "정말 좋네. 작곡도 없이 그냥 노래가 나오네"라고 말했어. 진뎬이 이전 소장보다 낫냐고? 낫긴 뭐가 나아. 추태도 부리고 농담도 잘 했지.

그해 전력관리소 사건이 있었지. 사람들은 모두 "공산당은 아버지이고 정부는 어머니이고. 공상(工商)과 세무는 두 마리 늑대이고 전기 패왕(霸王)은 호랑이다."라고 말했어. 마을 사람들이 가뭄을 극복하기 위해 분주할 때 집에 있는 변압기가 다 타버렸어. 사람들은 새 것을 사서 쓰려고 했는데 그러면 전력관리소 사람들에게 밉보이게 되지. 변압기는 그들을 통해서만 교환되고 이 과정에서 전력관리소 사람들은 사적인 돈을 챙겼지. 소장은 전력관리소를 통해 사지 않으면 전기를 공급하지 않겠다고 말했어. 나는 "그런 소리 마세요. 당신들은 완전 독점하고 있어요. 이건 완전 말도 안 돼요. 시골사람들이라고 이런 걸 모른다고 생각하지 마세요."라고 말했어. 그리고는 "관리소 사람들이 마을에 오면 대접해야 해요. 낮에 대접이 안 좋으면 오후에 돌아가 흑심을 품고 전기를 끊어버려요. 이건 양심에 반하는 것 아닙니까? 다들 가뭄 극복에 여념이 없는데 당신들을 대접해야 하고 당신들은 돌아가서는 전기를 끊으려고 하고. 한번 물어봅시다. 당신들은 왜 그럽니까? 당신들 모습을 보니 다음번에 오시면 대접을 잘 해야 할 것 같네요."라고 말했다. 이 말을 들은 그 소장은 펄쩍뛰며 "이렇게 합시다. 당신이 먼저 돌아가면 바로 전기를 보내주겠소."라고 말했어. 나는 바로 현청 국장을 찾아갔는데 국장도 나한테 먼저 돌아가면 소장한테 전화를 하겠다고 했어.

나는 "우린 돌아갈 수 없어요. 사람들은 벽돌을 들고 마을 어귀에서 막고 있을 거예요. 사람들은 가뭄을 못 견디고 나만 때릴 거예요."라고 말했어. 그리고는 현(縣) 위원회에 가서 이 일이 어떻게 처리되는지 한번 보고 싶었어. 이 말을 들은 국장은 다급히 전화기를 들고 양수민(楊書敏)을 꾸짖으며 이유가 무엇이든 먼저 전기를 보내라고 했어. 국장은 "당신이 갈 때 소장에게도 감사하다는 말을 해주라"고 했어. 나는 "누구한테 감사를 해요. 이건 당신들이 응당해야 할 책무 아닌가요? 소장한테 감사해서 뭘 하게요!"라고 말했어. 내가 집에 도착하기 전에 양수민이 마당에서 날뛰고 있는 소리를 들었다.

집안일은 말도 하지 마. 청렴한 관리도 집안일을 단념하기는 어렵지. 나는 평생 촌서기 일을 해서 가족을 잘 돌보지 못했어. 억울한 측면도 있지. 어떤 사람은 내가 평생 촌서기를 하면서 량짱 일을 위해 무슨 일을 했냐고 그래.

이런저런 사람들이 다 있지. 내가 바라는 것은 아무것도 없어. 술을 많이 마셔 빈털터리야. 요 몇 년 동안 나는 똥을 주워서도 돈을 벌 수 있었어.

당신이 시골에서 자랐다면, 겉보기에 순박하고 무뚝뚝해 보이지만 사람들을 놀라게 하는 유머감각이 있는 사람들을 종종 발견했을 것이다. 큰 아카시아 나무 아래의 점심에서, 찻집에서 한가히 모여 차를 마시는 사람 중에도, 심지어 밭에 일하러 나가 인사하는 과정에서도 유머와 지혜가 빠지지 않았다. 시시때때로 터져 나오는 상량하고, 약간 교활하며, 이해한다는 듯한 웃음소리가 시골 하늘에 퍼지면 고요한 마을에 생기와 활력을 더해준다. 칭다오 오빠가 바로 그런 사람이었다. 칭다오 오빠는 한 번에 세 시간 넘게 말을 했다. 그는 자신이 만든 순커우류, 특히 정치에 관한 순커우류를 부를 때 가장 신이 났었다. 그는 농촌 생활과 농촌 정치에 대한 이해를 거의 예술적인 방식으로 표현했으며, 웃고 욕하고, 아무렇지도 않게 만들었다. 이런 민중적인 방식으로 정치와 정부에 대한 견해를 표현하는 것은 유머러스하고 재치 있고 저항을 암시하며 더 강력했다. 그런데 현 촌서기나 촌장 등 특정 인물에 대해 말할 때는 마을의 회계인 당숙이 즉각 잘랐다. 칭다오 오빠가 얘기를 하고 있는 동안 또 다른 방에서는 마작 테이블이 설치되어 있었고, 당숙과 함께 오래 일했던 사람이 그곳에서 기다리고 있었다. 우리가 얘기를 나누는 동안 그는 밖에서 허드렛일을 하며 바쁘게 오갔다. 아주 익숙한 시골 풍경이었다. 촌서기, 회계, 촌장의 집에는 늘 이런 사람들이 도와주고 있었다.

칭다오 오빠는 일어서서 허리를 펴고 마작 테이블을 바라보며 주먹을 문지르고 손을 비비더니 진한 차를 몇 모금 마시고 다시 화장실을 다녀와 마작을 할 모든 준비를 마쳤다. 아버지는 내가 빨리 끝내도록 재촉하고 계셨다. 우리가 얘기를 나누는 동안 아버지는 낮잠을 주무셨는데 이때에도 정신은 뚜렷하셨다. 나는 이 전투가 적어도 밤까지는 걸릴 것이라는 것을 알고 있었다.

그날 밤 아버지는 밤 12시까지 마작을 했고, 오빠가 몇 차례 불러서야 돌아오셨다. 아버지의 신체는 이미 날을 샐 정도는 아니었는데 마작에 중독되어 한 번 마작판 앞에 앉으면 일어나지 않았다. 하지만 칭다오 오빠에 비하면 언급할 가치가 없었다. 아버지는 그가 "늘상 지기만 하는 장군"이라고 말했다. 그가 마작을 좋아하지만 항상 지는데 사람들이 트릭을 써서 그를 속인다고 했다. 그래도 그는 늘상 마작을 하러 갔고 매번 졌다. 넉살도 무척 좋았다.

　아버지가 나에게 재밌는 얘기를 하나 하셨다. 칭다오 오빠는 얼마 전 집에서 아내와 말다툼을 하고 다시 셋째 며느리의 친가에 가서 몇 마디 말을 나누고 계란을 팔러 거리에 나갔다가 며칠간 사라졌다고 한다. 휴대폰도 연락이 닿지 않아 아내는 그가 갈 수 있는 곳을 모두 찾았지만 찾을 수 없었다. 그래서 아버지를 찾아와 그가 꽁한 마음에 혹시라도 죽어버리기라도 했다면 어떻게 해야 좋을지 걱정했다. 그 말을 듣고 아버지는 껄껄 웃고는 "그럴 리 없어요. 칭다오가 그럴 사람이라면 요즘 안 그럴 사람이 없어요."라고 말했다. 나흘째 되는 날, 칭다오 오빠는 갑자기 아버지 집에 나타났다. 알고 보니 다른 집에 가서 마작을 했는데 앞 이틀은 땄고, 뒤 이틀은 잃어서 빚까지 졌다고 했다. 아내의 원망 소리를 들은 칭다오 오빠는 머리를 길게 땋은 아내를 가리키며 "나는 그냥 달걀 팔러 갔는데 당신이 내 얼굴에 아주 먹칠을 하고 다녔구만."이라며 소리쳤다.

제6장

포위된 향촌 정치

통계자료에 따르면, 2000년에 17개 마을, 9,181가구, 39,104명을 대상으로 표본조사를 실시했다. 조사 결과, 농민의 집체통합경영소득은 268,900위안으로 1인당 평균 소득은 393.7위안이었다. 가계경영소득은 1,482,100위안으로 1인당 평균 소득은 2,170위안이며 재산성 소득은 3,848위안이었다. 따라서 1인당 총소득은 2,607.55위안, 1인당 순소득은 1,989.39위안, 1인당 현금 소득은 1,495.54위안이었다. 2006년까지 농민 1인당 순소득은 3,647위안이었다.

『랑현 현지·소득』

정치

비록 아주 늦게 잠자리에 들었음에도 불구하고 아버지는 이미 아침 6시쯤에 일어나서 마당을 돌아다니며 큰 소리로 희문(戲文)[1]을 불렀다. "호봉련, 배를 세워라. 너희 집이 슬프고 애달프구나. 한번 말해 보아라. 전(田) 도련님, 내 말을 잘 들어보세요." 아버지는 중간중간에 가래침을 "캬악캬악"하며 내뱉었다. 아침에 목소리를 밝게 하는 것은 아버지의 수십 년 동안의 습관이었다. 노래는 느리고 애절하며 선율이 아름다운 슬픈 곡이었다. 아버지가 수십 년 동안 반복해서 불렀고, 우리 자매들도 잘 알고 있는 곡이었다. "우리 가족은 강기슭에 살았어요. 어머니는 많은 자식을 낳았고 나에게는 봉련이라는 딸이 있었고요. 불행하게도 어머니는 우리 아버지와 딸을 남겨두고 일찍 돌아가셨어요. 우리는 흉년을 고기잡이를 하면서 넘겼어요. 이른 아침에 아버지가 거리로 나가 생선을 팔았는데 로(盧) 도련님이 생선을 사고 돈을 주지 않았어요. 우리 아버지는 내심 받고 싶지 않았어요. 그런데 도련님은 호랑이 주먹으로 우리 아버지 양다리를 부러뜨렸어요. 그런 후에 다시 채찍을 40대 때렸어요. 우리 아버지는 단숨에 죽지는 않았어요."

아버지는 어릴 때부터 창극하는 걸 좋아하셨다. 어렸을 때 목소리도 외모도 좋아서 창극단에 끌려갈 뻔했는데 할아버지의 완고한 반대 때문에 그렇게 하지 못했다고 자랑스럽게 말씀하셨다. 나

---

1 남송(南宋)의 희곡

의 유년 시절과 청소년기, 추운 밤, 저녁 식사 후 가족들은 일찍 잠자리에 들었고, 아버지는 희미한 등불 아래 어머니의 발치에 누워 어머니의 차가운 발을 안아 따뜻하게 해 주셨다. 우리 자매들은 또 다른 큰 침대에 누워 너덜너덜하고 얇은 이불을 덮었고 온기를 유지하기 위해 서로 가까이 누웠었다. 이때 아버지는 "호봉련, 배를 세워라"라며 천천히 노래를 부르기 시작했다. 낡은 집의 동쪽 방에는 아버지와 어머니의 침대가 뒷벽에 있었고 우리 자매의 침대는 앞벽 창 아래에 있었다. 창밖의 차가운 달빛이 들어왔고, 슬픔과 따뜻함도 마음속에 함께 흘러들어왔다. 이 풍경은 내 마음의 영원한 배경이 되었다. 쓸쓸하고 슬프지만 말할 수 없을 만큼 따뜻했다.

아침 식사 후, 아버지의 끊임없는 권유에 우리는 얘기를 시작했다. 한 달이 지나자 인터뷰에 큰 관심을 보였고, 내가 누구와 얘기해야 할지 끊임없이 지적하며, 나의 최종 계획에 대해 물었다. 나는 그에게 자신의 정치 투쟁의 역사에 대해 얘기해 달라고 부탁했는데, 그것은 또한 마을의 정치 투쟁의 역사이기도 했다.

정치가 무엇이냐고? 나는 평생 공무원이 된 적이 없지만 정치는 어디에서나 나를 찾아왔다.

1966년 음력 12월, 농촌에서는 '문화대혁명'이 시작되었고,

어른 아이 할것 없이 모두 홍위병이 되어 주자파(走資派)[2]와 싸웠다. 생산대(生産隊)[3]의 간부와 대대(大隊)[4] 사람들은 모두 주자파였다. 간부들은 먹고 마시는 풍조가 있어 그들에게 본때를 보여주고 싶었지. 누군들 공무원이 되고 싶지 않겠어? 마을 사람들 모두가 내가 적격이라고 하며 나를 '홍위대 반장'으로 선출했고, 나중에는 대대의 '혁명위원'으로 선출했다. 마을에 무슨 일이 생기면 나도 다른 사람들과 싸웠는데 창고지기 량광밍(梁光明)과도 싸웠다. 내가 싸운 것은 모두 사실이야. 량광밍이 너무 사악했거든. 일찍부터 다른 사람과 싸우고 때리고 식량까지 횡령했어. 그 당시 회계였던 량싱젠은 급하게 나에게 와서 머리를 조아리며 절을 했다. 무슨 일이었을까? 그는 샤오훙치(小紅旗)에 글씨를 썼는데 '마오쩌둥(毛澤東)'이라는 세 글자를 거꾸로 썼다고 했다. 이것은 사실 의도한 것이 아니었는데 사람들은 그가 마오쩌둥에 반대한다고 말했다. 나는 침대에서 자고 있었는데 그가 집에 와서 무릎을 꿇고 살려달라고 부탁했다. 1967년 7월 '신문화혁명'에 의해 뒤집어졌고, 마을에는 또 다른 새로운 조직이 설립되어 내가 보황파(保皇派)[5]이고 간부들을 옹호했다고 나를 비판투쟁하기 시작했다. 모두 엉터

---

2 신중국 성립 이후 자본주의를 추종했다고 여겨지는 사람들 혹은 그 무리들을 말한다.
3 인민공사 시기 3급소유제 중 말단의 소유단위로 보통 25~30호로 구성된 마을 내 조직이다.
4 인민공사 시기 3급소유제 중 중간 소유단위로 보통 300~500호로 구성된 마을 조직이다.
5 원래는 봉건시대 황제를 지키는 사람이나 파벌을 말하나 문화대혁명 시기에는 주자파를 옹호하는 사람이나 조직을 말한다.

리였다.

나는 그제야 읍내 건설회사에서 일하는 너희 외삼촌을 찾아 일자리를 좀 알아봐 달라고 부탁했다. 건설회사 내 청년 몇 명이 '7·1병단(兵團)[6]'을 결성해 나이 든 노동자들을 정리하고 있었다. 나이 든 노동자들은 내가 정의를 주장한다는 것을 알고 나와 상의해 "8·1병단"을 설립했다. 이 병단은 '자금조달본부'에 속했다. 나는 '8·1병단 1호'로 사람들을 이끌고 혁명을 주도했다. 또한, 우리와 대립한 '8·18병단'이라는 단체도 있었다. 우리와 그쪽은 서로 무자비하게 총격을 가했는데 죽은 사람은 없었다. 나중에 '8·18병단'이 승리했다. 나는 또 줄을 잘못 서서 맞아 쓰러졌고 다시 '7·1병단'에 맞았고 도망쳤다. 나중에 그 사람들은 나에게 형을 선고하기 위해 내 자료를 향 정부에 보냈다. 그래서 나는 계속해서 도망쳤다.

1968년 "2월 흑풍(黑風)" 이후, 나는 너희 오째 삼촌과 함께 후베이(湖北)로 가서 솜이불 타는 일을 했다. 6월에 다시 돌아와서 건설회사에 가서 다른 사람들과 함께 다른 지역에 가 창고를 지었다. 밖에서 숨어 지낼 셈이었다. 그러던 중 우연히 한 마을 사람을 만나 밥과 술을 거나하게 사주고는 그에게 집에 돌아가면 나를 만난 것은 비밀로 해달라고 부탁했다. 그런데 결과적으로는 그가 돌아가자마자 '혁명위원회'에 보고했다. 당시

---

6 병단(兵團)은 '생산건설병단의 줄임말이며 생산건설에 종사하는 부대를 말한다.

량싱룽(梁興龍)이 민병대 대장이었는데 그가 사람을 보내 나를 잡으러 왔다. 나는 포승줄에 묶여 압송되었다. 너희 외갓집은 량쫭으로 가려면 반드시 거쳐야 하는 길에 있었다. 그때가 마침 7월이었다. 내가 그곳을 지나가니 사람들이 나를 보고 나를 압송하는 사람들에게 "어이, 차 한 잔 하고 가지"라고 말했다. 나는 이 틈을 타서 너희 외가로 재빨리 숨었다. 그들은 나를 찾지 못하고 외가 마을의 서기에게 "여기로 도망친 반혁명분자가 있으니 촌서기는 관여치 말라"고 말했다. 너희 외가 마을 사람들은 "그만 찾으세요. 또 찾으면 당신들을 가만 놔두지 않겠어."라고 말했다. 나는 그곳에서 숨어 있었는데 낮에는 감히 집에 갈 수가 없어서 연기 속으로 들어가기도 하고, 마을에서 멀리 떨어진 나무 그늘에 앉기도 하고, 친척 집으로 달려가기도 했다. 여름이라 더위 속에 숨을 곳이 없었다. 특히 담배밭은 7월과 8월에 잘 자라 키가 반 키쯤 되고 땅을 촘촘히 덮어 바람 한 점조차 들어오지 않았다. 아침에는 좀 시원하다가 오후 두세 시가 되면 정말 더웠다. 나는 밤에 몰래 나와 우리 마을로 돌아왔다. 그 당시 너희 셋째 언니는 한 살도 채 안 됐다. 춘성(春生)이 나를 본 후 마을에 신고했다. 량싱룽은 곧바로 사람을 조직해 나를 잡으러 왔다. 내가 도망갈 수 있는 유일한 길인 왕쟈 교차로와 채소밭으로 가는 길을 모두 막았다. 나는 한씨 집에서 베이강(北剛)으로 이어지는 그 길로 도망쳤다. 내가 도로까지 도망을 쳐 나왔을 때 칠팔 명의 홍위병이 그 앞에서 기다리고 있는 것을 보았다. 나는 더 이상 도망갈 수 없었다.

내가 공식적으로 체포되어 1968년 7월 3일에 집으로 보내졌는데, 그해 7월은 윤달이었다. 나는 이것을 분명히 기억하고 있으며 평생 잊지 못할 것이다. 량싱룽은 다음날 오후부터 저녁까지 학교 운동장에서 비판대회가 열릴 것이며 주석에게 보고하고 문제를 명확하게 설명할 것이라고 말했다. 그는 내가 도망갈까 두려워서 나를 감시하기 위해 사람들을 주위에 배치했다. 왜 오후에 비판대회를 했을까? 사실은 어두워지면 나를 무참히 때리기 위해서였다. 큰언니는 이것을 똑똑히 기억하고 있을 것이다. 나는 비판대회 장소에서 묶여 있었는데, 그 자리에는 각 마을의 열성분자와 핵심 간부들이 가득 차 있었다. 얼치우(二球)[7]들이 앞쪽에 앉아 있었고 량싱룽은 바깥에서 지휘하고 있었다. 나중에 너희 위안(原)[8] 삼촌이 나에게 "량싱룽이 너를 때려 죽여도 상관없다고 말했다"라고 전했다. 량싱룽은 내가 무기고를 강탈하고, 마오쩌둥 주석을 욕하고, 류샤오치를 지지하는 등 여러 가지 혐의가 있다고 했다. 모두 죽음에 이르

---

7 나서기를 좋아하고 남에게 이용당하는 시골 사람들
8 아버지의 좋은 친구인 위안 삼촌은 다른 마을 출신이다. 밍(明) 씨처럼 우리집에 오랫동안 머물렀는데 그들은 때론 서로 말을 하지 않고 침묵을 지켰지만, 떠나지도 않고 그냥 거기 앉아 있었다. 위안 삼촌이 죽은 후, 그의 아내는 목에 종양이 생겨 목을 매 자살했다. 큰딸은 결혼했고, 둘째 딸은 학교에 가고 싶어했다. 매주 옥수수 가루 한 봉지를 들고 학교에 다니며 읍내의 버려진 집에서 숙식을 했다. 하루 세 끼를 옥수수 가루로 해결했다. 야채도 기름도 소금도 없었다. 나중에도 잘 되진 못했다. 아들은 고열이 난 후 바보가 되어 떠돌아 다녔다. 그는 가끔씩 갑자기 나타나 친척이나 지인을 찾아가 돈이나 밥 한 그릇을 구걸하기도 했다.

게 하는 범죄였다. 량싱룽은 무릎을 꿇으라고 했지만 나는 절대로 무릎을 꿇지 않았다. 상황이 좋지 않은 것을 보고 나는 정말 인간쓰레기이니 상부에서 처리해 줄 것을 요청했다. 솔직히 내 잘못을 전혀 인정하지 않았다. 그때 우리 친척이었던 이쉐핑(李學平)이 마오 주석 어록으로 내 머리를 때려서 머리에 피가 흐르고 온몸이 검게 변했다. 구타를 한 사람들은 모두 열성분자였고 나중에 혼란스러워 모두가 나를 때려도 누가 누구인지 볼 수가 없었다. 내가 입고 있던 작은 천 셔츠는 갈기갈기 찢겨졌고 피로 붉게 물들어 있었다. 돌아오는 길에 멀리서 사람들이 따라오더니 갈림길에 이르자 너희 엄마가 거기서 나를 기다리고 있더니 피범벅이 된 나를 보고 울기 시작했다. 너희 엄마가 내게 국수를 준비해 놓을 테니 알아서 먹으라고 하고 밖으로 나갔다. 너희 엄마는 싱룽의 어머니한테 가서 "오째 어머니, 우리가 같은 량씨 집안이고 그리 멀지도 않는데 아들한테 너무 세게 때리지 말라고 좀 해 주세요."라고 말했다. 때마침 싱룽이 돌아왔다. 오째 어머니는 싱룽에게 "우리집은 형편이 좋지 않아 먹을 것도 마실 것도 없었을 때 광정(光正)네가 찐빵을 팔고 기름 가게를 해서 우리를 도와줬어. 광정의 일에 대해 네가 어떻게 하든지 간에 너무 때리지는 마라."라고 말했다. 싱룽은 "그놈을 때려죽여 제 위세를 과시할 거예요. 옛날 얘기는 하지 마세요. 그건 저와 무관합니다."라고 말했다. 싱룽은 너희 엄마가 한쪽 구석에 있다는 것을 눈치 채지 못했다. 너희 엄마는 온

몸을 벌벌 떨며 돌아왔다.

　다음날 밤에도 또 비판대회가 있었는데 이번에는 중요한 문제를 확실히 결정해야 했다. 내가 학교 담장으로 걸어가자 많은 학생들이 나에게 벽돌과 기와 조각을 던졌다. 내가 비판대회장에 도착하자마자 누군가가 "량광정 타도!"라고 외치며 내가 인정할 것을 요구했다. 그들은 증인을 찾고 많은 일을 꾸며 내가 어디어디에서 마오 주석을 욕했다는 터무니없는 말을 해 댔다. 그들은 내가 량광리(梁光立) 사람들이 담을 쌓았을 때 마오 주석을 욕했다는 것을 학생들도 다 들었다고 말했다. 나중에 비판대회장에 불이 꺼지자 벽돌과 기와조각이 가슴과 얼굴 등 온몸에 날라들었다. 통증이 심해 몇 달 동안 고생했다. 그때 량광리의 어머니가 "싱룽아, 너희가 말한 것은 틀렸어. 우리가 담을 쌓은 것은 저녁이었어. 학생들이 하교할 때는 아직 해가 지지 않는 시간인데 어떻게 광정이 마오 주석을 욕하는 소리를 들을 수 있었겠냐? 이건 잘못된 것이야?"라고 말했다. 싱룽이 그 말을 듣고 무슨 말을 해야 좋을지 몰라 "나중에 처리할게요"라고 말했다. 그날 밤 일들이 해결된 셈이었다.

　너희들에게 매년 춘절에 광리 어머니를 찾아뵈라고 하는 것도 바로 이 일 때문이야. 재작년에 광리 어머니께서 돌아가셨을 때 네 언니에게 이백 위안을 보내 찾아뵈라고 했다. 그 돈으로 이판샹(一般響)[9]을 부르는 데 쓰도록 전달하라고 했다.

　이 일은 1968년 7월에 일어났다. 이 싸움이 끝난 후 잠시 멈춤이 있었고, 무슨 일인지 알아보기 위해 이 사람 저 사람이 나를 찾아왔다. 1968년 말, 다시 계급 대오를 정리할 때가 되었는데, 마을에서는 내가 내 일을 정리하면 된다고 했다. 1969년 2월, 나는 다시 표적이 되었다. 2월부터 보리싹이 나올 때까지 나는 읍내의 고등학교에 갇혀 있었고 스스로 음식을 챙겨 쉬(許)가네 집에 가서 식사를 했다. 몇 달 동안 조사를 했으나 딱히 밝혀진 게 없어서 그냥 나중에 처리하겠다고 했다. 나는 집으로 돌아왔으나 그들은 계속해서 나를 찾았다. 나는 두 차례나 맞았고 비판대회에는 수십 번 불려갔다. 피켓에는 "반혁명분자", "폭도분자"라고 쓰여 있었다. 나중에 다시 운동을 해야 한다고 해서 나에게 힘든 일을 맡겼다. 1969년 10월, 나는 너희 큰언니를 데리고 신장에 있는 큰아버지에게로 도망쳤다가 음력 12월에 돌아왔다. 신장에서 돌아온 다음 날 나는 '쯔디아오(治기)' 저수지에 보내져 일을 했는데 그곳에서도 여전히 비판대회를 받았다. 디아오(기)강 저수지를 준설하고 도랑을 파서 강의 방향을 바꾸었다고 하지만 아무 소용이 없었고, 땅은 여전히 황폐하고 평평하지도 않았다. 다행히도 나는 결코 내 잘못을 인정하지 않았기 때문에 1970년에는 좀 더 여유

---

9 전통적인 시골 장례식에서는 고인의 친척들이 악기반을 초대하여 연주하고 노래를 부르는데, 필요한 악기는 구리 날나리, 징, 북, 심벌즈 등 주로 타악기이다.

로워졌다.

1974년 봄. 내가 마을에서 광지에(光杰), 광융(光勇), 광밍(光明)의 폭정에 반대했기 때문에 그들은 3월에 우리집 뒤에서 나를 구타했고 내 온몸은 피로 얼룩졌다. 1975년에 가마를 굽기 시작했고, 1977년에 우리 가족이 집을 지었고 네 여동생이 태어났다.

1978년에 반란이 평정되었는데 그해 다시 큰일이 일어났다. 1978년 11월 15일, 량싱룽이 우리집 앞 도로를 막았다. 왼쪽 길은 둘째 이모가 막았기 때문에 우리는 항상 오른쪽으로 다녔다. 그런데 이제 량싱룽이 오른쪽 길까지 막아 나갈 길이 없어졌으니 사람이 살 수 있겠니? 나는 망치를 들고 벽을 부수었다. 그런 다음 싸움이 있었다. 네 큰언니와 오빠 모두 그 싸움을 아주 선명하게 기억할 것이다. 나는 부엌칼을 들고, 네 오빠는 쇠공을, 큰언니는 삽을 쥐고 있었다. 우리의 쇠공은 이때부터 큰 공헌을 하기 시작했다. 이 사건은 나중에 인민공사에 보고됐는데, 공사의 서기는 촌서기에게 내가 심각한 반당분자이므로 끝까지 싸워야 한다고 말했다고 한다. 나는 그 얘기를 듣고, 공사 서기가 회의를 할 때마다 따라가서 문제를 해결하도록 요청하곤 했다. 마침내 그는 짜증이 나서 자기가 오늘 내 바로 해결하겠다고 말했다. 그리고는 부서기를 보내 해결했다. 량싱룽은 "량광정이 여기로 와서 앉으면 담장을 허물겠다"고 말했다. 나는 "그건 안 되고 그가 여기로 와서 앉는 게 맞지. 그가 우리의 길을 막았고 생활하지 못하도록 했는데 왜 내가 그에게 사과해야 하냐."고 말했다. 나중에는 사람만 지나가게 하고 자동차는 지나가지 못하게 한다고 해서 나는 안 된다고 했다. 1979년 청명절에 이 사건은 기본적으로 일단락되었다.

나는 불의를 보면 참지 못하는 성격이다. 눈에 거슬리는 일에 잘 참견한다. 그래서 사람들이 나를 '오지랖'이라고 불렀다. '토고납신(吐故納新. 낡은 것을 제거하고 새로운 것을 가져오는)'의 시기에 다시 마을 간부를 뽑았는데 량씨 가문 간에 치열한 싸움이 있었다. 량광왕(梁廣望)은 우리 집안사람으로 '납신'의 인물이기 때문에 나는 그를 보호하기 위해 아침저녁으로 향의 사무실을 찾았다. 집안일은 의리라고 생각했다. 그런데 아무도 나에게 감사하지 않았다. 너희 엄마는 "그들은 항상 우리를 괴롭히고 당신을 죽이려고 하는데 당신은 아직도 그들을 따라다니니 창피하지도 않나요?"라고 말했다. 너희 엄마는 그때 엄청 화가 나서 외할머니 집으로 가버려 내가 몇 차례 가서 불러서야 돌아왔다.

1980년 9월 16일에 너희 엄마가 병이 났다. 밭에 물을 댈 때 싱중(興中)이 물을 잘못 대서 우리 밭을 망가뜨려놨다. 그래서 말싸움이 일어났는데 싱중이 너희 엄마를 밀쳐서 땅바닥으로 넘어져 손이 다쳤다. 너희 엄마는 너무 화가 난 나머지 중풍까지 와버렸다. 그해 너희 엄마는 마흔 살이었지.

그 후 나는 너희 엄마를 업고 병 치료를 위해 도처를 돌아다녔었다.

아버지가 언급한 '일괄구매 일괄판매(統購統銷)[10]', '2월 흑풍(二月
黑風)' 등 많은 용어들에 대해서는 나도 잘 몰랐다. 사실 아버지가
자연스럽게 언급한 것은 정치가 서민들의 삶에 엄청나게 파고드
는 모습을 보여줬다. 하지만 그는 '파괴자'와 '비판대상'으로 참여
했다. 나는 아버지가 체포되지 않기 위해 눈이 닿지 않는 담배밭에
숨어 뜨거운 태양이 직접적으로 내리쬐는 가운데 10시간 이상 조
용히 앉아 계시는 모습을 상상했다. 그때의 심정은 어땠을까? 그
는 길고 또 배고프고 목마른 여름을 어떻게 살아남을까? 마을 전
체의 관점에서 보면 1960년대와 1970년대의 정치생활이 마을 전
체를 휩쓸었지만, 그 내부 논리와 사고방식, 운영방식은 기존의 정
치와 근본적으로 달랐다. 가문의 불화, 권력 다툼, 마을 내 인간관
계 등이 모두 개입되어 비판적인 사고방식과 비판받는 자의 운명
을 결정지었다.

　아버지는 '불온한' 시골 노인으로서 중국 현대 정치사를 경험하
고 참여해 오셨다. 비록 획기적인 일은 일어나지 않았지만 정치는
그의 삶과 가족에 실질적인 영향을 미쳤다. 어머니를 비롯한 식
구들은 그의 '참견질' 즉 오지랖의 가장 큰 희생자였다. 아버지의
비판투쟁의 역사는 우리 가족의 수난사이기도 했다. 어머니의 병

---

10 국가가 생활에 필요한 중요한 물품은 일괄적으로 수매해 판매한다.

환과 조기 사망은 건강 때문이기도 하지만 두려움과도 많은 관련이 있었다. 그러나 어머니에게 상처를 입혔다고 아버지를 비난하면 아버지는 우리가 너무 이기적이라고 생각하면서 매우 화를 내며 꾸짖었을 것이다. 최근에는 약간 지조를 잃은 측면(아버지는 마침내 마을 권력 수준에서 인정을 받았으며 모든 사람들의 예우를 즐기며 전 촌서기와 현 촌서기 집에 찾아가는 것을 매우 자랑스럽게 생각한다)이 있지만 어떤 불의에 직면했을 때, 예를 들어 마을에 재정적인 문제가 있을 때, 어느 가족이 괴롭힘을 당할 때, 그가 마을 출신이든 아니든, 아는 사람이든 아니든 그의 '활력'은 바로 돌아와 젊었을 때처럼 다른 사람들을 위해 이리저리 뛰어다녔다.

내 기억으로는 아버지가 남을 위해 소송을 자주 제기하셨던 것 같다. 어느 시간에나 집에는 항상 많은 사람들이 얘기를 나누고 있었다. 중학교 2학년 때 한 가족의 소송을 도운 적이 있는데, 그 가족이 우리집에서 거의 두 달간 살았다. 그 당시 우리집은 먹을 것이 없었고 어머니는 여전히 마비되어 침대에 누워 있었고 아버지는 장사를 중단하셨다. 나는 그들과 함께 나가서 판사를 찾고 부탁하고 마을의 좋은 친구들 몇 명과 토론했다. 결국 소송은 승소하지 못했다. 내가 이 일을 언급하자 아버지께서 또 나를 꾸짖으셨다. 소송이 이기든 지든 이 사람들이 다 망가졌는데 아무도 돌보지 않으면 되겠어? 이것은 우리가 수십 년 동안 많이 들어왔던 말이었다.

아버지는 스스로 행동에 문제가 있다고 인정하거나 생각한 적이 없었다. 그러나 아버지라는 신분을 떠나서 보면 나는 아버지와 같이 '정치'에 매우 열정적인 사람, 즉 시골의 '가시', '골칫거리', '오지랖 넓은' 사람들이 시골의 도덕과 정의의 균형을 유지시킨다고 생각했다. 그들은 대개 시골 지식인의 역할을 하며 어느 정도 지식이 있고 권력과 괴롭힘에 대해 타고난 불만을 가지고 있으며 의식적으로 불의에 맞서 싸우고 도움을 주기 위해 칼을 뽑았다.

전임 촌서기

량칭다오(梁淸道)는 량좡의 전임 촌서기로 쉰일곱 살이며 넓고 자줏빛 큰 얼굴에 눈에는 늘 교활한 빛이 번쩍였다. 그는 독학으로 성공한 뛰어난 시골 요리사, 전략을 짜는 시골 정치인, 아무렇지도 않게 순커우류(順口流)를 부르는 능력자, 무기력한 시아버지, 광적인 도박꾼이었다. 나는 그에게 지난 30년 동안 량좡 마을의 정치 및 권력 활동에 대해 얘기해 달라고 요청했다.

농촌 정책의 변화는 다양하며 진전은 이 15년 동안에 이루어졌어. 옛날의 상황을 설명할 수 있는 순커우류가 있어. "촌장은 걸을 때 딱딱거리고, 회계는 파란 카키색 옷을 입네. 촌장은 권세가 있고, 회계는 돈이 있고, 마을관리인은 배가 터지고, 마을 주민은 굶어 죽네." 요즘 젊은 사람들은 좀 바보처럼 외지로 일하러 나가 돈만 긁어모으는 것 같아. 그들은 외지로 일하러 나가 일이 잘 안 되면 1만 위안이나 8천 위안 정도 벌고, 일이 잘 되면 3만 위안이나 2만 위안 정도를 버는 것 같아. 생각해보면 촌서기에서 일찍 퇴직하지 않은 게 좀 원망스러워. 나는 몇 년 전에 퇴직을 했어. 마을 지도자들께서 신경써 줘 우리 큰아들까지 마을 간부를 시켜줬어. 내 체면을 세워준 거지. 몇십 년을 일하면서 세상의 술을 다 마신 것 같아. 제기랄, 너무 어리석었던 같아. 내가 퇴직금이 있는 것 같아? 있긴 있지. 근데 말하자면 웃기지도 않을 거야. 그들은 얼마를 받는 것 같아? 200위안을 받아. 나는 퇴직하고 한 달에 68위안을 받아. 거기에 보험을 더하면 다 합쳐 116위안을 받아.

경제가 전면 도급제(大包幹)[11]가 되면서 농촌은 완전 망가졌어. 도급제가 계속 진행된다면 마을 간부는 한 명도 남지 않을 거야. 우리 행정촌에는 2,000명이 넘는 사람들이 있는데, 한 사람당 연간 110위안을 벌고 매년 향 정부에 28만 위안을 납부하지. 특산물도 서민들은 세금을 내야하고, 고추와 담배도 세금을 내야하고, 마을의 지출도 세금을 내야해. 민영 학교 선생님의 월급, 사무비, 접대비 등은 모두 땅에서 조달돼. 기업은 없으며 모든 것이 땅에서 나오지. 세금을 납부하려면 1무의 토지가 필요해. 그렇지 않으면 마을의 공동 지출과 지불에 충분하지 않지. 처음에는 땅을 경작하는 사람이 비용을 지불했지만,

---

11 개혁개방 이후 집체소유의 농지를 개별 농가에게 분배해 생산성 향상을 유도한 제도이다. 안후이성 샤오강촌(小崗村)에서 비밀리에 실행한 제도를 덩샤오핑이 집권하면서 전국으로 확대해 시행했다. '농가책임경영제'로 번역되기도 한다.

나중에는 경작을 중단하면 본인 명의로 된 토지의 경우 1무당 50위안의 세금을 납부해야 했어. 일하러 나갔다가 다시는 돌아오지 않는 부부가 많이 있었지. 마을 간부들이 세금을 요구하면 주민들도 저항하고, 극단적인 경우 충돌이 발생하기도 했지. 당시 마을 간부와 주민의 관계는 가장 긴장되어 있었고 점차 악화되기도 했다. 이 일이 정부의 일이지 간부들과는 아무 상관이 없는 일이라는 것을 마을 사람들에게 설명하면 마을 사람들도 이해했고, 설명을 못 하면 다른 세금에 편승해 받았지. 마을 주민은 간부를 가장 싫어했지. 주민들은 간부들이 돈을 요구하는 것 말고는 무슨 일을 하냐고 말했지. 특히 1997년 이후에는 공립교사의 급여도 기층 단위에서 지급하도록 규정해 향 정부는 교사의 월급을 마을에 다시 전가했지. 그래서 마을 교사들은 파업을 하고 마을 주민들은 크게 소란을 피웠지. 향 정부 간부들도 부랴부랴 대출을 받아 월급을 지급했다. 만약 정책이 2년 더 연장됐다면 어떻게 되었을지 장담하기 어렵지.

현재 마을마다 모두 채무가 있다. 많으면 몇십만 위안에 달하지. 채무는 주로 공적유보금[12]과 초과 출산에 대한 벌금이야. 공적유보금은 이제까지 주민으로부터 다 받아 본 적이 없어 모

---

12 원문에는 '提留款'으로 되어있다. 이것은 정부가 농민들에게 징수하는 비용으로 여기에는 공적금, 공익금, 관리비를 비롯해 교육부가비, 가족계획비, 민병훈련비, 민정위로비, 민영교통비 등이 포함된다. 정부는 2002년 농촌세제 개혁에서 이러한 비용을 취소해 농민의 경제적 부담을 완화하고 농촌경제의 발전을 촉진했다.

두 마을에서 대신 지급했어. 초과 출생으로 인한 벌금은 인구수에 비례해 벌금을 냈는데 우리 마을은 매년 3~4만 위안을 납부했지. 마을 사람들은 일 년 내내 집을 떠나 돌아오지 않아서 마을에서 먼저 지급했지. 마을 사람들은 우스갯소리로 마을 간부들의 일은 "식량을 독촉하고 세금을 받아내며, 자궁을 긁어내어 유산을 시키는 것"이라고 말했지. 듣자 하니 우리 이 늙은 이들의 체면이 말이 아니었지.

이러한 돈들은 주로 민간 대출에 의존했어. 은행들은 절대 대출해주지 않았어. 고리대로 빌리면 이자가 높아 마을의 빚은 점점 더 쌓여갔지. 일부 신용협동조합도 돈을 빌려주려고 했는데 이런 상황을 알면 마을에 빌려주지 않고 반드시 개인에게 빌려줬지. 촌서기는 개인적으로 돈을 빌릴 수밖에 없었어. 거의 모든 마을 간부들은 돈을 모으고 빌려서 지출을 충당하는 데 노력했어. 간부들은 빚을 지고 있기에 일을 하지 않으면 안 됐지. 일을 하면서 돈을 갚을 생각을 했어. 안 그러면 이런 빚은 모두 자기 몫이 되기 때문에 살 수가 없었지. 어떤 촌서기는 마지막 일 년에 돈을 빌리지 못해 선거에서 당선이 되었어. 그는 현 정부 당위원회 서기에게 "서기님이 나에게 일을 못하게 하면 전 서기님 앞에서 목을 맬 겁니다"라고 말했어.

나는 빚을 지지 않겠다고 결심하고 돈을 받으면 갚고 못 받으면 갚지 않았어. 우리 마을은 빚이 없었어. 나는 생산대에 할당하고 마을에서 챙겨서 목표를 완성했어. 때가 되면 토지를 팔

앉고 토지를 산 사람이 세금을 내도록 했어. 토지를 확실히 통제해 1무에 백 위안을 받았어. 돈을 낸 사람은 농사를 짓게 하고 내지 않는 사람은 농사를 못 짓게 했지.

우리 마을은 가난한 마을이야. 다른 곳에서는 촌장을 뽑기 위해 수백만 위안을 쓰지만 여기는 그렇지 않았어. 가난한 농촌 마을은 무얼 해도 잘 안 됐어. 선거는 3년에 한 번씩 실시됐어. 민주긴 민주이지만 결국 민주는 집중제야. 마을위원회도 있고, 벽에 회원 이름도 적혀 있고, 선거에 관한 규칙과 제도도 있지만 장식일 뿐이지. 제도가 나쁜 것은 아니야. 마을 자치가 확실히 좋은데 문제는 사람이 없다는 거야. 젊은이들은 모두 외지로 일하러 나갔어. 외지에서 일하는 사람들은 아무 생각이 없고, 선거 비용을 지불해도 사람을 찾을 수 없어. 우리 행정촌에는 2,000명이 넘는 사람이 있는데 200명도 참석하지 못해. 회의는 그냥 형식적이지. 경제와 사회 중에서 농민들은 경제에만 관심 있지 관직에 나가려는 생각이 별로 없어. 마을 주민들은 외지에 나가 일을 해 그나마 돈이 좀 있지만 마을은 빈껍데기라 아무도 맡으려 하지 않아. 일부 마을에서는 회의를 적극적으로 개최하기도 하지. 선거에 참여하려는 사람들은 자비를 들여 외지에서 일하는 사람들을 다시 불러들여 오기도 해. 그 이유는 취할 이득이 있기 때문이야. 선거를 하지 않는 마을도 있어. 아무도 간부를 맡으려 하지 않기 때문이야. 촌서기를 하느니 외지에 나가 일하는 게 낫다고 생각하기도 해.

그럼에도 불구하고 많은 사람들은 여전히 마을 지도자가 되기를 원해. 작은 이익을 얻는 것도 정치적 영예라고 생각하지. "어이, 칭다오! 네가 평생 동안 촌서기로 일했는데 우리 마을을 위해 뭘 했는가?" 나는 말했어. "마을에 사람들이 많다고는 하지만 나에게는 아무것도 없었어. 촌서기하는 동안 내가 똥이라도 주웠으면 돈을 벌었을 텐데 술만 먹었고 지금은 빈털터리야. 반대로 말하자면 마을의 많은 사람들은 촌서기인 나와는 관계가 없어. 그 사람들은 모두 외지로 일하러 나갔어. 외지로 일하러 나가지 않는 것이 이상하지. 2무 땅으로는 밥도 먹기 힘들어."

칭다오 오빠는 매우 신이 났고 아버지는 그 모습을 보고 웃으며 말했다. "그러지 마라. 억울한 일을 당한 것처럼 그러네. 네가 촌서기가 아니었으면 어떻게 도로변에 집을 지을 수 있었고, 아들 셋을 어떻게 키웠고 양계장을 어떻게 했겠어? 여기서 불쌍한 척하지 마라. 네가 마신 술이 얼마며, 도박은 또 얼마나 했으며 네가 잃은 돈은 또 어디에서 났는데?" 칭다오 오빠는 우리 집안사람으로 촌수도 멀지 않았다. 평상시 아버지는 그와 대화할 때 허물없이 욕을 했는데 칭다오 오빠가 나에게 제 잘난 척 우기는 것을 보고 아버지는 참을 수 없었다.

나도 촌서기를 하면서 덕을 보긴 했지. 그런데 일할 땐 경비를 아끼려고 읍내 식당에는 대체로 가지 않아 지출을 아꼈지. 마을이 너무 가난해 아무렇게나 먹어도 괜찮았어. 누구에게 무슨 일이 있었고, 언제 무슨 일이 있었는지, 월말에 결산할 때 하나하나 점검했지. 집에서 대접하든 식당에서 대접하든 규정에 명시된 만큼만 지불하고 초과한 금액은 본인이 부담하도록 했어. 나는 매일 장부에 금전출납을 기록했어. 오늘 무엇을 했는지, 누구와 함께 식사를 했는지 모두 명확하게 기록했어.

내가 공무원으로서 경험해 본 바로는 합리적인 사람도 많고, 그렇지 않은 사람도 있어. 문제가 있을 때마다 일반 사람들이 아닌 간부들 자신에게서 원인을 찾는 것 같았어. 90퍼센트의 사람들이 합리적이지만 너희 간부들은 그렇게 말하지 않았지. 그 해에 어떤 사람들이 공량 납부를 거부해서 3일 동안 따라다녔더니 3일 만에 목소리가 쉬어버렸어. 어떤 사람들은 불만을 가지고 있다가 공량을 납부할 때 얘기를 하지. 해결할 수 있으면 내가 해결해 주고, 해결할 수 없으면 그 사람에게 분명하게 설명을 해주었지. 그러나 공량을 납부하는 것은 국가의 일이므로, 납부할 공량은 먼저 납부하고 일을 처리했지. 공량 납부를 틈타 소란을 피우는 것은 아무래도 잘못된 일이야. 나중에 마을 사람들은 모두 "우리도 너와 같아. 우리가 어떻게 공량을 내지 않겠어. 해결할 것은 해결하고, 분명히 말할 것은 말해야 해. 할 말이 있으면 해"라고 말했어.

현재 국가 정책은 서민들에게 정말 좋아졌어. 농사를 지으면 돈을 주기 때문에 사람들은 더 많이 농사를 지으려 해. 이런 상황인데 어떻게 땅을 사용하지 않고 남겨 둘 수 있겠어? 향, 촌 차원에서는 대중에게 돈을 요구하지 않고 국가에서 보조금을 지급하므로 사람들은 경제적 부담이 없으며, 수확이 좋으면 더 많이 벌고, 수확이 좋지 않으면 덜 벌어. 오늘날 마을 간부의 임무는 매우 간단해. 첫째, 당의 정책을 선전하고, 가족계획사업, 택지, 치안, 민사분쟁 등을 처리하는 일이야. 또한 촌서기는 마을 사람들의 소득 향상을 위해 온갖 노력을 다하지. 옛날 간부들은 돈 받는 것이 일이었지만 지금은 봉사하는 형태로 바뀌었어. 각 가정에서 문제를 처리할 수 없으면 마을에서 문제 해결을 도와주지.

어떤 사람들은 현재의 새로운 농촌 정책에는 마을 간부가 전혀 필요하지 않아 아예 없애야 한다고 말해. 그건 절대 불가능한 일이고 만약 그렇게 되면 시골 사람들은 정말 오합지졸이 될 거야. 정부와 농촌 사이에는 확실히 격차가 있고, 구체적인 농촌 분쟁은 정부가 해결할 수 없어. 그 이유는 첫째, 상황을 이해하지 못해. 마을의 대인관계가 매우 복잡하고, 누가 누구의 가족인지, 전후 사정은 어떠한지, 외부인들은 전혀 모르기 때문에 대처하기가 어렵지. 둘째, 그것이 참인지 거짓인지 판단하기 어렵다는 점이야. 향 정부가 농촌 지역에 직접 개입하는 것은 불가능해. 마을의 인구를 줄이는 것은 가능하지만 제도를 없애는 것은 불가능하며 이는 단절과 같아. 한 마을에는 수천 가구가 있는데 정부가 각 가구를 직접 관리하는 것은 불가능해. 상부의 어떤 일도 수행할 수 없어.

나는 현재 우리 현(縣) 당위원회 서기를 정말 존경해. 첫 번째 3급 간부회의에서 나는 "크래, 우리 현은 희망이 있어."라고 말했지. 서기가 하는 일은 모두 실질적인 일이었어. 간부들이 회의를 할 때 바늘이 떨어져도 들릴 정도로 회의장은 쥐 죽은 듯이 조용했어. 이론이 실제와 연결되었고, 과거와 현재가 결합되었고, 어려운 내용을 알기 쉽게 설명했어. 농담으로 말하자면, 다른 서기들은 회의 중에 하는 말들은 모두 지루하고 재미가 없었는데 그 현 서기가 회의를 할 때는 말을 못 들을까봐 화장실도 제대로 못 갔어.

나는 다섯 명의 현(縣) 당서기를 경험했지만 그만한 사람을 보질 못했어. 새로 부임한 관리가 일을 제대로 하지 않으면 문제가 되지. 예전에 부임한 지도자마다 사업을 했는데 그 해 사과를 심었어. 도로 양쪽에 참호처럼 구덩이를 파서 사과를 심었는데 사과가 하나도 나오지 않은 적이 있어. 또 각 향마다 자기 땅에 정원을 만드는 '서기 공정'이라는 사업이 있었는데 상황을 고려하지 않고 강압적으로 해서 수백만 위안을 낭비하고 말았어. 결국 그 정원은 모두 잡초만 무성하게 됐지.

지금은 미루나무 경제에 참여하는 것이 안정적이라고 생각해. 지도자들은 대규모 궐기 대회를 개최하기도 했어. 내 개인적인 느낌을 두 문장으로 말하자면, 머리가 좀 돌아가는 사람이라면 몇 무의 미루나무를 심어두면 10년 후에는 작은 기름집보다 좋아질 거야. 예전에 지도자들은 모두 특색이 있었으나, 나중에는 모두 백성을 혹사하고 재산을 축내어 빈털터리가 되었어. 내가 15무의 미루나무를 심으면 한 그루의 나무가 1년에 두께가 24센티미터, 높이는 몇 미터가 될 거야. 나무를 심으면 평방미터당 400위안이 드는데 한 그루당 반 평방미터가 필요하니 200위안이 들어. 1무에 54그루의 나무를 심을 수 있어. 그럼 얼마야. 네가 한 번 계산해봐. 네가 자식을 기르는 것보다 나아. 네가 자식을 잘 키우면 그가 네게 얼마를 보답할 것 같아? 손자가 집에 왔다 연말에 돌아갈 때 3~500위안을 준다면 너도 매우 좋아할 거야. 자식이 집에 오지 않고 부모한테 전화만 하기도 하지. 집에 오는 것은 부모가 보고 싶어서 오는 것이 아니라 자식이 집에 있기 때문이야.

그런데 수중에 돈 한 푼도 없으면 손자도 네게 오지 않아. 수중에 4~5만 위안을 가지고 있으면 노후에 자식들에게 폐를 끼치지 않고 살기에 충분해. 지금 황무지에 미루나무를 몇 그루 심으면 네가 늙어도 걱정이 덜할 거야. 난 이 녹색은행 사업을 지지해.

국가 정책이 바뀌면 적어도 황무지는 없을 거야. 밖에서 일할 수 있는 능력이 있고 돈을 벌 수 있는 능력이 있으면 집에서 농사를 짓는 능력이 없어도 문제가 되지 않아. 일반적으로 좋은 국가 정책은 농민에게 이익을 가져다주고 마을 간부에게도 이익을 가져다주며 간부와 대중의 관계도 좋지. 마을을 위해 좋은 일을 하는 것일 뿐 돈을 요구할 필요가 없지. 이 정책은 이전에 시도된 적이 없는 획기적인 정책이야. 현재 분쟁은 많이 줄어들었어.

국가가 강한 한 그 정책은 장기적일 것이야. 좋은 정책, 좋은 대중은 공산당을 신뢰하고 당도 응집력이 있어. 이것은 국가가 점점 더 강해지고 있음을 보여주는 것이야. 이제 사람들은 실제로 혜택을 받고 있어. 국가가 무엇을 요구하든 백성들은 기꺼이 이를 지지하지.

문제는 분명히 있지. 사회가 아무리 좋아도 정책이 완벽해도 문제는 있어. 원격교육이 좋긴 좋지. 사람들에게 텔레비전도 지원해 주니. 하지만 사람들은 보질 않아. 나이 든 사람들은 농사도 지어야 하고 손주도 봐야 하지. 바빠서 고개도 들지 못할 정도야. 아무 일도 일어나지 않으면 괜찮지만, 무슨 일이 생기면 그걸로 끝이야. 할아버지, 할머니는 감당할 수 없지. 너희 오째 할머니는 아직도 손자 얘기를 하면 눈물을 흘리시지. 아이들은 모두 조부모의 보살핌을 받고 있어. 유수(留守) 아동들은 통제하기도 어렵고 학교 가고 싶어하는 아이도 거의 없어. 마을 사람들은 의기소침하고 생기가 없고, 이제 마을에서 사람이 죽어도 관을 멜 사람을 찾기도 힘들어.

이것들은 모두 문제야. 그러나 서두를 것도 없어. 나라가 천천히 해야 할 거야. 어떤 큰 집도 하루아침에 만들어지지 않듯이 말이야.

사실 칭다오 오빠는 량쫭에서 기반이 탄탄하지 않았고 아버지는 정직한 사람으로 평생 정치무대에 섰던 적이 없었다. 량싱룽 전 촌 서기가 사임한 후, 마을 사람들은 그의 아들이 다시 촌서기가 되는 것을 원하지 않아 칭다오 오빠를 추대했다. 칭다오 오빠가 취임 후 헌신과 정치적 재능으로 모든 측면에서 잘 관리했으며 아버지와 구이(貴) 당숙과 같은 '오래된 가시'를 존경심으로 대하면서 때때로 식사를 초대해서 논의했고 노인 몇 명을 정신이 없을 정도로 들볶기도 했다. 싱룽의 아들을 촌장으로 임명하고, 또 옛 관리인의 아들을 치안 주임으로 임명하는 것은 '세습'으로 간주될 수 있다. 칭다오 오빠는 이 말을 하면서 매우 자랑스러워했다. 마을 사람들에 의해 추대된 칭다오 오빠는 '청렴'이 더해졌다.

수십 년 동안 국가의 농촌 정책은 조정되어 왔으며 매우 어려운 시기를 겪었다. 이제 정부는 농촌 지역에 대한 포괄적인 개혁을 추진하고 투자의 강도와 폭을 확대하고 있다. 표면적으로는 국가와 농민, 간부와 대중 사이의 갈등이 완화되었지만 많은 본질적인 문제들이 모호해졌다. 예를 들어, 민주적 절차와 촌민자치는 비록 30년이 지났지만 중국 내륙의 작은 마을에는 여전히 낯설고 개념적인 용어였다. 정치, 권리, 민주주의 등의 단어는 아직 그들에게서 멀리 떨어져 있었다. 국가, 정부, 농민 간의 근본적인 상호작용, 즉 이해, 존중, 평등에 기반한 상호작용이 부족했다. 지난 30년 동안 농민들은 주인이 되기는커녕 대중의 인식에서 부담감, 어둠, 낙후성의 동의어가 되었고, 근대화의 부정적인 측면이자 근대화 개혁에 대한 주요 저항 세력이 되었다. 농촌 인구의 높은 유동성은 민주정치를 실시할 수 없는 중요한 이유이며, 주요 가족 구성원들은 수년 동안 집을 떠나 있으며, 마을과 땅에 점점 더 무관심해졌다. 돈을 벌기 위해 나가는 것이 최우선이며, 토지는 더 이상 농민의 중요한 수입원이 아니며 더 이상 '생명'이 아니었다. 정부가 아무리 노력해도, 세금을 요구하든 요구하지 않든, 세금을 더 많이 내라고 하든 덜 내라고 하든, 그것만으로는 엄청난 견제력과 소구력을 만들어내지 못한다. 동시에, 삶의 기본 단위인 마을에는 생산 능력도 없고, 건설 사업도 없으며, 구성원들을 끌어들여 마을의 유기적 조직으로 만들 결속력도 없었다.

현임 촌서기

현 촌서기를 만나는 게 쉬울 줄 알았는데 고향에 돌아온 지 한 달이 넘었는데 한 번도 만나지 못했다. 현재 서기에 대해 묻자 전임 서기는 고개를 저으며 "예전에는 촌서기가 매일 마을을 돌아다녔는데 지금은 날마다 어디를 돌아다니는지 몰라. 아무튼 그는 위에 있어서 결코 아래를 내려다보지 않아."라고 말했다. 이날 몇 가지 상황을 알아보기 위해 향(鄕)에 갔다. 점심 시간에 이 문제를 언급하자 향서기가 즉시 만남을 주선하겠다고 말했다. 얼마 후 그곳에 갔던 사람들이 돌아와서 촌서기가 읍내에서 술을 마시고 있다고 말했다. 듣자 하니 농가의 택지 분쟁을 조정하기 위해 어렵게 양측을 불러 만나고 있어서 자리를 비울 수 없다고 했다. 그가 자리를 뜨면 일은 다시 시작해야 한다고 했다. 향서기는 그런 일에 익숙한 듯 화를 내지 않았다. 한 시간 정도 기다린 후, 우리 촌서기 한쯔징(韓治景)이 약간 술에 취해 들어왔다. 그가 그곳에 있는 향서기를 보자 농담 반으로 인사를 하였는데, 얼핏 보아도 둘 사이가 좋은 것이 분명했다. 나를 보자마자 그는 매우 놀랐고, 앞으로 성큼성큼 다가와 악수를 하며 "당신이 왔다는 얘기를 당신 오빠한테 들었어요. 언제 시간이 될 때 함께 식사 한 번 합시다."라고 반복해서 말했다. 그의 연기력은 무척 좋아보였다.

*

마흔 살쯤 된 한쯔징은 날씬한 몸매에 흰색 짧은 셔츠를 입었는데 마치 연약한 선비처럼 보였다. 영리한 편인 그는 관료들 사이에서 노련함과 원숙함을 드러냈다. 그가 촌서기를 맡은 지 6년이 되었다. 처음에는 곡물을 구매하는 일을 했으며 현재는 도로와 교량을 건설하는 일에도 종사하고 있으며 주로 임대용으로 사용되는 레미콘 차량을 여러 대 보유하고 있었다.

사실 당신도 대략적으로 이 내용을 알고 계실 겁니다. 큰 행정촌은 말할 것도 없고, 우리 량좡 같은 자연촌만 얘기하자면, 모든 성씨를 합산하면 총 1,300~1,400명, 300~400가구, 1인당 1무 미만이에요. 경제적으로는 주로 외지노동에 의존하죠. 여기에 무슨 회사가 있나요? 굴착된 흙에서 나온 벽돌과 구운 벽돌을 석회 벽돌로 바꾸는 두 개의 개인 벽돌 공장이 있어요. 한 윈룽(韓雲龍) 씨가 돼지 농장을 운영하고 있는데 몇 년 전에 불운을 겪었어요. 지난 몇 년 동안 정책도 좋았고 시장도 좋았지요. 어미돼지는 보험에 들었는데 보험액은 60위안이었고 이 중 개인이 30위안을 내고 정부가 30위안을 보조해 주었지요. 결국 보험회사가 1,000위안 정도를 보상했어요. 마을 사람들은 집에서 40여 마리의 돼지를 풀어 키우는 데다 사료를 먹여요. 풀을 먹이기엔 너무 느려요. 풀을 베러 갈 만큼 한가한 사람이 없어요. 돼지 사육 두수가 적죠? 온 가족이 돼지 사육에 전념하기는 어려워요. 노인들은 아이들을 돌봐야 하기 때문에 지원금이 나와도 돼지 사육은 적어요.

우리는 지금 미루나무 경제를 하고 있어요. 마을 강변에 600무에서 700무 정도를 심었어요. 나도 5,60무를 심었어요. 가장 두꺼운 것은 24센티미터 정도이죠. 매년 비료를 주는데 나무 한그루에 매년 250위안을 투자하죠. 수익은 일반 농작물과 비슷한데 다른 점은 마지막에 목돈을 만진다는 것이죠. 지금으로부터 10년 후, 현재의 발전 상태로 보면 30만 위안에는 팔릴 거예요. 투자금을 빼면 15만 위안은 벌 수 있을 거예요. 이것은 정기예금이자 노후 자금이에요. 요즘은 농업이 기본적으로 기계화됐지만 농사를 짓는 사람은 적어요. 농촌 노동자들은 외지에 나가서 돈을 버는 데 익숙해져 돌아오기 힘들어요.

요즘은 농사를 지으면 세금을 안 내고 보조금을 받아 좋아졌는데, 말씀하신 것처럼 귀향 붐은 일어나지 않아요. 집을 짓고 자녀의 학비를 대려면 외지로 일하러 나가야 해요. 하지만 새로운 변화도 있는데, 원래 남에게 주던 땅이 다시 돌아온다는 거예요. 간단한 농작물을 심으면 수확할 수 있는 만큼 돈을 받을 수 있고, 암튼 세금도 안 내고 공량도 안 내니 수확한 게 모두 자기 것이 되죠.

제가 분석해 보면, 미래에는 집단화의 길을 갈 거예요. 집단화가 개체화보다 좋아요. 한 사람이 조금씩 땅을 가지고 있다 보니 너무 분산되죠. 집중 식재로 비용과 노동력을 절감할 수 있으며, 대형 농기계도 충분히 활용할 수 있어요. 여기 우리 사람들은 아직도 사업 감각이 없어요. 돈을 벌어 은행에 넣어두고 언젠가 집을 지을 날을 기다리면서도 그 돈이 사라질까 봐 두려워하죠. 은행에 예금이 많아서 빈집을 짓고 아무도 살지 않으면서 또 거기에 내버려두고 상관하지 않아요. 남쪽에는 생산물이 풍부하고 시장이 발달하여 이런 저런 사업이 가능해요. 젊은이 몇 명이 함께 외지에 나가 일해서 돈을 벌어 무슨 일을 할까 상의하고 사업해서 실패해도 그만이라고 생각하거든요. 여기서는 전혀 불가능하죠. 사람들의 마음이 맞지 않아 아직 성공도 하기 전에 의견이 갈려요. 몇 사람이 동업을 하면 처음에는 호형호제로 시작하지만 결국에는 모두 원수가 되어버려요. 돈을 많이 모아서 더 이상 외지에 나가 일하고 싶지 않은 사람들도 있는데 그들은 무엇을 할까 이리저리 들러보다가 결정을 못하고 손해를 볼까 두려워 결국 외지로 나가죠.

지금 가장 일하기 어려운 사람은 마을 간부들이에요. 마을에는 돈이 없는데 마을 사람들은 돈이 필요하죠. 예를 들어 미루나무를 심을 때, 마을마다 할당량이 있어 촌서기가 이를 책임지게 하고 월말에 장부를 보고하면 마을에서 3만여 위안을 대신 내주어요. 이는 좋은 일이지만 강제적 할당량은 나쁜 일이죠. 밭머리나 도랑에 나무를 심도록 되어 있는데 어떤 마을은 할당량을 채우기 위해, 그리고 일을 줄이기 위해 경작지를 훼손하고 강제로 나무를 심도록 하죠. 좋은 일이 나쁜 일로 바뀐 거죠. 농촌에서 간부가 되는 것은 정치적 영예를 얻는 일이죠. 촌급 간부는 헌신적이어야 하죠. 우리 마을에서 '마을 간 도로(村村通公路)'를 건설할 때 몇십 명의 사람을 썼는데 모두 임금을 요구해 제가 직접 임금을 보전하는 수밖에 없었어요. 제가 뭘 더 바라겠어요.

농촌 일을 책과 규정대로 하면 절대 할 수 없어요. 법적 정책의 범위 내에서 다양한 접근 방식이 가능하죠. 마을 간부들의 월급은 고작 30~40위안인데, 제가 받는 급여는 168위안이에요. 저는 전부 인정(人情)에 따라 일해요. 마을 간부들은 반드시 일정한 방법을 가지고 있어야 하죠. 토지 나눌 때 규정대로

만 하면 잘 안 되죠. 욕도 하고 달래기도 해요. 또한 부(副)향장급 간부가 나오면 가장자리에 서서 가까이 다가가지 않죠. 그러면 한 달이 걸려도 나누지 못해요. 이것도 당신들이 말하는 기층의 경험, 농촌의 경험이죠. 오늘 정오에 무슨 일로 식사를 했다고 생각하나요? 당신들 량가 말이에요. 얼마 전 큰 비가 내려 주택지의 돌들이 떠내려가 분간할 수 없었어요. 두 집안이 싸우기 시작했는데 누구도 말을 들으려고 하지 않았어요. 전 어쩔 수 없이 가서 일을 했어요. 마을에 자리를 만들어 식사를 대접하고 마을에서 말을 잘하고 명망 있는 어른을 찾아가 중재를 부탁하고 각자 한 발씩 양보하도록 했어요. 두세 끼 식사가 없으면 불가능한 일이죠. 농촌에서는 일들이 이렇습니다. 사람들은 매사에 이치를 따지기 좋아하는데 당신이 다른 사람을 설득시키려면 반드시 그 사람이 누구인지 살펴봐야 해요. 그렇지 않으면 할 수 있는 말을 할 수 없어요. 어떤 때는 밥을 먹다가도 소란을 피우죠. 원래 잘 얘기를 하다가도 한쪽에서 "밖에 사람이 있다"고 큰 소리를 치고 다른 한쪽은 "당신이 다른 사람을 부를 베짱이 있었다니, 나는 양보하지 않겠어. 당신을 감옥에 쳐 넣겠어."라고 맞받아쳐요. 이렇다 보니 앞에서 했던 노력들은 물거품이 됐죠.

농촌 주택지에 대한 분쟁이 흔하고, 늘 새로운 계획이 나오지만 실행은 어렵죠. 계획에 따라 다른 사람이 당신의 주택지의 일부를 점유하면 두 당사자만이 협상할 수 있으며 협상이 실패하면 방법이 없어요. 새 계획을 실행하기는 어렵죠. 낡은 것은 허물고 모두 새롭게 짓지만 낡은 것은 허물지 않아요. 지금은 백성들이 주인이에요. 어쨌든 저는 그래요. 그가 뻔히 틀렸다는 것을 아는데 어떻게 할 수가 없어요. 지도자에게는 임무가 있고 어쨌든 그것을 완수해야 해요. 촌서기가 되는 것은 영광이죠. 누군가의 집에 경조사가 있으면 맨 앞자리에 앉을 수 있어요. 하지만 선물을 안주면 끝장이죠. 날마다 사람들이 떼로 몰려와 담배와 차를 대접하기도 힘들어요. 가끔은 저도 숨고 싶을 때도 있지만 두꺼비가 침대 다리를 떠받치고 있는 것처럼 저도 버티고 있어요. 촌서기는 힘만 쓰지 비위를 맞추지 못하는 역할이라고 누가 말하지 않았나요? 어떻게 표현하면, "사람들은 여기저기 다니면서 서기를 무시하고, 돈이 있는 사람들은 상대도 안 해주고, 일이 안 되면 서기를 욕을 하고, 속으로 화가 나면 서기를 고소한다."라고 하죠.

농촌 일은 할 줄 알면 더 쉽게 할 수 있지만, 할 줄 모르면 힘들어 죽어도 인정해주는 사람이 없어요. 또한, 청원인[13]을 잡는 일도 무척 어려울 일이죠. 그들이 불만을 제기하는 것이 옳으면 우리가 처리하죠. 그들의 불만이 말도 안 되는 고자질이

---

13 중국에서는 청원인(信訪人)이라고 부른다. 이 사람들은 억울한 일을 그 지역에서 해결할 수 없을 때 상부기관이 있는 타 지역에 가서 자신의 억울함을 호소한다. 해당 지역 기관에서는 이러한 일들이 상부기관에 알려지는 것을 막기 위해 청원인이 타 지역으로 가는 것을 차단하는데 이러한 과정에서 많은 문제가 발생하곤 한다. 중국의 각급 기관에는 청원(信訪)만을 전문으로 담당하는 조직이 설치되어 있다.

라도 우리는 그들을 데려와야 하고 데려와서는 그들을 잘 모시죠. 그런데 또 나갑니다. 이 일 때문에 마을에서, 향에서, 현에서 돈을 얼마나 쓰는지 우리 서기들은 잘 알죠. 우리가 그들을 왜 잡겠어요. 그들이 억움함을 호소하기 위해 여기저기 돌아다닌다면 왜 두렵지 않겠어요. 그들이 불만을 제기할까 봐 두려워하는 것은 우리에게 뭔가 문제가 있다는 뜻이기도 하죠. 그들을 잡아들이고 존중해준다면 문제가 해결될까요? 그들도 두 다리가 있는 사람인데 그들을 잡아둔다고 가만히 있겠어요. 저는 이러한 정책 방면에는 큰 문제가 있다고 생각해요. 반드시 이 문제를 해결해야 합니다. 그렇지 않으면 큰 문제가 발생할 거예요.

요즘은 마을마다 도로가 연결되어 있어서 다행이지만, 고민도 있어요. 우리 마을에 도로를 건설할 때 국가도 일부, 마을도 일부, 개인도 일부를 기여하죠. 어떤 가족들은 멀리 떨어져 살고 있어서 이 길을 사용하고 싶지 않으며, 그 길에 대한 비용을 지불할 의사도 없고, 다른 사람들의 땅을 빼앗고 싶지도 않지요. 현재 주요 도로가 완성되었지만 적합하지 않아요. 여름에 비가 오면 여전히 모기가 많고 냄새가 많이 나요. 할 일은 많은데 관건은 돈이 부족하다는 점이에요. 국가가 지출하는 돈은 적어요. 모든 것에는 관계가 필요해요. 다행히 관계를 통해 약간의 돈을 벌 수 있어요. 도로와 댐 건설이 그렇죠. 하지만, 국가가 이와 관련하여 계획을 세우는 것이 훨씬 더 좋습니다.

량좡에서 강으로 내려가는 길의 가격은 얼마라고 생각하시나요? 어차피 내 주머니에는 한 푼도 없으니 두려울 게 없다고 뒤에서 말하는 사람들도 있다는 걸 알아요. 그 도로는 17만 4천 위안에 팔렸는데 모래공장 사람들이 대형 모래차를 쓸 수 있게 되어 좋아했고 우리도 돈을 벌었지요. 남은 돈으로는 마을에 도로를 건설하는 데에도 사용할 수 있고요. 그것도 좋은 일이죠. 마을 사람들은 수입 부분만 보고 지출 부분은 보지 않아요.

현재 수자원 관리에도 많은 보조금이 있어요. 농업종합개발을 위해 국가자금이 특별히 관리되고 있어요. 저는 현에 가서 우물을 파고, 발전소와 대형 배전시설을 짓고, 고압선을 우물 쪽으로 끌어당기고, 관수시설을 설치하고, 카드로 요금을 지불하는 사업 등을 끌어와 실행했어요. 농경지의 관개율은 100%에 달합니다. 사업을 끌어오면 별도의 항목을 만들어 비용을 지출했고 담배값은 내 돈으로 지출했어요. 현재 농촌 성인노동력의 90% 이상은 외지에 있어요. 지난 2년 동안 식량 가격이 더 비싸졌고 여전히 농사를 지을 사람은 있지만 돌아오는 사람은 여전히 적어요. 정책은 좋지만 지원하는 돈이 적다보니 별 효과가 없어요. 주든 안 주든 변하지 않아요.

내 의견이 맞는지 아닌지는 모르겠지만 만약 농촌에서 신농촌건설[14]을 하려면 개인에 주는 작은 보조금들을 한데 모아서 한꺼번에 사용하면 큰 일을 도모할 수 있을 거예요. 이제 국가에서 돈을 지급하므로 우리 마을 전체는 현재의 보조금 기준으로 하면 2,684무이므로 10만 위안 이상을 받을 수 있어요. 우리는 돈을 모아서 도로와 수로를 건설하는 등 많은 일을 할 수 있어요. 개인에게 지급하는 것보다 낫죠.

아무리 말해도 중요한 건 중국은 크고 농민이 많다는 겁니다. 방법이 없어요.

촌서기와 대화하는 과정에서 향(鄉) 당위원회 서기가 간헐적으로 몇 마디 끼어들기도 했다. 주된 목적은 촌서기가 정책 상황에 어긋나는 말을 하지 못하도록 막는 것이었다. 예를 들어, 청원 문제에 대해 촌서기는 현재의 청원 정책은 매우 문제가 있다고 생각하는데 말이 끝나기도 전에 향서기가 끼어들어 "그 청원인들은 대부분 능구렁이들이에요. 아주 사소한 일 때문에 해마다 신고해요. 좀 편협해요. 당신이 어떻게 문제를 해결해줘도 그들은 만족하지 않고 기회를 빌려 갉아먹으려고 해요"라고 말했다. 실제 경험상 많은 사례를 접했어야 했던 향서기의 말에 전적으로 반대하는 것은 아니다. 그러나 그의 경멸적이고 경시적인 태도는 받아들일 수 없었다. 촌서기는 향서기의 방해로 말투를 급히 바꾸었지만 절대 복

---

14 후진타오 집권 시기 추진한 대표적인 농촌개혁 정책으로 정확한 명칭은 社會主義新農村建設이다.

종하지 않았고 내면에는 평등의식을 갖고 있었다.

이로 인해 나는 향서기와 촌서기와의 관계에 매우 관심을 가지게 되었다. 촌서기가 방에 들어가서 두 사람이 주고받는 인사와 농담을 보면, 두 사람의 관계가 일반적인 의미의 상하관계가 아니라 거의 강호의 분위기가 느껴지는 의형제에 가까웠다. 중국의 정치체제에서 촌서기의 정치적 정체성은 매우 모호하다. 그는 국가 간부에 속하지 않으며 언제든지 농민으로 돌아갈 수 있다. 그러나 그는 또한 국가 정책을 집행하는 일에서 중요한 책임을 진다. "촌서기는 '공무원'은 아니지만 크고 작은 모든 일에서 사람들이 찾는 '큰 인물'이다." 사실상 촌서기가 일하기를 원하지 않으면 향서기는 속수무책이다. 향서기는 촌서기의 거취를 결정할 수 있지만 절대적인 권위는 없는데 촌서기의 출세를 향서기가 시켜줄 수는 없기 때문이다. 촌서기가 말을 잘 듣게 하려면 다른 무언가가 있어야 한다. 즉, 민간 영역의 문화 방식과 모종의 이익에 대한 묵인이 필요하다. 이런 민간의 구속력은 매우 불안정하다고 할 수 있다. 일단 한쪽이 다른 한쪽의 요구를 들어주지 못하면 효력이 상실되고 변수가 생길 수 있기 때문이다.

촌서기는 줄곧 고생담만 얘기하는 데에는 당연히 자신을 미화하는 경향이 깔려 있다. 하지만 개혁개방 이후 향촌의 촌서기가 일하기 힘든 것도 사실이었다. 위에서는 그를 통해 정치적, 경제적 과제를 완수하려고 하고 농민들은 불만과 문제가 있으면 그를 통해 해결하려고 했다. 만약 그가 일정한 수완과 세력이 없다면 그

임무를 절대 효과적으로 완수하지 못할 것이다. "위에 천 가닥의 실이 있더라도 아래에서는 촌서기라는 바늘 하나에 의존해야 한다." 내가 우리 마을 촌서기에게 이렇게 말하자 그는 마치 마음 맞는 친구를 만난 것처럼 기뻐하며 그가 마을의 이익을 위해 어떻게 싸웠는지, 마을 사람들을 위해 어떤 어려움을 해결했는지를 자세히 말해줬다.

촌서기의 행정직 진출, 직급 부여, 공무원 월급 수령 등 국가의 새로운 촌서기 정책에 대해 향서기에게 질문하자 우리의 촌서기가 먼저 대답했다. "하하, 그것도 형식적인 것이에요. 각 향에는 많아야 한두 개가 있어요. 기본적으로 부유한 마을이나 읍내에 있는 마을에 해당되지 일반 마을의 촌서기에게는 기회가 없어요." 나는 그때야 알게 됐다. 우진(吳鎭)에서 북쪽 마을의 촌서기만이 공무원이 되었는데 그는 인맥을 통해서 이것을 달성했다. 우리 촌서기가 과장되게 불만을 표시하자 향서기가 웃기만 할 뿐 별다른 불만을 표시하거나 그를 말리지도 않았다. 그 표정은 동생이 술주정을 하는 것을 보는 강호의 큰형님 같았다, 일종의 친밀한 관계의 정체성일 뿐만 아니라 지위와 신분의 강조와 명확화이기도 했다.

*

저녁에 오빠네 집에 돌아왔을 때 나는 아버지, 오빠에게 촌서기에 대한 내 인상을 얘기했다. 오빠는 "그 인물은 용감하게 일하고, 패기가 넘치고, 결판을 잘 내고, 돈을 잘 쓰고, 관계를 잘 맺는다."라고 말했다. 아버지는 몹시 화를 내며 "퉤"하고 바닥에 침을 뱉으며 "그렇다고 해도 백성들의 돈을 가져다 힘껏 쓰고도 아까워하지 않았다. 거기서 자기 자랑하는 걸 듣지 마라. 그 사람이 힘들면 왜 아직도 열심히 일을 하겠냐?" 이렇게 말할 때 아버지의 얼굴이 붉어지고 핏줄이 쭈뼛하게 섰다. "마을 사람들은 매우 화가 나 있다. 나와 너희 구이 당숙이 계속 상의하고 있는데 언젠가는 그를 끌어낼 것이다. 그가 계속 촌서기로 있는 한 량좡은 좋아질 수 없다." 이 완고한 노인은 일관된 민간인 스타일을 유지하며 항상 마을 간부들에게 비판적이었다. 그러나 마을 간부들이 실제로 마을을 위해 많은 힘을 쓰고 많은 신경을 썼음에도 불구하고 마을 사람들은 이를 인정하지 않았다. 왜냐면 그들은 마을에서 정부 관료처럼 여전히 특권을 누리고 이 특권에서 개인적인 이익을 추구하기 때문이었다. 이러한 점이 해결되지 않으면 중국 농민과 마을 간부, 정부 간의 갈등은 여전히 근본적으로 해결되지 않을 것이다.

현(縣)서기

나의 농촌조사는 랑현현 당위원회 서기로부터 강력한 지지를 받았다. 그와의 교류를 통해 나는 많은 국가 정책과 거시적 차원의 현대 농촌 정치에 대한 기본적 이해를 얻었으며, 이를 통해 다층적이고 다각적인 관점을 갖게 되었다.

　현 당위원회 서기는 원래 농촌 민영학교 교사였으며 인본주의적인 기질과 지적 감성을 지닌 학자 유형의 관리였다. 따라서 중국의 경제에 대한 독특한 이해와 사고를 가지고 있었다. 그는 밑바닥부터 차근차근 올라왔기 때문에 농촌 문제, 정책과 민생의 모순에 대해 매우 독특한 경험과 통찰력을 갖고 있었으며 그 의견을 과감하게 표현했고 중원인(中原人) 특유의 문학적 콤플렉스와 전력을 다해 나라를 다스리려는 포부를 가지고 있었다. 현재 농촌 상황을 개혁하려는 열망과 결심은 그의 언담과 치현(治縣) 방침에서 느낄수 있었다. 나는 그의 정부 보고서와 학술회의 보고서를 들어봤다. 그는 빈말을 하지 않고 문제의식과 현대적인 개념을 가진 보기 드문 지도자였다. 그의 도시 재건, 생태경제, 마을 개선 및 "4+2" 작업법은 랑현 전체의 외부 생태 환경을 개선했을 뿐만 아니라 농민의 정치 참여 인식을 향상시켰고 근본적으로 농민의 생활의식 또한 점차 현대화를 향해 나아가게 했다. 그러나 현실의 적폐가 너무 깊고, 각각의 생각이 실천에 옮겨지는 데 여러 가지 변형이 있었다. 따라서 많은 프로젝트, 구상, 계획은 다양한 세력의 견제로 전혀 딴 모습이 되었다. 그러나 현서기는 매우 강인한 사람이었다. 그의 말에 의하면, 하나하나 차근차근 해나가면. 반드시 효과가 있을 것이라고 했다.

문제와 내용을 명확하게 하기 위해서 나는 질문의 방식으로 그가 말한 주요 내용을 기록했다.

오랫동안 기층 수준에서 일한 간부로서 개혁개방 30년 동안 국

가의 농촌정책과 농촌문제에 대해 어떻게 생각하십니까?

중국 농촌에서 중대한 전환점이 일어나고 있다고 해도 과언이 아닙니다. 전체적으로 중국의 개혁은 모두 농촌 지역에서 시작되었는데, 이는 농지를 가구에 분배하는 것으로 특징지어집니다. 생산대의 집단적 성격, 대대(大隊), 인민공사 체제가 기본적으로 파괴되었습니다. 문학작품 중 하오란(浩然)의 『황금거리: 金光大道』는 인민공사의 '일대이공(一大二公)' 체제를 가장 대표하는 작품입니다.

1980년대, 특히 1983년과 1984년에는 농촌의 생산성이 크게 향상되어 사람들이 일반적으로 흰 찐빵을 먹을 수 있게 되었습니다. 중앙 정부는 농부들을 해방시키고 생산에 대한 적극성을 동원하는 세 가지 『1호 문건』을 연속적으로 발표했습니다. 이상하게도 그 몇 해에는 날씨가 좋고 수확이 풍년이어서 농부들은 기본적으로 부담이 없었습니다. 나중에 일부 문제가 발생하여 원래 마을이 소유했던 공공시설이 서서히 파괴되었고 마을이 소유한 모든 수자원 보호 시설과 트랙터가 매각되었습니다. 계속해서 국가는 향진기업 발전을 제안하기 시작해 소규모 상품 생산을 허용하고, 곡물 수매 가격을 인상했으며, 개인 및 민간 경영을 발전시키고 나아가 통합과 분산을 결합한 농가 도급책임제의 개선 등을 더욱 강조했습니다. 통합과 분산에서 통합은 토지의 집단화로 소유제의 성격은 바뀌지 않는 것

을 뜻하며 분산은 토지를 개별 가구에게 임대를 줘서 농가가
이를 관리하는 것을 뜻합니다. 실제 효과를 보면, 많은 지역에
서 통합의 기능은 약화되고 분산의 기능은 강화되었습니다. 소
규모 생산자와 거대 시장 간의 모순이 날로 커지고 있습니다.
이 기간 동안 산둥성 마늘종(蒜薹)사건, 비료공장 부도 등 영향
력 있는 사건들이 많이 일어났습니다. 뤄양의 트랙터가 한동안
팔리지 않자 사람들이 한순간에 혼란에 빠져 갈피를 잡지 못하
기도 했습니다.

  1980년대는 농촌정책의 전환기라고 할 수 있습니다. 1980
년대 중후반부터 1990년대 후반까지 덩샤오핑의 남순강화(南
巡講話) 이후 국가 시장경제가 점차 형성되고 산업구조와 고용
형태가 변화했습니다. 이전 시대에는 '토지'가 중심이었다면
이제는 '도시로 나가는 것'이 중심이 되어 사회 전체에 큰 혼란
과 변화를 가져왔습니다. 돈을 벌기 위해 외지에 나가는 것은
가족 구조의 축소와 분산을 가져왔습니다.

  1990년대에는 '3통5주(三統五籌)'로 인해 농민들의 부담이
점점 더 가중되었습니다. 3통이란 임금, 적립금, 공익기금을
말하며, 5통이란 도로공사, 가족계획, 농촌 교육, 민병 훈련,
통일 방역을 말합니다. 국가는 통합과 분산이 결합된 '통합' 문
제를 해결하기 위해 농민들이 1인당 소득의 5% 이상을 기부하
도록 규정하고 있습니다. 농민에게는 일곱 가지의 의무 노동과
열 가지의 무상 노동을 규정하고 있습니다. 나중에는 편법을

동원해 "노동분 상당을 돈으로 대신하는 방법"이 제시되었습니다. 그 결과 농민들은 일도 하고 돈도 지불했습니다. 또한 농업특산물세, 돼지도축세 등도 있습니다. 이것들은 농촌 간부들이 농민들에게 돈을 요구할 구실을 제공했습니다. 농촌 간부의 권력은 점점 더 구속력이 없어지고, 매우 자의적이 되었으며, 농민의 부담은 점차 증가했습니다. 그 시절에는 간부들과 대중 사이의 갈등이 극도로 심했는데, 농촌 간부들이 곡물 판매 대금을 압수해서 농민들이 농약을 마시거나 목매달아 죽는 악질 사건들이 전국 각지에서 일어났습니다. 농촌의 상황은 점점 심각해져 집단 간 물리적 충돌이 곳곳에서 발생하거나, 아예 밖으로 도망쳐 숨어버리는 상황이 벌어졌습니다.

1990년대에 들어서면서 농민들의 부담은 점차 커졌습니다. 2004년 처음 이곳에 왔을 때, 조사 결과 현 내 십여 개가 넘는 향진의 도급 토지가 아직 이행되지 않아 토지를 분배할 수 없다는 사실을 알게 되었습니다. 사람들은 농사를 지을 때가 되면 촌서기가 일시로 토지를 1무당 120위안에 팔기 때문에 농사를 짓고 싶은 사람은 토지를 사겠지만 대부분의 사람들은 농사를 짓지 않았고, 농사를 짓지 않으면 돈을 내지 않아도 되고 또 외지로 나가 일을 할 수 있다고 말합니다. 제가 조사를 하러 마을에 갔는데, 50대의 한 여성이 내 손을 잡고 "서기님, 농사를 계속하면 농사짓다가 감옥에 갈 것 같아요."라고 말했습니다. 그녀는 "우리집은 토지가 많아요. 한 사람에 3무를 가지고 있어요. 1무에 150위안이니 3무이면 450위안을 지불해야 하고 다섯 명이면 2,000여 위안을 지불해야 합니다. 마을에서 상시적으로 지불해야 하는 돈은 말할 것도 없어요. 돈을 내지 않으면 촌서기가 우리의 인감도장을 압수해 우리에게 알리지도 않고 신용조합에 가서 우리 명의로 대출해 갚아요. 대출금이 만료돼도 갚을 수 없게 되면 신용조합이 법원에 소송을 제기해요. 그러면 법원과 경찰서 사람들이 수갑을 들고 와서 돈을 갚지 않으면 우리를 잡아가겠다고 협박을 해요. 이게 농사를 지으면 감옥에 간다는 말이 아니겠어요?"라고 말했다. 그래서 농촌에 얼마 동안 버려진 땅이 많았습니다. 농사를 지으면 손해를 보는데 누가 감히 농사를 짓겠어요?

현재 1990년대 전체에 걸쳐 농촌 정책은 매우 성공적이지 못한 것으로 보입니다. 농업, 농촌, 농민에 관한 문제는 기차가 역에 도착하는 기차와 같아서 큰소리를 지르고, 너무 느리게 움직이며, 서류가 너무 많아서 작동하지 않습니다. 농민들의 부담은 줄어들지 않았고 오히려 점점 더 무거워졌습니다.

세제 개편안이 2002년부터 시작됐습니다. 그 당시 나는 이것은 어려울 것이라고 말했습니다. 중앙의 유관 부문의 원래 계획에 따르면, 기본적으로 "물과 진흙을 섞는다", 즉 당신의 모든 수입으로 모든 지출을 책임져야 한다는 것입니다. 이는 우리와 같이 재정적으로 가난한 현 정부는 전혀 불가능한 일입니다. 당시 민간에서는 순커우류(順口流)가 유행했습니다.

"당과 정부가 경찰, 검찰, 법원 사람들을 데리고 왔어요. 담뱃세를 거두기 위해서지요. 농민들에게 담배를 심으라고 강요하네요. 담배특산세가 많기 때문이지요. 이건 어쩔 수 없는 방법이라고 하네요."

새로운 농촌정책으로 국가로부터 많은 보조금을 받아 농민들에게 혜택을 주었습니다. 올해 농업에 대한 재정 투자는 이전에 한 번도 해본 적이 없는 3,800억 위안을 초과했습니다. 이것은 근본적인 전환점입니다. 이것이 계속된다면 5년 뒤에는 반드시 당과 농민의 관계가 최상의 상태로 회복될 것입니다. 예전에 나 같은 현서기가 지역에 시찰하러 갈 때면 향서기들이 항상 교차로를 지키면서 군중이 고자질하거나 문제가 발각될까 봐 긴장을 했죠. 이제는 많이 나아졌습니다.

2003년 전후로 중국의 농촌정책이 농촌 생활에 미치는 영향을 어떻게 보는지, 그것이 갖는 의의는 무엇인가요?

2000년경부터 지금까지의 추세를 보면 농촌은 심각했는데 정말 상상하기도 어려웠어요. 큰 위기가 발생할 것 같았습니다. 농촌 문제는 이미 붕괴 직전에 이르렀지요. 농민들의 부담은 무겁고, 생활 환경은 열악하며, 농민은 격앙되어 있었습니다. 중앙 정부의 정책이 적시에 조정되어 이제는 상황이 훨씬 나아졌습니다. 더 이상 돈이나 세금을 내지 않아도 되고, 농업에 대한 보조금도 있습니다.

2004년 이후 나라 전체의 거시경제 정책은 질적인 변화를 겪었습니다. 특히 과학적 발전관이 도입되면서 농촌 지역과 중국 농민들이 가장 많은 혜택을 입었습니다. 중국 농민문화의 가장 큰 특징은 자신의 감정을 따르는 것입니다. 자오번산(赵本山)[15]의 작품 『삼편자: 三鞭子[16]』에서 모양을 달리해 기층 간부들을 꾸짖는 것을 보면, 비록 그 안에 일종의 연기적 요소가 있지만 이는 농민의 심리 상태를 설명하는 것이기도 합니다. 문예 작품은 바로 생활에 대한 해석이며, 당시 상황에서 전체 간부의 태도에 대한 일종의 반영입니다. 똑같이 비가 오는데 가뭄에 비가 오면 하늘이 좋다고 하고, 흐리고 비가 계속 오면 하늘이 나쁘다고 합니다. 농민의 느낌은 매우 직설적입니다. 오늘 나를 좋게 대하는 사람을 좋은 사람이라고 말하고, 나쁘게 대하는 사람을 나쁜 사람이라고 말합니다.

기층에 대한 이해와 결합된 현재의 거시정책은 농민들이 안고 있는 많은 구체적인 문제들을 한꺼번에 해결했고, 농민들의 상황도 변화시켰습니다. 수년 동안 해결하고 싶었지만 해결하기 어려웠던 문제를 이제 단계별로 해결할 수 있습니다. 나는 신농촌 건설이 이상화될 수 없다는 입장을 표명한 바 있

---

15 랴오닝성 출신의 희극배우이자 영화감독이다. 중국의 '찰리채플린'으로 불리기도 하다. 그의 연기는 토속적이면서도 해학이 있어 대중의 인기가 높다.
16 자오번산이 1996년 중국중앙텔레비전(CCTV) 춘절 저녁 프로그램에 출연한 단막극

습니다. 신농촌을 얘기할 때 우리는 유럽풍의 별장, 푸른 하늘과 흰 구름, 자동차로의 출행, 청결함을 일종의 신농촌 모델이라고 하는데 그것은 맞지 않습니다. 신농촌은 이상화되기 쉽습니다. 이상화로 인해 발생하는 문제는 성공을 향한 성급함입니다. 농촌 일에서 우리가 자주 저지르는 실수 중 하나는 이상화입니다. 예를 들어 '인민공사', '대약진', 심지어 1958년의 '문화대혁명'도 모두 이상화된 것들이었습니다. 현실을 이상화된 것으로 대체하면 절대성, 일률성, 형식주의로 쉽게 이어질 수 있습니다. 농촌경제 및 사회 발전에 존재하는 많은 문제는 이상화에서 파생됩니다. 이상은 있어야 하지만 이상화해서는 안 됩니다.

그러나 저는 또 다른 관점을 가지고 있습니다. 신농촌은 이상화될 수도 없고 자의적일 수도 없다는 것입니다. 신농촌 건설을 위한 국가정책은 20자의 방침입니다. 즉, "생산의 발전(生産發展), 풍요로운 생활(生活寬裕), 깨끗하고 정돈된 마을(村容整潔), 문명화된 농촌풍속(鄕風文明), 민주적 관리(管理民主)"입니다. 이 다섯 가지 단어의 전제는 생산의 발전이고 다음은 풍요로운 생활입니다. 보기에는 거시적이지만 매우 구체적입니다. 중앙정부에서는 왜 이렇게 규정하는 걸까요? 그건 신농촌에 대한 구체적인 기준을 피하고 싶기 때문입니다. 이 과정에서 처음에는 급격했지만 나중에 점점 느려지고, 처음에는 쉽다가 나중에는 어려워지며, 처음에 했던 일을 계속합니다. 이상화는 형식주의적이기 쉽고, 임의화는 기약이 없고 자유방임적이라고 느끼고 무엇을 붙잡아야 할지 모르기 때문에 결과적으로 노래 가사처럼 "별은 여전히 같은 별이고 달은 여전히 같은 달이다"가 되어 농민은 현대문명의 결실을 누릴 수 없습니다. 신농촌 건설은 농민들의 현재의 생산과 생활조건을 바꾸는 것에서부터 시작되어야 하며, 농민들이 구체적인 변화를 체감할 수 있도록 하나씩 구체적으로 시작되어야 합니다.

지금은 농촌개혁의 중요한 시기이며 농민의 회복기이기도 합니다.

신농촌 건설에서 주목해야 할 주요 문제는 무엇입니까?

이 큰 전환기 하에서 농촌의 문화 개념도 변화하고 있으며 새로운 상황을 가져오고 있습니다. 첫째, 농민의 자녀들은 1980년대 학교에 가기 위해 열심히 노력한 아이들과 달리 대학에 갈 의욕이 없습니다. 학교에 가도 별 소용이 없는 것 같아요. 대학에 가는 것과 고등학교에 가는 것 사이에 별 차이가 없다고 생각합니다. 둘째, 그들은 오랫동안 외지에서 일해 왔고, 가정교육도 부족합니다. 셋째, 새로운 사상 신조의 위기가 점점 많아지고 있으며, 종교적 신념은 매우 혼란스럽습니다. 넷째, 이주노동자들이 점점 외부세계에 적응하지 못하고 있고, 노동력 훈련이 열악하며, 농민들이 체계적인 기술 훈련을 받지 못하고 여전히 최저 수준의 일을 하고 있습니다. 다섯째, 농촌 인프라 시설이 점점 악화되고 있습니다. 여섯째, 새로운 상황에서 기층 간부의 자질 또한 주목할 만한 문제입니다. 이제 간부와 일반 국민의 관계는 회복되었지만 이러한 회복은 좋은 거시정책을 통해서만 이루어질 수 있습니다. 몇 년 후에도 간부의 질이 향상되지 않고 농촌의 새로운 현실을 통제할 새로운 이념과 새로운 사고가 없다면 위기는 여전할 것입니다.

동시에, 새로운 정책 하에서, 마을 간부들의 임무 중 다수는 사람들에게 혜택을 주고 농민들에게 돈을 분배하는 중앙 정부의 정책을 실행하는 것입니다. 이는 도덕적 해이를 일으키기 쉽고 새로운 부패 방식을 만들어낼 수 있고 농민들 사이에 새로운 불만과 사회적 갈등을 촉발시킬 수 있습니다. 예를 들어 기초생활수급자를 친척에게 쓰거나, 정원을 부풀려 신고하는 식입니다. 이런 공공복리의 성격을 띤 일은 간부가 좋은 일을 망치기 쉽고, 불공평하게 처리하여 농촌 갈등의 새로운 관심거리가 되고 있습니다.

학계에서는 농촌 도시화가 도시와 농촌의 모순을 해결하기 위한 불가피한 추세라는 일반적인 견해가 있는데 어떻게 생각하십니까?

이러한 견해는 그 자체로는 잘못된 것이 아니지만 단순하게 이

해될 수도 없습니다. 많은 학자들은 도시화를 옹호합니다. 너무 단순하면 중국의 국정에 맞지 않습니다. 나는 미래에 중국의 농촌 문제를 해결하기 위해서는 5가지 '중'이 있다고 생각합니다. 즉, 중소도시, 중소기업, 중소은행, 중산층, 중소소득입니다. 특히 두 가지 점을 강조해야 합니다. 첫 번째는 중소도시입니다. 중국은 이제 전형적인 대도시 질병에 시달리고 있습니다. 도시는 붐비고 농민들은 도시로 집중해 안정적인 생계수단이 없이 도시 프롤레타리아로 전락하게 됩니다. 빈민가가 생기기 쉬운 것은 도시화의 불가피한 단점입니다. 둘째, 중소기업을 육성해 지역의 고용을 창출해야 합니다. 우리는 노동집약적인 기업이며 이는 우리나라의 특수한 국가적 상황이기도 합니다. 어떤 사람들은 우리가 저가형 산업 제조업체라고 말하며 이러한 상황에 대한 변화를 요구합니다. 사실, 이것은 나쁘지 않습니다, 인구는 현재 우리의 장점이자 발전의 과정이기도 합니다, 이러한 집약적 기업은 중국의 고도 발전에서 필연적입니다.

도시화란 무엇인가? 대도시에 사는 것을 도시화 생활이라고 할 수 있나요? 나는 도시화는 우선 생활 방식이며, 오직 고용과 소득 방식의 도시화만을 도시화라고 믿습니다. 수세식 화장실과 샤워를 할 수 있고, 외출할 때 자동차를 이용할 수 있는 것이 도시화입니다. 한국에 가서 조사한 적이 있습니다. 한국의 교수들은 대부분 도시 외곽에 살고 있지만, 모든 생활 조건이 도시화되어 있었습니다. 도시인들이 누릴 수 있는 현대 문명의 결실을 농민들이 누릴 수 있고, 새로운 조직 개념에 따른 전문적 협력을 통해 형성된 생활 방식이 바로 도시화입니다. 우리는 랑현에서 향과 진의 역할을 충분히 발전시키고 시골에서 무역집중구역을 만들기 위해 4단계 도시 시스템을 제안했습니다. 그 번화 정도는 도시 못지않을 것이고 어느 정도가 되면 해외의 소도시와 같을 겁니다. 또한, 기존의 민간 장터를 중심으로 여러 마을의 물자 유통지가 형성되어 시의 기능을 발휘하게 됩니다.

농촌이 잘 발달되면 농민들은 고향을 떠나지 않고도 현대적인 삶을 누릴 수 있고, 도시화 문제도 해결될 것입니다. 이제는 신농촌 정비사업으로 도로가 개설되어 비가 오더라도 밖에 나갈 수 있고, 문 앞에 마트가 있고, 상수도가 있고, 태양광 에너지가 있어 씻는 문제가 해결되고, 친척이나 친구를 방문하는 것도 편리해졌습니다. 그들의 생활은 당신 도시의 생활 못지않게 편리하고 편안합니다. 다만, 부족한 것이 바로 정보의 문제입니다. 몇 년 후 정보망이 설치되지 않는 문제가 해결되면 시골에 사는 데 무슨 문제가 있겠습니까?

중국 전통 향토 문화가 농촌·농민에게 얼마나 큰 영향력을 가지고 있다고 생각합니까?

어떤 농촌 소녀들은 외지에 나가 떳떳하지 않은 일을 해 돈을 벌고 고향으로 돌아와 집을 짓습니다. 집에 돌아와서는 아주 순수합니다. 외지에서 아무리 요사스럽더라도 돌아오면 귀여운 아이처럼 매우 순박합니다. 하지만 그 애들이 밖에서 무슨 일을 했는지 대략 알 수 있습니다. 향촌 문화, 마을 생활은 정화기능이 매우 강합니다.

랑현은 선비 문화와 농경 문화가 얽혀 있으며 검소하고 근면하며 상대적으로 전통적입니다. 이러한 전통은 외지에 나가있는 사람들의 행동을 눈에 띄지 않게 제한합니다. 제가 다른 현에서 일할 때 친구들과 함께 찻집에 자주 갔지만 랑현에서는 거의 가지 않았습니다. 오늘 우리가 여기서 한참 동안 얘기를 나누면, 아마 곧 전파될 것입니다. 그것도 뉴스일 뿐만 아니라, 부정적인 뉴스가 됩니다. 이는 지역 문화 차이의 표현입니다. 지역 문화는 매우 배타적이고 보수적이어서 외래문화에 대한 압박이 심합니다.

간단히 말해서 문화는 습관입니다. 문화는 고정 효과와 잠금 기능을 갖고 있습니다. 습관과 관습을 철학적으로 생각하는 것은 종교이고, 습관을 윤리화하고 추상화하고 가상화하면 종교, 예술, 문학을 낳습니다. 사람 사이의 습관이 굳어지면 문화가 됩니다. 지역이 단단할수록 배타성은 더욱 강해집니다. 지역문화가 형성된 후에는 현대생활로부터 유리되는데, 이는 고착화효과입니다. 어떤 손님이 랑현에 오면, 식사에 초대받고 가라오케에 가서 노래하고 춤을 추는데 그는 랑현에서 재미없다고 생각합니다. 왜냐면 여기 사람들은 모두 한식구처럼 놀기 때문입니다.

개혁개방 이후 농촌 전체의 발전 추세가 향토 문화에 주는 충격은 주로 어떤 방면에서 나타난다고 생각하십니까?

현재 전통문화에 주는 충격은 실제로 두 가지 주요 충격입니다. 첫째, 도로를 따라 주택을 짓는 것은 원래 촌락 구조에 충격을 주는 것이며 이는 필연적으로 촌락 문화에 충격을 줍니다. 과거에는 30무의 땅과 소 한 마리, 아내와 아이들, 따뜻한 아랫목이 있었습니다. 우리 지역에는 "맷돌이 다 모여 있고 집 뒤에는 대나무 밭이 있다"는 속담이 있습니다. 이런 농경 방식의 생활이라면 바구니도, 체도 직접 만들 수 있고 모든 것을 갖출 수 있어 자급자족이 가능합니다. 촌락 구조는 상호협력과 상호교류의 문화를 형성합니다. 이웃들 간에 택지를 두고 갈등을 겪기도 하지만 오랜 시간 함께 모여 살기 때문에 상부상조의 문화가 형성됩니다. 갈등 속에서도 서로 돕는 공생의 문화가 있는 것이죠. 나중에 잘 살게 되면서 도로를 따라 집을 짓게 되면서 마을의 공공시설을 공유할 수 없게 되었습니다. 또한 전통적인 것들의 상실입니다. 예전에는 뭔가를 빌리면 담장으로 넘겨줄 수 있었는데, 이런 것들이 점차 사라지고 빈 마을이 많이 생겼습니다. 그래서 최근에는 마을을 개조하기 위해 많은 노력을 기울였습니다. 마을의 도로가 잘 깔리고 하수구가 잘 연결되어 외지로 이사를 갔던 농민들이 다시 돌아옵니다. 편의시설이 좋아졌기 때문입니다. 둘째, 취업 형태의 변화는 가족구조의 해체를 가져왔습니다. 대표적인 것이 노소(老小) 문제입니다. 중국 문화의 잠재적 전통은 격대지정입니다. 즉, 아이에 대한 할아버지의 사랑은 맹목적이지 훈육식이 아닙니다. 장기간 부모의 애정 부족은 아이들의 성장에 해를 끼칩니다. 이것은 전통적인 것들에 또 다른 충격을 줍니다. 외부 요인의 영향은 말할 것도 없습니다. 이 두 가지 문제는 현재의 농촌 문화를 파악하는 데 어느 정도 어려움을 가져다줍니다. 예전에 봉황TV(鳳凰衛視)[17]가 촬영을 왔을 때 "문화만이 무적이다"라고 말했습니다. 문화에는 잠금효과(lock-in effect)가 강합니다. 이는 미덕과 나쁜 습관에도 해당됩니다. 예를 들어, 철로변의 일부 마을에서는 농부들이 기차를 훔치고 강탈했습니다. 얼마나 많은 사람들이 체포되어 형을 받았는지 모르겠지만 농부들은 여전히 멈추지 않았습니다. 도덕적 타락도 습관을 형성하고, 그것이 점점 더 굳어져 결국 문화를 형성하게 됩니다. 문화는 고무벽과 같아서 칼로 찔러야만 뚫을 수 있고, 돌을 던지고 가볍게 치면 약간 패이게 됩니다. 하지만 세게 때리면 천천히 다시 튀

---

17 홍콩의 위성 텔레비전 방송사이다. 주로 중화권 이외의 국가에 중화권 관련 소식을 전하고 있다.

어 올라 자신을 때리고 결국에는 다시 천천히 평탄해집니다.

덩샤오핑은 "개혁개방 이후 가장 큰 실수는 교육이다"라고 말했습니다. 이 교육은 학교교육을 의미할 뿐만 아니라 실제로는 도덕 교육과 전통문화의 결여를 뜻합니다. 서양의 사상을 막아내지 못해 각종 봉건적인 것들이 다시 나타나고 있습니다.

정책의 실천자로서 정책을 어떻게 실행하고, 어떤 층면부터 시작하나요?

농민들에게 이익을 주는 중앙정부의 정책을 철저히 연구하고, 제대로 집행해야 합니다. 예를 들어, 태양광의 도입은 농민들과 관련하는데, 이는 삶의 질에 있어서 중요한 변화입니다. 목욕을 배우는 것은 농민들에게 큰 심리적 변화입니다. 찻집 건설을 파악하고 모든 마을에서 접근할 수 있도록 도로를 만들어 농민들을 현대화되고 문명화된 삶으로 인도합니다. 이것은 은연중에 감화되는 것입니다. 농민의 발 아래서, 집 앞과 뒤에서 시작합니다. 적어도 마을의 전통문화 구조와 생활 방식의 변화는 하나의 보호와 발전입니다. 기층 간부들은 책임감을 갖고 현대 문명의 성과를 농민들에게 하나하나 소개하고 그들의 능력을 키우는 데 주력해야 합니다. 사실상 농민이 후진적이라고 말할 수 없습니다. 전화, 핸드폰, 텔레비전을 그들도 다 가지고 있습니다. 현대문명의 요소가 점점 더 많이 농민의 삶에 들어

왔고 정보의 양이 점점 증가함에 따라 그들의 시야도 계속 확장되고 있습니다. 그러나 자연인으로서 어느 방향으로 발전하는가는 주목해야 할 문제입니다. 첫째는 취업과 창업 능력입니다. 오늘날 농촌 교육은 직업 기술교육에 중점을 두어야 합니다. 대학 교육을 따르거나 농촌 교육을 주변화하는 것이 아니라 구체적인 직업기술을 배워야 합니다. 둘째는 현대생활에 적응하는 능력입니다. 농민들은 소득이 낮기는 하지만 소득이 있는 농민들은 소비하는 방법을 모르고 현대 문명생활에 적응하는 방법을 모릅니다. 『신결혼시대: 新結婚時代[18]』는 농촌의 일반적인 도시관을 반영합니다. 농촌 대학생들이 가장 듣기 싫어하는 말은 "너 진짜 농민이다"입니다. 이것이 바로 문화 단절이 만들어낸 도농의 차이입니다. 셋째는 농민의 정치의식과 정치적 권리 보호 능력의 향상입니다. 농민들은 그들의 권리가 보호되어야 한다는 사실을 모르고 있습니다. 알 권리, 참여 권리, 투표 권리, 표현 권리, 호소 권리는 종종 기층 간부들에게는 성가신 일이거나 골치 아픈 일로 간주됩니다.

우리가 하는 또 다른 임무는 기층 간부들이 새로운 방법, 새로운 모델, 새로운 사고를 활용하여 새로운 문제를 해결하도록 하는 것입니다. 이를 바탕으로 랑현은 "4+2" 업무 방식을 추진하고 있습니다. 현재 중앙 정부도 이를 인정하고 『중앙1호문

---

18 저명한 소설가 왕쟈링(王家鴒)의 소설 제목이다. 이후 2006년 연속극으로 방영되어 인기를 끌었다.

건』에 포함해 전국 농촌으로 확대하고 있습니다. "4+2"는 4가지의 논의와 2가지의 공개를 의미합니다. 농촌 기층 간부들의 업무를 위하여 하나의 절차를 규정했습니다. 농촌의 중요한 업무 결정은 반드시 4가지의 절차를 거쳐야 합니다. 첫째는 당 지부의 제안, 둘째는 촌 당지부와 촌위원회의 상의, 셋째는 당원대회의 심의, 넷째는 촌민대표대회의 결의입니다. 반면 "2"는 결의 결과를 공시하고 집행 결과를 공개하는 것입니다.

이 업무 방식은 실천적으로나 이론적으로 모두 의미가 있습니다. 이론적 측면에서 말하자면, 중앙정부의 발표와 학자들의 주장에 따르면, 이 업무 방식은 당의 영도 메커니즘, 마을위원회의 협의 메커니즘, 당원의 민주적 권리 보호 메커니즘, 마을 주민의 자치 메커니즘을 유기적으로 결합해 당의 지도력을 견고히 하고, 민주주의를 충분히 발양하고, 법과 규정을 엄격히 따른 유기적 통일을 가능하게 한다고 말합니다. 실천적 측면에서 말하자면, "4+2"가 주는 의미는 첫째, 기층 간부들이 협상과 타협을 배울 수 있도록 해준다는 점입니다. 협의에 의한 타협은 민주주의의 기본 형식이며 민주주의의 기초입니다. 둘째, 기층 간부들에게 절차적 의사결정을 배우도록 한다는 점입니다. 절차가 없으면 민주주의도 없습니다. 셋째, 보통 사람들은 다수의 이익에 복종하는 법을 배우고, 소수의 이익은 다수의 이익에 복종하는 법을 배운다는 것입니다. 이를 통해 기층 간부들은 민주의식과 법적 개념을 강화할 수 있으며, 일반 사람들은 전반적인 개념을 강화하고 전반적인 상황 인식과 공공 개념을 일상 행동에 통합하는 방법을 배울 수 있습니다. 동시에 주민의 참정권, 알 권리, 참여권, 표현권, 감독권을 보장하고, 공적 사업에 대한 의사결정에 참여하면서 정치의식을 부단히 향상시킵니다.

　농민들이 뭐라고 말하든 상관없습니다. 시간이 지나면 정치적 무관심이 생길 것입니다. 집단의 구성원이 집단 내에서 지위가 없고 공무에 참여할 수 없으면 무관심해집니다. 자신이 그룹에 없어서는 안 될 존재라고 생각하면 사람들은 자연스럽게 적극적인 태도를 갖게 됩니다.

제7장

'신도덕'의 우려

2006년까지 량현은 151개의 기독교 교회와 여러 곳의 간이 행사장을 개방했다. 량현에는 장로 3명, 전도사 184명, 신학교 졸업생 3명, 신도 4만 명이 있다. 기독교의 각 교당은 5~7명의 교무팀을 만들어 규정 규칙과 애국공약[1]을 제정하였고 종교 활동은 정상이다.

『량현 현지·종교』

---

1 원래 애국공약(愛國公約)은 1950년대 전반, 주민들이 임무를 성실히 수행하고 생산을 증가시키며 애국할 것을 내용으로 하는 규약이다. 중국은 기독교를 제한적으로 허용하되 중국의 현실에 맞게 활동하도록 규정하고 있다.

밍(明) 아저씨

밍 아저씨는 쉰여덟 살로 어린 나이에 군대에 입대했다. 젊었을 때는 잘생기고 멋있었다. 군대에서 전역하고 돌아와서는 빳빳한 카키색 군복을 입었고 깔끔하고 기품이 있어 량좡의 유명한 인물 중 한 명이었다. 원래 운송업자로 일했는데, 아내가 기독교 신자가 된 후 여기저기 돌아다녀서 집에 없었기 때문에 결국 그는 운수업을 포기하고 집에서 아이들에게 밥을 해줬다. 1990년대에는 베이징에서 자동차를 수리해서 돈을 벌었고, 고향에 돌아와서는 읍내에 집을 사서 자전거 수리점을 열어 하루에 20여 위안을 벌었다.

내 인생도 우여곡절이 많았지. 나에게 아내의 기독교 믿는 일에 대해 얘기해달라고 하면 난 사흘 밤낮으로도 모자랄 거야. 나는 평생 동안 하나님한테 속았어. 집안이 쑥대밭이 되었지. 신자들은 아내를 '링란(靈蘭) 자매'라고 불렀지. 우리 두 자식들은 어렸을 때부터 똑똑해서 학교에 갈 가능성이 컸지. 내가 운전하러 밖에 나가면 아내는 아이들을 우리 부모님 집에 보내기도 하고 어떤 때는 학교에 보내지도 않았고 하나님을 믿는다고 이곳저곳 데리고 다녔지. 아이들은 공부도 제대로 할 수 없어 결국 성적이 좋지 못했지. 1980년대에는 이곳 교회에는 회당이 없었지. 아내가 찬송가를 부를 수 있어서 이곳저곳 돌아다녔는데 한 번 나가면 열흘에서 보름 동안 집에 없었어. 난 아내가 하나님을 믿는 것은 좋은데 왜 우두머리인 한리팅(韓立

挺) 집안의 일곱, 여덟 아들 중 누구도 하나님을 믿지 않느냐고 물었지. 뎬쿠이(殿魁)에게 한리팅 사람들이 어떻게 속였는지 한번 물어봤지. 뎬쿠이는 사람들을 만날 때마다 "전단지를 인쇄했는데 한 푼도 받지 못했어요"라고 말했지. 반면 한리팅 사람들은 모두 큰 집을 짓고 잘 먹고 잘 살고 있었지. 모두 나쁜 놈들이야. 다른 사람들을 등쳐먹고 살지. 계란이 있으면 계란을 가져다주고, 곡식이 있으면 곡식을 가져다줬지. 그때 얼마나 불쌍했는데. 그들은 돈을 많이 벌었지만 우리들은 개털이었어. 유능한 사람들이 하나님을 믿으면 부자가 되지만 어리석은 사람은 돈만 바치지. 하나님을 믿는다는 그놈들은 전부 차를 몰고 다니는데 그게 어디서 왔겠어? 그놈들의 돈이 모두 어디서 왔겠어? 전부 헌금에서 나오지 않았겠어? 사람들이 헌금을 하면 그들이 밖으로 빼돌리지. 너희들도 다 알지? 아무것도 모르고 그냥 거기에 어리석게 헌금하고, 때로는 자기의 곡식을 팔아 헌금하기도 해.

그제서야 나는 아내를 욕하기 시작했어. 하지만 그 사람은 아무런 반응이 없었어. 자기가 깨달은 것이 많고 나와 일반적 인식이 다르기 때문이었어. 나중에 나는 주교가 아내를 망쳤다고 하나님을 욕했어. 아내를 꾸짖었지만 아내를 다치게 할 수는 없었어. 하나님을 욕한 게 아내의 마음을 움직이게 했어.

당신이 돈을 벌지 않으면 누가 당신에게 한 푼이라도 주겠어? 아내는 아이들도 안 돌보고 집도 안 돌봤어. 아이들은 자라면서 화가 많이 났어. 한번은 아내가 딸을 때렸는데 딸의 머리가 벽에 부딪혔어. 딸이 거기서 울고 있었는데 정말 마음이 아팠어. 원래 우리 딸은 공부를 잘 했는데 집안에 일이 끊이지 않다보니 공부할 기회를 놓쳐버렸어.

하나님이 어떤 분인지는 모르겠지만, 몇 년 전에 한 여자가 물에 빠져 내가 구해줬는데, 그 사람이 나한테 고맙다고 한 게 아니라 하나님께 고맙다고 했어. 제기랄, 우리는 그것을 이해할 수 없었어. 올 봄에 실제 사건이 있었어. 어느 마을에 딸과 사위가 외지로 일하러 나가고 두 외손자와 함께 사는 할머니가 있었어. 그녀도 하나님을 믿는 사람이었어. 그날 정오에 두 아이가 웅덩이에 떠있는 것을 보았는데 그녀는 서둘러 교회에 가야해서 그냥 내버려두었어. 돌아와서 보니 그 두 아이는 할머니의 외손자였어. 이것은 모두 피의 교훈이야. 하나님을 믿는 사람들은 지나친 형식주의는 맞지 않다는 것을 반드시 알아야 해. 일요일에 무슨 일이 있든 꼭 교회에 가야 한다면 그것은 완전히 인간성을 상실한 것이야. 네 외손자이든 아니든 네가 "아이들이 웅덩이에 빠졌어"라고 큰 소리를 지르고 사람들이 오는 것을 보고 교회를 가도 되지 않겠어?

나는 아내를 전혀 통제할 수 없었지. 내가 간섭하면 화를 냈어. 그해에 집을 짓고 상량을 할 때 집에는 열두 명이 넘는 사람들이 있었는데, 교회에서 아내에게 찬송가를 가르쳐 달라고 불렀어. 나는 지금 바쁘니 안 가면 안 되냐고 말했지. 아내는 교회에 가서 찬송가를 가르쳐야 한다고 하면서 갔다오겠다고 했어. 나는 화가 나서 "오늘은 안 돼. 그래도 당신이 간다면 다리를 부러뜨려버리겠어. 당신 교회 신자들도 우리가 집을 짓고 있다는 것을 알 텐데 몇 사람이나 왔어? 다 여유롭게 살고 싶은 게 으른 사람들이야. 신자 중에 집안이 깨끗한 사람이 얼마나 되는지 봐라." 결과적으로 아내는 많은 일과 많은 사람을 남겨두고 찬송가를 가르치러 갔어. 나만 바빴지. 아직도 생각하면 화가 나고 마음이 아프지.

우리 마을에는 핑짠(平占)네 아내, 우리 넷째 이모, 절름발이 창(常)이네 아내, 바오구이(保貴)의 아내가 하나님을 믿기 시작했지. 여자들이 많았어. 나중에는 모두 믿지 않았지. 나쁜 놈들. 하나님도 돈을 요구하고 사람들을 속였어. 아내는 지위가 높아 다른 사람들이 모두 존경했지. 존경은 존경이고 우리집에 없어. 이혼한다고 몇 년을 싸웠어. 결국 이혼을 했지. 그런데 이혼을 했는데도 집을 떠나지 않았어. 아내는 돌아와서 여기서 살고 있어. 아내한테 어디에 가서 살라고 하겠어.

베이징에서 자동차를 수리하던 몇 년 동안 나는 매우 화가 났었지. 딸아이가 애를 낳아 아내더러 와서 딸아이를 좀 돌봐달라고 했는데 아내는 왔다가 다시 교회를 간다고 했어. 너도 알듯이 베이징까지의 길이 얼마나 멀어. 오가는 데 몇 시간을 걸리잖아.

나는 베이징에서 돌아온 후 집을 하나 샀어. 아내도 교회의

자매들이 그리워서 돌아왔어. 한 번은 아내가 교회에 간다고 나가기에 나도 따라 나갔어. 나는 도대체 하나님의 어디가 좋은지 알아보고 싶었어. 시골길이 좋지 않은 것은 상관없었지. 나이가 많아도 울퉁불퉁한 길은 갈 수 있지. 총교회의 량(梁) 목사의 설교를 들었는데 좋았어. 이런저런 정신적인 것이 아니라 생각을 통해 자신을 근본적으로 바꾸는 것이었어. 실제로 그는 자신을 신으로 만들었어. 노목사가 한 말은 모두 이치에 맞지만, 아내와 그쪽 사람들의 말은 완전히 꾸며낸 것들이었어.

나중에 우리 향의 교회당에서 당장(堂長)을 선출할 때 아내한테 부당장을 맡으라고 해서 나는 절대 반대했지. 나는 아내에게 "당신은 부당장을 하면 안 돼요. 난 가장인데 당신이 만약 부당장을 하면 집에 들어오지 못하게 하겠어요. 이 교회에서 좋은 사람이 몇 명이나 있나요? 모두 장부가 불분명한데 지출에 서명해야 하며, 하나하나 잘못 서명하면 모두 책임을 져야 해요. 당신은 평소에 가계부도 작성을 안 하는데 당신 머리로 부당장이 되면 분명 말려들어요."라고 말했어. 저쪽 사람은 안 된다면서 "당신 아내는 덕망이 높으니 꼭 해줬으면 합니다"라고 말했어. 나는 "만약 아내가 부당장이 되면 일이 엉터리가 될 텐데 그래도 상관이 없겠냐?"고 말했어. 그리고 다시 나는 "링란, 당신도 조장을 한 적이 있잖아요. 교회에는 몇 가지 좋은 것도 있지만 모두 엉터리이에요."라고 말했지.

밍 아저씨의 자전거 수리점은 마을에서 아주 외진 곳에 있었지만 여전히 앞집이라고 할 수 있었다. 앞쪽에 있는 두 개의 큰 방과 두 층이 안방이고, 안방 뒤에 있는 계단쪽 칸은 부엌이었다. 부엌에는 거미줄이 두껍게 깔려 있었고, 석탄 난로는 오랫동안 불이 들어오지 않은 것이 분명했다. 나는 "밍 아저씨, 식사를 어떻게 하나요?"라고 말했다. 그는 "아침에는 국수 한 그릇, 점심과 저녁에는 찬 찐빵을 먹고, 물을 먹어. 여름에는 량펀(凉粉)¹을 먹지. 그저 배만 부르면 되지 뭘 더 바라겠어"라고 말했다.

밍 아저씨는 아버지의 가장 친한 친구였다. 사실 아버지는 그보다 열 살 이상 많았다. 나의 어린 시절과 청소년기의 추억에 따르면, 둘은 한때 위안(原) 삼촌과 함께 밤새도록 앉아 얘기할 때도 있었고, 때로는 점심 식사 후에 찾아와 저녁을 먹으러 돌아갔고 식사 후에 다시 왔다. 여름이면 마당에 앉아 부들잎 부채를 흔들고, 겨울이면 서쪽 방 한구석에 옥수수대나 나무뿌리를 꽂아 작은 불을 피웠고, 재가 다 식어 차가워져도 가지 않곤 했다. 그들은 무엇에 대해 얘기했을까? 난 모르겠지만, 집안일이나 마을 일을 얘기하지 않았나 싶다. 공정한 일에 대해 얘기할 때면 갑자기 목소리가 높아졌고 욕도 몇 번 했다. 그들은 한참 동안 말을 하지 않고 조용히 불을 바라보며 어두워지는 것을 지켜보기도 했다. 이것은 침묵이지만 똑같이 깊고 풍부하며 섬세한 시골의 우정이었다.

---

1 녹두묵으로 여름철 냉식품 중의 하나이다.

밍 아저씨는 링란 아주머니의 결혼을 얘기하면서 왜 링란 아주머니가 기독교에 빠져 십여 년을 집은 내팽개치고 하나님만 찾아다녔는지 도무지 이해할 수 없었다.

날이 어두워졌고, 밍 아저씨 집의 전구 와트가 매우 낮아서 집을 어둡게 만드는 것 같았다. 아버지는 "한 달 전기요금이 1위안도 안 되는 걸 가지고 전기요금을 받는다고 난리야."라고 놀리셨다. 밍 아저씨는 이 말을 듣자마자 피식 웃으며 "나쁜 놈들. 하루 종일 전기세만 받으러 다니고. 나는 전기를 잘 쓰지도 않아, 어차피 밤에도 일 안 해. 난 텔레비전 보는 것도 좋아하지 않아. 마당에 앉아 더위를 식히고 겨울에는 사람들과 수다를 떨다 집에 돌아와 바로 자기 때문에 전기가 무슨 소용이 있겠어."라고 말했다. 젊었을 때 카키색 군복을 입었던 잘생기고 씩씩했던 밍 아저씨가 떠올랐다. 이제 밍 아저씨는 '인색'한 노인이 되었다. 우습기도 했고 감회가 새롭기도 했다.

엄청 큰 모기들이 머리 주위를 날아다니며 다리를 물고 윙윙거렸고, 한 번 때렸을 때 손에 피가 묻어 있었다. 밍 아저씨는 작은 부채를 들고 나에게 세게 부쳐주었다. 모기가 전등과 부채 주위를 어지럽게 날아다녔다. 밍 아저씨는 침대 옆에 있던 호랑이연고를 꺼내 나한테 발라보라고 했으나 별 소용이 없었다. 나는 밍 아저씨가 저녁을 어떻게 보내는지 알 수가 없었다.

식사 후 우리는 마당으로 나와 대화를 이어갔다.

내가 이전에 장거리 운전을 할 때 윈난에 가서 옛 전우를 만났는데 그가 엄청 예쁘고 키도 큰 여성을 아는데 함께 만나러 가자고 했지. 그래서 우리가 함께 갔는데 정말 예뻤어, 그 때 나는 너무 예뻐서 아무 말도 나오지 않았어. 너희 아버지도 이 일을 잘 알고 있지. 그 여성도 나를 따라오고 싶어했는데 우리는 그렇게 하지 않았어. 사람에게는 도덕이 있어야 하니까. 지금 후회하냐고? 후회하면 뭐해. 그게 운명인데. 게다가 내가 군대에서 갓 전역했을 때 아내는 아직 하나님을 믿지 않아 나에게 정말 잘해줬어. 내가 밭일을 하고 돌아오면 아내는 아이들에게 국물이 많은 국수를 주었지만 나한테는 큰 그릇에 면을 채웠고 그 밑에 계란을 넣어주었지. 작업복이 더럽지 않은데도 "남자의 옷은 여자의 얼굴"이라고 말하며 빨아야 한다고 했어. 이 말을 아직도 또렷하게 기억하지. 가끔은 그 사람에게 화가 나기도 하지만, 그 사람이 나에게 해준 따뜻한 말을 생각하면 용서가 되기도 해.

어떤 사람은 아내가 행복하기만 하면 하나님을 믿는 것이 좋다고 말해. 나는 "그렇게 함부로 말하지 마세요. 당신 아내가 3일 동안 밖에 나가 돌아다니다 돌아와도 싸우지 않고 끝내겠어요? 하나님 믿는 것 때문에 나는 처가에 가서 장인어른에게 아이들을 위해서라도 아내를 설득해 주세요."라고 말했어. 장인어른은 "하나님을 믿는 것은 좋은 일이야. 정부에서도 지지하고 나도 지지해."라고 말했지. 그 이후로 나는 처갓집에는 가지도 않았어. 아내는 하나님을 믿으면서 점차 가족을 잊었어. 딸아이도 서운해했지. 베이징에서 우리가 말다툼을 하면 딸아이는 엄마에게 "맙소사, 엄마가 이혼하고 재혼을 하면 엄마를 안 볼 거예요."라고 말했어. 아들의 결혼에서도 아내는 아들이 하나님을 믿으라고 강요했지. 아들은 "하나님을 믿으라고요. 저는 절대 그렇게 할 수 없어요. 젊었을 때 하나님을 믿는 사람들은 전부 모자라는 사람들이에요."라고 말했어. 나는 말했지. "나는 하나님을 믿는 여자도 원치 않고, 공무원인 여자도 원치 않고, 돈 있는 여자도 원하지 않는다. 이 세 가지 원칙 중에 첫 번째가 가장 중요하다."

몇 년 전, 아들이 나에게 텔레비전을 보내줬어. 나는 좌골 신경통이 있어서 걸을 수도 없었지. 나는 아내에게 "당신이 가서 전화해서 물건이 도착했는지 알아보고 텔레비전을 찾아올 사람을 한번 찾아보세요."라고 말했어. 그때 아내는 교회에서 성극(聖劇)을 연습하느라 날마다 교회를 나갔고 아무것도 돌보지 않았지. 나는 다리를 절뚝거리고 갔어. 그땐 정말 눈물이 나더라고. 나중에 나는 두 아이에게 "너희 엄마는 너희들을 낳기만 했지 키운 사람은 아빠다."라고 말했지. 내 딸과 아들은 둘 다 결혼했고, 두 아이는 모두 효자효녀지. 아이들은 "아빠엄마는 이제 일하지 마세요. 저희가 매달 600위안을 보내드릴게요."라고 말했어. 나는 "일하지 않으면 안 된다. 놀면 뭐하냐? 그런데 아무리 좋은 일도 나는 못하겠어. 혼자서 어떻게 할 수 있겠어? 너희 엄마는 틈만 나면 집을 나가 아무것도 할 수가 없어."라고 말했어.

나한테 가족 일에 대해 말해달라고 했지. 정말이지 말하자면 끝이 없어. 너희 아버지는 량씨 중에 가장 고생을 많이 했고, 나는 한씨 중에 가장 고생을 많이 했지.

한씨 집안 사람들은 단결하지 않는 것이 전통이야. 지우난(久南) 엄마가 돌아가셨는데 형제 세 명이서 나눠서 손님을 대접했어. 태평소 부는 사람도 일찍 가버리고 아무도 관리하지 않아 어느 집으로 가야할지 몰랐어. 외지로 일하러 나간 사람들은 가족에 관심이 없었지. 사랑하는 마음도 차이가 많이 나지. 그 해 완진링(萬金玲)은 남편 병원비를 위해 돈을 빌리러 신더(心德)의 집에 갔어. 그녀의 남편은 신더의 친조카였거든. 신더는 안락의자에 앉아 30분 동안 아무 얘기를 하지 않았지. 그는 월급쟁이였는데 집에 특별한 일이 없었기 때문에 집에 돈이 없을 수 없었지. 나는 더 이상 참을 수가 없어서 진링을 불러서 200위안을 주었어.

나 자신은 정직한데 내가 만나는 사람은 모두 비뚤어져 있었어.

원촨(汶川) 지진[2] 당시 나는 전화국에 전화요금을 내러갔지. 그때 50위안을 가지고 있어서 30위안은 전화 요금으로 내고

---

2 2008년 5월 12일 쓰촨성 원촨지역에서 발생한 규모 8.0의 강진으로 모두 8만 7천 명이 사망했다.

20위안은 직접 기부를 했지. 나중에 당원들이 기부해 달라고 해서 50위안을 더 기부했어. 나는 다시 딸아이에게 전화를 해서 딸아이도 기부하라고 했어. 안 그러면 회사에서 기부하도록 강요할 거라고 말했지. 이것은 도덕의 문제야. 지금이 생명을 구할 가장 중요한 시기이지. 재난 지역에서는 약탈을 하고, 구호 차량인 척하고, 물건을 훔치러 들어간다고 들었어. 이것은 사람들이 나쁜 것이 아니라 사회가 만든 것이지. 요즘 애들이 얼마나 나쁜지 좀 봐. 다 없애지 않으면 사회가 어디까지 나빠질지 모르겠어.

사회 기풍이 매우 나빠졌어. 딩좡촌(丁庄村)에서 한 아이가 다른 사람을 구하다가 죽었어. 가족들은 그 아이를 열사로 인정해 달라고 요청했지만 아이가 18세 미만이라는 이유로 거절했어. 나는 참을 수 없어서 그들과 함께 현청에 갔는데 여전히 아무도 관심을 두지 않았어. 나쁜 놈들. 오늘날 사회는 뭐가 진실인지 몰라. 마오쩌둥 주석은 사람이 하는 일은 규모에 달려 있는 것이 아니라 그가 하는 일의 가치에 달려 있다고 말했지.

한동안 얘기를 나눈 후 밍 아저씨는 갑자기 아버지에게 신비롭게 말했다. "광정, 내가 한 가지 말할 게 있어. 자네는 어떻게 해야 한다고 생각하나? 나는 잘 모르겠어. 원래 도시에 가서 자네에게 얘기할 계획이었어. 여자 한 명이 있는데 27세이고, 아이가 있는데, 이혼했으며, 고등학교를 졸업했고, 보통어도 괜찮았어. 그 여자가 전화번호를 잘못 눌러서 나한테 전화를 한 거야. 내가 전화를 받았는데 말하는 게 설득력이 있었어. 친정에서 작은 스웨터 가공공장을 열었는데 아버지는 별 능력이 없는 사람이라고 했어. 그 여자가 나한테 올 테니 같이 살자고 했어. 나는 오라고 하지 않았지. 그 여자는 젊은 사람들은 자기를 무시하기 때문에 차라리 나이 많은 사람을 찾는다고 말했어."

아버지는 "이 일의 십중팔구는 '바람맞히는 일'³이야. 어떻게 그런 우연이 있겠어?"라고 말했다. 이전에 마을에서 이런 일이 있었다. 허포촌(何坡村)에 사는 한 사촌오빠가 애가 딸린 산시성 출신의 한 여자를 데려와서 마을에서 결혼식을 올렸다. 그러는 사이 그 여자는 집에 일이 있다고 하면서 사촌오빠에게 돈을 보내달라고 했다. 결혼한 지 십여 일 만에 둘은 밖으로 여행을 가서 호텔에 묵었는데 그 여자는 사촌오빠를 호텔에 두고 도망가 버렸다. 이 일로 사촌오빠는 몇만 위안을 날렸다.

밍 아저씨는 그 여자가 자신을 속일 수 없고 한 번 오면 알 수 있을 거라 생각했다. 분명히 그는 매우 관심이 많았다. 사실 그와 링란 아주머니는 이혼을 했지만 같이 살고 있었다. 하지만 올해 여름, 링란 아주머니는 베이징에서 돌아와 이쪽으로 오지 않고 친정으로 갔다. 아마 이 일과 무관하지 않아보였다. 지금 이 순간, 강직하고 완고하며 패기 넘치는 아저씨는 사춘기의 소년처럼 얼굴도

---

3 중국어 표현으로는 '放鴿子'(비둘기를 놓아주다)이다.

빨개지고 귀도 빨개지며 매우 들뜬 모습이었다.

아버지와 내가 집에 돌아온 것은 거의 12시였다. 밍 아저씨는 우리를 오빠네 집 문 앞까지 보내주었다. 아버지와 그는 내가 듣기를 원하지 않는다는 듯 뒤에서 계속 중얼거렸다. 아무래도 밍 아저씨가 아버지에게 조언을 구하는 것 같았다. 하늘이 완전히 어두웠고 별들은 더 밝았으며 마을은 완전히 조용했다. 가끔 지나가는 차들이 번개처럼 마을을 지나갔다. 마을은 여전히 조용했다.

링란(靈蘭)

나는 현(縣)기독교협회 회장과 약속을 잡았다. 그는 우리 읍내에 있는 교회에서 나를 먼저 만나자고 했다. 동시에 그는 또한 교회에 몇 명의 일반 신자들을 초대해 달라고 요청했다. 회장 자신은 목사이며 현에서 가장 높은 교직을 맡고 있었다. 목사는 말을 잘 못했고 부자연스러웠는데 이는 향당위원회 서기나 다른 향간부들이 참석한 것과 관련이 있을 것 같았다.

저는 20~30년 동안 하나님을 믿었습니다. 1978년에 종교 정책이 자유화되자마자 신자가 되었습니다. 고난을 겪다 보니 신자가 되었어요. 가족이 늘 어려움을 겪어서 마침내 이 길을 가게 되었습니다. 하나님을 믿은 후 정신적 변화도 컸습니다. 예전에는 사회에서 사람들과의 관계가 너무 공리(功利)적이었어요. 심리적으로 그런 마음이 강했죠. 하지만 하나님을 믿고 난 후에 저는 친절한 사람이 될 수도 있고 좋은 사람이 될 수 있다고 생각했어요. 문화적 관점에서 보면 일종의 수양이며, 종교적 관점에서도 그것은 사회에 이롭습니다. 교회가 처음 개방되고 7~8년이 지나서야 활성화되었어요. 랑현에는 152개의 교회가 있으며 신자 수는 대략 3~4만 명이 됩니다. 다른 현이나 도시에 비해 신자 수가 상대적으로 많은데, 이는 인구수가 많기 때문이기도 하고 종교의 자유 정책이 실행된 결과이기도 합니다. 이 큰 문이 열린 것은 역경으로 인한 믿음뿐만이 아니라 정신적인 필요로 인한 믿음입니다. 과거에는 하나님을 믿는 게 무지몽매한 일이라고 생각했지만 이제는 퇴직한 정부 간부 등 교육을 많이 받은 사람들도 하나님을 믿으며 스스로 자신을 개조하고 겉과 속이 진정으로 하나가 되려고 노력합니다.

　농촌에는 하나님을 믿는 형제는 적으나 자매는 많고 노인들도 많습니다. 주로 젊은이들은 외지로 일하러 나갔기 때문입니다. 그리고 우리나라에서는 18세 미만은 신앙을 금한다고 규정하고 있습니다. 근래에 신자 수가 계속 늘어나서 이제는 하나님을 믿기 위해 이리저리 뛰어다니는 사람은 없습니다. 국가에서는 가정교회를 허락하지 않고, 반드시 지정된 교회에서 모이도록 하고 있습니다.

인터뷰를 하는 동안 우리 읍내 교회의 당장(堂長)은 주의 깊게 듣고 노트에 무언가를 기록했다.

당장님, 우리 진(鎭)의 교회와 신자의 상황은 어떻습니까?

우리 진에는 400~500명의 신자들이 일요일에 예배를 드리고 있으며 8개의 행정촌을 관할하고 있습니다. 교회마다 예배드리는 장소가 있어요. 부부가 함께 오는 신자가 비교적 많으며, 젊은 남자들은 대부분 외지로 일하러 가서 많지 않습니다. 이제 농촌 지역은 '3860부대'가 되었어요. '38'은 여성[4]을 의미하고 '60'은 노인을 의미합니다. 갈등을 일으키는 사람도 있는데, 어떤 사람은 약하고 어떤 사람은 강직합니다. 이것은 이해의 정도가 다르기 때문입니다. 그들이 믿는 영성은 점차 학습되고 향상되고 있습니다. 경전은 좋지만, 잘 읽는 것은 개인에 달려 있습니다. 끊임없는 재창조의 문제입니다. 그러므로 그가 나쁜 사람이 되는 것도 허용됩니다. 왜 6일 일하고 하루를 쉽니까? 그날은 자신을 변화시키는 날입니다. 믿음은 어린아이와 같습니다. 그리스도인들 사이에는 큰 죄는 거의 없지만, 여전히 사소한 잘못도 있습니다. 그는 신이 아닌 인간입니다. 기독교인도 단지 신앙을 추구하는 인간입니다. 예를 들어 도둑질을 하고 싶지만 하지 않는 것은 그것이 범죄이기 때문입니다. 마음이 움직였기 때문입니다. 종교는 법을 보완하는 것이고 현실적이며 마음을 구속합니다. 선행을 하지 않는 것도 범죄입니다.

---

4 세계여성의 날이 3월 8일이다.

위에 있는 권세들에게 순종하라. 그들은 하나님께서 세우시고 승인하시는 일꾼들이니라.

하나님은 사람들에게 선한 일을 하라고 부르시는 사랑의 분이십니다. 예를 들어, 성경은 위에서 아래까지 국가에 순종해야 한다고 말합니다. 관리들도 하나님의 종입니다.

종교인 스스로가 나서야 합니다. 어떤 사람들은 이해하지 못합니다. 예를 들어, 누군가가 당신을 비웃으며 비가 오지 않을 것이라고 말한다면, 당신은 하나님께 비를 내려달라고 기도하고 구할 수 있습니다. 비가 오든 안 오든 하나님의 뜻입니다. 공무원이 되는 것도 마찬가지입니다. 그것은 하느님의 뜻이며 공공선을 위한 것입니다. 일반 신자에게 사회에 순종하는 방법, 모범을 보이고 더 많은 선행을 하는 방법을 가르칩니다. 종교는 나라에 도움이 됩니다. 교회에 기부하는 것은 개인의 의지에 달려 있으며, 원하는 만큼 기부할 수 있습니다. 주로 교회를 수리하고 교재를 구입하는 데 사용되며 때로는 재난이 닥쳐 국가의 부름에 응하는 데 사용됩니다. 부패나 뇌물이 없고 언제나 헌신적입니다. 신자가 한 명 더 있다는 것은 좋은 시민이 한 명 더 있다는 것을 의미하고, 신자가 한 명 적다는 것은 덜 좋은 시민이 한 명 더 있다는 것을 의미합니다.

다른 사람들과 접촉할 때, 오히려 손해 보기를 원합니다. 허둥(河东) 천지(陳集)에는 큰 도랑이 있어 아이들이 학교에 가기가 불편합니다. 기독교인들이 앞장서 기금을 모으고 조립식 패

널을 구입해 다리를 만들었습니다. 그리스도인은 선한 일을 하고 선한 것을 얻습니다. 일부 신자는 교회 예배일에 자신의 돼지를 잡아 모든 사람에게 대접했습니다. 우리는 조국과 종교를 사랑합니다.

목사와 당장의 대답을 보면 정부와의 일관성을 보여주기 위해 종교를 애국심, 정치와 연결 시키려는 의도가 엿보였다. 어떤 말을 할 때면 당위원회 서기의 반응을 곁눈질로 바라보았는데, 그 모습이 매우 미묘했다.

　나는 다시 옆에서 줄곧 시중을 드는 아주머니에게 왜 하나님을 믿는지, 링란 아주머니와 밍 아저씨를 아는지 물었다. 뜻밖에도 그들은 서로를 아주 잘 아는 자매들이었는데, 그녀는 바로 밍 아저씨가 욕을 했던 자매들 중 한 명이었다. 밍 아저씨에 대해 말하자 아주머니는 고개를 저었다.

　나는 30년 넘게 신앙생활을 해왔어요. 아무런 이유나 조건도 없었죠. 나는 전에는 믿음이 없었어요. 이웃에 기독교 신자가 살고 있었는데 그들은 종교가 사회에 유익하고 선한 일을 하고 나쁜 일을 하지 않으며 자신의 기질을 바꿀 수 있다고 말했어요. 그들은 또 하나님을 믿으면 화를 내고 싶을 때, 『성경』의 말씀과 비교해 보고 화를 더 이상 내지 않게 된다고 말했습니다. 우리 가족은 그들을 지지하지는 않았지만 다툼은 없었어요. 6

일 안에 해야 할 일을 다 하고 하루를 남겨 교회에 갔는데 그들은 아무 말도 하지 않았어요. 정말 할 일이 있으면 올 필요가 없죠. 올 수 없는데 와야 한다면 하나님은 좋아하지 않으실 것입니다. 두 손으로 일을 하면 하나님도 기뻐합니다.

당신도 아시다시피 밍 아저씨는 성격이 특이하고 화를 잘 냅니다. 그는 링란에게 이러저런 좋지 않은 말을 했지만 링란은 그에 대해 나쁜 말을 한 적이 없어요. 링란의 가족을 생각해보면 주님의 은혜가 얼마나 크신지 아실 겁니다. 그들의 딸과 아들이 모두 베이징에서 집을 매입했습니다. 누가 이런 능력을 가지고 있겠어요? 밍 아저씨는 하나님을 믿지 않지만, 링란은 하나님의 선한 자녀이기에 싸우지 않다 보니 그가 떠드는 것입니다. 링란의 집에는 하나님의 사랑이 있어요. 밍 아저씨가 아버지 욕도 어머니 욕도 안 하고 하나님한테만 욕을 했는데 이것을 링란은 가장 힘들어했어요. 그는 말을 할 때마다 문제를 일으키고 사람들을 때렸어요. 밍 아저씨는 링란이 하나님을 믿는 사람이라고 생각하지 않고 나쁜 것만 생각했어요.

밍 아저씨는 링란을 학대하고 구타했으며 화가 났을 때 그녀에게 욕을 했지만 그녀는 반박하지 않았어요. 링란이 어떻게 그를 좋아하겠어요? 그는 좋은 것은 생각하지 않고 나쁜 것만 생각하며 링란이 밤에 밖으로 돌아다니며 나쁜 일을 한다고 추측했어요. 링란도 잘못했어요. 그가 때리면 바로 도망쳤어야 했어요. 남자는 실 뽑는 법을 몰랐고 여자는 친정으로 돌아가는 법을 몰랐어요. 일에 관심이 없다는 것은 핑계일 뿐이에요. 교회에는 매일 가는 것이 아니라 일요일에만 갑니다. 게다가 지금은 집에 일이 별로 없고, 땅도 거의 없어요. 농사철이 바빠지면 수확기도 있고 단기작업팀도 있어요.

나는 다시 회장에게 "혹시 가족을 돌보지 않거나 몸이 아플 때 약먹기를 거부하는 신자가 있나요?"라고 물었다. 회장은 미신을 믿는 사람들도 있고 가족도 돌보지 않고 일도 하지 않고 열성신자가 되었다가 결국 사이비교도가 되는 경우도 있다고 했다. 그리고 그는 '동방번개(東方閃電)'는 이미 사이비종교라고 했다. 몸이 아플 때 약을 먹지 않는 경우는 거의 없었다. 그런데 병원에서 사형 선고를 받은 사람들이 교회에서 치료를 받는 현상도 나타나고 있었다. 회장은 의미심장하게 덧붙였다. "종교에는 초자연적인 행위가 있습니다. 이것이 바로 종교입니다." 밍 아저씨와 링란 아주머니의 경우처럼 회장은 한 사람은 당원이고 다른 한 사람은 기독교인이면 본래 두 개의 신앙이라 갈등을 일으키기 쉽다고 말했다. 그러나 동시에 그들은 모두 노동자라고 말했다.

마을에서는 사람들이 기독교 신자들에 대해 전반적으로 경멸하는 분위기를 느낄 수 있으며 그들의 행동, 언어, 방식이 종종 농담으로 언급되었다. 예를 들어, 아버지는 하나님을 믿는 사람은 어리석고 게으른 사람이고, 아무것도 모르고 맹목적으로 뛰어다니는 가난한 사람이라고 믿었다. 현 촌서기에게 자기 아내가 하나님을 믿는 것을 허락하겠냐고 물으니 그는 아주 간단하게 "절대 그럴 수 없어요. 사람들에게 웃음거리가 되고 싶지 않아요. 하나님을 믿는 사람은 모두 나이 든 여자들뿐입니다. 할 일이 없는 사람들이에요. 단지 정신적 지주일 뿐이지 어떤 신념에 대해서는 누구도 잘 모릅니다. 다시 말하자면 저는 아내가 하나님을 믿는 것에 반대합니다. 그냥 대세에 따르라고 할 겁니다."라고 말했다. 지난 며칠 동안 우리를 따라다녔던 운전사도 참지 못하고 한 마디 거들었다. 그는 하나님을 믿는 사람들이 우스꽝스럽고 약간 어리석다고 생각했다. 그는 "그 사람들이 어디서 그렇게 큰 열의가 나오는지 모르겠어요. 한 무리의 사람들이 바보같이 무릎을 꿇고 앉아 중얼거려요. 그들 모두는 할 일이 없는 사람들이에요."라고 말했다. 그러나 동시에 그는 그들을 매우 존경했다. 예를 들어, 그들 마을의 다리가 무너졌을 때, 그 신자들은 그것을 보고 상의한 다음 사람을 나누어 돌과 나무와 시멘트를 모아 며칠 만에 다리를 수리했다. 그는 그들의 단결력은 일반 사람들보다 몇 배나 낫다고 말했다.

아내에 대한 밍 아저씨의 태도와 그녀의 "하나님에 대한 믿음"을 단순히 '무지'라는 단어로 평가할 수는 없는 것 같았다. 이는 농촌 생산성의 실제 상황뿐만 아니라 문화 관습의 문제와 중국 농촌 지역의 정신공간의 문제를 어떻게 보는가의 문제와도 관련된다. 농촌에서는 부부 협력과 가족형 분업 협력이 삶의 기본 전제이다. 만약 생산을 방기하고 어떤 영적 활동에 매달린다면 이러한 협력 체계는 파괴되고 가족은 어려움에 처하게 된다. 이것이 밍 아저씨가 직면한 문제였다. 문화적으로 보면, 농촌은, 특히 북부의 농촌은 고상하고 세속을 초월한 문화 활동은 배척된다. 또한, 이 문화 공동체에 속하지 않는 이질적 문화에 대해 다르게 취급하며 다소 '정신병', '비정상'과 같이 괴이한 것으로 치부했다. 링란 아주머니는 마을에서 그런 이미지를 가지고 있었다. 완고한 성격의 밍 아저씨는 아내가 마을에서 조롱의 대상이 되는 것을 결코 허용하지 않았기 때문에 아내가 "하나님을 믿는" 것을 막으려고 최선을 다했다. 표면적인 이유는 아내가 그의 일을 도와주지 않는다는 것이었지만, 사실은 아내의 행동으로 인해 마을에서 똑바로 설 수 없게 됐다고 느꼈기 때문이다. 마을은 살아 있는 전체이자 유기적인 네트워크이기도 하다. 그 안에 있는 모든 마을 사람들은 자신의 위치, 역할, 이미지 등을 가지고 있다. 이 과정에서 모든 사람은 의식적으로 자신의 가치와 자아상을 확립하는 특정 역할을 수행한다. 이 이미지가 파괴되면 기본적인 심리적 균형을 잃게 된다.

대부분의 농촌 신자들은 자신이 믿는 종교를 제대로 이해하지 못하는 경우가 많았다(이런 현상은 매우 흔한 현상이다. 하나님을 믿는 몇몇 친척들과 얘기를 할 때 가끔 구체적으로 성경과 종교적인 문제에 대해 물어보았는데, 그들의 대답은 종종 어이가 없었다). 그들은 존엄성, 평등, 존경심, 다른 사람을 구하려는 동기, 삶에서 결코 받아본 적이 없는 영적 지원을 찾았다. 그러므로 중국인, 특히 북부 농촌 지역의 사람들은 신앙에 대해 잘 알지 못하는 경우가 많았으며, 신앙은 삶의 우울함과 영적 빈곤에서 벗어나는 피난처일 뿐이었다. 이것 또한 농촌에서 여자 교인이 남자 교인보다 많은 이유이었다. 마을 생활에서 그들은 감정을 표현하는 것은 고사하고 감히 공개적으로 어떤 것을 표현하지도 못했다. 왜냐하면 그들은 종종 할 일이 없고 뇌에 문제가 있거나 단순히 바보 집단으로 간주되기 때문이었다.

사실 "하나님에 대한 믿음"이 반드시 생산과 충돌하는 것은 아니지만, 당사자들은 이를 이유로 노동, 일상생활과의 모순을 과장해 불만을 표시하는 경우가 많았다. 중국의 농촌 문화는 여전히 현실적인 삶을 사는 것이 최우선이다. 개인의 정신적 욕구, 부부애는 종종 왜곡된 방식으로 조롱, 희롱, 회피되는 것이 통상적인 교류 방식이며, 침착, 긍정, 진지하게 설명하거나 교류하는 경우는 거의 없었다. 이러한 정신공간을 억압하고 왜곡하는 현상은 가족 내, 남편과 아내, 아버지와 자녀 사이에 존재할 뿐만 아니라, 이웃과의 교류의 기본 패턴이기도 해서 많은 문제를 야기한다.

정의한(正義漢)[5]

'정의한'은 나의 삼촌으로 촌수가 그리 멀지 않은 친척이다. 정의한으로 불리는 이유는 꽤 흥미롭다. 삼촌은 우리 마을에서 가장 초기의 대학생이라고 할 수 있다. 그는 처음에는 현의 한 고등학교에서 가르쳤고, 나중에는 고향 건설을 지원하기 위해 다시 읍내에 있

---

5 정의로운 사람(사나이)의 뜻으로 원문에는 老道義로 나와있다.

는 고등학교의 교무주임으로 일했다. 그는 학생들 사이에서는 인기가 많았지만 지도자들에게는 인기가 없었다. 특히 '논쟁'을 좋아하며 고집이 세고 정직했다. 그의 슬로건은 "도덕적인 사람이 되라"였다. 학교 구내식당의 음식이 좋지 않거나 학생의 요금이 부당하거나 학교 중앙의 도로가 교사의 채소밭으로 점유되는 걸 보면 그는 주저하지 않고 고발했다. 지도자가 신경 쓰지 않으면 직접 교무실로 가거나 시골에 가서 찾아보며 문제가 해결될 때까지 지치지 않았다. 그래서 학교와 마을을 매우 짜증나게 만들기도 했다. 시간이 흐르면서 사람들은 등 뒤에서 그를 '정의한'이라고 불렀다. 삼촌과 아들들은 사이가 좋지 않았다. 아들이 셋이나 있었는데, 작은아들은 대학에 진학했고, 나머지 두 아들은 고등학교를 졸업하고 비정규 교사가 됐다. 1990년대 초반에는 정규교사가 되는 비정규 교사가 많아 여건이 충분했지만, 매년 자리가 제한되어 순위를 매기고 평가해야 하는 부분이 많았다. 삼촌은 '도덕적'이기를 원했기 때문에 선물은커녕 아무에게도 말하지 않았다. 아들이 무언가를 말하면 삼촌은 양심에 따라 일을 해야 한다며 꾸짖었다. 결국 두 아들 모두 평가를 통과하지 못했다. 이후 비정규 교사의 정규화는 취소되었고, 우리 집안의 두 오빠는 다시 농부가 되었다. 몇년 동안, 아들과 그의 아버지는 말을 하지 않았다. 나중에 삼촌이 퇴직하고 마을로 돌아오면서 아버지와 아들의 관계는 좋아졌다.

내가 삼촌 집에 갔을 때, 완후이(萬會) 오빠가 TV를 보고 있었다. 그의 집은 아직도 마을에 있었는데, 푸른 벽돌의 세 칸짜리 방과 큰 앞처마가 있었고 마당에는 벽돌길이 있었다. 그 당시 마을에서 가장 좋은 집 중 하나였는데 지금은 조금 왜소하고 낡아보였다. 큰방 중앙에는 검은 비단 리본이 달린 삼촌 사진의 검은 액자가 걸려 있었다.

아버지는 2004년에 폐기종으로 돌아가셨어. 만약 아버지가 돌아가시지 않았다면 내가 외지로 나가 일할 수 있도록 문을 열어주셨을 거야. 아버지는 6, 7년 동안 병을 앓았어. 이전에도 건강이 좋지 않았지. 돌아가신 후 이틀 동안 집에 관을 보관했어. 완안(萬安) 형님이 돌아오시고 장례를 치렀는데 매장을 할 것인지 화장을 할 것인지를 두고 나는 어머니와 갈등을 겪었어.

나는 어떻게 하든 상관없었어. 사람은 죽었고 생전에 효도를 했으면 그만이라고 생각했지. 그러나 아버지는 돌아가시기 전에 화장을 하고 싶지 않다고 말하곤 했어. 촌서기가 찾아와 화장을 하지 않으면 벌금을 낸다고 말했어. 시골 사람들은 온전한 시체로 남는 것을 원하지 한 줌의 재로 변하는 것을 원하지 않았지. 지금도 몰래 매장하는 일이 많아. 2천 위안 남짓 주면 완전히 매장을 할 수 있어. 한 가지는 돈을 촌서기에게 직접 주는 방법이야. 하지만 노골적으로 주면 안 돼. 다른 하나는 밤에 곡소리 내지 않고 모르게 매장하는 거야. 딸이 와서도 감히 울지 못했어. 본래 장례를 치를 때는 떠들썩하지. 출상할 때는 동기(銅器)를 때리면서 가기도 하지. 촌서기에게 돈을 주면 그가 허락해 줘 한밤중에 관을 나르지. 뒤를 따르는 효자는 너무 슬프지만 입을 막고 숨도 참으며 감히 울지 못하지. 사실상 마을 사람들도 다 알고 있고 사람들의 마음 속에도 분명하지. 흙 속으로 돌아가지 않는 사람이 누가 있겠어?

　그런데 재수 없을 때도 있어. 우리 마을 저우바오량(周保良)이라는 사람이 있는데 그들은 화장을 않고 촌서기에 돈을 주고 매장 허가를 받았지. 관을 무덤구덩이 안으로 내려놓고 흙으로 덮으려 할 때 민정부(民政部) 사람들이 왔어. 저우 집안 사람들은 촌서기에게 돈을 주었다고 감히 말하지 못하고 민정부 사람에게 다시 천 위안을 주고 해결했지. 두 번의 돈 때문에 험한 얘기를 했지. 정책인지 아닌지 모르겠지만 경전이 옳아도 그것을 어떻게 읽느냐가 문제지.

　내가 화장하라고 하면 너희 이모가 울 것이야. 하지만 그 엄격한 통제 기간 동안 우리 마을은 모델이 되었고 모두가 지켜보고 있었지. 촌서기는 감히 동의하지 못하고 그냥 화장해야 한다고만 말했어. 결국 완안(萬安) 형님이 돌아왔어. 그는 외지에서 일을 했는데, 인기가 많아 현의 일부 사람들이 부고 소식을 듣고 형님을 따라왔어. 지금은 화장하지 않으면 안 돼.

　어떻게 하면 좋을까? 나는 너희 삼촌의 마지막 소원을 거역할 수 없어서 방법을 생각해 냈어. 화장하기 전에 지관에게 아버지의 손톱과 발톱을 깎아 보관해 달라고 했지. 화장한 후 유골을 관 속에 사람 형상으로 깔고 손톱과 발톱을 사지에 놓아

완전한 사람의 모습을 갖추도록 했지. 이것도 사람이라고 할 수 있지. 사실 관을 들면 사람 형상은 흩어지게 되지. 하지만 어쩌겠어. 마음이 가는 대로 해야지.

네 삼촌을 화장하러 갈 때, 사위들이 북과 징을 쳤고 마을을 떠날 때 폭죽을 터뜨렸지. 자식들이 바닥에 무릎을 꿇고 절을 했어. 이로써 작별 인사를 한 셈이었지. 현재 농촌에서는 이런 게 유행이지. 화장도 성대하고 화려하게 하지. 돈 있는 사람들은 작은 자동차를 길게 늘어뜨리고 친척들을 모두 데리고 가지. 돌아와서는 다시 매장을 하고 식사를 대접하지. 두 번의 일에 두 번 돈을 쓰는 것 같아.

지금 생각하면 기분이 좋지 않아. 사람이 죽으면 끝이라는 것을 명확히 알지만 여전히 실낱같은 희망을 가지게 돼. 화장하려고 가려 하니 마음이 정말 힘들었어. 나중에 우리가 화장터에 도착했을 때, 아버지는 화장터의 준비대에 누워 있었는데, 그의 머리는 우리가 시골에서 사용하는 것과 같은 노란 종이로 덮여 있었어. 무슨 이유인지는 모르겠지만 그것이 바닥에 떨어져 나는 그것을 주워 다시 덮었는데 잠시 후 다시 떨어졌어. 나중에야 아버지의 팔이 눌려 아프다는 것을 나한테 알려주는 것 같았어. 나는 아버지가 화장을 원하지 않다는 것을 알고 울었어. 나는 아버지의 팔을 편하게 펴주며 "아버지, 저도 어쩔 수 없네요. 현재 정책이 이래요. 부디 용서해 주세요."라고 말했어.

화장을 마치고 내가 유골을 받았는데 모두 하얀색이었어. 집에서 콩대를 태우고 나면 나오는 재와 같았지. 사람들은 땅에 묻혀 점점 썩어간다고는 하지만 사람은 항상 그대로라고 생각하지. 지금은 많이 좋아졌어. 아버지는 한 줌의 재가 되어버렸어. 어머니는 너무 울어 기절하기도 했지.

다시 돌아와 모르게 매장을 했어. 묫자리는 이미 파놓았지. 친척들도 모두 왔어. 효자들은 바닥에 무릎을 꿇었고 지객(支客)[6]도 있었지. 친척들도 와서 절을 하며 예를 올렸지. 하지만 목소리는 무척 작았고 효자들도 감히 울지 못하고 숨도 참아가며 눈물을 닦았어. 아버지는 정말 불쌍한 사람이었지. 한평생 고생만 했어. 아버지께서 떠나실 때 자녀와 친척들은 작별 인사도 감히 하지 못했지.

화장 제도는 언제 정착할 수 있냐고? 그건 정말 대답하기 힘들지. 지금 보면 묘지가 예전과 같이 많은 것이 사실이야. 묘지 안은 화장된 사람이지. 원래 마을에서는 땅을 한 필지 구해서 집을 짓고 마을을 조별로 나누어 죽은 순서대로 한 사람에 하나씩 작은 격자로 묻는다고 했지. 그러나 시간이 이렇게 지났는데 그게 어디에 있어? 농촌에서 이것은 결코 할 수가 없어. 아무리 세월이 흘러도 그건 할 수가 없어. 그런 풍습은 없지.

요 몇 년간 묘를 파서 다시 화장하는 일이 많았어. 우리 마을

---

6 북부 농촌 지역의 장례식이나 결혼식에서 친척들의 좌석 배치를 담당하는 사람으로 예식 과정에서 예절에 각별한 주의를 기울인다. 일반적으로 이 사람은 마을에서 명성을 가지고 있고, 사람들을 복종시킬 수 있으며, 마을의 각 가족의 먼 친척과도 잘 아는 사람이다.

의 화(華) 아주머니가 정신병을 앓고 있다는 것을 너는 모를 거야. 화(華) 아저씨가 밖에서 다른 여자와 놀아나서 화 아주머니를 화나게 했지. 그녀는 나중에 웅덩이에 빠져 익사해 몰래 묻었어. 어떻게 알려졌는지 모르겠지만 암튼 붙잡혔어. 매장한지 반년이 넘어 시체는 거의 형체를 알아볼 수 없을 정도였어. 법을 집행하는 사람들은 갈고리로 시체를 끄집어냈는데 시체의 엉덩이는 완전 부패했고 원래의 모습과는 전혀 딴판이었지. 무덤이 파헤쳐졌을 때 화 아저씨는 집에 없었고 형제들도 관여하지 않아 어쩔 수 없이 법을 집행하는 사람들은 시체를 읍내 화장터로 가서 화장을 했어. 나중에 자식들이 돌아와 엄마의 유골을 수령했는데 한바탕 큰 소란을 피워 운전하고 가는 사람들도 모두 차를 세우고 구경했지.

의자에 앉아 말하는 완후이(萬會) 오빠의 목소리는 점점 낮아져서 우리를 가르칠 때의 풍모는 전혀 없었다. 그 당시 그는 앞서 언급한 완밍(萬明) 오빠와 함께 향에서 유명한 민영학교 교사였다. 고등학교를 졸업한 그는 한창 젊고 의욕이 넘치고 잘 가르치고 책임감도 있었다. 그들의 노력으로 량좡 초등학교 졸업반의 성적은 줄곧 향에서 최고로 꼽혔다. 그는 현재의 장례 제도와 농촌 상황에 매우 불만을 품고 있었지만 동시에 이는 단지 발언일 뿐이었다. 그는 매우 의기소침해 있었으며 문제에 대해 더 깊이 생각하려고 하지도 않았다. 시골로 쫓겨나 다시 농부가 된 것은 그에게 큰 타격이었음을 알 수 있었다. 읍내로 돌아와 한 친구를 만나 얘기를 나누던 중 그는 나에게 흥미로운 얘기 하나를 들려주었다.

정말 사실이야. 1994년인가 1995년인가. 어느 날 갑자기 마스크를 쓰고 시골로 내려가라는 통보를 받았어. 그 당시에 아마도 수만 명이 지켜보고 있었을 거야. 우리는 무덤을 파기 위해 마을에 갔어. 그 당시에는 화장 정책이 막 시행되기 시작했는데 마치 닭을 죽여 원숭이에게 보여주기 위한 것[7]과 같았어. 시골에서는 조상의 묘를 파는 것이 불운하고 다소 부도덕한 일이기 때문에 대부분의 사람들은 이를 하지 않았지. 그래서 정부 관리가 지켜보는 가운데 건달이나 무뢰한 또는 노동개조 석방범들이 그 일을 했지. 우리는 5인이 한 조였는데 나는 조장이었어.

우리가 판 무덤은 여자의 무덤이었는데 죽은 지 얼마 되지 않는 무덤이었어. 무덤을 파니 시체는 부어 있었고 얼굴은 하얗고 퉁퉁한 데다가 구더기가 기어다녀 정말 무서웠어. 시체는 무덤구덩이의 가장자리에 있었는데 아무도 옮기려고 하지 않았어. 그런 다음 그 위에 휘발유를 뿌렸고 누가 불을 붙일 것인지는 사전에 합의를 했었지. 그 불량배들이 하기로 했어. 결과적으로 시체를 태웠는데 기름이 너무 적어 시체가 반쯤 타다가

---

7 한 사람을 벌하여 다른 사람에게 경고한다는 뜻이다. 본보기를 보인다는 뜻과 같다.

말았어. 그 모양이 얼마나 역겨운지 너는 잘 모를 거야. 그래서 다시 한 번 태웠어. 그 산소에는 묻은 지 얼마 안 되는 7~8개의 무덤이 있었는데 모두 그날 오후에 태웠어. 연기가 사방으로 날렸는데 지금 생각해도 구역질이 나 토할 것 같아. 시체에 불을 붙이고 한참 태운 뒤, 우리는 화장이 얼마나 됐든 상관없이 떠났어.

그때는 정말 엄청 많은 사람들이 모인 큰 현장이었지. 화장을 한 후 어떤 사람은 냄새가 역겹다고 도망치기도 했어. 그리고 한참 후 다시 돌아와 시체가 어떻게 됐는지 보고 싶어 하기도 했지. 가족들은 처음에는 울고 욕하고 막는 등의 행동을 했으나 경찰이 제지했어. 다른 곳에서는 무덤을 파서 화장하는 일로 경찰과 주민들이 충돌하기도 했어. 우리는 그때 파견된 경찰들이 많아 그런 충돌은 없었어. 나중에 냄새가 너무 역겨워 가족들도 참지 못하고 울면서 도망치기도 했어. 얼마 후 돌아와서 다시 울다가 또 도망쳤지.

지금 생각해보면 참으로 무례한 일이었어. 그해에 많은 사람들이 무덤을 파 화장을 하는 문제로 싸우다 체포되었어. 최근에는 그 엄격함이 완화되어 벌금을 내게 하지. 특히 돈이 있는 사람들은 직접 매장을 하거나 비밀리에 매장을 해. 일반적으로 먼저 화장을 하고 다시 매장을 하지. 화장을 하고 벌금만 내면 매장을 해도 아무도 관심을 두지 않아. 다 눈감아 주는 것이지.

환(煥) 아주머니

이틀 내내 비가 내렸다. 비에 씻긴 황야는 신선하고 깨끗했다. 나뭇잎과 농작물은 모두 푸르게 빛났으며, 잿빛 하늘은 폐쇄적이고 조용했으며 광활한 세계를 이뤘다. 장마의 계절이 돌아왔다. 남쪽은 아니었지만 매년 이 계절에는 항상 열흘 이상 비가 계속 내렸다. 사실 나는 이렇게 비가 내리는 날을 좋아하는데, 어둡지 않고 회색빛이 나는 하늘이 광활하고 장엄하여 사람들에게 엄숙함과 광활함을 선사했다.

강비탈의 수림은 최근 몇 년간에 심어서 나무들 사이에는 충분한 초지가 형성되지 않았고, 땅을 덮을 만큼 풀도 충분하지 않았다. 모랫길을 맨발로 밟으면 얇고 축축한 모래와 돌이 발에 가볍게 닿아 약간의 통증과 가려움증이 느껴지며 매우 편안했다. 강은 힘과 열망으로 가득 찬 상태로 흘러갔다. 거대한 갈대는 비에 씻겨 차분하고 활력이 넘쳤다. 빗속의 강물, 피어오르는 안개는 끝이 없었지만 언제나 신선함을 간직하고 있었다.

강언덕에는 기본적으로 농작물을 보호하기 위해 지어진 오두막집이 많이 있었다. 드넓은 모래땅에는 수박과 땅콩이 많이 심겨 있었는데 이들 작물은 모래땅에 가장 적합했다. 가끔 수박밭에서 한두 명의 그림자가 분주하게 수박의 상태를 확인하는 모습을 볼 수 있었다. 이렇게 계속 비가 내리는 것은 수박 재배 농가에게는 매우 안타까운 일이었다. 문이 열린 오두막 앞을 둘러보니 한 여자가 집안일을 하고 있었고 그 옆에는 서너 살짜리 여자아이가 놀고 있었다. 우리 목소리를 듣고 여자는 돌아섰다. 오빠는 웃으며 "환(煥) 아주머니 아니신가요?"라며 물었다.

올해 마흔두세 살이 된 환 아주머니는 우리 마을 장씨 청년과 연애를 했다. 그녀가 마을에 놀러 갔을 때 사람들은 모두 그녀의 아름다움에 놀라 한동안 마을에 센세이션을 일으켰다. 시골아가씨로서 일 년 내내 들판에서 일을 했지만 피부는 하얗고, 눈은 새까맣고 맑고 투명했으며 머리는 길게 늘어뜨려 마치 영화배우와 같았으며 길을 걸을 때면 다리가 한 걸음 한 걸음 튕기는 듯해 매력이 넘쳤다. 그녀의 유일한 단점은 코가 너무 오똑해서 얼굴의 조화를 무너뜨렸지만 오히려 생각이 많고 성격이 강한 사람이라는 느낌을 주었다. 실제로 환 아주머니는 자신이 의지가 강하다는 것을 입증했다. 결혼 후 남편과 함께 외지로 일하러 나간 뒤 몰래 아이를 낳기도 했다. 처음에 그는 작은 식당에서 서빙하는 일을 했고, 그녀의 남편은 나중에 라면 요리사로 일했다. 몇 년간의 배움과 저축 끝에 그들은 톈진 교외에 라면집을 열었다. 그리고 그들은 많은 돈을 벌었다. 고향 마을 도롯가에도 집을 지었는데 마을에서는 보기 드문 3층짜리 건물이었다.

다만 아쉬운 점은 환 아주머니가 아들을 낳지 못했다는 점이다. 장(張) 씨는 우리 마을의 유일한 성이었다. 장씨 집에는 세 명의 형제가 있는데, 이 세 형제가 결혼한 후 낳은 자녀는 모두 여자아이였다. 농촌에서는 이런 상황을 '대가 끊긴 가족(絶戶頭)'이라 불렀는데 이는 하나의 치욕이었다. 환 아주머니의 남편은 큰아들이었다. 그들은 결혼한 지 10년이 넘는 동안 5, 6명의 딸을 낳았으나 아직 아들이 없었다.

환 아주머니 옆에서 놀고 있는 여자아이는 그녀의 어린 딸이었다. 환 아주머니를 다시 보면 윤곽이 그대로 남아 있고 여전히 아름답지만, 점점 어두워지고 야위어져 매우 초췌해 보였다. 환 아주머니에게 왜 여기에 왔는지 물었다. 톈진에서 식당을 열지 않았나요? 환 아주머니는 웃으며 그녀가 돌아온 지 십여 일이 된다고 했다. 주로 의사를 만나러 돌아왔는데, 그녀는 허리 통증과 어지럼증을 앓고 있었다고 했다. 의사는 디스크 약을 처방했지만 낫지 않았다고 했고 며칠 후에 그녀는 다시 톈진으로 돌아갈 예정이라고 했다. 그러면서 그곳은 일이 바빠서 사람 없이는 살 수가 없다고 했다. 이곳은 시어머니의 참외밭이었는데 비가 계속 내려서 잘 있나 보려고 왔다고 했다. 잠시 대화를 나눈 후 나는 조심스럽게 내 생각을 언급했고, 그녀의 생각을 듣고 싶다고 말했다. 아주머니는 가끔씩 고개를 끄덕이면서 내 말을 매우 진지하게 들어주었고, 마침내 얘기를 해볼 의향이 있으며 이것은 좋은 일이라고 말했다. 그녀는 가끔씩 자신의 삶이 옳은지 궁금하다면서 문 옆에 있는 작은 의자에 앉아 귀엽고 똑똑한 막내딸을 앉은 채 자신의 출산 얘기를 들려주었다.

나는 단지 아들을 갖고 싶었어요. 장씨 집안에는 형제가 셋 있는데 아들이 한 명도 없었어요. 아들이 너무 없어 저는 한 명을 낳아야 했어요. 어떤 일이 있더라도 아들 한 명은 낳아야 했어요.

저도 딸아이를 아주 좋아해요. 제 솜저고리와 같아요. 제 작은딸을 한번 보세요. 정말 귀여워요. 정말 귀한 딸아이인데 하마터면 아이를 잃을 뻔했어요. 임신 5개월 차에 B형 초음파[8]를 해보니 또 여자아이여서 낙태해서 없애려고 했어요. 앞서 태어난 여자아이는 태어나자마자 다른 곳에 보내져 얼마나 슬펐는지 몰라요. 이제까지 한 번도 만나본 적이 없으니 태어나지 않는 것이 나았을 거예요. 우리의 먼 친척 이모가 의사였는데 우리는 매번 그녀를 찾아가 B형 초음파 검사를 했어요. 그녀는 나에게 낙태를 하지 말라고 했어요. 때가 되면 읍내에 좋은 사람이 있으니 몰래 가서 한번 보자고 했어요. 저는 여자아이도 하나의 목숨이라고 생각했어요. 여자아이를 처음 낙태할 때 제 마음은 정말 아팠어요. 5개월이었거든요. 눈썹도 있었고 오장육부도 다 있었어요. 하지만 앞에 이미 여자아이가 둘이나 있고 저도 남자아이를 원했기 때문에 더 이상 여자아이를 가질 수 없어 낙태했어요. 가슴이 찢어지는 듯 했지만 방법이 없었어요. 나중에 두 명도 생각할 것도 없이 낙태했어요. 나는 낳으려고 했지만 남편이 반대했어요. 첫 번째 이유는 앞으로 몇 달이 걸릴 것이고, 두 번째 이유는 헤어지기가 정말 힘들기 때문

---

[8] 인체 장기를 검사하고 질병을 진단하는 초음파

이었어요. 즉, 다른 사람에게 보내면 더 이상 자기 아이가 아니기 때문에 마음을 아파해도 소용이 없다고 했어요.

이모께서 이렇게 말씀해 주셔서 제 마음도 움직였어요. 저는 그집 가장을 한번 만나고자 했어요. 그 부부는 매우 교양이 있었고 저보다 나이가 많지 않았지만 그들의 아들은 이미 대학에 다니고 있었어요. 저는 그들을 보자마자 너무 마음에 들어서 아이를 낳기로 결심했어요. 그러나 그 사람들은 직접 대면하는 데는 동의하지 않았어요. 그건 상관없었어요. 딸이 좋은 사람에게 가는 것만으로도 만족했거든요.

그 아이는 출산 예정일보다 일찍 태어났어요(환 아주머니는 옆에 있는 딸을 불쌍히 여기며 손으로 아이의 얼굴을 쓰다듬었다). 출산 예정일보다 십여 일 전인 저녁에 배가 갑자기 아파서 병원에 갔는데 병원에 도착한 지 30분도 안 돼 출산했어요. 이모가 그쪽 가족에게 알릴 시간도 없었어요. 원래는 딸을 보면 견딜 수 없을 것 같아서 딸을 보지 않고 바로 보내려고 생각했어요. 그런데 그 아이는 그곳에서 울고 또 울어서 목소리가 쉬었는데 그쪽 가족은 오지 않았어요. 나는 그 아이가 울다가 무슨 일이 생길까 봐 간호사에게 그 아이를 안고 와달라고 해 제가 달랬어요. 그 아이는 나를 만지자마자 울음을 그쳤어요. 보자기를 열어보니 연분홍의 뽀얀 아이가 큰 눈으로 나를 바라보고 있었어요. 저는 갑자기 약해져 아이를 보내지 않기로 결정했어요. 나중에 그 부부가 오더니 보자마자 예뻐서 저에게 선물을 주고 데려가려고 했어요. 그러면서 나중에 대면은 해주겠다고 했어요. 저는 아이와 절대 헤어질 수 없다고 말했어요. 그러자 이모가 화를 냈어요. 이 일로 이모는 그 부부에게 죄를 짓는다고 생각했어요. 다행히도 아이는 보내지 않았어요. 이 아이는 나와 정말 친하고 매우 똑똑해요.

솔직히 말해서 내가 늙으면 이 딸들한테 의지할 거예요. 딸은 상냥하고 세심하며 결혼해도 친정 부모님을 잘 돌봐요. 아들이 무슨 소용이 있는지 저는 잘 알아요. 시골에서 결혼한 후 어머니를 걱정하는 아들이 어디 있어요? 불효가 아니라 자기 가족이 잘 살지 못하니 많아야 혹은 잘해야 부모님께 용돈을 드리는 것뿐이에요. 진정으로 부모님을 아끼고 부모님 곁에서 말을 붙이고 하는 사람은 딸이에요. 제 마음속에 이건 분명하지요. 그러나 저는 여전히 남자아이를 필요로 해요. 뿌리가 있어야 하거든요. 남편도 남자아이를 원하지만 워낙 말수가 적어 말은 하지 않아요. 그도 내가 고생한 것을 봤기 때문이에요. 남자아이를 갖고 싶어도 가질 수 없다는 것을 알지요. 그러나 가끔은 그가 한숨을 내쉬어서 힘이 빠지곤 하지요. 춘절에 집에 와서 아들이 없어 다른 사람보다 못하다고 생각하는 그의 표정을 보면 정말 힘들었어요. 사람들은 우리가 남자아이를 원하는 것은 우리 재산을 아무도 물려받지 못할까 봐 걱정하기 때문이라고 생각하지만 사실은 그렇지 않아요. 우리가 남자아이가 있어야 한다고 생각하는 것은 큰 가족에 삼형제가 있는데 한 가족도 남자아이가 없다면 다른 사람이 우리를 비웃을 것이고 우리도 마음이 편하지 않기 때문이에요.

내 몸이 상했냐고요? 전 아무렇지도 않아요. 우리 부모세대 중에 4~5명의 자녀를 낳지 않는 사람이 누가 있나요? 그래도 몸이 어떻게 되지는 않았어요. 여자가 아이를 낳는 것은 자연스러운 것이라서 어떤 영향도 없어요. 하지만 요 몇 해 나이가 들면서 몸에 문제가 생기기 시작해 무리하면 안 돼요. 세 딸 중 첫째와 둘째는 중학교에 다니고 있는데 애들 할머니께서 돌봐 주고 계세요. 현재 학교 기숙사에 있는데 일요일에는 와서 하루 자고 갑니다. 막내는 우리를 따라 톈진에서 사는데 하나도 힘들지 않아요. 보통 식당에서도 사람을 고용하는데 저는 주로 돈을 받거나 물건을 구매하는 일을 하는데 많이 피곤하지는 않지만 자리를 떠날 수가 없어요.

10년 전쯤 우리집은 가난했어요. 둘째 딸을 낳을 당시 가족계획 단속이 매우 엄격해 출산을 앞둔 많은 사람들이 출산을 서두르거나 잡혀서 낙태를 당했어요. 완밍(萬明)의 아내도 출산까지 20일 남짓 남았기 때문에 자신은 괜찮을 것이고 불행하지 않을 것이라고 생각했어요. 그래도 잡히면 바로 출산이기 때문에 그렇게 무자비하지는 않을 거라 생각했어요. 그런데 결국 잡혀가서 수술을 당하지 않았겠어요?

지금도 완밍의 아내는 멀쩡하던 아이가 어떻게 죽게 되었는지를 생각할 때면 눈물을 쏟아내곤 해요. 우리는 신장과 간쑤를 포함하여 여러 곳으로 도망을 다녔어요. 남편이 외지에서 일했기 때문에 나는 작은 셋집에서 나가지도 않았어요. 애들 할머니는 체포되어 여러 날 동안 갇혔고, 벌금을 내지 못해 옛날 집을 팔 뻔했어요. 결국 친정에서 돈을 빌려 석방되기는 했어요. 정말 힘들었어요. 나중에 톈진에 가서야 안정을 찾았어요. 요즘은 농촌 통제가 완화되어 둘째 아이 출산도 허용되어요. 솔직히 말해서 계획생육을 초과하는 일은 많지 않아요. 요즘은 아이를 키우는 데 드는 비용이 너무 비싸서 아이를 하나 더 낳으면 감당할 수도 없고 그럴 시간도 없어요.

한 가지 더 말씀드릴게요. 이번에 돌아와서 점을 쳤는데, 점쟁이는 제가 일곱 명의 선녀를 모은 후에야 아들을 가질 수 있다고 했어요. 생각해 보니 낙태까지 합치면 일곱 명이 되지 않겠어요? 다시 임신하면 남자아이가 틀림없을 것 같아요. 이제 나이도 많아 더 늦추면 아이를 못 낳을 것 같으니 마지막으로 한 번 더 해보려고 생각하고 있어요. 만약 더 이상 아들이 아니라면 저는 이 생각을 단념할 거예요. 제가 아이를 낳아야 할까요? 전 아직 남편에게는 얘기를 하지 않았어요.

아름답고 차분하며 명랑한 환 아주머니를 보면서 나는 조금 혼란스럽기도 했다. 아주머니는 매우 박식한 여성이었다. 일 처리 방식, 사물에 대한 견해, 현대 세계에 대한 인식, 그녀가 말한 톈진에서 장사하는 개념 등도 모두 매우 미래지향성을 가지고 있었다.

하지만 아들을 낳는 데에서는 전혀 논리가 없는 것 같았다. 그녀는 단지 남자아이를 갖고 싶었을 뿐이라고 반복해서 말했다. 그것은 그녀가 구시대적인 생각 때문이 아니라 자신이 원했기 때문이었다.

나는 마음속으로 세어봤다. 환 아주머니가 일곱 명의 딸을 낳아 세 명을 키우고 세 명을 낙태하고 한 명을 다른 사람에게 보냈다. 현재의 문명관념과 교육받은 도시 주민의 관점에서 보면 이러한 출산 전쟁은 잔인해 보였다.

농촌 여성에게 출산은 1950년대 '영웅 엄마'들과는 달리 파괴와 생명에 대한 경멸을 동반했다. 임신, 낙태, 그리고 다시 임신과 낙태가 일상화되면 산모의 신성함과 희열은 옅어지고, 급기야 강제에서 자원으로, 고통에서 무감각으로 변하고 나아가 일종의 내적 자기요구가 된다. 이러한 목적이 달성되지 않으면 인생은 불완전하고 임무는 완성되지 않는 것으로 생각되는 것 같았다.

그러나 상황은 점차 변하고 있으며, 농촌 지역에서도 다자녀 출산은 점점 줄어들고 있다. 칭다오(淸道) 오빠에 따르면, 농촌 지역에서 첫째 아이가 남자아이이면 일반적으로 둘째 아이를 낳거나 어린 딸을 입양하는 데 서두르지는 않는다고 한다. 둘째 아이가 또 남자아이면 다들 소리지르고 엄청 화를 낸다고 한다. 왜 그럴까요? 아이를 키울 여유가 없기 때문이다. 첫째 아이가 딸이라면, 99%의 경우 아들을 갖고 싶어한다. 대가 끊기는 것을 원하지 않기 때문이다. 요즘에는 세 아이를 키우는 사람이 거의 없다. 정말로 아이를 낳고 싶다면 아무리 벌을 주어도 아이를 낳을 수 있는 방법을 찾을 수 있을 것이다. 가족계획 정책 자체가 구속력을 형성하는 것이 아니라, 경제가 사람들의 의식을 구속하고 있다.

생명은 때로 정말 불가사의한 강인함으로 가득 차 있다. 눈앞의 환 아주머니는 건강하고 쾌활하며 모든 상처와 고통을 스스로 흡수하고 소화했으며 적극적으로 차단했다. 그녀는 오빠에게 읍내의 어느 기숙학교가 좋고, 어느 선생님의 반이 좋은지 물었다. 큰딸은 중학교 3학년이었는데, 현의 첫 번째 고등학교에 시험을 보고 싶어했다. 환 아주머니는 그녀에게 큰 희망을 가지고 있었다. 나는 그녀에게 톈진의 '이주민 정책'에 대해 알고 있는지 물었다. 그곳에서 집을 구입하기만 하면 호구(戶口)를 등록할 수 있고 자녀도 그곳에서 학교에 다닐 수 있으며 대학 입학시험도 볼 수 있다고 말했다. 전체적인 톈진의 점수는 허난의 것보다 훨씬 낮다고 말했다. 그녀는 깜짝 놀랐다. 그런 정책이 있어요? 그녀는 톈진이 있다는 사실을 전혀 몰랐다. 그녀는 아침 5시에 일어나 밤 11시 이전에는 잠을 자지 않았으며 매일 바빠서 TV나 신문을 거의 읽지 않았다. 가끔 그런 뉴스를 보더라도 자신과 아무 상관이 없다고 생각한 것 같았다. 마치 톈진에 살아도 '톈진'이라는 단어가 자신과 아무 상관이 없는 것처럼 말이다. 그들의 모든 관심과 노력은 여전히 고향에 있었다. 환 아주머니는 톈진에서 집을 사는 데 드는 비용이 40~50만 위안 정도라는 사실을 알고는 홀가분한 표정을 지었다. 집을 전혀 살 수 없기 때문이었다. 지난 몇 년 동안 벌어들인 돈을 모두 시골에 집을 짓는 데 써 이제 그녀의 수중에는 많아야 10만여 위안 정도 남았다. 그것으로는 톈진에 집을 살 수 없었다. 환 아주머니의 표정을 보고 있자니 나는 조금 슬펐다. 그녀의 홀가분함은 그녀가 집을 살 수 없었기 때문이었다. 그녀는 분수에 맞지 않는 생각은 하지 않았다.

정오가 가까워지자 다시 가랑비가 내리기 시작했다. 환 아주머니는 문을 잠그고 어린 딸을 데리고 우리와 함께 마을로 돌아갔다. 그 어린 소녀는 정말 얌전했다. 커다란 검은 눈을 동그랗게 뜨고 엄마의 손을 꼭 잡고 우리를 경계심 있게 바라보고 있었다. 막 태어났을 때 환 아주머니를 보고 어떻게 울음을 그쳤는지를 생각하면 정말 대단했다. 아마도 그녀는 이미 어머니에게 버림받을 것이라는 예감을 하고 이 울음소리를 이용해 어머니에게 반항하고 감동시키고 싶었을 것이다. 결국 그 아이는 성공했다.

오빠 집에 돌아와 보니 길에 빗물이 쏟아졌고, 하수구도 원활하게 흐르지 않아 물이 흐를 곳이 없어 길에 범람하고 있었다. 읍내여도 완전한 하수관이 없었다. 아주 얇고 좁은 통로만 있었는데, 그 통로는 아무렇지도 않게 석판으로 덮여 있으며, 생활쓰레기, 오수, 진흙, 돌 등이 그 안으로 새어 들어가 막히는 경우가 많았다. 비가 내리자마자 온갖 더러운 것들이 흘러넘치면서 심한 악취를 풍겼다.

챠오위(巧玉)

한씨네 챠오위(巧玉)와 량씨네 완칭(萬靑)이 함께 도망쳤다. 선전(深圳)에서 한 명은 공장에서 임시 노동자로 일하고, 다른 한 명은 세발자전거를 몰았다. 같은 마을 사람들도 그곳에서 일했는데 그들도 거리낌 없이 함께 생활했다. 마을에 남겨진 챠오위의 남편 밍(明)은 량좡 마을에서 천둥 같은 소리를 지르며 마을 동쪽에서 서쪽으로, 마을 남쪽에서 북쪽으로 뛰어다니며 욕을 했다. 몇 개월 후, 그는 챠오위를 잡기 위해 그의 친척 형제 몇 명을 데리고 선전으로 갔다. 십여 일 후, 그들은 낙담한 표정으로 돌아왔다. 들리는 말로는 챠오위가 그들에게 기차표를 사주었다고도 한다.

한씨네 챠오위는 원래 한씨 성이 아니었다. 그녀가 세 살이었을 때, 미망인 어머니는 그녀를 데리고 한씨 집에 시집와서 그녀도 한씨 성이 되었다. 챠오위의 가족은 불쌍했다. 챠오위의 계부는 고지식한 사람으로 말수가 적고 돈을 벌지 못해 먹을 양식도 충분하지 않아 전부 챠오위의 과부엄마가 몰래 마을 안팎의 몇몇 홀아비들과 나쁜 짓을 해서 바꿔온 식량, 식량배급표(糧表) 혹은 돈에 의지했다. 몰래 한 일이기는 하지만 마을 사람들은 모두 그 사실을 알고 있었다. 따라서 챠오위의 가족은 량좡 마을에서 평판이 좋지 않았고 챠오위의 가족, 특히 챠오위의 엄마는 마을 사람들과 인사도 나누지 않았다. 그녀는 무뚝뚝한 표정으로 길을 가다가 사람과 마주치면 멀리서부터 눈을 흘기거나 심각한 표정을 지었고 무언가를 경계하며 고개를 숙이고 계속 걸었다. 어린 시절의 인상으로는 그 존재가 매우 이상했고, 마을 사람들도 마치 존재하지 않는 것처럼 거의 얘기하지 않았다.

챠오위는 어른이 되었다. 늘 부드럽고 순종적인 표정의 그녀는 키가 컸고 풍만했다. 가느다란 눈동자는 착한 그녀의 긴 얼굴과 어울려 말로 표현할 수 없는 부드러움과 광채를 선사했다. 게다가 언제나 쩔쩔매고 허둥대는 그녀의 긴장된 모습은 묘한 귀여움을 자아냈다. 한씨네 밍(明) 청년은 챠오위를 쫓아다니기 시작했다. 밍의 집은 마을에서 유명한 부잣집으로 아버지는 촌간부이며 집에는 밀가루 제분기, 착유기가 있었고 대리점도 가지고 있었다. 챠오위는 학교를 그만둔 후 밍 가족의 공장에서 일을 도왔고 매달 약간의 돈을 받았고 때로는 밀기울을 집에 가져갈 수 있었다. 마을 사람들에 따르면, 챠오위의 엄마와 밍의 아버지 사이의 불분명한 관계 때문이라고도 했다. 밍의 아버지는 이런 방식으로 챠오위의 가족을 간접적으로 지원했다.

밍의 아버지는 아들이 챠오위와 사랑에 빠지는 것을 강력히 반대했다. 밍의 아버지는 아들을 때리고, 욕하고, 집에 가두었는데 밍도 항상 참고, 언쟁하고, 도망치곤 했다. 챠오위 이외는 누구와도 결혼을 하지 않겠다는 결심을 아버지에게 보여줬다. 마침내 밍과 챠오위는 마을 동쪽 끝에 있는 허름한 집에서 결혼했다. 아버지의 축복도 없었고 챠오위의 어머니만이 딸을 위해 조용히 여러 세트의 침구와 필수 주방용품을 준비해줬다. 량좡 마을에서는 같은 마을 사람끼리, 특히 한씨 성끼리의 결혼은 극히 드문 일이었다.

그런데 챠오위는 진정한 한씨 성이 아니었다. 사람들은 한동안 논쟁을 벌이기도 했으나 그들이 함께 마을을 드나드는 데 익숙해지면서 점차 그들을 받아들였다. 그들은 아들 하나, 딸 하나를 낳으면서 새집을 지었다. 밍의 불같은 성질과 챠오위를 때리는 것 말고는 그런대로 살아갔다.

정확히 어느 해에 일어났는지는 기억나지 않지만, 한동안 여동생과 나는 갑자기 챠오위의 집에 자주 드나들었다. 그녀의 친절한 긴 얼굴, 가느다란 눈, 온화한 미소, 부드러운 목소리는 모성애를 경험하지 못한 우리 자매에게는 충분히 매력적이었다. 우리가 도착하자마자 그녀는 항상 우리에게 다양한 간식을 가져다 주고 차를 따라주었다. 우리는 방 안의 부러진 안락의자에 앉아 그녀와 얘기를 나누었다. 그녀는 키가 커서 허리가 살짝 굽었고, 앉으면 더욱 굽어져 있었는데, 손이 유난히 크고 넓어서 무심코 손을 들어 올리면 우리를 끌어당길 수 있을 것 같았는데 묘한 안정감을 주었다. 우리는 무슨 말을 했는지 전혀 기억나지 않았는데, 아이 둘을 데리고 하루종일 밭에서 일하는 30대 여성과 10대 소녀 둘 사이에 공통의 얘깃거리가 있었다는 것도 참 기이했다. 우리 둘은 매번 그녀의 집에서 죽치고 앉아 푸짐하게 먹었고, 때로는 점심도 먹었고 그리고 나서 꿈처럼 행복하게 집에 돌아가곤 했던 기억밖에 없었다. 지금 돌이켜 보면 아직도 내 마음을 가득 채우는 행복감과 안정감이 있었다.

챠오위와 완칭이 언제부터 연락했는지는 아무도 몰랐다. 내 사촌 완칭은 마을의 다른 남자들처럼 일 년 내내 외지에서 일하고 바쁜 농사철과 춘절 기간에만 돌아왔다. 나중에 아내가 병으로 사망하자 그는 외지에 나가 일하는 시간을 줄이고 집에서 두 자녀를 돌보았다. 완칭은 똑똑하고 농담하는 것도 좋아했으며 마을에서는 활동적인 사람이었다.

그에 반해 챠오위는 순종적이고 조용해 공공장소에 거의 나가지 않았다. 그들이 만날 시간은 거의 없었다. 마을 사람들의 말에 따르면, 그들이 어떻게 눈이 맞았는지는 아무도 몰랐다고 한다. 같은 마을의 남자들이 챠오위의 집에 가서 밍과 놀고, 포카를 치고, TV를 보고, 술을 마시고, 얘기를 나누었을 때 챠오위는 종종 음식을 만들어 차린 후에는 부엌에 머물 뿐 주도적으로 남자들에게 인사하는 일은 거의 없었다. 또한 마을의 다른 기혼 여성들과 달리 그녀는 남자들과 장난도 치지 않았다.

그 후 몇 년 동안 챠오위와 완칭은 몰래 만나다가 이후 반공개적으로 만났다. 이 기간에 챠오위는 얼마나 많이 맞았는지 셀 수 없을 정도였다. 량좡 마을 사람들은 챠오위의 집에서 열흘이나 보름 간격으로 나오는 비명소리를 당연하게 여겼다. 하지만 사람들은 이전부터 밍을 욕하기도 했고 어떤 사람들은 집에 가서 싸움을 말리기도 했으나 나중에는 고개를 저으며 쓴웃음만 지었다. 챠오위의 늙고 쇠락한 과부 어머니는 "그 엄마에 그 딸이다"라는 옛말을 다시 들어야 했다.

챠오위와 완칭은 선전에 뿌리를 내리고 몇 년 동안 돌아오지 않았다. 나중에 챠오위의 큰딸과 완칭의 두 자녀도 선천으로 가서 가족처럼 함께 살았다. 밍은 챠오위가 어디에 있는지, 딸이 엄마를 따라갔다는 것을 알고 있었지만 그가 다시 그녀를 찾지 않았다. 시간이 지나면서 밍의 초라한 모습이 드러났다. 강인하고 불같았던 성격의 그는 점차 하루종일 말도 없이 조용히 일만 하는 농부로 변해갔다. 어느 해 춘절에 그는 결국 챠오위와 이혼 수속을 밟았다.

이혼 후 이듬해 밍은 뇌혈전증, 뇌졸중 진단을 받고 병상에 누었다. 아들이 선전에 전화한 날 밤, 챠오위와 완칭은 집으로 가는 기차표를 샀다. 그들은 잠시 밍을 문병하기 위해서가 아니라 장기간 머물기 위해 량쨩 마을로 돌아왔다. 챠오위와 완칭은 밍의 집에 살면서 환자를 돌보고 가사를 돌보는 일을 시작했다. 완칭은 두 가족의 땅을 경작하고 농한기에는 읍내에 나가 일했다. 밍이 주사를 맞고 후속 진료를 받아야 하는 날에는 완칭은 세발자전거를 몰았고 차오위는 그 옆에서 같이 갔다. 세 사람은 함께 읍내로 가거나 차를 타고 현(縣) 병원에 가서 진료를 받았다. 한동안 세 사람은 반경 수십 리 안의 풍경이 되었고, 뒤에서는 셀 수 없이 많은 말들이 있었다. 1년 후 밍이 세상을 떠났다. 완칭은 밍의 집을 수리하고 량씨와 한씨 집안의 어르신들을 초대해 식사를 대접했다. 사람들에게 자신은 밍의 집과 집터를 차지하지 않겠다는 것을 확신시키기 위한 것이었다. 이것 또한 사람들이 뒤에서 줄곧 거론했던 질문이었다.

오래된 농촌의 대지에서는 당신이 정말로 미덕을 행하기만 하면 사람들은 자연스럽게 당신의 다른 문제들은 신경을 쓰지 않는다. 어떤 사람들은 완칭이 밍의 집을 차지하기 위해 돌아왔다는 뒷얘기를 오랫동안 해왔다. 또, 어떤 사람들은 밍의 병이 그들에게 죄책감을 주었기 때문에 그들이 돌아왔다고 얘기했다. 하지만 어떻든 간에 그들은 악취가 진동하는, 이미 상관없는 사람을 일 년 동안 돌봤다. 이것은 결코 쉬운 일은 아니었다. 챠오위는 성실하고 겸손한 태도로 점차 명성을 회복했고 완칭도 여러 일들을 유연하고 공정하게 처리해 한씨 집안 사람들의 인심을 얻었다. 챠오위와 완칭은 마침내 합법적이고 축복받는 부부가 되었다.

해질 무렵이 되자 여름의 건조한 공기가 잦아들고 바람이 불었다. 아주머니 집 앞을 지날 때 시끌벅적한 웃음소리가 나길래 웃음소리를 따라 집에 들어갔는데 뜻밖에도 챠오위와 완칭도 집에 있다는 것을 알았다. 완칭의 아들이 결혼을 하게 되어 그들은 잔치를 벌였다. 챠오위의 머리는 여전히 예전과 동일했다. 앞머리를 뒤로 빗고 긴 머리핀으로 묶은 모습은 마치 1950년대와 1960년대 여성의 의상처럼 매우 구식이었다. 나는 챠오위의 머리 한가운데에 머리카락이 없는 작은 부분을 나중에서야 알게 되었다. 이것은 옛 남편이 막 결혼할 때 그녀에게 남긴 흔적이었다.

챠오위는 얼굴을 붉히며 놀라고 기쁜 듯이 나를 바라보고 멀리 앉아있었다. 작은 의자에 걸터앉은 그녀의 등은 여전히 굽어 있었다. 그녀는 나를 바라보았고 우리 사이가 낯선 듯했다. 하지만 그녀의 얼굴에는 놀란 표정이 남아 있었고, 큰 두 손을 앞뒤로 비비며 내면의 긴장감을 드러냈다. 나는 그녀가 나를 만나서 정말 기뻐하는 모습을 볼 수 있었지만 왠지 그녀가 부끄러워서 나에게 표현하지 못하고 계속 멀리서만 나를 바라본다고 생각했다. 나는 그녀에게 언제 돌아왔는지, 어떻게 지냈는지 물었지만 그녀는 아무 말도 하지 않고 내 사촌이 말하는 게 맞으니 내 사촌에게 말해달라고 했다.

나는 사촌오빠에게 "다른 사람에게 듣자하니 오빠는 선전에서 또 하나의 직업, 즉 다른 사람의 마작을 돕거나 다른 사람을 대신해 마작을 하고 승패와 상관없이 시간을 따져 돈을 받는다"는 사실을 물었다. 사촌오빠는 마작을 잘 했는데 처음에는 가끔씩 하다가 나중에는 전업이 되었다고 한다. 사촌오빠는 그 말을 듣고 웃으면서 "이런 걸 누가 꾸며냈느냐? 이건 나를 놀리려고 한 것일 거냐. 정말로 마작을 잘 했으면 내가 왜 세발자전거를 타겠어?"라고 말했다. 그러나 그의 눈은 번쩍이는 교활함이 있었기 때문에 의혹은 해소되지 않았다. 외지에 나가 생계를 꾸리는 사람들 중에 비밀이 없는 사람이 누가 있을까?

사촌오빠의 말을 주의 깊게 듣고 있는 챠오위, 그 친절하고 온화한 여성이 여전히 거기에 있었고 그 큰 손도 여전히 거기에 있었다. 그녀는 강하고 활력이 넘쳤다. 그러나 이 모든 것은 온순하고 순종적인 천성에 가려져 있었다. 그녀에게 기꺼이 다가가고 그녀를 사랑하는 사람만이 그것을 발견할 수 있었다. 나는 말할 수 없는 감격으로 달려가서 그녀를 안아주고 싶었지만 참았다.

자오(趙) 아주머니

나는 마을 끝에서 다른 여러 노인들과 얘기를 나누고 있었다. 자오 아주머니와 그녀의 남편이 유모차를 밀고 왔다. 유모차에는 10개월 된 손녀가 누워 있었다. 네 살과 일곱 살의 두 손자가 뒤를 따랐다. 유모차 손잡이에는 기저귀 몇 개가 깃발처럼 펄럭이고 있었는데, 아마도 방금 손녀가 오줌을 눈 것 같았다. 자오 아주머니는 나를 보자마자 큰 소리로 "여기서 뭐하고 있는 거야? 여기저기서 자주 보네."라며 말하며 웃었다. 나는 웃으며 "자오 아주머니가 일하는 것은 못 보고 사방으로 돌아다니는 것을 보네요."라 말하자 말이 채 끝나기도 전에 자오 아주머니는 "일을 안 한다고? 내 나이가 오륙십인데 어린 새끼 세 명을 키우고 있어. 이게 적은 수야? 네가 한번 키워봐."라고 말했다. 자오 아주머니의 남편은 아무 말을 하지 않고 옆에서 미소를 지으며 지켜보았다. 내 생각엔 자오 아주머니의 남편은 한 번도 말을 한 적이 없는 것 같았다. 그는 일 년 내내 마을의 벽돌기와 공장에서 일해 왔다. 그는 마르고 얼굴은 연기처럼 검었다. 나는 자오 아주머니에게 유모차에 있는 아이에게 무엇을 먹이는지, 힘들지 않는지 물었다. 쾌활한 자오 아주머니가 말보따리를 풀었다.

나는 너희가 도시에서 하는 방식으로 먹이지 않아. 아기는 반 살도 안 돼 옥수수면, 국수, 호박을 먹어. 먹는 것을 무척 좋아해. 아이 엄마는 전화해서 "이것도 하지 말고, 저것도 하지 말고 도시 사람처럼 하세요."라고 말하지. 말은 좋지만 나는 그렇게 하지 않아. 나는 그들의 방식을 따르지 않고 내가 하고 싶은 대로 하고 있어. 내가 그들의 방식으로 아이를 기른다면 할 수가 없어. 너희들이 어렸을 때 병이 생기면 아이들을 흙냄새를 맡도록 땅바닥에 뒹굴도록 놔두면 좋아졌어. 지금 너희들이 아이를 그렇게 키울 수 있겠어?

그들이 뭐 하려고 그까짓 돈을 버는지 몰라. 우리가 아이들을 돌봐주지 않으면 그들이 일하러 갈 수나 있겠어? 우리가 무료로 아이들을 봐주지 않았다면 그들은 돈을 벌지 못할 거야. 한 번 계산해 보자. 큰아들 부부가 같은 공장에 다니는데 한 달에 모두 3천 위안 남짓을 벌어. 둘이 집을 임대하고 먹고 자는데 천 위안을 쓰지. 두 아이는 읍내에 있는 애들 고모집에서 학교를 다니는데 한 달에 몇 백 위안이 들어가지. 만약 아프기라도 하면 백여 위안은 들어가지. 그래서 한 달에 많아야 천 위안 정도 남아. 이게 우리 부부의 애들 양육비 아니겠어. 둘째 부부는 두 곳에서 일하는데 둘 다 공장에서 살면서 한 달에 천 위안 이상을 절약할 수 있지. 둘째 며느리는 집을 짓는다는 일념으로 돈을 꽉 움켜쥐고 우리한테 얼마 주지도 않아.

그들이 우리에게 감사해 할 것 같지? 감사는 개뿔! 그 이유는 무엇인지 모르지? 노인들이 그들의 아이를 돌보는 것과 노인들이 그들의 땅에 농사짓는 것을 똑같이 교환한다고 생각하지. 그들은 우리가 힘들든 아니든 상관없이 우리가 그들의 땅에 농사짓는 것을 우리에게 주는 보수라고 생각하지. 농사를 지어 돈을 벌든 못 벌든 그들은 상관하지 않아. 많은 자식들이 외지로 나가 일을 하는데 아이들은 집에 방치해 놓고 돈 한 푼도 주지 않아. 어떤 노부부는 여러 명의 아이들을 돌보지. 너나 할 것 없이 아이를 부모에게 맡기지. 그렇지 않으면 손해를 보니까. 누가 많이 맡겼네, 누가 적게 맡겼네를 두고 자식들은 싸우며 부모를 찢어먹으려고 해.

내 인생이 편안한 것 같아? 불쌍하지 않나? 아이들을 이렇게 데리고 오니 우리가 돌보지 않을 수도 없어. 우린 죽을 때까지 편치 않을 거야. 자식들을 어떻게 무시하겠어. 그들도 다 어렵게 사는데 무관심할 수 있겠어? 집에 희망이 없으니 외지에 나가 일을 하지 않으면 며느리도 원망할 거야.

시골에서 누가 감히 손주들을 돌봐주지 않겠다고 하겠어? 지금 자식들을 돕지 않으면 죽으려고 해. 늙은 사람이 더 살고 싶겠어? 우리 옆 마을 리촌(李村)에는 일흔이 넘은 노부부가 있는데 이들 부부에게는 아들 네 명, 딸이 두 명이 있는데도 아무도 부모를 모시지 않고 있어. 어느 가정도 부모를 모시지 않으려고 해서 결국 자식들을 법원에 고소했지. 고소하지 않을 때는 그래도 밥 한 공기 정도는 먹을 수 있었지만 고소를 하니 노부부에게 누가 밥 한 공기도 보내주지 않았어. 둘째 아들이 그의 어머니 면전에 돈을 던지며 "돈이 궁하다고 했죠? 어서 가져가세요. 이제부터 우리는 남남이에요."라고 말하고 고개를 돌려가버렸어. 그 집 큰아들은 어쨌든 국가기관의 간부였지. 그는 어쩔 수 없이 부모님께 통장을 만들어 드리고 법원에서 판결한 돈을 통장에 보낸 다음 다른 사람들도 돈을 보내라고 하고 서로 만나지도 않았어. 그는 부모님이 그의 체면을 아랑곳하지 않았다고 몹시 화를 냈어. 지금 그 노부부는 날마다 울고 있어. 지금 와서 후회해도 소용이 없지.

　또 왕잉(王營)에서도 이런 일이 있었는데, 과부가 세 아들을 키우며 그들에게 집과 땅을 물려주었어. 그런데 세 아들 모두 노모를 자기 집으로 모시려고 하지 않았지. 엄마가 이런저런 일에 대해 편파적이라는 이유도 있었지. 학교를 2년 더 다니고 집안의 돈을 많이 쓴 사람이 어머니를 모셔야 한다, 장가를 갈 때 어머니가 원하지 않아서 예물을 적게 장만했다, 자기 집을 지을 때 어머니가 돈을 주지 않았다… 각자 말이 너무 많아서 듣기가 부끄러웠지. 노부인은 부끄러워 다 포기하고 우물에 빠져 죽으려고 했으나 어떻게 구조되었어. 세 아들은 며칠 동안은 잘 지냈지. 하지만 나중에는 다시 그대로였어. 결국 촌서기가 그럴 거면 법원의 판결을 받아보라고 했지. 법원에서는 아들들이 어머니를 번갈아 가면서 모시라고 판결했어. 한 집에서 한 달씩 살고 아프면 공동으로 부담을 하라고 했지. 둘째 며느리집에서 살다가 한 달이 거의 다 되어갈 무렵, 노인은 한 번은 밖에 나갔는데 며느리가 담장 너머로 노인의 보따리를 던지며 집에 들어오지 말라고 했어. 그러면서 며느리는 "우리집에 오지 마세요. 고소할 테면 고소하세요."라고 말했어. 노인은 감히 고소를 못했지. 노인은 지금 읍내에서 보모 일을 하고 있어. 몇 년 지나면 늙어 움직이지도 못할 텐데 어떻게 될지 모르겠어.

세상이 변했지. 예전에는 며느리가 악한 시어머니를 두려워했지만, 이제는 시어머니가 며느리를 두려워해. 만만한 사람이 어디 있겠어? 서로를 쥐어짜는 거지. 시어머니가 고생하면서 아이들을 돌봐줬는데 며느리는 돌아와서는 잔소리만 해대며 시어머니를 돌봐주지도 않지. 며느리는 자기가 고생한 것만 얘기하며 시어머니에게 그 아이는 당신의 손자이니 애가 굶든 말든 난 상관하지 않는다고 말해. 참 야박하지.

아이가 엄마하고 사이가 멀다고? 말도 안 돼. 그래도 엄마하고 친하지. 이 어린애들이 곧 죽어도 그들 엄마아빠가 오면 5분도 안 돼 엄마와 엄청 친해져 엄마를 따라가지. 애 보느라 일년 내내 죽을 고생을 해도 애 엄마가 며칠 간 돌아오느니 못해. 내가 지금 보고 있는 손자 둘은 애들 고모가 있는 읍내에서 학교를 다녀. 애들 고모도 힘들어 죽을 지경이지. 나도 매주 애들에게 빵도 쪄주고 국수도 말아주지. 외지에 나가서 일하는 날이 좋지. 젊은 부부가 일하고 돌아와 밥 먹고 편안하게 잠을 잘 수 있지. 우리 노인들은 집에서 자식들을 대신해 아이들을 돌보고 있어. 도시 유치원에는 갈 수도 없어. 입학하려고 해도 도시 호적도 없고 입학해도 누가 애들을 등하교 시켜주겠어. 게다가 공장에서 일하면 하루종일 즐겁지도 않고 퇴근하면 피곤

해서 움직이기도 싫어 아이들이 귀찮게 하면 싫어하지. 네 조카가 그 무슨 고무공장에서 일하는데, 온도가 너무 높아서 견딜 수가 없다고 해. 환경도 열악하고 기침도 심하다고 해.

여기 한 번 봐봐. 이 애가 내 둘째 손자인데 항상 화를 내고 이상한 행동을 하며 고모 집에 가고 싶어 해. 그러나 이 아이의 고모도 힘들어 해서 데려가고 싶지 않아. 이 어린 딸의 엄마는 애가 태어난 지 5개월이 되었을 때 집을 나갔어. 너무 오랫동안 돌아오지 않고 있는데 올해는 돌아올 수 있을지 없을지 지켜봐야 알 수 있을 것 같아.

자오 아주머니는 아이들에게 욕을 하면서 유모차를 흔들흔들 밀었고 수시로 아이가 오줌을 쌌는지 손으로 아이의 기저귀를 만졌다. 농촌에 남겨진 노인의 상황과 도시의 노인 문제는 완전히 다르다. 도시는 외로움의 문제이지만 농촌의 노인은 돈의 문제이다.

농민이 도시로 가서 발생하는 비용은 매우 컸다. 자오 아주머니는 우리에게 계산해 주었다. 노인들이 시골에서 공짜로 아이들을 돌봐줘 자식들의 생활비용을 낮춰주지 않는다면 자식들이 번 돈으로는 도시 생활을 지탱할 수 없다. 반면에 노인들은 앞으로도 부양 문제가 남아 있기 때문에 감히 많은 불평을 할 수 없었다. 모든 농촌 노인들은 어느 날 침대에 누워 움직이지 못하고 다른 사람을 위해 일할 수도 없다면 누구에게 기대할까를 생각한다. 그들에게는 연금도 없고 사회보장체계도 없다. 지금 자식들의 아이를 봐주지 않으면, 열심히 일하지 않는다면 장래 만일 '그날'이 다가오면 누가 돌봐줄까? 농촌 지역의 개념은 특히 자녀가 돈을 벌기 위해 일하러 나가야 하는 상황에서는 아이를 돌보지 않는 노인을 결코 받아들이지 않는다는 것이다.

자식들은 자연스럽게 부모에게 도움을 구했다. 이것 말고는 다른 방법이 없었다. 오직 부모만이 공짜로 유모가 되기 때문이다. 아들이 여러 명 있으면 집의 부모들은 더 고통을 겪는다. 쯔(芝) 숙모와 자오 아주머니가 언급했듯이 그들 모두는 시골에 남는다. 남지 않으면 손해를 보기 때문이다. 설사 그렇더라도 자오 아주머니가 말했듯이 어느 시골 노인도 자녀의 어려운 처지를 그냥 놔두지는 않는다. 자오 아주머니는 아직 비교적 젊은 노인이었다. 이미 일흔이 넘는 노부부들도 자녀들을 위해 애쓰고 버티며 있으니 그들도 괴롭고 자녀들도 마음을 아파할 것이다. 하지만 이러한 상황을 어떻게 바꿀지, 언제까지 버틸지에 대해서는 생각을 못하고 있었다. 여기서 개인의 삶과 개인의 자유를 논하는 것은 우스꽝스럽고 비현실적이다.

자오 아주머니는 따뜻하게 나를 집으로 초대했다. 자오 아주머니의 집은 밖에서 보면 아주 평범해 보였지만, 안으로 들어가 세세한 부분을 살펴보니 주인이 죽을 때까지 그곳에서 살겠다는 목적으로 세심하게 지었다는 것을 알 수 있었다. 집은 바닥부터 벽돌로 지어졌고, 두껍고 반듯한 통나무 들보가 있었고, 서까래 위에는 시골에서는 보기 드문 얇은 대나무로 엮은 돗자리가 깔려 있었다. 이는 보강의 목적일 뿐만 아니라, 기와층 상면의 먼지를 막아 내 공간을 우아하고 밝게 만들어줬다. 바닥은 파란색 벽돌로 포장했고 벽돌 사이는 시멘트로 매끄럽게 처리하여 바닥을 청소할 때 사각지대를 남기지 않았으며 집 전체가 정갈하고 깨끗했다. 한 마디로 살뜰하고 부유하고 살림살이를 잘 하는 가정이었다. 내가 집을 칭찬하자 자오 아주머니는 상심해하며 "그들이 집을 철거할 거야!"라고 말했다. '그들'은 그녀의 막내아들과 며느리였다. 큰아들은 이미 길가에 땅을 사 2층짜리 작은 건물을 지었고, 작은아들은 돈을 조금 깎아 형에게 주었으니 이 집과 집터는 작은아들에게 나누어준 셈이었다.

나는 다시 두 분이 누구랑 함께 살 건지 물었다. 자오 아주머니는 다시 냉소적인 표정으로 "누구랑? 누구한테도 가지 않을 거야. 당신도 앞으로는 자식을 위해 아이들을 돌볼 생각을 하지 마. 앞으로 자식이 부양해 줄 거라는 생각은 어림도 없어. 우리도 그런 생각은 안 해. 나와 남편은 원래의 집으로 돌아가 그곳에서 편히 살 거야. 아들과 딸이 기분 좋을 때면 한 번 보러 와서 돈 몇 푼을 줄 것이고, 기분이 안 좋을 때 우리 둘이 늙어 죽지도 않는다고 욕만 안 하면 다행이지."라며 말했다.

그제서야 나는 춘절에 자오 아주머니 부부와 아들, 며느리가 이 집 때문에 말다툼을 벌이고 심지어 싸움까지 했다는 사실을 알게 되었다. 이 집은 자오 아주머니 부부가 평생 노력해서 만든 집이자 그들이 가장으로서 가지고 있는 부동산과 권위의 상징이기도 했다. 자오 아주머니의 남편은 생애 전반기를 마을의 벽돌기와 공장에서 일했고, 벽돌 하나, 기와 하나, 나무 하나 등 집을 짓는 데 필요한 물건들을 모았다. 벽돌과 기와를 혼자서 모으는 데 8년이 걸렸다. 드디어 가마에서 벽돌이 구워져 나왔을 때 그는 다른 사람들 뒤에 숨어 울었다. 그 집은 1993년에 지어졌다. 상량식이 있던 날, 인색했던 자오 아주머니 부부는 닭과 양을 잡았고 폭죽을 터뜨리고 신을 모셔 개인 집이 다 지어지는 듯했다. 당시 자오 아주머니의 딸은 사범학교를 졸업하고 읍내로 돌아와 교사를 하고 있었다. 비록 두 아들은 고등학교에 다니지 않았지만 둘 다 중학교를 졸업하고 취업을 준비하고 있었다. 자오 가족의 호시절이 시작된 것이다.

자오 아주머니의 마음속에는 그들 부부가 작은아들을 위해 이 집을 지었고 나중에 함께 살려고 했다고 한다. 작은아들은 형에게 돈을 좀 깎아주긴 했지만 이 돈으로 다시 택지를 사기에는 턱없이 부족했다. 큰아들이 돈을 적게 받고도 동의한 이유는 나중에 부모님이 작은아들과 살겠다고 했기 때문이다.

그런데 올해 춘절 때 작은며느리가 와서 새집을 짓고 싶다고 했다. 상의 과정에서 그녀는 나중에 부모 부양을 단독으로 책임지지는 않겠다는 것도 내비쳤다. 게다가 자오 아주머니가 큰아들의 아이들을 돌봐주기 때문에 작은아들 가족만이 부모를 부양하는 책임을 져서는 안 된다는 말도 했다. 이로 인해 이전의 평형이 깨졌다. 자오 아주머니와 두 아들, 그리고 두 아들 간에 불화가 생기기 시작했다. 자오 아주머니의 분석에 따르면, 작은며느리가 표면적으로는 집을 하나 더 지을 것을 제안했지만 실제로는 그들이 부모와 같이 살고 싶지 않는 것이었다. 자오 아주머니 부부가 지은 집이 헐리면 아무런 증거가 남지 않을 것이다. 새집이 지어진다면 그들 집이 아니라 아들 부부의 집이 되기 때문에 그들은 막상 논쟁을 할 때 기력이 하나도 없었다. 자오 아주머니의 남편은 작은며느리가 그렇게 사악하지 않다고 그녀를 타박했다. 아마 작은며느리는 큰아들이 잘 살고 집도 잘 지어 질투한다고 생각했다. 지금은 단층집이나 작은 층계집이 유행이었다. 기와집은 아무리 좋아도 기와집이었다.

시골에서는 이런 일이 종종 있는 것으로 알고 있다. 아들이 두 명 있으면 가족 재산을 반으로 나누는 경우가 많다. 시골 농가는 좁기 때문에 한 아들이 부모의 집을 차지하고 다른 아들이 그 땅을 차지하며 부모의 집을 차지한 아들은 다른 아들에게 돈을 좀 주는 것으로 보상한다. 이것은 결국 부모가 지붕도 없고 방도 없고 오직 아이들만 의지하게 된다는 것을 의미한다. 이 배분 방법은 현대 개념에서는 조금 믿기지 않는 것 같았다. 이 과정에서 부모의 권리가 완전히 박탈되기 때문이다. 그러나 시골에서는 이것이 정상적인 상황이었다. 일반적인 상황에서 아들과 며느리가 외지로 일하러 나가서 아이들과 집을 돌볼 노인이 필요하다면 문제가 없을 것이다. 그러나 일단 아들과 며느리가 돌아와서 고향에 정착하게 되면 문제가 발생한다. 이때 부모의 운명은 종종 극도로 비참해진다.

노인들의 경우, 아들들에게 더 많은 경제적 지원을 제공하지 않앉기 때문에 아들 및 가족과 함께 생활하고 존경을 구하는 등 전통적인 효도를 자신 있게 수행하도록 아들에게 감히 요청하지도 않는다. 아들이 어렸을 때 외지로 일하러 나가면 약혼금, 결혼, 집 짓는 것이 모두 일해서 번 돈이라서 부모가 이를 통제할 권리가 없었다. 가족 제도의 쇠퇴, 공중도덕 감독의 쇠퇴, 국가의 법률과 부양 관습의 모순으로 인해 아들, 특히 며느리가 부모를 무시하게 되었다. 사회학자 옌윈샹(閻雲翔)[9]은 이러한 현상을 "부모 신분과 효의 세속화"라고 불렀는데 이는 전통적 문화 메커니즘이 파괴되고 효의 개념이 문화적, 사회적 기반을 상실했다는 것을 의미한다. 아들과 며느리는 시장 경제의 새로운 도덕적 가치에 따라 부모를 대한다. 이 세대의 농촌 부모들이 할 수 있는 것은 아무것도 없었다.

중국 문화의 심층에는 본질적인 결핍, 즉 개인성의 상실이 존재한다. 질서, 경제, 도덕의 압박으로 인해 모든 사람은 높은 수준의 억압을 받고 있으며 감정, 욕구, 개인적 소망을 자신 있게 표현할 수 없다. 모든 사람은 가족을 부양하기 위해 왜곡된 방식으로 자신을 희생하려고 하며, 이 희생에 의지하여 깊은 감동을 만들어낸다. 이 희생이 불완전하거나 중간에 변경되면 갈등과 균열이 발생하게 된다. 일상생활에서 가족들은 마치 원시적인 무지 상태에 있는 것처럼 서로 침묵하고 외롭다. 그러나 그렇다고 해서 모두가 이 고통을 경험하지 않았다는 뜻은 아니다. 다만 모두가 보이지 않는

---

9 1954년에 출생. 베이징대학 중문과에서 학사, 석사를 마치고 하버드대학에서 박사학위를 받았다. 현재 UCLA 중국연구센터에서 문화인류학 교수로 재직 중이다.

밧줄에 묶여 말을 하지 않을 뿐이다. 일단 갈등이 폭발하면 왕왕 서로에게 깊은 상처를 준다.

정말 이상한 점은 자오 아주머니나 오째 할머니, 쯔(芝) 숙모의 불평 섞인 말에서도 그 뒤에 숨겨진 사랑과 관용이 여전히 느껴진 다는 것이다. 외지에서 겪는 자녀들의 힘든 삶에 대해서도, 노년을 힘들게 하는 손주에 대해서도 여전히 따뜻한 감정을 가지고 있었 다. 그들은 미래의 삶과 며느리의 행동에 대해서도 걱정하지만 성 실하게 손주들을 돌보고 그들을 위해 모든 것을 짊어지고 있었다. 그들은 외부인뿐만 아니라 자녀에게도 자신을 표현하지 않는다. 이 모든 것은 지층 아래에 깊이 묻혀 있어서 그들 자신도 깨닫지 못했다. 향촌에서의 삶은 자연계의 생물만큼 인성(靭性)이 강했다.

자오 아주머니의 부엌에서는 아마도 방금 끓인 쌀밥 냄새가 났 다. 고기와 채소를 볶고, 물을 많이 붓고, 쌀을 넣고, 약한 불에 끓 이다가 20여 분 후에 불을 끄고, 다시 얼마 동안 뜸을 들이면 요리 는 다 되는데 향이 아주 좋았다. 어린 시절에는 생활을 개선하기 위해 이렇게 했다. 가족은 일 년에 두세 번만 그렇게 했다. 그래서 나는 이 향기에 대한 독특한 기억을 가지고 있다. 이제는 시골에서 도 흔한 일이 되었다. 이 향긋한 밥 짓는 연기가 마당에서 흘러나 와 시골의 하늘에 퍼져서 온 마을을 자욱하게 했다.

제8장

고향은 어디에

2006년까지 랑현 신농촌 건설은 초기 성과를 달성했다. 현의 모든 행정촌에는 아스팔트 도로가 있다. 우리는 적극적으로 "마을 개선"을 추진하여 910킬로미터의 도로를 건설하고, 179개의 저수지를 정비하고, 촌급 유원지 118곳, 문화찻집 300곳, 바이오가스 탱크 3,800개를 조성하고, 케이블TV 5,700가구, 태양열 온수기 8,700여 가구를 설치했다. 3,400만 위안을 투자하여 정보마을 건설을 적극 추진하고 330개 정보마을을 조성했다. 촌급 유치원, 진료소, 상점, 치안실, 마을 주민 활동 장소 등 공공서비스 체제가 점차 개선되어 마을이 완전히 새로운 모습을 갖추게 되었다.

『2007년 랑현 정부업무보고』

늪

아침에 일어나면 몸이 무겁고 나른한 느낌이 들었다. 농촌 생활은 마치 커다란 늪과 같았다. 고향에 온 지 한 달이 채 안 됐는데 계속해서 가라앉는 느낌이 들었다. 이것은 외부의 강한 힘에 의해 밀리는 것이 아니라 나도 모르는 사이에 가라앉는 것이었다. 모든 정신이 점점 산만해지고 가라앉았다. 얼마나 깊은지 모르는 곳으로 빠져들었다. 이것은 반복적인 느낌이었다. 매년 집에 돌아오기 전에는 늘 좀 더 머물기로 마음을 먹었지만 매번 도망치듯 서둘러 떠났다.

나는 조사의 가능성과 타당성에 대해 모종의 우려가 있었다. 무슨 말을 해야 할까? 내가 집을 떠난 것은, 정말로 시골을 떠난 것은 스무 살 이후였다. 그런데 이번 조사기간에 마을에서 사람들과 함께 있었지만 향촌의 심층 구조에 들어가기는 어렵다는 것을 깊이 느꼈다. 그들의 언어 체계에 들어가는 것은 불가능한 것 같았다. 촌서기와 회계가 은근히 흘린 것, 그리고 그 능글맞은 눈빛은 매우 흥미롭게 만들었지만 계속 따지고 들어가면 항상 시치미를 떼며 어물쩍 넘어갔다. 시골은 큰 그물과 같아서 강(綱)과 목(目)이 너무 많아 손을 쓸 수가 없었다.

쯔 숙모와 오째 할머니, 그리고 마을에 남겨진 몇몇 노인들을 마주하면서 나는 그들의 마음이 들어가기 어려운 깊은 성루라는 것을 느꼈다. 어쩌면 외부인이자 어떤 목적을 지닌 인물인 나를 마주한 그들은 감정적 통합도, 같은 입장도 없이 자연스럽게 침묵을 지

컸다. 이런 상황에 직면한 나는 어떻게 다시 주제에 접근해야 할지 몰랐다. 그들에게나 나 자신에게나 나는 이미 시골의 이방인이었다. 내 생각과 그들의 생각 사이에는 항상 불일치가 있었다. 어느 날 쯔 숙모의 집 앞에서 쯔 숙모의 다섯 살 된 손자는 쓰레기와 녹조가 가득한 연못가에서 놀고 있었다. 우리 아들도 그곳에 가려 하자 나는 아들을 엄하게 꾸짖고 못 가게 했다. 내가 아들을 잡아당기는 순간 나는 숙모의 '명료한' 미소를 보고 갑자기 부끄러웠다. 내가 다시 '대지로 돌아오기', '마을로 돌아오기'의 목적을 가지고 그들 사이로 들어가 그들의 일부분이 되려고 할지라도 그것은 거의 불가능했다. 나는 내 자신의 우월감과 도시와 농촌 생활의 차이로 인해 발생하는 모종의 혐오감을 지울 수 없었다.

국가도 많은 노력을 기울이고 있으며, 의무 교육, 농업 면세, 각종 보조금 등 많은 정책을 통해 농촌을 배려하고 농촌에 관심을 가지고 있었다. 그러나 바로 이 때문에 위기와 내면의 블랙홀이 더욱 뚜렷하게 드러났다.

마침내 의무 교육이 실시되었고, 농민들은 더 이상 학비 걱정을 하지 않아도 되었다. 학창 시절, 등록금을 제때 내지 못해서 교실에서 쫓겨나는 경우가 많았다. 학교가 시작될 때마다 아버지들이 집집을 다니면서 등록금을 마련하기 위해 돈을 빌리는 모습을 볼 수 있었다. 그러나 정말 학교에 가기가 쉬울 때는 학교에 대한 아이들의 열정과 아이들을 학교에 보내려는 농민들의 열망은 그리 높지 않았다. 초등 및 중등 교육이 지속적으로 축소되고 있는 것은 확실히 인구 감소 때문이기도 하지만, 한편으로는 농촌 지역의 취약한 문화적 분위기와도 관련이 많았다. 아이들은 학교에 가는 데 관심이 없고 십 대가 되면 외지로 일하러 나가도 된다고 생각했다. 농민들은 외지에 나가 힘들게 일하며 돈을 벌면서 자녀들이 좋은 교육을 받기를 바라지만, 그들의 자녀들은 학교에 가고 싶어 하지 않고 더 일찍 농민공의 대열에 합류하는 모순된 상황이 발생했다.

이는 동시에 또 다른 현상으로 이어졌다. 농촌 지역의 젊은이들이 점점 더 어린 나이에 결혼하고 있다는 것이다. 많은 가족들은 자녀에게 무슨 일이 일어날까 봐 걱정하며, 또한 자녀가 타지에서 혼자 연애를 할까 걱정했다. 외지에 있는 남자아이나 여자아이에 대해 얘기하면, 앞으로 친척집에 가는 것이 번거로울 뿐만 아니라, 만일 갈등이 생기면 조정하기 어렵고 이혼하기 매우 쉬웠다. 마을에는 몇몇 이혼한 젊은 부부가 있는데 모두 장거리 결혼을 했고, 부부 싸움을 벌여 곧바로 이혼했다. 각자 자기 집으로 돌아가 상의할 여지가 거의 없었다. 이러한 상황에 직면한 부모들은 일반적으로 자녀가 외지로 일하러 가기 전에 사방팔방의 친척과 친구들에게 부탁해 좋은 결혼 대상을 찾고, 약혼하고, 서둘러 결혼시킨 다음 둘이 함께 외지로 일하러 가게 했다. 두 사람의 감정이 맞는지, 성격이 맞는지는 전혀 고려되지 않는다. 이웃 마을의 사촌언니의 아들은 장시성에서 오일펌프를 수리할 때 장시성의 여자아이와 연애를 했다. 이 소식을 접한 사촌언니는 직접 장시성으로 달려가 아들을 데려왔다. 반드시 집에서 약혼을 하고 결혼을 하고

난 후 다시 그를 내보내겠다고 했다. 춘절 때 아주 멋지게 차려입은 사촌언니의 아들을 만났는데 그는 나에게 얘기를 들려줬다. 그는 장시성의 그 여자아이를 무척 좋아했지만 어머니의 고집이 너무 세서 어쩔 수 없었다고 했다. 하지만 그는 어머니의 결정도 이해했다. 결국 모든 것은 현실적인 문제이기 때문이었다. 사촌언니는 아들을 위해 결혼 약속을 잡았다. 상대는 강 건너에 사는 여자였다. 사촌언니는 그 여자가 성격도 좋고 외모도 좋다고 말했다. 사촌언니의 아들은 장시의 그 여자아이를 잊어버리기로 결심하고 춘절에 결혼한 후 아내를 데리고 다른 곳을 찾아 오일펌프 수리하는 일을 계속했다.

농사는 세금이 면제되지만 아버지의 계산에 따르면 농사로 인해 세금은 내지 않아도 비료, 종자, 인건비가 계속 오르고 있다고 했다. 일 년 농사를 지어도 이것저것 떼고 나면 남는 게 없었다. 이 때문에 외지에서 일하다 고향에 와서 농사를 짓는 열정도 결코 높지 않았다. 기쁨도 잠시일 뿐이었다.

오빠의 진료소에는 오전 내내 한 명의 방문객도 없었다. 다른 두 방을 수리하고 있어서 그러냐고 물었더니 새언니는 웃으며 "아니요, 항상 사람이 없어요."라고 말했다. 농촌에 합작의료제도[1]

---

1 후진타오 정부 시기인 2003년에 도입된 신형농촌합작의료제도(新型農村合作制度)를 말한다. 의료보험이 열악한 농촌사람들에게 정부가 의료보험료를 보장해 농민들이 기본적인 의료보장 혜택을 받을 수 있도록 한 제도이다. 농민들은 적은 비용으로 의료보험에 가입해 많은 혜택을 받을 수 있어 대부분이 이 제도에 참가하고 있고 만족도도 높은 편이다.

를 실시한 이후 국가에서 의료비를 지원하게 되었는데, 농민들이 이런 농촌진료소에 오는 일은 거의 없었다. 연줄이 있는 사람들은 합작의료의 일부 사업을 자기 진료소에 가져와 겨우 지탱할 뿐이었다. 다른 진료소도 반폐쇄 상태에 있었고, 오빠와 같은 젊은 사람들은 이미 다른 탈출구를 찾고 있었다. 그러나 직접적인 피해를 입은 이들 집단도 크게 불만을 표시하지는 않았다. 왜냐하면 합작의료가 서민들에게 좋은 일이라는 사실을 그들 모두 알고 있었기 때문이다.

중국 농민들은 언제나 만족하며 그들에게 주어진 작은 혜택도 결코 잊지 않는다. 내가 몇 명의 노인들과 함께 합작의료, 면세, 보조금 등에 대해 얘기를 나누었을 때 그들은 이것이 역대 왕조에서 한 번도 일어난 적이 없는 일이라며 모두 매우 좋아했다. 한 노인은 "이제 아침저녁으로 손님처럼 옷을 입으며, 누더기도 없고, 말하고 행동하는 것이 다르다. 집에 앉아서 난징과 베이징, 국내외 일을 모두 이해한다. 모든 종류의 지식은 TV에서 배우고 볼 수 있다. 당연히 기쁘다."라고 말했다.

오빠네 집 문 앞은 아직도 공사 중이었고, 일꾼들도 마을 왕씨네 사람들이었다. 예전에 낯익은 얼굴들도 있어 매우 반가웠다. 몇 명의 여자가 있었는데 그 중 한 명은 그 당시 마을에서 가장 예쁜 며느리였다. 그녀는 둥근 얼굴, 검은 볼, 밝은 눈을 가지고 있었고 매우 활발했다. 그러나 그녀가 왕씨 집안으로 시집을 갔기 때문에 마을 사람들도 그다지 그녀에게 관심을 두지 않았다.

중국계 미국인 사회학자 옌윈샹(閻雲翔)의 『사생활의 변화 - 한 농촌마을의 사랑, 가족, 그리고 친밀 관계』를 보면, 저자는 사회학자들이 주로 하는 농촌 지역에 대한 구조적 조사를 피하고 대신에 농촌의 정서 문제에 대해 초점을 맞췄다. 이러한 관점을 통해 농촌의 가족 관계와 대인 관계의 변화를 살펴보고, 전통과 현대와의 내재적 연관성을 살폈다. 이것은 농촌사회학의 첫 번째 "내적으로의 전환(向內轉)"으로 농촌의 정서 생활의 미묘하고 풍부한 존재를 보여준 매우 계발(啓發)적 시도였다. 그러나 저자는 사회학자로서 여전히 전반적인 변화와 결론에 초점을 맞추고 있으며 통합적이고 체계적인 작업을 했다. 나는 문학자로서 이렇게 높은 수준의 결론을 내릴 능력이 부족해서 오히려 살아 있는 존재 하나하나에 집중하여 그들의 차이점과 개인의 감정, 그리고 그들이 이 시대에서 경험한 '그 사람'만의 희로애락을 발견하고 기술하고 싶었다.

잊혀진 사람들

비록 끔찍한 황폐함이 있었지만 마을 전체가 사람들에게 따뜻하고 편안한 느낌을 주었다. 마을은 변화하긴 했지만 시간과 속도가 없는 자유로운 변화이기도 했다. 그러므로 위기나 불안도 없었다. 마을 입구 나무 아래에서 몇몇 아줌마들이 포커를 치고 있었고, 어떤 이들은 손주를 데리고 나와 돌아다니며 수다를 떨고 있었다. 또 어떤 이들은 밭일을 하고 있었고, 어떤 젊은이들은 자기 일에 바빴다. 처음 시작할 때의 감정 설정(슬픔, 고통, 무력감)과 문제 설정(농촌의 쇠퇴)은 서서히 사라지거나 심지어 부정되기까지 했는데, 이곳에서는 이것들이 문제가 아니라 삶의 일부일 뿐이기 때문에 흡수되고 소화될 수 있었다.

나는 새 시를 짓기 위해 근심 걱정을 억누르는 듯한 기분이 들었고, 심지어는 일부러 흠을 잡으려는 뜻도 있었던 것 같았다. 그러나 그러한 분명한 느낌 뒤에는 말할 수 없는 혼란도 있었다. 더 중요한 질문도 있다. 내가 말하는 농촌 얘기, 개개인의 삶, 모순과 고통, 그들이 직면한 문제는 무엇을 반영하는가? 그들에게 고통을 준 것은 이 사회의 불공평인가, 아니면 다른 것인가? 왜인지는 모르겠지만, 이러한 삶과 생활 방식을 사회와 정부에만 쉽게 귀속시키고 싶지는 않았다. 그 안에는 정부뿐만 아니라 정부와 관련된 것보다 더 복잡하고 모호한 것들이 있다는 생각을 늘 갖고 있었다. 뿐만 아니라 전통, 문화, 도덕은 이 땅, 이 하늘, 이 광야와 관련되어 있으며 수천 년 동안 땅에 깊이 뿌리내린 민족의 삶과 밀접하게 연관되어 있었다. 그것은 일종의 비밀스런 코드였고 민족적 무의식이었다. 시대의 정치와 정책, 그에 따른 변화는 단면적일 뿐이고 일시적 충격일 뿐이었다. 이 강력한 외부 세력이 사라지면 모든 것이 과거로 돌아갈 수 있었다.

나의 관점은 이처럼 주저했고 불확실했다. 사물을 외부에서 보는 것과 내부에서 보는 것에는 항상 차이가 있다. 그리고 아래에서 보는 것과 위에서 보는 것도 전혀 다른 결과를 낳는다. 하층사회의 문제는 단순히 억압과 피억압의 문제가 아니라 문화 역량의 게임 과정이었다. 이것은 묘지에 살던 사람이 나에게 준 계시였다.

아마도 우리가 간과한 가장 중요한 문제는 정치에 대한 중국 농민의 무관심일 것이다. 농민의 눈에는 사회가 여전히 타인의 소유이지 자신은 사회에 속하지 않는다는 것이다. 모든 좋은 것과 나쁜 것은 단지 수동적인 수용일 뿐이었다. 그들은 주인공이 아닌 '구원받은 자'일 뿐이었다. 중국 농촌은 지리적 의미의 농촌일 뿐만 아니라 중국 사회와 문화 전체의 기본 특성이기도 하다. 중국의 작금의 현실에 비추어 볼 때, 정치적, 문화적 농민들은 여전히 사회적 부담으로 여겨지고 있으며 마치 커다란 짐으로 여겨지고 있다. 그들을 이 정치사회의 주체로 편입시키고 어떤 식으로든 정치생활에 참여할 수 있도록 하지 않는다면 농촌 문제는 해결될 수 없다고 생각한다.

좁은 들판 능선을 따라 천천히 걸어가는데, 멀리서 한 사람이 검은 비닐봉지를 손에 들고 주위를 둘러보며 걸어왔다. 쓰레기를 수집하는 사람임에 틀림없었다. 자세히 보니 이 사람은 옷을 아주 초라하게 입고 있었다. 흰색 저고리는 회흑색 검은 바지로 변해 있었고, 1980년대 유행했던 노란색 고무신을 신고 있었다. 쥔(軍) 오빠 아닌가요? 어떻게 떠돌이가 되었나요? 싱(興) 오빠, 쥔 오빠, 그리고 그 남동생의 이름은 잊어버렸다. 세 형제의 부모님은 어렸을 때 돌아가셨고 그들은 결혼도 하지 않은 채 길가에 있는 흙집에서 살았다. 싱 오빠는 퇴역군인이었다. 막냇동생은 매우 잘생기고 활동적이었다. 하지만 그는 나중에 도둑이 되어 일 년 내내 감옥에서 살았고 그곳에서 죽었다. 그가 어떻게 도둑이 되었는지, 물건을 훔치다가 어떻게 여자를 훔치게 되었는지에 관한 소문이 마을에 많이 남아 있었다. 마을에 살았던 두 형제는 모두 과묵했다. 겨울밤 어느 집에 가서 얘기를 나누더라도 나는 어두운 구석에 있는 구경꾼일 뿐이었고 그들이 말하는 것을 들어본 적이 없었다. 이후 낡은 집이 무너지면서 세 형제가 어떻게 됐는지 몰랐다. 나는 며칠 전에 싱 오빠를 만났고, 지금 다시 쥔 오빠를 만나고 나서 그들이 아직 마을에 있다는 것을 깨달았다.

나를 본 쥔 오빠의 눈빛이 잠시 빛이 나는 듯했으나 그는 이내 시선을 돌리더니 이상한 표정을 지었다. 나는 멈춰 서서 "쥔 오빠, 일찍 일어났네요."라고 말했다. 그는 말을 하려고 몇 번 중얼거렸지만 결국 아무 말도 하지 않았고 나를 보지도 않았는데 어색함을 감추기 위해 주위를 몇 번 두리번거렸다. 그는 걸음걸이를 멈추지 않고 나를 지나쳐 갔다. 나는 그가 왜 강한 낯선 느낌을 가지고 있는지, 우리와 무관하고, 잘 아는 사람들과 무관하고, 마을과도 무관하게, 마치 자신을 은폐하려고 하는지 이상하게 생각했다.

한 마을, 한 생활 집단에 그렇게 잊혀진 사람들이 얼마나 될까? 나는 설날에 완후(萬虎)네 집에서 보았던 장면을 떠올렸다. 춘절 이튿날 정오에 완후는 국수 한 그릇을 들고 있었는데, 국수에는 채소 하나 없이 하얗고 그 위에 간 두 조각이 올려져 있었다. 그것이 신년의 음식이었다. 부엌은 난장판이었다. 한때 똑똑하고 아름다웠던 아내는 여름에 우물의 찬물로 목욕하다 뇌 손상을 입었다. 아내가 부뚜막 뒤에 앉아서는 그릇이 떨어진 줄도 모르고 나를 빤히 쳐다보았다. 완후의 두 아이는 찬바람에 얼굴이 빨갰고, 걸치고 있는 옷은 언제 빨았는지 알 수 없을 정도였다. 그들은 마당에 있는 작은 의자에 앉아 국수를 후루룩 마시고 있었다. 완후에게 아내의 병세가 어떠냐고 물었더니 여러 곳에서 치료를 받았지만 돈이 떨어져서 치료를 중단했다고 했다. 칭후(淸虎)는 여전히 말을 조금 더듬었고 갑갑해 얼굴을 붉혔다. 나는 한참 동안이나 얘기를 듣고 나서야 그가 마을 벽돌공장에서 일하며 한 달에 수백 위안을 벌었지만 그 돈으로 며느리의 약값을 대기에는 턱없이 부족하다는 사실을 알았다. 내가 "합작의료가 있지 않나요?", "이제 농촌에서도 진료비를 지원받을 수 있지 않나요?"라고 물었다. 그는 조금 막막하고 이해가 안 되는 듯 고개를 저었다. 나는 완후 부인과 같은 질병은 급여가 적용되지 않는 만성질환이어서 입원하지 않으면 급여가 어렵다는 사실을 알았다. 명확하게 말조차 할 수 없는 완후가 어떤 권리를 위해 싸우는 것은 어려운 일이었다. 물론 우리 정부는 그들을 돕기 위해 주동적으로 나서지는 않을 것이다.

이렇게 잊혀진 사람들이 얼마나 될까? 샤오주(小柱), 칭리, 장꺼다, 쿤성… 그리고 당숙의 큰아들로 어렸을 익사한 완산(萬善)이 있다. 그는 살아 있었다면 이제 50대쯤 되었을 것이다. 그는 일 년 내내 돌아다니다가 가끔 마을에 들어오곤 했고 항상 담을 따라 어느 집에 들어가 구석에 쪼그리고 앉아 있었다. 사람들에게 인사할 때는 매우 정중했고 정상적이었다. 그런 다음 그는 몇 마디를 하

고 나서 손으로 귀를 비빈 후 표준 중국어를 사용하여 "띠. 띠. 띠
~ 중앙인민방송국입니다. 지금부터 방송을 시작하겠습니다."라고
말했다. 그러고 나면 사람들은 그에게 돈 몇 푼을 주었다. 수십 년
동안 그가 매일 밤 어디서 잠을 잤는지는 미스터리였다. 오빠에게
물었더니 그는 "어디일까? 밀짚더미, 가마, 들판, 어디든 그의 땅
이었다."라고 말했다.

그리고 극단에서 재주를 부리던 소녀들이 있었다. 극단 사람들
은 이 여자아이들을 데리고 마을 곳곳을 돌아다니며 바람이 불지
않는 곳을 골라 징을 치면서 공연을 시작했다. '찰칵'하는 소리와
함께 어린 소녀의 팔이 떨어져 나간 국수처럼 축 늘어져 있었고,
나른하게 부는 바람에 흔들리며 계속 늘어져 있었다. 소녀의 머리
는 들어올릴 수 없는 것처럼 항상 낮게 놓여 있었다. 때로는 효과
를 표현하기 위해 어린 소녀에게 팔을 흔들어 팔과 몸이 실제로 두
부분임을 보여 달라고 요청했다. 그 기이한 떨림과 힘없는 팔은 사
람들에게 잊을 수 없는 감동을 선사했다. 공연이 끝난 후 어른들
은 어린 소녀를 각자의 집으로 데려가 곡식을 줄 수 있을 만큼 거
두어 주었다.

그들은 모두 어디로 갔을까?

샤오주는 어디에 묻혀 있을까? 그의 네 살배기 딸은 어디에 있을
까? 그의 존재를 기억하는 사람이 있을까? 그가 존재했던 적은 있
나? 참 활기차고 건강한 생명이었다. 샤오주는 나와 같은 해에 태
어났다. 어렸을 때 우리는 같은 해에 태어났기 때문에 가장 친한

친구여서 유난히 친했던 것 같다. 내가 일곱 살인가 여덟 살이었을 때, 마을 사람이 너희 둘 중에 누가 더 나이가 많으냐고 물으면 나는 "당연히 제가 많지요. 저는 10월이고 저 친구는 4월이니 제가 많습니까, 아니면 저 친구가 많습니까?"라고 말했다. 이것은 나의 우스갯거리가 되었다. 샤오주 엄마는 마을에서 우리 둘이 있는 것을 볼 때마다 웃으면서 이 얘기를 꺼냈다.

내가 샤오주를 마지막으로 본 것은 약 13, 4년 전 춘절 기간이었다. 춘절 첫날 아침, 우리 마을의 모든 가족, 특히 량 씨 집안사람들은 서로 음식을 나누었다. 샤오주가 우리집에 음식을 가져온 것은 아침 9시를 지나서였다. 나는 음식을 가져온 사람이 샤오주인 걸 보고 너무 기뻐서 도망가지 말고 그냥 우리집에서 함께 밥을 먹자 했다. 그는 잠시 머물렀다. 그 당시 우리는 겨우 스무 살이었다. 그는 키가 1미터 80센티미터 정도로 아주 멋져 보였고, 시골 사람답지 않게 쾌활한 성격을 갖고 있었다. 외지로 나간 지 몇 년이 되더니 좀 더 도시적인 느낌이 났고 엄청 기품이 있어 보였다. 그는 열여섯 살이 되던 해에 도시로 일하러 나갔다. 베이징에서는 경비원, 전기 용접공, 주물공장의 주물공, 건설현장의 잡부로 일했다. 그해에 그는 막 칭다오에 있는 한 액세서리 공장에 도착해서 춘절 전에 돌아와 결혼을 하고, 춘절 닷새 뒤에 떠날 준비를 했다.

샤오주가 언제 병에 걸렸는지 아무도 모른다. 그는 그 액세서리 공장에서 10년 동안 일했고 재작년에 피를 토하기 시작했다. 그는 거의 두 달 동안 읍내 병원에 입원했다. 출혈은 멈추지 않았고, 원인도 찾을 수 없었다. 최근 몇 달간은 다발성 장기부전을 앓으며 계속 피를 토했다. 결국 코와 입에서 피가 났다. 잔기침만 해도 피가 뿜어져 나와 불쾌한 악취가 집안을 가득 채웠다. 처음에는 형제자매들이 적극 나서서 돈을 모아 도왔으나 희망이 보이지 않자 형제자매들은 돈을 어떻게 낼지를 두고 많은 갈등을 겪었다. 샤오주가 죽기 전에 그들은 모두 일하던 도시로 돌아갔다. 샤오주가 죽은 후 그의 아내는 딸을 데리고 다른 곳으로 시집을 갔다. 이듬해 샤오주의 어머니는 위암 진단을 받고 곧 사망했다.

 량쫭 마을에서 외지로 일하러 나가는 사람들 중에는 오일펌프 수리나 전문대를 졸업하고 회사에서 기술직으로 일하는 몇몇 사람을 제외하면 대부분 건설 노동자, 액세서리 공장 노동자, 삼륜차 운전사, 플라스틱 고온작업장의 노동자, 주물공장의 노동자였다. 자오 아주머니의 두 아들은 플라스틱 고온작업장에 일했고 같은 마을의 청년들도 몇 명 데리고 갔다. 그의 여동생에 따르면 환경이 너무 나빠서 종종 어지럽고 구토를 느꼈다고 한다. 그러나 그들 사이에 필연적인 연관성이 있다고 생각하는 사람은 아무도 없었다. 설사 그것을 알더라도 문제가 자신들의 머리에 있지 않은 한, 그것들은 아주 멀리 있다고 생각했다. 왜냐하면 그들이 하는 일과 환경이 중국에서 최악은 아니기 때문이었다.

 어린 시절 친구들이었던 칭리(清麗), 동샹(冬香), 뒤쯔(多子) 소녀들은 모두 어디로 갔을까? 그들의 삶은 어떠할까? 그들은 집에서 고군분투하며 일 년 중 그 며칠을 기다리는 춘메이와 같을까? 행복한 날은 며칠밖에 없었고, 그 부부는 다시 헤어졌다. 왕씨네 한 여자아이는 10대 때부터 거의 20년 동안 가족과 연락을 하지 않았다. 그녀는 살아 있을까, 아니면 도시의 어두운 구석에 묻혀 있을까? 그러나 농촌의 아픔과 슬픔은 늘 따뜻함과 끈기를 동시에 담고 있기에 영원한 희망의 빛도 설핏 비추었다. 오째 할머니, 쯔 숙모, 자오 아주머니와 그녀의 자녀들처럼 아무리 고통스럽고 불평하고 다투더라도 그들 뒤에는 가족의 애정과 이해가 있었다.

채소를 재배하는 한씨 노부부를 길에서 만났다. 나는 줄곧 이름이 무엇인지, 한씨와 량씨의 항렬이 어떻게 되는지 알 수 없었다. 아버지는 산시성 홍둥현에서 이주해 온 조상 때부터 시작해야한다고 말씀하셨다. 어쨌든 나는 이 노부부가 일흔이 넘었지만 나와 항렬이 같아 그를 오라버니라고 불렀다. 70대 초반의 그는 허리를 거의 90도 굽힌 채 장대에 채소 두 광주리를 짊어지고 떨면서 그 길을 걷고 있었다. 그의 아내도 채소를 잔뜩 들고 뒤를 따라가며 몸을 떨었다. 하지만 분명히 그들은 아직 건강했다. 그들은 밭에서 일을 했으며 노동으로 생활비를 벌었다.

그래, 아직 생기가 있었다. 그날 한 당숙모가 나를 찾아왔다. 그녀는 남편과 함께 10년 동안 베이징에서 야채를 팔았고 시골에 집을 지었고 저축한 돈도 있었다. 나와 대화하는 동안 그녀는 표준 중국어를 사용했고, 의지가 강했다. 큰 문제를 얘기할 때마다 자신의 의견을 표현하려고 최선을 다했다. 나는 그녀가 도시 사람들이 몇 푼 안 되는 돈을 가지고 시시콜콜 따진다며 그들을 경멸한다는 것을 알았다. 비록 나는 그녀의 잘난 체하는 태도가 마음에 들지는 않았지만 도시 생활과 삶에 대한 만족감이 그녀에게 자신감을 주었다는 것을 인정하지 않을 수 없었다. 그날 나는 읍내로 시집간 마을의 한 아가씨 집에 저녁을 먹으러 갔다. 그리고 그녀의 집에 있는 모던한 가구와 그녀의 현대적인 생활 방식에 충격을 받았다. 완전한 도시 생활 방식은 돈이 농촌 생활에 미친 큰 영향을 보여줬다.

그러나 도시의 농민공들은 영원한 이방인이었다. 고향으로 돌아온 당숙모는 자신감 넘치고 활기찼지만, 도시에서는 수많은 농촌 이주노동자 중 한 명이었고, 청과물시장의 서투른 채소장수일 뿐이었다. 나의 사촌오빠는 베이징의 한 건설 현장에서 노동자로 일했다. 그가 우리집에 올 때마다 나는 그런 침묵과 무기력한 표정에 충격을 받을 때가 많았다. 실제로 그는 고등학교를 졸업했고 똑똑하고 말주변이 좋고 머리가 좋아 마을에서 똑똑하기로 유명했다. 그러나 도시에 서 그는 단지 생계를 유지하려고 노력하는 사람일 뿐이었다. 그의 감정, 지능, 삶은 도시와 어떠한 교집합도 일으키지 못했다.

소위 현대 사회에서는 농촌 사회에서 농민들이 형성한 사고습관, 언어양식, 생활양식이 전혀 유효하지 않다. 낯선 사람들로 구성된 현대 사회는 향토 사회의 관습으로 대처할 수 없다. 도시 구석구석에는 수천 명의 농민공이 있다. 그들의 옷은 초라하고, 표정은 이상하며, 그들의 동작은 어색하여 마치 물 밖으로 나온 물고기처럼 매우 아둔해 보인다. 그들은 그들의 시골집에서 얼마나 편안하고 활기차고 자연스러운지 누가 상상이나 할까?

재탄생

일반적으로 경제 불황은 문화적 혼란과 쇠퇴를 가져온다. 문화의 계승은 문화의 함의와 형태가 충분히 반영될 수 있도록 안정된 요소, 안정된 삶, 충분한 경제의 뒷받침이 필요하기 때문이다. 현대 중국 농촌에서는 정반대인 것 같다. 넓은 의미에서 농촌경제 전체와 농가 전체의 소득을 보면, 농촌경제는 부부가 함께 일해서 돈을 벌 수 있고, 나이가 들면 아이들도 도시에서 일할 수 있게 발전하고 있다. 일의 종류가 좋든 나쁘든 그냥 농작물을 키우는 것보다 훨씬 낫다. 그러나 문화는 그것이 개인의 정신적 측면이든 지식추구 방면이든 오히려 단절과 쇠퇴에 처해 있다. 국가의 이데올로기와 대부분의 지식인을 포함한 우리는 이러한 단절을 요약하고 설명하기 위해 항상 '전환'이라는 단어를 사용하지만 이 전환 뒤에 숨은 '블랙홀' 효과와 엄청난 파괴력을 무시한다. 여기서 내가 말하는 '문화'는 일부 전통적인 관념, 도덕, 관습을 지칭할 뿐만 아니라 현실의 문화 상태를 지칭하기도 한다.

량쫭 마을의 경우 전체적으로는 종족, 혈연 중심의 '마을'이 점차 희미해지고 소멸하며 경제 중심의 집결지로 바뀌고 있다. 마을의 큰 성씨로서 여전히 안정감과 주인의식은 남아 있지만, 그 느낌은 미미할 정도로 약화되었다. 이는 경제적 이익을 위해 일부 개발

된 지역에서 마을 씨족 권력이 부활하는 것과 반대되는 현상이다. 북부 내륙 마을에서는 씨족의 영향력이 경제적 이익을 가져오는 경우가 거의 없었다. 활용할 수 있는 지역 자원이 거의 없고 대부분의 마을 사람들이 생계를 위해 나가기 때문이다.

이와 동시에 마을 계획과 마을 가족 간의 내부 관계도 변화하고 있다. 부유한 사람들은 종종 마을의 좋은 위치에 거주하여 마을에 새로운 등급과 계층을 형성하고 있다. 씨족 가족 간의 관계는 매우 약한 경우가 많으며, 특히 신세대 가족 사이에서는 따로 외지로 일하러 나가고 춘절 기간 동안 함께 모였다. 그들은 선거, 도로 건설, 벽돌공장, 학교 건설과 같은 마을의 정치 및 공무에는 별로 관심이 없었다.

가족 내에서도 변화가 일어나고 있다. 부모가 자녀에게 일상생활을 통해 다양한 행동 규범을 가르치는 대신 조부모나 친척이 일을 해주고, 부모와 자녀의 관계는 금전적인 관계로 대체됐다. 마을 전체의 상징이었던 학교가 폐쇄되고 마을의 정신적 방향과 도덕적 규범이었던 덕망 높은 노인들이 돌아가시면서, 문화로서의 마을은 내부에서부터 궤멸되고 형식적인 마을만 남았다. 이 궤멸은 중국의 가장 작은 구조 단위가 근본적으로 파괴되었고 개체가 대지의 든든한 버팀목을 잃었다는 것을 의미한다.

마을이 붕괴되면서 농촌 사람들은 고향도 없고, 뿌리도 없고, 기억도 없고, 정신적인 인도도, 귀착지도 없게 되었다. 이는 아이들이 초기의 문화적 계몽, 말과 행동으로 가르침을 받을 기회, 따뜻하고 건강한 삶을 경험할 수 있는 기회를 상실했다는 것을 의미한다. 또한 민족적 성격의 독특한 개성과 독특한 자질이 사라지고 있음을 의미한다. 그들이 가장 기본적인 존재의 자리를 잃어버렸기 때문이다. 어떤 의미에서 마을은 국가의 자궁과 같다. 마을의 따뜻함, 영양, 전반적인 기능의 건강이 장래 어린이의 신체 건강, 정서적 풍요, 그리고 지혜의 수준을 결정한다.

수년간의 개혁개방을 거쳐 중국의 농촌 지역은 확실히 큰 발전을 이루었지만 전례 없는 많은 문제도 야기했다. 이러한 문제는 새로운 환경, 새로운 피가 되어 농촌 생활 전반에 심각한 영향을 미치고 있다. 이 모든 것을 다루기 위해 '전환'이라는 두 글자를 사용하지만 사실 충분하지 않다. '내부의 관점'에서 농촌에 들어서면 현대 개혁 과정에서 전통문명과 전통생활에 대한 부정적인 사고가 무한히 확장되고 정치화되었으며, 농촌에 대한 일반 대중과 지식인의 상상력도 대부분 이러한 생각과 다르지 않았다.

내가 이 문제에 관해 랑현현 당위원회 서기와 대화를 나누었을 때 그도 깊이 동감했다. 그는 내가 고향에 돌아와 한 달여 동안 시골집에서 머물고 있다는 것을 알고 나를 크게 칭찬하며 "이전에 학자들도 조사하러 왔지만 항상 3~5일 만에 떠나고 그런 다음 수만 단어의 문장을 썼어요. 이게 제대로 된 것일까요? 농촌의 현재 상황과 문제를 며칠 안에 명확하게 이해할 수 있을까요?"라고 말했다. 그는 비서를 나에게 보내 내가 전체 현 범위 내에서 마을을 방문해 시야를 넓히고, 각각의 층면에서 농촌의 전반적인 발전을 이해하도록 배려했다.

우리의 첫 번째 목적지는 ○○진(鎭)이었다. 이곳에는 1990년 대 초반에 시작해 전국으로 유명해진 향진 의류도매시장이 있으며 생산, 도매, 재판매가 하나로 연결되는 대규모 산업체인을 형성하고 있었다. 매년 홍보를 위해, 진정부에서는 수백만 위안을 들여 인기스타와 가수를 초대해 대형 문예 공연을 개최했다. 하지만 제품의 품질 저하와 모방품의 범람으로 인해 이 지역은 1995년 이후 서서히 쇠퇴했다. 2000년이 되자 이 지역 주민들조차 예전의 영광을 잊어버렸다.

향 당위원회 서기는 40세 정도의 퇴역군인이었는데 말이 간결하고 조리가 있었다. 그는 지역의 과거 영광을 회복하기 위해 의류시장을 대대적으로 개혁하고 있었다. 나는 그에게 "의류시장에 영향력이 컸는데 왜 쇠퇴했느냐?"라고 물었다. 그는 서슴없이 "관리자가 좋지 않습니다. 큰 시장이 되려면 서기도 상인이 되어야 하고 선진적인 관리와 경영마인드를 가져야 해요. 또한 상인들의 수준이 너무 낮고 제품의 품질에 대한 관심이 진짜 적어요."라고 말했다. 그는 사업을 4단계로 나눠 중점적으로 실시했다. 첫째 단계는 하수도, 전기, 도로 등을 포함한 거리 환경 개선이었다. 둘째 단계는 정부 행정업무의 효율성 향상이었다. 각 관련 부서를 차출하여 한곳에 집중함으로써 업체의 업무 수속을 단순화하는 것이었다. 셋째 단계는 핵심 브랜드와 핵심 기업을 집중적으로 육성하는 것이었다. 넷째 단계는 홍보를 확대하고 외자를 유치하는 것이었다.

진 당위원회 서기는 엄연한 사업가이자 실무가였다. 그는 우리를 데리고 한 스웨터 가공공장을 참관하게 했다. 이 회사는 홍콩 회사로 사장의 본적이 이 진(鎭)이었다. 그가 친척을 방문하러 고향에 왔을 때 투자 권유를 받아 여기에 공장을 차렸다. 공장은 단순하고 거대한 작업장이었으며 선풍기가 돌고 있었다. 기계가 울리고 여공들이 분주하게 움직이고 있었다. 언뜻 봐도 번창하는 모습이었다.

나는 공장 안에 있는 아이들에게 관심을 가지게 되었다. 한 여자의 발밑에는 아이가 누워있었고 꿍음 속에서 자고 있었다. 그 아이의 얼굴에는 하얀 솜털 부스러기가 떨어져 있었는데 매우 우스꽝스러워 보였다. 한 아이는 엄마 품에 매달려 젖을 빨고 있었고 엄마는 보자기로 아이를 감싸안고 두 손은 바쁘게 움직이고 있었다. 또한 기계 주위에는 숨바꼭질을 하는 아이들이 여럿 있었다. 공장주나 서기 모두 이 장면에 관심이 없는 것 같았다. 이런 장면은 향진에서는 매우 흔한 일이기 때문이었다. 더욱이 어머니가 고향을 떠나지 않고도 자녀를 데리고 마을과 고향 인근에서 일할 수 있는 자리를 찾기는 쉽지 않는 일이었다. 도시에서 일하기 위해 자녀를 고향에 맡기거나 아이를 임대주택에 묶어 두는 어머니들에 비하면 그녀들의 운명은 좋은 편이었다.

나는 공장장에게 "이거 위험하지 않나요? 해결할 무슨 방법이 없을까요?"라고 묻지 않을 수 없었다. 공장장은 위험하지는 않지만 규정에는 어긋난다는 점을 인정했다. 하지만 자녀를 데려오지 못하게 하면 그녀들은 일을 할 수 없게 될 수도 있다고 했다. 당위원회 서기는 재빨리 말을 이어받으며 지금 그런 아이들이 많아 공장에 유치원을 세울 계획이다. 이렇게 된다면 어머니들은 안심하고 일할 수 있고 자녀의 교육 문제도 해결할 수 있다고 했다. 서기의 생각은 놀라웠지만, 이것도 하나의 구상일 뿐이며, 누가 이런 경비를 낼 것인가도 반드시 고려해야 할 문제였다.

이 진의 당위원회 서기는 기층 간부들에 대한 나의 인식을 바꾸게 했다. 개인의 승진과 명예, 그리고 다른 어떤 것을 위해서라도 이렇게 진취적으로 일을 하고 싶어하는 간부들도 있다는 사실을 알았다. 객관적으로 그들은 대중을 위해 실질적인 일을 하고 있었다. 어쨌든 중국 농촌에 그런 간부들이 있다는 것은 행운이었다.

다음으로 우리는 마을 환경 개선을 실시한 몇 곳의 모범 향진을 방문했다. 이곳들은 랑현 남쪽에 있는 여러 향인데, 우리가 갔던 마을도 이 향의 모범 마을이었다. 현청 소재지부터 출발해 줄곧 평탄한 아스팔트 도로가 있었고, 도로 양쪽에는 현위원회 서기가 포플러경제를 발전시키기 위해 심은 싱싱하고 아름다운 미루나무가 사발만한 굵기로 자라고 있었다. 조금 더 멀리 나아가니 그곳은 넓디넓은 농경지가 펼쳐졌고 옥수수, 고구마, 수수 등이 푸르고 무성하게 자라고 있었다. 나는 마치 남방에 온 것 같은 느낌이 들었다. 모범마을에 도착했을 때 우리는 새로운 향촌계획이 완료되었음을 알게 됐다. 줄지어 늘어선 집들은 여전히 북방의 일반적인 가옥들이었지만 높낮이가 가지런하고 규격이 거의 같았다. 집 앞과 뒤는 황토진흙이 아니라 시멘트 바닥이었으며 통일된 하수구와 쓰레기통, 메탄가스탱크가 있었다. 메탄가스탱크는 최근 몇 년간 현에서 추진한 에너지 절약 프로젝트였다. 메탄가스탱크를 설치하는 사람은 누구나 전체 비용의 2/3을 정부 보조금으로 받았다.

우리는 그중 한 집에 들어갔다. 그 집에는 노부부가 살고 있었고 아들은 오랫동안 외지에 나가 일하고 있었다. 그들은 집에서 메탄가스를 생산하기 위해 돼지 두 마리도 키우고 있었다. 우리는 돼지 우리와 메탄가스탱크를 방문했는데 엄청난 냄새로 인해 숨쉬기가 어려웠다. 노부부에게 메탄가스 사용 상황에 관해 묻자 그들은 가스비와 연탄비는 확실히 절약되지만 여름에는 냄새가 너무 심하다고 말했다.

우리는 다시 다른 향의 한 별장촌에 갔다. 별장촌은 도로변에 있었는데 푸른 하늘과 흰 구름 아래의 그 풍경은 정말 아름다웠다. 이 별장촌은 향서기가 직접 추진한 프로젝트로 중국과 서양 스타일이 결합된 통일된 스타일, 붉은 벽돌과 흰색 벽, 돔형 아치, 침실, 거실, 주방, 욕실 등을 모두 갖추고 있었다. 그러나 농부의 실제 조건도 고려됐다. 예를 들어 지붕은 평평하게 만들었다. 농부들은 지붕에서 곡물을 말리는 데 익숙하기 때문이다. 마당에는 트랙터와 농업용 차량을 위한 차고가 있었다. 마침 몇몇 마을 사람들이 포커를 치고 있어서 별장촌 건설 상황에 대해 물었다. 별장촌은 향정부가 추진한 통일된 계획으로 커뮤니티 방식으로 건설되었으며 진료소, 홍보 게시판, 체육 시설 등 다양한 지원 시설을 모두 갖추고 있었다. 가장 눈에 띄는 변화는 도로였다. 예전에는 마을의 길이 비가 오면 진흙탕이 되어 걷기가 어려웠다. 어떤 곳은 트랙터도 지나갈 수 없을 정도로 가파르고 좁았다. 이제 도로는 넓고 평탄해졌으며, 모든 것이 현대화되었다.

대화를 나누면서 나는 모두의 의견을 물었다. 전반적으로 농민들은 무척 만족해했다. 통일감 있게 계획되었고 깨끗하고 자신의 땅과 원래 마을에서 멀지 않고 더욱이 도로변이라 장사 기회도 가질 수 있는데 누가 원하지 않겠냐는 태도였다. 그러나 모든 가족이 집을 지을 돈이 있는 것은 아니며, 모든 가족이 마을 밖으로 이사하려는 것도 아니었다. 그중 한 노인은 시무룩한 표정을 지으며 아무 말도 하지 않고 조용히 앉아 있었다. 그에게 가족 형편을 물어보니 그는 아들과 며느리 모두 밖에서 일을 하고 있는데 좋은 시절에는 1년에 1만 위안도 넘게 벌고 좋지 않을 때는 일자리도 찾지 못해 돈을 오히려 보태야 한다고 말했다. 이 집을 짓기 위해 가족이 저축한 수만 위안을 다 썼고, 다시 2만 위안 정도를 빌렸는데 앞으로도 4~5만 위안이 더 필요하다고 말했다. 그는 매우 우울했고 무엇을 해야 할지 몰랐다. 그는 마을에는 막 지어진 집도 있는데, 정부가 아무리 동원해도 옮기려 하지 않아서 새로운 마을과 오래된 마을이 동시에 공존해 오히려 더 많은 경작지를 점유하고 있다고 말했다.

정오에 향서기와 식사를 하였다. 그는 국제화된 향진을 건설하기 위해 읍내에 지은, 이도저도 아닌 유럽식 건물들은 모두 자기

덕분이라며 자기의 업적을 다소 과장하는 전형적인 관료였다. 별장촌은 적어도 농민들의 실제 요구를 고려하여 나중에 계획된 것이라고 했다. 별장촌에 대해 얘기할 때 그는 매우 자랑스러워했고 그것이 현내 표준이 됐다고 생각했다. 농민들이 만족해하는지, 그 세부적인 것들이 제대로 갖춰져 있는지, 예를 들어 수도관이나 가축 사육, 새 마을의 외부 부대 문제 등에 대해 묻자, "그것은 농민들 생각입니다. 너무 짧은 생각이에요. 결국 이익을 보는 사람들은 바로 그들입니다."라고 시큰둥하게 말했다.

몇몇 향 당위원회 서기들과 대화를 나눈 결과 나는 중앙정부가 농촌 지역에 대한 전면적인 자금지원 정책과 관리 정책을 가지고 있다는 것을 알게 되었다. 수리에는 농지 관개(灌漑)가 있는데, 구체적으로 우물 조성에 이르기까지 모두 전문적인 사업 자금이 있었다. 환경 방면에는 수질오염 관리, 생태 측량이 있었다. 최근 몇 년 동안 환경보호국의 업무 역량과 권력은 점점 더 커졌다. 이로 인해 퇀수이(湍水) 상류의 제지공장과 랑현의 대형 제지공장, 비료공장은 결국 폐쇄되었다.

국가에서는 농촌 발전에 점점 더 많은 관심을 기울이고 있으며 농촌에 적합한 길을 찾기 위해 열심히 노력해 왔다. 그러나 참으로 이상한 점은 농민들이 늘 소극적인 상태에 있었고, 실질적인 정치 참여 의식이 전혀 없었다는 점이다. 이것은 생각해 볼 가치가 있는 질문이다. 정부-촌간부-농민 3자 사이에는 항상 세 장의 막이 있으며 유기적인 통일성은 없었다. 현대 농촌 정책은 때로는 좋게, 때로는 나쁘게 끊임없이 변화하고 있으며, 그 속에서 농민들은 토지를 포함하여 실제로 자신에게 속한 것이 무엇인지 몰랐다. 농민들은 권리를 가져본 적이 없기 때문에 걱정할 일이 없다고 생각했다. 물론 국가가 조금 주면 좋지만, 안 줘도 당연하게 여겼다.

사라져가는 오래된 마을이 어떻게 재탄생할 수 있는지, 어떤 정신과 모습으로 재탄생을 이룰 수 있는지, 이것이 큰 문제였다.

문화찻집

각 마을을 방문하는 동안 나는 마을의 문화적 질을 향상시키기 위해 랑현에서 '문화찻집'이라는 문화 프로젝트를 추진하고 있다는 사실을 알게 되었다. 이것은 매우 흥미로운 일이며, 어떤 의미에서 '마을이 어떻게 다시 태어날 수 있는가'라는 문제에 대한 해결책이기도 했다.

문화찻집은 현과 향에서 추진하는 사업으로 개인이 계약을 맺고 자기 주택이나 마을의 주택을 활용하여 운영하는 방식이었다(건물을 새로 짓지는 않는다). 위탁받은 개인이 탁자, 의자, 차구(茶具)를 배치하고, 현(縣) 문화센터에서는 찻집에 배치할 책장과 도서 구입에 필요한 자금을 지원했다. 중앙에서 보급하는 '원격교육'의 수신기 등 기타 농촌의 공공 자원도 모두 찻집에 두었다. '원격교육'을 위한 텔레비전은 정부가 구매해줬고 내용은 무척 다양했다. 여기에는 각종 희곡, 홍콩과 대만, 그리고 국내 TV연속극, 그중 가장 중요한 것은 다양한 과학 및 교육 지식을 포괄하고 있었다. 이렇게 하면 농민들은 찻집에서 휴식을 취하고 담소를 나누고 차를 마실 수 있을 뿐만 아니라 책을 읽고 TV를 시청하며 대중과학 지식도 배울 수 있었다.

우리는 문화찻집 중 한 곳을 방문했다. 한여름 오후는 길고 더웠다. 마을에 들어서면 연못에서 목욕을 하고 있는 아이들이 멀리서 보였다. 가까이 가 보니 연못이란 게 시멘트로 만든 죽은 연못일 뿐이었다. 연못에는 계단이 여러 개 있어 깔끔해 보였지만 수면은 시커먼 오수에 기름기가 반짝였고 그 위에 더러운 것들이 덮여 있었다. 근처에는 옷을 빨고 있는 여성과 화학비료가 담긴 비닐포대가 있었다. 물은 위쪽 우물에서 끌어 들어왔다. 상부의 '연못개조' 사업(이것 또한 마을개조사업의 하나)에 맞추기 위한 것으로 보였다. 깨끗하게 유지하려면 물을 갈아줘야 하는데, 지어진 이후로 한 번도 물을 갈아준 적이 없는 것 같았다.

문화찻집은 바로 연못 옆에 있었다. 바로 옆에는 높고 넓은 무대가 하나 있었는데 이것은 새로 지은 연극용 무대였다. 찻집에 들어갔더니 몇 사람이 앉아 TV를 보고 있었는데 홍콩과 대만의 무협극인 것 같았다. 싸우고 죽이는 소리가 엄청 시끄러웠다. 뒷벽에는 두 개의 책장이 있었다. 그곳에는 두 명의 어린이가 책을 읽고 있었고, 한 중년의 농민도 열심히 책을 읽고 있었다. 그의 피부는 까무잡잡했고 표정은 어색했다. 반대편의 두 테이블에서는 마작을 하는 사람들이 있었다.

찻집 주인은 거의 일흔 살쯤 되어 보였는데, 걸을 때 약간 비틀거렸고, 머리도 약간 흔들거렸고, 허리는 이미 굽어 있었다. 내가 그의 나이를 물으니 그는 고작 쉰여섯이었다. 이런 수준의 노화는 시골 남자라도 지금은 흔하지 않은 일이었다.

차 한 잔을 끓인 후 우리는 자리에 앉았다. 얘기를 나누다가 지금은 찻집 주인이 두 손자와 함께 살고 있다는 사실을 알게 되었다. 그의 아들은 다른 향의 변전소에서 일하고, 며느리는 외지에서 일하고 있었다. 두 아이는 그가 있는 곳에 남았는데, 한 명은 일곱 살이었고 나머지 한 명은 세 살이었다. 아들과 며느리는 반년 동안 돌아오지 않았다. 원래 큰아이는 여름방학 때 아빠 집에 가기로 했으나 아빠의 회사 일이 너무 바빠 야간 근무를 해야 했기 때문에 가지 않았다. 찻집의 수입은 차 판매와 마작에서 나왔다. 손님은 차 한 잔에 1위안을 지불하고 물을 다시 채우는 데 비용이 들지 않았다. 마작 테이블 사용료는 오후에 10위안이었고 차는 무료였다. 오전과 오후에 테이블이 3~4개만 차도 이문은 남았다.

2시간 30분 동안 찻집에 머물렀던 중년 농부는 거의 움직이지 않은 채 독서에 집중했다. 4시 30분쯤에 그는 일어나서 책장에 책을 올려놓고 자전거를 밖으로 밀고 갔다. 자전거 뒤에 있는 바구니에는 괭이와 낫이 있었다. 나는 그가 읽고 있었던 책인 『사조영웅전: 射雕英雄傳』[2]을 찾기 위해 그가 책을 보관한 곳으로 갔다. 그곳에는 십 대 두 명이 잠시 책을 읽거나 TV를 보다가 떠났다. TV

---

2 진융(金庸)의 대표적인 무협소설의 하나이다.

에서는 채널이 바뀌지 않은 채 홍콩과 대만 드라마를 방영했다. 그 테이블에서 마작을 하는 사람들은 계속해서 놀고 있었다. 중간에 오고가는 사람들이 있었지만 책을 읽는 사람은 많지 않았고 대부분 마작을 하는 곳에서 잠시 서 있었다. 실제로 학생들이 시험을 위해 공부해야 하는 교과서와 국영(國營) 신화서점에서 나온 책들을 제외하면 독서의 질은 말할 것도 없고 전체적으로 개인의 독서가 극도로 위축된 상태였다. 한때 우진(吳鎭)에 있는 서점을 세어 봤는데 모두 4곳이었다. 그중 한 곳은 주로 DVD를 취급하고 있었으며 그 중 3분의 2는 홍콩 영화였다. 전통 희극과 중국 영화는 거의 없었다. 나머지 3개 서점은 문을 닫을 위기에 처해 있었다. 그 중 하나가 '희망서점'이라 불리는 서점이었다. 무협소설은 매장의 세 벽을 가득 차지하고 있었는데, 짙은 빨간색과 녹색 색상으로 조잡한 해적판이었다. 한 벽은 동화책과 학용품으로 가득 차 있었으며, 구석에는 현대 소설, 외국 문학, 자기계발서, 관계(官界) 흑막 등과 같은 책이 여러 층에 있었다. 송시와 당시, 기타 고전적인 책은 없었다. 책을 빌리러 온 사람들은 대부분 동네 중학교, 고등학교 학생들이었고, 읍내 주민들도 소수였다. 손님 대부분은 곧바로 무협소설을 보러 간다고 가게 주인은 말했다. 그럼에도 불구하고 장사는 점점 더 안 좋아지고 있다고 했다. 그 이유 중 하나는 최근 몇 년간 우진 중학교와 고등학교에서 학생들의 외출을 통제해 주말 오후에 한두 시간만 허용되기 때문이었다. 더욱이 학생들은 쉬는 시간을 거의 온라인게임을 하며 보내기 때문에 책을 거의 읽지 않는다고 했다. 남다른 학생이 딱 한 명 있었는데, 고등학교 1학년 남학생으로 격주로 와서 중국소설이나 수필을 빌려가서 읽었다고 했다. 『백록원: 白鹿原』³, 『위성: 圍城』⁴과 같은 책도 그가 모두 빌려갔다고 한다. 가게 주인과 얘기를 나누다가 우연히 읍내에 개인 장서가가 있다는 것을 알게 되었다. 나이 든 사립학교 교사인 그는 집에 수천 권의 책을 보유하고 있었으며 그중 상당 부분이 실로 제본되어 있다고 했다. 그 말을 듣고 너무 흥분해서 나는 그 장서가와 그의 책들을 직접 찾아가보고 싶어서 가게 주인에게 물어봤다. 결과는 매우 실망스러웠다. 그 장서가는 일 년 전에 세상을 떠났고 아들은 그의 책을 전부 폐품으로 팔았다고 했다. 그리고 아들은 아버지의 책방을 세 개의 방으로 나눠 철물점을 시작했다고 했다.

우리는 다시 마을 공연장을 보러 나왔다. 무대는 높고 넓었으며 시멘트로 만들어져 있었다. 주위는 철근으로 둘러싸여 있었고 천장은 석면 타일과 철골로 이루어져 있었다. 촌서기에게 비용이 얼마인지 물으니 1만 위안 정도 될 것이라고 했다. 몇몇 촌서기들이 이렇게 말하는 것을 보니 이것이 실제 비용인 것 같았다. 촌서기는 무대가 실용적이지 않다고 생각했고, 건립 이후 두 편의 연극이 공연되었다고 했다. 정식 극단이나 민간단체를 초청하려면 돈이 필

---

3 소설가 천종스(陳忠實)의 대표 작품. 산시(陝西) 지역을 배경으로 바이(白) 씨와 루(鹿) 씨 가족의 얘기를 다뤘다. 1997년에 마오둔(茅盾)문학상을 받았다.
4 소설가 첸중수(錢鍾書)의 대표적인 작품으로 1947년에 처음으로 상하이에서 출간됐다. 주로 항일전쟁시기 지식인의 세태에 대해 풍자해 인기를 끌었다.

요했다. 사나흘 공연에 드는 비용은 3천 위안으로 경제가 좋지 않은 중서부 마을에서는 큰 비용이었다. 요즘은 집집마다 TV가 있고 심지어 저녁 시간의 TV연속극도 다 보지 못해 사람들은 아예 밖으로 나오기를 싫어한다고 했다. 게다가 마을에는 사람도 많지 않아 공연을 보러 오는 사람은 더욱 적었다. 다만 마을 내 경조사가 있을 때 이 무대에서 영화가 상영되어 옛날 밀타작마당 자리를 대신했다. 촌서기는 이곳에서 프로그램을 잘 편성해 연극을 공연하고 영화를 상연하고 주변에 노점상을 배치하면 사방 곳곳에서 사람들이 몰려와 무척 북적거릴 거라 말했다. 마을 사람들은 한 차례 행사를 조직한 적이 있었다. 그런데 너무 힘이 들었다. 누가 이런 한가한 일에 관여할 시간이 있을까?

현청 소재지로 돌아와 나는 친구들와 문화찻집에 대해 얘기했는데 그 친구는 웃으면서 읍내에 문화찻집이 꽤 있는데 대부분이 마작 찻집이라고 말했다. 일부 문화찻집은 책도 필요치 않으며 인증서를 받아 마작을 할 수 있는 합법적인 장소를 제공하고 있다고 했다. 랑현에서는 마작이 전 지역에서 이루어지고 있는 활동이었다. 정부 간부든, 일반 직원이든, 자영업자이든 거의 모두 마작 애호가들이며 고정적인 멤버가 있었다. 점심 식사 후 특별히 바쁜 일이 없으면 서로 약속을 잡고 곧바로 고정된 장소에 가서 오후부터 저녁 12시 무렵까지 마작을 했다. 날마다 이와 같았다. 나는 랑현뿐만 아니라 중국 현의 절반 이상은 이와 같다고 생각했다.

현위원회 서기와 문화찻집과 연극용 무대에 대해 얘기할 때, 그

는 이 무대와 정부의 지원, 민간의 참여를 활용하여 농촌 문화의
질을 기필코 향상시키기를 희망했다. 농촌이 받아들일 수 있는 방
식으로 문화적 분위기를 강화하여 마을 사람들에게 영향력을 행
사하길 희망했다. 또한 전통희극, 허난성 지방극, 사자춤 등 일부
전통문화 형식이 복원되었다. 그러나 실행의 관점에서 볼 때, 이러
한 시책은 이상과는 거리가 멀었으며 마을 주민과 시민들의 반향
을 얻지 못했다. 어떤 의미에서는 오히려 나쁜 습성을 조장하기도
했다. 간부 입장에서 보면, 촌서기, 향간부, 관리책임자들은 이를
업무 지표로만 여기고 실제로 관리하거나 감독하지 않았다. 국가
의 일부 문화 대중화 시책은 실제로 성과를 거두지 못했다. 칭다오
오빠가 얘기한 것처럼 원격교육을 위해 주민에게 TV를 주면 주민
은 그걸 마을위원회에 반납하고 자신은 예전처럼 지낸다고 했다.
몇몇 행정촌에서는 마을에 심지어 컴퓨터실이 있고 몇 대는 인터
넷도 가능했다. 또한 훈련실에는 재봉틀도 몇 대도 있고 도서관에
는 책도 적지 않게 있지만 모두 예외 없이 먼지만 가득 쌓여 있다
고 한다. 우리가 마을에 참관하러 갈 때면 촌서기는 급히 열쇠관리
인을 불러왔는데 그들은 밭에서 일하고 있거나 읍내에 일을 보러
갔기 때문에 한참을 기다리곤 했다. 마을 사람들은 이처럼 번거롭
기 때문에 책을 빌리려 하지 않았다. 이 모든 것이 원래의 아름다
운 구상을 공허하게 만들었다.

농촌의 일부 읍내에는 민요극단이 있는데, 그들은 자주 경조사
에 초대되어 옛날 민요를 불렀다. 그러나 이것을 문화 회귀라고 할

수는 없으며, 진정한 '문화 회귀'는 단지 형식적인 것만을 의미하는 것이 아니라 중국의 전통문화, 생활 방식, 관습, 도덕적 가치 등을 총체적으로 재고하고 새로운 생명력을 부여해야 한다. 그러나 이 모든 것은 매우 어렵다. 문화는 불과 수십 년 만에 파멸적 타격을 입을 수 있으며, 이것을 다시 회복하기는 매우 어려운 일이다. 하물며 이것은 강력한 근대화의 소용돌이에 처해 있다.

문화찻집의 마작 소리에 귀 기울이며, 텅 빈 무대 위로 스쳐가는 적막한 공기를 회상하며, 그리고 수억 명의 소년들이 어쩔 줄 몰라 하는 막막한 눈빛을 떠올린다. 내가 본 것은 한 민족의 문화, 생활의 퇴폐, 그리고 돌이킬 수 없는 쇠퇴였다.

안녕, 나의 고향!

나는 어머니께 작별 인사를 하기 위해 혼자 묘지를 찾았다. 어쨌든 시골이 사람들에게 오래되고 깊은 향수와 같은 감정을 불러일으키는 이유는 그것이 들판, 산천, 하천과 자연스럽게 연결되어 있기 때문이다. 그것은 인간의 시선을 광활하고 풍부한 자연으로, 무한히 펼쳐진 하늘로 이끌어 각자 영혼의 근원과 귀착점에 대해 생각하게 한다.

대지는 언제나 영원하다. 어머니 무덤에서 멀리 바라보면 왼쪽에는 푸른 들판, 끝없는 평탄함, 작고 신선하며 생기가 넘치는 작물들, 회청색의 어두운 하늘이었고 하늘 끝에는 따스하고 붉은 노을이 펼쳐졌다. 오른쪽 아래를 내려다보니 넓은 강비탈로 숲이 울창했고, 분홍빛 갈퀴덩굴이 나무 꼭대기에서 끊임없이 기복을 이루며 바람에 춤을 추는 것이 마치 요정의 춤과 같았다. 그리고 수림을 둘러싸고 옅은 안개가 뭉게뭉게 피어오르고 있었다. 왠지 모르겠지만 그 순간 나는 어머니와 함께 있다는 생각이 들었다. 어머니는 이 대지에 누워 있고 당신의 딸은 당신의 영혼과 정신으로 이 대지를 느끼고 있었다. 따스함이 마음속으로 서서히 들어왔다. 그래, 엄마, 엄마를 보러 제가 왔어요. 찾아뵙는 날이 점점 줄어들긴 했지만 이쪽 땅을 생각할 때마다, 이쪽 땅에 당신이 누워 있는 묘지가 있다고 생각할 때마다, 우리는 마음이 통하고 당신이 언제나 우리를 지켜보고 있다고 생각했어요.

어렸을 때 어머니를 잃는 것은 영원히 말할 수 없는 고통이었다. 침대에 누워 학교에 가는 우리를 보며 '아, 아' 하는 울음소리만 낼 뿐인 어머니를 생각하면 눈물을 주체할 수 없었다. 그것은 행동도 언어도 잃은 어머니의 절망이었다. 어머니는 당신의 사랑을 표현할 길이 없었다. 또한 이 가정에 깊은 재난을 가져다 준 것에 대해 미안하게 생각했다. 이 울음소리는 마치 오랜 그림자처럼 나를 따라다녔다. 나의 연약함, 열등감, 예민함, 내성적인 것은 모두 여기에서 비롯됐다.

나는 어머니께서 유골함에 있다는 것을 상상할 수 없었다. 특히, 내가 어머니의 무덤 앞에 있을 때는 더욱 그랬다. 만약 이런 상징적인 무덤이 없다면, 어머니께서 땅속에 누워계시지 않는다면, 어머니께서 여전히 나를 지켜볼 수 있을지, 내가 어머니와 마음이 이렇게 잘 통하는지 생각이나 할 수 있을까. 집에 중요한 일이 있을 때마다 나는 여기로 와서 종이를 태우고 절을 한 다음 무덤 옆에 앉아 어머니와 수다를 떨곤 했다. 어렸을 때 오빠가 아버지와 말다툼을 하다가 밤늦게 칼을 들고 묘지로 뛰어나가 나도 오빠의 뒤를 따라갔는데 마음이 몹시 두려웠다. 그것은 오빠가 죽을까 봐 두려운 게 아니라 가족에게 끔찍한 일이 일어났다는 사실을 어머니가 알게 될까 봐 두려웠다. 그 순간 나는 정말 시간이 영원히 멈추기를 바랐다. 나는 아직도 어머니 앞에서만 느낄 수 있는 오빠의 울부짖음, 쉰 목소리, 그 억울함을 기억한다. 오빠는 어머니의 무덤 앞에 누워 뒹굴며 얘기를 나누었는데, 마치 어머니가 자신의 외롭고 불쌍한 영혼을 안아주고 위로해 주기를 바라는 듯했다. 이번에 집에 돌아온 뒤에야 아버지의 수술이 성공했다는 소식을 들었고, 언니들이 어머니의 묘소로 가서 그 사실을 알렸다. 이런 큰 일은 반드시 어머니께 알려야 진정한 격식에 도달했다고 할 수 있다.

　이런 오래된 추모 방식은 과연 옛말이 될 것인가? 남방에서 온 친구가 고향에서 가족을 추모하는 방법에 대해 얘기해 준 것이 기억난다. 청명절 기간 동안 가족들은 아침에 일어나서 먹을 것과 마실 것을 가지고 가족 산소에 가서 종이를 태우고, 폭죽을 터뜨리고, 절을 하고, 그 후 거기서 먹고, 얘기하고, 포커를 치고, 하루종일 머물다가 어두워진 후에야 돌아간다고 한다. 이런 얘기를 들을 때 마음이 말로 표현할 수 없을 만큼 감동적이고 따뜻하며 애틋했다. 사랑하는 사람과 하루종일 함께 지내며 마치 그 자리에 있는 것처럼 추모하는 것이 얼마나 따뜻하고 자연스러운 일인가. 농촌에서 매장으로 얼마나 많은 땅이 낭비되고 있는지 알 수 없지만, 정말로 그러한 문화적 관습을 강제적인 방법으로 잃게 된다면 그것 또한 민족심리와 민족성에 해를 끼칠 것이다.

시골은 단순히 개조되는 것이 아니라 유지할 수 있는 것이 많다. 우리는 그 속에서 사랑, 선함, 순후함, 소박함, 가족애 등 한 민족의 깊은 정을 볼 수 있기 때문이다. 그것을 잃으면, 실로 많은 것을 잃을 것이다. 아마도 이 완고한 농촌과 농민의 근성, 민족의 자성(自性), 그 독특한 생명 방식과 감정 방식은 어느 정도 보존될 것이다.

계몽가와 발전론자의 눈에는 이것이 농민의 나쁜 근성이며, 농민이 새로운 생활 방식과 문화 방식을 받아들이려 하지 않는 후진성의 표현이라고 말한다. 우리와 같이 소위 권력과 지식을 가진 사람들의 사고에 문제가 생긴 것은 아닐까? 우리는 우리 민족에 대한 자신감이 너무 없어서 모든 것을 뿌리째 뽑고 싶어 한다. 우리는 어느 학자가 "현대화는 고전적 의미의 비극이며, 그것이 가져다주는 모든 이익은 인류에게 여전히 가치 있는 다른 것에 대한 대가를 요구한다"는 말을 잊고 산다.

왜 그런지 모르겠지만, 앞으로 점점 더 적게 고향을 찾을 것 같은 느낌이 들었다. 고향이 내 마음속에 추억의 방식으로 존재할 때 돌아오고 싶은 욕망은 강렬해지고 고향에 대한 사랑도 완성된다. 요 몇 달 동안 심층적인 분석과 발굴을 통해 고향은 이미 내 마음속에서 그 원래의 모습을 완전히 잃었다는 것을 깨달았다. 사랑과 아픔이 더 이상 신비롭지 않았고 다시 돌아올 의욕과 동기가 사라졌다. 어쩌면 내 공리(功利)가 고향에 대한 신성한 감정을 파괴하고 모독했을지도 모른다. 오째 할머니와 샤오주와 고향 사람들에 대한 내 감정은 더 이상 순수하지 않았다.

안녕, 나의 고향.
　안녕히 계세요, 어머니. 당신이 여기에 계시는 한 저는 다시 돌아올게요. 내 생명이 멈추는 그 순간까지.

후기

나는 종종 내가 농촌에서 성장했으며 가정이 가난하고 고난이 많았다는 것이 행운이라고 생각합니다. 그로 인해 나는 짙은 먼지 속에 감춰진 농촌 생활의 내재된 진실과 모순에 대해 더 깊은 이해를 할 수 있었습니다. 이러한 진실과 모순은 일반 방문객은 알 수 없는 것들입니다. 그것은 비밀번호와 유사합니다. 이 마을에서 태어난 사람만이, 마을의 길, 연못, 들판에 익숙하고, 마을 어귀의 청석판을 날마다 걷고 그 위에서 발을 수없이 삐끗한 사람만이 느낄 수 있습니다. 또한, 한 문학인에게 대지, 나무, 하천을 가졌던 어린 시절은 비할 데 없는 행운이었고, 그로 인해 생명은 더욱 넓고, 예민하고, 날카로우며, 더욱 풍부하고 심원하였습니다. 고향 길을 밟을 때마다 마을 어귀의 그 우아한 회화나무가 생각납니다. 봄이면 늘 흰 꽃이 피어나는 집 앞의 나이 든 대추나무, 그리고 보라색 꽃이 가득한 소태나무, 산들바람에 실려 오던 고향처럼 아득하고 향기로운 그 냄새가 생각납니다. 어린 시절 매일 학교를 오가던 마을 뒤편의 긴 강기슭이 생각납니다. 비 온 뒤 도랑과 하천이 가득한 대지가 생각납니다. 그 짙푸른 곡식, 축축하고 맑은 공기, 그 기억은 언제나 나를 행복하게 합니다. 인문학자로서 나는 중국 농촌에 대한 감성적 이해를 가지고 있습니다. 그 두터운 자연적 축적은 사람의 정신적 세계에서 가장 귀중한 부분입니다. 그것은 어떤 문제를 생각하는 데 있어 기본 출발점이 되고, 그것은 나의 세계관 속에 있는 토지와 광대한 요소를 결정합니다. 이것이 우리 마을이 나에게 준 재산입니다. 나는 그것을 평생 누릴 것입니다.

마을에 진정으로 들어서고야 나는 이곳이 아직도 척박한 땅이라는 걸 깨달았습니다. 생활이 세계화되고 TV, 인터넷, 온갖 정보가 가장 빠른 속도로 이곳에 도착했지만, 정신적으로는 여전히 빈곤합니다. 농촌과 현대 간의 관계는 여전히 멉니다. 아마도 현대가 모두 좋은 것은 아니며, 모두 이 대지에 적응할 것인지도 모른다는 당혹감이 계속되었습니다. 설마 중국의 농촌은 유럽처럼 점차 도시화되고 풍경화되어야 하는 것은 아니겠죠? 설마 농촌은 반드시 세계화의 패턴에 따라 발전해야 하는 것은 아니겠지요? 왜 이러한 '숙인식(熟人式)', '가원식(家園式)'의 향토 문화 모델은 꼭 '낯섦', '개인화'의 도시 문화 모델로 대체되어야 합니까? 우리가 현대성을 얘기할 때, 너무 절대화하는 것은 아닐까요? 이 땅의 근성(根性)을 고려한 것일까요? 어쩌면 이 근성이 우리 민족을 뿌리 깊고 무성하게 만들 수 있지 않을까요?

오래된 농촌 모델, 촌락 문화, 생존 방식은 실제로 엄청난 변화를 겪고 있습니다. 이런 의미에서 향토중국은 점차 종말을 맞이하고 있습니다. 그러나 내 생각에는 이 결론은 면밀히 조사할 가치가 있으며 경계(警戒)가 필요하다고 생각됩니다. 성장하고 변화하는 문화를 현실로 여기고 거기서부터 새로운 탈출구를 찾기 시작할 때 우리가 무시하는 것은 무엇입니까? 아직도 이 문화 속에 있는 사람들입니다. 그들의 감정, 사상, 생존 방식이 완전히 이 전환을 따라 변화한 것은 아닙니다. 오히려 그들은 여전히 전통적인 모델로 돌아가고 싶어 할 것입니다. 왜냐하면 거기에는 그들의 정서적 의지, 친숙한 것, 신뢰할 수 있는 습관이 있기 때문입니다. 이러한 욕망은 반드시 퇴보적이며 고려될 필요가 없는 것일까요? 그것은 여전히 합리성을 가지고 있지 않을까요? 그것을 간과하면 우리는 어떤 오해에 빠질까요?

농민이 마을을 떠나지 않고 도시로 들어가 빈민이나 밑바닥으로 전락하지 않고 그들의 조상들이 살았던 곳에서도 행복하고 단란하며 현대적이고 주인공 같은 삶을 살아갈 수 있는 가능성은 없을까요? 아니면 그들이 도시에서 공개적으로 생활 공간을 얻을 수 있고, 부부가 함께 살고, 아이들이 학교에 다닐 수 있으며, 도시주민에게는 이미 가장 기본적인 생활 조건인 사회보장, 의료보험, 주택보조금 등을 그들이 누릴 수 있는 그 날은 아직도 요원한가요?

여전히 고향에 살고 있는 나의 가족들, 아버지, 언니, 형부, 오빠, 숙모, 여동생, 제부께 감사드립니다. 이 책을 이분들에게 바칩니다.

그들이 문학과 내가 하는 일에 대해 표했던 열정, 지식에 대한 존중은 이 민족이 아직도 자신감을 잃지 않고 문화와 사고에 대한 열망을 잃지 않고 있음을 느끼게 했습니다.

아버지는 아픈 몸을 이끌고 나를 따라다니셨고, 나와 함께 여러 집에 다니며 얘기를 나눴습니다. 아버지는 내가 대화에 참여하기 어려운 부분을 예리하게 알아차리고 주도적으로 분위기를 조절하고, 많은 세부 사항을 설계하고 실마리를 이끌어 내셨습니다.

큰언니는 의리 있게 나를 따라와 주었습니다. 그녀는 쾌활하고 열정적이어서 마을 사람들과의 자연스러운 어울림에 나도 금방 분위기에 녹아들었습니다. 큰언니는 열일곱 살 때부터 엄마를 대신해 보통 사람들이 상상할 수 없는 고난과 고통을 겪으며 우리를 키웠고 여섯 남매가 가정을 이루고 생활 터전을 잡는데 헌신했습니다. 그녀가 있어야 우리의 마음은 안정되었습니다.

셋째 언니는 어머니가 편찮으시자 학교를 자퇴하고 10년 넘게 우리를 학교에 보내고 집에서 어머니를 돌보고 우리를 위해 밥을 짓고 빨래를 했습니다. 그 결과 그녀는 심각한 류마티스 관절염과 영양실조에 시달렸고 몇 년 동안 구부정하게 걷는 수밖에 없었습니다. 한동안 우리는 언제든지 삶과 죽음이 분리된 느낌을 받으며 살아왔습니다. 하지만 생명은 이처럼 강인합니다. 셋째 언니는 여전히 마른 체형으로 질병을 앓고 있었지만 늘 낙관적으로 대처했고 매일 운동하러 나가며 온 가족이 함께 운동하도록 강요합니다. 그녀는 여전히 우리집의 기둥입니다.

내 여동생은 최선을 다해 우리 아들을 돌봐주어서 내가 충분한 시간을 가지고 돌아다니며 얘기를 나눌 수 있었습니다. 나는 여동생이 이 마을의 모든 얘기에 익숙하기 때문에, 그녀의 마음속에는 나와 함께 하기를 바라고 있다는 것을 압니다. 마을에 대한 나의 많은 이해는 모두 그녀가 먼저 전화로 생생하게 묘사한 것에서 비롯되었습니다. 만약 그녀가 문학에 종사했다면, 이 언니는 틀림없이 열등감을 느끼며 자탄했을 겁니다.

나의 오빠, 우리 다섯 자매가 사랑하는 오빠, 그를 생각하면 우리 마음은 말할 수 없는 기쁨과 사랑으로 충만합니다. 단지 그가 우리 자매 중 유일한 남자이기 때문일까요? 암튼 명확하게 설명할 수는 없지만 검은 얼굴에 작은 눈, 넓은 어깨를 갖고 있으면서도 온화하고 점잖으며 사랑과 결혼을 세심하게 아껴주는 오빠는 나와 내 여동생의 마음속 미남입니다.

둘째 언니는 형부와 함께 돌아다니고, 애교를 부리고, 열심히 일한 끝에 마침내 나와 함께 마을로 돌아올 수 있었습니다. 그녀는 여전히 낭만적인 꿈으로 가득 찬 문학청년이지만 하루종일 고철더미와 마주하고 있습니다. 마을과 강으로 돌아온 그녀는 어린 아이처럼 들떠 있었습니다. 내가 오빠 집에 도착했을 때 그녀는 오후 내내 거기 앉아 포커를 치며 저녁까지 떠나지 않았습니다. 정말 즐거웠고, 정말 진실했습니다.

그리고 나의 아들. 기차에서 내렸을 때, 읍내에는 막 비가 내렸고 승강장은 약간 진흙투성이였습니다. 세 살하고 두 달 된 아들은 땅에 발을 대지 않으려고 했고, "너무 더러워!"라며 울었습니다. 나는 우리를 마중나온 친척들을 보면서 조금 부끄러운 생각이 들어 아들을 크게 나무랐습니다. 며칠이 지나자 진흙은 그가 가장 좋아하는 것이 되었습니다. 한여름 정오에 밖에 나가면 현기증을 느꼈지만 그는 여전히 태양 아래서 햇볕을 쬐며 집에 들어오지 않으려고 했습니다. 두 달 만에 그는 뽀얀 피부의 꼬마에서 까맣고 씩씩한 청년으로 변했습니다. 그는 친구들과 함께 집 앞뒤 골목에서 흙을 파고 개미를 잡았고, 그리고선 땀을 뻘뻘 흘리고 얼굴을 붉힌 채 물을 달라고 달려갔고, 물을 다 마시기도 전에 다시 뛰쳐나갔습니다. 나는 건강하고, 땅과 햇빛, 식물과 직접적으로 연결된 그의 모습이 정말 마음에 들었습니다. 나는 또한 그에게 대자연에 대한 접근권을 준 것이 기뻤습니다. 겨울에 다시 한 번 돌아왔을 때, 그는 이미 물속의 물고기처럼 그의 사촌형과 놀면서 즐거운 시간을 보냈습니다. 그는 파괴할 수 있는 모든 것을 파괴했고, 푹죽놀이는 한동안 그가 가장 집착한 '작업'이었습니다.

나의 남편께 감사드립니다. 농촌에 대한 그의 지식과 농촌 문제에 대한 깊은 이해는 나에게 많은 영감을 주었습니다. 2009년 춘절 기간에 그와 나는 그의 휴가와 나의 겨울방학을 이용하여 아들과 함께 고향으로 돌아왔습니다. 그는 책의 구조와 틀에 관해 나에게 유익한 조언을 많이 해주었습니다.

글을 쓰는 과정에서 나는 많은 친구들에게 내 생각을 얘기했고, 그들은 모두 다양한 정도로 좋은 제안을 해주었습니다. 이에 진심으로 감사드립니다.

부록 • 힘겨운 '귀환'

2012년 11월 중순, 나는 드디어 『출량좡기: 出梁庄記』를 탈고했다. 계속되던 압박감이 갑자기 풀려서 나는 내가 생각했던 것처럼 즐겁고 상쾌할 줄 알았다. 그러나 그렇지 않았다. 작은 서재에 틀어박혀, 나는 책을 읽고 싶지도, 생각하고 싶지도 않았다. 이 작은 서재는 20개월 동안 나와 함께 했고, 서재를 가져본 적이 없는 나에게 보기 드물게 조용하고 독립적이며 내성적인 생활을 누릴 수 있게 해주었다. 계속되는 출장으로 인해 창턱의 대나무 화분은 종종 녹색에서 누렇게 변했고 다시 누렇게 시든 대나무는 노란색에서 녹색으로 바뀌기도 했다. 매일 아침 서재에 와서 가장 먼저 하는 일은 대나무의 가지마다 물을 가늘게 뿌려 그 줄기의 녹색이 다시 위로 올라가는지 관찰하는 것이었다. 그러나 이번에는 아무리 물을 주어도 마른 줄기는 다시 돌아오지 않았다.

"나는 결국 량좡을 떠날 것이다." 나는 강박증에 걸린 것처럼 이 말을 마음속으로 계속 반복했다. 가끔 당황해서 고개를 들어 주위를 둘러보면 내가 속삭인 게 아닌가 하는 생각이 들 때가 있었다.

그것은 이미 마음속으로 너무 오랫동안 얘기해서 언제부터 시작했는지 모른다. 어쩌면 다시 량쫭에 간 첫날부터, 다시 량쫭의 시커먼 연못과 무너진 옛집, 노쇠한 숙모를 본 이후부터, 시안에 있는 육촌오빠의 칠흑 같은 변소, 검은 눈동자에 고인 란쯔(蘭子)의 눈물, 전기도금공장의 짙은 안개를 도시에서 하나씩 찾고, 만나고, 볼 때부터였다. 이 말은 멜로디처럼 반복되면서 음량이 커졌고, 결국 하나의 커다란 감탄사로 '량쫭'의 마지막을 장식했다.

나는 이 말이 현실이 될까봐 두려웠고, 이 필연적 결과에 저항하려는 듯 2012년 11월 말에 다시 랑현으로 돌아갔다. 매일 아침 퇀수이(湍水)천을 따라 하류, 상류 주변 마을을 산책했다. 아무런 목적도 없이 나는 그저 천천히 걸었다. 퇀수이의 광활한 습지 위에, 풍부하고 잡다한 수생식물들이 물 위에 떠 있는 끝없는 미로처럼 얽히고 설키고 또 얽혀 퍼져 나갔다. 그것을 밟는 것은 마치 빈 공간을 걷는 것과 같았고, 한 걸음 한 걸음 걸을 때마다 두려움을 느꼈다.

안개가 마을을 뒤덮었다. 늦가을 아침은 춥고 습했고, 나무줄기와 가지는 습기로 인해 검어지고 시들었다. 밤에 떨어진 낙엽은 아침 이슬에 계속 젖어 있었고 사람들에게 밟혀 잘게 부서지고 빻아져 견디기 어려웠다. 붉은 벽돌과 흰 벽이 있는 높은 집이든, 푸른 타일과 진흙 벽이 있는 낮은 집이든, 문에 쌓인 진흙모래이든, 밟혀서 하얗게 변한 작은 길이든, 천천히 걷는 사람이든, 무심히 톺아보는 사람이든 모두 이 회색 안개에 갇혔다. 마치 모든 것이 여전히 원시적이고 문명의 손길이 닿지 않는, 수정되지 않은 세계의 일부인 것 같았다.

하지만 꼭 그렇지만은 않았다. 이른 아침의 고요함 속에 저 멀리 작은 돌다리 위로 자동차, 세발자전거, 자전거가 소리 없이 지나가는 모습이 보였다. 다리 끝 고기 선반 위에는 싱싱한 분홍색 고기가 걸려 있었고 이른 햇살에 살짝 빛이 나고 있었다. 노점 주인은 칼을 들어 올렸다 내렸다를 한 후 능숙하게 포장을 했고 그런 후 한 사람이 고기가 든 자루를 들고 서둘러 떠났다. 삶은 이처럼 낡으면서도 또 새로운 것이며, 영원히 존재하고 영원히 흘러지나간다. 그러나 슬프지 않았고 막연한 희망마저 있었다.

그래, 나는 량좡을 떠나지 않을 것이다. 비록 육체적으로나 행동적으로는 곧 떠날 예정이거나 이미 떠났지만 말이다. 나는 내 미래의 길을 분명히 보고 있으며, 량좡과 나 사이는 다시 차단될 것이다. 혹은 나는 진정으로 량좡에 들어간 적이 없었다. 내가 말하는 것은 그것의 구조와 운명이다.

량좡과 량좡의 생명은 도대체 어떤 모습인가? 나와 량좡, 량좡과 나는 도대체 어떤 관계인가? 나는 왜 다시 돌아왔나? 내가 진정으로 돌아온 것인가? 끊임없이 량좡으로 '귀환'하는 과정에서 나는 지난 세기부터 '나', 심지어 '우리'가 량좡으로부터 끊임없이 벗어나서 량좡을 건설하려고 노력해 왔다는 사실을 점차 깨닫게 되었다. 그 삶, 역사, 이미지는 모두 다양한 도장으로 찍혀 있으며 시대의 '풍경'의 기본 요소가 되었다.

나는 이 글의 작성을 량쫭으로 돌아가 나 자신을 되돌아보는 기회로 삼았다.

1. 황량하고 완고한 삶

다른 공간에 비해 필연적인 '귀환'과 '떠남'이기 때문에 고향으로의 '귀환'은 사실상 과거를 되돌아보며 오랫동안 숨겨왔던 삶과 혈연의 단서를 찾는 일이기도 했다. 그것들은 현재의 형태와 얽혀 소위 고향의 '현실'을 형성한다. 루쉰이 "푸르고 노란 하늘 아래, 멀리 가로놓인 몇 개의 삭막하고 황량한 마을"을 보았을 때, 그가 본 것은 고향의 현실만이 아니라, 과거로부터 투사되어 온 '풍경'이었다. 이 '풍경'에는 어린 시절의 추억, 가족의 쇠퇴, 산웨이(三味)서점, 바이차오위안(百草園), 할아버지, 어머니, 형제들이 겹쳐져 그의 마음속에 함께 드러나며, 그의 눈앞에 있는 '마을'은 이러한 내부 장면을 구체화할 뿐이었다. '내'가 '루진(魯鎭)'을 보기 전에도 작가의 마음속에는 이 광활한 풍경이 이미 존재하고 있었다고 할 수 있다. 이는 고향에 돌아온 사람이라면 누구나 갖고 있는 초월적인 풍경이다. '량쫭'은 추억, 오래된 집, 가족의 경험 등 기존의 것에서 파생된 다중적 실체이다.

내가 떠나지 않았다면 량쫭의 변화를 보고 그렇게 충격을 받지 않았을 것이다. 내가 량쫭 마을에 가지 않았다면 계속되는 마을의 폐허, 연못의 소멸, 죽음의 냄새, 량쫭 초등학교가 량쫭에 가져온 정신적 붕괴는 물론 퇀수이에 괴물처럼 도사리고 있는 모래 준설선을 보지 않았을 것이다. 량짱 사람들에게 그것은 날마다, 매년 조금씩 무너져 내리고 있었다.

그 낡은 집은 그저 황량하고 버려진 집이 아니라 나의 성장과 감정과 삶이 모두 담겨 있는 곳이었다. 그것을 보면 생각나는 것은 환한 웃음과 오랜 울음과 다툼, 그리고 어둠속에서 오랫동안 침묵을 지켰던 어머니였다. 그 작은 부엌은 뜻밖에도 무척 작고 낮아 두 사람이 들어가면 몸을 돌릴 수 없을 정도였다. 나는 아직도 나와 여동생, 오빠, 셋째 언니와 함께 희미한 등유램프 아래서 부뚜막을 둘러싸고 밥이 다 될 때까지 기다렸던 기쁨을 기억한다. 하지만 누가 등유를 솥에 쏟았는지 아직도 알지 못한다. 이렇게 우리는 반대편에서 완고하게 밥그릇을 집어 들었다. 무너진 옛 촌서기의 집 안뜰 담장을 지나갈 때마다 나는 여전히 설명할 수 없는 긴장감을 느꼈다. 등불처럼 큰 눈을 가진 이 늙은 촌서기와 그의 집은 내 어린 시절과 청소년기에 나에게 가장 직접적인 압력이었다.

묘지 뒤편 강변에 혼자 사는 그 가족이 아직도 그 자리에 있었다. 그러나 어리숙했던 아내는 세상을 떠났고, 큰딸도 시집을 갔다. 고열에 몸도 움직이지 못하고, 영양실조도 심했던 작은딸은 이제 얼굴이 붉어지고 수줍은 미소를 띠고 있었다. 말이 없었던 노인은 세상에서 추방되기로 마음먹은 듯했고, 헝클어진 백발은 머리 꼭대기에서 헝클어져 있었다. 그는 마치 괴팍하고 말을 잃은 노인 같았다.

2012년 10월, 「인민문학」 잡지의 편집장이자 평론가인 스잔쥔

(施戰軍) 선생을 한 모임에서 만났다. 당시 그는 『중국 속의 량좡 마을: 梁庄在中國』(「인민문학」 12期에 수록한 후 단행본 『출량좡 기: 出梁庄記』로 출판)의 최종 심의를 하고 있었다. 자연스럽게 우리는 그것에 대해 얘기했다. 그는 나에게 "책에 죽음이 그렇게 많이 나온다는 걸 인식한 적이 있나요?"라고 말했다. 나는 그 전에는 '량좡'에서 '죽음'이 이토록 평범한 풍경이고 숨겨진 구조라는 사실을 깨닫지도, 더욱이 발견하지도 못했다.

실제로 초반부에는 '쥔(軍) 오빠의 죽음'과 '광허(光河)의 죽음'이 있었고, 7장의 '셴성(賢生)의 장례', '진(金)의 천리 시신 운송', 8장의 '샤오주(小柱)의 죽음'과 '무명의 죽음'이 있었다. 결말인 량좡의 춘절에도 '늙은 당위원의 죽음'과 우진(吳鎭)의 신화 속에 전해지는 '의사(義士) 거우궈천(勾國臣)의 죽음'이 있었다.

죽음은 이렇게 임의적이고 빽빽한 것이 마치 먼지 같았다. 생명은 허약하게 자라다가 소리 없이 사라져 버리고, 슬픔도 통곡도 기쁨도 작은 행복도 모두 블랙홀처럼 대지로 흡수되었다. 나는 대지의 온전함, 혼돈, 드넓은 자연 등 대지의 느낌에 대해, 그 안에 사는 사람들(농민뿐만 아니라)의 평범한 삶에 대해서도 쓰고 싶었다. 당신은 대지의 일부일 뿐이다. 인간의 생명은 그것보다 높지 않았다. 적어도 그것은 자연의 평범한 나무와 평범한 산줄기보다 높지 않았고 영원히 흐르는 강물과 넓은 계곡보다 더 높지 않았다. 그러나 먼지는 먼지로 돌아가고 흙은 흙으로 돌아간다. 죽음은 무(無)를 향해 가는 것이 아니라, 오히려 서글프지만 현실적인 귀착점이다. 그렇다. 떨어지는 나뭇잎처럼 새벽이슬이 한 방울 한 방울씩 그것을 때려 진흙탕과 부드러운 땅으로 돌아가게 한다. 떨어지는 모든 나뭇잎은 떨어지면서 하늘과 땅의 가장 큰 법칙 중 하나를 이행한다. 그것은 항상 조용하고 차분하게 진행된다. 량쫭은 매일 새벽에 일어나 황혼이 되면 잠에 든다. 시간은 멈췄다가 다시 멀리 나간다.

그러나 지구만 있고, 인간 삶의 보편적 배경만 있고, 사회, 문명, 제도, 가족, 사랑, 이별 등 모든 종류의 죽음을 형성하는 실제 요인이 없다면, 생명의 존재 양태와 그 내부의 복잡성과 차이성은 다시 가려질 것이다.

흙먼지가 날리고, 농민들이 대규모로 이주하고, 떠돌아다니고, 흩어진다 해도, 설사 그들은 '가는 도중에 죽더'라도 '젖과 꿀이 흐르는 땅'을 찾아야만 했다. 이것은 확실히 『출애굽기』의 의미가 있었다. 그러나 '량쫭을 떠난다'는 것은 아이러니한 존재가 되는 것이었다. 그들은 '젖과 꿀'을 찾지 못하고 땅끝과 그늘진 곳에서 분투하고 방황하고 멸시를 받고 잊혀지고 쫓겨나고 가난 속에 갇혔다. 그들에게 율법시대는 아직 요원했다. 그들은 여전히 버려진 백성이었다.

나는 '보편'과 '현실' 사이의 결합, 서사적 관점과 실존적 관점의 결합을 찾고자 했다. 인간의 보편적인 배경만을 강조하는 것은 개인의 삶의 존재에 불공평하며, 그 안에 존재하는 풍부하고 미묘하며 독특한 존재를 추상화하고 무시하게 된다. 같은 죽음이더라도 그 정신과 형태는 제각각이다.

그래서 나는 대지에 서서, 문명과 삶의 내부로 돌아가서 땅 위의 움직이는 검은 점들, 즉, '사람'이 어떻게 이동하고, 어떻게 허리를 굽히고, 몸을 굽히는지에 시선을 돌렸고, 어떻게 눈앞의 산처럼 먼 길을 생각하는지, 어떻게 과로와 행복에 갇히는가가 『출량좡기』의 가장 기본적인 임무이자 나의 조그마한 야심이었다.

'량좡'으로 돌아갔다. 량좡의 '죽음'은 무엇을 의미할까? 단 며칠 만에 '쥔 오빠의 죽음'은 이미 '가십'이 되어 량좡의 언어로 침전되었고, 현실은 역사가 되었다. 쥔 오빠는 이미 잊혀진 사람이 되었다. 량좡의 도덕성, 양심, 감정은 혼란스럽고 잔인했지만 묘하게 관대하고 관용적이기도 했다. 거지가 되기 직전의 칭리(清立)처럼 그는 량좡의 가장자리를 홀로 걸었으며 버림받기도 했고 안도의 한숨을 쉬기도 했다. 죽은 광허처럼 그는 '자녀들의 목숨으로 산 집'이라고 비난 받는 집에 누워 식사를 거부하고 있었는데, 이때 량좡 사람들은 그들이 광허를 경멸했다는 사실을 오랫동안 잊어버렸다. 만약 당신이 계몽주의자라면 량좡 사람들을 비난할 것이고, 만약 당신이 생존의 법칙을 강조하는 자연주의자라면 량좡 사람들의 풍부한 포용성과 성장성을 설명할 수 없고, 만약 당신이 개성주의자라면 당신은 그들이 너무 불평등해 삶에만 관심이 있고 죽음에는 관심이 없다고 말할 것이다. 나는 감히 판단하지 않겠다. 나는 혼란과 망설임으로 눈앞의 량좡을 바라볼 수밖에 없었고 그 중 가장 미묘한 논리와 곁가지를 그리려고 노력했다. 혹은 그것은 우리의 이 생존 공동체가 공유하는 논리이자 곁가지이기도 하다.

왜 셴성(賢生)의 장례식을 량좡에서 치러야 할까? 내 둘째 숙모이자 그의 뚱뚱한 어머니는 왜 아들의 관이 묻혀 있는 들판에서 슬프게 울었을까? 그녀는 혼자 울고 있었다. 그녀는 '자재가 없어' 조상의 집을 팔아버려 아들이 '돌아올 집'을 잃게 만들었다고 울었고, '진(金)'의 시신처럼 수천 리 먼 곳에서 마을로 돌아와 시신이 변형되고 냄새가 나고 더 이상 시신이 아니더라도 그녀는 앞으로 의지할 곳 없는 외로운 넋일 수밖에 없어 울었다. 여기에서 량좡은 더 이상 특정 '량좡'이 아니라 '집', '귀속', '존재'와 같은 본원적인 단어를 가진 상징이며 인간의 가장 기본적인 정신적 요구였다.

한편, 샤오하이(小海)와 같은 다단계 판매자의 경우 그의 이익 추구는 당연하지만 짝퉁을 파는 천연덕스럽게 파는 모습은 우리 시대의 문제 때문이라는 것을 깨닫게 한다. 샤오하이의 삶은 법적 무지의 삶이며, 샤오하이는 그것을 가장 적나라하게 표현할 뿐이다.

그것은 도시와 농촌의 관계, 농민과 도시민의 관계, 현대와 전통의 관계만이 아니라, 이러한 관계의 총합이 량좡의 삶을 구성하고 궁극적으로 그 정신적이고 물질적인 형태를 형성한다. 나는 『량좡 마을 속의 중국』이나 『출량좡기』를 이슈화 하고 싶지 않으며, 특별히 독자들이 그 복잡한 면을 이해할 수 있기를 바란다. 이 책들은 백성을 구하는 텍스트가 아니라 일종의 탐구와 발굴, 모색이며 이 책들을 통해 확실한 결론을 내리기보다는 현실의 복합성과 정신의 다차원성을 보여주려고 노력했다.

내가 찾으려고 하는 것은 '량좡'의 구조이며, 그것이 자신을 포함해 도시, 시대정신, 그리고 동시대의 삶과 어떻게 얽혀 있는지였다. 일부 독자들은 『출량좡기』를 2013년 '노동 6서(書)'에 포함시켰는데, 이는 매우 흥미로웠다. 하지만 나는 『출량좡기』가 단순히 '농민공'의 삶을 다룬 작품이라고는 생각하지 않는다. 내가 더 주목하는 것은 량좡에서의 삶의 원천, 미래뿐만 아니라 역사, 과거, 그리고 이 역사와 과거가 그들의 실제 삶에 미치는 영향이었다. 나는 량좡의 도시 진출 농민과 량좡의 관계, 그리고 그들의 정체성과 존엄성과 가치의식의 근원에 주목했으며, 이를 통해 농민과 우리와 같은 생존 공동체에 있어서 마을과 전통의 의미를 탐구하고자 했다. 나는 이것이 『출량좡기』의 내부 구조라고 생각한다. 이러한 내적 구조가 없다면 『출량좡기』는 반복되는 시공감과 역사성을 결여할 것이다.

나는 '량좡' 안의 세세한 부분, 찰나의 수줍음, 무지무도한 솔직함, 순간의 사나움, 물러설 수 없는 부끄러움, 석연치 않은 '무신분감', 그 미간 사이의 요원한 '광활함'을 중시했다. 나는 이러한 '한필(閑筆)'을 좋아한다. 그들은 여름 폭풍우 이후의 식물처럼 황량한 량좡의 풍경과 더불어 황량한 방식으로 끈질긴 생명력을 보여준다. 나는 이 세계의 내부, 풀들이 무성하고, 흙먼지가 날리고, 슬프고, 그리고 '생활의 동력'을 전달하고 싶었다. 어떤 삶이나 장면도 완전히 절망적이지 않다. 유기되다시피 했던 순진하고 둔하고 어린 검은 딸은 그런 어둠을 겪고도 여전히 성장하고 생기가 넘쳤다. 산다는 것은 일종의 대결이다.

2. '만들어진' 량좡

그러나 그다지 확실하지는 않은 것 같다. 내가 『출량좡기』의 시작 부분에 '쥔 오빠의 죽음'을 쓸 때, 수정을 거듭하는 과정에서 나는 갑자기 루쉰의 어조를 의도적으로 모방하고 있다는 것을 잠시 깨달았다. 그렇게 멀고, 약간 애틋하고, 약간 연민을 가지고 있는 것은 마치 오래되고 굳어진 혼령을 묘사하는 것 같았다. 나는 당황했고 어떤 위험에 처해 있는 것처럼 느꼈다. 그 순간 갑자기 내가 일종의 량좡을 '만들기' 위해 최선을 다하고 있다는 것을 깨달았다. 『량좡 마을 속의 중국』을 쓸 때 막연하게 느꼈던 어떤 묘한 관성이 나를 다시 지배하게 됐다. 나는 수사(修辭), 가장(假裝), 수정, 선염(渲染)을 통해 삶의 형태와 풍경을 만들고 있었다. 그것이 어떤 형태인지 우리는 몰랐지만 그것이 '황량'이든 '완고함'이든 그것은 모두 내 단어이지 원래 그런 것은 아니었다. 나 역시 선배들이 농촌을 형성하는 모습을 어렴풋이 보았고, 문장 하나하나, 단어 하나하나가 어떤 이미지를 완성하고 있었다.

순간적인 위기감과 생각의 근원에 대한 망설임은 늘 나를 괴롭혔다. 그것은 내가 이전에 명확하게 인식하지 못했던 몇 가지 가장 기본적인 문제에 대해 생각하게 했다. 현대부터 중국 지식인들은 어떤 방식으로 마을을 만들어왔나? 그 배후의 지식 계보와 정신적 출발점은 무엇인가? 다시 말해, 그들은 그런 마을이 아니라 왜 이런 마을을 만드는가? 이 '마을'에는 어떤 역사적, 사회적, 심지어 정치적 견해가 숨겨져 있는가? 그리고 나는 어떤 종류의 계보로 량좡을 형성하는가?

우리는 어떻게 량좡을 상상하고 있는가? 고향의 선험성이 그러하듯 우리가 '마을'을 쓰기 전에 '마을'에 대한 상상은 이미 우리의 머릿속에 있었다. 수용의 관점에서 볼 때 우리가 문학사에서 체득한 마을 서사는 숙명적으로 몇 가지 패턴이 있다. 첫째는 유토피아적인 패턴으로 전원시적인 묘사, 지나치게 아름다운 환상이다. 둘째는 계몽적 패턴으로 연민과 자연스러운 겸손이다. 셋째는 원형적 패턴으로 문화적 화석과 같은 가족 국가 모델이다. 이후의 저자들은 언제나 이들 중 하나에 속했다.

고전문학 시대에 '마을'은 이토록 독립적이고 완전한 상징적, 기호학적 역할을 하지 못했다. 그 사상사적·문학사적 정체성은 만청 이래 지식인들이 외부적 시야로 중국 생활을 조명하고 관조할 수 있었던 것과 기본적으로 관련이 있다. 사실 '외부적 시야'에서 '중국'은 18~19세기 '자본주의 세계의 정치·경제 질서'에 강요당하는 과정에서 그것은 기본적으로 오래되고 폐쇄적이며 우매하고 기괴한 이미지로 세계사에 나타났다. 즉, 이국적이고 퇴폐적이며 원시적인데 종종 불가사의한 신비한 제도와 생활이 있는 장소로 중국을 묘사했다. 이는 많은 외국 선교사, 관광객, 사업가 및 사상가

(예. 『푸른 옷을 입은 나라』[1]와 『중국 농촌 생활』[2])의 글에 반영되어 있다. 예를 들어 헤겔은 중국에는 '정신적인 모든 것이 부족하다', '상형문자는 중국 사회를 정체시킨 상징이다'고 믿었다. 이것들은 서구가 바라보는 근대 중국의 이미지의 취합이었다. 그 이면에는 서구 중앙집권주의와 유럽 문명의 우월성 이론에 대한 분명한 기본적 지지가 있었다. 현대 아랍계 미국인 문화평론가 에드워드 사이드가 『오리엔탈리즘』에서 가장 유명한 주장은 "동양은 서양에 의해 상상된 것이다"는 것이다. 이것은 당연히 지리적 의미의 동양이 아니라 상호 관조하는 과정에서 동양의 피객체화와 타자화를 말한다.

그러나 자세히 살펴보면 서양이 동양을 '오리엔탈리즘'의 관점으로 바라볼 뿐만 아니라, '동양' 안에서도 우리는 무의식적으로 우리 자신을 서양의 '동양'으로 바라보고 있음을 알 수 있다. 그리고 우리는 또한 우리 자신을 '객관화'와 '타자화'로 보고 이를 사용하여 자신을 비판하고 형성한다(이는 20세기 초 중국의 쇠퇴와 지식인이 서구 지식 시스템을 전반적으로 수용하는 것과 직접적인 관련이 있다). '마을'은 갑자기 발견되었고, 그것은 견고하고 침체된 전근대적 존재인 '동양 중국'의 살아 있는 표본이 되었다. 문

---

1 영국인 아치볼드 리틀(Archibald Little,1845~1926)이 1901년에 출간한 책으로 제목은 『The Land of Blue Goun』이다. 중국 번역본 제목은 『穿藍色長袍的國度』이다.
2 미국인 아서 헨더슨 스미스(Arthur Henderson Smith, 1845-1932)가 1899년에 출판한 책으로 제목은 『Village Life in China . A Study in Sociology』이다. 중국 번역본 제목은 『中國鄕村生活』이다.

학자, 인류학자, 사상가들이 모두 '마을'의 해석과 형성에 참여했다. 우리는 그들의 작품 뒤에 있는 낯설고, 멀고, 자세히 관찰하는 두 눈을 느낄 수 있다.

루쉰의 선험적 사상은 무엇인가? 그가 "창백하고 노란 하늘 아래, 가깝고 먼 몇몇 황량한 마을들"을 보고 있는 순간 룬투(閏土)[3]가 부드럽게 "스승님"이라고 불렀을 때, 그가 이전에 어떤 지식 계보, 사상적 경력, 그리고 '중국'에 대한 인식을 시작하고 결국 고향의 이러한 영원한 고독과 적막한 '풍경'(위에서 언급한 감성적 기반을 제외하고)을 형성했는가? 루쉰의 '중국관'의 초기 형성 과정, 특히, 국외, 일본에서 그가 무엇을 보았는지, 중국과 관련된 어떤 서사를 접하게 되었는지(가장 유명한 환등판 사건을 제외하고), 그의 사상에 영향을 미친 어떤 책들을 읽었는지, 그 생각들이 (중국에 대해) 어떤 경향을 가졌는지, 이러한 사건과 부호, 사상이 궁극적으로 그의 마음속에 결합되어 어떤 '중국'을 만들어냈는지에 대한 탐구는 앞으로 매우 흥미로운 일이 될 것이다. 그것은 근대 초기 중국 지식인의 '중국관' 형성 과정 및 서구 서사, 역외적 시야와의 관계를 탐구할 수 있게 한다.

문학(비단 문학만이 아니라)의 경우, 가장 피할 수 없는 것은 작가가 무언가를 '보기' 전에 이미 완전한 개념과 핵심 단어를 갖고 있으며, 무의식적으로 이러한 개념을 사용하여 이를 이해하고 분

---

3 루쉰의 소설 『고향』에 나오는 인물이다.

석한다는 것이다. 루쉰의 소설에 등장하는 '마을'은 원형과 계몽으로 가득 차 있으며, 무지하고 낙후하며 혼란스러운 국민성과 생활 방식을 생생하게 묘사하고 있지만, 중국 농촌의 평범한 생활과 생명의 내면적 개방성을 무시하거나 박탈하고 있다. 그것들은 역사적 공간, 고형화된 공간, 생명력을 상실한 공간에 갇혀있다. 이 공간에 있는 사람들은 역사적 틀에서 벗어나기는 매우 어려운 것 같았다. 영국의 작가 토머스 드 퀸시(Thomas De Quincey)가 20세기 초에 "중국 젊은이들은 태어나기도 전에 이미 시대에 뒤떨어진 사람이다"라고 말한 것처럼 말이다.

　'민족성'이라는 이 총체적인 역사적 개념을 형성할 때, 개체로서의 모든 농민은 주체성, 즉 적극적으로 역사에 직면하고 스스로 책임을 질 수 있는 능력이자 앞으로 나아가는 삶의 기본 전제를 상실하거나 무시되었다. 이것은 루쉰의 서사가 '동양주의적' 성격을 갖고 있다고 비난하는 것이 아니라, 우리가 고향에 돌아가거나 마을을 생각할 때, 우리의 전(前) 시야는 매우 중요하며 그것은 필연적으로 우리가 사물을 바라보는 느낌과 판단에 영향을 주고 형성한다. 그것은 종종 '도덕적 상상', 즉 문화와 삶에 대한 이해와 자신의 인지 틀을 사용하여 '농촌'을 만드는 것으로 표현된다. 비트겐슈타인은 프레이저의 『황금가지』가 원시 부족의 다양한 관습과 주술을 설명할 때 자신의 지적 틀을 너무 명백하게 그 위에 두는 현상을 비판했다. "프레이저의 영혼은 얼마나 편협한가! 결과적으로, 그 시대 영국인과 다른 삶을 상상하는 것은 그에게 얼마나 불가능한 일인가!"

중국 현대문학사에서 농촌소설을 살펴보면 당대 마을의 '풍경' 과 서사가 루쉰 세대의 내부 논리를 벗어나지 못하고 있음을 알 수 있다.우리는 룬투, 샹린(祥林)의 아내, 아Q의 이미지에 따라 농촌 생활과 정신 상태를 무의식적으로 이해하고 지속적으로 형성해 나가고 있다. 그것은 일종의 지식이 되어 작가들의 상식에 들어왔 다. 나 역시 『량좡 마을 속의 중국』의 서문에서 지식 체계를 마을 생활과 삶보다 우위에 두지 말자고 다짐했다. 인물들의 자기 서술 과 방언을 활용했지만 끝내 완성되지는 못했다. 나는 항상 무의식 적으로 루쉰의 서사 스타일을 모방하고 감정을 흉내 내고 있다는 것을 깨달았다. 그런 서사를 통해서만이 마을을 자연스럽게 마주 할 수 있었던 것 같다.

여기에는 실제로 이중 딜레마가 있다. 『황금가지』를 쓴 프레이 저가 자신의 문명 구조와 지식 체계(식민의식, 유럽중심주의, 제 국주의와 밀접하게 연관되어 있음)에 대해 깊은 동일시를 갖고 있 지 않았다고 가정한다면, 그는 어떻게 원시 마을의 사회 조직과 사 유 특징을 이해하고 구조화해야 하는가? 가령 루쉰이 외부적 관 점, 즉 비판적이고 초월적인 지식 구조와 텍스트 속 '나'의 실제 존 재를 포기했다면, '웨이좡(未庄)'은 이로 인해 자율성과 개방성을 가질 수 있을까? 우리는 3인칭으로 쓰인 마을과 비교적 객관적인 필치로 쓰인 마을이 '웨이좡[4]'보다 훨씬 더 멀고, '오래되고' 그리고 '기이한 풍경'임을 많이 볼 수 있다. 이미 1970년대부터 인류학 연구계에서는 민족지학적 조사에서 나타나는 강한 구조주의 의식과 학문 배후에 숨겨진 식민주의, 유럽 중심주의 시야와의 관계 대해 성찰하기 시작했고 일련의 검토를 거친 후(가장 집중된 검토는 1984년에 개최된 '민족지학적 텍스트 창조'라는 제목의 토론회였고 최종적으로『문화 쓰기-민족지학의 시학과 정치』[5]를 출간함) 일부 비평가들은 조사자가 조사 대상을 주체와 행위자로 삼아 글을 써야 하고, 단순하게 판단하기보다는 그들의 언어와 논리로 그들의 삶을 기록하고 이해해야 한다고 주장했다. 조사자는 이전에 강조했던 객관성과 진리성이 아닌 자신의 주관성과 문화적 편견을 인정했다.

중국의 문학 창작과 연구, 특히 향토문학의 창작과 연구에는 아직 이런 반성적 인식이 부족하다. 근대의『고향』,『아Q정전』,『생사의 현장: 生死場』,『과원성기: 果園城記』부터 현대의『천환성, 도시로 가다: 陳奐生上城』,『고향에서: 鄕場上』까지, 그리고 다시『아빠 아빠 아빠: 爸爸爸』,『샤오바오좡: 小鮑庄』,『붉은 수수밭: 紅高粱』,『고향의 노란 꽃: 故鄕天下黃花』,『덧없는 나날들: 日光流年』등 많은 작품의 글쓰기와 서사 방식은 바뀌었지만 '향촌'에 대한

---

4 루쉰의 소설『아Q정전』에서 주인공 '아Q'가 살았던 마을
5 원제는『Writing culture. the poetics and politics of ethnography』(1986)이며 저자는 제임스 클리포드(James Clifford)와 조지 마커스(George E. Marcus)이다.

작가의 전체적인 세계관과 서사적 지위 측면에서 보면, 그 변화는 사실 크게 변하지 않았고, 그 이질적이고 내려다보는 눈빛은 늘 그 자리에 있었다. '향토중국', 마을, 농민, 식물이 주체성과 개방성을 갖고, 각자의 성격과 논리를 갖고, 작가와 동등한 비전을 얻고, 심지어 대항까지 갖게 될지는 아직 탐구되지 않은 문제이다.

불명확한 경각심 속에서 나는 마침내 『량좡 마을 속의 중국』과 『출량좡기』의 기본 서사 방식으로 '인물 자술'을 선택했다. 클리포드 기어츠(Clifford Geertz, 1926~2006)[6]는 『지역적 지식』에서 우리가 해석의 과정에서 다른 사람의 정신적 세계를 재구성하거나 다른 사람의 경험을 경험할 수 없지만 자신의 세계를 구성하고 현실을 해석할 때 사용하는 개념과 부호만을 사용하여 이를 이해할 수 있다고 믿었다. 실제로 자술 녹음을 반복해서 듣는 과정에서 그들의 언어가 지닌 풍부함과 지혜, 유머에 감동을 받을 때가 많았다. 그들은 그들만의 세상을 이해하는 방식과 논리가 있었고, 간단한 문장에도 조상 대대로의 경험이 담겨 있는 경우가 많았다. 나는 그들의 말투, 어조, 구어체, 사투리의 원래 모습을 보여주기 위해 최선을 다했으며, 주제와 거의 관련이 없지만 량좡 자신의 역사와 생명 상태를 밝히기 위해 강력한 의사 표현을 가진 사람들의 말은 유지했다. 그러나 이러한 자기서사 구조는 전체 텍스트에 완전히 들어맞지 않는 경우도 있었고, 때로는 돌올하고 유리

---

6 미국의 인류학자로서 인도네시아 연구의 권위자이다.

되어 보였고, 때로는 '나'의 서술과의 대조로 인해 이런 자술이 지루하고 장황하게 보이기도 했다. '나'의 서술이 지나치게 높고 추상적이어서 오히려 인물의 자술이 지닌 생생한 아름다움에 상처를 입혔기 때문이다.

『량좡 마을 속의 중국』은 지나치게 생생하고 표현력이 풍부하여 텍스트의 의미 확장과 개방이 제한됐다. 『출량좡기』를 쓸 때, 나는 마침내 절제되고 신중하며 상대적으로 차분하고 감성적인 언어와 서사 방식으로 '량좡'에 들어가기로 결정했다. 인물에 대한 명확한 판단을 피하고, 인물의 행동, 언어, 얘기를 통해 그 구조와 논리를 파악하고, 량좡(梁庄)의 생활 내부의 복잡성과 생명의 다의성, 특히 역사적 존재의 차원을 넘어설 수 있는 가능성을 더 많이 살펴보았다.

예를 들어, 셴이(賢義)의 경우, 그는 왜 '점쟁이'가 되었을까? 그는 정말 전통 지식을 이해하고 중국인 생활에서 전통 문명의 중요성과 가치를 이해하고 있을까? 파편화되고, 뒤섞이고, 부조리한 안채의 벽은 그의 마음속의 혼돈과 난잡함을 보여주는 듯했다. 이처럼 '구식'이고 '어리석은' 사람이지만 그의 표정은 실제 어느 정도 명확성과 개방성을 가지고 있었다. 이런 모습은 어디서 나오는 걸까? 말하기가 무척 어렵다. 량좡에는 이렇게 복잡하고 정의하기 어려운 생명과 정신이 많이 있다. 그것들은 결코 명확하지도 않았다. 결코 이것 아니면 저것이 아니라, 이것도 되고 저것도 되며, 오른쪽이면서 왼쪽이 되었다. 이것이 내가 글에서 셴이의 벽과 그의 정신 상태를 자세히 설명한 이유이다. 나는 그의 복잡성에 대해 쓸 수 있기를 바랐다. 나는 그를 결코 잊지 않았다. 그는 우리가 오랫동안 부정해 왔던 고대 중국 생활과 중국 지식에서 가능한 공간과 먼 것들을 볼 수 있게 해주었다. 또한 그의 복잡성은 단순한 판단이 종종 삶 자체와는 거리가 멀다는 것을 깨닫게 해 주었다.

나는 특히 '량좡'이 하나의 '살아 있는 화석'이나 원형적인 존재로서 역사적, 문화적 함축만을 가지고 있거나 과거의 어떤 형태만 가지고 있다고 여겨지는 것에 대해 걱정한다. 량좡과 량좡의 생활 내부는 개방적이고 현실적이라는 것을 알아주길 바란다. 이러한 현실성과 개방성은 농촌이 여전히 현대 생활과 대화할 수 있고 농촌의 생명이 여전히 미래 지향적인 가능성을 가지고 있음을 의미한다.

량좡의 땅에 서 있다고 해서 량좡을 잘 보고, 잘 서술할 수 있는 것은 아니며 오히려 량좡에서 더 멀리 떨어져야 잘 보고 잘 서술할 수도 있다. 그런 의미에서 '쥔 오빠의 죽음'은 미스터리로 남아있다. 『출량좡기』의 시작에서 내가 모두에게 선보인 '쥔 오빠'의 자세와 분위기는 아직도 만족스럽지 않다. 량좡의 다른 사람들처럼 비록 그의 시신은 아직 차가워지지 않았지만 이미 지난 일을 얘기하듯 그에 대해 얘기했다. 그는 이미 잊혀져 있었다. 그의 삶의 존재에 대한 서술에서 이것은 메꿀 수 없는 결함과 블랙홀이다.

"모든 것이 해석이고, 우리는 조금씩 그 속에서 길을 잃는다." 우리는 어떤 의미로 량좡과 통할 수 있고, 쥔 오빠의 침묵의 삶을 어루만질 수 있을까? 이것은 단지 감정적인 문제가 아니라 근본적인 문학적 질문이다.

3. '진실'의 한계

'진실'은 매우 이상한 단어이다. 많은 경우, 나는 그것을 나에 대한 비판으로 여긴다. 하지만 진실은 이 두 책에서 가장 많이 사용된 단어이기도 하고, 나는 본문에서 일종의 '진실감'을 만들어 독자에게 가져다주려 했다.

나는 여기에서 나의 허영심이 작용하고 있다는 것을 인정해야 했다. 나는 '량좡'이 '진실'의 수준에 국한되는 것을 원하지 않는다. 왜냐하면 대부분의 독자들이 칭찬하는 '진실'은 단지 사실적 존재의 '진실', 즉 사건 자체를 지칭하는 것이지 문학의 '진실'은 포함하지 않는다.

그러나 내가 말하고 싶은 것은 나의 허영심이 아니라, 량좡이 실제로 어떤 수준의 '현실'을 담고 있는가 하는 것이다. 대중적인 문학적 기준에서 '진실'은 문학의 가장 낮은 형태에 불과하다. 르네 웰렉(René Wellek, 1903~1995)은 1947년 『문학이론: Theory of Literature』에서 '현실주의'에 대해 얘기했을 때, 그는 "현실주의 이론은 근본적으로 나쁜 미학이다. 왜냐하면 모든 예술은 그 자체가 환상과 상징적 형태의 세계로 구성된 '창조'이기 때문이다" 라고 믿었다. '진실'은 결코 예술적 표준이 된 적이 없다. 여기서 언급된 '진실'은 가장 기본적인 의미에서 말하는 '진실'이다. "거기 장미가 있다"는 것은 달성 가능한 물리적 진실이다. 이것은 문학이 아니다. 문학은 항상 이러한 물리적 현실보다 더 많은 진실을 요구한다. "거기가 어디지? 정원인가? 들판인가? 책상인가? 누가 심었지? 누가 보냈지? 장미의 색깔과 모양과 맛은 어떨까?" 이에 대한 천차만별의 다양한 얘기가 있기 때문에 비로소 문학의 차원으로 들어간다.

내가 모험을 하며 '진실'한 분위기를 만들어 독자들을 량쫭으로 데려가는 이유는 내가 또 다른 효과를 얻고 싶었기 때문이다. 즉, 나는 독자들에게 '량쫭'의 살아 있는 상황, 살아 있는 사람, 살아 있는 현실을 느끼게 해주고 싶었다. 그것은 당신과 무관하거나, 역사 깊은 곳에만 있는 것이 아니라, 당신과 밀접한 관련이 있고, 같은 시공간 속에 있다는 것을 말해주고 싶었다.

그러한 결과에 직면하게 되는 첫 번째 질문은 다음과 같다. 당신이 쓴 내용이 사실입니까? 이것은 많은 사람들이 나에게 물어볼 수 있는 질문이다. 나는 그런 질문을 받을 때마다 늘 당황스럽다. 그러나 나는 내가 뿌린 쓴 열매를 삼켜야 한다. 그래서 나는 내가 쓴 내용이 사실이라고 단호하게 대답한다. 반면에 이 현실은 내가 보고 묘사하는 현실이며, 동시에 존재하는 조건임에 틀림없다고 덧붙이고 싶다. 물리적 진실은 진술의 기초이며, 서술적 차이성은 필연적인 결과이다. 그러므로 그것이 사실적이고 역사적인 것이라고 생각하기를 바라지만, 작가의 생각을 통해 구축한 량쫭이기도 하다. 나는 '진실'이라는 이름을 내걸고 거짓되고 객관적인 마을을 만들고 싶지는 않다.

　나는 여전히 독자들이 량좡의 서사적 성격을 깨달을 수 있기를 바란다. 나는 량좡의 역사와 현실을 모두 썼다고 감히 말할 수 없다. 사실 어떤 작가도 자신이 모든 진실을 썼다고 감히 말할 수 없다고 생각한다. 왜냐하면 아버지의 량좡과 나의 량좡은 확실히 다르고, 칭리의 량좡도 아버지의 량좡과 다르다는 것을 잘 알고 있기 때문이다. 함께 량좡으로 돌아가고, 함께 량좡을 떠나고, 함께 얘기를 들어도, 당신과 내가 보는 것과 쓰는 것은 확실히 다르다. 당신은 량좡의 쯔(芝) 숙모가 부모와 떨어진 손자를 위해 걱정하는 것을 볼 수 없다. 왜냐하면 그녀는 보기에 매우 온화하고 조용하며 남달랐기 때문이다. 칭다오에서 당신은 전기도금 공장에서 많은 노동자를 볼 수 있지만, 아마 나의 광량(光亮) 당숙과 리(麗) 숙모를 볼 수 없을 것이고, 그해에도 하루도 쉬지 않았던 사랑하는 나의 윈(雲) 언니를 볼 수 없을 것이고, 그 몇 명의 아주머니들이 추운 밤에 찬송가를 부르는 것을 볼 수 없을 것이다. 당신이 다른 사람을 쓰는 것과 내가 량광량, 윈 언니를 쓰는 것은 같은 이치이다. 우리의 진실은 모두 선택을 거친 진실이다. '논픽션'이라는 제목이 머릿속에 떠오른다고 해도 내가 쓴 글이 모두 '사실'이라고 말할 수는 없다. 여든 살의 푸보(福伯) 할아버지가 "거우궈천(勾國臣)이 강신(江神)께 아룁니다"라는 얘기를 해도 당신은 충격과 깨달음을 얻기란 쉽지 않다. 량좡 사람들과 푸보 할아버지의 성격을 기본적으로 이해한 후에야 평소 무미건조했던 푸보 할아버지가 왜 갑자기 환하게 웃는지, 아버지와 사촌들이 왜 그토록 열중하고 의미 있게 듣는지 이해하게 될 것이다. 그들은 자신과 과거, 미래에 대해 얘기하고 있기 때문에 그것을 즐긴다. 량좡 사람들에게 "거우궈천이 강신께 아룁니다"라는 얘기는 동화가 아니라 현실이다.

'진실'에는 많은 조건이 필요하다. 어떤 장소에 직접 간다고 해서 당신이 진실하다는 뜻은 아니다. 그것은 가장 쓸모없고 위선적인 가정일 뿐입니다. '진실'은 상황, 세부 사항, 사건 과정 등을 정확하게 묘사하고 재현할 것을 요구하지만(이는 소설의 요구 사항과는 다르다), 반면에 이러한 세부 사항은 확실히 핵심 요소는 아니다. 결국 이런 것들이 의미를 구성해야 하고, 이 의미는 작가의 배치와 의도, 형상화에 의해 생성되기 때문에 경향성을 갖고 있어야 한다. 그러므로 우리가 제시하는 것은 진실 자체라기보다는 진실에 대한 환상일 뿐인 경우가 많다. 그러므로 비록 논픽션 글이더라도 최대한 '진실'에 가까워지려고 최선을 다하고 있다고밖에 말할 수 없다. 이런 의미에서 '진실'은 사실 문학의 가장 높은 요구 사항이다. 당신이 소설에서 허구, 상징, 과장을 사용하든, 논픽션에서 정확성, 세부 사항, 재현을 사용하든 우리가 궁극적으로 세상에 보여주고 싶은 것은 우리 자신이 세상을 인식하는 하나의 도식이다. 그러므로 자신의 글의 사전 논리를 경계하고 검토하는 것이 매우 필요하다.

픽션이든 논픽션이든 문학 작품에 있어서의 '진실'은 '이렇다'가 아니라 '내가 보는 바로 이것이다'를 지향한다. 현실 속에서 걷고,

관찰하고, 체험하고, 실제로 존재하는 사람과 장면을 묘사함으로써 저자가 이해하는 사람, 사회, 삶에 도달한다. 그것은 작가 자신의 편견과 입장이 담겨 있고, 수사로 인한 오독(誤讀)도 담겨 있다.

그러나 당신 자신이 논픽션을 쓴다고 주장할 때만 '진실'에 대한 질문과 비난에 직면하게 된다. '진실'이라는 이름으로 독자들의 기본적인 신뢰를 얻고, 그 믿음이 "당신이 온 세상의 진실을 묘사했다."로 치환됨으로써 당신은 해석권과 발언권을 갖게 된다. 그것은 당신에게 어떤 도덕적 우위를 얻게 한다. 당신도 이런 의심과 트집을 반드시 감수해야 한다.

「인민문학」잡지는 『량좡』을 '논픽션'란에 배치해 의도치 않게 '량좡'이라는 이름을 얻게 되었고, 이로 인해 널리 인정받았으나 일종의 곤경에 빠지게 되었다. 즉, 『량좡 마을 속의 중국』과 『출량좡기』는 '논픽션'의 기준에 미치지 못한다는 비판을 자주 받았다. '논픽션'은 낯선 단어가 아니다. 1950년대부터 1970년대까지 미국에서 논픽션 작품이 대거 등장했는데, 학자 존 할로웰(John Hollowell)은 『논픽션의 글쓰기: The Writing of Nonfiction』에서 이를 "얘기의 기교와 소설가의 직관적 통찰력에 의해 당대의 사건을 기록하는 논픽션(nonfiction)의 형태"라고 정의했다. 이것은 신문 보도의 현실성과 세밀한 관찰과 소설의 기교와 도덕적 안목을 융합하며, 사실적인 형식, 개인의 고백, 공공 문제에 대한 조사와 폭로를 지향한다. 또한 이것은 현실의 재료를 의미 있는 예술 구조로 바꿀 수 있으며, 현실의 사회적 문제와 도덕적 딜레마를 탐구하는 데 주력할 수 있다. 가장 유명한 저작은 노먼 메일러(Norman Mailer)의『집행자의 노래: The Executioner's Song』이지만, 그는 이 책에『실제 삶의 소설: A Novel of Real Life』이라는 부제를 붙였다. 이후의 소설『밤의 군대: The Army of the Night』에서도 그는 "소설 같은 역사, 역사 같은 소설(History as a Novel/The Novel as History)"라는 부제를 붙였다. 이것은 소위 '논픽션'의 '진실'에 대한 상충되는 해석이다. '진실'은 진실 그 자체에 국한되지 않고, 여전히 현실 뒤에 있는 더 깊고 먼 것을 제시하려고 시도한다.

일부 학자들은 1950년대와 1960년대 미국의 극적인 사회적 변화가 이러한 문학적 현상의 출현 원인으로 보고 있다. 미국의 이러한 현상은 급속한 사회 발전과 관련이 있다. "이 시대의 일상적 사건의 감동은 소설가의 상상보다 앞서 나갔다.", "소설가들이 흔히 겪는 어려움은 '사회적 현실'을 정의하는 일이다. 매일 일어나는 일들은 현실과 비현실, 환상과 사실 사이의 구별을 계속 혼동케 한다." 논픽션의 등장은 사회적 위기에 대한 반응이자 상징이다. 이는 지난 30년간 중국 사회의 상황과 매우 유사하다. 지난 40년 동안 우리는 서양의 400년 역사를 완성했다. 이러한 변화 속에서 중국의 삶은 롤러코스터와 같은 어지러움과 급격한 변화를 경험했다. 기괴한 현실은 종종 사람들을 믿을 수 없게 만들고, 환상보다 더 비현실적이라고 느끼게 만든다. 세계화, 정보화 시대에 '진실'과 '진실감'은 희소한 존재이자 감정이 되었다.

또는 논픽션 글쓰기는 허황감, 혼란감, 소외감을 진실 속에 가두고 그것을 상대해야 하기 때문에 고통스러울 수 있다. 그것은 두 가지 점에 초점을 맞춘다. 하나는 정확성, 즉 흠잡을 데 없이 정확한 현실 묘사와 이해이다. 다른 하나는 문학에서만 볼 수 있는 감정적 역할도 가져야 한다는 것이다. 개인의 사색과 대중의 역사, 사회 현실 사이에서 균형점을 찾아야 한다.

그러나 나는 이 이름에 얽매이고 싶지 않고 어떤 경계, 문체적 경계를 탐구하고 싶고, 이러한 경계가 초월되거나 흐려질 때 나타나는 특수 효과를 보고 싶었다. 나는 『량좡 마을 속의 중국』과 『출량좡기』를 사회학적이라고 생각한 적이 없다. 왜냐하면 그것들은 객관적이거나 과학적이지 않기 때문이다. 나는 많은 논쟁을 들었다. 이 작품들은 사회학적이지만 너무 감정적이며(특히 『량좡 마을 속의 중국』), 객관성이 부족하고, 문제에 대해 명확하지 않고, 해결책을 제시하지 않는다고 비판했다. 반면, 문학 텍스트로 간주되기에는 아직 '순수'하지 못한 듯하며 형식과 구조가 혼재되어 있다고 비판했다.

솔직히 말해서 이런 모호성과 논쟁을 마주하는 것은 조금 당황스럽지만, 이것으로부터 몇 가지 문제를 생각해 볼 의향이 있다. 문학이 문학을 넘어 중요한 사회적 사고를 일으키는 것은 문학의 부끄러움이 아니라고 생각한다. 오히려 이 문학이 갖추어야 할 특성 중 하나가 현대문학에서 점점 더 멀어지고 있다는 점이다. 동시에, 문학적 스타일은 정해진 패턴을 갖고 있지 않다. 작가가 새로운 구조를 사용하여 문학의 내면을 열 수 있다면 그것은 의심할 여지없이 행운이다. 그러나 동시에 나는 대부분의 사람들이 이 두 책을 사회학적 관점에서만 이해한다면 문제가 있을 수 있다는 것을 깨달았다. 문학의 구조는 문학적 성격과 사회적 성격 사이에 긴장을 조성하지 않고 하나가 다른 하나를 가리게 만든다. 이는 텍스트가 어떤 수준에서 충분히 성숙하지 않았음을 보여준다.

하지만 어쨌든 '량좡'은 문학이다. 문학의 범람으로 인해 사람들이 그것에 대해 얘기하게 된다. 량좡은 결코 객관적이고 물리적인 '진실'이 아니다. 삶의 복잡성과 개방성은 저자의 눈을 훨씬 뛰어넘는다. 량좡은 나의 고향이다. 처음부터 감성적이고 개인적이며 문학적인 '량좡'이었다. 나 역시 량좡의 딸로서 량좡을 다시 경험하게 되었고, 이러한 연고 관계 때문에 나의 모든 탐구는 더욱 내면화되고 개방적이 되었다. '나' 자신이 량좡 풍경의 일부이다. 이곳의 시간과 공간은 이중으로 중첩되는데, 이는 량좡과 나와의 특별한 관계 때문이다.

'진실'이라는 이름 때문에 모든 게 힘들어졌다. '논픽션 글쓰기'가 일종의 역설적인 글쓰기로 변했다. 아니면 글 쓰는 것 자체가 역설이다. 글쓰기는 세상을 마주해야 한다. 그러나 우리는 세상을 바꾸기 위해서가 아니라 서술하기 위해서 글을 쓴다. 문학가들은 '행동'은커녕, 세계를 직면하는 것보다 세계를 묘사하는 데 훨씬 더 관심이 있다. 우리는 서사와 글 자체에 심취해 있고, 실제 세계에는 별 관심이 없다.

4. '나'는 누구인가?

『량좡 마을 속의 중국』과 『출량좡기』에는 모두 '나'가 있다. 일부 평론가들은 "량좡이 당신에게 이 두 권의 책을 쓰라고 한 것도 아니고, 량좡 사람들이 당신에게 쓰라고 한 것도 아니지만, 당신이 이 량좡을 써야 한다. 당신이 량좡을 필요로 하기 때문이다"라고 말했다. 그렇다. '나'는 그것이 필요했고 '나'는 구원을 찾고 싶었다. 나에게 있어 량좡으로 돌아가고 싶은 첫 번째 충동은 량좡의 진실을 밝히는 것이 아니라 나 자신의 결점과 부족함을 보완할 정신적 원천을 찾는 것이었다. 개인의 정신적 요구 사항은 집단의 정신적 요구 사항보다 훨씬 크다. 그러나 '구원'이라는 단어는 여기서도 분명 고상하다. '구원', '참회'는 그 자체로 고상한 자세임을 깨달아야 한다. '량좡'을 통해 '나'의 정신적 재건을 완성하고자 하는 것은 '나'의 수치심의 근원 중 하나이다. 내가 지식인으로서든, 량좡의 혈육으로서든, 심지어 단순한 관찰자로서든, '나'의 정체성과 위치, 서사적 자세는 모두 다른 사람들을 의심케 했다.

나는 한때 '나'를 포기하고 완전히 객관적인 방식으로 량좡을 다시 쓰고 싶었다. 『출량좡기』의 첫 번째 장에서는 아주 요원하고, 나와는 아무 상관도 없으며 마치 수천 년 동안 객관적으로 존재해 온 듯한 나의 삶을 부분적으로 보여줬다. 그러나 앞서도 말했듯이 나는 이 굳어지고 닫힌 '풍경'에 만족하지 않았다. 도시에 들어가서 개별 이주노동자와 그들의 구체적인 삶에 대한 글을 쓰면서 나는 다시 '객관성'을 포기했다. 나는 두 가지 글쓰기 방법을 반복해서 저울질했다. 예를 들어, '시안' 장(章)이다. '나'를 완전히 포기하면, 내 사촌 큰오빠와 둘째 오빠의 삶은 나와 무관한 풍경이 된다. 그들과 '나'는 독자들에게는 관찰자와 피관찰자의 관계, 즉 분리된 관계이지 서로 연결된 관계는 아니다. '나'의 존재로 인해 그들의 생활 상황과 장면은 생생해지고, 더 큰 일체감과 현장감을 갖게 된다.

그러나 동시에 이 '현장'으로 인해 문학의 '본질'과는 거리가 멀어지는 것 같다. 이것은 대가이다. 『출량쫭기』를 쓰면서 그 대가를 충분히 따져본 뒤 인물 자술(自述)을 주체로 택했다. 하나는 두 책 사이에 어느 정도 연속성이 있다는 것이고, 다른 하나는 진정으로 '나'와 '쫭의 내부' 사이의 간극을 메워 새로운 글쓰기 스타일을 창조하고 싶었다. 문학에는 정해진 공식이 없다. 관건은 당신의 틀을 긴장하게 만들어 결국 새로운 스타일의 서사로 바꿀 수 있느냐이다.

나는 '나'의 눈을 통해서만 우리 시대와 역사 속에서 '쫭'의 존재에 대한 진실이 더 깊이 드러날 수 있기 때문에, 텍스트 속에서 '나'의 존재를 진실되게 제시하고 탐구하고자 했다. 반대로, '나' 역시 '쫭'을 통해 '나' 자신의 역사적 모습을 보게 되었다.

'나'는 누구인가? 나는 작품에서 특히 쫭 출신인 '나'의 정체성을 강조했다. 책에 등장하는 인물들은 모두 내 친척이고, 나도 친척의 이름으로 그들을 불렀다. 그들은 종종 내 삼촌, 조카, 사촌 형제자매들이다. 그들은 항렬에 따른 하나의 친족관계이지만 그 안에는 엄청난 관계가 있다. 모든 사람은 이 네트워크에서 자신만의 명확한 정체성을 가진다. 량좡은 단순한 집이 아닌 유기적인 소셜 네트워크이다. 한 사람은 다른 사람과 서로 연결되어 있고 서로에게 속해 있다. 현대사회에서도 그들은 이러한 상호소속 관계를 이용하여 '끌어당기기' 방식으로 도시에 진입하고 도시 변두리에 '작은 량좡'을 건설한다. 이 '작은 량좡'에서는 여전히 싸우고, 다투고, 사랑하고 미워하지만, 그들은 모두 결속감과 신분감을 가지고 있으며, 여기서 그들은 살아 있다는 것을 느낀다. 일단 고향을 떠나 도시로 들어오면 그들은 도시 변두리의 고요한 풍경의 일부일 뿐 신분과 의탁처가 없다.

많은 시간 나는 정말 내가 량좡의 일원이라는 걸 실감했다. 젠쿤 아주머니가 고소장을 보여주고 열여덟 살의 왕 씨 소년을 처벌할 방법을 알아봐달라고 부탁했을 때는 갑자기 갈등과 두려움을 느꼈다. 량핑의 깊고 밝고 교활한 눈을 보았을 때는 그의 삼촌인 샤오주가 나를 보고 웃는 것 같았고 그 순간 나는 눈앞의 그 어리고 무모한 청년에게 부드러운 감정을 느꼈고 어떤 가장처럼 잔소리를 하기도 했다. 그 순간 나는 량좡 사람이라는 것을 느꼈다.

2011년 8월 어느 날 저녁, 우리는 난양에 있는 셴이의 집에서 차를 타고 량좡으로 돌아가던 중 갑자기 폭우를 맞았다. 하늘은 순식간에 어두워지고 하늘에서 비가 쏟아졌다. 조심스럽게 차를 운전했지만 아무것도 보이지 않았다. 세상은 넓고 우리는 버림받은 듯한 느낌을 받았다. 두려움과 불길한 예감이 엄습해 왔다. 나는 나도 모르게 마음속으로 하나님, 예수, 알라, 관음보살, 지신 등 온갖 신들을 불렀다. 나는 마음속으로 그들을 반복해서 불렀고 그들을 향해 기도를 했으며 그들이 우리를 보살펴 주기를 바랐다. 나는 셴이를 생각했다. 그의 신령의 비호가 부러웠고, 그의 밝고 평화로운 두 눈이 부러웠다. 그 순간 나는 셴이였기 때문에 내가 량좡 사람이라는 느낌이 들었다.

하지만 나는 아직 그렇지 않다. 량좡에서 나는 늘 낯설고 멍한 눈빛을 마주했다. 그 마을에 몇 달 살았다고 해도, 일 년에 몇 번씩 집에 가도, 그때마다 최대한 많은 사람들을 찾아다녀도, 그들의 눈이 나에게 다가오는 순간, 나는 그들의 눈 속에 이미 이방인이었다. 또한, 시안 사촌집 화장실 앞에서 서성거렸을 때, 작은 여관에서 곤혹을 느꼈을 때, 칭다오 광밍 당숙 집에서 난 퀴퀴한 냄새 때문에 도망쳤을 때, 이 모든 것은 내가 량좡 사람이 아니라는 것을 보여줬다. 나는 밝은 창문과 깨끗한 방이 있는 평화로운 삶에 익숙해졌고, 다른 삶에 대한 관용과 진정한 이해를 잃어버린 지 오래되었다.

나는 량좡 사람이 아니다. 나는 항상 해석의 기능을 맡고 있기 때문이다. 많은 경우 이러한 해석으로 인해 '내'가 량좡 사람이 아니라는 어색한 사실이 드러났다. 『량좡 마을 속의 중국』은 '인물의 자기 서사'와 '나'의 논의 사이에 명백한 분열과 부조화가 존재한다. 등장인물이 자신을 강변할 때, 그는 자신의 삶과 구조, 사회에 대한 자신의 이해와 세계관에 대해 얘기하며, 그 안에 담긴 내면의 수준은 작가가 이해할 수 있는 수준을 훨씬 넘어선다. 반면, '나'의 서사는 량좡 내부 풍경의 일부를 구성하지만 객관적인 이미지로 공론화를 진행하면 전혀 다른 담론을 전개하게 된다. 예를 들어, "평지에서 석 장(丈) 파기" 장의 마지막에 있는 '나'의 설명은 중복되고 촌스러웠고, 구이(貴) 삼촌 자신의 멋진 얘기와 전혀 어울리지 않았고 무기력했다. 이것 역시 '내'가 외부인으로서 량좡의 내부 삶에 대해 간단하게 이해하고 있음을 보여줬다.

나는 누구인가? '나'는 우리 시대의 한 사람이다. 탈출, 정의, 외면, 값싼 향수, 우쭐대는 귀환, 득의만면한 유행, 속 빈 강정 같은 현대 등등. 우리 모두는 그런 풍경의 조형자이다.

지금 생각해 보면 『출량좡기』의 마지막에 나오는 '나'의 모습은 참 짜증난다. '나'는 왜 그렇게 무력했나? '나'는 누구를 대신하여 탄식하고 말했나? '나'는 이러한 무력감과 가라앉는 느낌을 검은 피부의 어린 여아에게 부여했고 그것은 그녀와 '량좡'의 존재를 폄하했다. 혹은, 그것은 중산층으로서의 '나'의 천박함과 나약함에 불과하지만, '나'는 이것을 농촌 생활과 정신의 전부로 여겼다. 검은 피부의 여아가 아직 살아 있다는 것은 그녀의 의미이자 힘이었고 이것이 바로 '량좡'의 의미이자 힘이었다. 대지는 다시 한 번 그녀를 포용하고 계속 그녀를 키웠다. 때론 세속적이고 때론 경쾌한 량현의 장조(長調)는 기쁨과 슬픔, 강인함이 공존하는 중국의 노래였다.

『출량좡기』는 '량좡'의 구조 속에서 '나'의 모호한 존재성을 드러내려고 했고(이 역시 다시 읽은 후 깨달은 바이다), 텍스트 구조에서 중요한 차이와 상호 작용을 형성했다. '나'의 시야와 감성은 '량좡'의 시공간과 얽혀 더 큰 시공간을 형성했다. '나'도 '량좡 마을을 떠난 사람'이다. 내가 '량좡'으로 돌아왔을 때 '나'는 '량좡'에 대한 판단은커녕 도덕적 판단도 할 자격이 없었다. 오히려 '내'가 피질문자가 되어야 했다. 시안에서 고작 열여덟 살의 건장한 청년이 '내' 앞에서 보인 부끄러움은 '나'에 대한 가장 강력한 심판이었다.

그는 내가 그의 상처인 것처럼 나를 끝까지 똑바로 쳐다보지 않았고, 나를 보고 그의 존재를 증명한 것 같았다.

수치란 무엇인가? 그것은 인간이 자신의 존재를 느끼는 일종의 비합법적이고 공공연한 굴욕이다. 그들은 딱지가 붙었다.

그는 그의 직업과 노동을 수치스럽게 여겼다. 그는 아버지 세대의 자조와 쾌락을 부끄러워했으며, 그러한 느긋함과 자기 비하를 거부했다. 그것은 그가 지키고 있는 무언가가 파괴되어야 한다는 뜻이었고, 부모의 현재가 그의 미래여야 한다는 뜻이기도 했기 때문이다. 그는 그들의 길을 반복하고 싶지 않았다. '농민', '삼륜차꾼'과 같은 칭호는 젊은이들에게 수치심을 주는 상징이었다. 도시의 거리에서 그들은 쫓기고, 구타당하고, 쫓겨났다. 그들은 자신도 그런 이미지가 되어야 한다는 것에 분개했다.

그러던 어느 날, 이 청년도 그의 아버지들처럼 교통경찰에 의해 끌려가려는 삼륜차를 필사적으로 끌어안고 필사적으로 울고, 욕하고, 애원하고, 샹린의 아내처럼 구경꾼들에게 말을 걸기도 했다. 그 때 그의 인생 수업은 기본적으로 완성되었다. 그는 수치심을 극복하고 '수치심' 그 자체가 되었다. 그는 이 '수치심'에 기대어 먹고산다.

이 청년은 왜 자신의 직업('삼륜차 운전')과 이 도시에서의 이미지, 그리고 '내' 앞에 자신을 드러내는 것을 그토록 부끄러워하는 걸까? 그것의 근원은 어디일까? '나'를 향해 힐끗하며 다가오는 그의 분노와 수치심 속에 어떤 답이 있는 것 같았다.

그렇다. '나'에 대해 질문하지 않으면 사회의 근본적 문제점을 찾을 수 없다. 마찬가지로 문학에 있어서도 '나'에 대한 탐구가 포함되지 않는다면 문학의 가장 기본적인 요소와 구조, 즉 인간의 본성과 인류문명에 대한 사유가 상실될 것이다.

『출량쫭기』후기에서는 이 책의 키워드로 '근심'과 '슬픔'을 사용했다. 두 단어 모두 그 자체로 적절했다. 둘 다 내향적이고 그렇게 긍정적인 단어는 아니지만 의도치 않게 이 책의 기조가 되었다. 그러나 이 두 단어의 선택은 무력감을 불러일으키기 위한 것이 아니라 역사의식을 표현하기 위한 것이었다.

근심과 슬픔은 호소하고 울기 위한 것이 아니라 망각과의 싸움을 위한 것이다. 여기서 '슬픔'은 이성적 요소를 담고 있는 단어로,

우리의 전통과 과거, 민족적 자아와 개인적 자아에 대한 태도를 뜻한다. 그 딱딱하고 강렬한 말에 맞서 싸우는 것이다. 모든 살아 있는 공동체와 모든 국가에는 고유한 슬픔이 있다. 이 슬픔은 특정한 정치나 제도와 관련되어 있지만 이를 초월하여 개인의 내면적 자아가 되고, 시간과 기억, 역사의 축적이 된다. 다정하고, 슬프고, 겸손하고, 고귀하고, 죽은 것, 살아 있는 것, 저 나무, 방 한 칸, 어떤 의자, 그것들이 모여서 그런 검은 눈, 그렇게 슬픈 표정, 그렇게 서 있고, 앉고, 걷는 자세를 이룬다.

"슬픔의 언어를 잊어버리는 것은 원래의 자아의 일부 중요한 요소를 잃는 것과 같다." 슬픔은 부정으로 작용하는 것이 아니라 자아를 새롭게 인식하고, '혁명', '국가', '발전'의 차원이 아니라 이 공동체의 존재 양태를 발견하는 '사람'의 차원으로 다시 돌아가기 위한 것이다. 슬픔은 우리에게 추상적이고 개념적인 단어를 사용하는 것을 피해 이 시대의 많은 문제에 대해 생각하는 것을 도와주고, 우리가 TV뉴스, 신문, 인터넷에서 보고 읽는 것들이 추상적인 풍경이 아니라 진실한 사람과 인생임을 환기시키며 우리에게 개인의 삶의 진정한 슬픔과 그 슬픔의 의미를 깨닫게 해준다.

그러나 우리가 '자아'에 대한 요구를 할 수 없다면, '나'를 '고향'과 '고향'과 관련된 것들로 돌아가 성찰하지 않는다면 우리는 통찰력 있는 슬픔을 가질 수 없고, 망각에 대항할 수 없다. 이것이 '량쫭'에 나타난 '나'의 존재의 가장 큰 의미일 것이다.

5. 갈 곳 없는 '귀환'

"나는 결국 량좡을 떠날 것이다."

나는 무엇을 표현하고 싶은가? 그것은 내 마음속에 있는 가장 현실적인 감정이다. 그것은 거의 하나의 외침이 되어 가슴속에서 조금씩 차올랐다. 짜증, 슬픔, 나약함, 도피, 그것들은 이미 중산층이 된 지식인이 어려운 삶을 마주할 때 지어낸 가식이기도 하고, 내가 갑자기 내 뒤에 있는 거대한 시대의 영상과 남에게 말할 수 없는 동기를 알아차렸기 때문에, 그 심연의 깊이는 나를 까닭 없이 놀라게 했다. "나는 결국 량좡을 떠날 것이다." 나는 결국 돌아갈 집이 없을 것이다.

여기에는 물론 더 큰 의미의 '떠나기'가 담겨 있다. 우리 모두는 '도피'하고 있다. 우리가 일종의 '도피'를 얘기할 때 그것은 단지 추상적인 느낌일 뿐, 삶의 현실로 구현되지는 않는다. 그러나 '돌아가기'는 이러한 '도피'의 느낌을 분명하고 필연적으로 만든다.

강을 따라 걸었다. 맑은 하늘 아래 강변의 보이지 않는 그물에 새 몇 마리가 걸려 있었는데, 등은 회색이고 배는 은빛이어서 매우 아름다웠다. 그중 한 마리는 아직도 머리를 치켜들고 있었고, 깃털은 시들었고, 몸은 마른 편이었다. 갇혀 있던 날이 며칠인지 모르겠다. 그 새는 아직 살아 있었다. 가늘지만 질긴 그물이 몸을 촘촘하게 감싸고 있었고, 몸을 구부릴수록 그물은 더욱 조여들었다. 그물을 하나씩 풀어낼 때마다 깃털이 떨어져 나갔고, 그 안의 푸른 뼈 껍질이 드러났다. 다른 몇 마리는 죽었다. 이러한 그물은 구이

용으로 쓰일 작은 새를 잡는 데 사용된다고 했다. 강변을 따라 그러한 그물이 많이 있었다. 옆에 있는 가족들과 말다툼을 하고 싶었지만 그럴 엄두가 나지 않아서 멀리서 화를 내며 사람들이 드나드는 모습을 지켜볼 수밖에 없었다. 나는 그날 밤 달이 어두워지고 바람이 세게 불면, 대나무 말뚝을 뽑아 그물을 하나하나 태워버리겠다고 마음속으로 맹세했다. 나는 그날 밤에 가지 않았다. 그 이후에는 한 번도 가지 않았다.

나는 종종 맑은 하늘에 떠 있는 그 그물을 생각하며, 왜 가지 않았는지 자문한다.

글쓰기와 삶의 관계는 무엇인가? 나는 나의 삶의 한계와 글쓰기의 한계를 발견했다. 구체적이고 실제적인 운명이 내 앞에 그 사납고 복잡한 모습을 드러냈다. 나는 그것의 가장 미묘한 내부 질감과 방향을 묘사하고, 추측하고, 이해하고, 느낀 후 그들을 서술하고 무사히 물러나 그들이 표류하도록 내버려두었다. 만약 나의 사고가 어떤 삶에도 직면할 수 없다면, 그 사고의 의미는 어디에 있을까? 설마 내가 그물을 보러 가지 않으면 작은 새가 거기에 없을까?

하지만 어쨌든 시간이 지날수록 공허함과 죄책감은 점점 멀어져 갔다. 지금처럼 말이다. 나는 나 자신에 대한 일종의 해명을 찾았다. 이것이 문학이다. 문학의 기능은 서술과 발견이지 실제 행동이 아니다. 하지만 그것은 결국 '해석'일 뿐, 즉 자기 해탈의 핑계일 뿐, 그것은 나를 완전히 설득하지 못했다. 나는 분명히 알고 있다.

때때로 나는 나 자신을 의심한다. 내가 량쾅에 대해 그렇게 죄책감을 느끼는 이유는 바로 내가 그것을 낮은 수준의 삶으로 여기기 때문이며 그 어디에나 있는 가증스러운 연민이 내게 작용하고 있기 때문이다. 왜 나는 그들에 대해 동정심을 느껴야 하나? 그것이 그들의 삶이며, 고귀하지도 천박하지도 않고, 부유하지도 않지만 절대적으로 가난하지도 않은 삶이다. 그들은 자신의 노동에 의존하여 돈을 벌고 행복과 따뜻함을 얻는데 뭐가 가엾다는 것인가? 나의 연민은 그들의 존재를 폄하했다. 량쫭과 량쫭 사람들을 불쌍히 여겨야만 하는 것은 결코 아니다. 오히려 그들의 용기와 근성을 자랑하고, 혹독한 삶 속에서도 인간의 존엄성과 가정의 따뜻함과 자부심을 유지하려고 노력하는 것을 자랑해야 한다.

또는 우리를 정말로 죄책감에 빠지게 하는 것은 이 시대의 불의와 역사적 기원을 보고 이해하며, 새들의 비행을 방해하는 그물을 보고, 그들이 여전히 더 나은 삶을 누릴 자격이 있다고 보지만 우리가 아무것도 하지 않기 때문이다. 우리는 이 죄책감을 연민으로 전환하여 그들의 삶에 투사함으로써 우리가 짊어져야 할 무게를 덜어냄과 동시에 비난도 잘 덜어낸다. 이것은 더 깊은 불의이다. 량쫭 사람들을 응원하는 듯한 슬픔과 분노 속에서 량쫭은 다시 한 번 존재의 주체성과 진정성을 잃었다.

량쫭의 지리멸렬은 생활 자체의 표현 형태일 뿐만 아니라 글쓴이와 이 사회 내면의 지리멸렬, 허무함과도 관련이 있다. '믿음'의 확고한 지지 없이는 내가 쓴 사물의 더 깊은 의미를 볼 수 없다. 그것들은 세계, 우주, 인간 마음, 그리고 사회와 더 깊은 관계를 가진다. 동시에, 나 또한 그것을 직면하고 견딜 수 있는 진정한 용기가 없다. 마을의 생명은 우리의 붓 아래에서 망설이고, 방황하고, 미천했다. 나도 거기에 깊이 빠져 원래 그런 줄 알았지만, 사실 우리 자신이 그렇게 미천한 것인지도 모른다.

지식인의 도덕성에는 무엇이 포함되는가? 나는 성격의 질을 언급하는 것이 아니라 일종의 대응을 언급하고 있다. 당신의 말과 행동이 상대적인 조화를 이루지 못하며, 심지어 완전히 모순적인 존재가 된다면, 이 대비가 만들어내는 거리에 대해 어떻게 생각해야 할까? 예를 들어, 당신은 작품에서 비판적이지만 생활에서는 완전한 견유(犬儒)일 수 있다. 내가 말하는 것은 글을 잘 쓰고 목소리를 내기 위해 어쩔 수 없이 절제하는 것이 아니라 일종의 안주와 자기만족을 말하는 것이다. 이것은 결코 당신이 중산층의 생활을 포기하라는 뜻은 아니라 당신이 정신적으로도 자적(自適)한다는 뜻이다. 당신 작품 속의 비판성은 당신의 삶과 정신의 자적성에 싸여 빠져나올 수 없다. 현대 작가와 학자들은 자신의 전업화에 대해 일종의 자만심을 가지고 있다(문학 자체의 전업화를 의미하는 것이 아니라, 생활의 전업화를 의미한다). 이 자만심으로 인해 텍스트는 종종 자족적인 의식과 구조가 되며, 모순된 현실 생활에 대해 글을 쓰더라도 이것은 텍스트의 내부 구조를 깨트리게 된다. 당신은 자신을 숨길 수 없다. 나는 자주 이런 자만심에 찬 냄새를 맡는다. 나는 이런 분위기를 좋아하지 않는다. 이런 기운은 이 시대의 구석구석, 사람들 마음속에 은밀히 달라붙어 있다.

내가 표현하고 싶은 것은 만약 당신이 정신적 갈등이나 고통을 겪고 있는 상태가 아니라면, 당신이 진정한 갈등과 고통에 대해 글을 쓸 수 있느냐는 것이다. 만약 당신이 마음속에 불같은 고통을 겪지 않고 단지 그 고통을 몸짓으로 여긴다면, 당신이 량쫭(나는 여기서 넓은 의미의 량쫭, 나아가 인간의 삶을 가리킨다)을 타인의 삶으로 여긴다면 당신은 진정한 량쫭을 쓸 수 있을까? 이것은 나 자신에게 묻는 질문이기도 하다.

우리는 어디로 '돌아가야' 하는가? 치열한 생활로? 당신이 쓰려는 인생과 함께하며 함께 감당해야 하나? 잘 모르겠다. 지식인들은 도대체 어디에 갇혀 있는 것일까? 진정한 삶의 실감은 어디에서 오는가?

중국 현대 작가 중 장청쯔(張承志)는 독특한 기질과 기백을 지닌 작가이다. 나는 고향의 무슬림사원에서 일반 무슬림들과 대화를 나누었을 때 그들은 모두 장청쯔와 그의 『영혼의 역사: 心靈史』와 『황금 목장: 金牧場』을 알고 있다는 것을 발견했다. 그들은 장청쯔를 얘기할 때 표정이 단정했고 그를 매우 존경한다고 했다. 작가에게 이런 태도를 능가할 수 있는 영광이 또 있을까? 그는 타민족에게 이렇게 높은 장엄한 지위를 가지고 있었다. 그는 글을 통해 사람들에게 생각을 불러일으키고 자신의 마음과 행동을 바로잡았다.

장청쯔는 그들 가운데 있었기 때문에 신앙이 있고 평안했다. 그는 자신이 말하는 것을 듣고 있는 사람이 누구인지 알았고, 자신이 쓴 질문을 추구하는 사람도 누구인지 알았고, 자신의 문제가 어디에 있는지 알고 있었으며, 이 집단의 일원으로서 그 일을 하고 있었으며 문명과 역사의 과정에 참여했다.

하지만 나는 이런 신앙의 평안이 없다. 나는 늘 내가 공황과 불확실한 상황에 처해 있다고 느꼈다. 나는 시종 문밖에서 배회하고 있다. 나는 내 자신에게 맡기는 것이 두렵다. 수년간의 세뇌로 인해 우리는 지식 숭배자과 물질 숭배자가 되었고, 우리는 우리의 정신을 이끌어가는 영원한 존재에 대해 생각하기보다 눈에 보이는 것에 집착했다.

2011년부터 나는 일부 향촌 건설 단체의 활동에 연속적으로 참여하였고 그들의 자원 봉사자 및 선전가가 되었다. 나는 학생들에게 수업을 하고 그들과 토론하고 실제 현장에 가서 견학하고 다양한 업계의 사람들과 회의하고 토론했다. 그것은 완전히 새로운 분야였고, 그들은 농촌과 도시의 언저리에서 뛰어다니고 소리를 내고, 혹은 완전히 실패할 수도 있는 다양한 노력과 실험을 묵묵히 수행했던 진정한 실천가들이었다. 그들이 직면한 어려움과 좌절, 그리고 그들이 보여준 용기는 서재에 앉아 있는 지식인들은 상상할 수 없는 것들이었다. 나는 그들을 존경한다. 그들의 관점, 행동이 무엇이든지, 피차간에 아무리 큰 차이가 있어도, 그런 집단들이 있으면 반주류의 목소리도 있다. 하지만, 그들은 빠르게 도시화되고 있는 이 나라에 또 다른 가능한 공간과 존재를 제공한다.

하지만 마음 같아서는 인정해야겠지만, 사실 나는 그렇게 큰 열정이 없었고, 책임을 위해서만 하는 것 같았고, 그런 행동이나 이미지에 익숙하지 않았다. 나는 어떤 종류의 집단이나 진취적인 활동에 참여하는 것이 두려웠고, 행동하는 것이 두려웠고, 그것에 강요당하는 것이 두려웠으며, 끝없이 마주하는 군중과 각종 거대한 기계가 두려웠다. 때로는 특정 사회 세력의 억압을 느껴 이항 대립적 입장과 서사를 채택하도록 강요당하는 경우도 있었다. 나는 이런 느낌을 좋아하지 않는다. 물론, 거기에는 시간과 에너지를 투자할 의지가 없다는 것도 포함된다.

결국 나는 단지 방관자가 될 수 있고, 방관자가 되고 싶었다. 나는 세상만물이 압박하는 고통과 충실함을 느끼며 혼자 조용히 걷는 것에 더 익숙해졌다. 나는 이 세상의 모든 것의 복잡성, 혼돈, 설명할 수 없음을 분석하고 감상하는 것을 좋아하며, 깊은 곳에 아무것도 없을지라도 나를 깊은 곳으로 인도할 수 있는 황량한 숲길을 향해 걷는 것을 좋아한다. 나는 어디까지 작가이자 연구자일 수밖에 없다.

'관객'이나 '작가'는 진정한 고통을 경험하고 당신과 당신이 글을 쓰고 있는 사람 사이의 도덕적 구성을 완성할 수 있을까? 저 그물과 저 작은 새가 눈앞에 있을 때, 당신은 방관자가 될 것인가, 아니면 행동가가 될 것인가? 작가나 사상가의 '진정한 삶의 감각'은 '관찰'을 통해 얻을 수 있을까? 우리는 어떻게 이 '실(實)'을 꿰뚫고 더 넓은 '허(虛)'의 차원으로 들어갈 수 있을까? 이것이 아마도 내가 추구해 온 질문일 것이다.

그해 량쫭으로 돌아온 이유와 의의, 글쓰기의 어려움을 탐색해왔는데 5년이 지난 지금까지도 실질적인 답은 나오지 않았다. 그러나 눈앞에 산이 보이는 것 같았고, 그 윤곽과 다양한 안개도 본 것 같았다. '물(物)'적 대응이 있고, 문제에 대한 진정한 의심, 사고 및 문제인식을 갖는 것은 어떤 정신적인 존재를 찾으려고 노력하는 모든 사람에게 일종의 행복이다. 그것은 여전히 피할 수 없는 공허함이지만, 허무의 공허함이 아니라 실재의 공허함이다. 나는 그 '실재'가 어떻게 공허함을 만들어내는지, 그 공허함의 배후에 있는 방향과 정신의 주름을 찾아야 한다.

　나는 어떤 힘을 얻은 듯 다시 서재로 돌아왔다.

2013년 9월 18일
미국 듀크대학에서

역자 후기

이 책 『량좡 마을 속의 중국』은 매우 독특한 책이다. 논픽션 작품이라고는 하지만 소설적 기법을 많이 차용했기 때문에 한 편의 소설을 읽는 듯 편하게 읽힌다. 하지만 소설처럼 가볍지 않다. 사회학, 인류학 보고서처럼 중국의 사회 현실을 묵직한 필체로 담아내고 있다. 하지만 사회 현실을 담아내는 데 그치지 않고 그 이면에 담긴 수많은 갈등과 고뇌, 좌절과 희망을 담고 있다. 그런 의미에서 이 책은 작가 자신의 참회록이 아닌가 싶다. 농촌 출신의 성공한 지식인이 도시의 현대적 삶에서 느끼는 정신적 허기와 번민 그리고 문명에 대한 불안과 갈등을 고향인 량좡 마을로 돌아가 되돌아보는 과정을 그리고 있다. 문제가 풀리지 않을 때 다시 처음으로 돌아가는 것처럼 인생의 어느 고비에서 길을 잃을 때 자신이 태어난 곳으로 돌아가 새로운 길을 찾게 되는 데 이 책이 그러한 사례라고 할 수 있다.

저자 량홍이 말했듯이 이 책은 자신의 고향인 량좡 마을과 그곳 사람들의 얘기이다. 량좡의 연못, 량좡의 초등학교, 량좡의 가옥,

량좡의 역사, 량좡의 사람들, 그리고 량좡의 가족 등 량좡 마을에 관한 거의 모든 것을 다루고 있다. 하지만 이 책은 량좡 마을과 량좡 사람들에게만 그치지 않는다. 제목에서 알 수 있듯이 량좡 마을을 통해 오늘날 중국을 얘기하고 있다. 량좡 마을은 오늘날 중국의 축소판이다. 량좡 마을이 곧 작은 중국이다. 그런데 그런 량좡 마을, 나아가 오늘날 중국 사회가 뭔가 심각한 문제가 생긴 것이다.

　작가가 고향에 돌아가 살펴본 량좡 마을 그야말로 황폐화된 마을이었다. 그 깨끗했던 마을 내 연못은 쓰레기와 오수로 가득 찼고, 어린 시절 뛰어놀았던 강과 하천은 거대한 모래 준설선에 의해 마구잡이로 파헤쳐지고 있으며, 마을의 자랑이었던 초등학교는 폐교되어 돼지우리로 변한 지 오래되었다. 마을 사람들, 특히 청년들은 농촌에 더 이상 희망이 없다는 것을 일찌감치 간파하고 서둘러 도시로 탈출했으며 마을에 남겨진 아이들과 늙은 부모들은 생존을 위해 분투하고 있었다. 개혁개방 이후 산업화와 현대화의 물결은 량좡 마을도 비켜가지 않아 전통적으로 동심원의 공동체를 유지했던 마을은 새로 난 도로를 따라 상업화된 마을로 발전되어 더 이상 이웃과의 교류는 이어지지 않았다. 마을은 더 이상 중국 전통의 공동체 윤리와 도덕, 상부상조의 미덕이 남아 있는 공간이 아니었으며 오히려 도시보다 더 금전을 밝히는 속물적 공간이 되었다. 이것은 당연한 결과이다. 생존이 절박한 사람들에게 물질적 충족만큼 중요한 수단은 없기 때문이다.

　고향을 떠나 도시에서 생활하다 돌아온 작가는 이런 폐허가 된 고향 마을의 서글픈 풍경을 목격하고 절망하게 된다. 어쩌다가 고향 마을이, 아니 중국이 이 모양이 되었는지 한탄한다. 누가 농촌을 이렇게 만들었고 농촌이 어쩌다가 이렇게 되었는지 한탄하고 원망한다. 하지만 그러한 한탄과 원망은 곧 자책으로 돌아온다. 그런 농촌과 중국은 곧 중국인들, 특히 지식인들이 만든 결과라 생각한다. 그래서 작가는 량좡 마을의 실태를 세심하게 관찰한다. 수많은 사람을 만나고 인터뷰하고 관찰한다. 량좡 마을 사람들뿐만 아니라 향, 진, 현의 간부들까지 찾아가 지역의 현황과 문제를 살핀다. 결국 오늘날의 중국 농촌의 문제는 사람의 문제이며 다시 사람만이 희망의 배를 띄울 수 있다고 믿는다.

그러한 과정에서 작가는 자기 성찰과 반성을 한다. 성공한 지식인의 눈으로 보면 오늘날 중국 농촌은 낙후되고 덜 계몽된 사회이지만 이곳에 살고 있는 사람은 시공간에 상관없이, 문명과 상관없이 그저 있는 그대로의 슬픔과 기쁨, 행복을 느끼며 살아가는 사람이라는 것을 발견한다. 그러면서 농촌이 가지고 있는 순박함과 천진함 그리고 근성은 도시적 시각에서 보면 덜 떨어졌지만 이것이 중국을 지탱하는 힘이 될 수 있다고 믿는다. 작가는 오늘날 농촌개발의 모델은 근대화 이후 형성된 서구의 기준과 잣대에서 비롯되었기 때문에 근본적인 전환이 필요하다고 말한다. 루쉰의 작품에서조차 농촌이 미개와 낙후의 인식을 벗어나지 않았으며 그러한 관점은 루쉰뿐만 아니라 대부분의 지식인의 인식과 작품에 투영되어 있다는 점을 작가 량홍은 지적하고 있다. 이것은 오늘날 중국 농촌 발전이 서구지향적 개발 모델로 인해 발생하는 모순과 갈등 그리고 실패를 지적하는 핵심적 요점이기도 하다.

아무튼 이 책은 제목과 같이 중국 농촌 사회의 거의 모든 문제를 다루고 있다. 환경 파괴, 농민공, 유수(留守) 아동, 과소노령화, 농지와 택지, 식량, 농업세, 의료, 복지, 성(性), 교육, 가족계획, 종교, 농촌 개발, 장례, 문화 등등 오늘날 중국 농촌에 내재하고 있는 복잡한 문제를 거의 모두 포함하고 있다. 또한 중국 현대사의 굵직한 사건들을 정면으로 다루고 있다. 50대말과 60년대 초에 발생한 대약진운동과 대기근, 60대말과 70년대에 발생한 문화대혁명, 80년대부터 본격화된 개혁개방과 농촌의 토지개혁, 90년대부터 시작된 농민의 도시 이주와 농민공 문제, 2000년대 후진타오 정부가 추진한 사회주의 신농촌 건설과 농업 개혁 등에 대한 내용을 이 책은 담고 있다. 그래서 이 한 권의 책이면 중국 농촌 사회는 물론 중국 사회 전체를 이해하는데 큰 도움이 될 것이다. '중국의 문제는 농촌의 문제'라는 말이 있기에 더욱 그렇다고 할 수 있다.

이 책의 번역을 처음 제안 받았을 때는 내가 2023년 안식년을 맞아 베이징에 머물고 있을 때였다. 광저우에서 거주하는 김유익 선생님의 소개로 마르코폴로 김효진 대표님을 알게 되었고 김 대표님을 통해 량홍이라는 작가와 이 책을 알게 되었다. 농촌사회 연구자로서 주로 논문과 연구서를 보는 나에게 량홍이라는 작가와 그의 작품은 매우 색달랐다. 량홍 작가와 그의 작품을 검색해 대략적으로 살펴보니 무척 호기심이 갔고 흥미로웠다. 그래서 김효진 대표님의 번역 제안에 흔쾌히 수락했다. 그러면서도 한편으로는 문학 작품인 이 책을 사회과학을 하는 내가 과연 해낼 수 있을까 하는 걱정이 들었다. 그러나 이미 엎질러진 물이었기 때문에 피하지 않고 도전해 보기로 했다.

2024년 1월부터 시작된 번역은 쉽지 않았다. 무모한 도전이라는 생각을 했다. 하지만 번역을 하면 할수록 이 책 속에 빠져드는 나를 발견했다. 번역의 질과는 상관없이 중국 농촌의 문제는 우리 농촌의 문제와 별반 다르지 않았고 량홍 작가의 가족 이력과 문제의식은 나의 것과 다르지 않았다. 그래서 나는 량홍 작가에 감정이입이 되어 번역에 속도를 내었다. 더욱이 나라와 지역은 다르지만 량홍 작가처럼 나도 농촌 출신이고 6남매의 한 명으로 자랐고 농부이셨던 아버지를 일찍 여위었기에 고향과 가족에 대한 애정과 회한은 량홍 작가와 다르지 않았다. 작년 12월 베이징 중국인민대학 근처 한 찻집에서 량홍 작가를 만나 이런저런 얘기를 나누면서 나는 내 누이나 여동생을 만난 것처럼 반갑고 의기투합했던 것도 이런 이유 때문이었던 것 같다.

산고의 고통에는 비할 바는 아니지만 번역 과정은 정말 힘들었다. 하지만 이제 그 끝을 앞두고 있는 시점에서 생각해 보면 번역하기를 정말 잘 했다는 생각이 들었고 이 책은 내가 번역해야 할 책이라는 생각이 들었다. 번역의 오류가 있지 않을까 걱정이 되긴 하지만 어디까지 내가 최선을 다한 만큼 작은 허물은 이해해주리라 믿는다.

이른바 『량쫭 3부작』이라는 말처럼 량쫭 마을 시리즈 중 이제 1부작 번역을 마쳤다. 앞으로 기회가 되면 2부 『출량쫭기』, 3부작 『량쫭 마을 10년』도 여건이 허락되는 한 진행해 볼 계획이다. 농촌은 문명의 시원이자 토양이자 우리의 귀착점이다. 그리고 중국은 우리의 이웃이자 운명 공동체이다. 농촌과 중국, 중국과 농촌에 대한 이해는 모든 것에 앞선다고 나는 생각한다. 앞으로 독자님들의 많은 관심과 성원이 있길 기대한다.

끝으로 좋은 작가와 좋은 책을 소개하고 번역을 제안하고 책을 만들어 준 마르코폴로 김효진 대표님께 다시 한 번 감사드린다. 김 대표님은 이 책의 일어판, 영어판 번역본을 내게 제공해 줘서 번역에 많은 도움을 받았다. 덕분에 좋은 공부, 인연을 만들었다. 그리고 나의 번역 작업을 든든히 지지하는 아내 박희정, 청해부대 통역병으로 아덴만에서 바다의 평화를 수호하고 있을 해군 상병 아들 박찬민, 초급 중국어를 열심히 배우고 있는 중2의 귀염둥이 딸 박민주에게도 고마움과 함께 이 책을 드린다.

2024년 6월 23일
세종 도담동 집에서
박경철

량좡 마을 속의 중국
당대 작가의 고향 이야기

1판 1쇄 찍음 2025년 2월 20일

지은이	량홍
옮긴이	박경철
편집	김효진
교열	이수정
디자인	최주호
펴낸곳	마르코폴로
등록	제2021-000005호
주소	세종시 다솜1로9
이메일	laissez@gmail.com
페이스북	www.facebook.com/marco.polo.livre

ISBN   979-11-92667-78-2

책 값은 뒤표지에 있습니다. 잘못된 책은 교환하여 드립니다.